Helge Hesse, Josi Kemmann, Henning Hesse

Wo der Fettschwanzmaki fremdgeht

Helge Hesse
Josi Kemmann
Henning Hesse

WO DER FETT SCHWANZ MAKI FREMDGEHT

Das Länderlexikon
der erstaunlichen Fakten

Eichborn

Vorwort

»Die Welt ist voll unzähliger Dinge.
Ich bin sicher wir sollten alle glücklich sein wie Könige.«

Robert Louis Stevenson

Schuhgröße, Haarfarbe, Geburtsort – zack und wir kennen einen Menschen?! Natürlich nicht. Auch den Ländern dieser Welt kommen wir durch Einwohnerzahl, Fläche und Regierungsform kaum näher. Beim einen wie beim anderen sind es eher die kleinen und größeren Eigenheiten, die den Charakter ausmachen. *Wo der Fettschwanzmaki fremdgeht – Das Länderlexikon der erstaunlichen Fakten* spürt diesem Charakter nach und findet ihn in den Kneipen Namibias, den Haaren der Brasilianer und dem lächelnden Nein der Thailänder. Mit jedem neuen Land werden Sie ein bisschen mehr zum Globetrotter, dem keiner mehr was vormachen kann.

So, wie jedes Land in der UNO eine Stimme hat, erhält hier jedes den gleichen Raum: Vanuatu bekommt zwei Buchseiten, genauso wie die Vereinigten Staaten von Amerika. Denn jedes Land, ob groß oder klein, macht die Welt reich. Ach ja, und sollten wir trotz emsiger Überprüfung mal in eine Infofalle getreten sein, lassen Sie es uns wissen:
mail-an-maki@web.de

Doch wo geht der Fettschwanzmaki jetzt fremd?
Viel Spaß beim Herausfinden!

Helge Hesse
Josi Kemmann
Henning Hesse

Berlin, Düsseldorf im Oktober 2012

Afghanistan

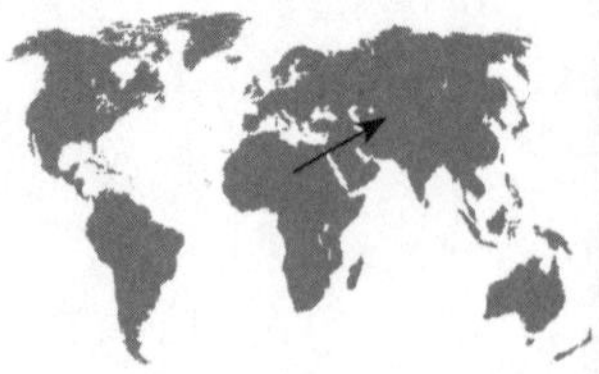

»Ich bin mir nicht sicher, ob dieser Sport universell funktioniert.«

IOC-Sprecher Mark Adams, nach afghanischen Überlegungen, den Nationalsport Buzkashi olympisch zu machen. Beim Buzkashi spielen Reiter Polo mit einer geköpften Ziege, und wer den Kadaver als Erster in den Zielkreis zerrt, hat gewonnen. Irgendwann in den letzten 2000 Jahren entstanden, wurde der Sport unter den Taliban verboten, lockt heute aber wieder Tausende Zuschauer, dazu Fernsehen und Sponsoren.

Name

Der Afghane. Mindestens 13 Arten gibt es und dennoch ist er einmalig. Einst war dieser Hund so kostbar, dass es verboten war, ihn außer Landes zu bringen. 2005 haben koreanische Wissenschaftler einen aus einem Ohr nachgemacht. Der erste Hundeklon der Welt war Afghane.

Rekord

Der erste Skiclub und das erste Skirennen des Landes. Im Koh-e-Baba-Massiv, 180 Kilometer westlich von Kabul, macht der »Bamiyan Ski Club« aus dem Fehlen von Skiliften eine Tugend und richtet die »Afghan Ski Challenge« aus, bei dem der Start schon beim Aufstieg beginnt. Die Teilnehmer kommen aus aller Welt, doch auf dem Siegertreppchen standen 2012 nur afghanische Skifahrer.

Das können die Afghanen besser

Kein anderes Land hat so häufig das Fähnchen gewechselt. 24-mal seit 1880. Im Jahr 1929 gab es allein vier verschiedene Flaggen. Eine wurde nur drei Tage hochgehalten, so lange wie der damalige König.

Danke für …

… den Lapislazuli. Der Halbedelstein wurde bereits vor über 7000 Jahren abgebaut. Zermahlen war er der Stoff, mit dem Kleopatra ihren Lidstrich zog. Die Maler der Renaissance nutzten ihn für die Roben der Madonna. Und Yves Klein inspirierte er in den 1950ern zu seiner berühmten Markenfarbe »International Klein Blue« (IKB). Ein Kilo reines Ultramarin kostet 20 000 Euro. Die Lapislazuli-Reserven in Afghanistan werden auf rund 3000 Tonnen geschätzt.

Nur hier

Keiner will die 39 auf dem Auto-Kennzeichen. Auch Häuser mit der 39 finden keine Käufer, Telefonbesitzer lassen sich eine neue Nummer geben und 39-Jährige sagen, sie seien schon 40. Denn mit der 39 wird man ausgelacht. Keiner weiß, warum, aber die gängigste Theorie ist, dass ein Zuhälter die Zahl auf Nummernschild und Wohnungstür hatte. Andere sagen, dass die Beamten der verschiedenen Behörden das Gerücht gestreut haben, denn sie verdienen an den Leuten, die die 39 loswerden wollen.

Es war einmal

Alexander der Große, Dschingis Khan, Timur Lenk, die Briten, die Sowjets und die NATO. Immer wieder war das Land aufgrund seiner Lage Ziel von Kriegsherren.

Afghanistan fühlen

Der Hochzeitskuchen wird im Kilo verkauft. Im Durchschnitt liegt das Gewicht bei 20 kg. Das entspricht einer Masse von 30 Eiern, 5 Kilo Creme und 7 Kilo Zucker.

Warum die Außerirdischen gleich wieder wegfliegen würden

92 Prozent des weltweit gehandelten Opiums werden hier produziert. Die daraus hergestellten Drogen werden aber nicht nur exportiert: Die Afghanen stehen auf Platz 5 der Nutzerliste (pro Kopf).

Übrigens

Vom Helden zum Ausgestoßenen: Abdul Ahad Mohmand war 1988 der erste und einzige Afghane im Weltraum, nahm den Koran mit und sprach in Paschtu mit der Erde. Das Problem: Er flog mit der Sojus, wurde »Held der Sowjetunion« und damit bald Feind. 1992 flüchtete er nach Deutschland, nach Ostfildern in Schwaben – der einzige afghanische Raumfahrer ist heute Deutscher.

Ägypten

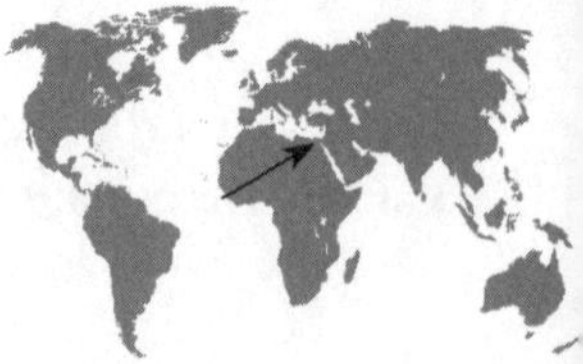

»Ich wünsche dir allen Wohlstand, insbesondere einen langen Pimmel!«

Siebenjähriger ägyptischer Junge zu Gustave Flaubert im Jahr 1849. Der französische Schriftsteller notierte ein hohes Maß an sexueller Offenheit und Obszönität, auch unter den vornehmsten Damen und Herren.

Name

Einst bildeten die koptischen Christen die absolute Mehrheit im Land. Von den Griechen wurden sie »aigyptos« genannt. Heute liegt ihr Anteil bei rund zehn Prozent.

Rekord

In keinem anderen Land wird das Wort Sex so häufig gegoogelt. Ähnlich interessiert ist man in Indien und in der Türkei.

Das können die Ägypter besser

Von allen UN-Diplomaten bekommen die Ägypter die meisten Strafzettel in den Straßen von New York. Da Diplomaten dank ihres Sonderstatus nicht zahlen müssen, erlaubten sich die Ägypter von 1997 bis 2009 insgesamt 17 633 Tickets für 1,9 Millionen US-Dollar. Die Norweger sammelten vier.

Danke für …

Die heutigen Sportkletterer haben von den Ägyptern gelernt. Von 3500 Jahre alten Wandbildern guckten sie sich eine bestimmte Körperhaltung ab, die sie den »Ägypter« nennen. Er wird oft in überhängendem Gelände angewandt.

Nur hier

Tote und Lebende wohnen Wand an Wand in Al-Qarafa, dem Friedhofsbezirk von Kairo. Über 300 000 (lebende) Menschen haben sich hier über die Jahre niedergelassen. Grüften wurden zu Häusern, in Nachbarschaft von Prinzessinnen und Sultanen, die ihr Grabmal vor über tausend Jahren bezogen.

Es war einmal

Im Sommer 2012 wurde ein nur 20 Zentimeter langer Sarkophag von Dresden nach Kairo zurücküberführt, mit einer Spitzmaus darin. Auch auf dem Deckel sieht man sie, vergoldet. Im alten Ägypten wurde sie wohl getötet und einem Menschengrab beigelegt. Spitzmäuse symbolisierten, blind geboren, den Gott der Blinden: »Chenti-irti«. In der Dunkelheit des Grabes sollten sie den Verstorbenen Orientierung geben. Die Maus, 1948 gestohlen, hat jetzt im Museum am Tahir-Platz ihre letzte Ruhe gefunden.

Ägypten fühlen

Kairo ist laut wie ein Rasenmäher, hat das ägyptische Forschungszentrum herausgefunden: 85 Dezibel im Durchschnitt zwischen morgens um 7 und abends um 22 Uhr. Am Tahir- oder Ramsis-Platz sind es sogar 95 Dezibel. Das ist kaum leiser als ein Schlagbohrer.

Warum die Außerirdischen gleich wieder wegfliegen würden

In Ägypten vermutet man die meisten Landminen. Nach den Kriegen gegen Israel 1956, 1967 und 1973 blieb viel liegen, zusätzlich zu den über 20 Millionen Minen der Deutschen und Briten aus dem Zweiten Weltkrieg. Die Wüstenvölker nennen die verseuchten Gebiete Todesgärten.

Übrigens

Noch um 1920 verkauften deutsche Pharmazeuten zermahlene ägyptische Mumien als Heilmittel: »Mumia vera aegyptiaca, 12 Mark pro Kilo«. Seit dem Mittelalter schluckte man das Pulver oder rieb sich damit ein – gegen »Husten, Halsweh, Schwindel, Gichtbrüchigkeit, Herzweh, Zittern, Nierensucht und Kopfschmerzen«. Es war so beliebt, dass die Mumien knapp wurden. Die Europäer nahmen daher heimlich Moorleichen oder Arme vom Friedhof.

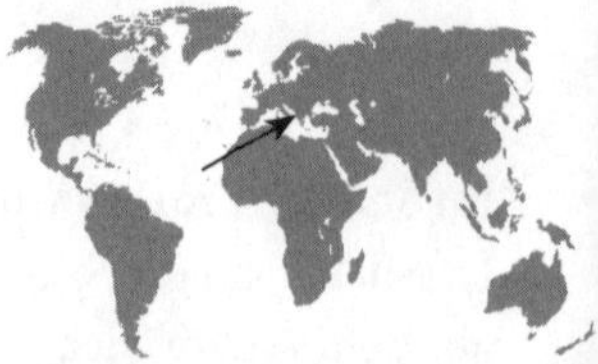

Albanien

»Warum Albanien?« »Warum nicht?«
»Was haben sie uns getan?« »Was haben sie für uns getan? Was wissen Sie über die?« »Nichts.« »Sehen Sie? Die bleiben unter sich, sind gerissen. Man kann ihnen nicht trauen.«

Dialog aus dem US-Film Wag the Dog.
Der amerikanische Präsident will irgendein Land angreifen, um von seinen persönlichen Schwierigkeiten abzulenken.

Name

Die Albaner selbst nennen sich »Shqiptarët« von »shqiptoj« (»aussprechen«). Daraus wurden im Deutschen die Skipetaren. Das *Land der Skipetaren*, wie ein Buch von Karl May heißt, nennt sich heute in der Landessprache Skipetarische Republik.

Rekord

Albanien wurde 1967 von den regierenden Kommunisten zum »ersten atheistischen Staat der Welt« erklärt. Religionsverbot! Das wurde 1990 rückgängig gemacht, heute leben hier bis zu 70 Prozent sunnitische Muslime.

Das können die Albaner besser

Inbrünstig Mercedes fahren. In kommunistischen Zeiten durfte die normale Bevölkerung keine Autos besitzen. Die Dienstwagen der Partei waren ausschließlich Mercedes. Das machte Albanien zum Land der einen Automarke. Heute ist der Mercedes noch immer ein Statussymbol, was man in Videos vom Straßenverkehr in Tirana auf YouTube bewundern kann. Autos mit dem deutschen Länderkennzeichen »D« waren zeitweise besonders begehrt.

Danke für …

… John (*Blues Brothers*) und James Belushi (*Die Glücksritter*), US-Schauspieler mit albanischen Eltern, die ihre Söhne in dem Land großzogen, das in *Wag the Dog* Albanien angreifen wird.

Nur hier

Die Albaner kennen kein Wort für Kopfschmerzen.

Albanien fühlen

Newsweek wählte Albanien in einer Studie 2010 zur Nummer 1 unter den Nationen mit niedrigem Pro-Kopf-Einkommen in der Welt. Es punktet bei der Bildung (99 Prozent können lesen), beim Gesundheitssystem und bei der Lebensqualität. Obwohl sie in einem der ärmsten Länder in Europa leben, werden Albaner im Durchschnitt 78 Jahre alt, Frauen sogar 81. Im Vergleich: Deutsche leben durchschnittlich 79 Jahre.

Warum die Außerirdischen gleich wieder wegfliegen würden

Die Blutrache ist heute vor allem noch in Nordalbanien beliebt. Davon bedrohte Männer verlassen das Haus nicht mehr, da sie laut »Kanun«, dem Regelwerk für Stolz und Ehre, in den eigenen vier Wänden geschützt sind.

Es war einmal

»Lasset uns die revisionistischen Thesen des 20. Parteitags der Kommunistischen Partei der Sowjetunion und die antimarxistischen Stellungen der Chruschtschowgruppe verwerfen! Lasset uns den Marxismus-Leninismus verteidigen!« Aus einer der Reden des von 1944 bis 1985 regierenden stalinistischen Diktators Enver Hoxha. Fünf Jahre nach besagtem sowjetischem Parteitag, der 1956 die Entstalinisierung eingeleitet hatte, brach Hoxha 1961 mit der Sowjetunion.

Übrigens

Enver Hoxha hat in den 1970er- und 1980er-Jahren 750 000 kleine Betonbunker ins Land bauen lassen, aus Angst vor einer westlichen Invasion. Das Konzept: ein Bunker für jeweils vier Albaner. Heute werden sie als Liebesnester, Scheunen oder Klos genutzt, doch die meisten zerfallen. Sie kosteten damals jährlich zwei Prozent des Nettoinlandproduktes.

Algerien

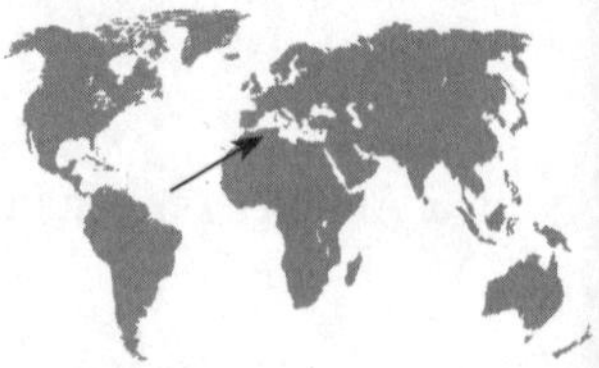

»Wir müssen uns Sisyphos als einen glücklichen Menschen vorstellen.«

Albert Camus (1913–1960), Literaturnobelpreisträger, als Algerienfranzose in Algerien geboren und aufgewachsen.

Name

Algeriens Hauptstadt heißt genauso wie der populäre internationale TV-Sender *Al Jazeera* (aus Katar). Das Wort »Algier« kommt von »al-Jazā'ir«, was so viel wie »die Inseln« bedeutet. Der Sender steht für die arabische Halbinsel.

Rekord

Das größte Land des Kontinents (seit der Teilung des Sudans 2011) braucht auch die größte Moschee: die Djamaâ el Djazaïr Moschee, geplant von Frankfurtern und bezahlt von Chinesen, soll ab Herbst 2015 alle Rekorde brechen: 270 Meter hohes Minarett, Platz für 120 000 Gläubige, eine Milliarde Euro in den Sand gesetzt.

Das können die Algerier besser

Tee ist der Luxus der Tuareg: Als Gast bekommen Sie drei Gläser aus drei Aufgüssen: Das erste Glas schmeckt bitter wie das Leben, das zweite süß wie die Liebe und das dritte sanft wie der Tod. Nach der Zeremonie steht man unter dem Schutz der Tuareg. Lehnen Sie nie ein Glas ab!

Danke für …

… den beliebtesten Franzosen! Zinédine Zidane, Sohn algerischer Einwanderer, war laut Umfrage 2012 der meistgemochte Mann in Frankreich.

Nur hier

… wurde Fußball zur politischen Waffe. Am 13. und 14. April 1958 schlichen sich zwölf algerische Fußballer aus Frankreich heimlich nach Algerien, um eine Nationalelf zu gründen. Die »Unabhängigkeitself« bestritt bis zum Ende des Algerienkrieges 1962 um die 80 Länderspiele –

auch gegen die weltweite französische Diplomatie. Die meisten Spiele gewann die Elf souverän.

Es war einmal

»Springmaus« nannten die Franzosen eine Atombombe, die sie in der algerischen Wüste testeten. Die Sprengkraft lag bei 70 Kilotonnen: Hiroshima mal fünf. In das Experiment einbezogen wurden nicht nur 300 Soldaten ohne Schutzkleidung, sondern auch ihre ungeborenen Kinder und Enkel.

Algerien fühlen

Kein Land hat so viel Sahara! 85 Prozent Wüste, 15 Prozent Wüstensteppe.

Warum die Außerirdischen gleich wieder wegfliegen würden

Schafsbockkämpfe.

Übrigens

In Algier wurde 2011 die einzige U-Bahn im Maghreb eröffnet, erst die zweite in ganz Afrika (nach Kairo). Hat länger gedauert: Erst 30 Jahre nach den ersten Planungen übergab Siemens das Ganze schlüsselfertig. Zunächst nur eine Linie, 8,5 Kilometer lang, zehn Stationen.

Andorra

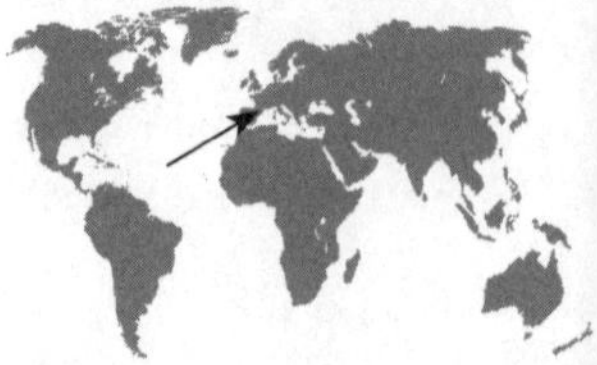

»Ewig werde ich mich nach den Frauen dieses Landes zurücksehnen. Welcher Seelenadel! Welcher Zauber! Welches Feuer!«

Kurt Tucholsky, deutscher Schriftsteller, in dem 1927 erschienenen Pyrenäenbuch.

Name

Man streitet. Heißt Andorra nun »Der Wald« oder »Land der Büsche«?

Rekord

Andorra la Vella liegt 1011 Meter hoch und ist nicht nur die höchstgelegene Hauptstadt Europas, sondern auch die einzige Stadt im Land.

Das können die Andorraner besser

Pins sammeln. Hier und nirgendwo sonst gibt es ein Pin-Museum. Mit 52 000 Ansteckern aus aller Welt – und sogar ein paar aus Andorra.

Danke für …

14 von 28 Parlamentsmitgliedern sind Frauen – Europarekord! Und weltweit der zweite Rang hinter Ruanda.

Nur hier

… stehen Spanier und Franzosen gleichzeitig an der Staatsspitze. Im 13. Jahrhundert kämpften sie noch um das Land. Als 1278 die Vernunft siegte, vereinbarten sie, gemeinsam zu herrschen. Seitdem teilen sich der Bischof von Urgell und der französische Staatspräsident als Kofürsten das Amt des Staatsoberhaupts. Noch bis 1993 waren die Andorraner tributpflichtig: In ungeraden Jahren bezahlte man Monsieur le Président 960 Francs, in geraden Jahren erhielt der spanische Bischof 460 Peseten, zwölf Hühner, zwölf Schinken und zwölf Käselaibe.

Es war einmal

König Boris I., der Hochstaplermonarch! Im Juli 1934 schaffte es der zugereiste Russe Boris Michailowitsch Skossyrew, die andorranischen

Räte davon zu überzeugen, ihn zum König zu ernennen. Er versprach den armen Bauern, ihr Land in ein Steuerparadies wie Monaco zu verwandeln, prompt wählten ihn 23 der 24 Volksvertreter. Doch der Bischof von Urgell erfuhr davon und schickte vier spanische Polizisten, die ihn verhafteten. Keiner der Räte schritt ein. König Boris verstarb 1989 in Rheinland-Pfalz.

Andorra fühlen

Armes kleines Andorra! Bei den »Spielen der kleinen Staaten«, die seit 1985 alle zwei Jahre (mit Liechtenstein und Luxemburg, Malta und Monaco) ausgetragen werden, damit auch sie mal etwas gewinnen, schneidet Andorra regelmäßig am schlechtesten ab. Zypern hat zehnmal so viele Goldmedaillen.

Warum die Außerirdischen gleich wieder wegfliegen würden

»Den größten Duty-free-Shop« Europas nennen sich die Andorraner. An den Wochenenden wird die Stadt von Einkaufstouristen aus den Nachbarländern verstopft. Wie es sich für ein kleines europäisches Fürstentum gehört, gibt es auch praktisch keine Steuern und – einmalig in der Welt! – daher auch kein Finanzamt (was wiederum Steuern spart). Die Freiheit nutzen Wohlhabende aus ganz Europa, um ihr Vermögen vor dem Allgemeinwohl zu retten. Nur ein Drittel der Einwohner sind daher richtige Andorraner.

Übrigens

Andorra und Karl der Große – ein Traumteam. Anfang des 9. Jahrhunderts kämpften sie zusammen gegen die Sarazenen (Araber) und gewannen. Karl dankte es Andorra mit dem eigenen Land, Andorra dankte es Karl 1100 Jahre später mit der Nationalhymne zu seinen Ehren: »El Gran Carlemany, mein Vater, befreite mich von den Sarazenen …«

Angola

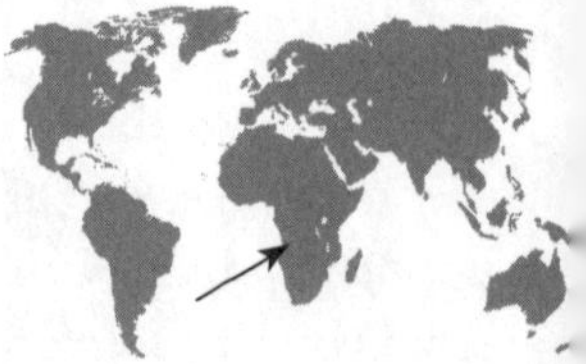

»Ich weiß nicht viel über Angola, aber eins weiß ich: Die kriegen jetzt ’ne Menge Ärger.«

Charles Barkley, Ex-Basketballer, bei Olympia 1992 in Barcelona vor dem Spiel gegen Angola. Angola wird mehr als nur ernst genommen: Im Basketball ist Angola eine Macht, Nummer 13 in der Welt und dominant auf seinem Kontinent. Zehn der zwölf letzten Afrikameisterschaften gewann Angola.

Name

Im 16. Jahrhundert residierte im Königreich Ndongo ein Herrscher namens N’gola (Angola).

Rekord

Luanda ist die teuerste Stadt der Welt – zumindest für die mit dem Öl angeschwemmten Ausländer: Die Förderung von über zwei Millionen Barrel täglich machen die Stadt reich. Die Miete für ein Apartment liegt bei 12 500 Euro im Monat, das Fast-Food-Menü kostet 15 Euro und der Milchkarton 3,50 Euro. Da aber genug Öl da ist, kostet der Liter Bleifrei nur 50 Cent. Zumindest den könnte sich der normale Angolaner kaufen – der von 1,50 Euro pro Tag lebt.

Das können die Angolaner besser

Schön sein und sich hohe Ziele setzen: Leila Lopes, 25, Wirtschaftsstudentin aus Benguela, ist die Schönste nicht nur hier, sondern auch jenseits der sieben Meere. 2011 wurde sie zur »Miss Universe« gewählt: »Ich glaube, das Universum braucht meine Stimme und meine Hilfe. Und jetzt, als Miss Universe, hoffe ich, viel mehr bewegen zu können«, sagte sie in ihrer Dankesrede.

Danke für …

30 Kilometer vor Luanda steht eine Stadt, in der keiner wohnt. 500 000 Angolaner hätten hier Platz, aber die Apartments in den Hochhäusern kosten ab 120 000 Dollar aufwärts. »Nova Cidade de Kilamba« hat auch ein Dutzend Schulen, doch die Schüler kommen täglich von

weit her. Die Geisterstadt wartet darauf, dass der Ölboom die normale Bevölkerung erreicht. Wer traut sich an solche Investments? China!

Nur hier

Wirtschaftswachstum von über zehn Prozent pro Jahr, das ist ungeschlagen in Afrika.

Es war einmal

Der »Capoeira« hieß ursprünglich »Capoeira Angola« – die Kampfkunst, die Schüler in Berlin-Prenzlauer Berg und Hausfrauen in Düsseldorf-Flingern zur Zerstreuung lernen, kommt eben nicht von den Brasilianern, sondern von den Angolanern. Und die brauchten sie zum Überleben: Vier Millionen versklavte Angolaner schleppten die Portugiesen im 16. Jahrhundert nach Brasilien. Viele flohen, schlugen sich durch die Wälder und der Capoiera wurde zum Teil ihres Freiheitskampfes.

Angola fühlen

Kuduro, der Tanz, heißt so viel wie »harter Arsch«. Kuduro, die Musik, hat inzwischen auch Angolas Ex-Mutterland Portugal und Europa erobert. »Danza Kuduro« etwa war 2011 die Nummer 1 in Deutschland, Schweiz, Österreich und wird im Hollywood-Blockbuster *Madagascar* von einer Giraffe, einem Zebra und einem Nilpferd getanzt.

Warum die Außerirdischen gleich wieder wegfliegen würden

Das regierungstreue Blatt *Jornal de Angola* ist die einzige Tageszeitung und erscheint mit einer Auflage von 40 000 Exemplaren täglich.

Übrigens

Die Frauen-Handballnationalmannschaft kann sich sehen lassen. Bei den Afrikameisterschaften nahmen die Spielerinnen bei 20 Turnieren elfmal Gold mit nach Hause.

Antigua & Barbuda

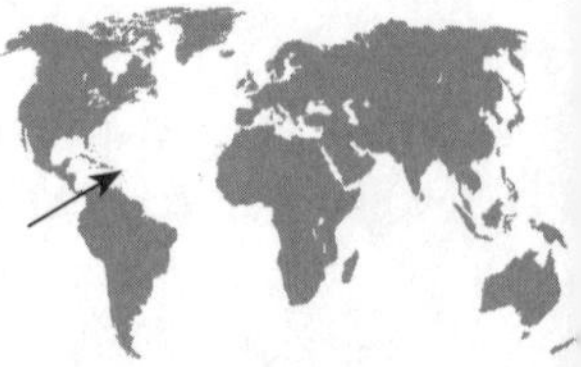

»Auf Verlangen, ein fettes Schaf jährlich.«

Der Preis, den Anfang des 18. Jahrhunderts die britische Königin Anne für die Überlassung der Karibik-Insel Barbuda (für 99 Jahre) der Familie Codrington nannte. Die Codringtons waren jahrhundertelang die mächtige englische Sippe hier.

Name

Wadadli und Wa'omoni hießen die beiden Inseln. Aber das sagte den Spaniern nichts, so nannten sie sie »alt« (Antigua) und »bärtig« (Barbuda), so wie die Feigenbäume ihnen dort erschienen.

Rekord

1257 Handelsschiffe nennen den kleinen Hafen von St. John (25 000 Einwohner) ihre Heimat (2010). Pro forma. Wenn die Deutschen nicht wären, wären es schlappe 163, denn die stecken sich die Flagge Antiguas ans Heck, um deutsche Steuern und Heuern zu sparen. Holländer und Dänen tun das auch. Nur 42 Schiffchen sind wirklich aus Barbuda.

Das können die Antiguaner und Barbudaner besser

Entweder heiraten die Menschen hier öfter oder Europäer und Amerikaner fliegen zum Trauen hierher. Die Inseln hatten zuletzt die höchste Hochzeitsrate der Welt: 21,5 auf 1000 Leute jährlich.

Danke für …

… einfache Lebensweisheiten. Etwa: »Higher monkey climb, de more he show he arse« ist breitestes Kreol-Englisch für »Je höher der Affe klettert, umso mehr zeigt er von seinem Arsch«.

Nur hier

Antigua ist Ziel der längsten Ruderregatta der Welt, des Atlantic Rowing Race, das die Reiseroute des Kolumbus nachrudert. Nach 4700 Kilometern von den Kanaren aus über den Atlantik erreichen die Zwei-Mann-Boote nach 40 oder 50 Tagen English Harbour.

Es war einmal …

… eine tiefe Abneigung gegen die beiden Inseln: Der große britische Admiral Horatio Nelson, der als junger Mann die karibische Flotte kommandierte, mied hier den Landgang und blieb 1784 monatelang auf seiner Fregatte. Nelson: »ein widerwärtiger Ort«, ein »erbärmliches Loch«. Vor den Engländern hatten die Spanier, Franzosen, Holländer Antigua & Barbuda lieber links und rechts liegen gelassen, weil sie die dort lebenden Kariben fürchteten, die selber Besetzer waren. Erst die Engländer trauten sich 1632, bauten Plantagen und holten Sklaven aus Westafrika.

Antigua & Barbuda fühlen

1600 gegen 80 000 Einwohner: Die kleinere Insel Barbuda fühlt sich vernachlässigt. »Barbuda ist hinter dem Rücken Gottes«, sagt ein Sprichwort. Schon unter den Briten war sie nur Sklavenhort für Antigua und noch immer ist sie nur »abhängiges Gebiet«. Und ihre Partei, das Barbuda People's Movement, hat nur einen Sitz im Parlament.

Warum die Außerirdischen gleich wieder wegfliegen würden

Der Manchinelbaum, hier auch »Manzanilla de la muerte« genannt (»Äpfelchen des Todes«), ist so giftig, dass man vom Rauch der brennenden Rinde blind wird, dass Regentropfen, die von den Blättern auf die Haut fallen, Blasen bilden und der Genuss der Frucht tödlich endet. Die Kariben banden ihre Feinde an den Stamm, um sie möglichst schmerzhaft sterben zu lassen.

Übrigens

Da gibt es noch das Königtum von Redonda. Das ist eine kleine Insel, eher ein größerer Fels, der auch dazugehört. Mindestens vier »Könige von Redonda« behaupten heute, Nachfolger »König« Felipes (1880 bis 1947) zu sein, der angab, sein Vater hätte die Insel einst der britischen Queen Victoria abgeschwatzt. Mit bürgerlichem Namen hieß er Matthew Phipps Shiell und war Fantasy-Autor.

Äquatorialguinea

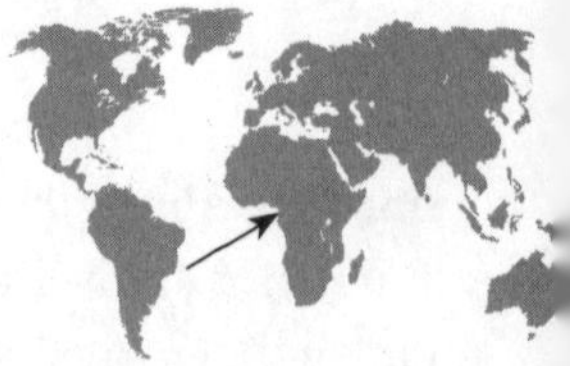

»Er kann sich entscheiden zu töten (…), ohne zur Hölle zu fahren, weil er mit Gott selbst im ständigen Kontakt ist, der ihm seine Kraft gibt.«

Ein Regierungssprecher im Staatsradio über Präsident Teodoro Obiang Nguema (seit 1979).

Name

»Papa Macias« nannten sie den Onkel des heutigen Präsidenten. Auch er war Präsident, bis ihn sein Neffe 1979 absetzte und 101 Mal zum Tode verurteilte. Vielleicht hatte er es verdient. Weihnachten 1975 ließ er 150 Gegner im Stadion hinrichten. Festlich erschienen alle Todesschützen im Nikolaus-Kostüm. Die Lautsprecher spielten des Diktators Lieblingslied: *Those Were the Days.*

Rekord

Sie hat mehr Tore geschossen als alle anderen in der Bundesliga: 22-mal traf Genoveva Añonma in der Saison 2011/12. Die Potsdamer Stürmerin ist außerdem Kapitänin der äquatorialguineischen Nationalmannschaft – der Frauen wohlgemerkt. Denn die Gegner aus den afrikanischen Nachbarländern sagen, sie sei ein Mann und zwei andere Teamkameradinnen auch. Ist sie aber nicht, sie sieht nicht einmal so aus. Im afrikanischen Fußball wird mit harten Bandagen gekämpft.

Das können die Äquatorialguineer besser

94 Prozent der Erwachsenen können lesen, mehr als in jedem anderen afrikanischen Land.

Danke für …

Hier dürfen wir unseren Nuklearmüll abladen. Seit 24 Jahren strahlt die Insel Annobón 500 Kilometer vor dem Festland. 3400 Einwohner teilen sich das Eiland mit vielen Millionen Tonnen atomarem und sonstigem Giftmüll, den britische und amerikanische Firmen dort hinkippen. Die Pflanzen sterben, und jedes zweite Neugeborene ist krank. 200 Millionen US-Dollar bringt das der Präsidentenfamilie jährlich.

Nur hier

Eine Megacity mitten im Dschungel: Oyala. Drei Brücken in der Innenstadt gibt es schon, Straßen werden gerade gebaut und die stolze Schrägseilbrücke für den Kontakt mit der Außenwelt. Nur die geplante Millionenstadt lässt auf sich warten. Im ganzen Land gibt es nur 740 000 Menschen.

Es war einmal

Mit einer Wildcard startete Eric Moussambani bei den Olympischen Spielen 2000 in Sydney. Nach nur acht Monaten Schwimmpraxis sprang er allein ins 50-Meter-Becken, um den Vorlauf über 100 Meter Freistil zu bewältigen. Seine beiden Wettbewerber schieden wegen Fehlstarts aus. Fast schien es, als müsse er auf der Zielgeraden vor dem Ertrinken gerettet werden. Er schlug bei 1:52,72 an, war damit 64 Sekunden hinter dem Weltrekord, erreichte allerdings seinen persönlichen und den nationalen Rekord. Journalisten gaben ihm den Namen »Erich der Aal«.

Äquatorialguinea fühlen

In der Hauptstadt gibt es kein Kino, kein Café, keinen Buchladen, kein Museum, es erscheint keine Tageszeitung und es gibt auch keinen Kiosk, an dem man sie kaufen könnte.

Warum die Außerirdischen gleich wieder wegfliegen würden

Die Straße zum Flughafen wird gesperrt, wenn Mangue, der Sohn des Präsidenten, seinen Ferrari ausfahren will, an der Hand den brillantbestückten Handschuh von Michael Jackson für 3,2 Millionen Dollar. In den USA hat er sich für 70 Millionen US-Dollar ein Strandhaus, einen Jet und 24 Autos gekauft. Äquatorialguinea müsste das höchste Pro-Kopf-Einkommen der Welt haben, doch die »Erste Familie« hat das Geld auf ihren privaten Konten, um es vor »Korruption« zu schützen, sagen sie.

Übrigens

Das Staatsmotto lautet: »Einigkeit, Frieden, Gerechtigkeit«. Von 1972 bis 1979 wurde es unter dem Onkel des jetzigen Diktators für ein paar Jahre geändert in: »Es gibt keinen Gott außer Macías Nguema.«

Argentinien

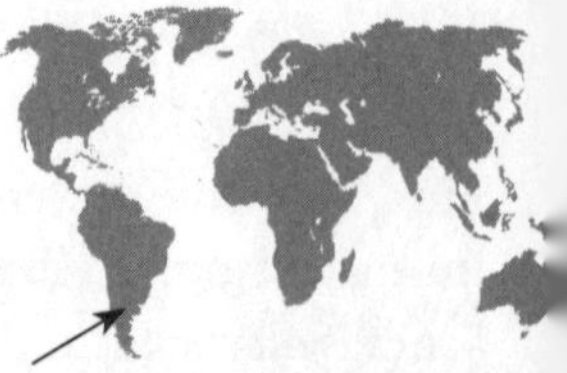

»Ich glaube nicht, dass es irgendetwas tatsächlich Wertvolles gibt, das man mit Anstrengung erreichen kann.«

Jorge Bucay (geb. 1949), berühmter argentinischer Psychotherapeut.

Name

Vom Silberfluss und Silberland. Den Mündungstrichter der Ströme Paraná und Uruguay, der an sonnigen Tagen wie Edelmetall schimmerte, nannten die Spanier »Rio de la Plata« (»Silber« auf Spanisch), das Land Argentinien (»Silber« auf Latein). Es zeigt, worauf die Eroberer hofften.

Rekord

Die breiteste Straße der Welt: Die Avenida 9 de Julio im Zentrum von Buenos Aires ist 140 Meter und 20 Spuren breit. Für das Überqueren braucht man ein paar Minuten Zeit, da man über vier unterschiedliche Ampeln muss.

Das können die Argentinier besser

Polo: Die Argentinier schauten es sich von den Engländern ab, gewannen die Olympischen Spiele und dominieren heute den gesamten Sport. Die Handvoll Superstars mit Handicap 10 sind alle Argentinier. Darum hat man bei den Weltmeisterschaften das Team-Handicap auf 14 begrenzt – damit die anderen auch eine Chance haben.

Danke für …

»Ich gehe zum Markt. Öffne nicht die Tür. Egal, wer es ist. Okay?«, ruft die Mutter. »Und wenn es das Glück ist?«, antwortet Mafalda. Peanuts auf Argentinisch: Mafalda, ein kleines Mädchen aus der Mittelschicht, ist ihren Eltern immer ein Stück voraus. Die Comicfigur des Argentiniers Quino erschien zum ersten Mal 1964 und wurde in 26 Sprachen übersetzt, auch ins Deutsche.

Nur hier

Argentinien hat die einzige zivile Siedlung auf dem Festland der Antarktis: Base Esperanza. 43 Gebäude für 55 Einwohner, inklusive Schule und Radio. Hier wurde auch 1978 das erste Antarktis-Baby geboren. Witzigerweise nur, um die Briten zu ärgern, die den Argentiniern das Land hier streitig machen. Also flogen die Argentinier eine Schwangere im siebten Monat ein, nur um sagen zu können: Wir bekommen hier sogar unsere Kinder!

Es war einmal

»Maradona dreht sich wie ein kleiner Aal, entzieht sich dem Ärger, der kleine gedrungene Mann ... überläuft Butcher innen und lässt ihn stehen, überläuft Fenwick außen und lässt ihn stehen und schiebt den Ball rein ... und das ist, warum Maradona der größte Spieler der Welt ist!« Diego Armando Maradonas Traumtor gegen England 1986 wurde selbst von der BBC gefeiert und von der FIFA zum besten WM-Tor des Jahrhunderts gewählt. Drei Minuten zuvor hatte er bereits ein Tor per Hand (Maradona: »die Hand Gottes«) erzielt: »Manchmal denke ich, dass ich das Tor, das ich mit der Hand gemacht habe, dem anderen vorziehe [...] es war in etwa so, als würde ich den Engländern die Brieftasche klauen.«

Argentinien fühlen

Psychotherapie ist in Argentinien Alltag. In Buenos Aires gibt es 795 Psychologen pro 100 000 Einwohner, so viel wie nirgendwo sonst auf der Welt. New York hat 100, Berlin nur 25. Der Stadtteil mit den meisten Psychotherapeuten heißt »Villa Freud«.

Warum die Außerirdischen gleich wieder wegfliegen würden

Überraschung: Die schwersten Gewitter weltweit gibt es östlich der Anden in Argentinien. Hier trifft warm-feuchte Luft oft mit kühl-trockener zusammen und da kracht es zwar nicht häufiger, aber heftiger. Das hat der seit 1998 kreisende NASA-Donnerwettersatellit beobachtet.

Übrigens

Warum haben 40 Millionen Argentinier 55 Millionen Rinder? Nicht, um sie ins Ausland zu verkaufen, sondern um sie zu essen. 68 Kilogramm verspeist der Durchschnittsargentinier im Jahr, etwa sechsmal so viel wie der Deutsche. In Argentinien wird befürchtet, dass man in den nächsten Jahren sogar Tiere aus Brasilien importieren muss. Eine nationale Schmach wäre das.

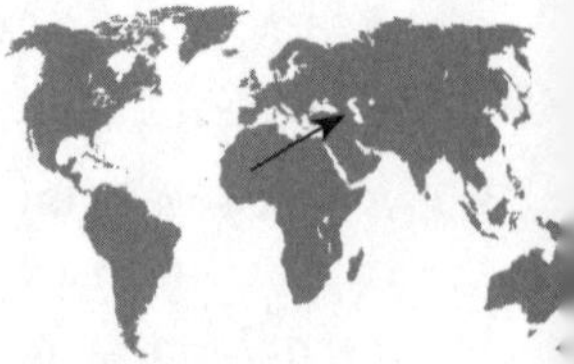

Armenien

»Eine gute Schwäche ist besser als eine schlechte Stärke.«

Charles Aznavour oder Schahnur Waghinak Asnawurjan, armenisch-französischer Sänger, Komponist, Liedtexter, Schauspieler. Seit 2009 ist Charles Aznavour armenischer Botschafter in der Schweiz. In der armenischen Hauptstadt Eriwan gibt es ein fünfstöckiges Aznavour-Museum.

Name

Offiziell heißt das Land Hajastan, genannt nach Urvater Haj, »einem stattlichen und freundlichen Mann mit lockigen Haaren, funkelnden Augen und starken Armen … von gigantischer Statur, ein mächtiger Bogenschütze und furchtloser Kämpfer«, wie der erste armenische Geschichts- bzw. Legendenschreiber im dunklen 5. Jahrhundert notierte.

Rekord

In Armenien trainieren die Kinder ihre Synapsen mit Königen, Damen und Bauern. Schach ist Pflichtfach in den Schulen. Bisher weltweit einzigartig. In ihrer Sportart Nummer 1 sind die Armenier 2011 in China sogar Weltmeister geworden, vor den Chinesen! Den Schachverband leitet übrigens Staatspräsident Sersch Sarkissjan persönlich.

Das können die Armenier besser

Wer bläst die Melancholie in die Hollwoodfilme? Der Duduk. Die armenische Flöte spielt immer, wenn es im Kino entweder traurig (Harry Potter leidet, Sean Penn stirbt, William Dafoe hängt am Kreuz) oder irgendwie fremdartig werden soll (George Clooney im Libanon, Leonardo DiCaprio in Afrika, Cameron Crowe im alten Rom). Doch der Duduk bläst nicht von alleine. Schlaue Regisseure rufen den Meister des Duduk, den armenischen Komponisten Djivan Gasparyan an.

Danke für …

Die Aprikose ist eine Armenierin (aus welchem Holz wird wohl der Duduk geschnitzt)?

Nur hier

… stehen 40 000 Monolithen, bis zu drei Meter hoch. Die »Chatschkare« (»Kreuzsteine«, da sie ein Kreuz in der Mitte abbilden) dokumentieren seit der Befreiung von den Arabern im 9. Jahrhundert die Geschichte des Landes: militärische Siege und Kirchenbauten, dazu Ranken, Trauben und Rosetten, künstlerisch filigran in Stein gemeißelt.

Es war einmal

Im Mittelalter wurde die »terra armenia«, die fette Tonerde Armeniens, gegen Krankheiten eingesetzt, gegen die sonst kein Kraut gewachsen war: Pest, Schwindsucht und Organleiden. Heute sind die Ansprüche gesunken und sie heilt, was Naturheilmittel so heilen: Magen-Darm-Probleme, Gelenkbeschwerden, Cellulite … und natürlich eingewachsene Nägel. In die Haare kann man es sich auch schmieren. Als Pflegemittel.

Armenien fühlen

… mit armenischem Weinbrand (Ararat). Die Armenier behaupten, Winston Churchills Lebensmotto sei »Cuban cigars, Armenian brandy and no sport!« gewesen. Richtig ist, dass Stalin ihn darauf gebracht hat. Der schickte ihm während des Zweiten Weltkriegs mehrere Dutzend Kisten. Auch bei der Konferenz von Jalta 1945 wurde der Weinbrand schon tagsüber ausgeschenkt, neben kaukasischem Champagner, von dem Churchill, so sein Assistent, »Eimer trank«. Die Kiste Ararat bekommt man heute für 230 Euro.

Warum die Außerirdischen gleich wieder wegfliegen würden

Mezamor. Ein klappriges Atomkraftwerk mitten im Erdbebengebiet sorgt für 40 Prozent des armenischen Stroms. 1973 stellten es die Sowjets ohne Sicherheitsmantel mitten in den Großraum Eriwan, in dem heute 1,4 Millionen Menschen leben. Wenn das alte Werk in Rente geht, übernimmt ein neues, wieder ein Typ aus Russland. Für erneuerbare Energien ist die Regierung weniger zu haben.

Übrigens

Immerhin Siebte wurden die Armenier beim *Eurovision Song Contest 2010*. Und wie hieß der Song? *Apricot Stone*! Djivan Gasparyan und sein Duduk waren auch wieder dabei.

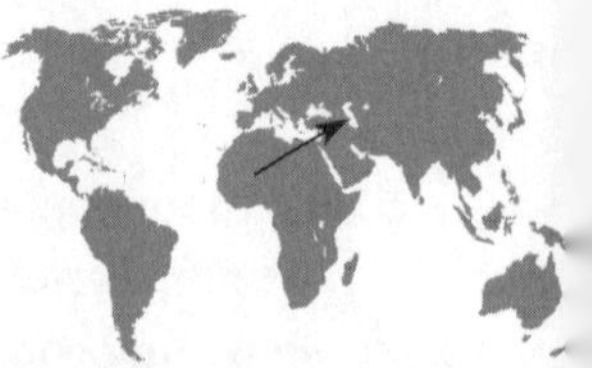

Aserbaidschan

»Heute Abend konnte niemand für sein eigenes Land abstimmen. Aber es ist gut, wählen zu können. Und es ist gut, eine Wahl zu haben. Viel Glück auf deiner Reise, Aserbaidschan: Europa beobachtet dich.«

Anke Engelke in der TV-Live-Schaltung zur Bekanntgabe der deutschen Punkte für den Eurovision Song Contest 2012 in der aserbaidschanischen Hauptstadt Baku. In den vergangenen 20 Jahren gab es in dem Kaukasusland keine freien und demokratischen Präsidentschaftswahlen.

Name

Die Hauptstadt Baku heißt »Vom Wind geschlagene Stadt«.

Rekord

1050 Meter soll das höchste Gebäude der Welt in den Himmel ragen – im Kaspischen Meer vor der Küste Bakus. Darum soll eine Stadt auf 41 künstlichen Inseln entstehen, mit Golfplatz und Pferderennbahn. Bis 2025. »Eine Million Menschen werden hier leben. Es wird Venedig sein, das neue Venedig!«, sagt der Projektleiter und Freund des Präsidenten.

Das können die Aserbaidschaner besser

Häkeln. Beim Wettbewerb der »Sieben Schönheiten« drückt man sieben Schönheiten Nadel und Faden in die Hände. Gewonnen hat die, die in einer bestimmten Zeit die tollste Häkelarbeit abliefert.

Danke für …

… die Fuzzylogik. Zwischen richtig und falsch, ja und nein, schwarz und weiß gibt es noch eine andere Realität. Platon sinnierte schon darüber und Lotfi Zadeh (geb. 1921 in Baku) legte sie frei. Er entwickelte die Theorie der unscharfen Mengen, die aus der Computerwissenschaft und der Elektrotechnik nicht mehr wegzudenken ist.

Nur hier

… bekommt ein »blinder« Linienrichter eine eigene Briefmarke und wird auch noch Namenspate des Nationalstadions. Tofiq Bahramov, immer wieder als »russischer Linienrichter« bezeichnet, war in Wahrheit Aserbaidschaner und brachte Deutschland 1966 um den Weltmeistertitel, als der Ball von der Latte auf die Linie und wieder heraus sprang und er trotzdem »Tor für England« gab.

Es war einmal

»Nahe der georgischen Grenze«, berichtete Marco Polo 1264, »ist eine Quelle, aus der ein Strom von Öl sprudelt, in solcher Fülle, dass hundert Schiffe auf einmal beladen werden können. Dieses Öl ist nicht gut zum Essen, aber gut zu verbrennen und als Salbe für Menschen und Kamele, die Hautkratzer oder Ausschlag haben.« 1848 wurden bei Baku die ersten Öltürme der Welt gebaut, sechs Jahre früher als in den USA. Heute sind Öl und Gas Basis des Reichtums.

Aserbaidschan fühlen

Schach ist Volkssport. Das Brettspiel steht in zahllosen Schachcafés und Teehäusern auf dem Tisch. Garri Kasparow, einer der besten Schachspieler aller Zeiten, wurde in Baku geboren und ging hier zur Schachschule.

Warum die Außerirdischen gleich wieder wegfliegen würden

»Ich sagte ›Hallo‹, aber sie akzeptierten es nicht, weil es kein Schmiergeld war.« Fużūlī, aserbaidschanischer Dichter (ca. 1483–1556).

Übrigens

Nach dem neuen Wahlgesetz bekommen nur noch Parteien mit mehr als 61 zugelassenen Kandidaten kostenlose TV-Sendezeit. Die Partei des Präsidenten ist die einzige, die das Kriterium erfüllt.

Äthiopien

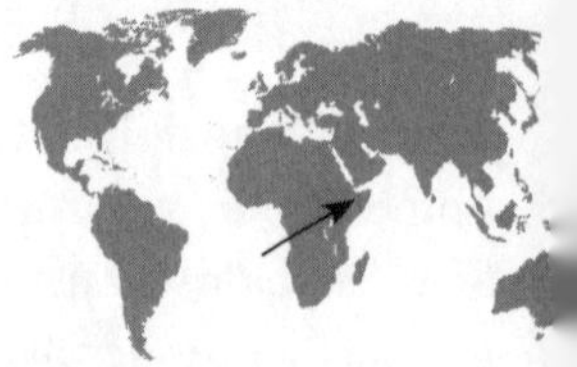

»Sie wollte mit mir Essen gehen – äthiopisch.
Die hungern doch – was mag's da geben? Leere Teller?«

Billy Crystal im US-Film Harry und Sally. *Das Image Äthiopiens ist bis heute von der großen Hungersnot 1984/85 geprägt, weshalb die Ethiopian Airlines noch regelmäßig Anfragen bekommt, ob auf ihren Flügen auch Mahlzeiten gereicht werden.*

Name

»Verbranntes Gesicht«, sagten die alten Griechen zu den Äthiopiern.

Rekord

Dallol in Nordäthiopien, 130 Meter unter dem Meeresspiegel, ist der heißeste Ort, an dem je Menschen gelebt haben. Bis in die 1960er-Jahre wurden hier Kalisalze abgebaut, und die Arbeiter maßen im Jahresschnitt 34 Grad Celsius. Übrig geblieben sind ein paar verrostete Autos, Maschinen und eingestürzte Gebäude aus Salz. Keine Straße führt hierher, nur Kamelkarawanen.

Das können die Äthiopier besser

Er lief den Marathon-Weltrekord ganz ohne Schuhe: Abebe Bikila hatte bei Olympia 1960 keine passenden mehr gefunden, ging barfuß an den Start – wie immer – und schlug alle. 37 Jahre später rannte sein Landsmann Haile Gebrselassie beim Berlin-Marathon ebenfalls zum Weltrekord – mit leicht angewinkeltem linken Arm. In dem hatte er als Kind seine Schulbücher getragen, täglich 20 Kilometer weit.

Danke für …

… den Kaffee. Der Name und die Pflanze kommen aus Kaffa im Südwesten des Landes. Sogar die Sträucher, von denen man heute in Kolumbien erntet, stammen ursprünglich von hier. Ein Hirtenjunge namens Kaldi soll auf die Bohnen gekommen sein. Seine Ziegen hatten welche gegessen und sich seltsam benommen. Kaldi zeigte die Bohnen einem alten Mann. Als der sie ins Feuer warf, brachte der Duft die beiden auf die Idee, die Bohnen in heißem Wasser zu zerstoßen.

Nur hier

Die Zehn Gebote liegen hier! Und die Bundeslade! Zwei Steintafeln also und die Kiste, in der sie sich befinden. Sicher verwahrt in Aksum, in der Kirche der Heiligen Maria von Zion. Ob es aber wirklich Moses echte Gebote sind, ist schwer rauszukriegen. Denn ein Mönch bewacht sie unablässig. Er ist der Einzige, der sie sehen darf. Sein ganzes Leben verbringt er in der Kapelle, als »Häftling des Heiligen, der nur für diese Aufgabe geweiht wird – und der seinen Nachfolger immer selbst bestimmt«.

Es war einmal

Ardi, Lucy und die Omo-Jungs – alle unsere ältesten Vorfahren sind Äthiopier. Die ältesten Homo sapiens, die Skelette Omo 1 und Omo 2, 195 000 Jahre alt, fand man hier in den 1960er-Jahren. Deren Vorfahrin Lucy, der mit 3,4 Millionen Jahre älteste »Vormensch«, wurde dann in den Siebzigern entdeckt. Bis man in den Neunzigern Ardi fand, eine Frau, die noch eine Million Jahre früher durch die damals grünen Wälder spazierte – in der Wiege der Menschheit.

Äthiopien fühlen

Christen und Muslime leben seit 1541 friedlich Seite an Seite.

Warum die Außerirdischen gleich wieder wegfliegen würden

Nirgendwo gibt es weniger Toiletten. 94 von 100 Äthiopiern müssen im Freien ihr Geschäft machen. Weltweit geht es etwa 2,6 Milliarden Menschen so.

Übrigens

In Äthiopien gibt es ein Dorf, das den Göttern abgeschworen hat, Jesus, Allah und allen anderen. Etwa 450 Menschen leben in Awra Amba auf 2000 Meter Höhe im Norden sehr weltlich im nordafrikanischen Vergleich. Westliche Organisationen, Medien und Soziologen pilgern hierher, denn der Ort hat es mit seinen in Äthiopien außergewöhnlichen Regeln zu bescheidenem Wohlstand gebracht: Gleichberechtigung der Geschlechter, kein Alkohol, kein Beten mehr. In den Nachbardörfern sind die Menschen von Awra Amba unbeliebt.

Australien

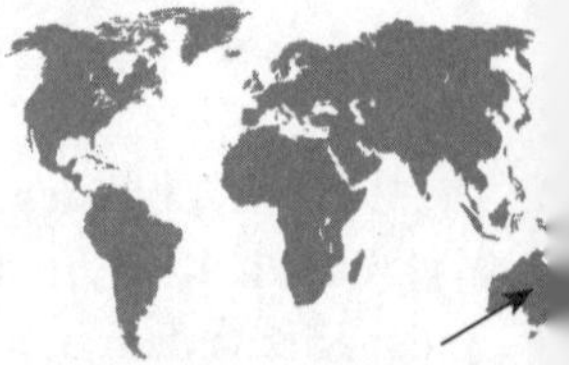

»Anders als alle anderen Völker der Welt scheinen sie von diesem Syndrom frei zu sein, dass auf der anderen Seite des Zauns das Gras grüner sei, und erklären rundweg Australien sei vielmehr diese andere Seite dieses Zauns.«

Douglas Adams (1952–2001), britischer Schriftsteller (Per Anhalter durch die Galaxis*).*

Name

Unter der »Terra Australis incognita«, dem »unbekannten südlichen Land«, stellte man sich seit der Antike einen riesigen warmen Kontinent vor, der bis zum Südpol reichte. Man fand aber zwei kleine: einen, der bis zum Pol reichte, und einen, der warm war. Mit Letzterem konnte man mehr anfangen und nannte ihn »Australien«.

Rekord

31:0 – Australien hat den höchsten je aufgezeichneten Fußballsieg errungen, und zwar gegen Amerikanisch-Samoa. Kunststück: Das US-Außengebiet nimmt auf der FIFA-Rangliste konstant den 202. und damit letzten Rang ein. Zudem hatte Australien zum WM-Qualifikationsspiel 2002 nur 19 der ursprünglich 20 Spieler einreisen lassen, so mussten die Samoaner mit einer Jugendmannschaft spielen. Was hat es Australien gebracht? Für die WM qualifizierten sie sich dennoch nicht.

Das können die Australier besser

Geheimnisse bewahren: Der Australian Secret Intelligence Service war 20 Jahre lang so geheim, dass selbst die Regierung nichts davon wusste. Eingerichtet von Premierminister Robert Menzies 1952, wurde das australische Pendant zur CIA erst 1972 durch die britische Zeitung *Daily Telegraph* enttarnt. 1977 gab Australien die Existenz zu.

Danke für …

»Granny« Maria Ann Smith fand 1868 auf dem Komposthaufen ihres Apfelgartens ein neuartiges Bäumchen. Das pflegte sie, und bald trug es grüne Äpfel. Wie werden die wohl heute genannt?

Nur hier

… der Bumerang und Kylie Minoque, was im Grunde auf das Gleiche hinausläuft. »Kylie« ist die englische Verballhornung des indigenen Worts »Karli« für einen Kriegsbumerang.

Es war einmal

1902: Die Australier führen landesweit das Frauenwahlrecht ein. Als Erste!

Australien fühlen

Immer am Zaun entlang: Der längste der Welt ist mit 5230 Kilometern der Dingozaun im Südosten Australiens. Er soll den Wildhunden den Weg zu den Schafen versperren. Aber auch der Zaun gegen die Milliarden von Kaninchen (Nachkommen von zwei Dutzend, die ein Einwanderer im 19. Jahrhundert mitbrachte, weil er etwas zum Jagen haben wollte) kann sich sehen lassen. Der steht im Westen und ist mit seinen verschiedenen Abschnitten 3256 Kilometer lang.

Warum die Außerirdischen gleich wieder wegfliegen würden

Tigerotter (Tod nach 12 Stunden), Steinfisch (2 Stunden), Trichternetzspinne (15 Minuten), Große Blauringkrake (10 Minuten), Textil-Kegelschnecke (5 Minuten), Seewespe (3 Minuten), Taipannatter (3 Sekunden). Ach ja. Das Salzwasserkrokodil läuft außerhalb des Wassers schnell wie ein Pferd.

Übrigens

Die Rinderfarm Anna Creek Station in Süd-Australien ist größer als Hessen, achtmal größer als die größte Ranch in Texas und … ach, die größte der Welt: 23 677 Quadratkilometer, 14 000 Tiere.

Bahamas

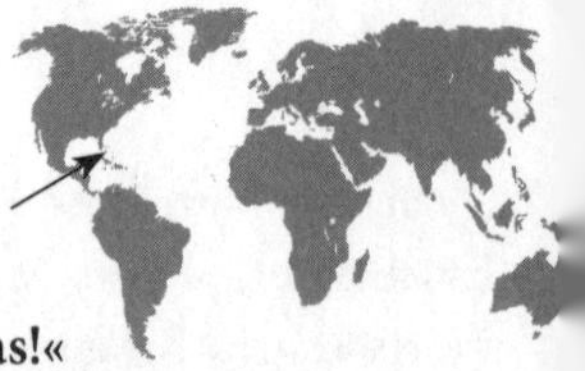

»Hurrikan Anna Nicole verwüstet die Bahamas!«

US-Botschafter Brent Hardt in einem Brief nach Washington. Das amerikanische TV-Starlet Anna Nicole Smith bekam seine Aufenthaltsgenehmigung 2006 innerhalb eines Monats – was sonst ein Jahr dauert. Der Einwanderungsminister betonte, sie sei wie alle Bewerber behandelt worden – bis man bei ihm 10 000 US-Dollar fand und ein Foto von ihm und Anna Nicole im Bettt.

Name

Rolle-Town, Exuma-Inseln: Der Plantagenbesitzer John Rolle hatte im 18. Jahrhundert 300 Sklaven, die, wie in dem Business üblich, alle seinen Namen trugen. Als das Geschäft bergab ging, befreite er sie und schenkte ihnen das Land mit der Auflage, dass es auf ewig in der Familie bleibe. Wer wollte sich also fortan nicht »Rolle« nennen? Heute heißt die Hälfte der Einwohner der zentralen Exuma-Inseln so und aus Dankbarkeit auch Straßen, Brücken und Städte: Rolleville und Rolle-Town etwa.

Rekord

Long Island: Dean's Blue Hole ist das tiefste Blue Hole der Welt. Im flachen, hellen Wasser der Bahamas tut sich ein dunkles, 25 Meter breites und 200 Meter tiefes Loch auf, ein Mekka für Apnoe-Taucher ohne Atemgeräte. 101 Meter tief sank hier der Neuseeländer William Trubridge ohne Flossen und Hilfsmittel, nur mit Badehose – Weltrekord.

Das können die Bahamaer besser

Auf der Insel New Providence ist es ein beliebtes Kinderspiel: Alle bilden einen Kreis, einer geht in die Mitte und tanzt zum Lied der anderen: *There's a brown girl in the ring – tra la la la la – She looks like a sugar in a plum. Plum, plum!* 1977 machte der Deutsche Frank Farian das Lied mit seiner Band Boney M. weltweit zur Nummer 1.

Danke für …

… Cat Island: Sidney Poitier – aufgewachsen ist er als jüngstes von sieben Kindern in Armut – kommt von hier, US-Schauspieler und Held des schwarzen Amerika in den Sechzigerjahren. Dabei hätte ihm sein dicker bahamischer Akzent fast die Karriere gekostet: »Hör auf, deine Zeit zu vergeuden, hol dir einen Job als Tellerwäscher«, sagte ihm der Regisseur beim ersten Vorsprechen in New York.

Nur hier

Little Hall's Pond Insel: Johnny Depp findet hier seine Ruhe. Nur auf den Bahamas gibt es genug unbewohnte Eilande (670 von 700) und Desinteresse an Hollywoodstars. Hier wohnen Sean Connery, Lenny Kravitz, Tiger Woods, Shakira, Michael Jordan, John Travolta, Mariah Carey, Eddie Murphy und Nicolas Cage, der sagt: »Die Leute hier freuen sich zwar, dich zu sehen, aber sie wollen dich nicht ausnutzen.«

Es war einmal

Bimini Insel: 500 Kilo schwer war der Marlin, den Schriftsteller Ernest Hemingway 1936 vor Bimini an der Angel hatte. Doch die Haie rissen an dem müden Tier. Patrone um Patrone jagte Hemingway mit seinem Gewehr in die hungrigen Haileiber. Doch als der Fisch endlich an Bord war, hingen daran nur noch 230 Kilo zerrupftes Fleisch und er sah aus »wie ein Apfelkern«. Wie kam Hemingway eigentlich auf die Story von *Der alte Mann und das Meer*?

Die Bahamas fühlen

»Bahama Mama«: 2 cl Rum (weiß), 4 cl Rum (braun), 2 cl Kokoslikör, 2 Spritzer Grenadine, 1 cl Zitronensaft, 4 cl Ananassaft, 4 cl Orangensaft.

Warum die Außerirdischen gleich wieder wegfliegen würden

Big Major Insel: Die frei schwimmenden Schweine sollen einst von einem Schiff gefallen und hier gestrandet sein. Braun und pink sind sie, bewegen sich völlig frei auf der Insel, tummeln sich am Strand und planschen mit den Touristen um die Wette.

Übrigens

New Providence Insel: Das »Drama auf den Bahamas« in Nassau war Muhammad Alis letzter Boxkampf. 1981 war der »Größte aller Zeiten« schon 39 Jahre alt und man zerrte ihn trotz sichtbarer Symptome seiner Parkinson-Krankheit noch einmal in den Ring. Er verlor klar nach Punkten.

Bahrain

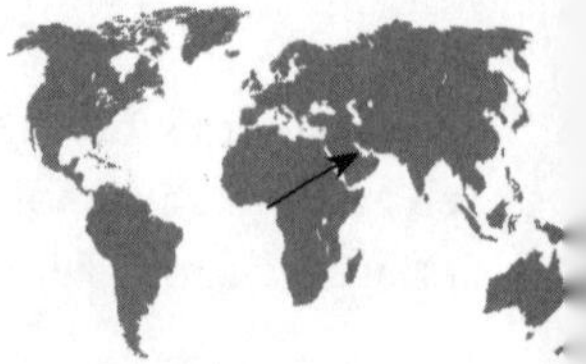

»Ich bedaure die Ereignisse des letzten Jahres. Aber es gibt keine Opposition in Bahrain, nicht im Sinne eines einheitlichen Blocks. So etwas steht nicht in unserer Verfassung. Es gibt nur Leute mit verschiedenen Ansichten, und das ist gut so.«

Bahrains König Hamad Bin Issa Al Chalifa 2012. Bei Demonstrationen für mehr Demokratie kamen 2011 in Bahrain 46 Menschen ums Leben, 3000 wurden festgenommen.

Name

»Al-Bahrain« bedeutet »Zwei Meere«. Gemeint sind der Persische Golf und ein Meer von Grundwasser.

Rekord

Bahrain hatte einst das Monopol auf die kostbarsten Perlen der Welt. Das Perlentauchen war die Haupteinnahmequelle, bis Anfang der 1920er-Jahre Zuchtperlen den Weltmarkt fluteten und die Taucher ihre Arbeit gegen einen Job in der Erdölgewinnung tauschten. Die »Echten« kommen immer noch von hier und kosten 40 000 US-Dollar pro Stück. Der Verkauf von Zuchtperlen ist hier streng verboten.

Das können die Bahrainer besser

Bereits 2500 v. Chr. verewigte man die Umrisse arabischer Vollblüter an Felswänden. Um etwa 400 n. Chr. begann man auf der arabischen Halbinsel mit der Zucht. Allein in Bahrain aber züchtet man seit Jahrhunderten ununterbrochen und achtet dabei streng auf die Reinrassigkeit seines Gestüts. Den edlen Araber-Stuten darf kein fremdes Blut zu nahe kommen. Angeblich handelt es sich um die einzige Vollblutzucht, die als wandelnde Genbank betrachtet wird.

Danke für …

Von wegen Mimose: Der »Baum des Lebens«, ein 400 Jahre altes Gewächs dieser Gattung, steht groß gewachsen und ausladend mitten in der Wüste der Hauptinsel und gilt als Naturwunder. Niemand weiß, woher er sein Wasser bekommt.

Nur hier

Die in Bahrain produzierte arabische Version der TV-Sendung *Big Brother* (hier *Al-Ra'is = Der Boss*) wurde 2004 nach nicht einmal zwei Wochen eingestellt. Die Proteste waren zu groß, der Gedanke der gemischten WG zu progressiv. Das Urteil: »Unterhaltung für Tiere!«

Es war einmal

Schon vor 4000 Jahren drängelten sich Könige, Piraten und Eroberer auf der Insel. Sie hinterließen 170 000 Hügelgräber.

Bahrain fühlen

An den Wochenenden kommen Scharen von Saudis und bevölkern die Bars in den Hotels. Hier können sie Alkohol kippen, so viel sie wollen, denn zu Hause ist auch nur mal kurz Nippen verboten. Ihre Frauen gehen derweil in den Malls von Bahrain shoppen.

Warum die Außerirdischen gleich wieder wegfliegen würden

»Wenn wir nicht hier wären, würde niemand über Bahrain sprechen. Es gibt viele andere Länder, über die man viel mehr schreiben könnte«, sagte Formel-1-Macher Bernie Ecclestone, als der Rennzirkus im April 2012 in der Kritik stand. Man veranstaltete ein Rennen in Bahrain, wollte aber nicht auf die erneut aufflammenden Proteste im Land gegen die politischen Verhältnisse angesprochen werden.

Übrigens

Für den Fall, dass in absehbarer Zukunft die Hauptölquellen im Land versiegen sollten, gibt es Alternativen. Um die Einnahmequellen weiter sprudeln zu lassen, hübscht sich Bahrain für internationale Investoren auf und reiht sich ein in die Steuerparadiese dieser Welt. Für das Ambiente ist gesorgt: Auf 13 künstlichen Inseln entsteht das Zentrum »Durrat Al Bahrain« mit 3000 Apartments, 2000 Villen, Golfplätzen und Jachthäfen.

Bangladesch

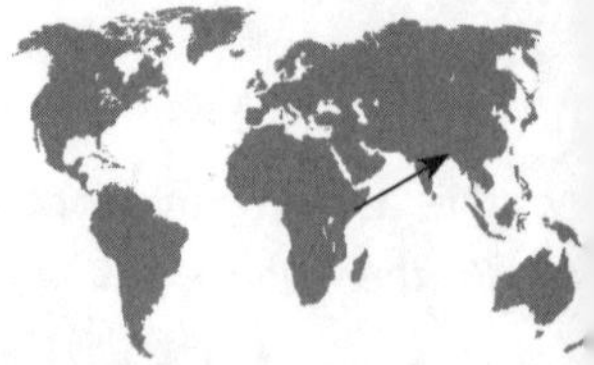

**»Am reichsten sind die Menschen,
die auf das Meiste verzichten können.«**

Rabindranâth Tagore (1861-1941), bengalischer Dichter, Philosoph, Komponist und 1913 erster asiatischer Nobelpreisträger (für Literatur). Tagore verglich die bengalische Sprache mit Zucker. Sie sei immer süß. Die Nationalhymnen von Indien und Bangladesch hat er getextet.

Name

Bangladesch ist das Land bzw. der Staat *(desh)* der Bengalen.

Rekord

Bangladesch ist die dünnste Nation der Welt. Mehr als die Hälfte der Frauen und Kinder sind untergewichtig.

Das können die Bangladescher besser

Bangladesch war das erste Land der Welt, das Plastiktüten 2002 komplett verbot. Man hatte herausgefunden, dass die Tüten mitverantwortlich für Überschwemmungen waren, da sie die Abflüsse von Kanälen verstopften.

Danke für …

… die meisten Blauhelm-Soldaten: 10 609 waren es 2011. Fremd- oder Eigennutz? Vor allem die USA vermuten, Bangladesch wolle so seinen Einfluss vergrößern. Deutschland stellt 268 Blauhelme, Palau einen, die USA keinen.

Nur hier

Oder besser: *Von* hier kommt der Bungalow – ein kleines, einstöckiges Haus mit großer Veranda. Das Wort entstand über die Inder und Engländer, die den Baustil eben »bengalisch« nannten, das damalige Wort für »bangaladeschisch«. Das Haus würde heute also etwa »Bungaladeschow« heißen.

Es war einmal

Der US-amerikanische Architekt Louis Kahn starb 1974 auf der Toilette der Penn Station in New York. Er war gerade aus Bangladesch zurückgekehrt – einsam, unbekannt und hoch verschuldet. Erst neun Jahre später wurden in Bangladeschs Hauptstadt Dhaka die 23 Jahre währenden Arbeiten an einem der größten Parlamentsgebäude der Welt beendet. Das von Louis Kahn entworfene Jatiya Sangsad Bhaban ist eines der Meisterwerke moderner Architektur. Gebaut aus Beton, ist es Licht, Raum, Tradition, Zukunft und der Stolz von Bangladesch.

Bangladesch fühlen

Ab ins Wasser bis zum Hals. Warum? Das Land liegt nur wenige Meter über dem Meeresspiegel, hat mehr als 700 Flüsse, darunter den Brahmaputra (der fruchtbaren Schlamm aus dem Himalaya mitbringt) und den Ganges und das größte Flussdelta der Welt.

Warum die Außerirdischen gleich wieder wegfliegen würden

Bangladesch ist der am dichtesten bevölkerte Flächenstaat der Welt. Mittlerweile leben hier nahezu 1000 Menschen pro Quadratkilometer, etwa 150 Millionen auf einer Fläche doppelt so groß wie Irland.

Übrigens

Bangladesch ist das im Leistungssport erfolgloseste Land. 80 Staaten haben noch nie eine olympische Medaille gewonnen, davon ist Bangladesch mit seinen 150 Millionen Menschen der größte. In dem Riesenland gibt es kein professionelles Schwimmbecken. Daher schied Schwimmer Mahfiziur Rahman bei Olympia 2012 ebenso früh aus wie der Läufer, der Turner, die Gewehrschützin und der Bogenschütze.

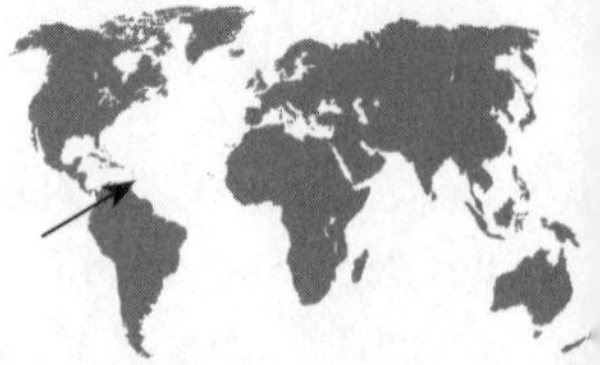

Barbados

»Pride and Industry«

»Stolz und Fleiß« steht auf dem Wappen von Barbados. Beides galt einst vor allem der Zuckerindustrie. Heute gilt es vor allem dem Tourismus.

Name

Den portugiesischen Entdecker Pedro a Campos erinnerten 1536 die Feigenbäume mit ihren herabhängenden Wurzeln an Bärtige (*Las Barbadas,* siehe auch *Antigua & Barbuda*). 100 Jahre später wurden viele Iren von Oliver Cromwell »barbadosed«, »gekidnappt«, und für die Arbeit auf den Plantagen hierher verschleppt.

Rekord

Auf Barbados – und nur hier – lebt die kleinste Schlange der Welt. »Leptotyphlops carlae« ist gerade mal so groß wie ein Regenwurm. Entdeckt hat sie 2008 der US-Biologe Blair Hedges. Der fand auch schon den kleinsten Frosch und die kleinste Eidechse.

Das können die Barbadier besser

Admiral Horatio Nelson steht steinern auf einer Säule über dem Trafalgar Square. Wie in London. Nur stand er hier in der Hauptstadt Bridgetown noch 27 Jahre früher als in England. Barbados ist die britischste Insel der Karibik.

Danke für …

… den »Stolz von Barbados«, so wird der Pfauenstrauch auch genannt. Man findet ihn weltweit mit üppigen Blüten in Parks und Blumenkübeln (20 Samen für 4,50 Euro, »der Hingucker im Garten«).

Nur hier

1961 bauten die USA und Kanada am Strand von Barbados eine riesige Kanone auf und begannen, schwere Projektile senkrecht in die Luft zu feuern. Mit dem High Altitude Research Project (HARP) wollte man Fracht in den Weltraum transportieren. Die Kanone konnte 180 Kilogramm schwere Geschosse in eine Höhe von 180 Kilometern bringen, was bis heute Weltrekord ist. Für den Orbit waren die Geschwindigkeiten allerdings zu gering. Das Projekt wurde 1966 beendet. Dessen kanadischer Leiter Gerard Bull arbeitete später für Saddam Hussein und sollte für ihn eine weitreichende Kanone entwickeln. 1990 wurde Bull in Brüssel erschossen. Man vermutet, es war der israelische Geheimdienst Mossad.

Es war einmal

Stede Bonnet, ein reicher Plantagenbesitzer, galt als belesen und hatte den Ruf eines Gentlemans. Doch 1717, mit 29 Jahren, wurde er Pirat. Die Meckerei seiner Frau Mary, mit der er vier Kinder hatte, soll ihn aufs Meer getrieben haben. Schnell zeigte sich, dass Bonnet das Seeräuberhandwerk nicht beherrschte. Der berüchtigte Pirat Blackbeard nahm ihn gefangen, und nach nur einem Jahr als Pirat war Bonnet tot, hingerichtet am Galgen von Charleston, South Carolina. Zum Zeichen seiner Reue hielt er einen Blumenstrauß in der Hand.

Barbados fühlen

Fliegender Fisch ist das Nationalgericht im »Land des Fliegenden Fisches«. Das Tier ist allgegenwärtig, so auf der Dollar-Münze und im Landeswappen.

Warum die Außerirdischen gleich wieder wegfliegen würden

Der »ABC-Highway« ist nach den Politikern Adams, Barrow und Cummins benannt. Für die Einheimischen aber steht der Straßenname für *always be careful.*

Übrigens

Der 21. Februar ist »Rihanna Day« in Barbados. Die Rhythm-and-Blues-Sängerin verkaufte mit mehr als 25 Millionen Alben fast hundertmal so viele Scheiben, wie ihre Heimat Einwohner hat.

Belgien

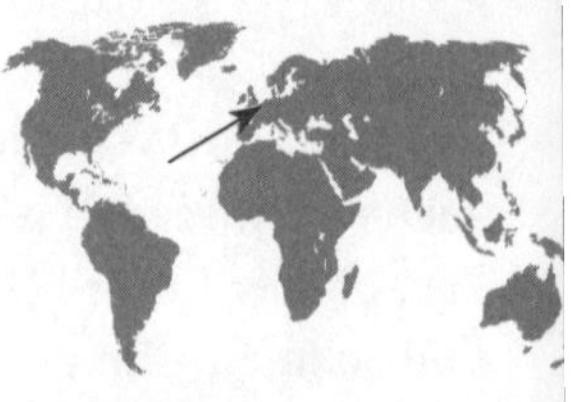

**»Pestbeulen! … Ikonoklasten! …
Sie zoologisches Abfallprodukt!«**

Kapitän Haddock aus den Comics um die Abenteuer des Reporters Tim und seines Hundes Struppi vom Belgier Hergé.

Name

In Brüssel, der Hauptstadt des Landes der Belger, wie sie Julius Cäsar einst nannte, ist der biblische Name »Adam« Nummer 2 unter den männlichen Babynamen. Nummer 1 ist »Mohammad«.

Rekord

Der größte Raub der Geschichte – mitten im berühmten Antwerpener Diamantenzentrum. Steine im Wert von mehr als 100 Millionen Dollar wurden gemopst, 123 von 160 Safes aufgebrochen, in einem Komplex, der als unknackbar galt, beschützt von Wärmedetektoren, Radaren, Magnetfeldern, seismischen Sensoren, Kameras und einem Schloss mit so vielen Kombinationsmöglichkeiten wie Dollar im Schrank. Noch immer ist unklar, wo die Beute ist. Der verurteilte Dieb kommt 2015 aus dem Gefängnis.

Das können die Belgier besser

Comics. Außer Hergé (*Tim und Struppi*) gibt es noch Morris (*Lucky Luke*), André Franquin (*Spirou und Fantasio, Marsupilami, Gaston*), Peyo (*Die Schlümpfe*), Jijé (*Jerry Spring*).

Danke für …

… das Saxophon. Von dem Belgier Adolphe Sax 1840 erfunden.

Nur hier

Miesmuscheln mit Pommes frites sind das Nationalgericht. Die Amerikaner nennen die von den Belgiern erfundenen Pommes frites zwar French Fries, dies aber, weil die Wallonen, die sie den amerikanischen Soldaten im Ersten Weltkrieg anboten, Französisch sprachen.

Es war einmal

Maurice Simon stieg in seinen neu gekauften Opel Rekord, ließ sich schnell Pedale und Schaltung zeigen und fuhr kurz darauf drei Menschen tot. Er durfte weiterfahren und verursachte drei Tage später den nächsten Unfall. Seine Schwiegermutter jagte ihm schließlich eine Kugel in den Kopf. Einen Führerschein gibt es in Belgien erst seit 1967. Wer vor der Einführung schon ein Auto hatte, konnte ohne Schein fahren und tut das noch heute.

Belgien fühlen

»Belgier. Das ist ein tolles Volk – die verstehen zu leben. Jeden Abend 20 davon, das wäre was!«, sagt Lars Hentschel, Oberkellner im berühmten Hamburger Hotel Atlantic.

Warum die Außerirdischen gleich wieder wegfliegen würden

Die alte Industriestadt Charleroi ist für die Leser der niederländischen Zeitung *De Volkskrant* die hässlichste Stadt der Welt.

Übrigens

Der erfolgreichste Tischfußballspieler des noch jungen Jahrtausends ist ein Belgier: Frédéric Collignon.

Belize

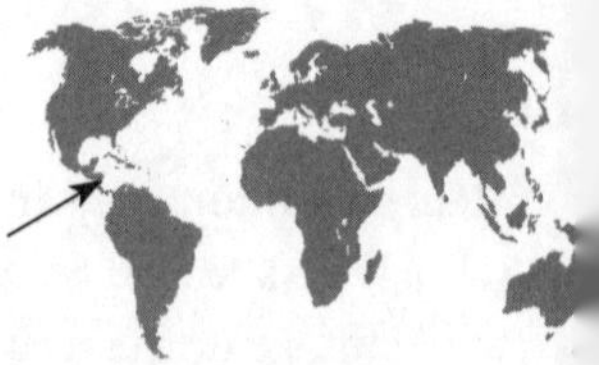

»Sub umbra floreo.«

»Ich blühe im Schatten« – Der Wahlspruch von Belize, das unter dem Schatten des gewaltigen Mahagonibaums, dem Nationalgewächs des Landes, gedeihen möchte. Einst schlugen die Briten hier die Bäume in ihrer einzigen mittelamerikanischen Kolonie Britisch-Honduras.

Name

Der schottische Pirat Peter Wallace benannte die Gegend 1603 nach sich selbst. Unterstützt von King James I. gründete er hier »Wallace« am Fluss »Wallace«. Doch obwohl die Briten das Land gegen die Spanier behaupteten, änderte sich der Name langsam auf deren Seekarten: von Valize zu Balize und schließlich Belize.

Rekord

Belize hat die Nationalflagge mit den meisten Farben. Zwölf! Außerdem ist sie die einzige mit Menschen drauf: Ein Weißer hat eine Axt geschultert, ein Schwarzer ein Paddel. In ihrer Mitte steht der unvermeidliche Mahagonibaum.

Das können die Belizer besser

Am Karfreitag schwimmt man hier nicht in Seen, Teichen oder im Meer. Es bringt Pech.

Danke für …

Das 256 Kilometer lange Belize Barrier Reef ist das größte nach dem australischen Great Barrier Reef. Und es ist kaum entdeckt: 90 Prozent der Arten dort, glaubt man, kennen wir noch gar nicht.

Nur hier

Hier leben die konservativsten und gläubigsten deutschen Mennoniten Mittelamerikas: Immerhin über 10 000 in einem Land von 300 000.

Es war einmal

Als 1961 die damalige Hauptstadt Belize City vom Hurrikan »Hattie« fast weggepustet wurde, beschloss man, eine neue Hauptstadt im Landesinnern zu gründen. Die Planstadt Belmopan ist seit 1970 neuer Regierungssitz, angelegt für 70 000 Einwohner, 15 000 sind schon da. Doch vielen ist es im schwülen Binnenland zu stickig. So blieben auch die meisten Unternehmen und Botschaften im alten hölzernen Belize City an der Küste.

Belize fühlen

Da ist der Dschungel und in der Mitte die menschenleere Maya-Stadt Caracol (»die Schnecke«), wo einst über 100 000 Menschen lebten. So viele Einwohner hat heute keine der Städte von Belize. Die Maya-Hochkultur verschwand im 9. Jahrhundert n. Chr. Die letzten Maya, die in Caracol noch zurückgezogen leben, werden sich wohl nie aus dem Busch trauen. Die bisherigen Begegnungen mit Fremden (Spaniern, Engländern) waren nicht sehr ermutigend.

Warum die Außerirdischen gleich wieder wegfliegen würden

Der Wicht »Tata Duende« ist ein stark behaartes Menschen-Wesen von etwas mehr als einem Meter Körpergröße. Er hat keine Daumen und soll, so erzählen es die Mythen, Kindern auflauern, die dem Wald (und den Mahagonibäumen) schaden.

Übrigens

Jack Nicholson lehnte die Rolle des Allie Fox in Peter Weirs Film *Mosquito Coast* von 1986 ab, weil ein Teil der Dreharbeiten in Belize stattfand. Warum? Dort konnte er die Spiele der Los Angeles Lakers nicht anschauen.

Benin

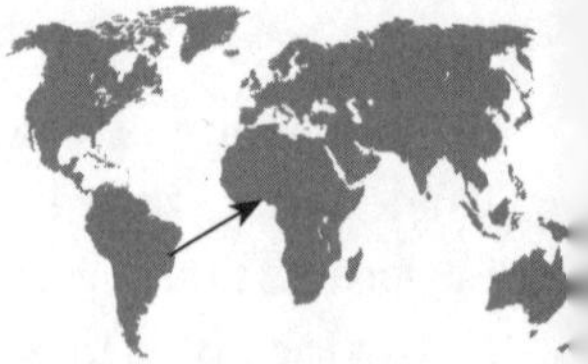

»Bist Du hier?«
»Ja, ich bin hier!«

Typischer Gesprächsfüller. Viele Beniner haben viel Zeit zum Quatschen. Oft wird dabei das Offensichtliche gesagt.

Name

»Mündung des Flusses des Todes« heißt die größte Stadt Benins, Cotonou, übersetzt. Per Boot ließ der König von Dahomey (früherer Begriff für Benin) einst seine Untertanen hier an den Atlantik bringen, um sie nach Amerika in die Sklaverei zu verkaufen. Benin selbst ist nach einem alten Königreich weiter östlich benannt und soll »Land der Verärgerten« heißen.

Rekord

In Schwarzafrika werden die meisten Zwillinge geboren, am allermeisten in Benin, doppelt so viele wie im weltweiten Schnitt (28 statt 13 auf 1000 Geburten). Weil die Yamswurzel den doppelten Eisprung motiviert, sagt man.

Das können die Beniner besser

Eine afrikanische Premiere: Als die sowjetische Diktator-Puppe Mathieu Kérékou nach zwei Jahrzehnten Macht 1991 tatsächlich seine Wahlniederlage akzeptierte, setzte er ein positives Beispiel: keine Gewalt, keine Ansprüche, er trat einfach zurück. Seitdem haben über 30 seiner afrikanischen Kollegen ebenfalls das Handtuch geworfen.

Danke für …

… Voodoo. Oder besser: Vodun. Hier kommt er her, der Glaube, den man in Europa mit schwarzer Magie gleichsetzt. Dabei hat er einen Schöpfergott wie die Christen (Mahu) und sogar noch 250 weitere Götter und Geister, die das Leben prägen. Zwei Drittel der Beniner glauben daran, selbst wenn sie in die Kirche oder in die Moschee gehen. Voodoo ist Staatsreligion mit eigenem Feiertag am 10. Januar.

Nur hier

… steht in jeder Küche eine eigene Brauerei. Und jede Mutter bringt ihrer Tochter das Brauen bei. »Shakparo« heißt das Hirsebier.

Es war einmal

… eine gefürchtete Frauenarmee: »Mino« oder »unsere Mütter« hieß das im 17. Jahrhundert gegründete Frauenregiment des Königs von Dahomey, der den Sklavenhandel beherrschte. Die jungfräulichen »Mütter« waren fit, galten als grausam und köpften ihre Feinde. Die Franzosen, die ihnen den Namen »Dahomey Amazonen« gaben, sahen sie als ebenbürtig – sich selbst und »allen männlichen Elitesoldaten unter den Kolonialtruppen«.

Benin fühlen

Das Orchestre Poly-Rythmo de Cotonou mischt seit den 1960er-Jahren afrikanische Musik mit dem Soul von James Brown.

Warum die Außerirdischen gleich wieder wegfliegen würden

Sanfte Diskriminierung. Jeder, der anders aussieht, wird »Yovo« genannt, das Fon-Wort für »Weißer«. Als Yovo gelten weiße Ausländer und sogar Beniner, die einfach etwas heller sind. Die kommen, nach allgemeinem Glauben, aus Yovo Tome, dem »Land der weißen Leute«.

Übrigens

Den ersten afrikanischen Film überhaupt drehte ein Beniner: Da es Afrikanern in den französischen Kolonien per Gesetz verboten war (!), Filme zu machen, ging Vieyra nach Paris und produzierte dort 1955 *Afrique sur Seine*.

Bhutan

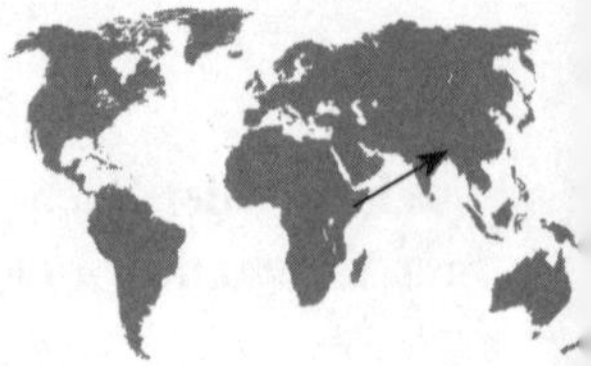

»Wenn Sie nachts durch die Straßen gehen:
Wie sicher fühlen Sie sich vor Gespenstern?
( ) Sicher
( ) Halbwegs sicher
( ) Eher unsicher.«

Frage 182 des »Bruttoinlandsglück-Erfassungsfragebogens« in Bhutan.

Name

Die Bhutaner nennen ihr Land »Druk Yul«, »Land des Donnerdrachen«, weshalb auch die staatliche Fluglinie Druk Air heißt.

Rekord

Seit Ende 2004 ist Bhutan das erste Land der Welt, in dem Rauchen in der Öffentlichkeit verboten ist, sonst sind über 200 US-Dollar Strafe fällig. Nur zu Hause darf man am Glimmstängel ziehen. Tabakverkauf ist verboten, einführen darf man ihn nur zum persönlichen Gebrauch. Zuvor muss man 200 Prozent Zoll entrichten.

Das können die Bhutaner besser

Touristen müssen für jeden Tag im Land 250 Dollar zahlen. Es soll das Land vor Massentourismus und Backpackern schützen.

Danke für …

… das Bruttoinlandsglück. Eine Idee von »K 4«, dem 4. Drachenkönig Jigme Singye Wangchuck. Mit 21 Jahren entschied er 1979, seine Ära nicht am finanziellen Wohlstand, sondern am emotionalen Glück seines Volkes messen zu lassen. Bruttoinlandsglück statt Bruttoinlandsprodukt. Leitlinien: Pflege der Kultur, Umweltschutz, Wirtschaftswachstum, gutes Regieren. 2006 trat »K 4« zurück und übergab die Krone an seinen Sohn. Heute ist Bhutan eine konstitutionelle Monarchie und das Glück organisiert das »Ministerium für Glück«. Der finanzielle Wohlstand des bhutanesischen Volkes hat sich in der Ära von »K 4« übrigens verhundertfacht.

Nur hier

Der rote Bhutan-Reis ist sehr reich an Ballaststoffen und wächst in einer Höhe von 2000 bis 6000 Metern. Genährt wird er von Gletscherwasser.

Es war einmal

Bhutans Hauptstadt Thimphu hat immerhin knapp 80 000 Einwohner und ist die einzige Hauptstadt der Welt ohne Verkehrsampel. In einem belebten Kreisverkehr hat man es einmal versucht. Doch die Bhutaner fanden es zu unpersönlich. Jetzt steht der Polizist mit weißen Handschuhen und Trillerpfeife wieder in einem Häuschen und regelt den Verkehr. So wird es auch bei den anderen fünf Kreiseln in Thimphu gehalten.

Bhutan fühlen

Die Bhutaner werden angehalten, Nationaltracht zu tragen. Ein Gesetz von 1989 erlaubt der Polizei, jedem Bhutaner eine Geldstrafe aufzubrummen, der sie nicht in der Öffentlichkeit trägt.

Warum die Außerirdischen gleich wieder wegfliegen würden

Ob auch die Nepalesen im Land den »Bruttoinlandsglück-Erfassungsfragebogen« erhalten? Ab dem 19. Jahrhundert als Arbeiter geholt, wurden sie in den Achtzigerjahren von der Minderheit zur Mehrheit. Als sie für mehr Rechte und kulturelle Eigenständigkeit demonstrierten, vertrieb sie die Armee zu Hunderttausenden. Viele von ihnen leben heute in Flüchtlingslagern in Nepal. Bhutan nennt sie sein »Problem des Südens«.

Übrigens

Der höchste unbestiegene Berg der Erde ist der Gangkhar Puensum in Nord-Bhutan. 7570 Meter hoch ist der Gipfel, den viele Bergsteiger anhimmeln, aber wohl nie besteigen dürfen. Seit 1994 gibt Bhutan keine Besteigungsgenehmigungen mehr für seine hohen Berge – aus religiösen Gründen.

Bolivien

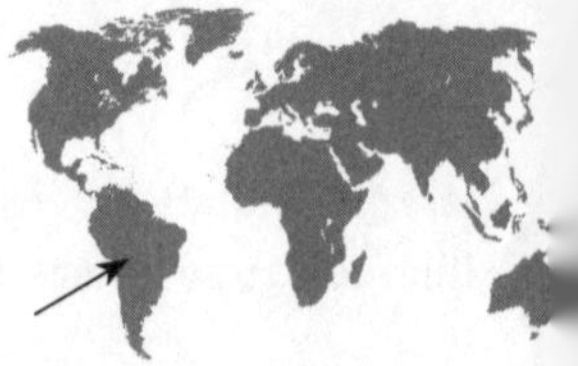

»Es ist härter, die Balance der Freiheit aufrechtzuerhalten, als das Gewicht der Tyrannei zu überstehen.«

Simón Bolívar, Befreier Boliviens 1825, ist bis heute der einzige Mensch, der zu Lebzeiten Namenspate eines Landes wurde.

Name

»GoldenPalace.com-Springaffe« nannten bolivianische Wissenschaftler 2004 einen neu entdeckten Primaten. Nicht umsonst: 650 000 US-Dollar hatte ein Online-Kasino in einer Auktion geboten, um sich zum Affen zu machen. Tagaktiv, orangefarbiges Fell, singt im Duett – hätte man so ein Tier nicht schon vorher finden müssen? Vielleicht hat es mit dem Auftauchen nur auf die richtige Summe gewartet.

Rekord

Aus dem größten Salzsee der Welt, dem Salar de Uyuni in 4000 Meter Höhe, ernten die Salzbauern jährlich rund 25 000 Tonnen Kochsalz. Darunter vermutet man allerdings noch wertvollere 5,4 Millionen Tonnen Lithium, aus denen Bolivien die Akkus der Welt und die Elektroautos von morgen versorgen könnte. Das könnte das Land von einem der ärmsten zu einem der reichsten machen.

Das können die Bolivianer besser

Die Emanzipation hier heißt Frauenwrestling. In anmutiger Tracht, mit langen Rüschenröcken, Schmuck und Melone auf dem Kopf, sehen sie aus, als gingen sie zu einem Fest. Doch sie steigen in den Ring. Die »Fighting Cholitas« kämpfen nach den üblichen Wrestling-Regeln, auch gegen Männer. Blut fließt, Knochen brechen. Das Ziel ist die höchste Auszeichnung: Ring Titans of Bolivia.

Danke für …

… Sucre, die »Stadt der Schokolade«. Seit über 100 Jahren wird in der bolivianischen Hauptstadt hochwertigste Schokolade produziert, nach geheimer Rezeptur. Die Süße liegt aber nicht im Stadtnamen. Der geht zurück auf den Freiheitskämpfer Antonio José de Sucre.

Nur hier

Das einzige südamerikanische Land ohne McDonald's. Der US-Konzern hat sein Geschäft in Bolivien offiziell für beendet erklärt. Nicht die Burger selbst machten den Bolivianern Bauchschmerzen – sie sind dem Nationalgericht Salteñas gar nicht so unähnlich –, sondern das Konzept Fast Food, das schnelle Essen an sich.

Es war einmal

Eine Bayerin wurde in Bolivien zur meistgesuchten Freiheitskämpferin. In München geboren und aufgewachsen, zog Monika Ertl als Jugendliche mit ihren Eltern nach Bolivien. Nach dem Tod Che Guevaras 1967 schloss sie sich seiner Befreiungsarmee an und wurde 1971 zu »Ches Rächerin«: Sie reiste nach Hamburg und erschoss dort den bolivianischen Konsul, der ihren Helden einst töten ließ. Auf Monikas Kopf setzte die Militärregierung anschließend 20 000 US-Dollar aus – für Che hatte sie vorher nur 4200 geboten. Als bolivianische Militärs Monika zwei Jahre später erschossen, war sie 35 Jahre alt.

Bolivien fühlen

Zum Höhentraining muss man nur vor die Haustür treten. Bolivien hat die vier höchstgelegenen Großstädte der Welt. Den ersten Platz behauptet El Alto (»die Höhe«) mit über einer Million Einwohnern auf bis zu 4150 Metern, gefolgt von La Paz (4100), Potosí (4070 Meter) und Oruro (3710 Meter).

Warum die Außerirdischen gleich wieder wegfliegen würden

Die Bergstraße Camino de las Yungas von La Paz in den Dschungel ist die gefährlichste Straße der Welt. Bis zum Bau einer Alternativroute forderte sie auf 60 Kilometern jährlich bis zu 300 Menschenleben. Noch immer schießen waghalsige Auto- und Radfahrer die alte drei Meter breite abschüssige Kurvenstraße herunter. Zur Erinnerung, dass es seitlich 600 Meter abwärtsgeht, säumen Kreuze den Weg.

Übrigens

»Schieß doch, Feigling! Ich weiß, du bist gekommen, um mich zu töten. Du wirst nur einen Mann töten!« Das waren Che Guevaras letzte Worte zu einem Feldwebel der bolivianischen Armee.

Bosnien und Herzegowina

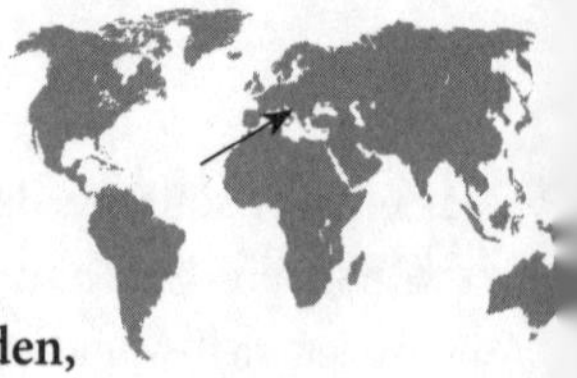

»Ich bin zum bosnischen Bürger gemacht worden, ich hab jetzt einen bosnischen Pass!«

Bono, Sänger der Rockgruppe U2, wurde 1997 Ehren-Bosniake für seine Verdienste um den Frieden während des Bürgerkriegs von 1992 bis 1995 (zum Beispiel für das Lied Miss Sarajevo, *das die Aufmerksamkeit der Welt auf Bosnien lenkte). Die Dankbarkeit scheint verflogen: Seit 2009 prüft die bosnische Regierung, ob man Bono die Staatsbürgerschaft wieder aberkennen sollte. Wenn der Pass »gegen die rechtlichen Bestimmungen gegeben wurde, haben wir keine andere Wahl, als ihn wieder wegzunehmen. Wir nehmen keine Rücksicht, nicht einmal auf Bono«, so der zuständige Minister.*

Name

Die Herzegowina ist das »Land des Herzogs«. Dabei war Stjepan Vukčić Kosača eigentlich gar kein Herzog, nannte sich aber so – auf Deutsch. Er hatte auch zwei deutsche Ehefrauen (nacheinander) und galt als brutal, skrupellos und böse, aber schlau.

Rekord

Das einzige Land, in dem es drei Präsidenten gleichzeitig gibt: einen Bosniaken, einen Serben und einen Kroaten. Jeder darf zweimal acht Monate Vorsitzender im Dreier-Präsidium sein und den Dreivölkerstaat repräsentieren. Auch das Parlament hat drei Präsidenten, denn nur hier leben die drei Hauptethnien Ex-Jugoslawiens noch in einem Staat mehr oder minder zusammen.

Das können die Bosniaken und Herzegowiner besser

Bei den Winterspielen von Sarajevo 1984 waren Männer und Frauen erstmals gemischt in zwei Olympischen Dörfern untergebracht.

Danke für …

das Wahlrecht ab 16. Aber nur, wenn man Arbeit hat.

Nur hier

3,8 Millionen Einwohner (etwas mehr als Berlin) können zwischen

29 Fernsehsendern und 97 politischen Parteien wählen. Der nationale Sender BHT splittet seinen Bildschirm, um immer gleichzeitig einen serbischen und einen bosnischen oder kroatischen Moderator zu Wort kommen zu lassen.

Es war einmal

Im Frühjahr 1994 schoss sich in Belgrad ein 23 Jahre junges bosnisch-serbisches Mädchen in den Kopf – mit der Lieblingswaffe ihres Vaters Ratko Mladic. »Einige denken, er wurde verrückt«, sagte ein Wegbegleiter, »Mladics Leben hatte zwei Phasen – vor und nach dem Tod Anas. Er erholte sich nie. Er war ein gebrochener Mann.« Ein Jahr danach ließ der bosnisch-serbische General beim Massaker von Srebrenica 8000 Bosniaken, auch viele Kinder, ermorden: »Szenen aus der Hölle, geschrieben auf den dunkelsten Seiten der Menschheitsgeschichte«, urteilte sein Richter.

Bosnien und Herzegowina fühlen

Zehn Jahre hat es gedauert, um eine Nationalhymne zu texten, die allen drei Volksgruppen passen könnte. Als 2009 die Worte zur 1999er-Melodie gefunden waren, freute sich eine Zeitung darüber, dass so viele positive Reaktionen kamen wie negative, »was in unserem Fall gut ist«: »Nicht besonders inspirierend, aber politisch korrekt«, nannte sie das Lied, das jetzt noch vom Ministerrat und beiden Kammern des Parlamentes abgesegnet werden muss.

Warum die Außerirdischen gleich wieder wegfliegen würden

In Mostar wurde 2005 eine lebensgroße Statue von Karatefilmstar Bruce Lee errichtet. Da er für übergeordnete Werte steht und eine Persönlichkeit war, mit der sich alle identifizieren können, sollte die Statue ein Zeichen gegen die Zerrissenheit des Balkans setzen. Schon nach einem Tag wurde die Statue durch Vandalismus beschädigt. Man baute sie ab, um sie zu reparieren. Bis heute steht nur noch der Sockel. Bosniaken und Kroaten hatten sich zudem gestritten, in Richtung welches Viertels die in Kampfposition stehende Figur zeigen solle.

Übrigens

Nur die bosnische Flagge trägt die Europa-Flagge in sich, weiße Sterne auf Blau und mittendrin Bosnien als gelbes friedliches Dreieck.

Botsuana

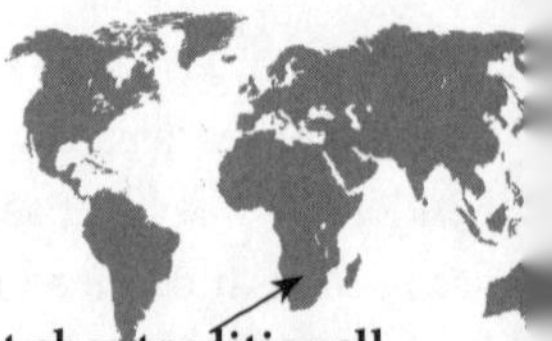

»Was das Übergewicht angeht: Ich denke, sie ist eher traditionell gebaut. Das entspricht übrigens dem afrikanischen Schönheitsideal.«

Der schottische Schriftsteller Alexander McCall Smith über Mma Ramotswe, die botsuanische Detektivin und Heldin seiner weltweit erfolgreichen Krimis. 25 Millionen Mal verkauft.

Name

112 Jahre alt wurde Tswana-Häuptling Gaborone (1820–1932), Grund genug, nach ihm ein Dorf zu benennen – zudem heißt Gaborone wörtlich »passt nicht schlecht«. »Passt nicht schlecht« wurde dann 1965 zur Hauptstadt des »Landes der Tswana«. Und: Botsuana heißen die Menschen des Landes, Motsuana ein einzelner.

Rekord

Botsuana ist seit Jahren das am wenigsten korrupte Land in Afrika (laut Transparency International). 2011 etwa landete es zusammen mit Portugal auf Rang 32 und damit ganze 37 Plätze vor Italien.

Das können die Botsuaner besser

Botsuana hat es in den 1990ern als erster Staat weltweit aus der seit den 1960ern geführten UN-Liste der ärmsten Länder der sogenannten Vierten Welt geschafft.

Danke für …

Das Okawango-Delta ergießt sich in einen trockenen Kontinent. Aus Angola kommend fließen jährlich elf Milliarden nasse Kubikmeter nicht nach Westen ins Meer, sondern nach Osten in die botsuanische Wüste. Das Delta ist in der Regenzeit bis zu 40-mal größer als der Bodensee, eine Riesenoase für Hunderttausende Säugetiere, inklusive der »Big Five«: Elefant, Giraffe, Löwe, Nashorn, Nilpferd. Ohne den Okawango wäre das Leben im südlichen Afrika ein anderes.

Nur hier

Ab 2013 wird der Rohdiamantenhandel von »De Beers«, Marktführer der Diamantenbranche, nicht mehr in London, sondern in Gaborone abgewickelt. Eine Revolution für die wirtschaftliche Bedeutung Afrikas! Die Händler und ihre sechs Milliarden US-Dollar reisen dann nach Botsuana … und damit dorthin, wo die Steine herkommen: In Jwaneng betreibt De Beers die größte Diamantenmine der Welt.

Es war einmal

… ein Königssohn und eine verbotene Liebe: Seretse Khama, Thronfolger der königlichen Familie im britischen Protektorat Betschuanaland (das heutige Botsuana), lernte 1947 während seines Studiums in London die Britin Ruth Williams kennen. Sie heirateten, doch alle waren dagegen: seine Stammesältesten, die weiße Regierung Südafrikas, die Briten. Khama musste auf den Thron verzichten, doch er kam zurück: Nach Gründung des unabhängigen Botsuana 1966 wurde er dessen erster Präsident und machte es bis zu seinem Tod 1980 von einem der ärmsten zu einem relativ wohlhabenden Land. 2008 wurde sein Sohn Ian Khama Präsident des Landes.

Botsuana fühlen

Mit der Tradition des Kgotla (steht für »Gericht«), einer öffentlichen Zusammenkunft, bei der jeder reden darf, solange er möchte, pflegt man in Botsuana eine besondere Form der Schlichtung und Rechtsprechung. Am Ende muss ein gemeinsamer Beschluss gefasst werden. Die Technik des Kgotla wird mittlerweile in europäischen Managementtrainings eingesetzt. In der Tswana-Sprache heißt es: »Die höchste Form des Krieges ist Dialog.« Vielleicht ein Grund, warum die Demokratie in Botsuana relativ gut funktioniert.

Warum die Außerirdischen gleich wieder wegfliegen würden

Es ist in Botswana so trocken, dass man sich mit »Pula!« begrüßt, das bedeutet: »Es möge Regen kommen!« Pula nahm man auch als Landeswährung und -motto. Auch die erste botsuanische »Miss Universum« hieß 1999 Mpule – »Die mit dem Regen kommt«. Hilft alles nichts: Weniger als 3200 Sonnenstunden im Jahr werden es nicht.

Übrigens

Die Hälfte aller Haushalte besitzt Rinder.

Brasilien

»Der einzelne Mensch ist nicht wichtig, er wird geboren und stirbt. Das Leben ist ein Hauch, nur ein kurzer Augenblick.«

Oscar Niemeyer (geb. 1907) war im Alter von über 100 Jahren noch als Architekt tätig. Seine bekanntesten Werke sind die modernen Gebäude der Hauptstadt Brasília.

Name

Im Land des Brasilholzes liebt man es, Menschen nur bei kurzen Rufnamen zu nennen: So ist uns der Fußballstar Edson Arantes do Nascimento nur als Pelé bekannt, seinen Kollegen Ricardo Izecson dos Santos Leite kennen wir als Kaká. Aus Antônio Carlos Brasileiro de Almeida Jobim wurde der berühmte Komponist und Musiker Tom Jobim.

Rekord

Der längste Strand der Welt: Der »Praia do Cassino« erstreckt sich links und rechts der Stadt Rio Grande und ist 254 Kilometer ununterbrochene Atlantikküste.

Das können die Brasilianer besser

Fernsehen ist der Exportschlager der Brasilianer. Sie verkaufen mehr Telenovelas als die Amerikaner Soaps. Ihr Megaseller »Die Sklavin Isaura« war in den 80er-Jahren die erste westliche Serie in China – 450 Millionen Chinesen saßen an den Geräten. Und im Ostblock: Viele Russen nannten ihre Datschen »fazendas« und ihre Kinder »Isaura«. Der produzierende Sender Globo ist das weltweit größte TV-Network nach der US-amerikanischen ABC.

Danke für …

Melancholie vs. Euphorie: »Saudade« nennen die Brasilianer ihr von den portugiesischen Kolonialherren geerbtes Gefühl von Sehnsucht und Traurigkeit, das ihnen aber irgendwann selbst auf den Geist ging. Darum »Schluss mit der Sehnsucht« – »Chega de Saudade«, sang Elizete Cardoso schließlich 1958 im ersten Bossa nova aller Zeiten. Nach einem Meister in beidem, Saudade und Bossa, ist heute der Flughafen von Rio benannt: »Aeroporto Internacional Tom Jobim«. Nach dem Mann, der das »Girl from Ipanema« betrachtete und besang.

Nur hier

Das Wort »cafune« bedeutet: »sanft deine Finger durch das Haar deines Liebhabers gleiten lassen«.

Es war einmal

»Die Menschen sahen mich an, etwa im Bus, und du konntest sehen, dass sie sich fragten: Warum läuft dieser Verrückte mit Kopfhörern rum?« Bevor Sony 1979 den Walkman herausbrachte, erfand ihn der Deutsch-Brasilianer Andreas Pavel 1972 in São Paulo als »Stereobelt« – für den »Soundtrack zum echten Leben«. Philips, Grundig und Yamaha lehnten ab und meinten, die Menschen »seien nicht so bescheuert, mit Kopfhörern rumzulaufen«. Nach 25 Jahren Rechtsstreit zahlte ihm Sony eine Abfindung in achtstelliger Höhe.

Brasilien fühlen

Fernsehen bis zum Stromausfall: Als 2007 die letzte Folge der Telenovela *Paraiso Tropical* ausgestrahlt wurde, saßen 92 Prozent aller Haushalte vor der Kiste. Was das Netz nicht aushielt – es wurde schwarz. Der Fernseher läuft ansonsten an den Supermarktkassen, Kiosken, Hotdog-Buden, auf dem Markt und in Gaststätten. Ein Restaurant, das dabei nicht mitmacht, kriegt halt keine Kunden.

Warum die Außerirdischen gleich wieder wegfliegen würden

Die unbewohnte »Schlangeninsel« oder »Insel des Todes« »Queimada Grande« liegt vor der Küste Brasiliens, in der Nähe von São Paulo. Auf nur 1500 mal 500 Metern leben dort etwa 15 000 giftige Insel-Lanzenottern (fünf pro Quadratmeter). Es gibt sie nur hier. Nur einen Leuchtturm baute man einst. Der wird mittlerweile automatisch betrieben, zu viele Leuchtturmwärter waren durch Schlangenbisse ums Leben gekommen.

Übrigens

Welcher ist der größte Straßenkarneval der Welt? Der »Galo de Madrugada« in Recife oder der in Salvador de Bahia? Man streitet. Auf jeden Fall ist es nicht der berühmte in Rio.

Brunei

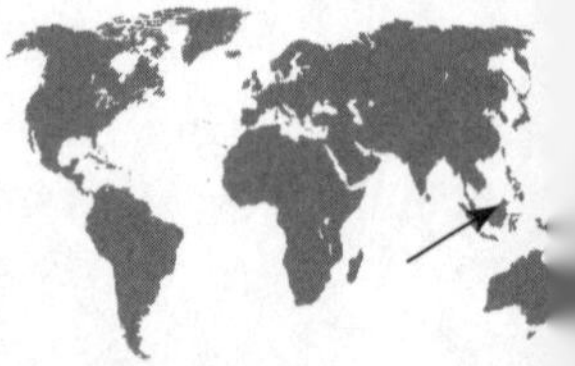

»Mein Bruder hat mir versprochen, mir nicht meine Würde zu nehmen. Ich will meine Schuld begleichen, aber: Es muss mir genug bleiben, dass ich bequem leben kann. Nur dann stelle ich mich! Ich kann doch nicht als Tellerwäscher arbeiten!«

Prinz Jefri, der kleine Bruder des Sultans von Brunei. Das Land hat Erdöl satt und ein Vielfaches des Pro-Kopf-Einkommens seiner Nachbarn. Staatsverschuldung ist unbekannt. Prinz Jefri besaß Paläste auf der ganzen Welt, fünf Privatjachten, neun Privatjets und 1700 Luxusautos. 2008 hieß es, er solle sein Vermögen an den Staat zurückgeben. Man war mit seiner Rolle als Leiter des Staatsfonds nicht zufrieden.

Name

Haji Hassanal Bolkiah Mu'izzaddin Waddaulah ibni Al-Marhum Sultan Haji Omar Ali Saifuddien Sa'adul Khairi Waddien. Das ist der volle Name des Sultans von Brunei.

Rekord

Der Sultan wohnt im größten bewohnten Palast der Welt, dem »Istana Nurul Iman«: Über 200 000 Quadratmeter Wohnfläche, 1800 Zimmer, 257 Badezimmer. Ansonsten 51 000 Glühbirnen, Ställe für 200 Polo-Ponys und fünf Swimmingpools. 1,1 Milliarden Euro hat sich das Staatsoberhaupt sein Zuhause 1986 kosten lassen. Was hat sein Volk davon? Jährlich zum Ramadan lädt er alle ein und schüttelt jedem die Hand.

Das können die Bruneier besser

Der Nasenaffe ist der beste Schwimmer unter uns Primaten. Außerdem hat er eine enorme gurkenförmige Nase. So wie wir wird er in die Gruppe der Trockennasenprimaten eingeordnet. Er lebt nur hier auf Borneo, und man nennt ihn »Orang Belanda«, den »Niederländer«.

Danke für …

Brunei kann sich Naturschutz leisten: Fast die Hälfte seines Teils von Borneo ist Urwald. Doch was bringt's? Malaysier und Indonesier besitzen über 99 Prozent der Insel und haben 60 Prozent davon bereits gerodet.

Nur hier

Hier ging es einst los mit Brunei: 40 000 Bewohner der Hauptstadt Bandar Seri Begawan wohnen auf dem Wasser. Im Stadtviertel »Kampong Ayer« (»Wasserdorf«) leben sie in Stelzenhäusern und laufen auf Gehwegen aus Stegen, die knapp 30 000 Meter umfassen. Streng genommen ist das ein Gebilde aus 42 Dörfern, inklusive Moscheen, Schulen, Krankenhäusern, alles auf dem Wasser – seit 1300 Jahren.

Es war einmal

Der Urururgroßvater des heutigen Sultans machte 1841 den britischen Abenteurer James Brooke zum »Raj« auf Borneo. Den Fürstentitel verdiente er sich, als er einen Aufstand mehrerer Stämme beendete, indem er ihnen die gewaltige Feuerkraft seines Schiffes demonstrierte. Brooke wurde zum Verwalter von Sarawak ernannt, dem riesigen Gebiet rund um Brunei. Bis kurz nach dem Zweiten Weltkrieg herrschten die Brookes hier als »Weiße Rajas«. Dann ließ sich der letzte regierende Nachkomme das Land von Großbritannien für eine fette Pension abschwatzen. Es gehört heute zu Malaysia.

Brunei fühlen

»Heute wollen sie eine Alkoholzone, später vielleicht Nachtclubs – und was kommt dann? Eine Prostitutions- oder Kasino-Zone etwa?«, sagte Religionsminister Zain Serudin zu Überlegungen eines Parlamentsabgeordneten, für Touristen eine Zone einzurichten, in der sie Alkohol trinken dürfen. In Brunei gibt es keinerlei Alkohol zu kaufen und kein Nachtleben. Tipp zum Nightlife aus der Reiseliteratur: »Der Fruchtsaft im Royal Café.« Bewertung: »Schlaf ist aufregender!«

Warum die Außerirdischen gleich wieder wegfliegen würden

Die »Nephentes lowii« war irgendwann mal eine richtige fleischfressende Pflanze. Heute ernährt sie sich von Vogel- und Spitzhörnchenkot. Doch schön ist sie, ihr Entdecker Joseph Dalton Hooker nannte sie die »Hübscheste von allen«.

Übrigens

Eine der fünf Privatjachten des Sultanbruders Jefri (siehe oben) hieß »Tits«, mit den Beibooten »Nipple 1« und »Nipple 2«.

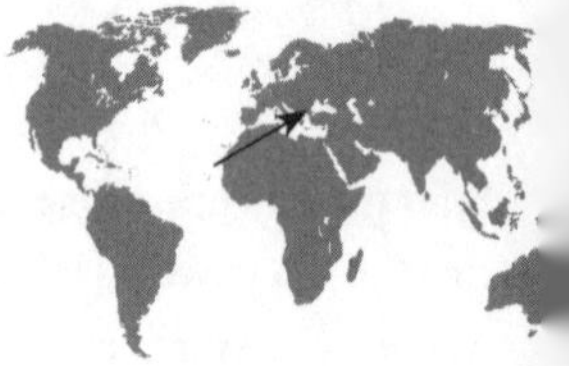

Bulgarien

»Ungarn ist ähnlich wie Bulgarien.
Ich weiß, dass es unterschiedliche Länder sind.«

Kevin Keegan, englischer Fußballtrainer.

Name

»Batman« lautet der Spitzname von Premierminister Boyko Borisov, da er an jedem Tatort auftaucht, an dem ein Ganove gefasst wird. Der Exbodyguard achtet darauf, dass er fotografiert und zitiert wird: 1157 Statements wurden in seinen ersten eineinhalb Jahren gezählt. Seine Präsenz zeigte sich sogar bei der Wahl zu Bulgariens Fußballer des Jahres: Auch die gewann er 2011 (mit 44 Prozent) eindeutig vor Manchester-Star Dimitar Berbatov (24 Prozent), weil er ab und zu in einer Drittligamannschaft mitkickt. Diese Wahl ließ Batman aber annullieren.

Rekord

97 von 100 Bulgaren besitzen die vier Wände, in denen sie leben. Da kann kein anderes Land mithalten. In Deutschland mietet die Mehrheit.

Das können die Bulgaren besser

Aussterben. Die Einwohnerzahl Bulgariens schrumpft um 0,78 Prozent pro Jahr. Damit werden sie noch schneller weniger als die Deutschen (-0,21), vor allem weil viele das Land leid sind und auswandern.

Danke für …

… das Riesenrad. Ein englischer Reisender wunderte sich 1620 (!) auf einem Jahrmarkt in Plovdiv über ein großes Rad, gedreht von starken Männern, »an dessen Peripherie Sitze angebracht sind, in denen Kinder sitzen … Obwohl es sich dauernd rauf- und runterdreht und die Kinder manchmal oben und manchmal unten sind, sitzen sie immer aufrecht.«

Nur hier

… wählte man den Exmonarchen zum Premier: Einst jagten die Sowjets den neun Jahre alten letzten bulgarischen Zaren Simeon von Sachsen-Coburg und Gotha ins Exil. Als 59-Jähriger kehrte er unter »Wir wollen unseren König»-Rufen zurück und gewann 2001 mit seiner »Nationalen Bewegung Simeon II.« die Parlamentswahl. Mit ihm als Premierminister schloss sich Bulgarien der EU und der NATO an. Nachdem er bei der Wahl 2009 nur drei Prozent der Stimmen bekam, dankte der Monarch als Premier ab.

Es war einmal

Am 7. September 1978 wurde der bulgarische Schriftsteller Georgi Markow – ein Kritiker des Diktators Schiwkow – an einer Londoner Bushaltestelle von einem Herrn mit Schirm ins Bein gepikst. Dieser verschwand im Taxi, und Markow war drei Tag später tot. Nach dem Fall des sozialistischen Regimes fand man ein ganzes Arsenal Schirme im Keller des Innenministeriums in Sofia, die durch ihre Spitze eine Mini-Patrone mit Gift schießen konnten, das sich im Körper des Opfers verteilte. Der Todestag Markows deckte sich übrigens nicht zufällig mit dem Geburtstag des Diktators – der hatte sich das Attentat gewünscht.

Bulgarien fühlen

Kopfschütteln heißt »ja«, Nicken »nein«.

Warum die Außerirdischen gleich wieder wegfliegen würden

Dem Waffenschmuggler Nikolay Gigov gehört der Fußball-Club Lokomotive Sofia, die des Mordes angeklagten Marinov-Brüder besitzen Slavia Sofia, der Boss von Litex Lowetsch ist wegen Leitung einer kriminellen Vereinigung angeklagt, Vassil Krumov Bozhkov, genannt »der Schädel«, hat ZSKA Sofia verkauft, und die letzten drei Präsidenten von Lokomotive Plovdiv wurden ermordet.

Übrigens

Die blinde Baba Vanga hat es mit ihren Vorhersagen zur Berühmtheit gebracht. Sie soll Stalins Todestag, den Fall der Sowjetunion, die Tschernobyl-Katastrophe und die Anschläge des 11. September richtig vorausgesehen haben. Für die fernere Zukunft, so Baba Vanga, stehe 4599 die menschliche Unsterblichkeit und die Verschmelzung mit Außerirdischen an. Kurz vor ihrem Tod 1996 hatte sie für 2010 den Dritten Weltkrieg vorausgesehen. Die einen sagen: Ist ja nicht passiert, die anderen: Der Arabische Frühling 2010 war der Anfang.

Burkina Faso

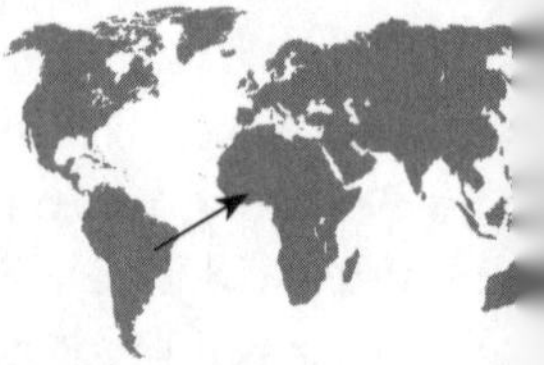

»Man führt nicht grundlegende Veränderungen durch ohne ein Minimum an Wahnsinn.«

Thomas Sankara, Präsident von 1983 bis 1987. 33 Jahre alt war Sankara, Motorradfahrer und Gitarrist, als er Präsident von Obervolta wurde. Er kappte sich selbst das Gehalt und tauschte die Limousinen seiner Minister gegen Renault 5. Seine Leibwache waren Frauen auf Motorrädern, er änderte die Flagge, schrieb die neue Hymne und nannte das Land um: Burkina Faso. Seine Politik richtete er gegen Hunger, Korruption, Analphabetismus, Frauendiskriminierung und die Wüste. Mit 38 wurde er von seinen Generälen ermordet.

Name

Das »Land der aufrichtigen Menschen« heißt das Land in den beiden Hauptsprachen Moree und Djoula.

Rekord

Ouagadougou und »Fespaco« gehören zusammen wie Berlin und Berlinale. Nach Zuschauern ist das Festival das größte der Welt, das seit 1969 alle zwei Jahre Millionen Menschen besuchen. Der Oscar des panafrikanischen Filmfestivals heißt »Grand Prix Étalon de Yennenga«.

Das können die Burkiner besser

Damit über 60 Ethnien friedlich miteinander leben können, pflegen die Burkiner die »Scherzverwandtschaft«: Stämme untereinander, Familien, unabhängig von Hierarchie und Alter, beschimpfen sich und sagen sich die Wahrheit. Beleidigt ist niemand, da jeder das Ritual kennt, seit 800 Jahren, als der weise Kaiser Sundiata Keïta sprach: »Zieht mit den Waffen gegen die Feinde, aber wenn ihr sie seht, beschimpft sie erst so lange, bis ihr euch krümmt vor Lachen, dann überlegt euch, ob ihr kämpft!«

Danke für …

… das Operndorf: Der deutsche Regisseur Christoph Schlingensief kämpfte bis kurz vor seinem Tod (2010) für dieses Projekt. Das »Village Opéra« mit Wohnhäusern, Bühne, Küche, Kantine, Krankenstation, Werkstätten, Tonstudio und Fußballplatz gehört den Einheimischen.

Dazu gibt es eine Schule, in der die Kinder lernen, filmen, musizieren. Schlingensief versetzte Hügel und holte einen grünen nach Burkina Faso.

Nur hier

Keine Radtour in Afrika kommt an sie ran: Beim 25. Jubiläum der »Tour du Faso« gewann 2011 ein einheimischer Schafhirte unfassbare 2500 Euro. Die »Faso« ist die afrikanische »Tour de France«. Burkiner Bauern und Mechaniker messen sich zehn Tage und 1280 Kilometer lang mit Radlern aus aller Welt – 1996 gewann Olympiasieger Guido Fulst aus Berlin-Marzahn. Das Fernsehen überträgt täglich und Dopingkontrollen gibt es auch. Positiv getestet wurde noch nie jemand.

Es war einmal

»Obervolta mit Raketen« nannte Bundeskanzler Helmut Schmidt einst gerne die Sowjetunion. Seine Art, deren Rückständigkeit gegenüber den USA auszudrücken.

Burkina Faso fühlen

Hier ist Bierbrauen Handarbeit und ausschließlich den Frauen vorbehalten. Zehn Tage dauert die Zubereitung von Dolo. Die Zutaten sind Sorghum (Hirse), Wasser, gestoßene Rinde von Grewia flavescens, Hibiscus esculentus und Hefe. Jede Brauerin gibt dem Bier durch Zugabe bestimmter Gewürze eine individuelle Note. Der Alkoholgehalt liegt normalerweise bei zwei bis vier Prozent. Durch Zugabe von Honig erreicht man zehn Prozent.

Warum die Außerirdischen gleich wieder wegfliegen würden

»Wir müssen uns trauen, die Zukunft zu erfinden«, sagte Thomas Sankara (siehe Zitat oben) weiter. Auch heute können 80 Prozent seiner Landsleute diesen Satz nicht lesen.

Übrigens

»Wenn Sie in Burkina ein Kind haben, dann kaufen sie ihm als Erstes ein Fahrrad … Wenn ein Kind kein Fahrrad bekommt, ist es kein stolzes Kind. Man sagt, dass die Burkiner lernen, in die Pedale des Fahrrads zu treten, bevor sie lernen zu laufen.« Tour-du-Faso-Chef Alassane Ouangraoua.

Burundi

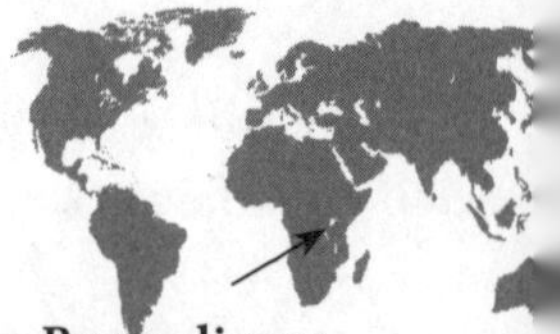

»Burundi war 500 Jahre lang ein Königreich. In Burundi war zu dieser Zeit Frieden. Der König war der Vater des Volkes.«
Prinzessin Ester Kamatari (geb. 1951) floh 1970 nach der Ermordung ihres Vaters Prinz Kamatari nach Frankreich. Burundi war bis zu einem Putsch 1966 ein Königreich. Im Exil machte Ester Kamatari Karriere als das erste afrikanische Model. 2005 kandidierte sie für die Präsidentschaft der »Partei für die Restauration der Monarchie und des Dialogs in Burundi«. Sie gewann die Wahl nicht.

Name

»Bu« heißt in der einheimischen Bantu-Sprache Kirundi »Land«. Also das Land der Rundi.

Rekord

Auf dem aktuellen »Welthunger-Index« schneidet Burundi am schlechtesten ab.

Das können die Burundier besser

Landleben. Nirgendwo auf der Welt leben so viele Menschen auf dem Land: 90 Prozent der Burundier.

Danke für …

… ein Wunder im Bürgerkrieg zwischen Hutu und Tutsi: »Gott erschien mir in dieser Nacht, als alle starben. Eine Stimme sprach zu mir: Nichts wird dir geschehen!« 18 Jahre war Gilbert Tuhabony, als er 1993 mit anderen jungen Tutsi von Hutu-Kriegern in eine Hütte gepfercht wurde, um verbrannt zu werden. Als Einziger konnte er fliehen. Jahre später traf er einen der Mörder wieder, in einer Menschenmenge, bereit zum Lynchen. Doch Gilbert schickte ihn weg: »Es war der größte Moment meines Lebens. Wenn ich jemanden freilassen kann, der mich töten wollte, kann ich alles tun.« Gilbert studierte in den USA, wurde erfolgreicher 400- und 800-Meter-Läufer und trug die olympische Fackel mit nach Atlanta. Der Bürgerkrieg zwischen Hutu und Tutsi war ein Vorläufer des Völkermords in Ruanda.

Nur hier

Gustave, das Krokodil, hat bislang angeblich über 300 Menschen gefressen. Vor ihm fürchten sie sich am Tanganjikasee und dem Ruzizi-Fluss. Mit über sechs Meter Länge soll er zu träge sein, um die flinken Antilopen und Zebras zu fangen, Menschen sind da schon leichtere Beute. Über 60 Jahre soll Gustave schon auf dem Buckel haben, der Körper von den Narben der Kugeln gezeichnet, die man im Laufe der Zeit auf ihn abgefeuert hat.

Es war einmal

… Marienheim. So hieß ein deutscher Militärposten im damaligen Deutsch-Ostafrika. Das Dorf wurde zum heutigen Bujumbura, der Hauptstadt des Landes.

Burundi fühlen

Die Karyenda-Trommeln sind mehr als nur Musikinstrumente. Die Könige von Burundi ließen ihre eigens in dafür errichteten Heiligtümern bewachen. Als das Land 1962 unabhängig wurde und zunächst wieder wie in alten Zeiten ein Königreich war, wurde die Karyenda-Trommel in Flagge und Staatswappen aufgenommen. Berühmt ist das seit Jahrhunderten bestehende Ensemble der Königlichen Trommler von Burundi. Sie spielten bereits auf Platten von Joni Mitchell und Echo & the Bunnymen.

Warum die Außerirdischen gleich wieder wegfliegen würden

Aberglaube! Immer wieder werden Albinos für Beschwörungsrituale getötet.

Übrigens

Hutu und Tutsi sind keine Völker, sondern soziale Gruppen bzw. Kasten. Die Hutu sind Bauern, die Tutsi Viehzüchter. Neben Hutu (85 Prozent) und Tutsi (14 Prozent) leben in Burundi noch die Twa, ein Pygmäenvolk.

Chile

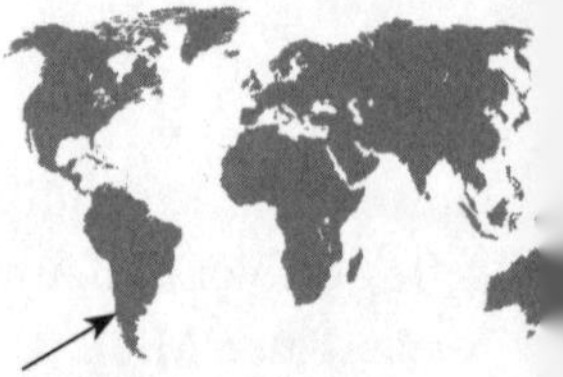

»Chi Chi Chi Le Le Le.«

Präsident Sebastián Piñera, Kupfermine San José, 13.10.2010. 1,3 Milliarden Menschen sahen zu, als 33 verschüttete Bergleute nach 69 Tagen geborgen wurden. Einige der Mineros wurden danach reich, andere depressiv. Die Minen sind die größte Einnahmequelle des Staates. Keiner baut so viel Kupfer ab wie Chile, mehr als die darauffolgenden fünf Länder zusammen.

Name

»Ende der Welt« (»Chilli«) nannte das indigene Volk der Aymara sein Land. Die Spanier machten dann Chile daraus.

Rekord

Hochsprung-Weltrekord eines Pferdes: 2,47 Meter. Der Hengst Huaso stellte ihn 1949 auf. »Ich hörte keinen einzigen Ruf«, erinnerte sich Reiter Alberto Larraguibel, »und dachte, etwas müsse schiefgegangen sein, aber ich hörte auch nicht das Fallen der Hindernisse.« Huaso wurde bis zu seinem Tod mit 29 nie wieder geritten. Hochsprung-Weltrekord der Menschen: 2,45 Meter.

Das können die Chilenen besser

Die Hände vom Abzug weglassen. Deutsche erschießen sich 25-mal häufiger, Kolumbianer 800-mal.

Danke für …

… den klarsten Blick: Sterngucker aller Länder strömen in die Atacama-Wüste, da es hier wolkenlos und schön dunkel ist. Darum haben sie hier das größte Teleskop der Welt gebaut (Name: Sehr großes Teleskop) und bauen noch ein größeres (Name: Extrem großes Teleskop). Im nächsten Jahrzehnt soll es angeschaltet werden und Planeten erspähen, auf denen Leben möglich ist. Das lassen sich zehn europäische Länder 1,1 Milliarden Euro kosten.

Nur hier

Es gibt kein Leben in der Atacama-Wüste, keine DNA auf einer Fläche größer als Ostdeutschland. In manchen Teilen dieses »Mars auf Erden« hat es noch nie geregnet. Die NASA testete hier ihre Viking-Marssonden und Hollywood drehte Science-Fiction-Filme.

Es war einmal

… das schwerste Erdbeben der Welt … und ein sehr brutales Fußballspiel. Am 22. Mai 1960 kamen beim Valdivia-Beben 1655 Menschen ums Leben, zwei Millionen wurden obdachlos. Als zwei Jahre später in Chile die Fußball-WM stattfand, druckte die italienische Presse provokante Schlagzeilen wie »Verarmte Müllhalde voller loser Frauen«. Beim Spiel Chile gegen Italien kam es dann nach zwölf Sekunden zum ersten Foul. Es folgten Schlägereien, die mehrfach nur durch die Polizei getrennt werden konnten. Der englische Schiedsrichter Ken Aston erfand kurz darauf die Gelben und Roten Karten.

Chile fühlen

Am Unabhängigkeitstag, dem 18. September, ist Flaggen ein Muss. Wer es nicht tut, muss Strafe zahlen.

Warum die Außerirdischen gleich wieder wegfliegen würden

Kein Volk googelt das Wort »Nazi« so oft wie die Chilenen.

Übrigens

Aus dem Tagebuch des Kapitäns Edward Cooke im Jahre 1712: »Kein Schiff gesehen, nur einen Mann am Ufer, mit einer weißen Flagge … Das Boot des Grafen ging an Land und fand einen Alexander Selkirk […], der aufgrund von Unstimmigkeiten mit dem Kapitän und dem lecken Zustand des Schiffes besagten Kapitän verließ und an Land ging, wo er für vier Jahre und vier Monate blieb und wo er sich von Ziegen, Kohl von Bäumen, Rüben und Wurzeln ernährte.« Der auf der chilenischen Insel »Más a Tierra« gefundene Selkirk inspirierte Daniel Defoe zu Robinson Crusoe. Heute heißt die Insel »Isla Róbinson Crusoe«.

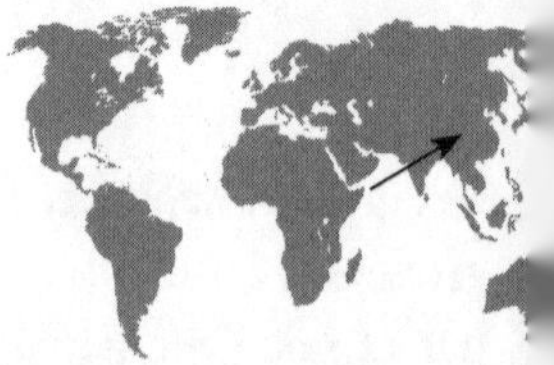

China

»Einige müssen erst reich werden!«

Deng Xiaoping, starker Mann Chinas von 1978 bis 1992, forderte »einen überwältigenden Überfluss an materiellem Wohlstand« für den Kommunismus. Vor der Umverteilung des Kapitals müsse China erst welches sammeln, so Deng. Das wäre geschafft! Im Jahr 2011 gab es in China etwa eine Million Millionäre!

Name

92 881 000 Menschen heißen Wáng, das ist jeder 14. Chinese. Zu diesen Wángs gehören übrigens nicht die Wāngs. Wángs gibt es mehr als Deutsche. In Deutschland heißt übrigens jeder 115. Müller.

Rekord

Moderne Geisterstädte entstehen in den unendlichen Weiten Chinas, mit so vielen freien Wohnungen, dass alle Deutschen darin unterkämen (bis zu 64 Millionen Einheiten). Kangbashi etwa wurde ab 2003 mit 161 Milliarden Dollar für bis zu eine Million Menschen gebaut – steht aber leer. Genauso Bayannao'er, Erenhot oder Zhengzhou New District. Wohnblocks, Bürotürme, Museen, Theater, Sportstätten – alle leer. Warum? Einige nennen es die chinesische Immobilienblase, andere gute Planung. Die dunkelste Vermutung: China plant für die Zeit nach dem Dritten Weltkrieg, wenn die alten Städte unbewohnbar sind.

Das können die Chinesen besser

Von allen 56 Volksgruppen muss sich nur die Mehrheit der Han-Chinesen an die »Ein-Kind-pro-Familie-Regel« halten. China fördert dadurch seine Minderheiten.

Danke für …

… die Grüne Mauer. Peking ist durch die wachsende Wüste Gobi bedroht, auch in Korea, Japan und sogar in den USA landet der feine Sand. Dagegen wird seit den 1970er-Jahren aufgeforstet, 2050 dann soll die Mauer aus Bäumen 4500 Kilometer lang und 100 Kilometer breit sein.

Schon heute nehmen die chinesischen Stürme 200 Millionen Tonnen weniger Sand mit als zu Beginn der Aufforstung.

Nur hier

China hat nur eine Zeitzone, obwohl das Land breit genug wäre für drei bis vier. Das heißt, dass im Mai die Sonne im ostchinesischen Changchun schon um 19 Uhr verschwindet, während sie im westchinesischen Kashgar noch um 22 Uhr scheint. Und wenn ein Bauer aus Kashgar mal eben seinen tadschikischen Nachbarn besucht, muss er seine Uhr drei Stunden zurückstellen.

Es war einmal

Li Si, der Kanzler des ersten Kaisers, erfand in einer kreativen Stunde die Tötungsart der Fünf-Schmerzen-Methode: Dem Verurteilten wurde zuerst die Nase abgeschnitten, dann eine Hand, danach ein Fuß, schließlich wurde er kastriert und dann an der Taille in zwei Teile geschnitten. Was passierte wohl mit Li Si, als er 208 v. Chr. in Ungnade fiel? Richtig!

China fühlen

Hongkong ist der einzige Ort, an dem das größte Fast-Food-Restaurant »McWeddings« anbietet, mit Torte und Bankett: »Love-Forever-Party« für 1000 €, »Happiness-Party« für 300 €, der Hochzeitsstrauß dazu kostet nur 16 €, das Brautkleid aus Ballonseide 130 €. McDonald's beteuert, das Ganze sei nicht die eigene Idee gewesen, sondern die vieler Kunden, die angefragt hatten.

Warum die Außerirdischen gleich wieder wegfliegen würden

Filme, in denen »Zeitreisen« vorkommen, werden von der chinesischen Regierung abgelehnt.

Übrigens

Mao wollte eigentlich verbrannt werden. »Nach dem Tod sollten Menschen keinen Platz mehr verschwenden und verbrannt werden. Ich werde den Anfang machen. Wir sollten alle nach dem Tod [...] als Dünger benutzt werden.« Als er 20 Jahre später starb, bauten ihm 700 000 Chinesen ein Mausoleum, in dem sie ihn heute noch betrachten können.

Costa Rica

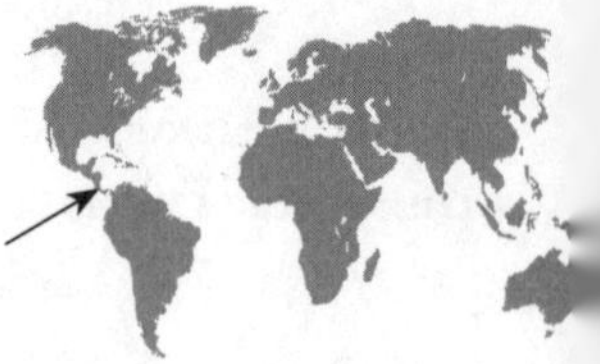

»Es ist notwendig, zu verstehen, dass die Gemeinschaft wichtiger ist als das Selbst.«
Óscar Arias Sánchez, Friedensnobelpreisträger 1987, costa-ricanischer Präsident von 1986 bis 1990 und 2006 bis 2010. Der »Arias-Sánchez-Plan« führte in den 1980er-Jahren zum Frieden in Mittelamerika zwischen Costa Rica, Honduras, Nicaragua, El Salvador und Guatemala.

Name

Das Land gilt als »Schweiz Mittelamerikas«: grün, friedlich, wohlhabend, bergig.

Rekord

Im Jahr 2021 soll Costa Rica das erste klimaneutrale Land der Welt sein, das erste, das dem Planeten nicht mehr schadet, als es ihm nutzt. Im sogenannten Happy-Planet-Index liegt das Land jetzt schon an der Spitze, mit einem Viertel der Fläche unter Naturschutz, einer Ökosteuer und 99 Prozent Strom aus erneuerbaren Energien.

Das können die Costa Ricaner besser

1949 wurde die Armee abgeschafft. Stattdessen leistet man sich seitdem eine »Armee der Lehrer«. Auch die UN eröffnete 1980 hier ihre »University for Peace«, wo sich Studenten aus 55 Ländern auf Karrieren in Internationalem Recht und in der Friedensforschung vorbereiten.

Danke für …

Die »Eristalis gatesi«, eine Fliege Costa Ricas, ist nach Microsoft-Gründer Bill Gates benannt – wegen seiner Verdienste um die Fliegenforschung. Ohne besonderen Grund ehrt die »Agra schwarzeneggeri« den starken Schauspieler-Politiker Arnold Schwarzenegger und die »Stichoplastoris obelix« den starken Comic-Helden Obelix. Pech für Käfer Arnold: Obelix ist eine Spinne.

Nur hier

Zu viele Piraten sollen auf der costa-ricanischen Kokos-Insel ihre

Schätze vergraben haben – etwa Henry Morgan, Benito Bonito oder William Dampier. Und zu viele Glücksritter haben in den letzten 300 Jahren danach gegraben und nichts gefunden. Die Regierung hatte 1978 schließlich genug, sperrte das Paradies und machte einen Nationalpark daraus. Gut so. Heute gehört die Kokos-Insel zu den Top Ten der Tauchspots, Michael Crichton verortete hier seinen *Jurassic Park* und Jacques Cousteau nannte sie »die schönste Insel der Welt«.

Es war einmal

Eine Handvoll Deutsche half Anfang des 20. Jahrhunderts beim Aufbau der Statistikbehörde und bei der Definition nationaler Normen.

Costa Rica fühlen

»El Café Chorale«: Enthusiasten aus dem Volk haben sich dem Gesang verschrieben und tragen die Romantik des Camille Saint-Saëns so selbstverständlich vor wie Renaissance-Stücke und zeitgenössische Musik. Die 42 Laien gaben bisher weltweit 400 Konzerte. Neben internationalen Auszeichnungen erhielten sie dreimal den costa-ricanischen Nationalpreis für Musik.

Warum die Außerirdischen gleich wieder wegfliegen würden

In der Hauptstadt San José gibt es keine Straßennamen. Die Bewohner haben einen Kompass im Kopf und orientieren sich nach der Himmelsrichtung.

Übrigens

Die Einwohner nennen sich »Ticas« und »Ticos«.

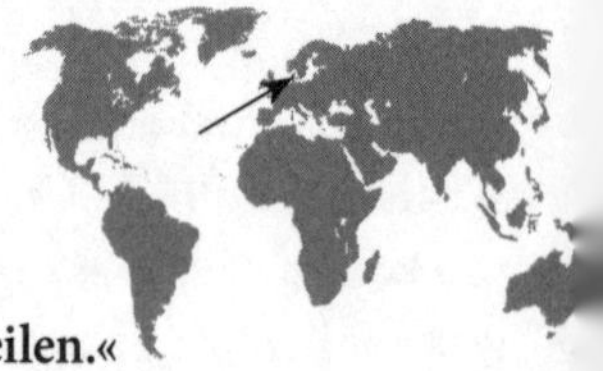

Dänemark

»Nach Veränderung rufen alle, die sich langweilen.«

Aus den Philosophischen Schriften von Søren Kierkegaard, dänischer Philosoph und Schriftsteller.

Name

So flach wie die »Tenne«, auf der man früher mit dem Dreschflegel das Getreide drosch, ist das Land und teilt sich damit die gleiche Wortherkunft.

Rekord

Der nördlichste Punkt der Erde gehört den Dänen, eine kleine Insel knapp über Grönland. Sie nannten sie »Kaffeklubben« nach der Bar im dänischen Museum für Mineralogie. Es wird diskutiert, ob Kaffeklubben den Rekord abgeben muss, da nahebei noch drei nördlichere, nur wenige Meter breite Inselchen entdeckt wurden. Die müssen aber erst beweisen, dass sie dauerhaft erhalten bleiben und mehr als flüchtiger Sand oder Geröll sind. Bis dahin können sie es auch namentlich nicht mit dem Kaffeklubben aufnehmen. Sie heißen ATOW1996, 83-42 und RTOW2001.

Das können die Dänen besser

Zehn Türme bis zum Mond könnte man inzwischen mit LEGO bauen. 400 Milliarden Steine haben die Dänen weltweit verkauft, seit Schreiner Ole Kirk Christiansen 1932 in seiner Werkstatt mit Holzklötzen experimentiert hat. Seitdem heißt es »leg-godt« (»spiel gut«).

Danke für …

… die »Ruhigen«. »De danske roligans«, der Fanclub der Fußballnationalmannschaft, unterstützt seine Mannschaft durch anständiges Benehmen. Das Singen der Nationalhymne ist Pflicht. Der gegnerischen Mannschaft wird Respekt gezollt, Pfiffe sowie Hohn- und Spottlieder sind strengstens verboten. Das Credo lautet »Fußball ohne Gewalt«. Die FIFA verlieh den Roligans nach der Europameisterschaft 1984 das Fair-Play-Diplom.

Nur hier

»Atomkraft? Nej tak.« Die Studentin Anne Lund war 21 Jahre alt, als sie die rote lachende Sonne erfand. Für die Ehre – eine Krone sah sie nie. Seit Mai 1975 heften sich Atomkraftgegner in 45 Ländern das Logo ans Revers, kleben es auf Autoscheiben oder schwenken Fähnchen. Inzwischen wurde es etwa 64 Millionen Mal verkauft.

Es war einmal

»Bluetooth« ist nach König Blauzahn benannt. Im 10. Jahrhundert scheute der König von Dänemark, Draufgänger und Visionär, keine Auseinandersetzung und auch keine Bündnisse, um Dänemark zu einem eigenständigen und selbstbewussten Land zu machen. Er umarmte den Feind, ließ sich von Mönch Poppo am Poppostein taufen und betrieb so die Christianisierung Dänemarks. Der Legende nach war Blauzahn ein ziemlicher Kommunikationsfreak. Also wurde die verbindungslose Datenübertragung Bluetooth nach ihm benannt.

Dänemark fühlen

Ein paar Tausend Dänen werden von der Erderwärmung profitieren. Wenn sich demnächst die Grönlandgletscher über die Ozeane verteilen und die Festlanddänen ihre Küste befestigen müssen, werden die Grönländer lachend »Farvel!« zu dem Eis sagen. Gold, Kupfer, Eisen und Diamanten wird man hier finden, 48 Milliarden Fässer Erdöl füllen, Landwirtschaft wird wieder möglich sein. Wie zu den Zeiten, als Erik der Rote die Insel entdeckte.

Warum die Außerirdischen gleich wieder wegfliegen würden

Seit 2011 ist Dänemark das erste Land der Welt, in dem die Bürger Fettsteuer zahlen müssen. Ob sie in Milch, Fleisch, Butter oder Fertiggerichten stecken: Pro Kilo ungesättigte Fettsäuren sind 16 Kronen (2,15 €) fällig. Das soll zu gesunder Ernährung erziehen.

Übrigens

… hat sich eine dänische Politikerin für die Einrichtung öffentlicher Missoirs eingesetzt. Ein Beitrag für die Emanzipation der Frauen, im Stehen pinkeln zu können.

Deutschland

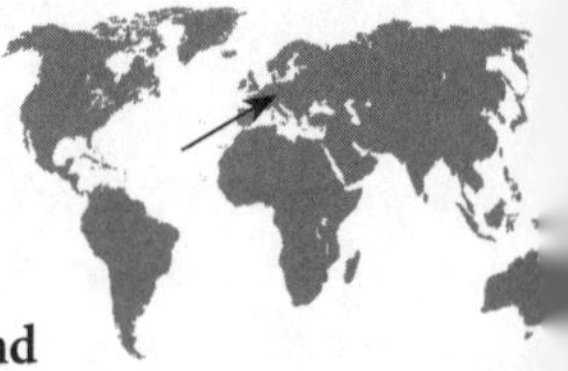

»Ich denke an dichte Fenster! Kein anderes Land kann so dichte und so schöne Fenster bauen.«

Angela Merkel, Bundeskanzlerin, in der BILD-Zeitung auf die Frage, was sie beim Gedanken an Deutschland empfindet.

Name

»Kraut« und »Fritz« (sagen die Amerikaner), »Hun« und »Jerry« (Briten), »Boche« (Franzosen), »Crucco« (Italiener), »Mof« (Niederländer), »Sakse« (Dänen). Bei den meisten Nachbarn jedoch »Schwabe« (Schweizer, Polen, Kroaten, Tschechen). Oder aber »die Stummen« (polnisch: niemiecki), wie es sogar hochoffiziell bei den Slawischsprachigen heißt.

Rekord

Die Deutschen geben fürs Reisen mehr aus als alle Amerikaner oder Chinesen zusammen. Und warum? Schon Heinrich Heine sagte: »Unser Sommer ist ein grün angestrichener Winter«, und sein Zeitgenosse Napoleon stimmte zu: »Die Deutschen haben sechs Monate Winter und sechs Monate keinen Sommer; und das nennen sie Vaterland.«

Das können die Deutschen besser

Fußball. Als die Engländer bei der Fußballweltmeisterschaft 1990 gegen die deutsche Nationalelf verloren hatten und der damalige Bundeskanzler Helmut Kohl sich freute: »Wir haben sie in ihrem Nationalsport geschlagen«, erwiderte die britische Premierministerin Margaret Thatcher: »Richten Sie ihm aus, dass wir die Deutschen in diesem Jahrhundert schon zweimal in ihrem Nationalsport besiegt haben.« Deutschland ist das einzige Land, das bisher sowohl bei den Männern als auch bei den Frauen Fußballweltmeister wurde.

Danke für …

… Bier bei McDonald's! Seit Jahrzehnten können es amerikanische Touristen kaum glauben.

Nur hier

… gibt es so schiefe Türme. Da kommt der in Pisa – 3,97 Grad Neigung – nicht mit: der schiefste ist der Kirchturm von Suurhusen, Ostfriesland, mit 5,19 Grad Neigung, der zweitschiefste der von Bad Frankenhausen in Thüringen mit 4,8 Grad.

Es war einmal

… das Hitlerbärtchen, ein unbeliebter US-Import. Die *New York Times* berichtete 1907: »Neben den schönen Erinnerungen, die männliche amerikanische Touristen bei den Berliner Frauen hinterlassen haben, ist eine nicht angenehme: die des ›Zahnbürstenbartes‹ … [er] hat den Vorteil, hygienisch und praktisch zu sein, etwas, was den Deutschen liegen sollte. Die Veränderung ist aber auf viel Widerstand beim anderen Geschlecht getroffen … ›Männer sind so schon recht hässlich‹, schreibt eine, ›die einzige natürliche Zierde waren immer ihre Schnurrbärte, die sie jetzt so rücksichtslos verstümmeln.‹«

Deutschland fühlen

»Habseligkeiten«, »Geborgenheit«, »lieben«, »Augenblick«, »Rhabarbermarmelade«. Das sind die fünf schönsten Wörter der deutschen Sprache. 2004 gekürt von einer Jury des Deutschen Sprachrats, ausgewählt aus fast 23 000 Einsendungen.

Warum die Außerirdischen gleich wieder wegfliegen würden

Der Deutsche Wanderverband definiert, was das Wandern vom Spazierengehen unterscheidet. Zeit Wandern: ca. 1/2 Tag. Zeit Spazieren: ca. 1 Stunde. Länge Wandern: +/– 13 Kilometer. Länge Spazieren: wenige Kilometer. Geschwindigkeit Wandern: moderat bis zügig. Geschwindigkeit Spazieren: gemächlich. Motive Wandern: Naturerlebnis, körperliche Herausforderung. Motive Spazieren: Beine vertreten, frische Luft schöpfen. Aktionsraum Wandern: überwiegend ortsfern. Aktionsraum Spazieren: überwiegend ortsnah.

Übrigens

2006 in Dillingen! Dort gewann Christian Guth die erste Arschbomben-WM. In die Wertung kamen die Lautstärke des Aufschlagens und die Größe der Wasserfontäne beim Eintauchen.

Dominica

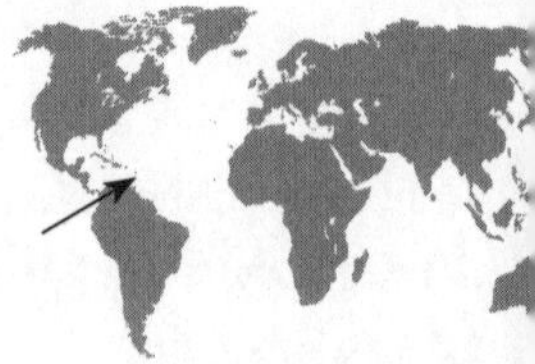

»Dominica ist so, wie die Karibik vor 200 Jahren ausgesehen hat!«

Bruce Hendricks, Producer des US-Blockbusters Fluch der Karibik 2, *fiel mit seinen Kollegen 2005 über Dominica her. Sie fanden die Einsamkeit, die sie suchten, trafen aber auf eine Insel, die nicht auf eine 600-Mann-Hollywood-Invasion eingestellt war. Es wurde ein improvisierter Dreh in Regen und großer Hitze (in Piratenkostümen). »Acht Wochen unter diesen Umständen verändern dein Leben«, erinnert sich Schauspieler Lee Arenberg.*

Name

Es war an einem Sonntag. Wäre Kolumbus nur einen Tag später gekommen, würde die Insel heute »Lunae« (Montag) heißen. Was gar nicht so schlecht wäre, denn die (Englisch sprechenden) Dominicaner leiden unter der Verwechslung mit den (Spanisch sprechenden) Dominikanern aus der Dominikanischen Republik. Post aus aller Welt kommt häufig gar nicht an.

Rekord

Roosevelt Skerrit wurde 2004 mit nur 31 Jahren Regierungschef von Dominica. Zwar schafften das auch schon Kollegen im alten England, Nord-Korea oder im Kongo, doch im Gegensatz zu ihnen wurde der junge Skerrit frei gewählt.

Das können die Dominicaner besser

Eingelegte Schweinefüße.

Danke für …

2008 schlug der Häuptling der indigenen Kalinago-Karibs vor, Ehen zwischen seinen Kalinagos und Nichtkalinagos zu verbieten. Damit wollte er sein ca. 1000 Menschen umfassendes Volk vor dem Aussterben retten. Die Politiker Dominicas entschieden sich dagegen. »Dass wir per Gesetz regeln, wen man heiraten darf, kann nicht sein.«

Nur hier

Den Vogel auf der Fahne gibt es tatsächlich nur (noch) hier. Der Kaiseramazonen-Papagei ist riesig (halber Meter), vielfarbig und rar. Wenn man die letzten 200 Exemplare auch noch verliert, muss man auf den kleineren, rein grünen Jaco-Papagei zurückgreifen.

Es war einmal

... die »Operation Red Dog«. 1981 wollten sich amerikanisch-kanadische Neonazis und Ku-Klux-Klan-Mitglieder ein Paradies in Dominica errichten. Gemeinsam mit Kämpfern des dominicanischen Ex-Premiers Patrick John planten sie die Insel zu erobern und danach aufzuteilen. Doch das FBI nahm die Schurken schon fest, als sie in New Orleans auf ihr schwer bewaffnetes Boot gingen. Der Expremier musste in den Knast, wurde aber später hoher Fußballfunktionär und Schurke im großen FIFA-Bestechungsskandal 2011.

Dominica fühlen

»Wie dieses zerknüllte Stück Pergament ist Dominica, übersät mit Bergen und kaum ein flacher Ort«, beschrieb schon Kolumbus. 500 Jahre später hat das amerikanische »Islands Magazine« Dominica zur »reinsten Insel« des Kontinents gewählt. Es heißt, nirgendwo auf der Welt gäbe es so viele unterschiedliche Grüns.

Warum die Außerirdischen gleich wieder wegfliegen würden

Der »Boiling Lake« ist schon an seinem kühlen Rand 90 Grad heiß. Weiter in der Mitte kocht er. Mit 60 Metern Breite ist er die zweitgrößte Thermalquelle der Welt.

Übrigens

Die dominicanische Schriftstellerin Jean Rhys verließ ihre Heimat und lebte in England ein armes, schweres, alkoholgetränktes Autorenleben, in dem sie spät zu literarischem Ruhm kam. Den lebendigen Menschen Dominicas trauerte sie ihr Leben lang nach: »Wenn ich wählen könnte, würde ich lieber glücklich sein als schreiben ... wenn ich mein Leben noch mal leben und wählen könnte«, schrieb sie, 88-jährig, kurz vor ihrem Tod.

Dominikanische Republik

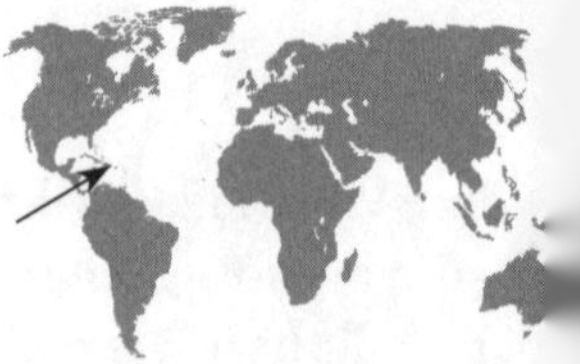

»Perejil«

Wer das spanische Wort für Petersilie nicht richtig aussprechen konnte, wurde ermordet. Über 20 000 Kreolisch sprechende Fremdarbeiter aus Haiti bekamen 1937 einen Petersilienbund vor die Nase gehalten und wurden anschließend von den dominikanischen Truppen des Despoten Rafael Trujillo (siehe Es war einmal*) ermordet – jedem irren Herrscher seinen Genozid.*

Name

Die Hauptstadt gründete der unbeliebte Bartolomeo Kolumbus, bevor er mit seinem großen Bruder Christoph in Ketten nach Spanien gebracht wurde. Er hatte den Ort noch nach der Königin »La Nueva Isabela« genannt. Als er weg war änderten die Bürger den Namen in Santo Domingo, nach dem Mann, der nie in einem Bett schlief.

Rekord

Weil Santo Domingo die älteste europäische Stadt Amerikas ist, steht hier auch die älteste Kathedrale, älteste Universität und älteste öffentliche Bedürfnisanstalt der Neuen Welt.

Das können die Dominikaner besser

Baseball. Manny Ramirez, Sammy Sosa und Alex Rodriguez – drei der 25 Baseballspieler, die während ihrer Karriere in der US-amerikanischen Profiliga mehr als 500 Home Runs geschlagen haben, sind Dominikaner.

Danke für …

… Merengue.

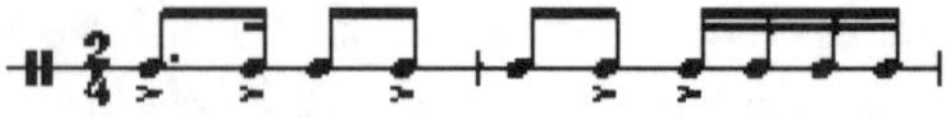

Nur hier

… hat man die Bibel auf die Flagge gebannt.

Es war einmal

»Gott im Himmel, Trujillo auf Erden« mussten die Kirchen auf ihre Schilder schreiben. Das Land litt unter einem der irrsten Herrscher des 20. Jahrhunderts – für drei lange Jahrzehnte. Rafael Trujillo teilte sich ab 1930 das Universum mit dem Herrgott, machte seinen siebenjährigen Sohn zum Oberst, benannte den höchsten Berg der Karibik »Pico Trujillo«, ließ die Lieder »Trujillo ist groß und unsterblich« sowie »Trujillo, der große Architekt« komponieren. Knapp außerhalb der Hauptstadt »Ciudad Trujillo« wurde Trujillo 1961 von Verschwörern erschossen und der lange Spuk war vorbei.

Dominikanische Republik fühlen

Eine Woche DomRep all inclusive für 941 €. Schweinshaxe mit Kraut bei Gisela kostet extra.

Warum die Außerirdischen gleich wieder wegfliegen würden

Nie nach dem Bügeln den Kühlschrank öffnen, sagt der Aberglaube. Auch nicht mit nassen Haaren oder einer entzündeten Wunde.

Übrigens

Wer in der Dominikanischen Republik geboren wird, ist automatisch Staatsbürger, außer man hat haitianische Wurzeln. Ein Vierteljahrhundert nach dem »Petersilien-Massaker« leben wieder circa eine Million Menschen aus dem Nachbarland in der DomRep – schwarz, arm, ohne Rechte.

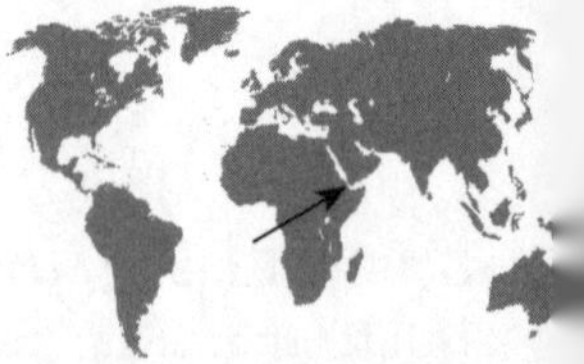

Dschibuti

»Es geht mir gut. So gut, wie man es erwarten kann bei 50 Grad im Schatten. Jeder, der sagt, dass das Leben hart ist, sollte hierherkommen, um Philosophie zu studieren.«

Wo geht man hin, wenn man sich verstecken will? Dschibuti – eine heiße, bergige Steinwüste – wählte der berühmte französische Dichter Arthur Rimbaud. Als Teenager der Star von Paris, hatte er mit 19 vom Dichten genug und ging ab 1874 weit weg von der Heimat. Über ein Jahr verbrachte er in einer kleinen Hütte in Tadjoura am Meer (übersetzt: »Wasserbehälter aus Ziegenleder«), dem ältesten Nest Dschibutis. Hier handelte man mit Sklaven, Rimbaud nur mit Waffen.

Name

Entweder benannt nach »Gabouti«, dem Fußabtreter, oder nach dem ägyptischen Mondgott »Tehuti«. Der vorherige Landesname erklärte sich von selbst: »Land der Afars und der Issas«, sagten die französischen Kolonialherren nach den beiden Völkern in den 60ern und 70ern. 300 000 Afars und 600 000 Issas gibt es heute. Sie mögen sich nicht.

Rekord

Der Rekord steht bevor: Bis 2020 soll das kleine Dschibuti (halb so groß wie Holland) durch eine 30-Kilometer-Brücke mit dem Jemen und der arabischen Halbinsel verbunden werden – mit sechsspuriger Auto-, vierspuriger Eisenbahn und einer Ölpipeline am Eingang zum Roten Meer. Zwei »Al Noor Citys« (»Städte des Lichts«) sollen auf beiden Seiten entstehen, in Dschibuti mit 2,5 Millionen Einwohnern, die dann aus aller Herren Länder kommen sollen.

Das können die Dschibutier besser

20,5 Prozent des Staatsbudgets geht in die Bildung, sie hat Priorität in Dschibuti.

Danke für …

… den »Forêt du Day«, den einzigen Wald im kleinen, sandigen Dschibuti. Hier lebt es noch, das einzige Tier, das es nur in Dschibuti gibt:

der Wacholderfrankolin, ein kleiner Fasan. Doch vielleicht nicht mehr lange. Denn der Wacholderwald, kleiner als Langeoog, wird immer kleiner … und der Ruf des Frankolins – das rasselnde »irk, irk, irkkekekekekeke«, nach hinten abfallend und mit einem leichten Gurgeln endend – immer leiser.

Nur hier

Am häufigsten sieht man das »Képi blanc« der Fremdenlegionäre in Dschibuti. Hier haben die Franzosen ihre größte Militärstation Afrikas, und durch ihre Miete verdient das Land die Hälfte seiner Einnahmen. Aber nicht nur die alte Kolonialmacht versucht von hier aus, die arabische Welt zu beeinflussen. Die USA starten von Dschibuti aus in den Jemen und die Deutschen ins benachbarte Somalia, um Piraten zu jagen.

Es war einmal

Über Dschibuti dürfte der erste moderne Mensch (Homo sapiens) aus Afrika über die Meerenge nach Asien in die Welt gezogen sein. Dort konnte er das sogenannte »Tor der Tränen« vor etwa 60 000 Jahren noch trockenen Fußes überqueren. Heute noch verlassen Menschen und Güter Afrika von hier. Der Hafen ist der bedeutendste am Horn von Afrika.

Dschibuti fühlen

Es gibt 100 Arten, die Haare zu tragen. Die Frauen zeigen darin Alter, Ehestand, Anzahl der Kinder und vieles mehr.

Warum die Außerirdischen gleich wieder wegfliegen würden

1968 hat Hollywood »Planet der Affen« hier gedreht, so bizarr ist die Landschaft Dschibutis. Auf dem Abbesee, einem rauchenden Salzsee mit Tausenden Kalksteinkegeln, stellte man die Szenerie des Science-Fiction-Klassikers nach. Der Assalsee 50 Kilometer nordwestlich ist sogar der salzigste der Erde (nur in der Tiefe der Antarktis ist ein noch salzigerer). Das Tote Meer ist süß dagegen.

Übrigens

Der dschibutische Schriftsteller Abdourahman Waberi träumt. In seinem Roman »Die Vereinigten Staaten von Afrika« flüchten die Armen des Nordens in ein wohlhabendes friedliches Afrika.

Ecuador

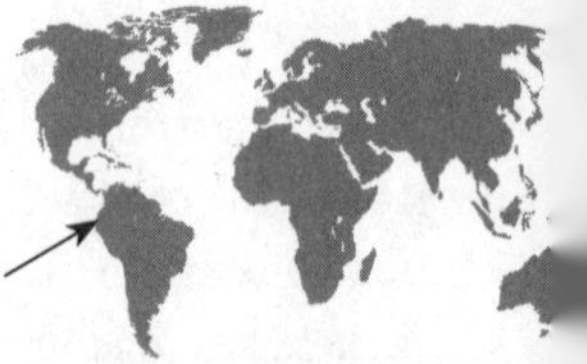

»Der Felskamm, welcher nur hie und da mit dünnen Schneeflocken bedeckt war, wurde etwas breiter; wir eilten sicheren Schrittes vorwärts, als auf einmal eine Art Talschlucht von etwa 400 Fuß Tiefe und 60 Fuß Durchmesser unserem Unternehmen eine unübersteigbare Grenze setzte.«

Alexander von Humboldt 1802 in: Über einen Versuch, den Gipfel des Chimborazo zu ersteigen.

Name

Häuptling Guaya ertränkte seine Frau Quill und tötete sich dann selbst, als die Spanier im 16. Jahrhundert kamen. Die Hauptstadt Guayaquil am Guaya-Fluss hat heute fast drei Millionen Einwohner.

Rekord

Ecuador ist dem Rest des Universums am nächsten! Hier steht der höchste Berg der Welt, wenn man nicht vom Meeresspiegel, sondern vom Mittelpunkt der Erde misst. So gesehen ist der Chimborazo in den Kordilleren zwei Kilometer höher als der Mount Everest. Denn die sich drehende Erde ist keine Kugel, sondern ein Ellipsoid, der sich durch die Fliehkraft am Äquator ausbeult.

Das können die Ecuadorianer besser

Bananenrepublik. Keiner schenkt der Welt so viele gelbe Früchte wie Ecuador. Die Inder ernten zwar dreimal so viele, aber essen sie größtenteils selber.

Danke für …

… den Panamahut. Der wird seit fast 400 Jahren hier hergestellt, nicht in Panama (von wo er in alle Welt verschifft wurde, weshalb auf den Hutkisten das falsche Land stand). Ecuadors Huthauptstädte sind Montecristi und Cuenca in den Anden, auch bekannt für leckere Kräuter-Meerschweinchen.

Nur hier

Erpressung oder gemeinsamer Naturschutz? Bekäme man drei Milliarden Euro, dann würde man im Yasuní Nationalpark nicht nach Öl bohren und die Natur bewahren, kündigte 2007 Ecuadors Präsident Rafael Correa der Welt an. Also schmissen Leonardo DiCaprio, die Türkei, Wallonien, Al Gore, Australien, Michael Gorbatschow, Prinz Charles, Spanien, Edward Norton und Bo Derek Geld zusammen und retteten den Park. Auch Deutschland gab, aber Entwicklungsminister Dirk Niebel war skeptisch: »Ich richte auch keinen Fonds als Belohnung dafür ein, dass vor Somalia keine Schiffe mehr von Piraten überfallen werden.«

Es war einmal

Marschall Antonio José de Sucre vertrieb die Spanier, doch die Amerikaner vertrieben ihn. 1822 befreite er Ecuador von den letzten Royalisten, also nannte man die Währung nach ihm: »Sucre«. Der US-Dollar verdrängte ihn jedoch und ist seit 2000 offizielle Währung. Spitzname: »Plata« (»Silber«).

Ecuador fühlen

Nur hier liegt am südamerikanischen Äquator ganzjährig Schnee – am Vulkan Cayambe.

Warum die Außerirdischen gleich wieder wegfliegen würden

Auf der Roten Liste der bedrohten Arten steht Ecuador ganz oben. 2211 drohen hier demnächst zu verschwinden. Das sind mehr als in Brasilien, Indonesien und Malaysia zusammen. Weil hier 200 000 Hektar jährlich abgeholzt werden? Oder weil es einfach mehr Spezies gibt, die man bedrohen könnte? Nirgendwo sonst gibt es pro Quadratkilometer so viele Lebewesen.

Übrigens

† 2012. »Lonesome George« lebte hier, besser: auf den Galapagosinseln (Darwin, Evolution etc.), die zu Ecuador gehören. Lonesome George war eine »Pinta Island Schildkröte« und damit die seltenste Spezies der Welt. Und George war der Letzte seiner Art. Man suchte nach einem Weibchen, um die Art vielleicht doch noch zu retten. Doch dann starb George. Er war erst um die 100 Jahre alt.

El Salvador

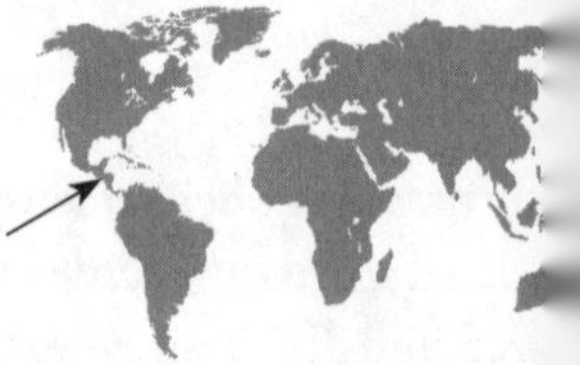

»Was sollte ich nun tun? Etwa Arbeit suchen, bei meinem Lebenslauf? Ich wusste nicht einmal, wie man Land bebaut, ich kannte nur den Krieg.«

Lucio Vásquez begann 1980 als Achtjähriger bei der linken Guerilla-Armee FMLN zu kämpfen. 20 war er, als der Bürgerkrieg 1992 endete. Heute, mit 40, erzählt er Kindern im Museum vom Krieg. Von den vielen Bürgerkriegen Zentralamerikas war der in El Salvador der grausamste: In zwölf Jahren starben 80 000 Menschen.

Name

Nach dem Erlöser benannt.

Rekord

El Salvador ist das kleinste und am dichtesten besiedelte Land Zentralamerikas (229 Menschen pro Quadratkilometer). Trotzdem ist noch mehr Platz als in Deutschland (294 pro Quadratkilometer).

Das können die Salvadorianer besser

Die jungen Leute der »Mara 18« und der »Mara Salvatrucha« verstehen sich besonders gut aufs Töten. Die Jugendbanden sind ein Problem in ganz Mittelamerika, doch in El Salvador versetzen sie das ganze Land in Panik. Sie sind eigentlich ein US-amerikanischer Import: Vor dem Bürgerkrieg in den 1980er-Jahren geflohen, gründeten junge Exilanten in Los Angeles Banden, die mit der Zeit immer gewalttätiger wurden. Mit dem Ende des Bürgerkriegs versuchten sich die USA des Problems zu entledigen und schoben die Jungs in ihre Heimat ab. Jungen armen Männern bleibt heute kaum ein Weg vorbei an den Gangs. 25 000 Mitglieder spielen das Spiel aus Macht und Drogen, 9000 warten im Gefängnis.

Danke für …

… einen Waffenstillstand der Gangs: Das Land war an 15 Morde pro Tag gewöhnt, doch am 14. April 2012 war in El Salvador plötzlich Ruhe. Die Bandenführer hatten ihn beschlossen – aus dem Gefängnis –, danach bekamen sie schönere Zellen. Die Mordrate sank, doch es stieg die Zahl der Vermissten.

Nur hier

Drei Qualifikationsspiele zur Fußball-WM reichten El Salvador 1969, um einen Krieg gegen Erzfeind Honduras zu beginnen. Das Hinspiel in Honduras verloren sie, das Rückspiel zu Hause gewannen sie und das Entscheidungsspiel in Mexiko stand nach 126 Minuten noch 2:2. Dann schoss El Salvador den entscheidenden Treffer und fiel im Siegestaumel im Land des Verlierers ein. Der Krieg dauerte 100 Stunden, forderte Tausende Tote und endete mit einem Unentschieden.

Es war einmal

Mit dem 1976 wiederentdeckten Ort Joya de Céren hat El Salvador sein eigenes Pompeji. Die Maya-Stadt wurde um 590 durch einen Vulkanausbruch verschüttet. Die Einwohner flohen wohl noch rechtzeitig, ließen aber viele Alltagsgegenstände, darunter auch ihr Essen, zurück. Unter der Asche blieb vieles erhalten. Auch eine Gemeinschaftssauna.

El Salvador fühlen

... konnten Barack Obamas Bodyguards 2012. Sie bereiteten den Besuch ihres Chefs hier vor allem mithilfe leichter teurer Mädchen vor und brachten damit ihren Chef in Washington in Verlegenheit.

Warum die Außerirdischen gleich wieder wegfliegen würden

Hurrikane, Vulkanausbrüche und Erdbeben sind fast Alltag. Sogar ein Ricky-Martin-Konzert musste abgesagt werden, man brauchte die Halle als Notunterkunft.

Übrigens

»Von Frieden und höchstem Glück
hat El Salvador immer edel geträumt;
sie zu erlangen war sein ewiges Problem!«

Die ersten drei Zeilen der Nationalhymne.

Elfenbeinküste

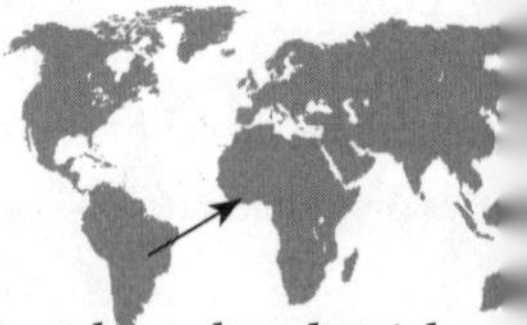

»Ich kann den Präsidenten anrufen, wenn ich etwas brauche, aber ich bevorzuge, das nicht zu tun. Ich kämpfe lieber für mich alleine … Ich bin in einer günstigen Lage, weil alle zuhören, wenn ich etwas sage. Wenn ich in die Politik ginge, würde nur das halbe Land zuhören.«

Didier Drogba, Fußball-Megastar. Es heißt, er könne Präsident werden, wenn er wolle. 2011 wurde er nach vier Monaten Bürgerkrieg in die »Wahrheits- und Aussöhnungs-Kommission« geholt. Viele sagen, Drogba könne viel bewegen, andere kritisieren: Ein Mann, der nur wenige Wochen pro Jahr in seinem Land ist, kann ihm nicht helfen.

Name

Wir machen uns hier strafbar. Das Land darf nur »Côte d'Ivoire« genannt und nicht übersetzt werden. Das hat der Präsident einst angeordnet.

Rekord

Notre-Dame de la Paix ist die flächenmäßig größte christliche Kirche der Welt. Sie hat in den 1980er-Jahren 300 Millionen Dollar gekostet, steht in der Hauptstadt und damit mitten im Nirgendwo (siehe *Nur hier*). Gebaut wurde sie aus italienischem Marmor und mit französischen Fenstern. Der polnische Papst fand's großartig und weihte den Bau 1990 höchstpersönlich ein.

Das können die Ivorer besser

»Einigkeit, Disziplin und Arbeit«. Das Motto des Landes klingt deutscher als das deutsche. Die Elfenbeinküste ist die bei Weitem größte Wirtschaft der »West African Economic and Monetary Union« (mit Benin, Burkina Faso, Guinea-Bissau, Mali, Niger, Senegal und Togo): Allein 40 Prozent des Einkommens aller acht Staaten erwirtschaften die Ivorer.

Danke für …

Stolze 44 Prozent des Kakaos der Welt kommen von hier. Ungefähr so viel, wie ganz Europa für seine Süßtafeln und Trinkfixe braucht. Und das für einen Spottpreis von etwa zwei Euro pro Kilo. Der Kakao müsste das Zehnfache kosten, damit geschätzte 200 000 ivorische Kinder nicht mehr auf dem Feld arbeiten müssen, sondern selbst kennenlernen, was Schokolade ist.

Nur hier

… konnte der Präsident sein Heimatdorf einfach zur Hauptstadt machen. »Papa« Félix Houphouët-Boigny (Staatspräsident von 1960 bis 1993) wollte lieber daheim in der Provinz als in der küstennahen Millionenstadt Abidjan regieren und machte Yamoussoukro (mit damals gerade mal 20 000 Einwohnern) zur Zentrale fernab von allem. Auch nach dem Tod des Landesvaters ließ man es dabei. Immerhin 200 000 Ivorer leben nun hier, aber sechs Millionen im Großraum Abidjan.

Es war einmal

Der »King of Pop« war auch King des Sangwi-Volkes: Im Dorf Krindjabo wurde Michael Jackson 1992 zum König gekrönt. »Den verlorenen Sohn« nannte ihn Nana Amon Ndoufou IV., der Herrscher der Sangwi. Der 33-jährige Jackson bekam ein königliches Gewand, und unter Jubel und in allem Pomp wurde ihm eine goldene Krone aufs Haupt gesetzt.

Elfenbeinküste fühlen

Die Elfenbeinküste lernt man in den »Maquis« kennen. Die typischen Freiluftrestaurants schossen in den harten 80er-Jahren aus dem Boden, als die Wirtschaft mies und die Leute arm waren. »Maquis« heißt »Busch«, doch auch die französische Résistance wurde einst so genannt, kein Zufall, denn die »Maquis« sind Orte des Austauschs und der Demokratie – für Mann und Frau. Die zuerst meist illegalen Familienbetriebe sind inzwischen legal und erwachsen geworden: Man sitzt zwar noch auf Plastikstühlen, doch man taucht die Finger heute in Delikatessen.

Warum die Außerirdischen gleich wieder wegfliegen würden

Das Volk der Senufo im Norden lebt, wie viele, in einem Kastensystem: ganz oben die Bauern, ganz unten die Musiker.

Übrigens

Jesus und seine Jünger erkennt man im großen Fenster der Basilika von Yamoussoukro (siehe *Rekord*). Mitten unter ihnen: Präsident Félix Houphouët-Boigny.

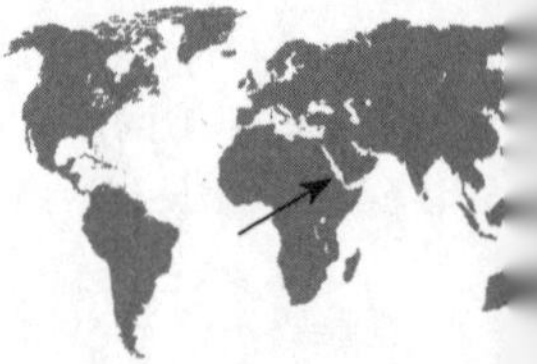

Eritrea

»Der Mann ist verrückt.«

Mahmoud Ali Youssouf, Außenminister Dschibutis, über Isayas Afewerki, den Chef der eritreischen »Übergangsregierung« (seit 1993!). Afewerki schottet Eritrea ab, sperrt Regimegegner ein, Folter gilt als üblich. Die Presse hier ist unfreier als irgendwo sonst. 2008 ließ Afewerki die Welt wissen, freie Wahlen seien für die nächsten drei oder vier Jahrzehnte nicht vorgesehen, da sie die Gesellschaft spalten könnten.

Name

Vom griechischen Wort erythros (»rot«). Weil das Land am Roten Meer liegt.

Rekord

75 Kilometer! Die Lastenseilbahn vom Küstenort Massawa hinauf auf 2325 Meter in die Hauptstadt Asmara war die längste der Welt. Gebaut 1938 von den italienischen Besatzern, bevor sie 1941 rausflogen. 300 Kilo konnte eine Plattform tragen. Die Briten verkauften sie dann nach und nach. Der Rest ist heute Schrott.

Das können die Eritreer besser

Italienisch. Zumindest in Asmara, das einst wegen seines Flairs »Piccola Roma« (kleines Rom) genannt wurde, sprechen viele Ältere noch die Sprache der ehemaligen Kolonialmacht. Und selbst in der entferntesten Gegend bekommt man noch einen Teller Spaghetti.

Danke für …

Über viele Jahrhunderte war Salz in Äthiopien und Eritrea ein Zahlungsmittel. Es wurde in Barren mit bis zu knapp einem Kilo Gewicht verpackt.

Nur hier

Tankstellen, Kinos und Wohnhäuser im Art-déco-Stil: Die Hauptstadt Asmara ist ein Freiluftmuseum der modernen europäischen Architektur des frühen 20. Jahrhunderts. Hier stehen die kubistischen, futuristischen Gebäude, die italienische Architekten vor allem zur Zeit Mussolinis schufen. Hier konnten sie sich fern vom Prunk der Heimat mit ihren modernen Ideen austoben.

Es war einmal

Asmara hatte einst mehr Ampeln als Rom.

Eritrea fühlen

»Forza! Forza!«, rufen die Fans beim ältesten Radrennen Afrikas. 1946 fand der erste »Giro dell'Eritrea« statt, 2001 kam es zur Neuauflage. Seitdem begeistert das Etappenrennen jährlich das fahrradverrückte Land. 500 000 Zweiräder kommen hier auf knapp fünf Millionen Einwohner. Wer brachte einst das erste Rad mit? Die Italiener. 1910.

Warum die Außerirdischen gleich wieder wegfliegen würden

»Die Kälte des Landes sei eisig, sagt man. Wie kommst du damit klar? Was mich betrifft, mir geht es sehr gut, außer dass ich dich sehr vermisse. [...] Ich habe Angst davor, verrückt zu werden, weil ich Tag und Nacht an dich denke. Tsigena, die Trennung von dir quält mich sehr. Seit unserer Trennung ist mein Leben ein einsames. Ich fühle mich wie eine Waise.« Beim Versuch, ihrem geflüchteten Mann nach Italien zu folgen, ertrank die Eritreerin Hirut Brhane im Mittelmeer. 2009 waren 209 200 Eritreer weltweit als Flüchtlinge registriert, bei einer Gesamtbevölkerung von etwa fünf Millionen.

Übrigens

Eritrea hat die meisten Verkehrstoten pro Kopf, und das bei mageren elf Autos auf 1000 Leute: Das macht das Land zur Nummer 1 auf der Liste der Weltgesundheitsorganisation. Klingt zwar bizarr, doch scheuende Pferde, Bandenüberfälle auf Fahrzeuge, Landminen und Boden-Boden-Raketen aus dem Krieg gegen Äthiopien werden mitgezählt.

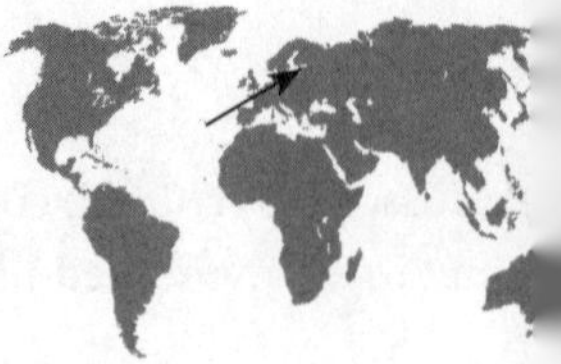

Estland

»Wäre ich nicht der Präsident der Vereinigten Staaten, würde ich gern Georg Hackenschmidt sein.«

Theodore Roosevelt, von 1901 bis 1909 US-Präsident, anlässlich eines Empfangs für Georg Hackenschmidt. Der estnische Gewichtheber und Ringer war in seiner aktiven Zeit von 1896 bis 1911 Weltmeister im Freistil und griechisch-römischen Stil.

Name

Die Germanen und Skandinavier nannten seinerzeit alle Stämme jenseits der Ostsee »Aesti«. Die Esten wiederum nennen die Ostsee Westsee.

Rekord

Nur 16 Prozent der Esten glauben an Gott. Nummer 1 unter den Gottlosen Europas. Gar der Welt?

Das können die Esten besser

Vokale aneinanderreihen. Auch wenn man den folgenden Satz sicher nicht oft sagt, aber »die Arbeitsnacht eines Mondforschers am Rande des Eises« heißt »Kuuuurijate töööö jäääärel«.

Danke für …

e-Estonia: Per e-voting wählen die Esten ihr e-government. Die e-Bürgerkarte regelt Behördenkram und das e-learning macht Kinder schlau. Jeder Bürger hat gesetzlich geregelten kostenlosen Internetzugang, und an fast jeder Ecke weist das offizielle Verkehrsschild »@-Internet« auf WLAN-Hotspots hin, auch kurz vor der Wildnis.

Nur hier

Der beste Este schaukelt bis zum vierten Stock. Denn mit dem »Kiiking« (»Schaukeln«) hat man aus einer alten Leidenschaft einen ernsthaften Sport gemacht. Auf einem Brett zwischen zwei Stahlstangen stehend, versucht man, einen 360-Grad-Überschlag zu schaffen. Je länger die Stahlstangen, desto höher der Radius. Den Weltrekord hält der Este

Andrus Asamäe, der mit 7,02 Meter langen Stahlstangen immerhin knapp über 14 Meter hoch kam.

Es war einmal

Es war einmal das Ö. Doch der Sprachwissenschaftler Otto Wilhelm Masing hat es um 1820 gekillt, für ein Õ. Angeblich weil die Esten sich beim Ö eben anders anhörten als andere Europäer. Doch vielleicht wollte Masing einfach seinen eigenen Buchstaben. Er brachte auch das Kinder-Lehrbuch »ABD« raus, was »ABC« heißen würde, wenn die Esten ein »C« hätten.

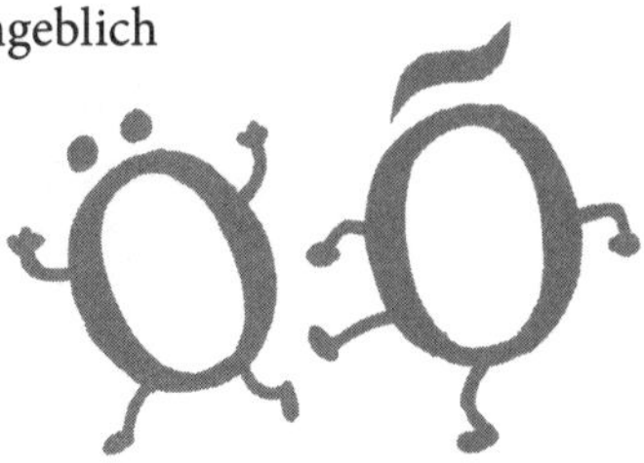

Estland fühlen

Das gemeinsame Singen gilt als Tradition schlechthin. Gegen sämtliche Fremdherrschaften wurde angesungen, Identität und Gemeinschaftsgefühl bewahrt. Seit 1869 gibt es das estnische Sängerfest. Alle fünf Jahre findet es statt, zuletzt 2009 mit fast 27 000 Sängern und 69 000 Zuhörern.

Warum die Außerirdischen gleich wieder wegfliegen würden

2004 warb die Modefirma Gucci mit einer zum »G« rasierten Scham einer bildschönen Frau. Es handelte sich um den Intimbereich der Präsidentin des estnischen Schachverbandes.

Übrigens

Nirgendwo gibt es so viele Frauen: Auf 100 kommen nur 84 Männer. Unter den Top Ten sind auch alle Nachbarländer: Litauen, Lettland, Ukraine, Russland, Weißrussland.

Fidschi

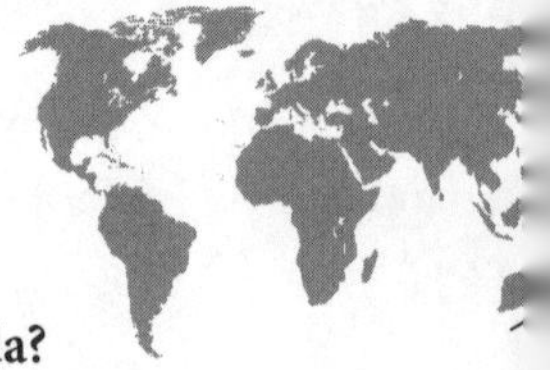

Marlon: Wo zum Teufel ist Fidschi? Bei Florida?
Truman: [zeigt auf den Golfball] Siehst du hier?
Marlon: Ja.
Truman: Das sind wir … [fährt mit dem Finger auf die andere Seite des Golfballs] und ganz hier drüben … Fidschi.
Wenn du weiter fährst, beginnst du wieder zurückzukommen.

Szene aus dem US-Film Die Truman Show, *1998.*

Name

»Kannibaleninseln« wurde Fidschi lange genannt. Hier aßen Krieger ihre geschlagenen Gegner, es wurden neue Boote nur zu Wasser gelassen, wenn Menschen darunterlagen, und »Iss mich!« war der übliche Gruß eines Mannes an seinen Häuptling. »Viti« nannten die Kannibalen ihre Inseln, »Fisi« sagten die friedlichen Nachbarn aus Tonga. Captain Cook machte dann »Feejee« draus.

Rekord

Unter besagten Kannibalen soll Häuptling Udre Udre der gefräßigste gewesen sein. Er aß noch weiter, als im 19. Jahrhundert alle seine Kollegen schon satt oder christianisiert waren. Aus anderen Speisen hat er sich nichts gemacht und immer ein Stück Mensch dabeigehabt. Für jeden Gegessenen hat er einen Stein aufgetürmt – 872 fand man später.

Das können die Fidschianer besser

2016 in Rio könnten die Fidschianer ihre erste Medaille holen, denn dann wird »Rugby Sevens« olympisch. Keiner ist besser und erfolgreicher in dieser Rugby-Version mit sieben statt 15 Spielern – hierin wurde das kleine Fidschi (850 000 Einwohner) schon zweimal Weltmeister.

Danke für …

Endlich Freiheit! Das »Surfing Urteil« von 2010 machte jede Welle Fidschis zum Eigentum aller Surfer. Bis dahin gehörten die besten Brecher exklusiven Hotels, etwa die weltberühmte »Cloud Break« und die

»Restaurants Wave«, Wellen, die an der gleichen Stelle immer wieder gleich entstehen und brechen.

Nur hier

Ein gängiger Schimpfname auf Fidschi heute ist »Bokola«, heißt »Körper zum Essen«.

Es war einmal

Im Westen Fidschis befindet sich in doppelter Hinsicht »geschichtsträchtiges« Gewässer. Nach der Meuterei auf der Bounty 1789 fuhr der ausgesetzte Kapitän Bligh in seiner Barkasse vorbei, wurde von den Einheimischen gejagt und vermaß trotzdem alles – darum wird die See hier »Bligh Water« genannt. 200 Jahre später pflegte man hier Hollywood-Robinsonaden zu drehen: Zuerst 1980 *Die Blaue Lagune* mit Brooke Shields und 2000 *Cast Away – Verschollen* mit Tom Hanks.

Fidschi fühlen

Wenn Sie in ein Dorf eingeladen werden (nicht unwahrscheinlich), kaufen Sie vorher eine 1-Kilogramm-Kava-Wurzel (kostet ca. 10 Fidschi-Dollar auf dem Markt) als Geschenk. Das macht man so.

Warum die Außerirdischen gleich wieder wegfliegen würden

Vier Staatsstreiche seit der Unabhängigkeit 1970. »Wir haben eine Coup-Kultur«, sagte der ehemalige Premierminister Mahendra Chaudhry, der im Jahr 2000 selber gestürzt wurde.

Übrigens

1867 wurde der englische Missionar Thomas Baker im Dorf Nabutautau von verärgerten Eingeborenen gegessen. Man nimmt an, weil er dem Häuptling den Hut vom Kopf nehmen wollte. 136 Jahre später entschuldigten sich die Bewohner Nabutautaus bei Bakers Ururenkel Geoff. Aus Reue? Von wegen. Die Kannibalennachkommen glauben, dass sie nur wegen der damaligen Tat keine Straßen, Schulen und medizinischen Einrichtungen haben. »Wenn wir uns entschuldigt haben«, so der heutige Häuptling, »werden wir wieder sauber sein.«

Finnland

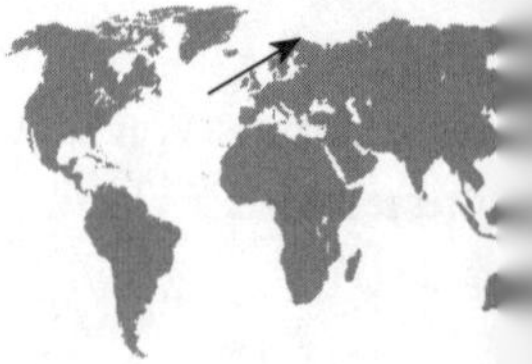

»Jede Chance ist eine Möglichkeit!«

Matti Nykänen – der erfolgreichste Skispringer aller Zeiten – wurde nach dem Ende seiner Sportkarriere ab 1991 Sänger, Stripper und Telefonsexstimme, er stach einen Freund nach einer Niederlage beim Fingerhakeln nieder, ebenso seine Frau, würgte sie mit einem Bademantelgürtel, ging in den Knast, fuhr besoffen von einer Brücke und wurde Fernsehkoch. Bekannter als Nykänen ist keiner in Finnland.

Name

Als »Suomi-neito«, als »Jungfrau Finnland«, sehen die Finnen ihr Land. Seine Umrisse erinnern tatsächlich an eine Frau mit erhobenem Arm. Die Gegend des Arms wird »Käsivarsi« (»Arm«) genannt.

Rekord

Zwölf Kilogramm Kaffee trinkt der durchschnittliche Finne pro Jahr. Zwei mehr als die Norweger. Die fünf skandinavischen Länder sind unter den sechs größten Kaffeekonsumenten (pro Kopf). Man genießt das Getränk in einer »kaffeepaussi«. Das Wort, das in Finnland zwar kaum noch in Gebrauch ist, wurde 2006 zum schönsten ausgewanderten deutschen Wort gekürt.

Das können die Finnen besser

Die Finnen hatten den besten Scharfschützen der Welt. Als die Rote Armee 1939/40 Finnland besetzte, erschoss Simo Häyhä 542 russische Soldaten (Scharfschützen zählen ihre Opfer!). Der Feind nannte Simo »Weißer Tod«, denn er lag, ganz in Weiß, bei bis zu –40 Grad Celsius und wenig Tageslicht im tiefen finnischen Schnee und brauchte nur 100 Tage für seinen Rekord – bis ihn selbst ein russischer Schütze traf. Simo überlebte und wurde 96 Jahre alt. In der TV-Show »Die größten Finnen« wurde er 74ter.

Danke für …

… den Geschirrabtropfschrank. Wenn die Finnen Amerikaner wären, hätte weltweit jeder einen. Doch so hängen nur in Finnlands Küchen Schränke mit Abtropfgestellen, durch die das Wasser direkt in die Spüle hinabläuft. Erdacht hat es die Hauswirtschaftslehrerin Maiju Gebhard, und die »Foundation for Finnish Inventions« kürte die geniale, weil einfache Idee zur »wichtigsten finnischen Erfindung des vergangenen Jahrtausends«.

Nur hier

Wie kommt eine finnische Sauna nach Tansania? »Wenn du aus der Sauna kommst, fühlt sich die Luft draußen kühl an!«, erklärte der finnische Diplomat und Friedensnobelpreisträger Martti Ahtisaari (geb. 1937). Alle finnischen Botschaften weltweit haben eine und helfen bei der sogenannten »Sauna-Diplomatie«: Politiker und Freiheitskämpfer schwitzen gemeinsam. Diese Art von Diplomatie sei sehr effizient, sagte ein Exaußenminister: »Ich lasse keinen raus, bis alle meinem Plan zugestimmt haben.«

Es war einmal

Die finnischen Männer haben jede Sauna-Weltmeisterschaft gewonnen. Bis 2010, dann wurde der Wettbewerb eingestellt, nachdem ein Teilnehmer heftige Verbrennungen erlitt und starb. Weiterhin ausgetragen wird hier dafür der »Gummistiefelweitwurf«, die »Luftgitarren-WM« und das »Rennen mit Ehefrauen auf dem Rücken«.

Finnland fühlen

»Ich erinnere mich ans Eishockeyspielen als Kind. Immer dachten wir, wir würden gerade für Finnland und gegen Schweden spielen. So war es einfach immer.« Teemu Selänne, finnischer NHL-Profi. Finnland und Schweden gehören zu den sogenannten »Big Six« des Eishockeys, neben Kanada, Russland, Tschechien und den USA.

Warum die Außerirdischen gleich wieder wegfliegen würden

»Was ist mit den Selbstmorden, der Depression, dem Alkoholismus und den kalten, langen Wintern?«, fragte eine finnische Zeitung, als 2010 das amerikanische Magazin Newsweek ihr Land zum »besten Land der Welt« kürte.

Übrigens

Der Fußballer Jari Litmanen hat in drei Jahrzehnten als finnischer Nationalspieler gekämpft (1989–2010). Einmalig!

Frankreich

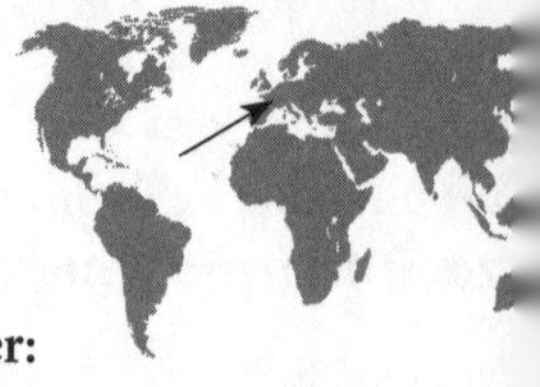

»Jeder Mensch von Kultur hat zwei Vaterländer: das seine – und Frankreich.«

Der spätere US-Präsident Thomas Jefferson ging 1785 mit Depressionen nach Paris. In seinen vier Jahren als Botschafter an der Seine genoss er Architektur, Kunst und Salonkultur der Stadt, kaufte Wein, verliebte sich in eine Malerin und schwängerte das Kindermädchen seiner Tochter.

Name

Noch heute ist in arabischen Volksliedern von »Menschenfressern« die Rede, wenn Franken gemeint sind. Das blieb von den Kreuzzügen zurück.

Rekord

122 Jahre, fünf Monate und 14 Tage: Das ist die höchste Lebensspanne, die bislang je ein Mensch glaubhaft dokumentiert erreicht hat. Die Französin Jeanne Louise Calment kam 1875 in Arles zur Welt, wo sie auch 1997 starb. Dort verkaufte sie als junges Mädchen Farben an Vincent van Gogh. Mit 85 lernte sie Fechten. Mit 100 fuhr sie noch Fahrrad. Erst mit 110 zog sie in ein Altersheim. Mit 90 hatte sie ihre Wohnung an einen Apotheker verkauft, für eine lebenslange Leibrente von 2500 Franc pro Monat. Der Apotheker hatte ein schlechtes Geschäft gemacht. Er starb als alter Mann, vor ihr. Bis dahin hatte er ihr den dreifachen Wert der Wohnung gezahlt.

Das können die Franzosen besser

In Moguériec, Bretagne, findet seit 1996 jährlich die Strandschneckenweitspuck-Weltmeisterschaft statt. Weltmeister und Weltrekordhalter ist der Algenfischer Alain Jourden mit einer Weite von 10,41 Metern.

Danke für …

… das Dezimalsystem. Das haben bislang nur Liberia, Myanmar und die USA nicht übernommen. Von den Franzosen haben weite Teile der Welt auch den Rechtsverkehr. Den hat Napoleon durchgesetzt.

Nur hier

In Frankreich darf man sich in Zügen nicht küssen. Nach einem Gesetz von 1910, das noch keiner abgeschafft hat.

Es war einmal

… die Erfindung des Alpinismus. »Den höchsten Berg dieser Gegend, den man nicht unverdient Ventosus, den Windumbrausten, nennt, habe ich am heutigen Tage bestiegen, einzig von der Begierde getrieben, diese ungewöhnliche Höhenregion mit eigenen Augen zu sehen.« Das berichtete der italienische Dichter Francesco Petrarca, als er am 26. April 1336 auf den Mont Ventoux in der Provence geklettert war. Petrarcas Tat war ein Schlüsselmoment zwischen Mittelalter und Neuzeit, der zu René Descartes (der Mensch als Vernunftwesen in der Natur) und zu Jean-Jacques Rousseau (der Mensch als Teil der Natur) führte.

Frankreich fühlen

»Es ist schwer, ein Volk zu regieren, das 246 Sorten Käse hat«, seufzte Charles de Gaulle. Kein Wunder: Als es mal wieder nichts zu essen gab, brach prompt die Französische Revolution aus. Auch weil es hieß, Marie-Antoinette habe für die Hungernden den Rat gehabt: »Wenn sie kein Brot haben, sollen sie doch Kuchen essen.«

Warum die Außerirdischen gleich wieder wegfliegen würden

19 Atomkraftwerke mit 59 Reaktoren und überforderten, unglücklichen Mitarbeitern … Allein im Atomkraftwerk Chinon nahmen sich seit den 1990er-Jahren zehn Angestellte das Leben. Es ist der Stress. Die gefährliche Arbeit, beispielsweise unter Strahlenbelastung, wird ihnen schon abgenommen – von 22 000 sogenannten Atom-Nomaden, die von Atomkraftwerk zu Atomkraftwerk geschickt werden.

Übrigens

Frankreich wird von mehr Menschen besucht als jedes andere Land der Welt: 79,5 Millionen Touristen jährlich. Das sind mehr, als es Franzosen gibt. Nach Deutschland kommen 28,4 Millionen, Platz 8.

Gabun

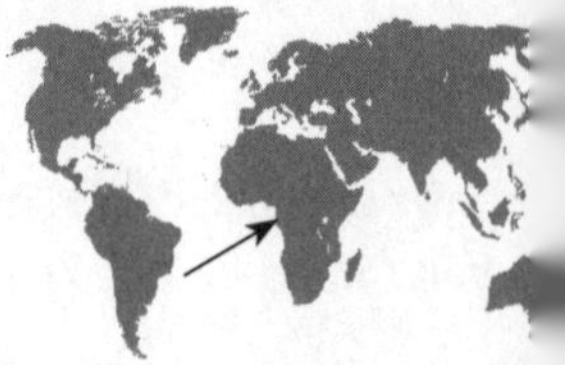

»Ehrfurcht vor dem Leben.«

Der spätere Friedensnobelpreisträger Albert Schweitzer (1875–1965) notierte diesen Satz auf einer Dampferreise über den Gabun-Fluss, als sich das Schiff seinen Weg gerade durch eine Herde Nilpferde bahnte. »Ehrfurcht vor dem Leben« nannte der deutsche Arzt dann auch sein universelles ethisches Konzept. In der Nähe der Nilpferde, im gabunischen Ort Lambarene, gründete Schweitzer 1913 auch sein Urwaldhospital (heute führend in der Malariaforschung).

Name

Der »Gabao« war der Seefahrermantel der Portugiesen. Nach ihm soll der erste Europäer hier, Lopo Goncalves, das westafrikanische Land benannt haben. Vielleicht wegen der Form des Flussdeltas, vielleicht wegen des dichten Nebels, der sich oft darüberlegt. Unter dem »Mäntelchen« begann dann gleich der Handel mit Holz, Elfenbein und vor allem Sklaven.

Rekord

Die schwerste Giftschlange der Welt ist die Gabunviper. Aber damit nicht genug: Sie hat auch die längsten Giftzähne der Welt und die größte Menge an Gift. Also nicht auf sie treten! Das kann aber bei ihrer guten Tarnung im Laub leicht passieren.

Das können die Gabuner besser

Der Kubismus und seine afrikanischen Wurzeln: Es war wohl eine Maske des Fang-Volkes, die Pablo Picasso zum bahnbrechenden Gemälde *Les Desmoiselles d'Avignon* inspirierte. Die Schnitzkunst der Fang, genannt Tsogo, Kota und Punn, genießt Weltruhm.

Danke für …

Der erste panafrikanische Radiosender wurde hier gegründet. 1981 nahm Africa No 1 den Betrieb in dem Ort Moybi auf und sendet bis heute. 30 Millionen Menschen lauschen täglich, viele Kinder in abgelegenen Gebieten vor allem dem Schulfunk.

Nur hier

Der Naturreaktor Oklo. Bei den Uranvorkommen im Dschungel kam vor etwa zwei Milliarden Jahren eine Kettenreaktion in Gang: Ständig nachlaufendes Wasser führte alle zwei Stunden zu 30-minütigen Kernspaltungen, etwa 500 000 Jahre lang. Danach wurde Oklo zum ersten nuklearen Endlager.

Es war einmal

Die Hauptstadt Libreville hat ihren Namen, weil dort im Jahr 1849 Franzosen 46 befreite Sklaven von einem gekaperten Sklavenschiff ansiedelten.

Gabun fühlen

Das sicherste und stabilste Land Zentralafrikas. Vor allem Dank enormer Erdölvorkommen (70 Prozent der Exporte). Den Gewinn steckt sich vor allem die kleine Oberschicht in die Taschen. Aber vielleicht kommt es ja doch eines Tages zu einer etwas ausgewogeneren Verteilung. Das Land liegt zu beiden Seiten des Äquators. Äquator ist übrigens der lateinische Begriff für »Gleichmacher«.

Warum die Außerirdischen gleich wieder wegfliegen würden

Bis zu 98 Prozent Luftfeuchtigkeit.

Übrigens

Gabun ist und war Bongo! Omar Bongo hat als Staatschef den Kollegen de Gaulle, Pompidou, Giscard d'Estaing, Mitterrand, Chirac und Sarkozy die Hand geschüttelt. 2009 starb er nach 41 Jahren und 155 Tagen im Amt. Heute schüttelt sein Sohn Ali Bongo französische Hände.

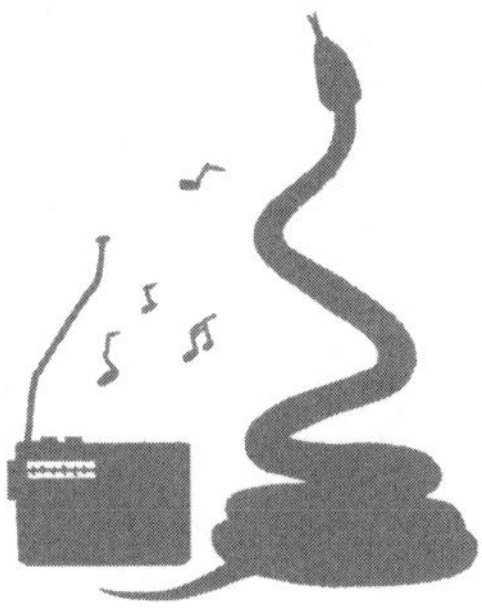

Gambia

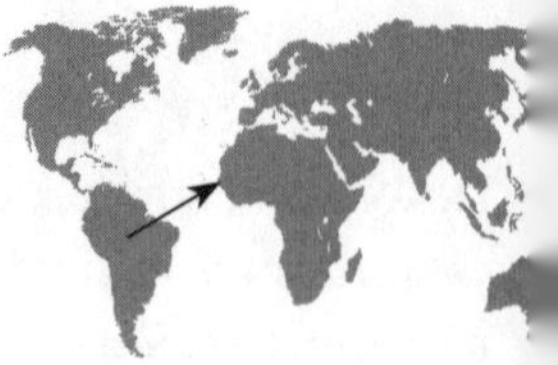

»Bevor du andere heilst, heile dich selbst.«

Gambisches Sprichwort.

Name

Man sagt, die Portugiesen hätten bei ihrer Landung den Gesandten des Königs des dortigen Reiches Niumi gefragt, wie das Land heiße. Der verstand falsch und antwortete: »Kambi«. Das war sein eigener Name.

Rekord

Der kleinste Flächenstaat Afrikas ist nicht viel mehr als ein Fluss. Gambia erstreckt sich nur zehn bis 20 Kilometer beidseits des gleichnamigen Stroms – über 375 Kilometer bis ins Landesinnere, umschlossen vom Senegal. Die Entfernung vom Fluss zur Landesgrenze auf beiden Seiten entspricht dabei der Reichweite der früheren britischen Schiffskanonen.

Das können die Gambier besser

Sie können mit einer Ratte Minen aufspüren. Die Gambia-Riesenhamsterratte ist in der Lage, Minen zu finden, wenn man sie gut trainiert. Auch Tuberkulose kann sie erschnüffeln.

Danke für …

Anfang 2007 ließ Staatschef Yahya Jammeh die Welt wissen, er könne Aids und Asthma mittels Handauflegen heilen. Aids könne er jedoch nur donnerstags, Asthma nur freitags und samstags behandeln, das Ganze unentgeltlich. Jeder Patient müsse jedoch zuvor seine Medikamente absetzen. Als gambische Politiker vermuteten, ihr Präsident sei nicht ganz bei Trost, machte er auch auf seine hellseherischen Gaben aufmerksam: Er könne bei einem Menschen den exakten Todeszeitpunkt vorhersagen.

Nur hier

Es ist Brauch, dass ein Liebender den Handrücken seiner Angebeteten an seine Nase hält.

Es war einmal

Das Dorf Jufureh soll die Heimat von Kunta Kinte gewesen sein. Er wurde angeblich 1767 als Sklave in die USA verschifft, so heißt es in dem berühmten Roman *Roots* (Wurzeln) des amerikanischen Autors Alex Haley (und der gleichnamigen Fernsehserie). Haley erzählt darin die halb wahre, halb fiktionale Geschichte seiner Familie. Viele Ereignisse sind belegt. Ob es Kunta Kinte selbst gab, ist aber nicht sicher.

Gambia fühlen

Das typische Dorf in Gambia besteht aus mehreren Häusern, die man in weitem Kreis um einen Hof erbaut.

Warum die Außerirdischen gleich wieder wegfliegen würden

Wer hat Angst vor Ninki Nanka? Das Ungeheuer ist krokodilähnlich, viele Meter lang (50 Meter ist das Höchstgebot) und hat spiegelartige Schuppen. Es wurde oft gesichtet, aber es gibt kein Foto. 2006 suchte eine britische Expedition in den Sümpfen Gambias und begegnete ihm nicht. Das war wohl auch besser. Denn es heißt, wer Ninki Nanka sichtet, stirbt kurz darauf.

Übrigens

Als 11-Jährige sah Fatou Tag für Tag, wie eine Verwandte immer wieder von ihrem Mann geschlagen wurde. Woche für Woche ging sie mit ihr ins Krankenhaus und fragte Familie und Nachbarn, warum sie nichts dagegen taten. »Seit ich mich erinnere, ist es das, was ich tun möchte: Ich will sehen, dass Recht geschieht!«, sagt Fatou Bensouda heute. Seit Juni 2012 ist sie die Chefanklägerin beim Internationalen Strafgerichtshof in Den Haag.

Georgien

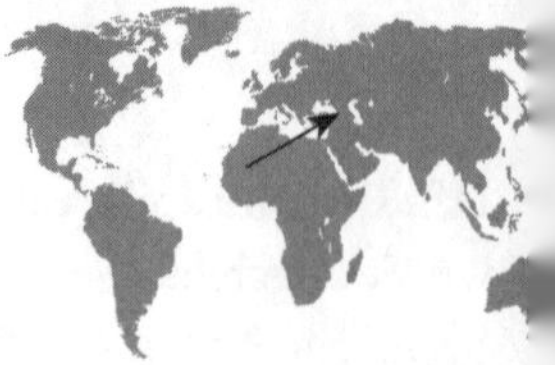

»Ich dachte im Ernst, ich könne der Welt Frieden bringen, wenn ich sie regiere.«

Ketevan Melua, in Tiflis aufgewachsen, wollte mit 13 Jahren Politikerin oder Historikerin werden. Zwei Jahre später nahm sie an einer TV-Talentshow teil. Als Katie Melua ist sie heute eine bekannte Popsängerin.

Name

»Sakartvelo liegt im Kafkas Dağları«, werden Ihnen die Einheimischen sagen. Auf Deutsch: »Georgien liegt im Kaukasus«.

Rekord

Der 15-jährige Sohn des Präsidenten Michail Saakaschwili hält den Weltrekord im iPad-Tippen. Der junge Eduard schreibt auf seinem Tablet das Alphabet in 5,26 Sekunden und ist damit eine Sekunde schneller als ein britischer Teenager, der den Rekord vor ihm aufgestellt hatte. Wohlgemerkt das lateinische Alphabet, obwohl Eduard ja mit dem georgischen aufgewachsen ist: ა ბ გ დ ე ვ ზ ჱ თ ი კ ლ მ ნ ჲ ო პ ჟ რ ს ტ ჳ უ ფ ქ ღ ყ შ ჩ ც ძ წ ჭ ხ ჯ ჰ ჵ.

Das können die Georgier besser

»Als Gott die Länder an die Völker verteilte, kamen die Georgier zu spät. Sie hatten zu lange gefeiert, und so war nichts mehr übrig für ihre Herden und Weinberge. Gott gab ihnen nun das Land, das er für sich selbst vorgesehen hatte.« Georgische Version der Schöpfungsgeschichte.

Danke für …

… Freischnaps in Batumi. Der Bürgermeister der »Perle am Schwarzen Meer« schaltet den städtischen Springbrunnen wöchentlich 15 Minuten von Wasser auf den georgischen Tresterbrand Tschatscha um (wird normalerweise eiskalt mit Zitrone serviert). Klingt nach Schnapsidee, doch in Batumi glaubt man, damit Touristen anzulocken. So wie in der Geschichte vom Schlaraffenland. Doch hat da der Brunnen auch 45 Prozent?

Nur hier

»Verflixt, jetzt hab ich schon wieder Shemomedjamo, dabei wollte ich doch abnehmen!« Nur hier gibt es ein Wort für »alles aufessen, obwohl ich es eigentlich gar nicht wollte«.

Es war einmal

Als Hitler die Sowjetunion überfiel, floh Stalin, als »Iosseb Bessarionis dse Dschughaschwili« im georgischen Gori geboren, mit seinem luxuriösen Salonwagen in das Hinterland der UdSSR. Heute kann man in Gori den Waggon mit Bad, Klimaanlage und Samowar besichtigen. Ebenso wie ein Stalin-Museum, was den Georgiern etwas peinlich ist.

Georgien fühlen

»Gamarjoba!« Die Georgier sind so oft erobert, unterdrückt oder überrannt worden, dass sich der Wunsch, auch mal zu gewinnen, in ihrer alltäglichen Begrüßung zeigt: Statt »Hallo« sagen sie: »Der Sieg sei mit dir!«

Warum die Außerirdischen gleich wieder wegfliegen würden

Die neuen georgischen Personalausweise sind »satansfrei« und enthalten keinen Chip mit der Teufelszahl 666 – entgegen eines Gerüchtes unter einigen Gläubigen der orthodoxen Kirche. Der oberste Kirchenrat beruhigte diese: »Vom theologischen und kirchlichen Standpunkt aus tragen die Ausweise nicht das Zeichen des Antichrists.«

Übrigens

In Georgien ist jetzt die essbare Krawatte zu kaufen, inspiriert von Michail Saakaschwili. Der Staatschef hatte während des georgisch-russischen Militärkonflikts 2008 vor laufender Kamera nervös am Schlips gekaut. Die Russen hatten ihren Spaß, doch die Georgier kontern jetzt mit »Essbaren Reformer-Krawatten«, die »Appetit auf Demokratie und Freiheit« machen.

Ghana

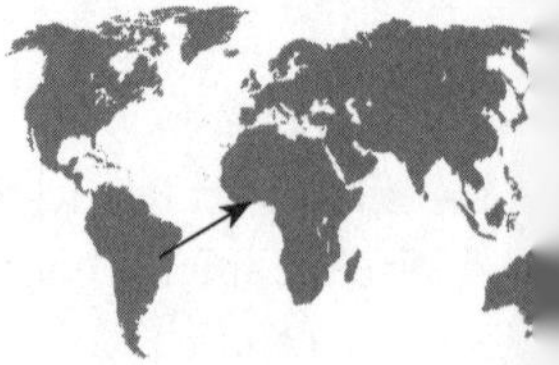

**»Haue nie dem Mann auf den Kopf,
zwischen dessen Zähnen du deine Finger hast.«**

Sprichwort aus Ghana.

Name

»Goldküste« wurde das Land im 8. Jahrhundert genannt. Namensgeber waren die beiden Goldminen von Bambuk und Galem. Und einen »König des Goldes« gab es auch: Kaya Magham Kisse verscheuchte damals alles, was dem Gold zu nah kam. Dann aber benannte man das Land nach dem sagenumwobenen Reich Ghana, das im Süden der westafrikanischen Sahara lag.

Rekord

Ghana war das erste Land, das von den Kolonialmächten in die Unabhängigkeit entlassen wurde (1957).

Das können die Ghanaer besser

Sie haben eine Gabel so heißes Wurstgulasch gegessen, dass Sie es am liebsten wieder ausspucken würden. Stattdessen sagen Sie »Aaaerrghh« und machen »Pelinti«. Auf Buli, einer der fast 100 Sprachen Ghanas, heißt das: »Heißes Essen in seinem Mund hin und her bewegen.«

Danke für …

… *Die Schönen sind noch nicht geboren*, den 1968 erschienenen Roman von Ayi Kwei Armah (geb. 1939). Ein kleiner Beamter versucht, seine Würde in einer durch Korruption verfallenden Gesellschaft zu wahren. Das Buch gilt, in seiner knappen und bruchstückhaften Erzählweise, als eines der größten Meisterwerke der afrikanischen Literatur.

Nur hier

Bei dem Volk der Akan ist es üblich, Kinder nach dem Wochentag ihrer Geburt zu nennen. Ein Kofi beispielsweise wird freitags geboren, wie Kofi Annan, der ghanaische Friedensnobelpreisträger und frühere UN-Generalsekretär. Wäre er am Montag geboren worden, hieße er Kwadwó, am Donnerstag Yaw und am Samstag Kwameh. So wie Kwameh Nkrumah, der erste ghanaische Präsident und Vordenker des Panafrikanismus.

Es war einmal

Groß-Friedrichsburg war eine Kolonie des Kurfürstentums Brandenburg im heutigen Ghana mit mehreren Bastionen entlang eines 30 Kilometer langen Küstenstreifens. 1683 gegründet, verkaufte König Friedrich Wilhelm I. das Ganze nach und nach bis 1720 an die Holländer für »7200 Dukaten und 12 Mohren«.

Ghana fühlen

Hier können sich einsame Europäer von Großfamilien adoptieren lassen. Zuerst ein Kunstprojekt, heute Alltag. Dahinter steht die Deutsche Gudrun Widlok. Auch sie ließ sich adoptieren und ist nach Accra gezogen.

Warum die Außerirdischen gleich wieder wegfliegen würden

Noch immer wird jemand, der anders ist oder Unerklärliches tut, der Hexerei bezichtigt. Etwa 1700 Männer, Frauen und Kinder leben in sechs Hexendörfern im Norden Ghanas unter erbärmlichen Bedingungen. Die dorthin Verbannten sind nicht von Zauber besessen, sondern krank, vor allem Frauen, die unter Epilepsie oder Depressionen leiden. Die Regierung will die Dörfer möglichst bald auflösen.

Übrigens

Über 80 Prozent der Frauen sind berufstätig.

Grenada

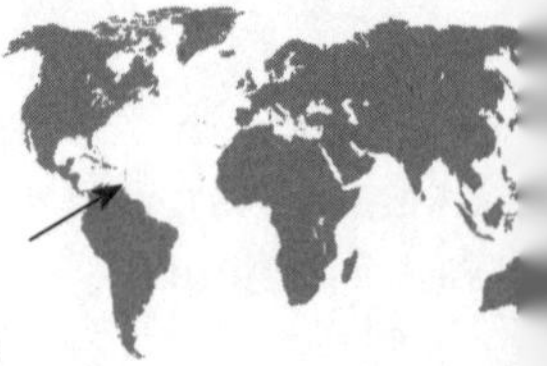

»Ivan kam nach Grenada, um nach seiner Frau Janet zu suchen. ›Habt Ihr Janet gesehen?‹, fragte er. ›Nein‹, antwortete jeder. ›In Ordnung‹, sagte Ivan, ›dann untersuche ich Euern Grund und Boden.‹ Und Ivan suchte überall, von der Küste bis in die Berge …«

Chris de Riggs, grenadischer Schriftsteller, nach Hurrikan Ivan 2004 (siehe Rekord*).*

Name

»Isla de las especias« wird die Insel Grenada auch genannt. Nirgends soll es pro Quadratmeter so viele Gewürze geben.

Rekord

Von 100 auf 0. Grenada war die Heimat und Hauptexporteur der Muskatnuss – bis 2004 der Hurrikan 90 Prozent der Dächer und die allermeisten Muskatpflanzen von der Insel fegte. Seitdem hat der Dschungel nicht nur die eingerissenen Häuser geschluckt, sondern auch viele Plantagen. Die Nuss findet sich noch auf der Landesflagge. Zum Nachwachsen braucht die Pflanze zehn Jahre.

Das können die Grenader besser

»Das ist das wichtigste Ereignis in der Geschichte unseres Landes, sogar wichtiger als die Landung von Christopher Columbus«, sagte der grenadische Polizeipräsident schon nach der Weltmeisterschaft. Und dann gewann der Teenager Kirani James auch noch die 400 Meter Stadionrunde bei Olympia in London 2012. Das war's für Usain Bolt aus Jamaica, Grenada bekommt jetzt einen Superstar, sagt die Fachwelt.

Danke für …

»Thanksgiving«. In allen anderen Ländern bedankt man sich mit diesem Fest für eine gute Ernte. Nicht so auf Grenada. Hier feiert man die US-Invasion 1983, am 25. Oktober (siehe *Es war einmal*).

Nur hier

Jeder der sechs Bezirke Grenadas ist nach einem Heiligen benannt, und allen Briten versucht man gerecht zu werden: St. George (England), St. Patrick (Irland), St. Andrew (Schottland), St. David (Wales). Zu guter Letzt ganz unbritisch Johannes und Markus.

Es war einmal

Clint Eastwood in *Heartbreak Ridge*: »Mein Name ist Gunnery Sergeant Highway und ich habe mehr Bier getrunken und Blut gepisst, habe mehr Locken gebumst und Ärsche aufgerissen als all ihr Volltrottel zusammen!« US-amerikanische Marines brauchten nur ein paar Wochen, um 1983 Grenada zu besetzen und das dortige Regime abzusetzen (Version 1: Um blutige Massaker zu beenden, Version 2: um die Annäherung an Kuba zu verhindern). Dennoch bestimmen diese Wochen und der dazugehörige Hollywood-Kriegsfilm bis heute das globale Image von Grenada.

Grenada fühlen

Die Rinde der Richeria Grandis in Rum eingelegt sorgt in hoher Dosierung für eine schmerzhafte Dauererektion.

Warum die Außerirdischen gleich wieder wegfliegen würden

Auf Grenada kann es passieren, dass man sich beim Protokollarischen vergreift, wenn Leute aus der Fremde kommen. Bei der Eröffnungszeremonie für das neue 20 000-Platz-Cricket-Stadion spielte die Polizeiband den Geldgebern aus der Volksrepublik China die taiwanesische Nationalhymne als Dankeschön. Die Chinesen waren verstimmt, und der Premierminister Grenadas startete eine Untersuchung.

Übrigens

Das Staatsoberhaupt Königin Elisabeth II. von Grenada war insgesamt zwei Tage in ihrem Land. Sie hörte sich ein Kinderlied an und pflanzte einen Baum.

Griechenland

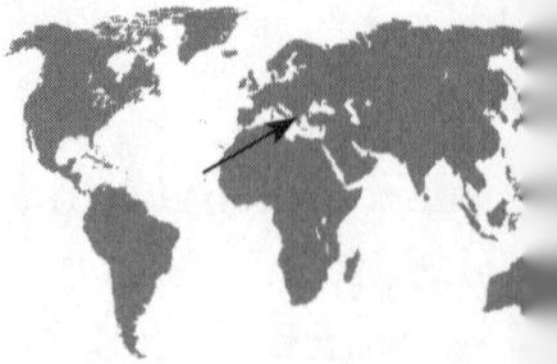

»Europa ohne Griechenland wäre wie ein Kind ohne Geburtsurkunde gewesen.«

Valéry Giscard d'Estaing, ehemaliger französischer Präsident, 2010.

Name

Homer konnte sich nicht entscheiden. Er nennt sie mal »Argiver«, mal »Achaier«, mal »Danaer«. So ist es geblieben. Für kaum ein Volk gibt es so viele verschiedene Bezeichnungen. Sie selbst nennen sich Hellenen.

Rekord

Griechenland weist die höchste Quote an künstlichen Befruchtungen auf: Eins von 17 Babys kommt aus dem Glas, das hieße ungefähr ein Kind pro Schulklasse. Die liberale Gesetzgebung lockt Paare aus ganz Europa an.

Das können die Griechen besser

Es sind nicht die Italiener, die ihre Libido nicht im Griff haben. Es sind die Griechen, die im internationalen Vergleich am häufigsten Sex haben. Und als Sahnehäubchen lieben sich 57 Prozent auch noch gerne am Strand.

Danke für ...

... die Grundsteinleger des Abendlands: Homer (abendländische Literatur), Thales (Philosophie), Pythagoras (mathematischer Beweis), Solon (Demokratie), Sokrates (systematisches Zweifeln und Hinterfragen), Phidias (klassische Bildhauerei), Aischylos (klassisches Theater), Herodot (Geschichtsschreibung), Demokrit (Atomlehre), Aristoteles (systematische Ordnung in der Wissenschaft), Hippokrates von Kos (Medizin), Protagoras (Rhetorik) usw.

Nur hier

Das meiste Mastix produziert Europa auf der Insel Chios. Das Harz der Pistazienbäume gibt als hautfreundlicher Klebstoff falschen Bärten und Wimpern Halt, aromatisiert aber auch das gaumenschmeichelnde Naschwerk Loukoumia.

Es war einmal

»Da ihr noch die schöne Welt regiertet, an der Freude leichtem Gängelband glücklichere Menschalter führtet, schöne Wesen aus dem Fabelland! Ach, da euer Wonnedienst noch glänzte, wie ganz anders, anders war es da. Da man deine Tempel noch bekränzte, Venus Amathusia.« Aus: »Die Götter Griechenlandes« von Friedrich Schiller, 1788.

Griechenland fühlen

Für alle Nichtgriechen gilt der Sirtaki als traditioneller Volkstanz. Doch das stimmt nicht. Dem Hauptdarsteller des Films Alexis Sorbas, Anthony Quinn, war die Schrittfolge des griechischen Syrtos zu kompliziert. Die Choreografen zeigten sich flexibel: Die abgespeckte Version heißt seitdem Sirtaki, was so viel bedeutet wie »kleiner Syrtos«.

Warum die Außerirdischen gleich wieder wegfliegen würden

Reichlich Fakelaki (Beschleunigungsgeld).

Übrigens

In Europa qualmt niemand so viel wie die Griechen. Ein erwachsener Grieche raucht im Schnitt 3017 Zigaretten pro Jahr.

Großbritannien und Nordirland

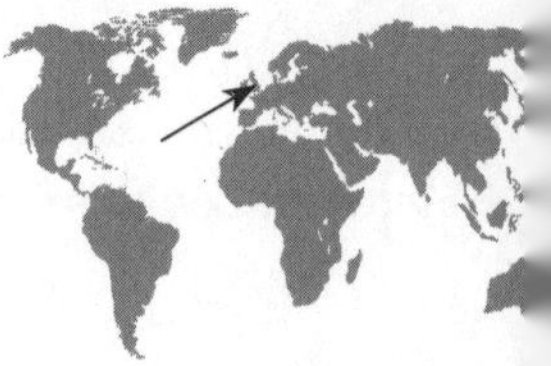

»I got blisters on my fingers!« (»Ich hab Blasen an den Fingern!«)

Ringo Starr, Schlagzeuger der Beatles,
nach der 18. Aufnahme des Songs »Helter Skelter«.

Name

Welcher Kerl möchte so nicht in Erinnerung bleiben? Das 425 Millionen Jahre alte Fossil, das Archäologen 2003 in Herefordshire gefunden haben, bekam den Namen »Colymbosathon ecplecticos«, was so viel heißt wie »Erstaunlicher Schwimmer mit einem großen Penis«. Und das ist nicht alles: Das kleine Krebschen war das erste Lebewesen überhaupt mit einem Penis, der erste Mann sozusagen.

Rekord

Niemand kriegt so viel in die Handtasche wie die Queen: Lippenstift, Brille, Kamm, Taschentuch, Füller, Pfefferminzbonbons (für sich), Schokodrops (für die Hunde), Make-up-Schachtel – geschenkt von Prinz Philip zur Hochzeit 1947. Glücksbringer ihrer Kinder, inklusive kleiner Hunde, Pferde und Sättel, Familienfotos, insbesondere das von der Rückkehr ihres Sohnes Andrew aus dem Falklandkrieg, ein Fleischerhaken, an dem sie am Esstisch ihre Tasche aufhängt, damit sie nicht auf dem Boden stehen muss, und einen 5- oder 10-Pfund-Schein für die Kirchenkollekte am Sonntag.

Das können die Briten besser

Taxi fahren. Vor allem die Londoner Taxifahrer. Sie haben auch größere Gehirne als ihre Passagiere, fand man am University College London heraus. Weil Oliver Cromwell ihnen 1654 verordnete, nachdem er sich über ihr Können und ihre Manieren aufgeregt hatte, dass sie eine Lizenz erwerben und Tests machen müssen, die heute als härter gelten als sonstwo auf der Welt: 148 000 Sehenswürdigkeiten und 26 000 Straßen müssen sich die Fahrer heute merken.

Danke für …

… das WC. Sir John Harrington entwarf und baute 1596 das Klo »Ajax« auf Geheiß von Elisabeth I., inklusive Gebrauchsanleitung. Die Engländer lachten sich aber darüber schief und vergaßen es für weitere knapp 200 Jahre – die Franzosen übernahmen es.

Nur hier

… gibt man so viel für das Parken aus. Im Londoner Finanzdistrikt zahlt man für einen Garagenplatz 866 € im Monat.

Es war einmal

Die Engländer haben früher nicht wie Engländer gesprochen. Im 18. Jahrhundert sprachen nahezu alle das rhotische, also ein rollendes R. Dann legte sich die englische Upperclass das zu, was man heute »Queens English«, »BBC English« oder »Oxford English« nennt.

Großbritannien fühlen

Jeder unmarkierte Höckerschwan ist seit dem 12. Jahrhundert automatisch im Besitz des Königs bzw. der Königin.

Warum die Außerirdischen gleich wieder wegfliegen würden

»Nomophobia« (von »No-Mobile-Phobia«) betrifft inzwischen 53 Prozent der Briten. Dieses bei Mobiltelefonentzug oder niedrigem Akkustand eintretende quälende Gefühl ist vergleichbar mit der Angst beim Zahnarzt oder der Aufregung vor einer Hochzeit. Das hat die britische Post untersucht. Männer leiden mehr.

Übrigens

Mitten im Südatlantik, zwischen Afrika und Südamerika, liegt die Insel Tristan da Cunha, auf der sich 262 Briten nur acht Nachnamen und 15 Vorfahren teilen und daher auch einige Krankheiten wie Asthma und Grüner Star. Sie leben von Hummer, Kartoffeln und den Briefmarken, die sie in alle Welt an Sammler verkaufen. Es ist die abgelegenste bewohnte Insel der Welt und ein Relikt des alten Empire.

Guatemala

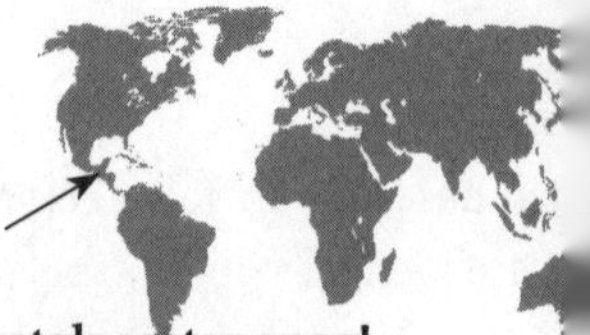

»Die erbarmungslosen Pfefferschoten von Quetzlzacatenango! Er wird nur tief im Urwald angebaut von den Insassen einer guatemaltekischen Irrenanstalt!«

Aus der US-TV-Serie Die Simpsons: *Chief Clancy Wiggum, Polizeichef von Springfield, beim jährlichen Chili-Kochwettbewerb über die Schote, die er nur mit einer Zange anfasst. Tatsächlich kommt aus Guatemala die berühmte scharfe Chiltepin-Schote.*

Name

Aus dem »Land der Bäume« (Guatemala in der Aztekensprache Nahuatl) kommt die letzte Pflanze in jedem Botanikbuch: Die »Zyzyxia«. Als der Botaniker John L. Strother sie um 1990 entdeckte, war sein neues Pflanzenlexikon schon knapp vor dem Erscheinen und das Layout fix. Sein Lektor erlaubte ihm nur eine Pflanze ganz hinten auf einer Seite an die anderen zu hängen, und so kam der Mann auf »Zyzyxia«.

Rekord

Je 6060 Jahre Gefängnis bekamen drei Exoffiziere 2011/12 für ein Massaker im Bürgerkrieg von 1982. Einen vierten Kameraden traf es noch härter: Der frühere Leutnant Carlos Antonio Carias muss noch sechs Jahre mehr absitzen (6066), weil er die Opfer anschließend bestohlen hatte. Insgesamt forderte der Bürgerkrieg 200 000 Menschenleben. Die meisten starben durch die Armee.

Das können die Guatemalteken besser

Der guatemaltekische Präsident Otto Pérez Molina wagt neue Wege. Er erklärt den gemeinsam mit den USA geführten Krieg gegen den Drogenhandel als verloren und fordert, die Lösung in der Legalisierung von Drogen in einem streng staatlich kontrollierten Markt zu suchen. Drogensucht sei als Krankheit und nicht als Delikt zu werten.

Danke für …

In Guatemala fertigt man Sorgenpüppchen, die alle Sorgen mitnehmen. Die »Muñecas quitapenas« sind klein, nur wenige Zentimeter groß, und aus Draht, umgarnt mit buntem Stoff. Einem Kind etwa, das Angst hat, gibt man solch ein Püppchen. Es erzählt ihm seine Sorgen und legt es unter sein Kopfkissen. Am nächsten Morgen sind die Sorgen verschwunden. Es soll auch bei Erwachsenen funktionieren.

Nur hier

Die Chili-Sorte Capsicum Lanceolatum hat keine Schärfe. Null.

Es war einmal

Der US-amerikanischen »United Fruit Company« (heute »Chiquita«) missfiel 1951 die Bodenreform des Präsidenten Jacobo Árbenz Guzmán. Guzmán wollte ungenutztes Land an arme Bauern verteilen, und das gehörte nun mal größtenteils der US-Obstfirma (genauso wie die Eisenbahn, das Radio und seit 1820 eigentlich das ganze Land). 1954 wurde Árbenz mithilfe der CIA gestürzt.

Guatemala fühlen

Chicle, den »Kaugummi der Maya« aus dem Milchsaft des Breiapfelbaums, kauten die Ureinwohner des Landes schon vor 2000 Jahren. Der Amerikaner Thomas Adams bekam das harzige Zeug 1869 vom mexikanischen Präsidenten in die Hand gedrückt. Zuerst versuchte er synthetisches Gummi daraus zu machen, dann schnitt er es in Streifen und verkaufte es zunächst geschmacklos in Drogerien und schließlich mit Lakritz als »Black Jack« und Frucht als »Tutti Frutti«. Dank Chicle der Maya.

Warum die Außerirdischen gleich wieder wegfliegen würden

Der Brüllaffe ist das lauteste Landtier der Welt, hörbar bis zu 30 Kilometer weit.

Übrigens

Blau-weiß-blau stehen die Balken der Flagge nebeneinander. Blau symbolisiert die geografische Lage zwischen den beiden Ozeanen Pazifik und Atlantik. Für das Land steht Weiß: Frieden und Reinheit. Ein bisschen wurde das mit dem Friedensnobelpreis auch eingelöst: 1992 erhielt ihn die erst 33-jährige Maya Rigoberta Menchú für ihren Kampf um die Rechte der indigenen Bevölkerung.

Guinea

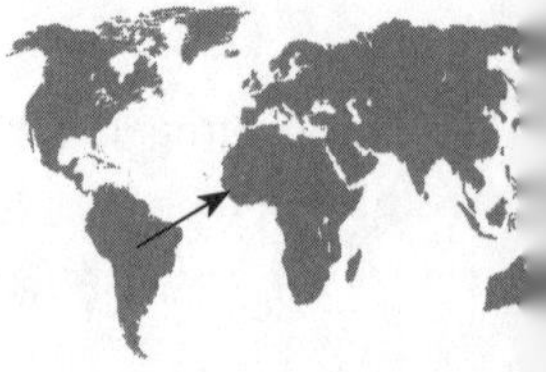

»Lieber arm und frei als reich und versklavt.«

Ahmed Sékou Touré, erster Präsident des unabhängigen Guinea. Als Frankreich den Kolonien 1958 die Wahl gab zwischen Unabhängigkeit und »Souveränität unter Frankreich«, wählte nur Guinea die Unabhängigkeit. Touré errichtete eine kommunistische Diktatur und das Land wurde arm. Die Guineer haben heute eines der geringsten Pro-Kopf-Einkommen der Welt.

Name

Die »Guinee«, die alte britische Währung, wurde aus Guinea-Gold geprägt und daher auch so genannt. Noch heute benennen Briten den Preis besonders wertvoller Güter in Guineen und nicht in Pfund, so etwa bei Kunst- oder Pferdeauktionen.

Rekord

Die schlauesten Affen der Erde leben in Guinea! Die Werkzeuge der Schimpansen von Boussou sind subtiler und ihre Fähigkeiten größer als die anderer Primaten. Den Kindern etwa reichen Stöckchen als Spielzeug nicht: Sie schlagen kleine Murmeltiere gegen Bäume und benutzen sie, tot oder betäubt, als Kuscheltiere. Ihre Eltern falten Becher und Sitzkissen aus Blättern. Warum sind die Boussou-Affen schlauer? »Kultur!«, sagen die Wissenschaftler: Die Bossous verbringen mehr Zeit miteinander und lernen dabei. Die Weibchen sind übrigens noch etwas geschickter als die Männchen.

Das können die Guineer besser

Musik 1: Ein Trommler muss mindestens 20 Jahre getrommelt haben, bevor man ihn zum »Meistertrommler« macht.

Danke für …

Musik 2: Von Präsident Touré (siehe oben) ist auch Gutes geblieben. Er gab jeder der 34 Regionen Guineas ein Orchester, einen Chor und eine Theatergruppe – modern und afrikanisch sollten sie sein. Dazu gab es das eigene Plattenlabel »Syliphone«, gute Bezahlung für die Bands und

Touren um die ganze Welt. Musik wurde nationale Identität. Als Touré 1984 starb, war Schluss.

Nur hier

Musik 3: 800 Jahre alt ist das heilige Musikinstrument der Guineer, das Sosso-Bala, und die Familie Kouyate aus Niagassola hat die ganze Zeit darauf aufgepasst. Das alte Balofon (ähnlich einem Xylofon) soll 1235 Herrscher Mansa Musa in die Hände gefallen sein, als er das Reich der Sosso eroberte. Er gab es dem Griot (traditioneller Sänger und Erzähler) Faséké Kouyate und der seinem Sohn und der dem seinen und der …

Es war einmal

Musik 4: Fodéba Keïta (1921–1969) war einer der großen Musiker, Tänzer und Komponisten Guineas und gründete das Nationalballett »Les Ballets Africains«. Nebenbei freundete er sich mit Präsident Touré an und wurde dessen Verteidigungs- und Sicherheitsminister. Er deckte zahlreiche Komplotte gegen seinen Chef auf, bis dieser in ihm selbst eine Gefahr sah. Touré steckte Keïta in das Gefängnis, das dieser selbst mit gebaut hatte, ließ ihn foltern und hinrichten.

Guinea fühlen

In einer Autokarosserie ist mit hoher Wahrscheinlichkeit Guinea drin. Von dem für die Aluminiumherstellung nötigen Bauxit hat das Land die größten Reserven in der Welt.

Warum die Außerirdischen gleich wieder wegfliegen würden

In der Regenzeit geht im Monat mehr als doppelt so viel runter wie in einem Jahr in Deutschland. Dennoch herrscht in dem Land Trinkwassermangel.

Übrigens

Was die Schimpansen Guineas können (siehe *Rekord*), können die Paviane schon lange: Dan, 3, aus Guinea, ist der wortgewaltigste Affe in einem Zoo in Südfrankreich. Er kann über 300 Wörter erkennen und sieht, wenn sie falsch geschrieben sind.

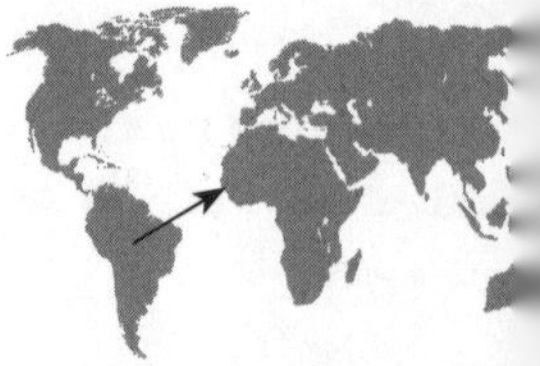

Guinea-Bissau

»Eines unserer größten Probleme hier ist der Druck der anderen. Wenn ein Mädchen sich besonders gut anzieht, dann wollen andere das auch. Alle Mädchen wollen sich die Haare schön machen, feine Klamotten tragen. Aber das ist schwer – denn es ist teuer.«

Amiva Gomes, 16 Jahre. Im Dorf Catió im Süden des Landes helfen Jugendliche beim Verladen von Kokain. Das Land ist einer der Umschlagplätze der Droge in Afrika.

Name

Die Tuareg der Sahara sagten »aginaw« (»Schwarze«) zu den Menschen an der Küste. Um das Land von Guinea zu unterscheiden, wird der Name der Hauptstadt Bissau drangehängt.

Rekord

27 Prozent des in Europa konsumierten Kokains stammen aus Guinea-Bissau. Kolumbianische Kartelle bringen die Droge hierher und transportieren sie weiter über den kaum kontrollierten Luftraum nach Europa und das Innere Afrikas. Wo machen sie das? Vor allem auf dem traumhaft schönen Bissagos-Archipel, das 88 Inseln vor der Küste umfasst. Hier landet das weiße Pulver an endlosen weißen Stränden.

Das können die Guinea-Bissauer besser

Die Guinea-Bissauer sind die einzigen Westafrikaner, die sich ihre Unabhängigkeit erkämpft haben. Gegen Portugal 1974. Seitdem kämpft das Land leider weiter. An der Regierung sind ständig wechselnde Nichtregierungen.

Danke für …

… Cashewnüsse satt. Sie sind das wichtigste Exportgut der regulären Wirtschaft.

Nur hier

»Super Mama Djombo« ist die Kultband der heimischen Musikszene.

Vier sechsjährige Jungs waren in der 1960ern die »Gründungsväter«. Die Idee entstand im Pfadfindercamp, weil auch die Jungs den Kampf gegen die portugiesische Besatzungsmacht unterstützen wollten: Sie sangen in traditionellem Kreol als »Mama Djombo«, den von ihnen geschaffenen Geist, der die Revolutionäre beschützen sollte. Zé Manel ist noch heute Bandleader und Drummer.

Es war einmal

Der erste Langstreckenflug der Elly Beinhorn ging hierher. 1931 flog die deutsche Luftpionierin 7000 Kilometer von Böblingen ins heutige Guinea-Bissau. Vor Ort machte sie Luftaufnahmen für das Dresdner Museum für Völkerkunde. Und ein Jahr später umrundete sie als erste Frau die Erde.

Guinea-Bissau fühlen

... kann man in den Mangrovenwäldern der Küste. Die gedeihen dort, wo breite, flache Flussdeltas auf Ozeane treffen und sich Süß- mit Salzwasser auf bis zu 100 Kilometer Tiefe vermischt. Cacheu-Flussdelta und Atlantischer Ozean – mehr ist Guinea-Bissau nicht. Ein Paradies für Mangroven.

Warum die Außerirdischen gleich wieder wegfliegen würden

Liebe Guinea-Bissauer, man kann ja ruhig mal 'nen leckeren Schimpansen mit Yamswurzel und Reis essen. Aber leider sind die hier vom Aussterben bedroht. Der Affe, nicht das Gemüse.

Übrigens

Bis heute fühlt sich Guinea-Bissau mit den Kapverden verbunden. Immer wieder denkt man darüber nach, die Staaten zu verbinden. Sie liegen geografisch nah beieinander, waren beide portugiesische Kolonien und hatten eine gemeinsame Unabhängigkeitsbewegung.

Guyana

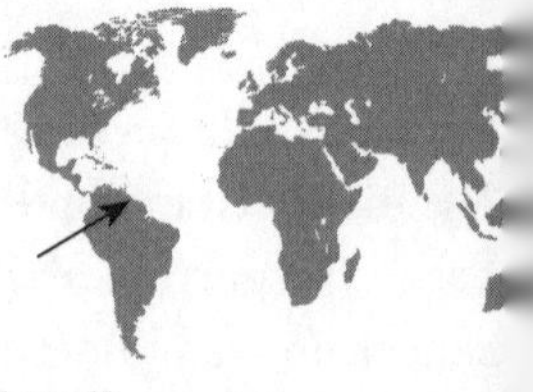

»Welcher Fürst es auch immer besitzt, er wird der Herr über mehr Gold und mehr Städte und Völker sein als der König von Spanien oder der große Sultan der Türken.«

Sir Walter Raleigh 1595 über Guyana. Zweimal reiste der Seefahrer dorthin und suchte das sagenhafte Goldland El Dorado. Er fand es nicht. Auch nicht die Menschen mit den Köpfen unter den Schultern und den Mündern in der Brust, von denen er gehört hatte. Der englische König James I. war enttäuscht.

Name

Guiana bedeutet »Land der vielen Gewässer«. Man sagt, dass Moskitos und Käfer hier in der Feuchtigkeit größer werden als anderswo in der Welt.

Rekord

Die »British Guiana 1c magenta« ist die berühmteste Briefmarke der Welt. Die Marke mit dem Segelboot war 1856 nur Teil eines limitierten Aushilfsdrucks, und schon 1873 gab es nur noch ein Exemplar. Ein schottischer Junge, ein englischer Händler, ein Berliner Museum, der Staat Frankreich und mehrere amerikanische Millionäre nannten sie ihr Eigen. Der Letzte erwarb sie 1980 für 930 000 US-Dollar, starb aber in geistiger Umnachtung im Gefängnis, und niemand weiß, wo die 1-Cent-Marke heute ist.

Das können die Guyaner besser

Sie horten Platinauszeichnungen für eine Menge verkaufter Platten. Rihanna (guyanische und barbadische Wurzeln), Leona Lewis, Deborah Cox, Eddy Grant, Maestro Fresh Wes: recht viele Popstars mit guyanischen Wurzeln bei nur 750 000 Einwohnern.

Danke für …

Wollt ihr unseren Wald haben? 2007 bot Guyanas Präsident Bharrat Jagdeo Großbritannien an, den Regenwald seines Landes zu verwalten. Die Idee: Die 170 000 Quadratkilometer werden geschützt. Guyana erhält dafür Entwicklungshilfe. Großbritannien macht Boden gut beim Versuch, emissionsneutral zu werden. Man scheint noch zu verhandeln.

Nur hier

… ist Englisch die Amtssprache, einmalig in Südamerika. Die einstige holländische Kolonie holte sich aus Mangel an Siedlern Engländer. Die übernahmen schließlich das Land.

Es war einmal

1978 kam es zum Massenmord und -selbstmord von 909 Anhängern der Sekte von Jim Jones. Der Amerikaner hatte für sich und seine Anhänger im Norden Guyanas die Siedlung Jonestown gegründet. Doch bald wurden Jones Misshandlung und Unterdrückung vorgeworfen. Als der US-Kongressabgeordnete Leo J. Ryan eintraf, um die Vorwürfe zu untersuchen, wurden er und seine Begleiter von Sektenmitgliedern ermordet. Danach befahl Jones den Massenselbstmord.

Guyana fühlen

Wenn etwas betont werden soll, sagen Sie das Wort einfach doppelt. So macht man es im Guyana-Kreolischen, einer Mischung aus Englisch und einheimischen Einflüssen – die am weitesten verbreitete Alltagssprache.

Warum die Außerirdischen gleich wieder wegfliegen würden

Hier lebt die größte Spinne der Welt, misst man nach der Größe des Körpers: Das Weibchen der Goliath-Vogelspinne (*Theraphosa blondi*) ist dicht behaart und hat einen Körper von bis zu zwölf Zentimetern Länge. Vorne Kieferklauen, am Hinterleib bekämpfen einen bei Berührung brennende Haare. Für manchen Ureinwohner ist das Tier eine Delikatesse. Es soll nach Krabbe schmecken.

Übrigens

Die Inder sind in Guyana in der Mehrheit: 43,5 Prozent. Nach dem Verbot der Sklaverei 1834 holten die Briten Arbeiter aus ihrer Kolonie in Asien. Mit den Nachfahren der schwarzen Sklaven (30 Prozent der Bevölkerung) ist das Verhältnis heute nicht so gut. Was sie eint, ist der Volkssport Cricket.

Haiti

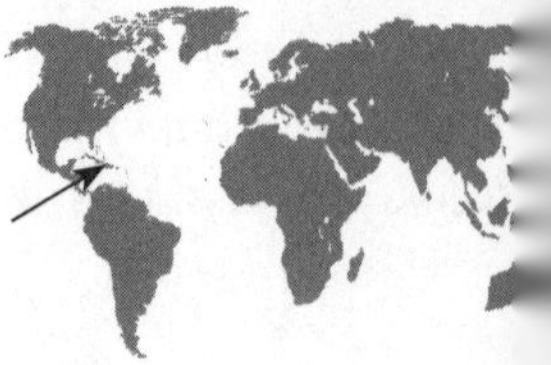

»Man wirft keine Steine auf unreife Mangos.«

Haitianisches Sprichwort

Name

Die Währung im »Land der Berge« (wie es einst das Volk der Arawaken nannte) heißt »Gourde«, französisch für »Flaschenkürbis«. Denn früher hat man hier mit Kürbissen bezahlt.

Rekord

Die erste »schwarze Republik« der Welt. Es war der Aufstand 1791, der schließlich nach der Französischen Revolution 1804 zur Unabhängigkeit von Frankreich führte. Aber was für eine Unabhängigkeit: 70 Diktatoren hat Haiti seitdem ertragen müssen. Der schlimmste, »Papa Doc« François Duvalier, ließ einmal alle schwarzen Hunde töten, weil er dachte, ein Feind habe sich in einen verwandelt.

Das können die Haitianer besser

»Wir glauben, dass jeder 16-mal lebt. Achtmal leben wir als Männer, achtmal als Frauen. Und der Zweck des Lebens ist, alle Arten von Erfahrungen zu sammeln.« Das sagt Max Beauvoir, der höchste Voodoo-Priester Haitis. Nach den 16 Leben verschmilzt man mit Gott. Seit 2003 ist Voodoo anerkannte Religion im Land.

Danke für ...

Die Worte »tobaco«, »maíz« und »huracán« stammen aus der Sprache der Ureinwohner, den Taínos.

Nur hier

Die Hängematte war einst in Haiti einzig. Die geflochtenen Matten der Taínos beeindruckten Kolumbus und seine Mannschaft so tief, dass sie schon auf der Rückfahrt welche im Schiffsrumpf aufhängten.

Haiti fühlen

»Mein Großvater war ein Voodoo-Priester. Viel in meinem Leben hat mit Spiritualität zu tun. Ich kann meine Augen schließen und mich erinnern, woher ich komme«, sagt Wyclef Jean. Der Musiker aus Haiti wurde berühmt mit der Gruppe »The Fugees«. Bei den Präsidentschaftswahlen 2010 wollte er kandidieren, wurde aber nicht zugelassen.

Es war einmal

... das zweite Schloss Sans Souci. Henri I. von Haiti, Exsklave, Exrevolutionsführer und nach der Unabhängigkeit König, ließ es Anfang des 19. Jahrhunderts erbauen. Zur aufwendigen Ausstattung gehörte eine Fußbodenkühlung aus Röhren, durch die das Wasser eines Baches geleitet wurde. Ein Erdbeben zerstörte Sans Souci 1842. Es wurde nicht wieder aufgebaut. Nicht nur der Name, auch die Bauweise des Schlosses erinnert an das des Preußenkönigs Friedrich II. in Potsdam.

Warum die Außerirdischen gleich wieder wegfliegen würden

Das einzige Land Amerikas unter den ärmsten 48 Staaten der Erde.

Übrigens

Der Haitianer Joseph Laroche verliebte sich 1905 in Paris in eine Französin. Die beiden heirateten und bekamen zwei Töchter. Als ein drittes Kind unterwegs war, entschieden sie sich 1912 für den Umzug nach Haiti. Eine Passage auf dem Schiff »France« wurde gebucht, doch die wollten keine Schwarzen, und so kamen die Laroches auf der »Titanic« unter, 2. Klasse. Als das Schiff sank, warf Joseph seinen Mantel mit Geld und Juwelen um die Schultern seiner Frau: »Du wirst es brauchen!« Er setzte seine Familie in ein Rettungsboot und versprach, ein anderes zu nehmen: »Wir sehen uns in New York!« Sein Körper wurde nie gefunden. Seine Frau kehrte mit ihren Töchtern nach Paris zurück und gebar einen Sohn, den sie Joseph nannte. Seine mittlere Tochter starb 1998 mit 87 Jahren als letzte Überlebende der Titanic.

Honduras

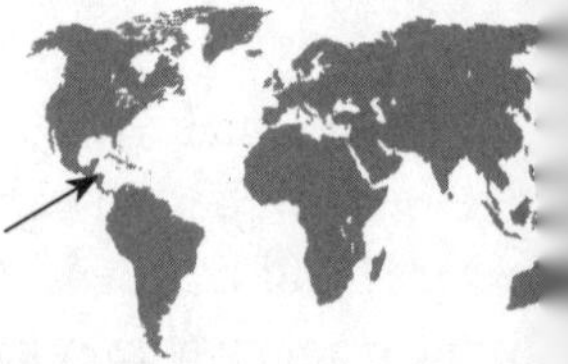

»Das Blut Christi fließt durch meine Adern.
Bald werde ich bei euch sein, um das Kruzifix zu tragen!«

Manuel Zelaya, Expräsident, nachdem ihn seine Militärs 2009 morgens aus dem Bett geholt und aus dem Land geschickt hatten. Immer mehr hatte sich Zelaya zuvor Kuba und Venezuela angenähert und im Stile Castros und Chavez' regiert.

Name

»Ich danke Gott, dass wir diesen Tiefen (span.: Honduras) entkommen sind«, schrieb Kolumbus, als er 1502 an Land ging. In Honduras betrat er zum ersten Mal amerikanisches Festland.

Rekord

In Honduras dürfen Männer nicht mehr zu zweit auf dem Motorrad fahren, so sollen Morde durch vom Rücksitz abgegebene Schüsse verhindert werden. Honduras verzeichnet weltweit die meisten Tötungsdelikte. Die Banden Mittelamerikas (siehe El Salvador) sind hier am brutalsten: 86 von 100 000 Menschen wurden 2011 ermordet, 100-mal so viel wie in Deutschland.

Das können die Honduraner besser

Punta, der Tanz, der Hahn und Henne imitiert. Hüften und Hintern bewegen sich schnell, der Torso gar nicht.

Danke für …

Es regnet regelmäßig Fische: in der Region um Yoro. Jedes Jahr im Mai oder Juni zieht eine dunkle Wolke auf, es gewittert für etwa drei Stunden und die Straßen sind voller Fische – alle blind und etwa 15 Zentimeter lang. Wissenschaftler haben keine Erklärung, Einheimische danken es einem katholischen Priester, der in der Gegend vor 150 Jahren lebte und intensiv für die Armen betete. Die Menschen feiern den Regen, kochen die Fische und verspeisen sie.

Nur hier

Die Start- und Landebahnen des Hauptstadt-Flughafens sind kürzer als üblich, obwohl man eigentlich längere benötigt, da in der dünnen Höhenluft Auftrieb und Schub schwächer werden. Zudem müssen die Piloten zwischen den Bergen deutlich steiler landen als gewohnt. Einer der gefährlichsten Anflüge weltweit, sagen Piloten.

Es war einmal

Sie soll endlich gefunden sein, die »Weiße Stadt des Goldes«, wo Menschen einst von goldenen Tellern aßen und die die Spanier seit Beginn der Neuzeit suchten. Aber noch muss sich jemand mit der Machete bis in die unbewohnte Mosquito-Region kämpfen und nachgucken: Die von Menschen gemachten Strukturen unter dem Dschungeldach wurden bislang nur von einem Laser-Sonar-Gerät aus der Luft entdeckt.

Honduras fühlen

Wer in der Hauptstadt Tegucigalpa den Banden kein Schutzgeld zahlt, muss ausziehen.

Warum die Außerirdischen gleich wieder wegfliegen würden

Die »Mall of Central America« in Tegucigalpa wurde an ihrem Eröffnungstag gleichzeitig von Slumbewohnern geplündert und von Freiheitskämpfern überfallen! Um 9 Uhr gingen die Tore auf, ab 9.40 Uhr wurden die Regale bei »Macy's« leer geräumt. Gegen 11 Uhr schossen sich Revolutionäre von der Parkgarage zu »JCPenney« und kämpften sich anschließend ins »Legoland« vor, aber das Militär trieb sie schließlich mit Tränengas ins »Regenwald-Café«. Ein Mall-Sprecher sah den Vorfall als gute Werbung: »Skeptiker sagten, es gäbe in Mittelamerika kein Interesse an High-End-Produkten.« Ein Plünderer: »Ich hab noch nie so viele Eddie-Bauer-Rollkragenpullis gesehen.«

Übrigens

Die älteste Uhr Amerikas hängt in der Kathedrale von Comayagua, der ehemaligen Hauptstadt. Sie ist 900 Jahre alt und hing früher in der Alhambra in Spanien. Sogar CNN und NBC in den USA senden zu Silvester aus dieser Kirche die Glockenschläge.

Indien

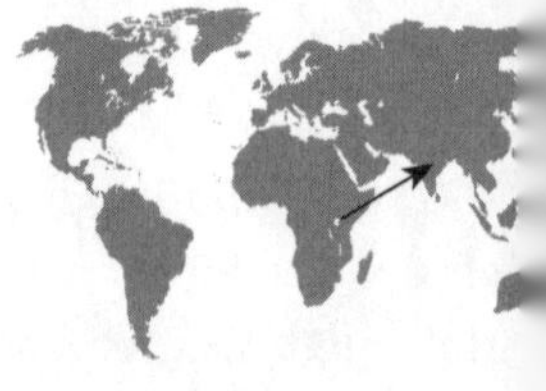

»I just got bangalored! Now I'm gonna have to train on flipping burgers at McDonald's.« (»Ich wurde bangalort. Jetzt werde ich üben, Burger bei McDonald's zu wenden.«)

Eintrag aus dem Urban Dictionary, *einem Online-Wörterbuch für englische Slang-Wörter. Die indische Stadt Bangalore ist zu einem englischen Wort geworden. »To bangalore« steht in den USA dafür, »jemanden zu feuern, weil sein Arbeitsplatz gerade ins Ausland verlegt wurde«. Bangalore, die drittgrößte Stadt des Subkontinents, ist zum neuen Mekka vor allem der Computerindustrie geworden. Gut und billig – der Albtraum vieler im Westen.*

Name

Adolf Lu Hitler Marak ist ein bedeutender Politiker im indischen Bundesstaat Meghalaya. Neben Adolf tauchten bei den letzten Wahlen auch andere bekannte Namen auf den Wahllisten auf: Tony Curtis Lyngdoh, Lenin R. Marak, Stalin L. Nangmin oder Frankenstein W. Momin. Die Meghalayaer sind Christen und haben sich einst westlichen und mit Vorliebe prominenten Namen zugewandt. Inzwischen geht der Trend wieder zu eher indischen Namen, doch auch heute noch werden in Meghalaya »Putins« und »Obamas« geboren.

Rekord

An der Indira Gandhi National Open University studieren vier Millionen Studenten.

Das können die Inder besser

Das Land mit den wenigsten Strafgefangenen unter den großen Nationen (und nur sechs Länder haben weniger). Nur 33 von 100 000 Indern sind im Gefängnis. In den USA sind es 20-mal so viele.

Danke für …

… die Null. Entstanden zwischen 300 und 600 n. Chr. in Indien. Niemand hatte zuvor mit ihr gerechnet.

Nur hier

... gibt es Inselbewohner, zu denen noch nie jemand Kontakt hatte. Die Sentinelesen auf dem indischen North Sentinel Island haben noch niemanden an sich herangelassen. Besucher begrüßen sie mit einem Hagel Pfeile, wie etwa zwei Fischer, die sie 2006 töteten, oder einen Hubschrauber nach dem Tsunami von 2004. Die indische Regierung ließ den ca. 50 Sentinelesen Geschenke an den Strand legen. Säcke mit Kokosnüssen haben sie gerne genommen, ein Schwein und eine Puppe dagegen haben sie angegriffen und vergraben. Nachdem Delhi lange geplant hatte, sie zu Bauern zu machen, lässt man sie heute in Ruhe.

Es war einmal

Ihren ersten Auftritt überhaupt verlor die indische Fußballnationalmannschaft 1948 knapp gegen Frankreich. Zwei Jahre später qualifizierten sich die Spieler für die Endrunde der WM in Brasilien. Der indische Fußballverband blies allerdings zum Rückzug, weil nicht barfuß gespielt werden durfte.

Indien fühlen

In einem Kino in Mumbai läuft seit über 16 Jahren täglich um 11.15 Uhr *Dilwale Dulhania Le Jayenge* – kurz DDLJ – (deutscher Titel: *Wer zuerst kommt, kriegt die Braut*). Der Film mit Superstar Shah Rukh Khan gilt als Meilenstein Bollywoods und wurde zu wesentlichen Teilen in der Schweiz gedreht, was danach für indische Filme zur Mode wurde.

Warum die Außerirdischen gleich wieder wegfliegen würden

Der nasseste Ort der Welt leidet unter Trockenheit. Der Ort Mawsynram im Bundesstaat Meghalaya (ja, der mit Hitler und Frankenstein, siehe linke Seite *Name*) bekam 2011 insgesamt fast zwölf Meter Regen ab, vergleichsweise wenig, denn im Jahr 1985 waren es schon mal 26 Meter gewesen. Das kommt allerdings alles in den Monsunmonaten Juli bis Oktober runter, sonst herrscht Wassermangel.

Übrigens

Aus Indien kommt der meiste Spam: 13,9 Prozent aller Müll-Mails.

Indonesien

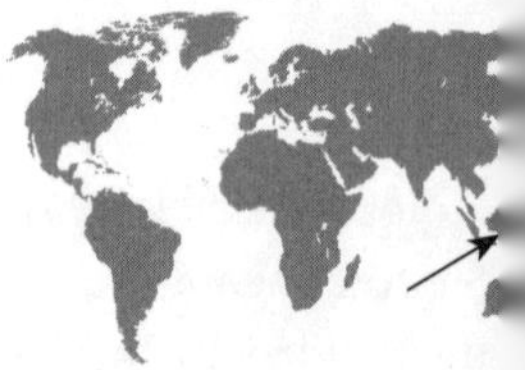

»Kuku kaki kakak kakak ku kayak kuku kaki kakek kakek ku.«

»Die Fußnägel meiner Schwester sehen aus wie die meines Großvaters« auf Indonesisch.

Name

Georg Eberhard Rumpf aus dem hessischen Wölfersheim fand 1678 auf Indonesien (= »Indische Inseln«) eine blaue Blume, der er auf den ersten Blick nur einen Namen geben konnte: »Clitoria«. Mit so viel Anschaulichkeit konnten sich manche nicht abfinden und es wurden viele Alternativvorschläge gemacht, die es aber mit der »Clitoria« nicht aufnehmen konnten, also blieb die Wissenschaft dabei.

Rekord

17 508 Inseln. 11 446 ohne Mensch.

Das können die Indonesier besser

Von 169 Nationen im Badminton-Weltverband sind die Indonesier die besten. Zumindest die Männer. Den »Thomas Cup«, die Weltmeistertrophäe, haben sie schon zwölfmal hochgehoben, die Chinesen nur neunmal.

Danke für …

Ketchup kommt von hier. Zumindest das Wort. »kecap« heißt auch noch heute die Sauce aus schwarzen Sojabohnen. Tomaten waren aber noch nie drin. Nur bei uns: Aber wir nennen es ja auch extra »Tomatenketchup«.

Nur hier

Von Beruf Mitfahrer: Seit 1992 müssen in der Hauptstadt Jakarta zu den Stoßzeiten mindestens drei Leute im Auto sitzen. Das sollte das Chaos lindern, schaffte aber einen neuen Beruf. Jetzt bieten sogenannte »Jockeys« ihre Mitfahrerdienste für einen Dollar an. Wer erwischt wird, kommt ins Gefängnis. Die Fahrer kommen mit einer Geldstrafe weg.

Täglich quälen sich zwölf Millionen Autos nonstop durch die Straßen der Hauptstadt.

Es war einmal

Der mit Abstand größte Ausbeuter aller Zeiten und Länder war der indonesische Präsident Haji Mohamed Suharto. Bis zu 35 Milliarden US-Dollar schröpfte er von seinem Volk zwischen 1967 und 1998 – das schaffte kein anderer Despot weltweit. Nach seinem Tod trug Indonesien dennoch eine Woche Trauer.

Indonesien fühlen

Fluch oder Segen? Indonesien sitzt auf 129 aktiven Vulkanen und dem sogenannten »Pazifischen Feuerring«. Was in der Vergangenheit Millionen Menschen nach Erdbeben und Vulkanausbrüchen das Leben gekostet hat, soll in Zukunft helfen, Energie zu gewinnen und das Klima zu schonen. Denn der heiße Untergrund macht auch 40 Prozent der weltweiten Geothermie-Ressourcen aus.

Warum die Außerirdischen gleich wieder wegfliegen würden

Am Unabhängigkeitstag, dem Tag der Wettbewerbe, ist »Panjat Pinang« einer der beliebtesten: Kletterteams versuchen sich an einem ölverschmierten Palmenstamm, auf- und übereinandersteigend. An der Spitze hängen zur Belohnung Käse, Zucker und T-Shirts. In der wohlhabenden Version Fahrräder, Kleidung oder Smartphones.

Übrigens

Ehrenwort: Hier gibt es fast so viele Pfadfinder wie im Rest der Welt. 17 von 41 Millionen!

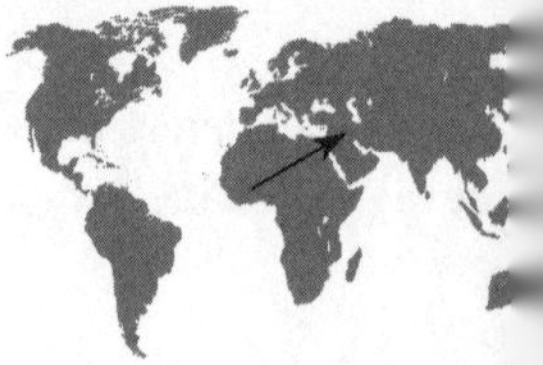

Irak

»Schwören musst du
dass du niemand kennst
dass du auch keine Feinde hast
Schwören musst du
dass kein anderer
seine Finger hier im Spiel hat
Dann lass ich es
lass ich es fallen
mein dünnes und zartes Kleid«

Enheduanna, die erste bekannte Dichterin der Menschheit, 24. Jahrhundert v. Chr. (Auszug aus Raoul Schrott: Die Erfindung der Poesie, *Frankfurt 2009).*

Name

Die irakische Hauptstadt wurde 762 als »Stadt des Friedens«, »Madīnat as-Salām«, gegründet. Heute heißt sie Bagdad (»gottgegeben«).

Rekord

Erster Pflug, erstes Rad, erste Schrift, erste Stadt (Eridu), erstes Epos (Gilgamesch-Epos).

Das können die Iraker besser

29. Juli 2007, 17 Uhr: In Bagdad und Kut werden sieben Menschen getötet und 50 weitere verletzt, als irakische Fußballfans um sich schießen. Eine Stunde vorher: Der irakische Mannschaftskapitän Yunis Mahmud schießt bei der Asienmeisterschaft in Indonesien das 1:0 gegen Saudi-Arabien. Der Irak wird zum ersten Mal Asien-Meister.

Danke für …

Abraham, der Stammvater der großen Weltreligionen, Judentum, Christentum und Islam, kam im 15. Jahrhundert v. Chr. aus Ur im Irak ins gelobte Land.

Nur hier

Wadi al-Salam nahe der irakischen Stadt Nadschaf ist der größte Friedhof der Welt. Fünf Millionen Menschen liegen hier in Schichten übereinander, jährlich kommen etwa eine halbe Million dazu. Fast jeder irakische Schiit möchte hier begraben werden und seine Ruhe in Ewigkeit finden, umgeben von vielen großen Imamen und Propheten.

Es war einmal

Das Lied der letzten Wahlkampagne Saddam Husseins 2002 war Dolly Partons »I Will Always Love You!«. Als arabische Coverversion lief es in TV- und Radiospots. Saddam bekam noch mal 100 Prozent der Stimmen.

Irak fühlen

»Sir, ich bin tief beunruhigt über den Irak«, wandte sich der britische Kolonialminister Winston Churchill 1922 an seinen Premierminister Lloyd George. »Die Aufgabe, die Sie mir gegeben haben, wird unmöglich zu erfüllen sein. … Wenn die Sunniten und die Schiiten uns nicht hier haben wollen und nicht bereit sind, zu kooperieren, sollten wir verschwinden … « Nach dem Ersten Weltkrieg hatten die Briten aus drei Provinzen des alten Osmanischen Reiches den Irak geformt und damit Schiiten, Sunniten und Kurden in einen Staat gesteckt: drei Gruppen, die im Grunde auch nichts miteinander zu tun haben wollten.

Warum die Außerirdischen gleich wieder wegfliegen würden

Es ist gesetzlich verboten, sonntags Schlangen zu essen.

Übrigens

Als die Iraker 2010 zum ersten Mal wählen durften, gingen trotz Drohungen und Anschlägen (30 Tote) etwa 60 Prozent der Wahlberechtigten wählen. Zum Vergleich: Die Wahlbeteiligung in der Schweiz liegt seit Jahrzehnten unter 50 Prozent.

Iran

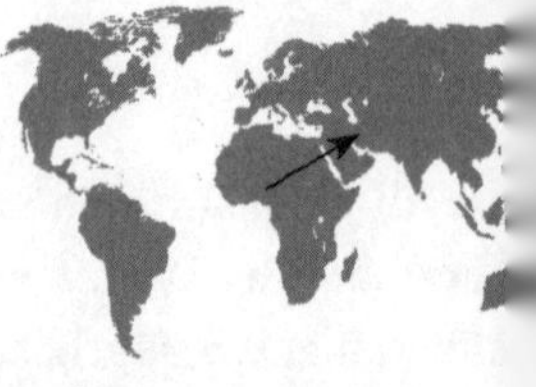

»Sehr geehrter Nutzer, laut Gesetz ist es Ihnen nicht gestattet, diese böswillige Webseite zu besuchen«,
kommt als Meldung, sobald man im Iran internationale Websites öffnen möchte oder die falschen Begriffe googelt. Die Iraner umgehen das staatliche Internet mit illegaler Software. Illegale internationale TV-Sender schauen sie per illegaler Satellitenschüssel. In Teheran rund 65 Prozent der Menschen.

Name

Die Arier kommen von hier: Iran bedeutet ursprünglich »Land der Arier«. Die Arier waren ein Hirtenvolk aus Zentralasien und teilten sich in einen indischen und einen iranischen Zweig. Die Iraner wiederum wurden zu Persern, Paschtunen und Kurden.

Rekord

Vier der zehn am meisten verschmutzten Städte sind hier zu finden. Die dreckigste der Welt: Ahwaz, Industriestadt unweit des Persischen Golfs. Berlin versucht von seinen 26 Mikrogramm pro Mikrometer Feinstaubbelastung auf die von der Weltgesundheitsorganisation empfohlenen 20 zu kommen. Ahwaz ist bei 372.

Das können die Iraner besser

Iranische Teppichknüpfer sollen so gut sein, dass sie zuweilen absichtlich einen Fehler einarbeiten, denn »nur Gott ist perfekt«. Zum teuersten islamischen Kunstwerk wurde im Jahre 2010 ein vier Meter hoher Teppich des 17. Jahrhunderts aus Kerman. Er erzielte bei Christie's in London die Summe von 5,5 Millionen Pfund (knapp 6,4 Millionen Euro).

Danke für …

Die Sportart Polo entstand hier. Vor 2000 Jahren trainierte die Kavallerie dabei für ihre Schlachten. Bis zu 100 Mann traten gegeneinander an.

Nur hier

Die »Ehe auf Zeit« (Sigheh) ist eine schiitische Idee und nur im Iran legal. »Auf Zeit« kann 99 Jahre heißen oder bloß eine halbe Stunde – damit Muslime auch Christinnen und Jüdinnen heiraten und Freier ins Bordell können.

Es war einmal

Im Februar 1987 zeigte Rudi Carrell in der deutschen Comedy-Sendung Tagesshow eine TV-Montage, in welcher der damalige Ajatollah Khomenei mit Dessous beworfen wurde. Daraufhin wurden in Teheran zwei Diplomaten ausgewiesen, Carrell wurde unter Polizeischutz gestellt und musste sich offiziell beim iranischen Volk entschuldigen. Das dortige Goethe-Institut ist bis heute geschlossen.

Iran fühlen

Essen Sie mal wieder eine Paella. Perfekt ist sie nur mit Safran. Der kommt zu über 90 Prozent aus dem Iran. Apropos Paella: Spanien brachte es 2010 fertig, über 90 Tonnen dieses teuersten Gewürzes der Welt zu exportieren, und das, obwohl man nur 1,5 Tonnen geerntet hatte. Die restlichen stammten aus dem Iran und wurden umetikettiert.

Warum die Außerirdischen gleich wieder wegfliegen würden

Artikel 104 des iranischen Strafgesetzbuches: »Die Größe des Steins sollte nicht so groß sein, um den Verurteilten einer Steinigung mit einem oder zwei Würfen töten zu können, und zur gleichen Zeit nicht zu klein sein, um nicht mehr als Stein zu gelten.«

Übrigens

Die Kronjuwelen des 1979 gestürzten Schahs von Persien werden noch immer aufbewahrt. Die vielleicht größte Juwelensammlung der Welt ist so wertvoll, dass sie heute noch immer zur Deckung der iranischen Währung herangezogen wird.

Irland

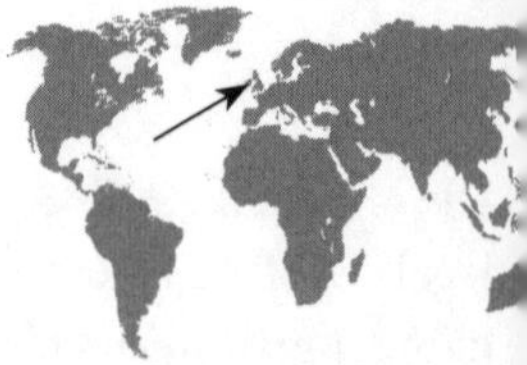

»Ich habe viel Geld für Alkohol, Frauen und Autos ausgegeben, den Rest habe ich einfach verprasst.«

George Best, irische Fußball-Legende (1946–2005). Kein Volk googelt das Wort »Hangover« (»Alkoholkater«) so häufig wie die Iren.

Name

Ein »Ó« ist ein Sohn, ein »Mac« ist ein Enkel.

Rekord

Der erste Duty-free-Shop weltweit wurde auf dem Shannon Airport eröffnet. Das war 1947. Nur wenige Jahre zuvor hatte Joe Sheridan im Restaurant des Vorgängerflughafens den Irish Coffee erfunden (Whiskey, Kaffee, Zucker, Sahne).

Das können die Iren besser

Pat Gibson ist amtierender Quizweltmeister (Titel 2007, 2010 und 2011). Er gewann auch die Million bei der britischen Ausgabe von »Wer wird Millionär?« und wurde Champion zahlreicher anderer Quizshows.

Danke für …

… den längsten Satz der Weltliteratur. Der letzte Abschnitt von James Joyce's Roman *Ulysses*, einer Reise durch einen Tag in Dublin, besteht aus zwei Sätzen: Der erste hat 11 282, der zweite 12 391 Wörter. Dieser innere Monolog Molly Blooms ist der längste Satz der Weltliteratur. Der Abschnitt beginnt und endet jeweils mit dem Wort »Ja«.

Nur hier

»Ja« und »Nein« kennt die eigentliche Sprache der Iren, das Gälische, nicht. Vermutlich auch, um nicht einfach kurz antworten zu können – oder zu müssen.

Es war einmal

Irland ist das Land von Boykott und Lynchjustiz. Charles Cunningham

Boycott war ein kompromissloser britischer Gutsverwalter in Irland. Ihm kauften die Iren daher bald nichts mehr ab. Auch arbeiten mochten sie nicht mehr für ihn. Das nannte man »Boycott«. Ein anderer Charles, Charles Lynch, irischer Friedensrichter in Amerika, urteilte so ungehemmt und willkürlich, dass von ordentlichen Gerichtsverfahren nicht mehr gesprochen werden konnte. Seitdem »lynchen« die Lynchmobs.

Irland fühlen

Früher konnte ein gut gezapftes Guinness daran erkannt werden, dass ein irischer Penny auf dem Schaum nicht unterging. Damit ist es vorbei seit dem Euro und einer neuen Rezeptur.

Warum die Außerirdischen gleich wieder wegfliegen würden

»Iren ignorieren alles, was sie nicht trinken oder schlagen können.« Irischer Spruch.

Übrigens

Das Guinness-Buch der Rekorde entstand, weil Hugh Beaver, der Geschäftsführer der Brauerei, mit Jagdfreunden darüber stritt, welches der schnellste Vogel sei. Als er feststellte, dass es keinerlei Rekord-Bücher gab, kam er auf die Idee für ein Nachschlagewerk, das im Idealfall die Wettleidenschaft in Pubs anheizt. Ein Rekord: Das Guinness-Buch selbst ist angeblich das Buch, das weltweit am häufigsten aus Bibliotheken gestohlen wird. Der schnellste Vogel ist übrigens der Wanderfalke mit 250 km/h.

Island

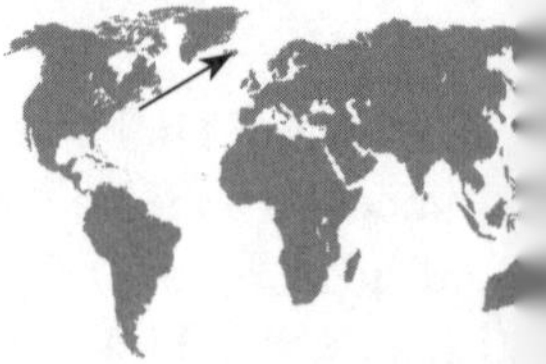

»Der König will segeln, doch der Wind trifft für ihn die Entscheidung.«

Isländisches Sprichwort.

Name

Der isländische »Otto Normalverbraucher« heißt »Jón Jónsson«.

Rekord

Island liegt nahe am Polarkreis. Das heißt, im Sommer wird es kaum dunkel (Golfspielen um Mitternacht ist nicht ungewöhnlich), im Winter kaum hell. Kein Wunder, dass die Isländer die fleißigsten Kinobesucher der Welt sind (5,2-mal im Jahr) und zu den eifrigsten Lesern gehören (jeder kauft im Durchschnitt acht Bücher pro Jahr). Ein isländisches Sprichwort heißt dann auch: »Lieber barfuß als ohne Buch.«

Das können die Isländer besser

Schach: Island hat neun aktive Großmeister. Damit kommt einer auf 35 000 Einwohner. Weltrekord.

Danke für …

… den Tölt. Er ist der Viertakter unter den Pferdegangarten. Vor allem das Islandpferd ist dafür bekannt. Es gibt keine Sprungphase, so ist das Reiten auf einem im Tölt laufenden Islandpferd nahezu erschütterungsfrei und schont daher den Rücken. Aber man beachte im Umgang mit den kleinen Islandpferden das Sprichwort: »Sperre dein Islandpferd nie in einen engen Stall, gib ihm ab und zu einen Hering zur Stärkung und nenne es niemals Pony!«

Nur hier

Der Osten Islands gehört zu Europa, der Westen zu Nordamerika. Es gibt eine Spalte, in die kann man tauchen, und da kann man links den einen, rechts den anderen Kontinent berühren.

Es war einmal

Noch mal Schach: Das »Match des Jahrhunderts« zwischen dem Amerikaner Bobby Fischer und dem Russen Boris Spasski fand 1972 in Reykjavík statt. Fischer gewann. Danach wurde der ohnehin exzentrische Fischer noch wunderlicher: Er weigerte sich, den Titel zu verteidigen, und verlor ihn, spielte aber 1992 mitten im Jugoslawienkrieg in Serbien für ein Millionenpreisgeld noch einmal gegen Spasski, wurde wegen Bruchs des Embargos von den USA mit Haftbefehl gesucht und nach mehrjähriger Flucht 2005 von Island aufgenommen. Dort starb er 2008 als isländischer Staatsbürger. Seine letzten Worte: »Nichts lindert den Schmerz so wie menschliche Nähe.«

Island fühlen

Damit man nicht zufällig mit einem nahen Verwandten schläft oder sogar Kinder mit ihm bekommt, gibt es für die nur 300 000 Isländer den Online-Service »Íslendingabók« (Isländerbuch), mit dem man seine Verwandtschaft zu allen anderen Landsmännern und -frauen erfragen kann. Jeder Isländer seit dem 18. Jahrhundert ist erfasst. Was man seit jeher gefragt hat, um Inzest zu vermeiden: »Hverra manna ert þú?« (Wer sind deine Leute?), kann man sich nun ersparen. Angenehmer Nebeneffekt: Viele Isländer wissen jetzt, um wie viele Ecken sie etwa mit der bekannten Sängerin Björk Guðmundsdóttir verwandt sind.

Warum die Außerirdischen gleich wieder wegfliegen würden

Hákarl! Zubereitung: Aufs Meer hinausfahren, Hai fangen, zu Hause ausnehmen, entgräten, waschen. Das Fleisch in eine Grube aus Kies legen, Steine drauf. Dann sieben Wochen warten. Fleisch ausgraben, in eine Hütte hängen, trocknen lassen, damit ein wenig vom Brechreiz auslösenden strengen Ammoniakgestank verloren geht.

Übrigens

Neue Begriffe bilden die Isländer aus den vorhandenen Worten ihrer Sprache. So wird »Computer« zu tölva, zusammengesetzt aus tala = Zahl und völva = Wahrsagerin, Seherin.

Israel

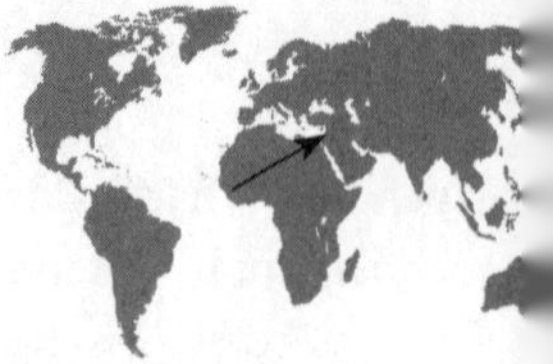

»Der Gott, an den ich nicht glaube, ist ein jüdischer.«

David Ben-Gurion, erster Ministerpräsident Israels. Er amtierte von 1948 bis 1953 und 1955 bis 1963.

Name

»Da sprach der Mann: Nicht mehr Jakob wird man dich nennen, sondern Israel (Gottesstreiter); denn mit Gott und Menschen hast du gestritten und hast gewonnen.« Genesis/1. Buch Mose, Kapitel 32, Vers 29.

Rekord

Von den 50 000 Soldatinnen und Soldaten, die jährlich nach dem Wehrdienst den Weg zurück ins normale Leben suchen, kaufen sich 25 000 ein One-Way-Ticket nach Goa an der Küste Indiens.

Das können die Israelis besser

Israel hat die höchste Dichte an Start-up-Unternehmen aus dem IT-Bereich. Über 4000 kommen auf knapp acht Millionen Einwohner und mehrere Hundert stoßen jedes Jahr neu hinzu.

Danke für …

… den ersten Epilierer. Im Kibbuz Goshrim entwickelten 1985 zwei israelische Ingenieure den ersten elektrischen Haarentferner, um alle Welt mit glatter Haut auf Frauenbeinen zu beglücken.

Nur hier

Für den Wettbewerb »Miss Holocaust-Überlebende« bewarben sich 300 Frauen zwischen Mitte 70 und Ende 90, die besten 14 präsentierten sich in der Endausscheidung im Sonntagskleid mit Schärpe der Jury und 600 Zuschauern. Bewertet wurde ihr Schicksal und ihre Lebenskraft. In Israel leben noch rund 200 000 Holocaust-Überlebende, meist einsam und mittellos.

Es war einmal

Eigentlich bleiben sie geheim, die Wünsche, die auf Zetteln in die Spalten der Jerusalemer Klagemauer gesteckt werden. Außer jemand stiehlt den Zettel und verkauft ihn an eine Zeitung. Eine israelische Tageszeitung veröffentlichte 2008, was der damalige Senator Barack Obama kurz vor seiner Wahl zum US-Präsidenten geschrieben hatte: »Herr, beschütze meine Familie und mich! Vergebe mir meine Sünden und bewahre mich vor Stolz und Verzweiflung. Gib mir die Weisheit, das Rechte und Gerechte zu tun. Und mach mich zu deinem Werkzeug!« Man kann seine Wünsche übrigens auch Dienstleistern e-mailen oder faxen. Sie werden ausgedruckt und in die Mauer gesteckt.

Israel fühlen

»Es war eine falsche Entscheidung, die wir schnell zurückgenommen haben … Wir wollten nie in eine politische Debatte eingreifen. Wir entschuldigen uns bei allen Monopoly-Fans.« Der US-Spielehersteller Hasbro geriet mit seiner »Monopoly World Edition« 2008 in Schwierigkeiten. Hinter »Jerusalem« hatte man »Israel« geschrieben, strich aber die Länderzuordnung, als sich die Palästinenser beschwerten. Nun waren die Israelis empört. Die Monopoly-Leute brachten schließlich ein Spiel ganz ohne Ländernamen raus.

Warum die Außerirdischen gleich wieder wegfliegen würden

Nachdem Dutzende Strandbesucher eine Meerjungfrau gesehen haben wollen, hat Kiryat Yam, Vorstadt von Haifa an der Mittelmeerküste, eine Million Dollar Belohnung ausgesetzt für denjenigen, der ihre Existenz beweisen kann.

Übrigens

»Friede unter den Menschen« stand auf Papst Benedikts Wunschzettel in der Klagemauer.

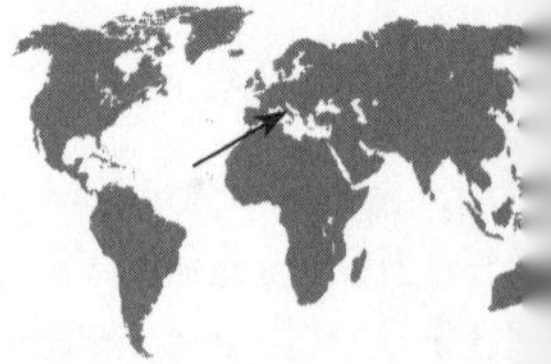

Italien

»Du kannst kein volles Fass Wein und eine betrunkene Frau haben!«

Marcello Eusepi, italienischer Philosoph.

Name

»Genua« heißt die Stadt auf Italienisch, »Gênes« sagen die Franzosen. Die Amerikaner nannten die Hosen von dort daher »Jeans«.

Rekord

Hier halten die Ehen in Europa am längsten. Über 16 Jahre bleiben die Italiener im Schnitt zusammen, die Deutschen schaffen im Durchschnitt 14, die am wenigsten ausdauernden Türken knapp über zehn Jahre.

Das können die Italiener besser

Die besten Filme Europas sind italienische Filme, sagt die amerikanische »Academy of Motion Picture Arts and Science«. Den Italienern gab sie bisher zehn Oscars für den besten fremdsprachigen Film, mehr als jedem anderen Land. Die Italiener können sich bei Fellini bedanken – vier Mal.

Danke für …

… Kölnisch Wasser. Giovanni Maria Farina kam mit 24 aus dem Piemont nach Köln. Hier kreierte er 1709 das Eau de Cologne in Erinnerung an zu Hause: »Mein Duft ist wie ein italienischer Frühlingsmorgen nach dem Regen.« Giovanni nannte sich bald Johann und gründete »Johann Maria Farina gegenüber dem Jülichs-Platz«. Die Firma ist heute die älteste Parfümerie der Welt und wird geführt von Urururururenkel Johann Maria Farina.

Nur hier

Warum mochten/mögen die Italienerinnen Silvio Berlusconi? Fragen wir Berlusconi: »Erstens weil ich sympathisch bin, zweitens weil ich nicht blöd bin. Dann weiß man, dass ich es immer noch ganz gut mache, dann habe ich Kohle und dann glauben die Frauen, dass ich bald sterbe und sie erben.«

Es war einmal

Antonio Stradivari und seine Söhne bauten in ihrer Zeit insgesamt 1100 Violinen, seitdem zehrt die Welt von den verbliebenen, inzwischen 600 Stück. Man sagt, die »kleine Eiszeit« im 16. bis 18. Jahrhundert soll besonders dichtes Holz erzeugt und ein Schimmelpilz dem Klang der Stradivari noch nachgeholfen haben. Bei einem Blindtest im Fernsehen hielten Testpersonen jedoch nicht die Stradivari für das beste Instrument, sondern eine moderne Geige.

Italien fühlen

Die Zehn Gebote der Cosa Nostra, gefunden 2007 im Versteck des Gangsters Salvatore Lo Piccolo:
1. »Man stellt sich unseren Freunden nicht allein vor – dies geht nur über einen Dritten.« 2. »Man schaut nicht die Ehefrau eines Freundes an.« 3. »Man macht keine Geschäfte mit den Bullen.« 4. »Man geht nicht in Tavernen oder Clubs.« 5. »Es ist Pflicht, der Cosa Nostra jederzeit zur Verfügung zu stehen. Auch wenn die Frau kurz vor der Entbindung steht.« 6. »Verabredungen werden kategorisch eingehalten.« 7. »Die Ehefrau muss respektiert werden.« 8. »Wenn man nach etwas gefragt wird, was man weiß, muss man die Wahrheit sagen.« 9. »Es ist verboten, sich Gelder anzueignen, die anderen oder anderen Familien gehören.« 10. »Wer nicht der Cosa Nostra angehören kann: Wer einen engen Angehörigen bei den Sicherheitskräften hat – wer Fälle von Untreue in der Familie hat – wer sich schlecht verhält – und wer sich nicht an moralische Werte hält.«

Warum die Außerirdischen gleich wieder wegfliegen würden

Man darf Italienern nicht vorwerfen, keine Eier in der Hose zu haben. Das beschloss der Oberste Gerichtshof in Rom 2012.

Übrigens

Niemand googelt das Wort »Viagra« so oft wie die Italiener.

Jamaika

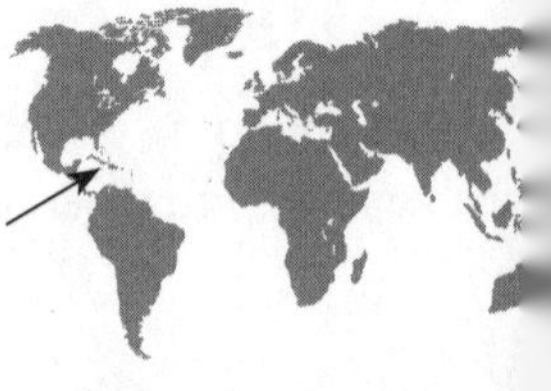

**»Jamaika soll eine schöne Insel sein,
aber grüne Inhalte können Sie da in der Tüte rauchen.«**

Jürgen Trittin, Fraktionsvorsitzender Bündnis 90/Die Grünen. Nach offiziellen Schätzungen konsumieren 20 bis 40 Prozent der Bevölkerung regelmäßig Cannabis.

Name

Die Ureinwohner vom Stamm der Arawaks sagten Xaymaca und meinten damit das »Land von Holz und Wasser«.

Rekord

Jamaika ist die Nation der Kurzstreckenläufer: 16-mal Gold bei Olympischen Spielen in 100-, 200- und 400-Meter-Läufen, in Einzel- und Staffelwettbewerben. Und Superstar Usain Bolt lief als einziger Läufer in der Geschichte der Olympischen Spiele sowohl im 100- und 200-Meter-Lauf als auch in der 4 x 100-Meter-Staffel Weltrekord.

Das können die Jamaikaner besser

Karibik bei den Olympischen Winterspielen: Inspiriert von einem Seifenkistenrennen entstand das jamaikanische Bobteam. Die Mannschaft qualifizierte sich für die Olympischen Winterspiele in Calgary 1988 und auch danach noch einige Male. Die Jamaikaner setzten noch eins drauf und errichteten mitten im Regenwald in luftiger Höhe eine Bobbahn. Zu erreichen ist sie mit einem Sessellift.

Danke für …

… den Pfefferkuchen. Die vor der Reife geernteten und getrockneten Beeren des Pimentbaums kommen vor allem von hier und geben diesem Weihnachtsgebäck erst seinen typischen Geschmack. Deshalb wird Piment oft auch Jamaikapfeffer genannt.

Nur hier

Ein Kilogramm kostet 170 Euro. Das spezielle Klima in 900 bis 1700 Metern Höhe, die lange Reifezeit, schwere Erntebedingungen und das besondere Aroma machen den Jamaica Blue Mountain zu einem der teuersten Kaffees der Welt. Nur er wird in Holzfässern exportiert. Der größte Teil der Ernte geht nach Japan. Im Kaiserhaus trinkt man ihn besonders gern. Der teuerste Kaffee ist übrigens die Schleichkatzenausscheidung Kopi Luwak aus Indonesien.

Es war einmal

Henry Morgan zog im Namen der englischen Krone im 17. Jahrhundert als plündernder Freibeuter durch die Karibik. Schließlich wurde er sogar geadelt und zum Vizegouverneur von Jamaika ernannt. Mit Geschützen seines ehemaligen Schiffes verwandelte er die Hafenstadt Port Royal in eine Festung zum Schutz gegen Piraten. Der Captain-Morgan-Rum wurde nach ihm benannt.

Jamaika fühlen

»Jamaika ist die Hölle, Äthiopien ist der Himmel, die Weißen werden untergehen, die Schwarzen die Welt beherrschen« – das ist das Mantra der Rastafaris. Diese aus dem Christentum abgeleitete Glaubensrichtung entstand in den 1930er-Jahren auf Jamaika und sieht in dem letzten äthiopischen Kaiser Haile Selassie I. den Messias. Der Name der Bewegung lehnt sich an dessen ursprünglichen Namen Ras Tafari Makonnen an. Eng verbunden mit der Kultur der Rastafaris sind Dreadlocks (Frisuren mit verfilzten Haarsträhnen), ritueller Cannabiskonsum, Reggaemusik und die daraus entstandene Dancehall-Musik.

Warum die Außerirdischen gleich wieder wegfliegen würden

Jamaika ist eines der schwulenfeindlichsten Länder überhaupt. Aus dem Strafgesetzbuch: »Wer dem widerwärtigen Verbrechen der Sodomie überführt wird, ob mit einem Tier oder einem Menschen, haftet dafür mit Gefängnis und harter Arbeit für nicht mehr als zehn Jahre.«

Übrigens

Jamaika ist das größte Englisch sprechende Land der Karibik.

Japan

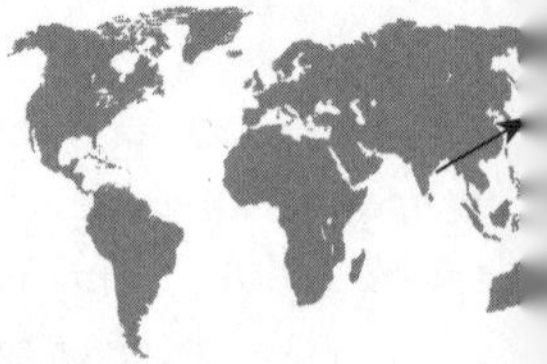

»^_^«

:-) auf Japanisch. Auch in E-Mails lachen Japaner nicht mit dem Mund, sondern subtil mit den Augen, denn »Honne«, das wahre Gefühl, zeigt man nicht, sondern das, was die Gesellschaft erwartet: »Tatemae«. Für viele junge Menschen ist der Druck zu groß. Sie ziehen sich zurück in ihre vier Wände. Bis zu 3,6 Millionen »Hikikomori« oder Zurückgezogene zählt das Gesundheitsministerium inzwischen. Wie zählt man die?

Name

Die ganze Welt benutzt den chinesischen Namen: Japan. Korrekt ist »Nippon«, das heißt »wo die Sonne aufgeht«. Das wurde von den Chinesen in »Jih'pen'kuo« übersetzt und von portugiesischen Seefahrern nach Europa gebracht. Noch ein bisschen stille Post und es hieß »Japan«.

Rekord

Beste Kaufkraft nach dem »Big-Mac-Index«. Tokioter verdienen sich binnen zehn Minuten ihren doppelstöckigen Hamburger (die Bürger Nairobis brauchen 158 Minuten).

Das können die Japaner besser

Alt werden. 2010 lebten 33 der weltweit 86 über 110-Jährigen in Japan. Am ältesten werden sie auf der südjapanischen Insel Okinawa, da steht in Stein gehauen: »Mit 70 bist du noch ein Kind, mit 80 ein junger Mann oder eine junge Frau. Und wenn dich mit 90 jemand in den Himmel einlädt, sag ihm: Geh ruhig noch mal weg und komm zurück, wenn ich 100 bin.« Die alten Inselbewohner essen viel Fisch, Tofu, Getreide und Gemüse, wenig Fleisch, Eier und Milchprodukte. Doch mit der Langlebigkeit ist bald Schluss. Die Jungen greifen zu Zigaretten und Fast Food und haben inzwischen eine geringere Lebenserwartung als der Festlandjapaner.

Danke für …

… Mangas. In Japan lesen 74,9 Prozent der 15-Jährigen regelmäßig Comics, aber nur drei Prozent Romane und Ähnliches. Einmalig in der

»entwickelten Welt«. In Deutschland ist das Verhältnis umgekehrt: 26,3 Prozent greifen öfter zum Buch, 11,7 zum Comic.

Nur hier

… gehört einem Geist angeblich die vierte Kabine jeder Frauentoilette. Moderne Geistergeschichten faszinieren die Japaner: die von der Frau mit dem zerschnittenen Gesicht, die Passanten erschreckt, oder die grausige Geschichte vom Kuhkopf, die aber keiner kennt, weil der, der sie hört, vor Schreck gleich sterben muss.

Es war einmal

Einige japanische Soldaten kämpften den Zweiten Weltkrieg einfach weiter. Zu Helden wurden Hiroo Onoda und Shōichi Yokoi. Hiroo konnte erst 1974 in seinem Versteck auf den Philippinen von seinem alten Vorgesetzten davon überzeugt werden, dass alles vorbei ist. Er übergab sein intaktes Gewehr und 500 Kugeln. Sein Kamerad Shōichi wurde 1972 auf Guam entdeckt und unter dem Jubel der Japaner in die Heimat gebracht. Seine erste Reaktion wurde dort zum geflügelten Wort: »Es ist mir sehr peinlich, lebend zurückzukehren.«

Japan fühlen

In japanischen Großstädten ist es so eng, dass man das Rauchen verboten hat. Draußen. Nicht etwa aus Angst um die Gesundheit von Rauchern und Passivrauchern, sondern um Passanten davor zu schützen, sich in der Enge des Gehwegs gegenseitig die Ärmel zu versengen.

Warum die Außerirdischen gleich wieder wegfliegen würden

Karōshi heißt »Tod durch Überarbeiten«. Vier von fünf Japanern sagen, sie würden jederzeit eine abendliche Verabredung absagen, wenn der Vorgesetzte darum bittet. Den Begriff »Work-Life-Balance« kennen 90 Prozent nicht. Seit ein paar Jahren gibt es das Videospiel »Mr. Karōshi«, in dem man gewinnt, wenn man erreicht, dass sich der kleine Büroangestellte am Ende des Spiels selber tötet.

Übrigens

»Japaner schmecken am besten!«, sagen ehemalige Menschenfresser in Papua-Neuguinea.

Jemen

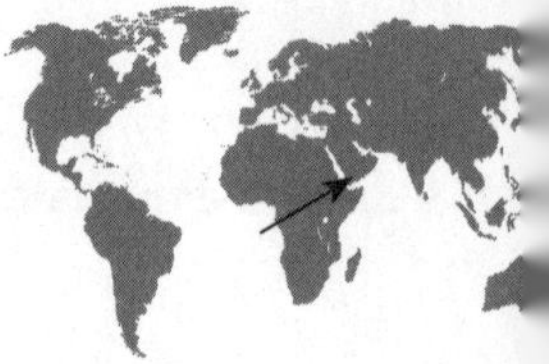

»Sie ist eine meiner Heldinnen.«

Hillary Clinton, US-Außenministerin.
Die 10-jährige Jemenitin Nujood Ali bestieg 2008 gegen den Willen ihres Ehemannes und ihrer Eltern einen Bus in die Hauptstadt Sana'a, ging ins Gerichtsgebäude und sagte: »Ich will die Scheidung!« Nujood bekam sie und ist weltweit zur Symbolfigur im Kampf gegen die Kinderehe geworden.

Name

»Glückliches Arabien« (»Arabia Felix«) nannten die Römer den Jemen, im Gegensatz zu »Wüstenarabien« (»Arabia Deserta«), dem heutigen Saudi-Arabien.

Rekord

Die jüngste Friedensnobelpreisträgerin aller Zeiten, Tawakkul Karman, kommt aus dem Jemen, dem Tabellenletzten in der Geschlechtergleichheit (World Economic Forum). Mit dem Megafon mobilisiert sie seit Jahren Männer und Frauen und trieb damit 2012 Despot Salih aus einem Land, in dem Frauen Männern nicht die Hand geben dürfen. Mit 32 wurde sie in Oslo ausgezeichnet. Ihre 14-jährige Tochter: »Ich möchte später mal wie meine Mutter sein!«

Das können die Jemeniten besser

… Wolkenkratzer aus Lehm bauen, so wie in Schibam, dem »arabischen New York«. Wie Manhattan sieht die Stadt mitten im Jemen aus. Das Problem: Gebaut wurde sie weit vor der amerikanischen Kopie, und zwar im Mittelalter, mit Techniken, die im 20. Jahrhundert kaum noch bekannt waren. Die einheimischen Restauratoren mussten sich vieles neu beibringen. 2007 wurde ihre Leistung preisgekrönt.

Danke für …

… den Mokka, der aus Mokka in die ganze Welt kam.

Nur hier

Die 25 Millionen Jemeniten besitzen 14 Millionen Schusswaffen. Jungs werden gleich in der Pubertät bewaffnet. »Du bist ein Mann, wenn du deine erste Waffe kriegst!«, heißt es, und: »Ein Mann wird lieber hungernd sterben, bevor einer seine Waffe verkauft. Sie ist ihm wie ein Kind.« Und das in einem Land, in dem jeder Zweite von 1,50 Euro am Tag leben muss. Nur die reichen Amerikaner haben mehr Waffen pro Kopf.

Es war einmal

Vor 3000 Jahren lebte hier die Königin von Saba und reiste über das Meer zu König Salomon von Jerusalem. Das sagen zwar nicht die Geschichtsbücher, aber immerhin die Bibel und Hollywood. Also: Wer spielte 1959 die jemenitische Legende in dem Monumentalfilm *Solomon and Sheba*: a) Audrey Hepburn, b) Gina Lollobrigida oder c) Shirley MacLaine? Wer passt am besten zu Yul Brunner?

Jemen fühlen

Khat … eine legale Droge legt das Land lahm. In Sana'a sollte man bis mittags seine Amtsgänge gemacht haben, denn dann verlassen 90 Prozent der Beamten ihre Schreibtische, stopfen sich Khat-Blätter in die Backen und zerkauen die Zukunft des Landes. Die anregenden Blätter haben die Jemeniten in ein Teilzeitvolk verwandelt: 20 Millionen Arbeitsstunden gehen täglich verloren. Auch trinkt die Pflanze die Hälfte des Wassers und verdrängt den Rest der Landwirtschaft. Doch: Khat sorgt auch für 600 Millionen Euro Jahresumsatz.

Warum die Außerirdischen gleich wieder wegfliegen würden

Für Lehrer wird der Vollschleier ihrer Schülerinnen zum Problem im Unterricht. Viele tragen ihn nicht aus religiösen Gründen, sondern um beim Schwätzen und Kaugummikauen nicht erwischt zu werden. Vor allem bei Klassenarbeiten werden die »Niqab« genannten Gesichtsschleier gerne getragen, um Ohrhörer und Handys zu verstecken.

Übrigens

Nujood Ali (siehe oben) wurde nach ihrer Scheidung 2008 vom Westen gefeiert: Sie reiste in die USA, nach Frankreich, Deutschland – von Johannes B. Kerner bekam sie eine Stoffschildkröte. Ihr Ehemann daheim wurde nicht bestraft, sondern entschädigt: Für die Scheidung musste der Brautvater 200 US-Dollar zahlen. Ein Vermögen im Jemen.

Jordanien

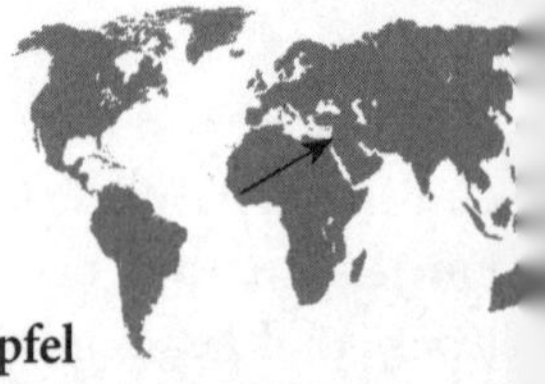

»Moses stieg … auf den Berg Nebo, auf den Gipfel des Pisga, der gegenüber von Jericho liegt. Der Herr ließ ihn das ganze Land … schaun. Der Herr sprach zu ihm: ›Dies ist das Land, das ich dem Abraham, Isaak und Jakob eidlich zugesichert habe, indem ich sprach: Deinen Nachkommen will ich es verleihen. Hinüberziehen aber darfst du nicht!‹ So starb dort Moses, der Knecht des Herrn, im Lande Moab, gemäß dem Wort des Herrn.«

Bibel (Deuteronomium 34, 1–5).
Moses soll am Berg Nebo in Jordanien begraben sein.

Name

Es geht bergab. Benannt ist das Land nach dem Fluss Jordan, was »Herabfließen« bedeutet.

Rekord

Der Gesundheits-Tourismus verschafft Jordanien etwa eine Milliarde Dollar Umsatz pro Jahr. Das Land ist berühmt für seine medizinischen Einrichtungen, und jordanische Ärzte gehören zu den Medizinpionieren der Region. Das King Hussein Cancer Center ist das einzige Krebszentrum im Mittleren Osten und gehört zu den Top-Adressen in der Welt. Die Regierung arbeitet daran, dass die gesamte Bevölkerung krankenversichert ist.

Das können die Jordanier besser

Jordanien hat den Flüchtlingen aus den Palästinensergebieten als einziges arabisches Land die Staatsbürgerschaft gewährt. Über 60 Prozent der Bevölkerung sind Palästinenser. Jordanien hat auch ca. 700 000 irakische Flüchtlinge aufgenommen.

Danke für …

… Hasan Ismaik. Zumindest wenn man Anhänger des deutschen Fußballclubs TSV 1860 München ist. Der jordanische Multimillionär hat sein Geld mit Öl- und Immobiliengeschäften in Abu Dhabi gemacht und stieg 2011 bei dem finanziell stark angeschlagenen Verein ein.

Ismaik: »Mir gefällt sehr, dass 1860 ein Arbeiterverein ist. Ich arbeite, seit ich 16 bin, auch hart und habe mich hochgearbeitet. Ich fühle mich mehr dieser Schicht zugehörig.«

Nur hier

JY1NH (Das Funkamateurzeichen der Königin Nūr al-Hussain)

Es war einmal

»Drei Tage Wüste ohne Getränke und dann einen Eimer Wasser, das ist der Himmel auf Erden«, erinnerte sich Thomas Edward Lawrence, besser bekannt als »Lawrence of Arabia«. Im Ersten Weltkrieg gelang es ihm 1917, als britischer Agent mit arabischen Stämmen durch die Wüste zu marschieren und die Hafenstadt Akaba den Türken zu entreißen. Als 1962 in Jordanien das Leben von Lawrence verfilmt wurde, besuchte König Hussein oft den Set und lernte dort die junge britische Assistentin Antoinette Gardiner kennen. Ein Jahr später heiratete er sie und zeugte einen Sohn, der seit 1999 als Abdullah II. auf dem Königsthron sitzt.

Jordanien fühlen

Die Jordanier sprechen schnell Einladungen aus. Dann aber gehört es zum guten Ton, diese abzulehnen. Erst die Einladung nach der dritten Ablehnung gilt. Einmal im Haus des Gastgebers, sollten Gegenstände nicht allzu begeistert kommentiert werden. Der Gastgeber fühlt sich sonst genötigt, den bewussten Gegenstand dem Gast zu schenken.

Warum die Außerirdischen gleich wieder wegfliegen würden

König Abdullah II. ist »Trekkie«. Noch als Prinz hatte er einst seinen Stab beauftragt, ihm eine Rolle in der amerikanischen Fernsehserie Star Trek zu besorgen. In seinem kurzen Cameo-Auftritt (einmal nicken und weggehen) im 24. Jahrhundert bekam er keinen eigenen Text, da er nicht der Hollywood-Schauspieler-Gewerkschaft angehörte. Doch sein Traum war erfüllt. 2014 wird ein Star-Trek-Vergnügungspark in Jordanien eröffnet, Hauptinvestor: der König.

Übrigens

Einst war das heutige Wüstenland Jordanien bedeckt von dichten Wäldern. Zypressen, Steineichen und Kiefern wuchsen hier.

Kambodscha

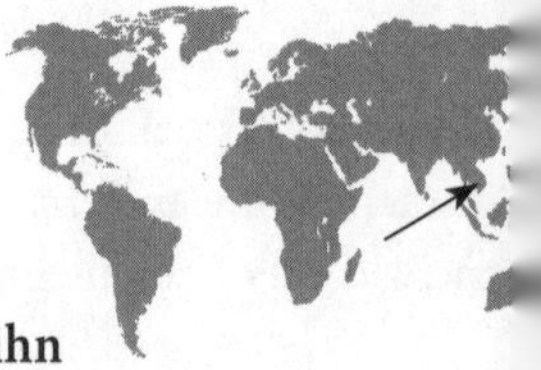

»Er war immer ein guter Ehemann … Seit ich ihn 1985 geheiratet habe, habe ich ihn nie etwas Böses machen sehen […] Ich möchte, dass die Welt weiß, dass er ein guter Mann war, ein Patriot, ein guter Vater.« *Pol Pots zweite Frau Mea Son.*

Von 1975 bis 1979 war ihr Mann »Bruder Nr. 1« der Roten Khmer. In vier Jahren töteten seine Radikalkommunisten über 2 Millionen Kambodschaner in einem weltweit einmaligen Selbstgenozid. Zuerst Andersdenkende, dann Intellektuelle, Brillenträger, schließlich aus Paranoia eigene Mitstreiter und deren Familien.

Name

Die alte Nonne namens Penh fand in einem hohlen Baumstamm fünf Buddha-Figuren, denen sie auf einem Hügel eine neue Heimat gab, auf dem heute die Hauptstadt steht: Pnom Penh – »Der Hügel der Frau Penh«. So sagt die Legende.

Rekord

Die größte Tempelstadt der Welt, Angkor Wat, stand bis vor 600 Jahren in der größten Stadt der Welt: Angkor mit einer Million Menschen auf 1000 Quadratkilometern. Nach vielen Hundert Jahren Schlaf im Urwald ist heute wieder was los: Touristen, Rockkonzerte, Fernsehshows, ein Themenpark ist in der Planung. Kühlschrankmagneten kosten »One Dollar« und das Eintrittsgeld bringt 30 Millionen jährlich. Das ist so lukrativ, dass jetzt, 2000 Kilometer entfernt, Indien sein eigenes Angkor Wat baut, eine Kopie des Originals. Nur alles noch etwas größer.

Das können die Kambodschaner besser

Die Pizzerien Pnom Penhs haben auch die »Happy Pizza« auf dem Menü – belegt mit Marihuana. »Einmal Extra Happy, bitte!«, und man lächelt oder schläft den ganzen Tag.

Danke für …

Wenn ein Kind oft krank ist, können die Eltern auf dem Amt seinen Namen ändern lassen.

Nur hier

Der Fluss Tonlé Sap fließt von November bis Mai nach Süden und von Juni bis Dezember nach Norden. In der winterlichen Trockenzeit fließt er in den Mekong-Fluss, doch im Sommer drückt dieser das Wasser des Tonlé Sap zurück und es bildet sich flussaufwärts ein gewaltiger See. So ist der See ein Fluss und der Fluss ein See, der größte Südostasiens und einer der fischreichsten der Welt.

Es war einmal

Die 1980er-Jahre waren im Fußball die große Zeit des Handelsministeriums. Drei Jahre hintereinander schlug es alle anderen, doch dann wurde das Verteidigungsministerium, danach das Gesundheitsministerium und schließlich sogar das Transportministerium kambodschanischer Fußballmeister. Vereine spielen erst seit Ende der 90er mit.

Kambodscha fühlen

Frittierte Vogelspinne. Mit Zucker, Salz, Glutamat und ein paar hauchdünnen Knoblauchscheiben. Viel Eiweiß. Guter Snack.

Warum die Außerirdischen gleich wieder wegfliegen würden

»Rooftop Slums«. Pnom Penhs Dächer sind ein Armenviertel. Unter den Khmer Rouge menschenleer, füllte sich die Hauptstadt ab 1978 wieder schlagartig. Wer zuerst kam, bekam eine Wohnung, und wer zuletzt kam, landete auf dem Dach. Die Regierung lässt die Menschen heute dort. »Wir haben einfach nicht genug Mittel, um einen anderen Ort für sie zu finden«, sagt das Amt. Und: Da oben bleiben die Armen aus dem Weg und aus der Sicht.

Übrigens

Sieben von 14 000 Insassen überlebten Pol Pots Foltergefängnis »Security Prison 21« (Tuol Sleng). Der Diktator bekannte sich 1997, selbst in Haft, unschuldig: »Das erste Mal, dass ich davon hörte, war im Radio … Ich musste zweimal hinhören.«

Kamerun

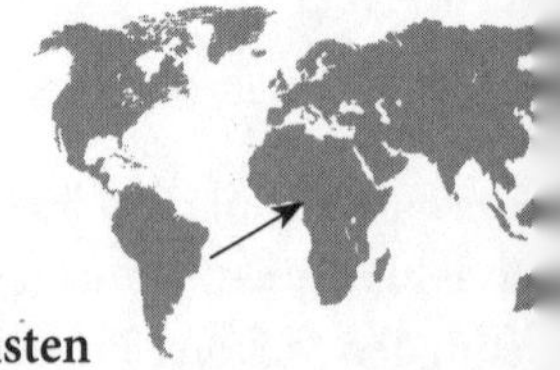

»Überhaupt sind die Kamerunneger die frechsten und unverschämtesten Neger der ganzen Küste, und ich kann nur nicht begreifen, wie die Weißen sich hier haben die Neger so schlecht erziehen können.«

Eduard Woermann. Seine Woermann-Linie aus Hamburg war zu Kaisers Zeiten die größte Reederei der Welt und zuständig für die Transporte zwischen Deutschem Reich und den Kolonien in Afrika. Ab 1884 gehörte auch Kamerun dazu, weil eine Firma, die bereits seit 1868 in dem Land Handel trieb, nach »Schutz« gerufen hatte. Die Firma war ... die der Woermanns. Eduard meckerte also praktisch über sich selber.

Name

Die deutschen Kolonialisten ließen sich keinen eigenen Namen einfallen, sondern nannten das Land nach einem Fluss, den die Portugiesen hier einst entdeckt hatten: Rio Camarões, Fluss der Garnelen.

Rekord

Olympischer Rekord: Antoinette Joyce Guedia Mouafo ist fast die jüngste Olympionikin aller Zeiten. Als sie in Peking 2008 die 50 Meter Freistil schwamm, war sie zwölf und beeindruckt: »Ich wusste vorher gar nicht, was Olympia ist. Es ist riesig!« Erst vier Jahre zuvor hatte sie in einem kleinen Hotelpool in Douala schwimmen gelernt, jetzt wurde sie 83. von 90. Nur eine kleine Dänin nahm das Motto »Treffen der Jugend der Welt« einst noch genauer: Inge Sørensen war ein paar Tage jünger als Antoinette. Aber das war schon 1936.

Das können die Kameruner besser

Einer der ersten Disco-Hits kam aus Kamerun: die Scheibe »Soul Makossa« von Manu Dibango. Ein amerikanischer DJ fand sie 1972 in einem Plattenladen in New York und spielte sie in den aufkommenden »Underground Discotheques« rauf und runter. Der Song wurde zum bis heute einzigen rein afrikanischen Hit in den US Billboard Top 40. Sein Refrain »ma-mako, ma-ma-sa, mako-mako ssa« wird seitdem dauergesampelt – von Michael Jackson, Will Smith, Eminem, Fugees, Rihanna u. a.

Danke für …

… die Nachfrage. Frankreich (hiesige Kolonialmacht nach den Deutschen) bot Kamerun 2009 an, die 50-Jahr-Feier der Unabhängigkeit zu bezahlen. Die Kameruner lehnten ab.

Nur hier

1700 Menschen und alle anderen Lebewesen starben 1986 im Schlaf, als der Nyos-See aus unterirdischen Magmakammern 1,6 Millionen Tonnen Kohlendioxid über das Land legte – alles tot bis in 25 Kilometer Entfernung. Ähnliches, in kleinerem Ausmaß, gab es nur am Manoun-See ganz in der Nähe, als zwei Jahre zuvor 37 Menschen starben.

Es war einmal

»Rudolf« Manga Bell, König des Duala-Volkes, beschwerte sich 1905 in einem Brief an Kaiser Wilhelm II.: »Den Herrn Gouverneur von Puttkamer, dessen Richter, Bezirksamtmänner, kurz seine ganze Regierungsbesatzung wollen wir nicht mehr hier haben. Sämtliche jetzigen Gouvernementsbeamten des Schutzgebietes Kamerun bitten wir forträumen zu wollen, denn ihre Regierung führen sie nicht gut …« 1914 hängten ihn die Deutschen und er wurde zum Helden Kameruns in Liedern und Kinderspielen.

Kamerun fühlen

Ganz passender Name: »Geht weg von diesem Ort« heißt Tikar auf Deutsch. Die bloß 25 000 Angehörigen des Tikar-Volkes im nördlichen Kamerun können ein paar prominente Verwandte weit weg von ihrem Ort aufweisen: neben der ehemaligen US-Außenministerin Condoleezza Rice auch Jazz- und Poplegende Quincy Jones. Als er seine Wurzeln entdeckte, sagte man ihm, dass die Tikar besonders für ihre Musik bekannt sind. Jones: »Hätt' ich nie geraten!«

Warum die Außerirdischen gleich wieder wegfliegen würden

Kamerun gehört zum Commonwealth. Doch die Queen war noch nie hier.

Übrigens

Von den deutschen Kolonialherren ist nur noch ein bisschen Sprache übrig: »Halbkaputti« vor Hitze kann man hier am »banop« ankommen.

Kanada

»Ich bin ein Kanadier. Das ist wie ein Amerikaner, aber ohne Waffe.«
Aus: The Kids in The Hall, *kanadische TV-Serie der 90er.*

Name

Kanada heißt »Dorf« in der Sprache der Irokesen, die den französischen Entdecker Jacques Cartier in Richtung der Siedlung ihres Häuptlings schickten. Cartier verstand es falsch und nannte das ganze Land »Kanata« (»Dorf«). Auch viele andere bedeutende Ortsnamen sind indianischen Ursprungs: Toronto, Ottawa, Ontario, Manitoba, Quebec etc.

Rekord

Der kanadische Schauspieler William Shatner, Captain Kirk der Enterprise, hat 2006 seinen Nierenstein auf eBay für 25 000 US-Dollar versteigert. Gekauft hat ihn das kanadische Online-Spielkasino Goldenpalace.com. Außerdem sicherte es sich ein in Toastbrot eingebranntes Marienbild (28 000 $) und den Volkswagen von Papst Benedikt XVI. bzw. Kardinal Ratzinger (188 938,88 €).

Das können die Kanadier besser

… als die US-Amerikaner: Kanadier lassen sich seltener scheiden, sind schlanker, werden älter, schneiden bei PISA besser ab, machen weniger Schulden, verdienen und produzieren mehr pro Kopf, sind seltener arbeitslos, trinken weniger Alkohol, werden seltener getötet, überfallen, belästigt oder in den Knast gesteckt. Weshalb Kanada wohl auch auf dem Global Peace Index auf Platz 8 und die USA weit abgeschlagen auf Platz 82 steht.

Danke für …

+++ 14:34 Gleich ist er da, jeder schwarze Van wird mit Gekreische in Empfang genommen! +++ 14:43 Justin ist da! Noch sitzt er im Auto. +++ 14:44 Aber er lässt sich Zeit mit dem Aussteigen. +++ 14:46 Die Fans kreischen, Justin sitzt noch in der Limousine. +++ 14:48 Er ist daaaa!!!!!
BILD-Liveticker zum Berlin-Besuch von Popstar Justin Bieber, geboren am 1. März 1994 in London, Kanada.

Nur hier

… gibt es einen bekennenden Schwulen als Marvel-Comic-Superhelden. »Northstar« hatte 1992 sein Coming-out und heiratete 2012 seinen Freund. Schon in den 70er-Jahren wurde er von seinem Erfinder John Byrne nicht nur mit übermenschlichen Kräften – etwa Fliegen in Lichtgeschwindigkeit –, sondern auch mit Lust auf Männer ausgestattet, doch erst als der Marvel-Comic-Chefredakteur und die Comics Code Authority ihren langjährigen Widerstand aufgaben, durfte er die Worte sprechen: »I am gay!«

Es war einmal

Die erste US-amerikanische Verfassung von 1776/77 sah vor, auch Kanada solle »zugelassen werden in dieser Union und alle ihre Vorteile genießen können«. Kanada lehnte ab.

Kanada fühlen

… mit dem Blick ins Telefonbuch. Die 20 häufigsten Namen im Telefonbuch von Vancouver lauten: Wong, Lee, Chan, Chen, Li, Leung, Lam, Smith, Ng, Chow, Wang, Liu, Wu, Ho, Nguyen, Huang, Cheung, Lin, Lau, Kim. Die nennt man hier nicht »asiatische«, sondern »neue kanadische« Namen. Li ist der häufigste in allen kanadischen Telefonbüchern zusammen.

Warum die Außerirdischen gleich wieder wegfliegen würden

Das nette Kanada ist das einzige westliche Land, das heute noch Asbest fördert und exportiert. Die Kanadier nutzen es selbst nicht mehr, seit in den 1980ern herauskam, dass man davon einen langsamen, schmerzvollen Tod stirbt. Seitdem bauen sie ihr Asbest in Raumanzügen ab und liefern es lieber in die Dritte Welt. Nur wegen Kanada wird das Zeug weltweit nicht als gefährlich gekennzeichnet. Warnaufdrucke und Sicherheitsstandards könnten das Geschäft verderben.

Übrigens

Wenn ein Wanderer mit einem Pensum von 20 Kilometern pro Tag die kanadische Küste entlangmarschieren würde, wäre er gute 33 Jahre unterwegs. Länger würde er in keinem anderen Land brauchen.

Kap Verde

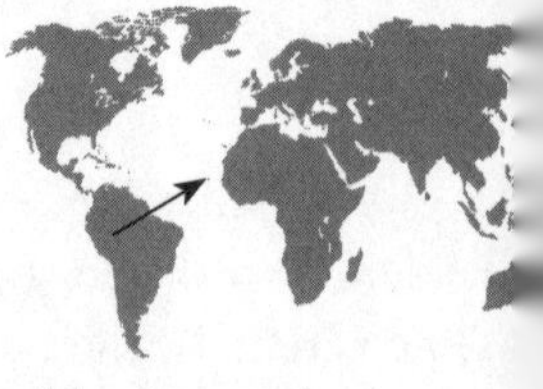

»Die Insel kann man als sehr uninteressant beschreiben, doch [...] ein komplett steriles Land besitzt auch eine Erhabenheit, die mehr Vegetation nur stören würde.«

Charles Darwin

Name

Das Kap ist nicht »verde« (portugiesisch für »grün«). Der Name ist nur geklaut von der 400 Kilometer östlich gelegenen Halbinsel Cap Vert, auf der die senegalesische Hauptstadt Dakar liegt. An ihr orientierten sich im 15. und 16. Jahrhundert die Seefahrer, um die zehn bis dahin unbewohnten Inseln überhaupt zu finden. Kap Verde müsste also heißen: »Die Inseln, die man findet, wenn man am Kap Verde Richtung Ozean abbiegt.«

Rekord

Alle gehen. Die Zahl der Emigranten übersteigt die der Daheimgebliebenen bei Weitem. In den USA etwa leben heute etwa genauso viele Kap Verdier wie in der Heimat. Darum ist auch die Musik der Inseln so bekannt – Morna & Co. – oder etwa ihre Fußballer: Nani (Portugal) und Henrik Larsson (Schweden) hätten auch das kapverdenblaue Trikot tragen können. Die meisten gingen, als nach der Unabhängigkeit auch die europäischen Schiffe nicht mehr haltmachten und das Land verarmte.

Das können die Kap Verdier besser

Demokratie. Präsident Pedro Verona Pires erhielt 2011 den »Mo Ibrahim Preis« für gute Regierungsführung, den wohl höchstdotierten Preis der Welt: Nach einmalig fünf Millionen Dollar für die ersten zehn Jahre folgen danach lebenslang jährlich 200 000 Dollar Preisgeld. Pedro Verona Pires bekam ihn für den Aufbau einer funktionierenden Demokratie in Kap Verde. Eine Verfassungsänderung, die ihm eine weitere Amtszeit ermöglichen sollte, lehnte Pires ab.

Danke für ...

...einen natürlichen Leuchtturm: 1680 brach der einzige Vulkan der Inseln auf São Filipe so heftig aus, dass der Berg über lange Jahre nachts weithin sichtbar war und der europäischen Schifffahrt als Orientierungspunkt diente. Dafür bekam er auch einen neuen Namen: Ilha do Fogo (Feuerinsel).

Nur hier

Eine Insel, die zur Wüste wird: Auf Boa Vista fällt weniger Niederschlag als an manchen Stellen der Sahara.

Es war einmal

Die italienischen Faschisten brachten der kleinen Insel Sal den Wohlstand. 1939 bauten sie hier ihren Flughafen für den Zwischenstopp nach Südamerika, er ist noch heute der Hauptflughafen des Landes. Nach dem Krieg half er, Menschen und Geld anzulocken. Das kleine Sal weist heute die dichteste Besiedelung und überdurchschnittlichen Reichtum auf.

Kap Verde fühlen

Morna ist das bedeutendste Exportprodukt des Landes: Ärmlich wohnte Cesária Évora mit ihren Kindern und ihrer Mutter in einer Bruchbude mit einer Glühbirne und dem Gestank modrigen Wassers. Nachts trank und rauchte sie in den Kneipen der Stadt Mindelos und sang den melancholischen kapverdischen Blues Morna, für 30 Cent pro Lied. Bis ein Portugiese sie entdeckte und zusammen mit dem Morna in aller Welt berühmt machte. Es folgten Grammys, Schallplattenpreise, ausverkaufte Hallen, Auftritte mit den Stars dieser Welt. »Bei uns sagt man, dass es besser ist, erst die Galle und dann den Honig zu trinken«, sagte Cesária. Sie trank den Honig, bis sie 2009 starb.

Warum die Außerirdischen gleich wieder wegfliegen würden

Wie hart die Natur hier macht, sieht man an ihren Tieren: 2012 überlebte eine kapverdische Echse den 3000-Kilometer-Heimflug einer britischen Touristin in deren schmutziger Wäsche … und 30 Minuten in der Waschmaschine.

Übrigens

Die Kap Verdier gelten als eines der »gemischtesten« Völker der Welt. Genetiker fanden heraus: 57 Prozent der Gene kommen aus Afrika, 43 Prozent aus Europa.

Kasachstan

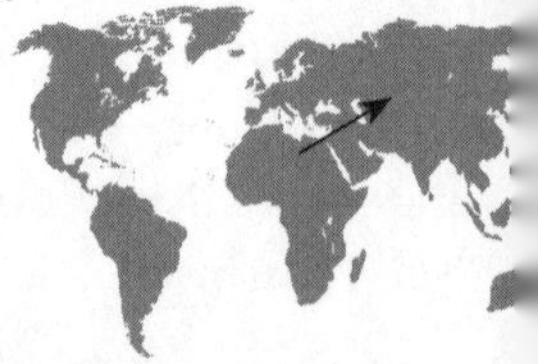

»Kasachstan ist so zivilisiert wie jedes andere Land, vor allem seit Reformen von 2003. Seitdem dürfen Frauen innen fahren in Bus, Homosexuelle müssen nicht mehr tragen blaue Hüte, und heiraten darf man erst ab elf.«

Borat, gespielt vom britischen Komiker Sacha Baron Cohen, reist im gleichnamigen US-Film von 2006 als kasachischer Journalist durch die USA und gibt den Hinterwäldler.
Das kam in Kasachstan so schlecht an, dass sich Präsident Nasarbajew bei seinem amerikanischen Kollegen Bush beschwerte.
Borats Werbewirkung aber war so groß, dass sich der Tourismus verzehnfachte und Borat eine Einladung in seine »Heimat« bekam.

Name

Die Hauptstadt im Land (»stan«) der Freien (»Qazaq«) heißt einfach »Hauptstadt« (Astana).

Rekord

Hier steht der weltweit höchste Schornstein: 422 Meter hoch ist der Schlot des Kohlekraftwerks Ekibastus. Der Eiffelturm mit seinen 300 Metern ist nichts dagegen.

Das können die Kasachen besser

Gewichtheben. Bei den Olympischen Spielen 2012 in London holten die Kasachen vier Mal Gold und wurden mal wieder Zweiter hinter den Chinesen, von denen es 233 Mal mehr gibt.

Danke für …

Als die Sowjetunion unterging, gaben Kasachstan und die Ukraine ihre Atombomben an Russland ab. Sie sind die einzigen Nationen, die Atombomben besaßen und jetzt atomwaffenfrei sind.

Nur hier

Das Kosmodrom in Baikonur ist der größte Raketenstartplatz der Welt. Früher Raumflughafen der Sowjets, startet heute Russland über zwei

Drittel seiner Weltraumflüge von hier und zahlt 200 Millionen Euro Pacht jährlich.

Es war einmal

»Gute Nachrichten: Der See kehrt zurück!«, heißt es auf einem Schild vor der Stadt Aralsk. 100 Kilometer hatte sich der Aralsee schon von der ehemaligen Hafenstadt zurückgezogen, mittlerweile sind es nur noch 15 Kilometer, und um 2015 soll das Wasser wieder an die Stadtstrände schlagen. Die Kasachen bemühen sich und bauen Dämme, um eine der schlimmsten von Menschen verschuldeten Naturkatastrophen rückgängig zu machen: Der Aralsee war einst der viertgrößte Binnensee der Welt (fast so groß wie Irland), doch dann gruben ihm die Sowjets und ihre Nachfolger das Wasser ab. Heute umfasst er nur noch 20 Prozent seiner einstigen Fläche und ist in mehrere kleine Seen zerfallen. Der südliche Anrainer, Usbekistan, hat weitestgehend aufgegeben, in Kasachstan fischen die Fischer wieder.

Warum die Außerirdischen gleich wieder wegfliegen würden

Auf der schwarzen Liste unsicherer Fluggesellschaften der EU-Kommission stehen 40 aus Kasachstan. Etwas mehr Crash-Airlines haben nur die Philippinen (48) und Indonesien (43).

Übrigens

Gebildet sind die Kasachen: 99,6 Prozent können lesen und schreiben, zwei Drittel gehen später auf höhere Schulen: Das ergibt Rang 11. So gesehen sind sie gebildeter als etwa die Amerikaner.

Katar

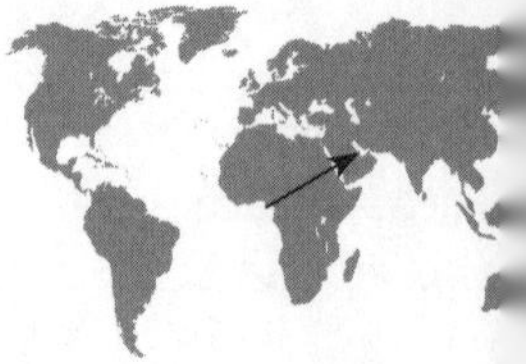

»Manche verkraften es einfach nicht,
wenn ausnahmsweise andere zum Zuge kommen.«

Sepp Blatter, FIFA-Präsident, über die weltweite Kritik an der Vergabe der Fußball-WM 2022 an das Emirat Katar. Katar hat weniger Einwohner als Hamburg, ein Klima mit mittlerer Julitemperatur von 36 Grad Celsius im Schatten und eine Fußballnationalmannschaft, die noch nie an einer WM teilgenommen hat.

Name

Es geht ums Fließen: Qatra = Tropfen, Katara = Siedlung am Fluss, Katarrh = herunterfließen.

Rekord

Katar ist das Land mit dem im Jahr 2011 höchsten Bruttoinlandsprodukt pro Kopf: 102 943 US-Dollar.

Das können die Katarer besser

Intelligent, mit intensivem blauem Federkleid: Hier hat der Spix-Ara einen Lebensraum bekommen. In freier Wildbahn ist die Papageienart, die einst in Brasilien lebte und nach einem deutschen Forscher benannt wurde, ausgestorben. Von den noch 85 Vögeln in Gefangenschaft leben 56 in der Al Wabra Wildlife Preservation (AWWP) in Katar. Die Einrichtung gehört Scheich Saoud Bin Mohammed Bin Ali Al Thani, dem Emir.

Danke für

Der TV-Sender Al Jazeera (dt.: Die Insel) hat seinen Sitz in der Hauptstadt Doha. Als arabischer Nachrichtensender mit unabhängigem Journalismus bildet er eine Art Gegenstück zum ebenfalls weltweit sendenden amerikanischen CNN. Al Jazeera gehört dem Emir von Katar.

Nur hier

Katar ist der einzige Flächenstaat der Welt ohne Wald!

Es war einmal

Im 18. Jahrhundert kamen Beduinen, geführt vom Clan der Al Thani, nach Katar. Das Land war öde und arm, dennoch blieb man nicht allein: Der Clan der Al Chalifa stieß hinzu. Machtkämpfe folgten. Als es den Al Chalifa gelang, Bahrain zu erobern, gehörte Katar wieder den Al Thanis, und als 1939 Erdöl gefunden wurde, hatte sich das Ausharren gelohnt. Endlich waren die Al Thanis so richtig reich. Und sie sind es bis heute.

Katar fühlen

Das Land lebt die »Vision 2030«: Bis dahin soll Katar einer der modernsten Staaten der Welt sein. Man will zu einem Zentrum für Bildung und neue Technologien werden mit Metro in Doha und Hochgeschwindigkeitsstrecken für Auto und Bahn. Auch bei der Effizienz der Energienutzung will man Maßstäbe setzen. Noch gehört Katar zu den Staaten mit dem höchsten Energieverbrauch und dem höchsten CO_2-Ausstoß pro Kopf.

Warum die Außerirdischen gleich wieder wegfliegen würden

Männerrunde! Katar ist das Land mit den meisten Männern im Vergleich zu Frauen: 1,87 zu 1. Dahinter folgen Kuwait und die Emirate.

Übrigens

Die Königsfamilie hat 2012 *Die Kartenspieler* von Paul Cezanne für 250 Millionen Dollar gekauft, das zu dem Zeitpunkt teuerste Bild der Welt. Die neu errichteten Museen im Staat müssen gefüllt werden, und so gilt Katar als einer der weltweit größten Käufer von Kunst.

Kenia

»Als die Weißen nach Afrika kamen, hatten wir das Land und sie die Bibel. Dann lehrten sie uns, mit geschlossenen Augen zu beten – und als wir die Augen wieder öffneten, hatten sie das Land und wir hatten die Bibel.«

Jomo Kenyatta, von 1963 bis 1978 erster Minister-, dann Staatspräsident des Landes.

Name

Benannt wurde das Land nach dem Mount Kenya, dem »Weißen Berg«.

Rekord

Kericho, eine Region im Westen Kenias, ist nicht gerade mit gutem Wetter gesegnet. Nirgendwo auf der Welt gibt es mehr Hagelstürme als hier – an 132 Tagen im Jahr fallen Eisbrocken vom Himmel, und das, obwohl Kericho gerade mal 80 Kilometer südlich des Äquators liegt.

Das können die Kenianer besser

2011 waren die 20 (!) besten Marathonläufer Kenianer. Aus dem Dorf Iten kommen nicht nur die meisten von ihnen, hier fährt auch die restliche Weltelite hin, um zu lernen. Das Rezept: essen, schlafen, rennen.

Danke für …

In den 1970ern gründete die erste kenianische Professorin Wangari Maathai das Aufforstungsprogramm »Green Belt Movement«, durch das 40 Millionen Bäume gepflanzt wurden. Das Projekt ist Vorbild für eine »Grüne Mauer«. Sie soll auf einer Länge von über 7000 Kilometern entlang der Sahelzone die Ausweitung der Wüste stoppen. Wangari Maathai, die »Mutter der Bäume«, die sich ebenso erfolgreich für Frauenrechte einsetzte, erhielt 2004 als erste afrikanische Frau den Friedensnobelpreis.

Nur hier

»Saroi« ist das tägliche Stärkungsmittel der Massai. Einem Rind wird die Halsvene angeritzt, woraus zwei Liter Blut abgezapft werden. Mit Milch vermischt, ergibt sich der Powerdrink schlechthin.

Es war einmal

Sie hatte eine Farm in Afrika, die dänische Schriftstellerin Karen Blixen. Anfang des 20. Jahrhunderts wohnte sie 17 Jahre lang am Fuße der Ngong-Berge und baute Kaffee an. Eine sowohl geschäftlich als auch privat schwierige Zeit für die elegante, zupackende Frau. Sydney Pollack verfilmte ihr Leben in *Jenseits von Afrika* mit Meryl Streep und Robert Redford als ihr Liebhaber Denys Finch Hatton. Gefilmt wurde tatsächlich in Blixens erstem Haus, in dem zur Drehzeit Jomo Kenyattas vierte Ehefrau Mama Ngina wohnte. Die Löwen in dem Streifen waren allerdings nicht von hier: Die wurden aus einem kalifornischen Zoo eingeflogen.

Kenia fühlen

Jede Schwangere hat einen erhöhten Mineralienbedarf. In Kenia kaufen Frauen im Supermarkt Päckchen mit Steinen, die sie zermahlen und dann essen. Meist bleiben sie auch nach der Entbindung dabei und kommen von dem Stoff nicht los. Die Essstörung wird »Pica« genannt.

Warum die Außerirdischen gleich wieder wegfliegen würden

Alkohol darf nur noch an Wochentagen zwischen 17 und 23 Uhr getrunken werden. Bei Zuwiderhandlung sind 30 000 Kenyan Shilling (ca. 290 Euro) fällig. Wer gerade nicht flüssig ist, muss in Haft. Das führt dazu, dass die Gefängnisse aus allen Nähten platzen.

Übrigens

Barack Obama Sr. stammt aus dem Ort Nyang'oma Kogelo im äußersten Westen des Landes und ist auch dort begraben. Nachdem sein Sohn zum Präsidenten von Amerika gewählt wurde, erhielt der Ort plötzlich Strom aus der Steckdose, die »Primary School Senator Obama« und die »Senator Obama Secondary School«. Und natürlich kommen nun Touristen.

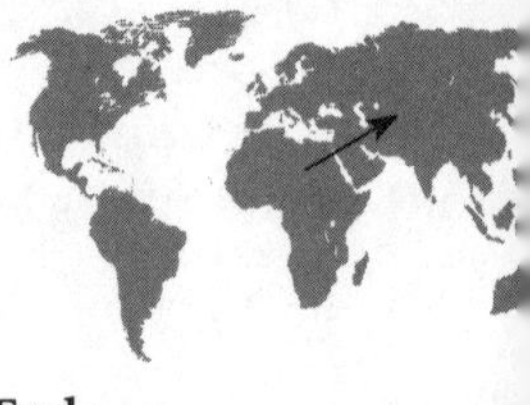

Kirgisistan

»Was auch immer die wirtschaftlichen und industriellen Errungenschaften sind, am Ende wird jede Leistung durch Kultur und Moral beurteilt.«

Tschingis Aitmatow (1928–2008), kirgisischer Schriftsteller. Berühmt vor allem für seinen Liebesroman Dshamilja.

Name

Land der vierzig Stämme: kyrg = vierzig, yz = Stämme und stan = Land.

Rekord

Nurlan Alisherov hatte 2011 genug: Er war 35 und arbeitslos. Aber seinen Biss hatte er noch nicht verloren. So zog er mit seinen Zähnen 20 Nägel aus einem Holzklotz, trug mit den Beißern einen Stuhl mit einem sitzenden Mann 120 Meter weit, um danach einen Bus 33 Meter zu ziehen. Als Nächstes soll Nurlan ein 37 Tonnen schweres Passagierflugzeug der Kyrgyzstan Airline 20 Zentimeter weit gezogen haben und widmete diese Leistung dem neuen kirgisischen Präsidenten, wer immer das sein würde. Von der Sache mit dem Flugzeug existieren keine Fotos.

Das können die Kirgisen besser

Mit dem Taigan, dem kirgisischen Windhund, im Hochgebirge jagen. Er hat eine kräftige Statur, dichtes weiches Fell und ein großes Lungenvolumen. In den Städten ist der Hund als kirgisisches Statussymbol beliebt.

Danke für …

»Rot-Front« (ja, es hat diesen deutschen Namen) heißt das letzte Stückchen Deutschland in Kleinasien. 1927 gegründet, leben hier noch ca. 150 Deutsche. Ihre Vorfahren kamen vor rund 300 Jahren nach Kirgisistan. Die Deutschen nannten ihren Ort »Bergtal«, »Rot-Front« dachte sich jemand anderes aus.

Nur hier

Kyz Kumai (Mädchenjagd): Zwei Runden hat das Reiterspiel. Erste Runde: Ein Mann auf einem Pferd verfolgt eine Frau auf einem Pferd. In vollem Galopp versucht er die Fliehende einzuholen und während des Ritts zu küssen. Zweite Runde: Sie verfolgt ihn mit einer Peitsche und versucht, ihn damit zu treffen. Ein großer Publikumsrenner.

Es war einmal

In das wunderschöne Mädchen Tscholpon im Norden Kirgisistans waren viele junge Männer verliebt. Das Mädchen aber lehnte alle Anträge ab, da sein Herz bereits einem anderen gehörte. Auch die Anträge des Khans wies sie zurück. Immer wieder sagte sie ihm, sie liebe einen anderen. Doch der Khan gab nicht nach, und so sprang sie schließlich aus einem Fenster seines Palastes in den Tod. Dort, wo sie starb, öffnete sich die Erde und es entstand der See Yssykköl, der größte Kirgisistans. Tscholpons Vater beweinte seine Tochter, und die Stadt am See wurde nach ihm benannt. Sie heißt Tscholponata (Tscholpons Vater), heute beliebt bei Touristen aus ganz Zentralasien.

Kirgisistan fühlen

Weit umfangreicher als die *Odyssee* von Homer ist das kirgisische Manas-Epos. Seit tausend Jahren wird es durch mündliche Überlieferung bewahrt und weitergeformt. Es erzählt von den Taten des mythischen Helden Manas, der mit seinen Gefährten die Freiheit der Kirgisen im 10. Jahrhundert gegen das Volk der Uiguren bewahrte.

Warum die Außerirdischen gleich wieder wegfliegen würden

»Eine gute Ehe beginnt mit Tränen«, sagt ein kirgisisches Sprichwort. Bis zu 16 000 kirgisischen Mädchen pro Jahr passiert es: Der Kirgisische Brautraub – Ala katschuu – ist noch immer Tradition, um eine junge Frau der Wahl in die eigene Sippe zu entführen und sie noch am gleichen Tag zu verheiraten. Ob sie will oder nicht. In den härtesten Fällen wird sie geschlagen und vergewaltigt, damit die Ehre verloren ist, sie also niemand sonst noch nehmen würde. Ende 2011 gab die Regierung bekannt, diese Tradition zu bekämpfen.

Übrigens

Kirgistan, Kirgisistan oder Kirgisien. Was denn nun?

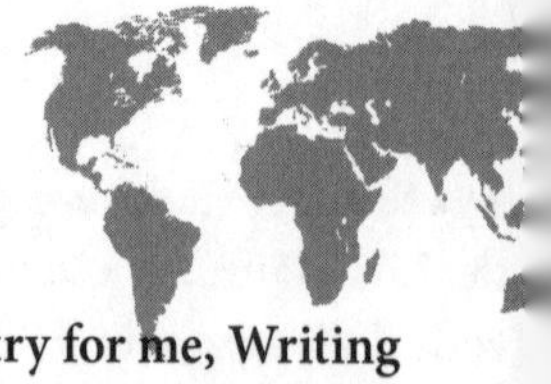

Kiribati

»I'd like to live in Kiribati, I feel it is the country for me, Writing poems for all the people, Underneath a coconut tree.« (»Ich würde gerne in Kiribati leben, ich habe das Gefühl, es ist mein Land, Gedichte schreiben für alle Leute, unter einem Kokosnussbaum.«)

Aus der Bewerbung des englischen Studenten Daniel Wilson als Landesdichter Kiribatis. Wilson bekam den Job für diese »simplen und berührenden Verse« (laut Antwortschreiben), brauchte aber vor Ort lange, um den Inselnamen aussprechen zu können. Das -ti ist gar keins, das spricht man wie ein S.

Name

Land und Sprache wurden nach dem britischen Kapitän Thomas Gilbert benannt. Problem: In »Gilbertesisch« lässt sich »Gilbert« nicht aussprechen, da es kein G und L gibt. Daher nahm man K und R, und aus Gilberts Islands wurde Kiribati.

Rekord

Tragischer Doppelrekord: Kiribati bläst die wenigsten Treibhausgase in die Luft (ein Millionstel des globalen Ausstoßes), wird aber zuerst daran kaputtgehen, denn nirgendwo steigt der Meeresspiegel bedrohlicher. Präsident Anote Tong sucht nach einer neuen Heimat für sein Volk, möchte ein Stück Land auf der 2000 Kilometer entfernten Fidschi-Insel Vanua Levu kaufen, auch künstliche Inseln sieht er als Möglichkeit: »Noch niemand hat uns Land angeboten. Wir nehmen, was wir kriegen können. Der frühere Präsident Sambias sagte mir einst: ›Wir haben genug Platz‹, und wir könnten zu ihnen ziehen. Aber der ist inzwischen gestorben.«

Das können die Kiribatier besser

Die Umgangsformen sind legerer. Männer spricht man mit »Mann« (»Nao«) und Frauen mit »Frau« (»Neiko«) an, und wenn man sich jemandes Haus nähert, ruft man es laut.

Danke für …

Schon die Nationalhymne steckt voll Südsee: »Liebt einander! Preist das Glück und die Einigkeit! Liebt einander!«

Nur hier

... beginnt jeder neue Tag. Denn östlicher geht es nicht. Damit das weit verstreute Kiribati nicht, wie früher, von der Datumsgrenze in Heute und Morgen zerschnitten wird, hat man dem Land 1995 einen Teil des Morgens geschenkt, eine »Landzunge«, die sozusagen über die Datumsgrenze in die Zukunft reicht.

Es war einmal

»Wir müssen in eurer Nähe sein, können euch aber nicht sehen. Treibstoff ist knapp ... Flughöhe 350 Meter«, soll die Fliegerlegende Amelia Earheart bei ihrer versuchten Weltumrundung 1937 von hier gefunkt haben und dann notgelandet sein. Was hat man seitdem nicht alles gefunden, was ihr gehören soll: Messer, Flaschen, zuletzt ein Döschen mit Creme gegen Sommersprossen. Das Flugzeug fand man noch nicht und Amelia selbst braucht man gar nicht mehr zu suchen, denn auf Nikumoro gibt es riesige Palmendiebkrebse, und die sind Allesfresser.

Kiribati fühlen

Es gibt zwar ein Stadion für 2500 Zuschauer. Da jedoch der Platz immer noch aus Sand ist, darf Kiribati nicht in die FIFA und hat auch noch nie ein Heimspiel ausgetragen. Mit dem Heimbonus wäre die Bilanz sicher besser als die bisherigen 0:30 Punkte und 4:123 Tore. Dabei ging's bislang immer nur gegen Fidschi, Vanuatu und Co.

Warum die Außerirdischen gleich wieder wegfliegen würden

Weil sie schon da waren? Der Schweizer Prä-Astronautiker (er glaubt an Besuche von Aliens in der frühen Menschheitsgeschichte) Erich von Däniken will auf Kiribati Fußspuren von Besuchern aus dem All gefunden haben, »von der Ferse bis zur Zehenspitze 1,37 Meter und mit 1,14 Meter in der Breite« – sechszehig.

Übrigens

Robert Louis Stevenson, Autor der Schatzinsel, und seine Frau Fanny lebten zwei Jahre hier. Fanny entwarf eine Landesflagge: ein schwarzer Hai mit Krone auf dem Kopf. Das fand hier niemand passend, und heute schwebt ein Fregattvogel auf der Fahne. Er verkörpert die Freiheit und ist bekannt dafür, anderen Tieren die Beute zu klauen.

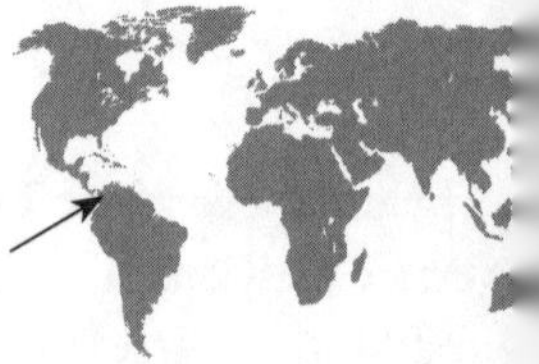

Kolumbien

»Hätte Gott am Sonntag nicht geruht, hätte er die Welt fertiggekriegt.«

Gabriel García Márquez (geb. 1927), kolumbianischer Literaturnobelpreisträger.

Name

Namenspatron Christoph Kolumbus hat Kolumbien nie zu Gesicht bekommen. Es war der spanische Entdecker Alonso de Ojeda, der 1499 als erster Europäer die Küste streifte. Mit dabei als Kartograf und Navigator hatte er den Mann, nach dem ein paar Jahre später der ganze Kontinent benannt wurde: Amerigo Vespucci.

Rekord

Sag es mit Nelke und Smaragd, hier gibt es genug davon. Die Kolumbier sind die größten Smaragd-Förderer der Welt. In guten Jahren fördern sie zehnmal mehr als der Rest der Welt. Führend sind sie auch bei Nelken – und bei Schnittblumen im Ganzen sind sie Zweite hinter den Niederländern. Orchideen? Davon haben sie 3500 Sorten. Da kommt keiner mehr mit.

Das können die Kolumbianer besser

… Versprechen halten: »Manchmal bin ich Gott. Wenn ich sage, dass ein Mann stirbt, stirbt er noch am selben Tag.« Und: »Ich ziehe das Grab einer Gefängniszelle in den USA vor.« Drogenkönig Pablo Escobar (zwischenzeitlich auf der Forbes-Liste der reichsten Menschen) schoss sich 1993 auf der Flucht selbst ins Ohr, wie er es seinen Brüdern immer angekündigt hatte.

Danke für …

Das Mädchen Shakira (arabisch für »die Dankbare«) wuchs im Küstenort Barranquilla in guten Verhältnissen auf. Mit vier schrieb sie Gedichte, mit sieben auf der eigenen Schreibmaschine. Als ihr Vater pleiteging, brach ihre Welt zusammen, doch Papa nahm sie mit zu den Waisenkindern Kolumbiens und zeigte ihr die Armut. Heute ist das

Mädchen ein Superstar des Pop. Und zusammen mit ihrem Vater engagiert sie sich weltweit in sozialen Projekten.

Nur hier

Der »Fluss der fünf Farben« oder der »Flüssige Regenbogen« wird er genannt: Algen färben das Wasser des Caño Cristales knallrot, -gelb und -blau. Tatsächlich gibt es weit mehr als fünf Farben in dem Fluss, der durch die Berge des zentralen Kolumbiens streicht.

Es war einmal

Kolumbien hatte um das Jahr 2000 einen 90-prozentigen Anteil am weltweiten Kokainhandel. Noch heute übersteigen die Einnahmen vermutlich die aller anderen Exporte. Große Kartelle wurden zerschlagen, doch kleinere Händler rückten nach. Aber vielleicht eines Tages … war es einmal.

Kolumbien fühlen

Die Cumbia-Musik hat von hier aus ganz Südamerika erobert. Vor Jahrhunderten von Sklaven aus Guinea mitgebracht und auf Flöten, Akkordeon und Maracas gespielt, gibt es sie heute in tausend Sorten, als Romanticcumbia, Technocumbia oder als spezielle Cumbia jedes einzelnen Landes. Hochburg ist die Stadt Barranquilla an der kolumbianischen Karibikküste. Kein Wunder, dass Shakira hier geboren wurde.

Warum die Außerirdischen gleich wieder wegfliegen würden

Der Schreckliche Blattsteiger oder auch Schrecklicher Pfeilgiftfrosch (*Phyllobates terribilis*) ist ein kleiner bunter Frosch. Er wird nur etwa fünf Zentimeter groß. Doch mit dem Gift, das er mit seinen Drüsen produziert, schafft er es, zehn Menschen hopsgehen zu lassen.

Übrigens

Vor der Küste im Atlantik liegt die am dichtesten besiedelte Insel der Welt: Santa Cruz del Islote: Auf 1,2 Hektar, also einem großen Fußballfeld, gibt es 1200 Menschen, jeder hat einen Quadratmeter. Der Dorfplatz ist so groß wie ein halbes Tennisfeld. Dabei sind größere benachbarte Inseln teils menschenleer. Hier begraben sie ihre Toten und spielen Fußball.

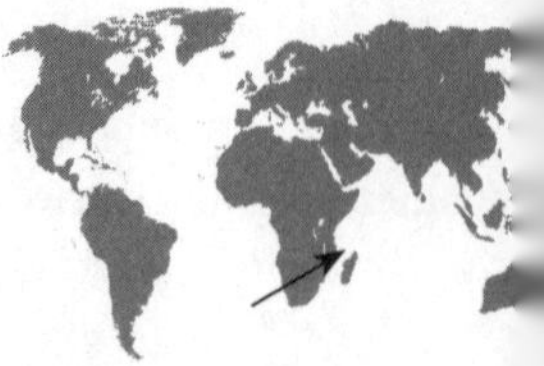

Komoren

»Ich habe ihn gewählt, weil er als Einziger das fortsetzen wird, was ich begann. Er ist ein Patriot, ein aufrichtiger Mann und frei von Korruption.«

Ahmed Abdallah Mohamed Sambi zur Wahl seines Nachfolgers Ikililou Dhoinine, seit 2011 Präsident der Komoren. Sambi war der erste Präsident, der durch Wahlen friedlich an die Macht kam. Wegen seines Turbans und seiner Ausbildung zum islamischen Geistlichen wurde er der »Ayatollah der Komoren« genannt. Doch eine islamische Republik war mit ihm nicht zu machen, und keine Frau wurde gezwungen, Kopftuch oder Schleier zu tragen.

Name

Aus dem Arabischen frei übersetzt heißt die islamische Bundesrepublik »Inseln des Mondes«.

Rekord

»Das Gold der Komoren« ist die Vanille. Nach Madagaskar zweitgrößter Exporteur.

Das können die Komorer besser

Die Essenz aus den Blüten des Ylang-Ylang-Baums ist heiß begehrt und wird als Grundstoff für Parfüm verwendet, bevorzugt in Frankreich. Das gleichnamige ätherische Öl, dem man eine erotisierende und harmonisierende Wirkung nachsagt, wird gerne in der Aromatherapie eingesetzt. Die Komoren sind der größte Produzent von Ylang-Ylang-Öl weltweit. Ahmed Abdallah Mohamed Sambi, der ehemalige Präsident, besitzt eine Fabrik.

Danke für …

… die Anjouan-Zwergohreule. Besichtigt werden konnte sie bisher nur ausgestopft in einigen Museen. Sie galt als ausgestorben. In einem kleinen Waldgebiet auf Anjouan wurde sie wieder gesichtet. Ihr Fortbestand ist nicht gesichert, da der Waldbestand durch die Ausweitung der Landwirtschaft und Rodung in Gefahr ist. Es gab Überlegungen, sie auf der Insel Mohéli anzusiedeln, dort käme sie allerdings der Mohéli-Zwergohreule in die Quere.

Nur hier

Lebendig wie nie: der Quastenflosser. Als Opfer der Kreidezeit vor 65 Millionen Jahren hatte man ihn von der Liste gestrichen. Damals gehörte er zu den vierfüßigen Wirbeltieren. Als im letzten Jahrhundert sein blauer Verwandter, der Komoren-Quastenflosser, ins Netz ging, war die Sensation perfekt. Er gilt als lebendes Fossil. Beeindruckend ist, dass sich seine Statur in Jahrmillionen kaum verändert hat. Die kapitalen Maße liegen bei 1,50 Meter Länge und ca. 50 Kilogramm Gewicht. Die Weibchen geben ihrem Nachwuchs fast ein Jahr Zeit und bringen ihn voll entwickelt zur Welt, also ohne Laichen.

Es war einmal

Als 1974 auf allen Komoreninseln über die Unabhängigkeit von Frankreich abgestimmt wurde, wollte sich nur die Inselgruppe Mayotte nicht aus der Umarmung Frankreichs lösen. Seit 2011 ist sie, anders als der Rest der Komoren, das 101. Département Frankreichs und damit Mitglied der EU.

Die Komoren fühlen

Die meisten jungen Komorer studieren im Ausland, vor allem in Madagaskar. Nur wenige von ihnen kehren zurück.

Warum die Außerirdischen gleich wieder wegfliegen würden

Kwassa-Kwassa heißen die Boote, die jeden Tag Flüchtlinge von den Komoren nach Mayotte bringen. Im Jahr sind es etwa 90 000. Sie hoffen auf ein besseres Leben frei von Armut und auf kostenlose medizinische Behandlung, Kindergeld und Mindestlohn.

Übrigens

Wenn die Kinder größer werden und der Wohnraum zu klein, bauen die Menschen auf Anjouan einfach Hütten auf die Flachdächer ihrer Häuser.

Kongo – Demokratische Republik

»Ali bomaye!«

»Ali, töte ihn!«, riefen die Fans schon Monate vor dem Boxkampf von Muhammad Ali gegen George Foreman 1974 in Kinshasa. Im Kampf selbst galt Weltmeister Foreman als Favorit. Doch mit Taktik und Psychologie schickte Ali seinen entnervten Gegner in der 8. Runde auf die Bretter und gewann den »Rumble in the Jungle«.

Name

Nach dem Kongo, dem tiefsten Fluss der Welt, ist auch das Land benannt. An einer Stelle erreicht man erst nach 220 Metern den Grund.

Rekord

Mobutu Sese Seko, von 1965 bis 1997 Präsident des Landes, war der eifrigste Ausbeuter Afrikas: Fünf Milliarden US-Dollar hat er seinem Volk geklaut. Dieses ist heute eines der ärmsten der Welt und liegt im »UN Human Development Index« auf dem letzten Platz. Die unfassbaren Reichtümer des Landes (Diamanten, Gold, Kupfer, Turmalin und Coltan) finanzierten in den letzten Jahrzehnten vor allem den Bürgerkrieg und die Nachbarn Ruanda, Uganda und Burundi, die sich reichlich bedienten.

Das können die Kongolesen besser

Was man im deutschen Fußballstadion den »Sechser« nennt, den defensiven Mittelfeldspieler, das heißt woanders »den Makelele machen« (»Lärm« auf Lingala, der Nationalsprache des Kongo). Claude Makeleles Vater spielte noch für den Kongo, er selbst entschied sich, für Frankreich zu spielen. Als man ihn bei Real Madrid für David Beckham verkaufte, beschwerte sich Kollege Zinédine Zidane: »Warum noch eine Schicht Gold auf den Bentley legen, wenn du dafür die ganze Maschine verlierst?«

Danke für …

… eine Handvoll musikalischer Perlen. Das Kinshasa Symphonieorchester ist weltweit einzigartig. Zweihundert Musikerinnen und Musiker, überwiegend Autodidakten, singen und spielen: Beethoven, Orff, Dvořák, Händel, Ravel. Ihre Instrumente bauen sie selbst, Ersatzteile kommen vom Schrottplatz. Die Garderobe schneidern die Damen. Geprobt wird nach der Arbeit bis in die Nacht.

Nur hier

An den Bonobo-Affen, den friedlichsten ihrer Art, sollten wir uns ein Beispiel nehmen. Sie nutzen das Liebesspiel zur Begrüßung, zur Konfliktvermeidung, als Tauschwert für Nahrung: Missionarsstellung (ungewöhnlich für Affen), gegenseitige Befriedigung, Oralsex, Zungenküsse und Penis-Fechten beim Am-Baum-Hängen.

Es war einmal

Wie gedenkt man dem Bösen? Die Statue des belgischen Königs Leopold II. in Kinshasa (einst Léopoldville) wurde 1928 errichtet, 1967 entfernt, 2005 wieder aufgebaut und gleich wieder abgerissen. Leopold gehörte einst der Kongo, und zwar als Privatbesitz. Der junge König ließ das Land ab 1880 »zivilisieren« und brachte dabei geschätzt die Hälfte seiner Einwohner um. Besser: Privatfirmen taten das für ihn.

Kongo fühlen

Im Kongo-Becken gibt es die meisten Gewitter weltweit. In einem Dorf im Osten schlägt pro Jahr und Quadratkilometer 158-mal der Blitz ein – in Deutschland sind es zwischen ein- und zehnmal. In der Provinz Kasai wurde die komplette Fußballmannschaft der Bena Tshadi durch einen Blitz auf dem Platz getötet. Die Spieler des gegnerischen Teams Basanga überlebten relativ unverletzt. Für Vodoo-Experten Hexerei, für Fußball-Profis nur die falschen Stollen.

Warum die Außerirdischen gleich wieder wegfliegen würden

»Der Vater liebt das Kind nur, solange die Mutter bei ihm bleibt.« Kongolesisches Sprichwort.

Übrigens

Aus dem Kongo kommt, laut BBC, das »am schwersten zu übersetzende Wort«, gewählt von 1000 Linguisten. In der Bantu-Sprache Tschiluba heißt »Ilunga« so viel wie »Jemand, der bereit ist, Missbrauch beim ersten Mal zu verzeihen, es beim zweiten Mal zu tolerieren, beim dritten Mal aber niemals«.

Kongo – Republik

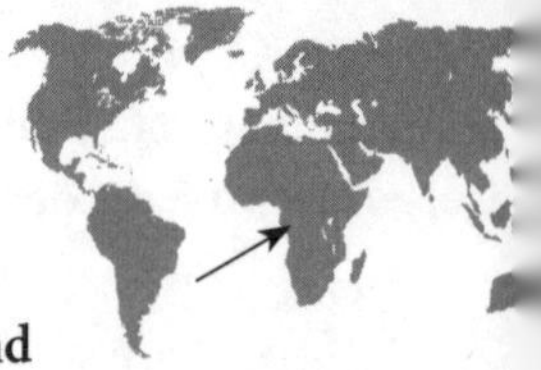

»Ich liebe, wie sie sich kleiden. Wie gepflegt und sauber sie sind. Eigentlich die ganze Art, wie sie sich verhalten.«

Eine Frau in Brazzaville über die Sapeurs (siehe Nur hier*)*

Name

Der italienisch-französische Entdecker Pierre Savorgnan de Brazza (1852–1905) gehört zu den Ausnahmen seiner Zunft. Die Länder, die er für Frankreich erwarb (wie die heutige Republik Kongo), holte er sich nicht mit Gewalt, sondern mit Verhandlungen und Verträgen. Als er 1875 einen Sklavenmarkt sah, war er so schockiert, dass er alle Sklaven kaufte und sie freiließ. Nach dem »Vater der Sklaven« wurde die Hauptstadt genannt: Brazzaville.

Rekord

Das höchste Gebäude Zentralafrikas ist der »Tour Nabemba«: 106 Meter hoch, 30 Stockwerke. Gebaut 1990, um zu beeindrucken: Direkt am Grenzfluss Kongo will der nördliche Kongo zeigen, dass Brazzaville die tollere Hauptstadt ist als Kinshasa, die Hauptstadt des anderen Kongo, der Demokratischen Republik. Darüber hinaus weiß man nicht so recht, welchen Zweck das Gebäude noch erfüllt. Als jedoch der Bürgerkrieg 1997 die Stadt durchlöcherte, war das nationale Phallussymbol das erste Haus, das man wieder flickte, für 7,5 Millionen Euro.

Das können die Kongolesen besser

Holz ist nach Erdöl das zweitwichtigste Exportprodukt. Das Forstwirtschaftsministerium hat erlassen, dass jede abgeholzte Fläche wieder aufgeforstet werden muss.

Danke für …

Der französische Maler Pierre Lods lebte und arbeitete Mitte des 20. Jahrhunderts in Brazzaville. Er hatte drei einheimische Männer als Hauspersonal eingestellt. Wenn er außer Haus ging, schlichen sie sich in sein Atelier und malten selbst. Eines Tages ertappte er sie, ließ sich ihre Bilder zeigen und war begeistert. Lods ermunterte sie, mehr zu malen, und sie begannen, ihre Bilder zu verkaufen. 1951 wurde daraus die Malschule Poto-Poto. Sie ist heute über Afrika hinaus bekannt.

Nur hier

Knallgelbe oder pinkfarbene Anzüge, elegante Schuhe aus Leder, rote Melonen, Zigarre im Mund, Posen. Die Sapeurs von Brazzaville (»bien sapé« = schick gekleidet) sind keine Männer mit Geld. Wie fast alle anderen hier leben sie in Armut. Doch sie trotzen ihr und sind zu einer Bewegung mit einer Botschaft geworden: Solange man sich zum Herr seines eigenen Stils und Auftretens macht, hat man auch das Leben in der Hand.

Es war einmal

Brazzaville war im Zweiten Weltkrieg die nominelle Hauptstadt des Freien Frankreich unter General de Gaulle, dessen Truppen nach der Niederlage gegen Deutschland im Juni 1940 weiterkämpften.

Kongo fühlen

In der Weite des Landes eine riesige Metropole: Im Jahr 2025 wird Brazzaville-Kinshasa, die Zwillingsstadt aus den Hauptstädten beider Kongos, die größte Stadt Afrikas sein. Dennoch gibt es keine Brücke, die sie verbindet, nur ein paar Fähren täglich. Zwischen West- und Ost-Berlin war 1988 der Passagierverkehr viermal so hoch.

Warum die Außerirdischen gleich wieder wegfliegen würden

Mit seinen Töchtern hält es Präsident Denis Sassou Nguesso wie unsere Könige früher: Sandrine hat er mit Präsident Joseph Kabila der Demokratischen Republik Kongo verheiratet und Edith mit Präsident Omar Bongo aus Gabun. Damit wurde er auch automatisch Onkel dreier gabunesischer Außenminister. Unter anderem.

Übrigens

Den Stil der Sapeurs hatte auch schon Pierre de Brazza. Für seine Kongoreise 1875 ließ er sich von dem großen Koffermacher Louis Vuitton eine ganz spezielle kleine Truhe anfertigen. Wenn man sie öffnete, konnte man ein Bett mit Matratze aufklappen. Solche »Malle Brazza« (Brazza-Überseekoffer) sind heute begehrte Sammlerstücke.

Kroatien

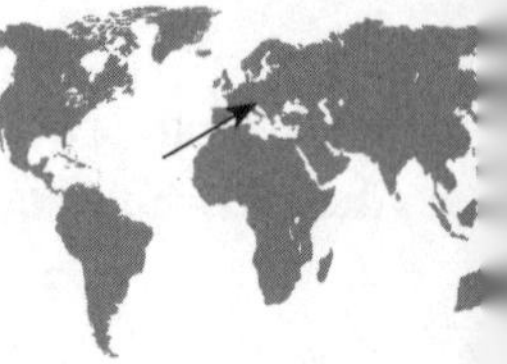

»Der schönste Sonnenuntergang der Welt, schöner noch als der in Key West, Florida!«

Alfred Hitchcock 1964, in einem Brief aus Zimmer 204 des Hotel Zagreb in Zadar an der Adriaküste.

Name

Der mit Abstand häufigste Familienname ist Horvat. Das ist so, als würden alle Deutschen Deutschmann heißen. Und als ob das nicht reichte: Die Horvats sind in Slowenien auf Platz 2, in Ungarn auf 5.

Rekord

Fühlt sich an wie ein Dorf, ist aber eine Stadt: Hum hatte bei der letzten Volkszählung 17 Einwohner und darf sich daher – da kommunalrechtlich weitestgehend unabhängig – »kleinste Stadt« der Welt nennen.

Das können die Kroaten besser

Sie haben nicht die besten, aber die ungewöhnlichsten Tennisspieler: Ivo Karlović ist mit 2,08 Meter der größte Spieler der Tenniswelt und hat mit 251 Stundenkilometern einen der schnellsten Aufschläge der Geschichte. Sein pensionierter Kollege Goran Ivanišević ist der Einzige, der je ein Grand-Slam-Turnier gewann, ohne sich qualifiziert zu haben: in Wimbledon 2001 als Nummer 125 der Weltrangliste, weil er netterweise eine Wildcard geschenkt bekam. Kroatien feierte mit 150 000 Fans, einer Bootsparade im Hafen und einem Striptease des Cracks selbst.

Danke für …

… die Winnetou-Filme, die hauptsächlich hier gedreht wurden. Inzwischen kann man die Orte auch wieder besuchen, wo Winnetou in den Armen Old Shatterhands starb, auch die Stelle, an der er den alten Klekhi-petra traf; sie alle sind von der kroatischen Regierung freigeräumt worden, aber dort, wo Sam Hawkins an den Baum gefesselt war, dürften eventuell noch ein paar Minen aus dem Krieg gegen die Serben liegen.

Nur hier

Besonders kreativ oder nur zu faul zum Schneiden: Die Kroaten richten in der Hauptstadt Zagreb jährlich das »One Take Film Festival« aus, mit Filmen, die in nur einer Kameraeinstellung gedreht wurden.

Es war einmal

Die erste Schlacht des Jugoslawien-Krieges fand 1990 im Fußball-Stadion statt: In Zagreb beim Spiel »Dinamo Zagreb« gegen das serbische »Roter Stern Belgrad«. Kurz zuvor hatte Kroatien die ersten freien Wahlen abgehalten und de facto die Unabhängigkeit beschlossen. Kroatische und serbische »Fans« zerlegten sich gegenseitig und über 60 wurden schwer verwundet. Eineinhalb Jahre machten sie auf den echten Schlachtfeldern weiter: Und Arkan, Anführer der serbischen Hooligans, wurde zum schlimmsten Warlord des Krieges.

Kroatien fühlen

… ist fast wie Deutschland fühlen: Denn in Kroatien isst man sein »fruštuk« mit »beštek«, dann ist die »štimung« schon mal gut. Danach zieht man seinen »bademantil« und die »pantofne« aus, geht ins »vece« ans »vaśpek«, macht »šminka« aufs Gesicht, holt die »štrinfle« aus der »vešmašina« und zieht den »brushalteri« an, auch den »mantil« mit dem »rajferšlus«. Dann nix wie raus, »anlaser« an, »kuplung« kommen lassen und »rikverc« aus der Einfahrt, während es aus dem »auspuh« qualmt – immer schön durch die hintere »šajbne« gucken. Ab zur Arbeit, ob als »pekar«, »šuster« oder »moler«. Hauptsache, sie haben die »vaservaga« und das »šmirgl papir« nicht vergessen.

Warum die Außerirdischen gleich wieder wegfliegen würden

Die »Nakurnjak« sind die traditionellen wollenen Peniswärmer aus den Mrkopalj-Bergen. Fast alle Männer bestellen XXL, auch wenn M meist reicht. Schon früher sollten die Futterale die Spermien auf den kalten Ritten durch die verschneiten Berge warm halten. Komisch, den Arabern rät man, die Hoden zu kühlen.

Übrigens

Das Weiße Haus in Washington ist weiß, weil die Kroaten so schönen Kalkstein hatten, den sie den Amerikanern schickten.

Kuba

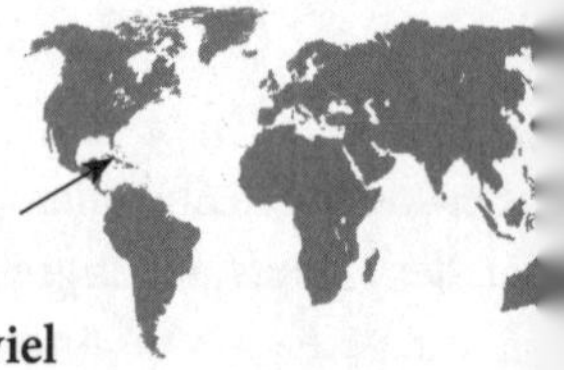

»Mein guter Freund Roosvelt, ich weiß nicht viel Englisch, aber ich weiß so viel ich Dir schreibe. Ich höre gerne das Radio, und ich bin sehr glücklich, weil ich darin hörte, dass Du Präsident für eine weitere Periodo sein wirst. Ich bin zwölf Jahre alt … Wenn Du magst, gib mir eine grüne Zehn-Dollar-Note amerikanisch in dem Brief, weil ich habe noch keine grüne Zehn-Dollar-Note amerikanisch gesehen und ich würde gerne eine haben.

Meine Anschrift:

Sr Fidel Castro, Colegio de Dolores, Santiago de Cuba, Oriente Cuba«.

Name

Wenn das die hübsche Bäuerin aus Guantanamo wüsste: Ihr Lied, das von der Guantanamera, kennen die Deutschen als »Ein Rudi Völler«!

Rekord

Fast sieben Ärzte pro 1000 Einwohner – das gäbe Gedränge in jedem deutschen Dorf. Kein Land hat so viele Mediziner pro Kopf wie die Kubaner, und die kosten auch nichts, denn Gesundheit ist hier gratis, Geschlechtsumwandlungen für Transsexuelle inklusive.

Das können die Kubaner besser

Kuba ist organisch! Das Land hat seine Landwirtschaft nach dem Untergang der UdSSR komplett umstellen müssen, als plötzlich Dünger, Pestizide, Treibstoff und Essen fehlten. Die Lösung: Überall Gärten bauen. Acht Prozent des Landes bestehen heute aus diesen »Organiponicos«. Hier wird Fruchtwechsel betrieben, kompostiert und werden Böden konserviert. Kuba exportiert sogar Würmer.

Danke für …

… die Telenovela. Schon bevor es das Radio gab, hat man den Frauen in den Fabriken Fortsetzungsromane vorgelesen. Mit den ersten Radionovelas brachten dann amerikanische Seifenunternehmen, so wie in den USA mit den Soap-Operas, ihre Produkte auch in Kuba an die Hausfrau. Die Telenovelas eroberten dann von hier aus Mittel- und Südamerika.

Nur hier

… stoßen US-Amerikaner an die Grenzen ihrer Freiheit: Wegen des US-Embargos dürfen sie in Kuba keinen Strandurlaub machen. Immerhin: Unter den Präsidenten Clinton und Obama wurden »People-to-People«-Besuche erlaubt, Reisen, auf denen man Kubaner besucht. Danach fährt man dann eben zum Baden.

Es war einmal

Fidel Castro erklärte es 2009: »Die Geschichte mit den Bärten ist sehr einfach: Die entstand aus den schwierigen Bedingungen, unter denen wir als Guerillas lebten. Wir hatten keine Rasierklingen … jeder ließ sich einfach einen Bart wachsen und machte daraus eine Art Erkennungsmarke. Für die Bauern, für die Presse, für die Reporter waren wir ›los barbudos‹ – die Bärtigen. Es hatte seine guten Seiten: Um uns ausspionieren zu können, musste sich ein Spion Monate vorbereiten und sich sechs Monate einen Bart stehen lassen. Später, nach der erfolgreichen Revolution, behielten wir die Bärte als Symbole.«

Kuba fühlen

Ronald Reagans Lieblingswitz: »Castro hielt eine Rede und ließ sich wieder mal viel Zeit. Jemand aus der Menge rief: ›Popcorn! Erdnüsse! Süßigkeiten!‹ Castro redete weiter und erneut rief jemand: ›Popcorn! Erdnüsse! Süßigkeiten!‹ Als das das vierte Mal passierte, unterbrach Castro seine Rede und drohte: ›Beim nächsten Mal finde ich raus, wer das war, und trete ihn bis nach Miami!‹ Da rief die ganze Menge: ›Popcorn! Erdnüsse! Süßigkeiten!‹«

Warum die Außerirdischen gleich wieder wegfliegen würden

Das Töten einer Kuh wird mit bis zu zehn Jahren Gefängnis bestraft. Ein Wirt, der unerlaubt Rindfleisch anbietet, kriegt bis zu acht Jahre.

Übrigens

Die USA sollen nach kubanischen Angaben über 600 Attentate gegen Castro geplant oder versucht haben. Einige Mittel, um ihn kaltzustellen: Giftpille, vergifteter Tauchanzug, vergifteter Kugelschreiber, vergifteter Milchshake, vergiftete Zigarre, explodierende Zigarre, explodierende Muschel, Haarentferner, Taschentuch mit tödlichen Bakterien, LSD.

Kuwait

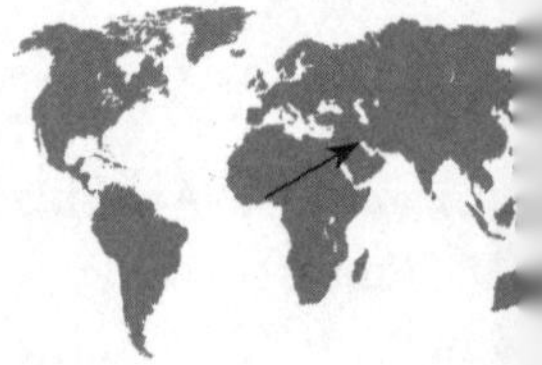

»Es ist eine Ehre und ein Privileg für die Al-Hasawi-Familie, die Kontrolle über diesen großartigen Club zu übernehmen.«

Die kuwaitische Familie Al-Hasawi nach dem Kauf des englischen Traditions-Fußballclubs Nottingham Forest im Juli 2012.

Name

Die Vorfahren der Kuwaiter ließen das entbehrungsreiche Leben in der Wüste hinter sich und zogen Richtung Küste. Vor den nachfolgenden Nomadenstämmen schützten sie sich durch den Bau einer Festung. Al-Kuwait bedeutet das »kleine Fort«.

Rekord

Der Golfpokal ist ein Fußballturnier, das seit 1970 von den Nationalmannschaften der sechs Länder des Golf-Kooperationsrats ausgespielt wird. Kuwait ist mit zehn Siegen Rekordgewinner.

Das können die Kuwaiter besser

Kuwait war das erste Land der Golfregion mit einem gewählten Parlament. 2005 wurde auch das Wahlrecht für Frauen eingeführt. Vier Jahre lang saßen vier weibliche promovierte Abgeordnete im Parlament. Nach den Wahlen von 2012 verloren sie ihr Mandat, und von 23 neuen Bewerberinnen wurde nicht eine gewählt.

Danke für …

Für jeden Kuwaiter gab es 2011 vom Emir ein Geschenk: 2670 Euro und 13 Monate Grundnahrungsmittel kostenlos. In den Genuss der Gaben kamen allerdings nur die 1,2 Millionen gebürtigen Kuwaiter. Rund zwei Millionen ausländische Arbeitskräfte gingen leer aus.

Nur hier

… nahm man Borat ernst. Bei einem Sportturnier in Kuwait spielte man 2012 bei der Siegerehrung für eine kasachische Schützin irrtümlich eine Parodie-Hymne Kasachstans aus dem Film *Borat*, in der das

Land verulkt wird. Die Kuwaiter hatten die falsche Hymne aus dem Internet heruntergeladen. PS: Auch für Serbien wurde eine falsche Hymne gespielt.

Es war einmal

Fußballweltmeisterschaft 1982 in Spanien. Vorrunde. Frankreich führt 3:1 gegen Kuwait. Ein Pfiff aus den Zuschauerrängen. Die kuwaitische Mannschaft interpretiert ihn falsch, spielt nicht weiter und: Tor. Der Franzose Giresse schießt in der 80. Minute das 4:1. Doch was ist das? Mit wehender Ghutra stürmt Scheich Fahid Al-Ahmad auf den Platz. Er verlangt die Annullierung des Tors, ansonsten würde seine Mannschaft den Platz verlassen. Schiedsrichter Miroslaw Stupar gibt nach und setzt das Spiel auf 3:1 zurück. Die Strafe folgte auf dem Fuße. Stupar wurde suspendiert, und der kuwaitische Fußballverband war mit 11 000 Dollar dabei. Kurz vor Schluss schossen die Franzosen übrigens ein reguläres 4:1.

Kuwait fühlen

Die Herrscherfamilie Al-Sabah regiert seit über 250 Jahren das Land.

Warum die Außerirdischen gleich wieder wegfliegen würden

Hitze, mangelnde Bewegung, Fast Food. Über 74 Prozent der Kuwaiter sind übergewichtig, sagt die Weltgesundheitsorganisation. Auch die Jüngsten sind gut dabei: Die hiesige Einstellung »dicke Kinder sind gesunde Kinder« kehrte sich ins Gegenteil. Inzwischen ist der Typ-2-Diabetes, bekannt als Altersdiabetes, bei Achtjährigen und aufwärts stark verbreitet. Immerhin gibt es bereits ein Fitness-Studio für Kinder.

Übrigens

Über 700 zerstörte Ölquellen während des Golfkriegs 1991: Jeden Tag verbrannten bis zu drei Millionen Barrel Rohöl. Der Rauch machte den Tag zur Nacht und verbreitete krebserregende und das Erbgut schädigende Stoffe.

Laos

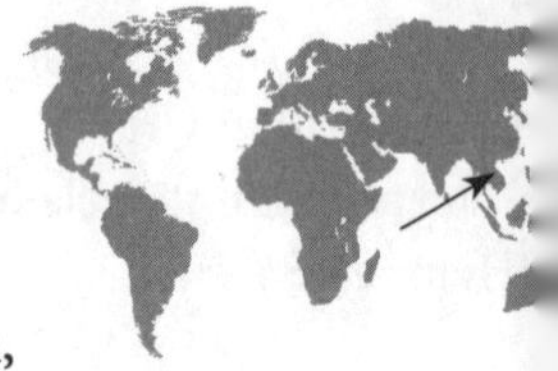

»Von Bar zu Bar und überall einen wegkippen, umsonst saufen … einfach Wahnsinn.«

Steven, Tourist aus den Niederlanden, in Vang Vieng. Das Dorf im tiefsten Laos ist zu einem Mekka der globalen Rucksacktouristen geworden. 170 000 vergnügen sich jährlich hier im und am Fluss Nam Song. In ihm haben die laotischen Familien einst gewaschen und geangelt. Heute meiden sie ihn.

Name

»Millionen Elefanten« (»Lan Xang«) hieß das Land vom 14. bis zum 18. Jahrhundert. Heute nur mehr »Land der Lao«, denn es gibt nur noch 1500 Dickhäuter.

Rekord

Das am stärksten bombardierte Land der Welt! Eine Viertelmilliarde Streubomben warf Richard Nixons Luftwaffe auf das im Vietnamkrieg neutrale Laos und seine Bauern. Das Land war US-Testgebiet für die »Bomben in den Bomben«. Die vielen kleinen »Bombies« töteten oder verstümmelten erst beim späteren Kontakt. Noch heute gibt es 300 Opfer jährlich, und noch immer sind 70 Millionen Sprengkörper übrig. Die USA helfen mit jährlich drei Millionen Dollar bei der Suche. Als sie sie damals fallen ließen, gaben sie zwei Millionen Dollar pro Tag aus.

Das können die Laoten besser

Die laotischen Bauern verkaufen das Altmetall der Bomben an Händler aus China und Vietnam. Fünf Kilogramm für einen US-Dollar.

Danke für …

Die Verfassung verbietet es, Schwangere hinzurichten. Die Britin Samantha Orobator entging 2009 dem Tod, nachdem ihr ein männlicher Insasse im Hauptstadt-Gefängnis Phontong mit etwas Samen ausgeholfen hatte. Die 20-Jährige, die kurz zuvor am Flughafen mit 680 Gramm Heroin erwischt wurde, konnte ihre Gefängnisstrafe sogar in London absitzen und ist heute frei. Mit einer kleinen Tochter.

Nur hier

… gibt es kein Urheberrecht.

Es war einmal

Was machten die Laoten so in der Spätantike? Sie schlugen Tausende riesiger Steinkrüge aus den Felsen und stellten sie in die grünen Hügel der heutigen Provinz Xiangkhouang, ein Krug bis zu drei Meter hoch und breit und sechs Tonnen schwer. Woanders wären die 1000 Quadratkilometer längst Weltwunder, aber in Laos? Man denkt leise darüber nach, die Krüge als erstes laotisches UNESCO-Welterbe anzumelden. Zum Vergleich: Deutschland hat 37 davon, etwa die Kirche im bayerischen Pfaffenwinkel.

Laos fühlen

Im Songthaew-Taxi (»zwei Bänke«) – ein überdachter Pick-up-Truck mit zwei Bänken auf der Ladefläche – lernt man Laos kennen. Es fährt los, wenn es voll ist (bis zu 40 Passagiere auf acht Quadratmetern). Lange Fahrten steigern das Erlebnis: Die Reisenden teilen sich die Enge, das Essen, Hühner auf dem Schoß, einnickend. Wenn die Kinder kotzen, jubeln alle.

Warum die Außerirdischen gleich wieder wegfliegen würden

Sie ist so groß wie eine Langspielplatte, die Laotische Riesenkrabbenspinne »Heteropoda maxima«. 30 Zentimeter Spannweite sind Weltrekord. Ihre kleine Schwester »Sinopoda scurion« ist nur handtellergroß, hat dafür aber keine Augen. Die Höhlen von Nordlaos sind das Paradies für große, blinde Jägerspinnen.

Übrigens

Das Volk der Hmong wurde in den 60er-Jahren von der CIA rekrutiert, um den Kommunismus in Laos zu verhindern und in Vietnam zu bekämpfen. Als nach dem verlorenen Vietnamkrieg auch Laos rot wurde, verabschiedete sich die CIA. Die Hmong verstecken sich immer noch im Dschungel von Laos.

Lesotho

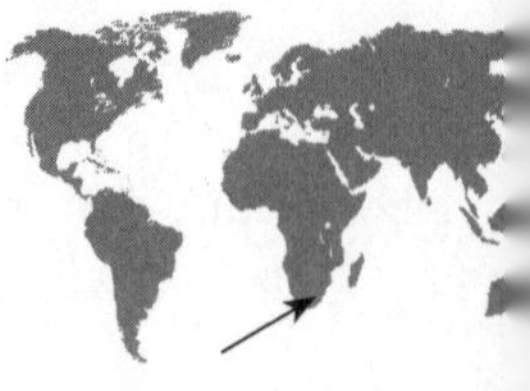

**»Güte, Liebe, Mitgefühl, Sanftheit
sind keine Dinge für Weichlinge.
Sie sind Dinge, nach denen die Welt sich letztlich sehnt.«**

… sagt Desmond Tutu, von 1976 bis 1978 Bischof von Lesotho. Für seinen Einsatz gegen die Apartheid wurde er 1984 mit dem Friedensnobelpreis ausgezeichnet.

Name

Land der »Sotho« sprechenden Menschen.

Rekord

Das »Königreich des Himmels« beginnt in 1400 Meter Höhe. Weltrekord!

Das können die Lesother besser

Das parlamentarische Königreich mit König Letsie III. hat eine »Vision 2020«. Die weibliche Bevölkerung soll durch ihre Hochschulbildung deutlich bessere Aufstiegschancen in der Wirtschaft genießen als die Männer. Noch wird eine Jungfrau gegen 20 Kühe eingetauscht. Für die Reform bleiben noch acht Jahre.

Danke für …

Der größte Diamantenfund des Jahrzehnts mit 603 Karat: Ein Edelstein größer als ein Golfball und mit einem Wert von 50 Millionen Dollar erblickte 2006 in der Diamantmine von Letseng das Licht der Welt. Sein Name: Lesotho Promise. Nomen est omen? Die Regierung Lesothos ist mit 30 Prozent an der Mine beteiligt.

Nur hier

Eine Decke als Statussymbol: Im 19. Jahrhundert erwarb Häuptling Moshoeshoe I. von europäischen Händlern eine nicht nur schmückende, sondern auch zweckmäßige Decke. Die »Kobo« verdrängte das Tierfell zum Schutz gegen Hitze und Kälte. Die Lesother tragen sie heute bei jeder Gelegenheit von der Beschneidung bis zur Hochzeit und darüber hinaus.

Es war einmal

Vor rund 200 Millionen Jahren fraß sich der ein Meter lange »Lesothosaurus« durchs saftige Grün, damals noch auf Meereshöhe.

Lesotho fühlen

Ohne Gummistiefel geht gar nichts. Man trägt sie Tag und Nacht, im Winter und im Sommer, beim Fußballspielen, Reiten und bei der Arbeit auf dem Feld. Die Legende sagt, die Liebe der Lesothoer für Stiefel sei ein Relikt aus der Zeit, als Händler sie gegen Felle und Wolle eintauschten.

Warum die Außerirdischen gleich wieder wegfliegen würden

Die halsbrecherische Streckenführung des Hardcore-Offroad-Rennens der Rallye »Roof of Africa« für Enduro- und Geländewagenfahrer entspricht dem erklärten Wunsch der Veranstalter: Möglichst kein Teilnehmer soll das Ziel erreichen.

Übrigens

… treibt es keinem Vater vor Rührung die Tränen in die Augen, wenn der Nachwuchs »Papa« sagt. Gemeint ist damit ein Brei aus Maismehl.

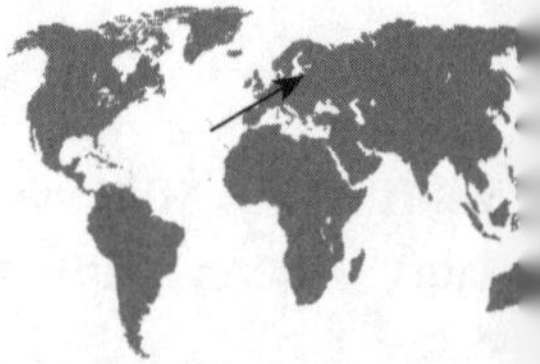

Lettland

»Jetzt wird die Welt Riga kennenlernen!«

George Burtch, Vize-Chef des US-Spieleherstellers Hasbro. Riga ist das zweitteuerste »Grundstück« in der »World Edition« von Monopoly. Das kanadische Montreal ist dort, wo Deutsche die »Schlossallee« kennen, und Riga ist die »Parkstraße«. Weltweit hatten fünf Millionen Monopoly-Fans abgestimmt.

Name

Letten tragen Namen von Bäumen. Der häufigste Nachname ist Bērziņš, »der bei den Birken lebt«. Logisch, denn die Birke ist der häufigste lettische Laubbaum. In den Top Ten der Nachnamen sind auch noch die Eiche, die Linde, die Tanne sowie der Busch und der Ast.

Rekord

Lettland ist das grünste Land der Welt, erforschte die amerikanische Yale University. Im Trend liegen die Letten sogar ganz vorne. »Klingt großartig und ist gleichzeitig kaum zu glauben«, reagierte Umweltminister Edmunds Sprūdžs.

Das können die Letten besser

Elvīra und Jānis waren verheiratet und hatten eine kleine Wohnung in Riga. In ihrer Freizeit nahmen sie sich einen langen Speer aus Holz und warfen ihn, so weit es ging. Elvīra Ozoliņa kam auf 59,55 Meter und Jānis Lūsis auf ganze 93,80 Meter. Weltrekord. Beide wurden für Lettland Olympiasieger, sie 1964, er 1968.

Danke für …

Schwarzer Balsam aus Riga, 45 Prozent Alkohol, schlägt jede Erkältung. Auch wenn man keine hat.

Nur hier

An jedem Jungsnamen hängt noch ein »s« dran: Roberts, Markuss, Gustavs, Maksims, Artjoms, Daniels, Aleksandrs, Emils, Ralfs und Arturs sind die zehn beliebtesten Jungsnamen. Das »s« unterscheidet im artikellosen Lettisch Jungen von Mädchen. Doch wer hätte schon gedacht, dass Gustav ein Mädchen ist?

Es war einmal

Valerian Ivanovich Abakovsky baute eine Mischung aus Eisenbahn und Flugzeug. Er wollte damit die Welt verändern, zumindest der kommunistischen einen kleinen Vorsprung verschaffen. Sein »Aerowagon«, ein Zug mit Propellern, wurde von ihm und fünf anderen kommunistischen Pionieren 1921 auf einer 200 Kilometer langen Strecke zwischen Moskau und Tula getestet. Die Hinfahrt verlief prima, auf der Rückfahrt sollte es noch ein bisschen schneller gehen, da hob der »Aerowagon« ab und tötete alle.

Lettland fühlen

Riga hält den Weltrekord in Jugendstilbauten. Knapp 800 Häuser im Stadtkern bilden die höchste »Art Nouveau«-Konzentration weltweit. Dabei hatten es ihre Schnörkel nicht leicht gegen die symmetrische Welt des Klassizismus und der Sowjet-Architektur. Jugendstil-Stararchitekt Michael Eisenstein floh schließlich vor den Sowjets nach Berlin. Sohn Sergej ging nach Russland und wurde einer der größten Regisseure der Filmgeschichte.

Warum die Außerirdischen gleich wieder wegfliegen würden

Im Karostas Cietums Hotel in Liepāja, einem früheren Gefängnis, kann man sich nachts ans Eisenbett ketten lassen, bei Wasser und Brot. Das Szenario darf man wählen: Nazis oder Sowjets. Es scheint, als seien die schlimmen Zeiten nicht spurlos an den Balten (siehe auch Litauen *Nur hier*) vorbeigegangen. Das Hotel ist aber mit elf Euro recht preiswert.

Übrigens

Die Minox-Spionagekamera hat CIA und KGB jahrzehntelang viel Spaß gemacht. Walter Zapp erfand und baute sie in seiner Heimat Lettland. Erst der Zweite Weltkrieg trieb ihn nach Wetzlar und Heuchelheim. Als Lettland wieder unabhängig wurde, ehrte ihn dessen Präsident, und die Akademie der Wissenschaften machte ihn zum Ehrendoktor.

Libanon

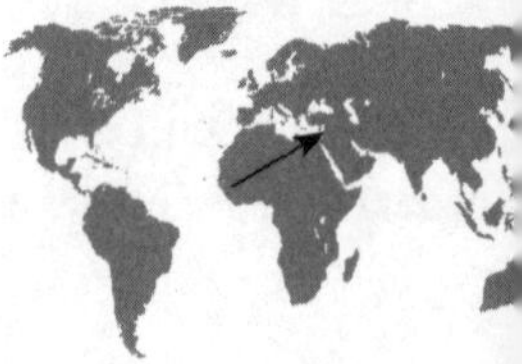

»I did it my way.«

Paul Anka (geb. 1940), US-Sänger mit libanesischen Eltern.
Es gibt heute 15 Millionen Libanesen außerhalb der Heimat und nur vier Millionen im Libanon selbst.

Name

Schon seit etwa 4000 Jahren ist der Name Libanon bekannt. Er kommt vom assyrischen »labhanu« für »weiß« oder »Milch«, vermutlich vom schneebedeckten Libanongebirge.

Rekord

Kleines Land, aber größte Flagge der Welt: Den 325 mal 202 Meter großen Stoff, zehn Fußballfelder groß, spendierte ein libanesischer Geschäftsmann 2010 zum Nationalfeiertag.

Das können die Libanesen besser

Die Libanesen sind die unbestrittenen Meisterköche des Nahen Ostens. Besonders berühmt: Ihre Version der »Mezze«, einer Vielfalt von Vorspeisen in 30 und mehr Töpfchen, Tiegeln und Schüsselchen. In den Nachbarländern eine Vorspeise, im Libanon delikat und üppig genug fürs Hauptgericht.

Danke für …

… Sunniten, Schiiten, Maroniten, Drusen, Griechisch-Orthodoxe. Keiner von ihnen hat die Mehrheit im Land.

Nur hier

Der Libanon wird im Alten Testament über 400-mal erwähnt.

Libanon fühlen

Die LBC – Lebanese Broadcasting Corporation sendet ein Fernsehprogramm, das »Big Brother« und »Arabien sucht den Superstar« zeigt und Frauen in europäischem Dress. Damit erregt der Sender immer wieder den Zorn religiöser Sittenwächter, zumal er in der gesamten arabischen Region zu sehen ist und ihm in vielen Ländern der arabischen Welt kleine Privatsender nacheifern.

Es war einmal

... das Lied »Relax, Take it Easy« (Nr. 4 in Deutschland, Nr. 3 in Österreich, Nr. 2 in der Schweiz) aus dem Jahr 2007 von Mika, 1983 geboren als drittes von fünf Kindern einer libanesischen Mutter und eines amerikanischen Vaters in Beirut. Die Familie floh Mitte der 80er-Jahre vor dem Libanesischen Bürgerkrieg (1975–1991).

Warum die Außerirdischen gleich wieder wegfliegen würden

»Wir lieben den Tod«, sagt Hassan Nasrallah, Chef der islamistischen libanesischen Partei Hisbollah, die sich unter anderem die Vernichtung Israels auf die Fahnen geschrieben hat.

Übrigens

Der »Rote Libanese« wird allmählich wieder im Bekaa-Tal angebaut. Da bekommen der »Schwarzer Afghane«, der »Grüne Türke« und der »Schwarze Nepalese« ja wieder mehr Konkurrenz.

Liberia

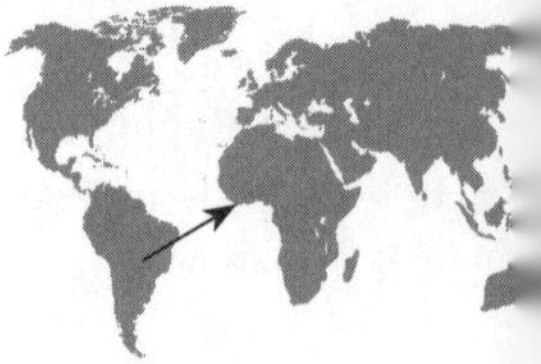

»Wenn du Hunger hast, lauf weiter!
Wenn du Durst hast, lauf weiter!
Wenn du die Freiheit spüren willst, lauf weiter!«

Starke Frau Nr. 1: Leymah Roberta Gbowee. 17 Jahre alt war sie, als in ihrem Land 1989 der Bürgerkrieg ausbrach. Bis 2003 kämpfte Leymah dagegen: pflegte Opfer, protestierte, verteilte Flyer, organisierte einen Sex-Streik und riskierte ihr Leben, um das Töten zu beenden. Die Liberianer sagen, der Krieg wäre heute noch im Gange ohne die fünffache Mutter. Sie ermöglichte auch die Wahl der heutigen Präsidentin Ellen Johnson-Sirleaf, und 2011 erhielten beide gemeinsam den Friedensnobelpreis.

Name

Frei gelassene US-Sklaven gründeten »Liberia«? Nicht ganz. Die »American Colonization Society« machte das, eine Vereinigung aus ehemaligen US-Sklavenhaltern und Philanthropen. Die hielten es 1821 für besser, befreite Sklaven zurück nach Afrika zu schicken, als sie in den USA mit allen Rechten leben zu lassen. Apropos Rechte: Für die ersten 133 Jahre durften nur die Americo-Liberianer wählen, nicht aber die ursprünglichen Bewohner des Landes.

Rekord

»Ich habe nach ihm nie wieder einen Spieler so explodieren sehen«, sagte Arsène Wenger über George Tawlon Manneh Oppong Ousman Weah, Weltfußballer des Jahres 1995, Fußballer des Jahrhunderts in Afrika und Nationalheld.

Das können die Liberianer besser

Chinesisch? In seiner Heimatstadt Monrovia studierte Emmanuel Uwechue Mathematik. Nebenbei interessierte er sich intensiv für chinesische Fernsehshows und entdeckte sein Talent für die chinesische Sprache, die er perfektionierte. Er kombinierte diese Gabe mit seiner im Kirchenchor trainierten Stimme und trat als erster ausländischer Teilnehmer in *Star Boulevard* auf, einem Gesangswettbewerb des chinesischen Senders CCTV. Er gewann den zweiten Preis und singt sich seitdem unter seinem Künstlernamen Hao Ge in chinesische Herzen. Einen Vertrag mit der Plattenfirma Hua Yi Xing Fang Music Company hat er in der Tasche, die chinesische Staatsbürgerschaft ist beantragt.

Danke für …

… das Kinderschutzgesetz.

Nur hier

Starke Frau Nr. 2: Das erste gewählte weibliche Staatsoberhaupt Afrikas: Ellen Johnson-Sirleaf. Weitere fünf Frauen leiten z.B. Außen-, Wirtschafts- und Finanzministerium. Nach dem Bürgerkrieg und dem brutalen Regime Charles Taylors übernahm »Ma Ellen« 2006 ein Land im Ausnahmezustand, in dem 90 Prozent der Menschen arbeitslos waren, und stabilisierte es.

Es war einmal

Starke Frau Nr. 3: Die Liberianer können die mächtigste, reichste und bekannteste Afroamerikanerin der Welt ein bisschen ihr Eigen nennen: Oprah Winfrey, US-Talkshow-Host Nummer 1, erfuhr 2006, dass sie von den »Kpelle« im heutigen Liberia abstammt. Oprah: »Wow!«

Liberia fühlen

Das Land der Zwergflusspferde. Sie sind mit einer Schulterhöhe von um die 80 Zentimeter gerade mal so groß wie die deutsche Dogge. Im Nationalpark Sapo könnten sich die Minihippos ungestört vermehren, wären da nicht die Jäger des Sapo-Volkes. Das Fleisch soll nach Wildschwein schmecken, die Zähne eignen sich als Halsschmuck. Die Legende sagt, dass der Schwanz abgeschnitten und vergraben werden muss. Geschieht das nicht, stirbt jeder, der in die Nähe des Jägers kommt.

Warum die Außerirdischen gleich wieder wegfliegen würden

Keine Webseite geht so langsam auf wie die von Liberia, sagt die Analyseabteilung von Google. Im Schnitt dauert es 59,4 Sekunden.

Übrigens

Starke Frau Nr. 4: Eine Frau poliert Monrovia – Oberbürgermeisterin Mary Broh.

Libyen

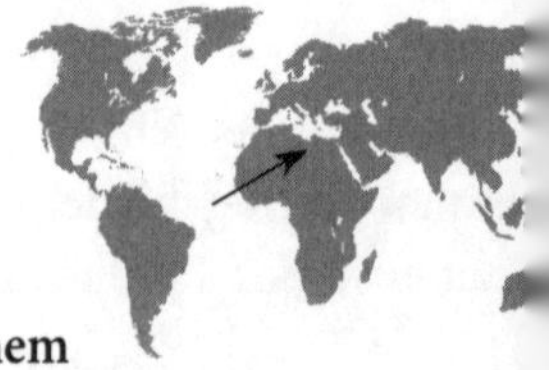

»Was ist los? … Was ihr tut, ist nach islamischem Recht nicht erlaubt. Was ihr tut, ist verboten im Islam! … Kennt ihr nicht den Unterschied zwischen richtig und falsch?«

Letzte Worte Muammar al-Gaddafis am 20. Oktober 2011. Wenige Wochen später wurden die Libyer gefragt, was sie sich für die Zukunft ihres Landes wünschten. Die Hälfte der Menschen gab an, dass sie wieder einen »starken Führer« haben wollten. Nur fünf Prozent waren für rasche Wahlen.

Name

Einst wurde ganz Afrika »Libyen« genannt. Von Herodot, dem griechischen Geschichtsschreiber.

Rekord

Suleiman Ali Nashnush, Center der libyschen Nationalmannschaft, war der größte Basketballer aller Zeiten. Er litt unter seinem Riesenwuchs und wurde mit 17 Jahren erfolgreich in Rom operiert und verkürzt. Er überragte mit 2,45 Metern dennoch alle anderen und Federico Fellini, der große italienische Freakshow-Regisseur, holte ihn zum Film. 1991 starb Suleiman Ali Nashnush mit 47 Jahren.

Das können die Libyer besser

Sie sind besonders verträglich, machen sich gut in der Gruppe und sind leicht zähmbar. Die Libyschen Rennmäuse sind auch äußerst neugierig und lassen kein Leckerli aus, das ihnen angeboten wird.

Danke für …

Treueprämien der Tamoil- und HEM-Tankstellen in Deutschland waren 2010 die beiden DVDs *Inglourious Basterds* und *Public Enemies*. Kein Wunder, denn die 400 Stationen gehörten damals noch Oberst Gaddafi.

Nur hier

Der Ghibli ist ein Sportwagen von Maserati, ein Motorradhelm und ein italienisches Kampfflugzeug. Benannt wurden alle drei nach dem wuchtigen libyschen Wüstenwind Ghibli, der rotbraun aufs Mittelmeer trifft, die Luftfeuchtigkeit plötzlich von 80 auf zehn Prozent senkt und die Temperatur von 35 auf 50 Grad Celsius klettern lässt. Vier Tage lang unterbricht er dann das Leben.

Es war einmal

Das herzförmige Kraut, das hemmungslosen Sex erlaubte: Silphium. Frauen, die es regelmäßig nahmen, konnten es angeblich treiben, ohne schwanger zu werden. Auch nach der Empfängnis war es als Verhütungs- und Abtreibungsmittel noch anwendbar und half zudem gegen Warzen, Fieber, Durchfall und allerlei anderes. Silphium war so begehrt, dass die Römer vor etwa 2000 Jahren einfach alles wegernteten und nichts mehr da war.

Libyen fühlen

Die bislang höchste Temperatur wurde in El Azizia, ca. 50 Kilometer südlich von Tripolis, gemessen. Schon seit Tagen war der heiße Sandsturm Ghibli über die Stadt gefegt, als die italienischen Meteorologen sich am 13. September 1922 ins schattige Wetterhäuschen schleppten und 57,8 Grad Celsius maßen. Es heißt, kein Land hat mehr Wüste als Libyen.

Warum die Außerirdischen gleich wieder wegfliegen würden

Wenn man Fortschritt an der Internet-Geschwindigkeit misst, ist Libyen das unmodernste Land: Nirgendwo sonst leben so viele Nutzer heute noch außerhalb des Breitbands (geringere Übertragung als 256 Mbps = 256 Millionen Bits pro Sekunde).

Übrigens

Gaddafi war ein guter Vater. Seinem dritten Sohn As-Saadi hat er fast zu einer internationalen Fußballerkarriere verholfen. In Italien brachte er ihn für Geld bei den Erstligisten Perugia, Udinese und Genua unter, er stellte ihm Maradona und Ben Johnson als Technik- und Fitnesstrainer zur Seite, aber in vier Jahren spielte As-Saadi nur insgesamt 25 Minuten. In Libyen war er Kapitän der Nationalmannschaft und Präsident des Fußballverbands. Ein Gesetz befahl, dass nur As-Saadis Name beim Einlaufen der Teams vom Stadionsprecher angekündigt werden dürfe, die anderen blieben Nummern. Heute lebt er in Niger.

Liechtenstein

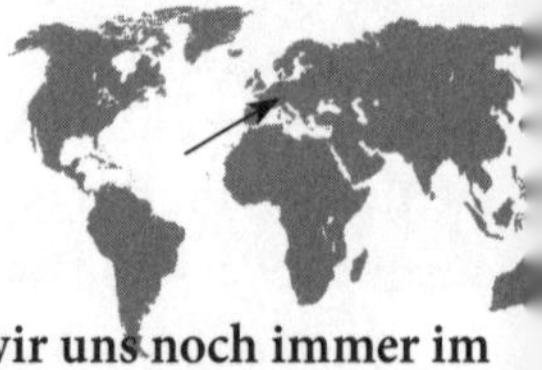

»Mit dem Zweiten Deutschen Reich befinden wir uns noch immer im Kriegszustand, da dieses untergegangen ist, bevor es mit uns Frieden schließen konnte, und das Dritte Reich ist Gott sei Dank untergegangen, bevor es seine Drohung in die Tat umsetzen konnte, das Fürstentum Liechtenstein ›anzuschließen‹. Was die deutsch-liechtensteinischen Beziehungen betrifft, warten wir hier auf bessere Zeiten, wobei ich zuversichtlich bin, denn in den vergangenen zweihundert Jahren haben wir immerhin schon drei Deutsche Reiche überlebt, und ich hoffe, wir werden auch noch ein viertes überleben.«

Hans-Adam II., Fürst von Liechtenstein, 2008.

Name

Welches andere Land ist immer noch nach seiner alten Adelsfamilie benannt? Die Liechtensteins haben sich gut gehalten. 1136 wurden sie erstmals erwähnt. Seit 1608 sind sie Fürsten.

Rekord

Die Liechtensteiner haben die meisten Olympiamedaillen gewonnen – wenn man pro Einwohner rechnet. Dank den Ski fahrenden Geschwistern Hanni und Andy Wenzel in den 1980er-Jahren. Deutschland wäre übrigens 26ter und die USA auf Platz 43.

Das können die Liechtensteiner besser

Die Liechtensteiner haben keine Schulden. Wesentlich dazu beitragen dürften die 75 000 ausländischen Firmen, die sich hier niedergelassen haben sollen. Das wären mehr als doppelt so viel, wie das Land Einwohner hat (468 Firmen pro Quadratkilometer). Damit es nicht eng wird, sind die meisten nicht größer als ein Briefkasten. Mit weit über 100 000 Euro haben die Liechtensteiner eines der höchsten Pro-Kopf-Einkommen der Erde.

Danke für …

… Wurstpelle und falsche Zähne – weltweit wird hier am meisten davon produziert.

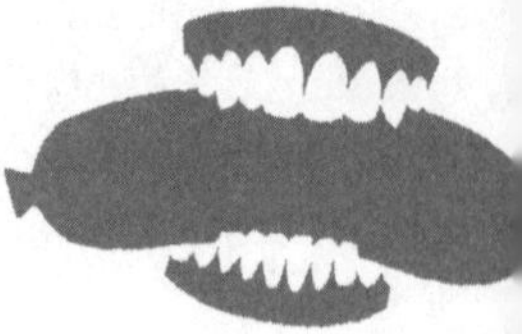

Nur hier

Liechtenstein ist der einzige »doppelte Binnenstaat« der Welt, grenzt also als einziges Land wiederum nur an Binnenstaaten. Seit Zusammenbruch der Sowjetunion teilt Usbekistan zwar ein bisschen dieses Schicksal, liegt aber am salzigen Aralsee. Also ist Liechtenstein hier immer noch einzigartig.

Es war einmal

Liechtensteins Nationalhymne »Oben am jungen Rhein« wird nach der Melodie von »God save the Queen« gesungen. Dazu hieß das Lied lange auch noch »Oben am Deutschen Rhein«, was nach der Nazi-Herrschaft geändert wurde, allerdings erst 1963. Traditionell hebt man den rechten Arm beim Refrain. Doch das lassen heute viele, aus Angst vor falschen Assoziationen.

Liechtenstein fühlen

Umfrage im *Liechtensteiner Vaterland*, der größten Tageszeitung des Landes (2011): Finden Sie die Hochdeutschpflicht im Kindergarten übertrieben? Ja: 74 Prozent. Nein: 26 Prozent.

Warum die Außerirdischen gleich wieder wegfliegen würden

In Afghanistan dürfen Frauen seit 1963 wählen, in Liechtenstein seit 1984. Damals sprachen sich 51,3 Prozent der Männer für die Gleichberechtigung aus, 48,7 dagegen.

Übrigens

Liechtenstein hatte einst die gleiche Flagge wie Haiti. Bei den Olympischen Sommerspielen in Berlin fiel das der fürstlichen Delegation auf, und die Liechtensteiner malten fortan eine kleine Fürstenkrone ins obere linke Eck. (Anderen Fürsten, denen von Monaco, ist es dagegen egal, dass ihre Flagge der indonesischen gleicht.)

Litauen

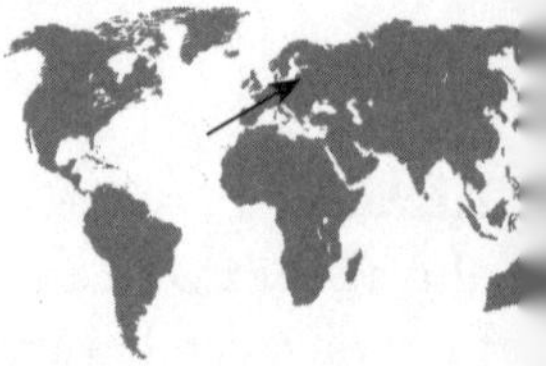

»Besser krank sein als sterben.«

Litauisches Sprichwort.

Name

»Dem Heiligen Bruno [...] wurde an der Grenze von Russland zu Litauen von Heiden der Kopf abgeschlagen.« In diesem Satz wurde Litauen ums Jahr 1000 in einem Kloster in Quedlinburg zum ersten Mal erwähnt. Noch tausend Jahre später hat keiner einen Schimmer, was der Name bedeutet. Ein Gewässer vielleicht?

Rekord

Die höchste Selbstmordrate weltweit. Etwa 34 von 100 000 Menschen beenden hier ihr Leben von eigener Hand. Das sind zehn Mal mehr Selbsttötungen als in Griechenland, 100 Mal mehr als auf den Malediven. In fast jedem Land der Erde töten sich übrigens mehr Männer als Frauen. Besonders krass ist das Verhältnis in Litauen: 6 zu 1.

Das können die Litauer besser

Der Bürgermeister der Hauptstadt Vilnius, Artūras Zuokas, lässt den amerikanischen Schauspieler Jeremy Irons für sich Wahlwerbung machen, fährt mit dem Segway zur Arbeit und stellte sich den Falschparkern, indem er einen Mercedes mit dem Panzer überfuhr. Sein Vorgänger Rolandas Paksas war bekannt für seine waghalsigen Flugzeugstunts, Motorradjagden durch Vilnius und dafür, dass er als erstes europäisches Staatsoberhaupt wegen Korruption des Amtes enthoben wurde.

Danke für ...

Derber Biebereintopf mit Pilzen und Kartoffelbrei für nur 8,40 €. Das Pfeffersteak kostet fast dreimal so viel.

Nur hier

… kann man die Sowjetunion noch auf diese Weise spüren. In einem Bunker nahe Vilnius kann man sich schlagen, anschreien und erniedrigen lassen. Dazu kann man sich zwingen lassen, sich auszuziehen und falsche Geständnisse zu unterschreiben – bedroht von scharfen Hunden und echten Ex-KGB-Wärtern. Rekord für Ohnmachtsanfälle: Fünf in einer Show. »Es ist mehr Therapie als Spaß!«, sagt die Geschäftsführerin.

Es war einmal

Frank Zappa war kein Litauer, er hatte nicht einmal litauische Vorfahren, auch als Tourist war er nie hier. Dennoch steht im Zentrum von Vilnius seit 1992 eine Statue des amerikanischen Rockers. Nach dem Zusammenbruch des Ostblocks wollten Künstler die neue Demokratie testen und schlugen kühn Zappa als neues Standbild vor. Die Autoritäten fragten nur kurz: »Was hat der mit Litauen zu tun?«, gaben aber überraschend ihr »Taip« (»Ja«). So kam Zappa, als Lenin fiel! Er ist zu einer der meistbesuchten Sehenswürdigkeiten geworden.

Litauen fühlen

Die beliebtesten Babynamen 2011: »Geschenk Gottes« (Matas) für Jungs, »Feuer« (Ugnė) für Mädchen.

Warum die Außerirdischen gleich wieder wegfliegen würden

Bis vor Kurzem mussten sich Frauen vor der Führerscheinprüfung gynäkologisch untersuchen lassen. Warum gab es dieses Gesetz überhaupt? Um mehr Frauen zum Gynäkologen zu bekommen, so der heute zuständige Minister.

Übrigens

Hannibal Lecter aus dem Film *Das Schweigen der Lämmer* ist hier geboren. Seine Schwester Mischa wurde vor seinen Augen von Kollaborateuren der »Litauischen Hilfswilligen« ermordet und gegessen.

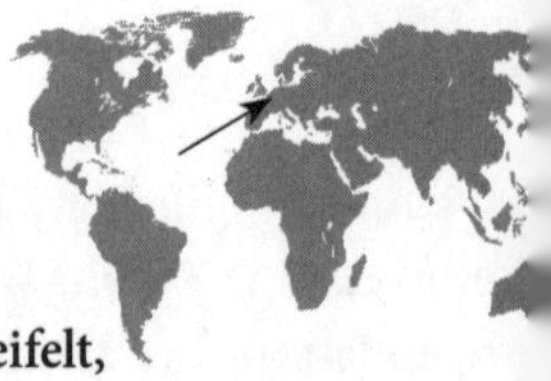

Luxemburg

»Wer an Europa zweifelt, wer an Europa verzweifelt, der sollte Soldatenfriedhöfe besuchen! Nirgendwo besser, nirgendwo eindringlicher, nirgendwo bewegender ist zu spüren, was das europäische Gegeneinander an Schlimmstem bewirken kann. Das Nicht-Zusammenleben-Wollen und das Nicht-Zusammenleben-Können haben im 20. Jahrhundert 80 Millionen Menschen das Leben gekostet. Jede Stunde des Zweiten Weltkrieges hat 1045 Tote gebracht.«

Jean-Claude Juncker, seit 1995 Premierminister von Luxemburg.

Name

Luxemburg heißt »kleine Burg«. Offizieller Name: Groussherzogtum Lëtzebuerg.

Rekord

Mit Lesen kann man den Abend im Restaurant »Chiggeri« verbringen. 2200 Weine stehen in der größten Weinkarte der Welt auf 90 Seiten. Aus Texas ist ein »Sister Creek 2004« für 50 Euro zu haben, einen portugiesischen »Madeira (DOC) Barbeito Malvazia 1875« gibt es für 740 Euro und der französische »Pomerol Petrus 1996« macht 3500 Euro.

Das können die Luxemburger besser

Wanns de eppes kanns! Auch Luxemburg sucht den Superstar per Talentshow, seit 2009. Nicht nur das Studio ist dabei etwas übersichtlicher: In Deutschland bewarben sich für die erste Staffel 5000 Menschen, in Luxemburg waren es 160. Die Superstar-Sendung läuft übrigens in 50 Ländern. Damit angefangen haben die Engländer.

Danke für …

… Karlspreisträger von 1986. Begründung: »Das luxemburgische Volk, Vorbild und Beharrlichkeit auf dem Weg zur Einheit Europas.« Europäischer Gerichtshof, Europäischer Rechnungshof, Europäische Investitionsbank.

Nur hier

Kachkéis, Kromperenzalod med Wierschdelscha, Éislecker Ham, Fierkelsjhelli, Bouneschlupp, Dännesprözendrepp, Nessdrepp. Steht alles auf der Speisekarte.

Es war einmal

Et wor eemol, viru laanger Zäit … A wa se net gestuerwe sinn, da liewe se och nach haut.

Luxemburg fühlen

Das Staatsmotto lautet: »Mir wëlle bleiwe, wat mir sinn.« Was schwerfällt, wenn so viele Ausländer ins Land kommen. Nirgendwo sonst in Europa leben so viele Immigranten wie hier: 43,2 Prozent Luxemburger sind keine Luxemburger. In der Hauptstadt sind es sogar zwei Drittel.

Warum die Außerirdischen gleich wieder wegfliegen würden

Das Gesetz über den Gebrauch der Sprachen vom 24. Februar 1984:
Artikel 1: Die Nationalsprache der Luxemburger ist Luxemburgisch.
Artikel 2: Gesetzestexte und ihre Ausführungsbestimmungen werden auf Französisch verfasst.
Artikel 3: Verwaltungssprachen und juristische Sprachen: Es kann Gebrauch gemacht werden von Französisch, Deutsch oder Luxemburgisch.
Artikel 4: Verwaltungsanfragen: Wenn eine Anfrage auf Luxemburgisch, Französisch oder Deutsch verfasst ist, muss die Verwaltung nach Möglichkeit in ihrer Antwort die Sprache des Fragestellers benutzen.

Übrigens

Darf es außerdem noch was sein? Bitte nicht, der Luxemburger isst schon brutale 136,5 Kilogramm Fleisch im Jahr und damit knapp mehr als der US-Amerikaner. Der Karnivor unter den Menschen.

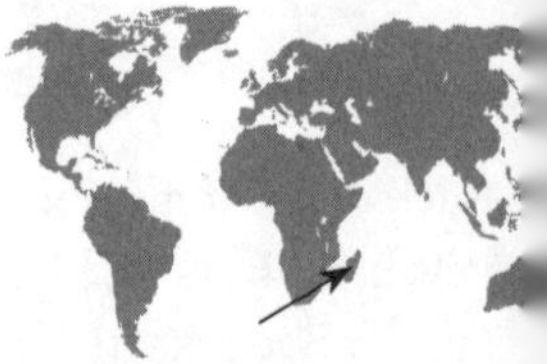

Madagaskar

»Eine gut gehaltene Rede kann sogar den Hunger besiegen!«

Madagassisches Sprichwort.

Name

»Achter Kontinent« wird Madagaskar oft genannt. Das Wort »Madagaskar« nuschelte zum ersten Mal der Italiener Marco Polo, der selber nie da war und vermutlich ohnehin das 2000 Kilometer entfernte somalische Mogadischu meinte. Dennoch erinnerten sich irgendwann italienische Kartografen daran und tauften die Insel.

Rekord

Mehr als die Hälfte aller Vanille wird in Madagaskar geerntet. Es ist das bekannteste Aphrodisiakum der Welt. Dazu passt, dass eine Fettschwanzmaki-Art als eines von wenigen Tieren trotz lebenslanger Bindung regelmäßig fremdgeht – und zwar das Weibchen.

Das können die Madagassen besser

Reden. Denn nichts wird schriftlich, alles mündlich überliefert. Schon die Kinder lernen die Kunst, Geschichten zu rezitieren, Ansprachen und Liebeserklärungen zu halten.

Danke für …

… 30 indonesische Frauen, die im 9. Jahrhundert n. Chr. auf die Insel kamen. Von ihnen stammen alle Madagassen ab.

Nur hier

Der Vogel Greif! Marco Polo kannte jemanden, der jemanden kannte, der den sagenhaften Riesenvogel gesehen haben soll, welcher Elefanten tötet, indem er sie in die Luft hebt und runterfallen lässt. Wenn es den Greif je gab, dann hier, im Land der endemischen Arten: 95 aller madagassischen Tiere und 85 Prozent aller Pflanzen gibt's nur auf dieser Insel, die seit 150 Millionen Jahren von Afrika getrennt ist. Daher der Spitzname »Achter Kontinent«.

Es war einmal

Hitlers Scherge Heydrich entwarf im Sommer 1940 den sogenannten Madagaskar-Plan. Nach dem Sieg über Frankreich wollte er die europäischen Juden auf die französische Kolonialinsel verschleppen und eine »jüdische Wohnstätte unter deutscher Oberhoheit« schaffen. Die britische Dominanz auf den Weltmeeren verhinderte das Vorhaben. Und mit dem Ende der Invasionspläne für England starb auch der Nazi-Madagaskar-Plan.

Madagaskar fühlen

Der Dienstag ist traditionell für die leichten Dinge des Lebens da. Kein guter Tag für harte Arbeit. Alles Dreifarbige ist zu meiden. Der Mittwoch ist ein brauner Tag und der Tag der Frauen und Liebesschwüre. Braune Lebensmittel sind stehen zu lassen.

Warum die Außerirdischen gleich wieder wegfliegen würden

Beim Fest der Totenumwendung holen die Lebenden ihre verstorbenen Verwandten aus den Gräbern und feiern mit ihnen. Die Vorfahren, so der Glaube, sind so lange noch ansprechbar, wie noch etwas vom Körper übrig ist. Die Toten bleiben dann ein paar Stunden, werden neu eingekleidet und zurück ins Grab gelegt.

Übrigens

Alte arabische Kartografen glaubten, dass Schiffe, die über Madagaskar hinaus nach Süden fahren, nicht mehr zurückkommen können.

Malawi

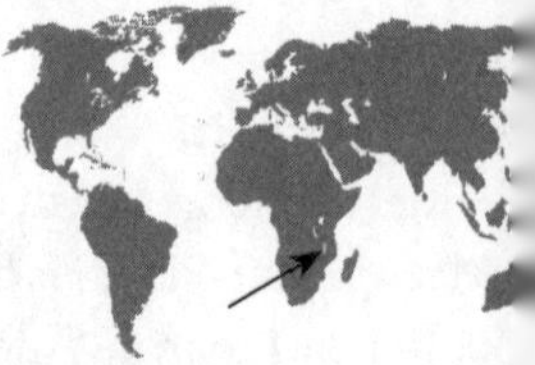

»Was du hörst, vergisst du. Was du siehst, an das erinnerst du dich. Aber was du anfasst, verstehst du.«
Malawisches Sprichwort.

Name

Malawi bedeutet »flammendes Wasser«, denn die Sonne ist wie Feuer auf den Wogen des Malawisees.

Rekord

Liwonde-Nationalpark am südlichen Malawisee: Wer will den Rekord brechen im Vogelartensichten? Er steht hier bei 264 Arten in zwei Tagen.

Das können die Malawier besser

Einen Regierungsjet brauchen wir nicht mehr. 60 Mercedes-Limousinen für die Minister? Brauchen wir auch nicht mehr. Und die Minister können auch gleich gehen! Die neue Präsidentin Joyce Banda hat 2012 ein paar Politikerprivilegien gekürzt: »Ich könnte auch einen Jet gebrauchen, aber ich bin es schon so gewohnt, per Anhalter zu fahren.« Auch die Flagge hat Banda geändert: Die rote Sonne scheint jetzt weiß und hell über Malawi. Europa hat gleich gelobt und Geld geschickt.

Danke für …

… die Hartgesottenen aus dem Malawisee. Der Malawi Buntbarsch überlebt in fast jedem Wasser; Härtegrad egal, Hauptsache klar und rein. Wegen der exotischen Farben und der Robustheit ist er eine Freude vieler Aquarieninhaber. Tipp: Jeden Tag die Flossen zählen, denn der Malawi hat ein sehr aggressives Territorialverhalten.

Nur hier

Der kleine David Banda wohnt jetzt in New York. Auch Chifundo »Mercy« James ist dort untergekommen: bei US-Popstar Madonna. Auch eine Schule wollte Madonna dem Land bauen, später sogar zehn. Passiert ist nichts. Irgendwann sagte Malawi, man habe »die Nase voll«. Aus dem Erziehungsministerium: »Wir glauben inzwischen, es geht ihr dabei mehr um ihr eigenes weltweites Image, und das ist nicht in unserem Interesse.«

Es war einmal

Von David Livingstone blieb ein Fest. Der Afrikaforscher erreichte 1859 als erster Europäer den Malawisee und verlor sein Herz an ihn. Er nannte ihn romantisch »Lake of Stars«, nach den Leuchten der Fischerboote auf dem nächtlichen Wasser. Heute heißt so ein erfolgreiches Kulturfestival.

Malawi fühlen

Die zunehmenden Rauchverbote in den Industrieländern schützen dort Lungen, für die malawische Wirtschaft sind sie verheerend. Für 75 Prozent der Bevölkerung ist der Tabakanbau von existenzieller Bedeutung. Fast 80 000 Kinder arbeiten auf den Plantagen. Mit der Tabakproduktion von rund 215 000 Tonnen im Jahr werden bisher etwa 70 Prozent der Exporteinnahmen erwirtschaftet.

Warum die Außerirdischen gleich wieder wegfliegen würden

»The Flames« brennen nicht wirklich auf internationale Bedeutung. Ein Jahr lang trainierte der Deutsche Burkhard Ziese die malawische Fußballnationalmannschaft. Die Fans mochten ihn, nur der nationale Fußballverband konnte sich nicht damit anfreunden, dass er für seine Arbeit bezahlt werden wollte. Bevor ihn der Präsident krankenhausreif schlagen ließ, warnte er ihn immerhin schriftlich, nicht gegen seine Kündigung aufzumucken.

Übrigens

100 Hähne sind eine Morgendämmerung. So sind die Einheiten der Währung Malawis zu übersetzen. »Tambala« und »Kwacha« heißen sie in der Landessprache Chichewa.

Malaysia

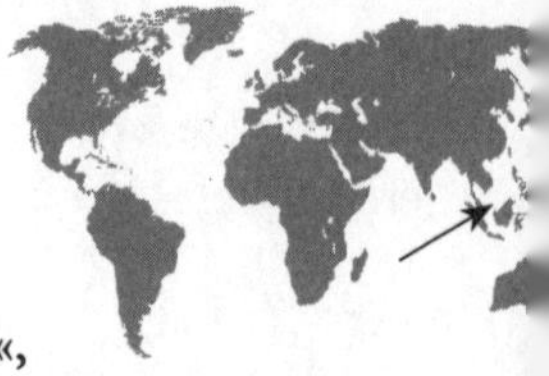

»Hier gibt es keine Obrigkeit, nur Peinlichkeit«,
heißt es bei den Semai. Das Volk hat keinen Anführer, Präsident oder Häuptling. Auch keine Polizei. Allein durch die öffentliche Meinung organisiert es das Miteinander in den Bergen der malaysischen Halbinsel.

Name

»Land der Berge« haben indische Händler Malaysia einst genannt, dabei waren sie damals nur im vergleichsweise flachen Festlandteil des heutigen Staates unterwegs. Mitten in der südostasiatischen Inselwelt gelegen, hat Malaysia 30 Gipfel, die über 2000 Meter hoch sind.

Rekord

Malaysier sind die Rekordhalter im Rekordhalten – seit Premierminister Mahathir bin Mohamad in den 90er-Jahren die Initiative »Malaysia kann es!« ausrief. Schlüsselsatz: »Wenn du nicht groß genug bist, stell dich auf eine Kiste!« Mahathir baute gewaltige Wolkenkratzer und infizierte sein Volk mit seinem Größenwahn. Er ist schon lange nicht mehr Premier, doch noch heute listet das *Malaysia Book of Records* Tausende Dinge auf, in denen Malaysier besser sind als der Rest der Welt: rückwärts die Treppe runtergehen, den größten Teebeutel basteln oder die meisten Tage in einer Kiste voller Skorpione verbringen.

Das können die Malaysier besser

Facebook & Co.: Die malaysischen Nutzer sozialer Netzwerke haben durchschnittlich 233 virtuelle Freunde und damit mehr als die nächstplatzierten Brasilianer und Norweger. 43 Prozent haben ein Facebook-Konto. Und dort verbringen sie mehr Zeit als andere: neun Stunden pro Woche.

Danke für …

Die Rafflesia-Blüte, benannt nach ihrem britischen Entdecker Thomas Stamford Raffles, ist die größte Blume der Welt. Sie wird bis zu einem Meter breit. Insekten lockt sie durch ihren Aasgeruch.

Nur hier

Der malaysische König wird gewählt. Und das auch nur auf fünf Jahre. Genannt wird er »Yang di-Pertuan Agong« (»Der, der zum Herrscher gemacht wurde«) oder auch, weil's leichter ist, »Eure Majestät«.

Es war einmal

»Ich werde Malaysia roh verschlingen«, drohte 1963 der indonesische Präsident Sukarno dem neuen Staat Malaysia, den die Briten aus ihren ehemaligen Kolonien auf der malaysischen Halbinsel und Nord-Borneo geformt hatten. Doch Sukarno wurde entmachtet und es begann eine gute Nachbarschaft, die bis heute anhält.

Malaysia fühlen

Die Katze macht hier »Ngiau«!

Warum die Außerirdischen gleich wieder wegfliegen würden

Mythos oder Wirklichkeit? Viele Malaysier glauben, dass es »Pontianak«, die Vampirin, wirklich gibt. Einst im Kindbett gestorben, rächt sie sich heute an Männern und Frauen mit Kindern. Sie tötet durch Aufreißen der Bauchdecke und Essen der Organe.

Übrigens

Die Kampagne »Beachte die Valentinstag-Falle 2011« war ein voller Erfolg. Das Amt für islamische Entwicklung hat Hotels von Mitternacht bis 6 Uhr morgens stichprobenartig nach jungen Paaren beim Sex abgesucht – und konnte 200 Liebende festnehmen. Bis zu zwei Jahre Gefängnis gibt es hier für außerehelichen Geschlechtsverkehr.

Malediven

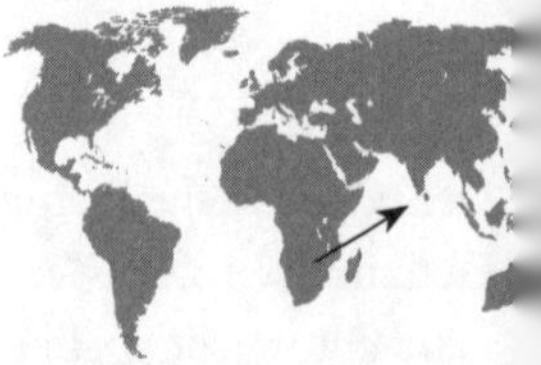

»Das verschleiert ihren Charakter.
Man weiß nicht, mit wem man redet, mit wem man es zu tun hat. Also sollte das Gesicht zu sehen sein. Das ist selbst im Islam so, selbst zu Zeiten des heiligen Propheten Mohammed, Frauen hatten entblößte Gesichter, womit ich meine, sie verdeckten sie nicht.«

Maumoon Abdul Gayoom, Präsident der Malediven (1978–2008) über das Gesetz, das Frauen auf den islamischen Malediven verbietet, nur ihre Augen zu zeigen.

Name
Als würde man sie sich um den Hals legen können, so sehen sie von oben aus: Keine andere Inselkette sieht so sehr aus wie eine »Inselkette« = »Malediven«. Abgeleitet aus dem Sanskrit.

Rekord
Die Malediven sind das Land mit der niedrigsten höchsten Erhebung: ein namenloser Hügel von nur 2,40 Metern auf der Insel Villingilli. Ach, wären die Malediven doch nur überall so hoch: Wenn der Meeresspiegel nur um 60 Zentimeter steigt, steht fast das gesamte Land unter Wasser. Wissenschaftler rechnen für 2100 damit.

Das können die Malediver besser
Die Malediven haben als erstes Land eine Botschaft in der virtuellen Online-Plattform »Second Life« eröffnet.

Danke für …
Das Wort »Atoll« kommt aus dem Land, das aus 26 Atollen besteht. Also aus 26 versunkenen Vulkanen, aus den 26 Lagunen, die davon übrig blieben, und den 26 darum herum gewachsenen Korallenriffen. Hier und da gucken diese als Inselchen aus dem Wasser. Bei den Malediven 1322-mal.

Nur hier
Die Malediven haben die größte Dichte an Hochzeitsreisenden in der

Welt. Gleichzeitig aber haben die Malediver eine der weltweit höchsten Scheidungsraten (Top Ten). Denn die meisten von ihnen heiraten sehr jung, auch weil Sex vor der Ehe verboten ist.

Es war einmal

In den 1960er-Jahren erklärte eine Delegation der UN die Malediven für den Tourismus als ungeeignet. Heute gibt es auf über 90 Inseln Hotels und Resorts mit über 30 000 Betten.

Malediven fühlen

Die Hauptinsel Malé ist so klein wie die kleinste ostfriesische Insel Baltrum. Doch statt wie dort 511 leben hier 125 000 Menschen. Damit ist sie eine der uneinsamsten Inseln der Erde. Da kein Haus höher sein darf als die Moschee, vergrößern die Maléer ihr Eiland künstlich.

Warum die Außerirdischen gleich wieder wegfliegen würden

Tsunamis.

Übrigens

Frauen haben großen Einfluss. Nicht nur muslimische Sultane herrschten hier einst, sondern auch Sultaninen (ja, die heißen so!). Viele sind Geschäftsfrauen oder Politikerinnen. Die Hälfte der Studierenden sind weiblich.

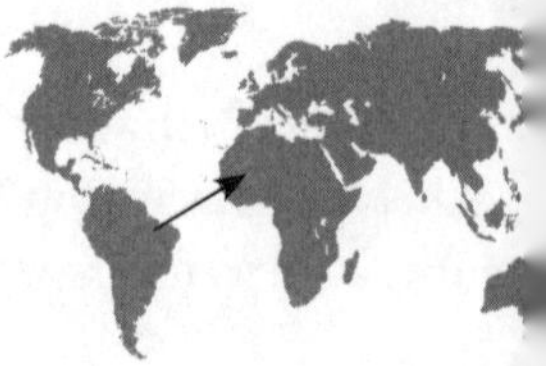

Mali

»Es ist egal, wie lange ein Baumstamm im Wasser liegt, er wird kein Krokodil werden.«

Sprichwort aus Mali. Das Wort »Mali« bedeutet in der hiesigen Bambara-Sprache »Nilpferd«.

Name

Timbuktu ist klein und trotzdem die bekannteste Stadt Malis. Und die mit den meisten Legenden: So sagt man, dass die ständig reisenden Tuareg einer Sklavin einst ihre Habe zum Aufbewahren anvertrauten. Die Frau nannten sie »Tinbuktu« (»die mit der Beule«). Um sie herum bauten immer mehr Reisende eine Stadt.

Rekord

Daba Modibo Keïta kämpft für Mali. Der 31-jährige Taekwondo-Könner holte 2007 bei den Weltmeisterschaften in Peking und 2009 in Kopenhagen Gold.

Das können die Malier besser

Aus Matsch »Gold« machen: Mit der Großen Moschee von Djenné steht hier seit über 100 Jahren das größte sakrale Lehmgebäude der Welt. Nichtmuslime müssen draußen bleiben, seitdem ein amerikanisches Modemagazin Models auf dem Dach abgelichtet hat.

Danke für …

… Mangos.

Nur hier

Die Tuareg, »die von Gott Verlassenen«, werden wegen ihrer mit Indigo gefärbten Kleidung auch »das blaue Volk« genannt. Sie sind Moslems. Doch es sind die Frauen, die das Vieh und die Zelte besitzen, die lesen und schreiben lernen, während sich die Männer um die einfachen, »herkömmlichen« Arbeiten kümmern. Die Männer sind es, die in die Familie der Frau einheiraten, und nicht umgekehrt, und so ist es die Stellung der Frau, die die Stellung des Mannes bestimmt. Die Frauen zeigen sich unverhüllt, während die »Blauen Männer« ihren typischen Turban (Tagelmust) tragen, der das Gesicht verdeckt, und wenn mal nicht, dann halten sie die Hand vor das Gesicht. Die Tuareg leben monogam. Hat eine Frau genug von ihrem Mann, verstößt sie ihn.

Es war einmal

»Wird das Leben langweilig, riskiere es!« Das war das Motto von Thierry Sabine. Der Franzose rief 1978 die Rallye Paris-Dakar ins Leben, bei der Motorräder, Last- und Rennwagen in Etappen von Hunderten von Kilometern vor allem durch die nordafrikanischen Steppen und Wüsten jagen. Immer wieder gibt es Todesopfer. 1986 kam Sabine im Alter von 36 Jahren während der Rallye in Mali ums Leben – sein Hubschrauber stürzte auf eine Düne, in einem der verflixten plötzlichen Sandstürme in diesem Land.

Mali fühlen

Versuchen Sie einfach mal einen Text in arabischer Schrift zu lesen! Sind nur nichtssagende Zeichen für Sie? So geht es den meisten Maliern auch, egal in welcher Schrift sie lesen sollen. Mali ist das Land mit der geringsten Alphabetisierung. Nur 26,2 Prozent können lesen.

Warum die Außerirdischen gleich wieder wegfliegen würden

Eine Fahrt mit den Sotramas, den Sammeltaxis in Bamako. Innen und außen gleichen die Vans zerbeulten Blechdosen. Den Innenraum für zehn Passagiere müssen sich meist 20 teilen. Um eine optimale Packungsdichte zu erreichen, ist er bis auf eine Metallbank rundum komplett ausgeräumt. Die fehlende Hecktür vereinfacht das Ein- und Aussteigen.

Übrigens

Die alte Moschee in Timbuktu besaß eine Pforte, die noch nie jemand geöffnet hatte. Es hieß, sie zu öffnen wäre der Beginn des Endes der Welt. Im Juli 2012 kamen acht al-Qaida-nahe Islamisten und zertrümmerten die Tür.

Malta

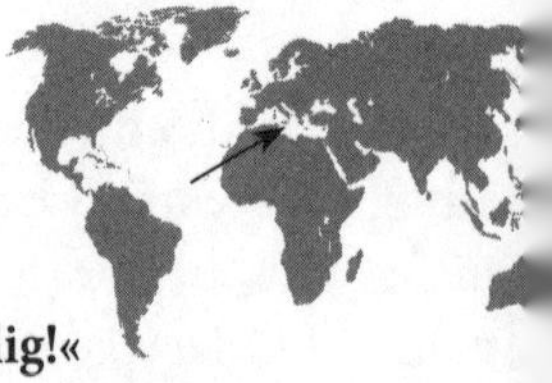

»Auf Malta ist nichts weit, außer man hat es eilig!«

Maltesisches Sprichwort. Die Hauptinsel ist 14 Kilometer breit und 27 Kilometer lang, wie Düsseldorf.

Name

Die Phönizier nannten das Archipel im 8. Jahrhundert »Mlt«, das bedeutet so viel wie »Zuflucht«. Die Griechen schenkten den Inseln dann doch ein paar Vokale und sagten »Melite«, was »Biene« heißt. Sie schätzten Malta für seinen Honig. Die Bienen haben hier 1000 verschiedene Blumen zur Wahl.

Rekord

Eines der ältesten Gebäude der Welt steht hier: Der etwa 6000 Jahre alte Ggantija-Tempel auf der kleineren Insel Gozo ist älter als die Pyramiden Ägyptens! »Ggantija« heißt »gigantisch«. Was jedoch übertrieben ist.

Das können die Malteser besser

Der Malteser isst gerne Süßigkeiten, ist gut zu Kindern und »auch draußen im Gelände leicht zu führen, weil er keinen Jagdtrieb hat«. Malteser sind die kleinen weißen Hunde, denen man schöne Frisuren machen kann. Vornehme Damen sollen sie schon vor 2000 Jahren hier getätschelt haben.

Danke für …

… Popeyes Heimat. In Malta drehte 1980 der große Regisseur Robert Altmann mit dem großen Schauspieler Robin Williams: Von der Verfilmung des US-Cartoons Popeye ist heute neben schlechten Kritiken noch das ganze Dorf übrig, das damals in die »Anchor Bay« im nördlichen Malta gebaut wurde. Von hier brechen Taucher auf, und man kann es besichtigen.

Nur hier

Der Buchstabe Ħ. Wie ein H, nur mit niedrigerem Kehlkopf. Ein Drittel der Einwohner wechselt ständig zwischen Maltesisch und Englisch hin und her: Maltenglish.

Es war einmal

Der berühmte US-Kriminalfilm *Maltese Falcon* beginnt mit den Worten: »1539 zollten die Tempelritter von Malta Kaiser Karl V. Tribut, indem sie ihm einen goldenen Falken schickten, bestückt von Kopf bis Fuß mit den seltensten Juwelen.« Tatsächlich mussten die Ritter des Malteserordens dem König jährlich einen Falken schicken, doch der wollte lieber einen lebenden als einen aus Gold. Der Malteserorden gründete unter Oberritter de la Valette die Hauptstadt Valletta und regierte von 1530 auf Malta, bis 1798 Napoleon kam.

Malta fühlen

Selig sind die, die arm sind vor Gott; Selig sind die Trauernden; Selig sind die, die keine Gewalt anwenden; Selig sind die, die hungern und dürsten nach der Gerechtigkeit; Selig sind die Barmherzigen; Selig sind die, die ein reines Herz haben; Selig sind die, die Frieden stiften; Selig sind die, die um der Gerechtigkeit willen verfolgt werden.
Die acht Zacken des Malteserkreuzes stehen für die acht Seligpreisungen (Matthäus 5, 3–10) aus der Bergpredigt. Die Ordensritter haben auch heute noch den Auftrag, »Kranken, Notleidenden und Bedrängten Hilfe und Beistand zu leisten«.

Warum die Außerirdischen gleich wieder wegfliegen würden

»Vögel fangen oder abschießen« ist Volkssport, 75 Schützen kommen auf einen Quadratkilometer. Wenn im Herbst Millionen Zugvögel hier rasten, ist Hochsaison. Geschossen werden auch welche, die in Resteuropa auf der Roten Liste bedrohter Arten stehen. Auf den Inseln selbst brütet kaum noch ein Vogel. Die EU ist wieder der Spielverderber: Sie will den Spaß verbieten.

Übrigens

Gegen fünf britische Matrosen im Armdrücken gewonnen und voll bis oben hin – Oliver Reed, englischer Schauspieler, Lebemann und Trinker, starb den passenden Tod in einer Bar in Valletta. In Malta war er für den größten Film, der je auf der Insel gedreht wurde: *Gladiator* mit Russell Crowe und eben Oliver Reed, der für seine fehlenden Szenen von einem Double oder einem Computer-Reed ersetzt wurde.

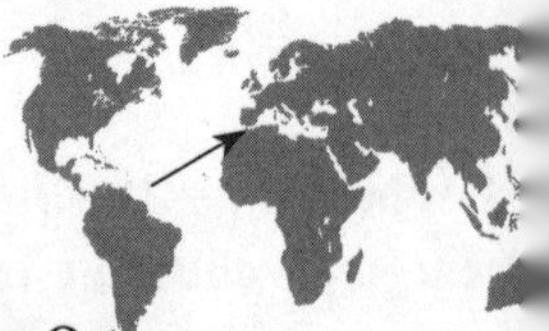

Marokko

»Unser ältester Alliierter und Partner im Nahen Osten.«

Aus einem Brief von 229 US-Kongressabgeordneten an Präsident Barack Obama 2009. Marokko hatte 1777 als weltweit erstes Land die USA anerkannt, ab 2001 stellte es Spione im »Kampf gegen den Terror« und assistierte bei der Befragung von al-Qaida-Mitgliedern. Die Amerikaner danken es unter anderem mit Unterstützung für Marokkos Besetzung der Westsahara.

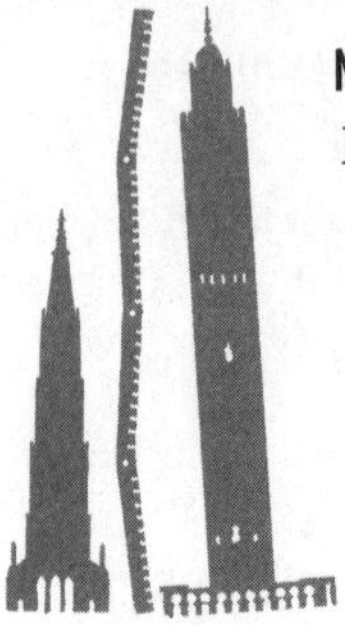

Name

Eigentlich »Al-Maghrib« = »Der Westen«.

Rekord

Höher als das Ulmer Münster, die höchste christliche Kirche der Welt, ist das Minarett der Hassan-II.-Moschee: Mit 210 Metern schlagen hier die Moslems die Christen um ganze 50 Meter beim Wettbewerb um das höchste Gotteshaus der Erde.

Das können die Marokkaner besser

Laut »African Child Policy Forum« ist Marokko eines der kinderfreundlichsten Länder Afrikas. Nur zu den Jungs? Nein, auch zu den Mädchen, etwa denen vom Lande. Für die wurden bis in die entlegensten Landesteile 300 Internate gebaut, in denen sie Schreiben und Rechnen lernen – Bildung für fast 17 000 Mädchen.

Danke für …

… ein Einkaufszentrum in Rabat, denn hier gibt es eine Eisfläche, auf der gleich drei Vereine, die »Falcons«, die »Ifis« und die »Capitols«, bei 40 Grad Eishockey spielen können. Zusammen haben sie auch genug Spieler für ein Nationalteam. Dieses spielte 2008 dann tatsächlich um den »Arab Cup of Ice Hockey« und verwies sogar als Zweitletzter das einzige andere nordafrikanische Land, Algerien, knapp auf den letzten Platz. Sieger waren die Vereinigten Arabischen Emirate.

Nur hier

Marokko ist als einziges afrikanisches Land nicht in der Afrikanischen

Union, weil diese wagte, die Westsahara bzw. Demokratische Arabische Republik Sahara als Mitglied aufzunehmen. Marokko hält das Land der »Sahrauis« (»Leute aus der großen Wüste«) seit dem Abzug der Spanier 1975 besetzt und nennt es seine »südlichen Provinzen«.

Es war einmal

Über das »Kap der Angst« fuhren die Europäer bis ins späte Mittelalter nie hinaus, weil sie dort Seemonster und das südwestliche Ende der Welt vermuteten. Hier, am Kap Bojador, einem Knick in der marokkanischen Küstenlinie unterhalb der Kanaren, wechselte der Wind und begann steifer zu blasen. Jahr für Jahr hatte Heinrich der Seefahrer Expeditionen geschickt, die alle aus Furcht wieder umkehrten – bis sich Gil Eanes 1434 vorbeitraute und die Welt weiter öffnete.

Marokko fühlen

Der »Marathon des Sables«, der vielleicht härteste Lauf der Welt, verläuft 251 Kilometer durch die Sahara. Der Veranstalter stellt ein Zelt und Wasser – Essen, Schmerzmittel und Anti-Schlangenserum müssen die 800 Teilnehmer selbst mitbringen. Der Lauf ist über Jahre ausgebucht, obwohl die Teilnahme für Läufer aus aller Welt etwa 4500 Euro kostet. Der Sieg geht aber fast immer an Marokkaner, zuletzt 14-mal in Folge an zwei Brüder aus der Oasenstadt Zagora.

Warum die Außerirdischen gleich wieder wegfliegen würden

Schon Bogart sagte zur Bergmann: »Warum musstest du nach Casablanca kommen? Es gibt andere Orte.« Auch das holländische Kreuzfahrtschiff »Nieuw Amsterdam« wollte man 2012 in Casablanca nicht aufnehmen. Die Behörden wiesen es ab, wegen der 1600 homosexuellen Passagiere an Bord.

Übrigens

Masturbieren ist für Frauen erlaubt. Zumindest nach der Lehre von Scheich Abelbari Semsemi. Eigentlich sei die Selbstbefriedigung im Islam ja verboten, doch könne man die außereheliche Sünde als »kleineres Übel« dulden. Es sei die Lösung gerade für »unverheiratete Frauen, die außerhalb der Ehe keine sexuellen Beziehungen haben wollen und einen unbezwinglichen Sexualtrieb haben«.

Marshallinseln

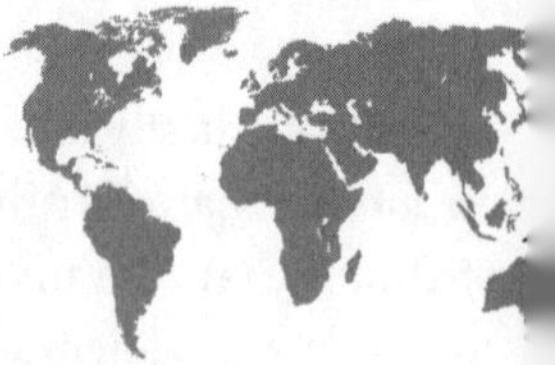

**»Wir hassten die Deutschen zuerst.
Aber später mochten wir die Deutschen.
Ihr habt die erste Schule gebaut und uns beigebracht,
mit Gewehren zu kämpfen statt mit Speeren.«**

Edgar Edison, Inselbewohner. In den 1850er-Jahren kamen die ersten deutschen Missionare und Händler auf die »Marshalls«. Später wurden die Inseln Schutzgebiet und schließlich ein Teil der Kolonie »Deutsch-Neuguinea«.

Name

1156 Inseln sind nach nur einem Mann benannt, und der hat sie noch nicht mal entdeckt. Der britische Kapitän John Marshall kam erst 1788 und damit 262 Jahre nach den spanischen Entdeckern. Diese hatten sich aber nie einen Namen ausgedacht.

Rekord

Weltweit die wenigsten Verkehrstoten pro Kopf: Einer von 68 000 Einwohnern starb 2007 in seinem Geländewagen, in einem von 2500 Autos.

Das können die Marshaller besser

Navigieren konnten die Marshaller schon immer besser als alle anderen: Ihre Inseln, zusammen so groß wie Liechtenstein, liegen auf einer Seefläche fast so groß wie das Mittelmeer. Früher bauten sich die Navigatoren Stabkarten aus Kokosblattrippen und Muscheln, um sich Strömungen, Wellen und Winde vor der Fahrt einprägen zu können. Eine dieser »Seekarten« ist auf dem Landeswappen zu sehen. Heute ersetzen Navis die Karten.

Danke für …

Der Welt hat das Bikini-Atoll einen heißen Badeanzug gebracht, als der Designer Louis Réard die Aufregung um die Atomversuche nutzte und eine ähnliche Bombe versprach: »le bikini, la première bombe anatomique«.

Nur hier

»Rita« ist Umgangssprache für »Darrit«, eine der Hauptinseln der Hauptstadt Majuro, die sich über 64 Inseln verteilt.

Es war einmal

Einige abgelegene Atolle sind noch heute von den amerikanischen Atomtests (1946–1958) verseucht. Teile des Enewatak-Atolls werden erst in 24 000 Jahren wieder als bewohnbar freigegeben, und auch auf dem Bikini-Atoll leben nach 23 Detonationen heute noch keine Menschen.

Die Marshallinseln fühlen

Regenbogen sind auf den Marshallinseln häufig. Aus »iaKwe!«, »Du bist ein Regenbogen«, wurde der heutige Gruß »Yokwe«.

Warum die Außerirdischen gleich wieder wegfliegen würden

Die Konkurrenz ist schon da. Die sammelt hier neues Wissen über Schwarze Löcher und explodierende Sterne. Auf Kwajalein, dem weltweit größten Atoll, testen die US-Amerikaner nicht nur ihre Militärraketen, sondern sie forschen auch für die NASA, etwa mit einem Röntgenteleskop, das seit 2012 die Weiten des Universums auf Energie hin untersucht. Die »Ronald Reagan Ballistic Missile Defense Test Site« verteilt sich auf elf Inseln quer über das ganze Atoll, mit sehr langfristigem Mietvertrag.

Übrigens

Bezahlt werden kann nur mit Dollar-Noten. Münzen sind nicht im Umlauf. Die werden nur als Gedenkmünzen ausgegeben.

Mauretanien

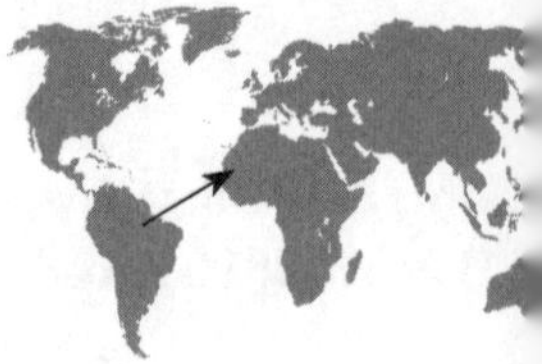

»Eine Reise von tausend Meilen fängt mit dem ersten Schritt an.«

Mauretanisches Sprichwort.

Name

Benannt ist das Land nach den Mauren, einem Berberstamm. Der erhielt seinen Namen von dem Ausdruck der Phönizier für »Männer des Westens«.

Rekord

Bis zu 20 Prozent der Mauretanier sind heute noch Sklaven.

Das können die Mauretanier besser

Sisyphos fährt in Mauretanien Bulldozer. Die Route de l'Espoir zieht sich über 1150 Kilometer von Nouakchott am Atlantik quer durch die Wüste bis nach Néma im Osten. Sie verbindet rund eine Million Menschen. Auf den ersten rund 160 Kilometern wird die Fahrbahn regelmäßig von Sanddünen blockiert, was den Sandräumdienst permanent fordert.

Danke für …

Seit zehn Jahren rappen »Diam min Tekky« durchs Land und erzählen von Respekt, Einheit und Gewaltfreiheit. Ihr erstes Album hieß »Wahrheit«.

Es war einmal

Auch Chinguetti, die älteste Universitätsstadt Afrikas, droht zu versanden. Den ältesten Teil, aus dem Jahr 770, hat sich die Wüste schon geholt. Doch die ganze Stadt droht zum intellektuellen Sandkasten zu werden: 1450 zum Teil über 900 Jahre alte Bücher der Gelehrten der arabischen Welt lagern ungeschützt in der Bibliothek. Vielleicht kann der knapp 5000-Seelen-Ort noch einmal Geschichte schreiben, indem man hier den ersten Humidor Afrikas baut, um das Kulturgut gegen klimatische Einflüsse zu schützen.

Mauretanien fühlen

Nicht nur Wüste, auch Wasser: Um die 300 ausgemusterte Schiffe haben im Hafen von Nouadhibou ihre letzte Ruhe gefunden. Sie rosten am Kai oder in der Bucht treibend vor sich hin, im größten Schiffsfriedhof der Welt. Die inoffizielle Ruhestätte ist Einnahmequelle für die Beamten der zweitgrößten Stadt des Landes.

Warum die Außerirdischen gleich wieder wegfliegen würden

Hier gilt für Frauen: Dick ist schick. Mädchen werden auf Mastfarmen geschickt, um mit täglich 10 000 Kalorien auf Statur gebracht zu werden. Es gibt so lange Ziegenmilch und öligen Couscous, bis schmückende Speckrollen und Dehnungsstreifen sichtbar werden. Nicht dass die Mädchen das wollten – sie werden zwangsernährt –, aber die Männer mögen es. Und das Fett garantiert ihnen Status im späteren Leben.

Übrigens

Das »Auge Afrikas« in der Sahara entstand vor 500 bis 600 Millionen Jahren. Die markante Delle mit einem Durchmesser von knapp 50 Kilometern ist nur aus dem Weltraum zu erkennen, aber wunderschön. Entstand der ringförmige »Guelb er Richat« durch einen Meteoriteneinschlag, war es ein Vulkanausbruch oder einfach nur eine Laune der Natur? Experten streiten.

Mauritius

**»Wir müssen uns immer bewusst sein,
dass wir zuallererst dem Volk dienen und durch unser Handeln
auf ihre berechtigten Hoffnungen reagieren.«**

Der neue Leitspruch der Polizei von Mauritius (2009).

Name

Der Inselstaat ist nach einem Hessen benannt. Moritz hieß der Junge, wurde 1567 in Dillenburg geboren, studierte in Heidelberg und wurde nach der Ermordung seines Vaters Fürst Oraniens und der Niederlande. Einer seiner Admirale widmete ihm die Insel im Indischen Ozean.

Rekord

Mauritius kriegt die besten Noten: Das »African Child Policy Forum« kürte es 2009 zu dem Land, das in Afrika am meisten für seine Kinder tut. Zudem ist es noch der einzige »vollständig demokratische« afrikanische Staat, meint die »Economist Intelligence Unit« in ihrem »Democracy Index«. Und was sagt die Weltgesundheitsorganisation? Nach den Esten haben die Mauritier weltweit auch noch die sauberste Luft!

Das können die Mauritier besser

Sie regieren nicht nur gut, sie klingen auch noch gut: Bellepeau, Beebeejaun, Bachoo und Bappoo heißen vier der wichtigsten Leute im Kabinett.

Danke für …

»Meine Schätze, demjenigen, der dies versteht«, rief der Pirat Olivier Le Vasseur (»La Buse«) einst auf dem Schafott auf der Nachbarinsel Réunion. Dann soll er ein in Geheimschrift verfasstes Papier in die Menge geworfen haben. Seitdem buddeln Schatzsucher aus aller Welt die Inseln des Indischen Ozeans um. Vor allem Mauritius.

Nur hier

… gibt es im tropischen Hochnebelwald noch zwei Exemplare des seltensten Baumes der Welt, des »Bois Dentelle« – mit schönen weißen Glockenblüten.

Es war einmal

»Dead as a dodo« heißt es auf Englisch, wenn etwas ganz sicher hinüber ist. Man wusste etwa, dass die Schreibmaschine den »way of the dodo« gehen würde, als der Computer eingeführt wurde. Der Vogel Dodo ist am bekanntesten dafür, dass es ihn nicht mehr gibt. Seinen Namen (»Narr«) bekam er wohl von den Portugiesen, weil sie ihn einfach totschlagen konnten, da er nie floh. Das flugunfähige Tier kannte bis dahin keine Feinde. Im späten 17. Jahrhundert war der Dodo ausgestorben.

Mauritius fühlen

Rassel, Handtrommel, Fidel und los geht's: Der Musikstil Sega kommt von hier und von Réunion in der Nachbarschaft. Nicht nur die üblichen Einflüsse der Musik Afrikas sind darin, sondern auch Polka und Quadrille der Europäer. Gibt man ein bisschen Reggae dazu, ist es Seggae.

Warum die Außerirdischen gleich wieder wegfliegen würden

Makel im Paradies: Die Mauritier nehmen afrikaweit die meisten harten Drogen – fast zwei Prozent der Bevölkerung betäuben sich zumindest gelegentlich mit Opiaten, vor allem Heroin.

Übrigens

Ja, ja, die Blaue und die Rote. Immer wieder. Aber es sind nun mal die berühmtesten Postwertzeichen der Welt für die Laien und den Mainstream. Sie sind jedoch weder die wertvollsten noch die seltensten. Das ist die »Tre-Skilling-Banco« (siehe Schweden).

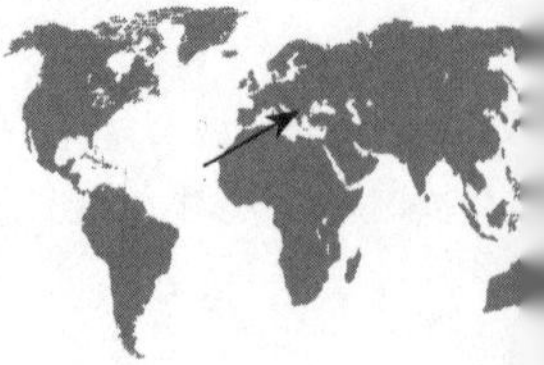

Mazedonien

»Ein neu aufgetauchtes Volk
auf der Suche nach einer Geschichte!«

Eugene N. Borza, US-amerikanischer Historiker.
Seit 1991 ist der südlichste Teil des ehemaligen Jugoslawien unabhängig und nennt sich Mazedonien. Ethnologisch hat das slawische Volk aber nichts mit den Makedoniern, dem alten griechischen Volk Alexanders des Großen, zu tun. Die haben ihre Heimat in der Provinz Makedonien im Norden Griechenlands, südlich der mazedonischen Grenze.

Name

Darf man die Mazedonier Mazedonier nennen? Die meisten Staaten tun es, doch einige (auch Deutschland) trauen sich das nicht. Denn die Griechen wollen den Namen ganz allein für ihre eigene Provinz Makedonien und nennen den Nachbarn im Norden nur »F.Y.R.O.M.« (Former Yugoslav Republic of Macedonia), worauf die Mazedonier antworten: »Don't you F.Y.R.O.M. me!« Internationale Vermittlungen scheiterten bislang, weil die Griechen keinen Namen mit und die Mazedonier keinen ohne »mazedon-« akzeptierten.

Rekord

Der häufigste Babyname ist »Aleksandar«. Das gebietet der Patriotismus.

Das können die Mazedonier besser

Die Hauptstadt Skopje bekam 2011 neue rote Linienbusse. In denen drehten die Fahrer die beliebte schnelle Turbofolkmusik gleich so laut auf, dass die Busgesellschaft einschreiten musste. Jetzt sucht die Zentrale die Hits aus: morgens ruhig, mittags dynamischer, nachmittags lokale und internationale Hits. Schon die offenen Geschäfte rund um die Uhr hatte man den feierlustigen Skopjern verboten (sind jetzt alle nur noch bis 3 Uhr nachts auf). Skopje ist Partystadt, den Freitag nennt man hier »Rettungstag«.

Danke für …

»Ich will als gute Handballerin in Erinnerung bleiben, nicht als attraktive!« Die mazedonische Handballnationalspielerin Nataša Kocevska arbeitet auch als Model … und spielt in der Frauen-Handball-Bundesliga für Borussia Dortmund.

Nur hier

… gibt es noch den Balkanluchs, den »Lynx lynx martinoi«, den mit den Pinselohren, weil es hier noch so schön viel Wald gibt. Doch nur noch 100 Stück von ihnen stromern durch das Unterholz.

Es war einmal

So wie Alexander einst wollte man schließlich auch Mutter Teresa zur Mazedonierin machen und stellte ihr ein Denkmal vor ihr abgerissenes Geburtshaus. Doch die Geehrte wollte nicht: »Vom Blut her bin ich Albanerin, offiziell bin ich Inderin und vom Glauben her bin ich eine katholische Nonne.« Gibt es so was überhaupt in Mazedonien?

Mazedonien fühlen

In Skopje kostet Rotwein so viel wie Fruchtsaft.

Warum die Außerirdischen gleich wieder wegfliegen würden

Sowohl der Flughafen in der mazedonischen Hauptstadt Skopje als auch der nebenan in der griechisch-makedonischen Hauptstadt Kavala heißt »Alexander-der-Große-Flughafen«. Wie oft da wohl Gepäck verloren geht?

Übrigens

Auch die erste mazedonische Flagge nach der Unabhängigkeit 1991 ärgerte die Griechen: Der Stern von Vergina in der Mitte gehöre ganz ihnen, weil er eben auch ein Emblem Alexanders des Großen war. Nach einer einjährigen Wirtschaftsblockade und griechischen Interventionen auf dem diplomatischen Parkett änderten die geschlagenen Mazedonier (oder griechisch korrekt: F.Y.R.O.M.er) ihren Stern.

Mexiko

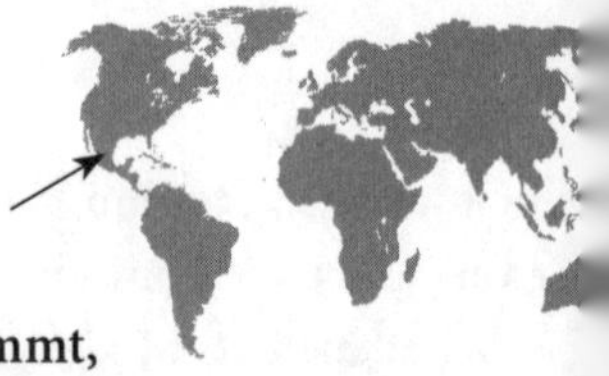

»Sind Feuerwerke in Mexiko legal?« »Verdammt, alles ist legal in Mexiko. Das hier ist der ›American Way‹!«

Ned und Jimbo aus der US-Fernsehserie South Park.

Name

Spitznamen geben ist ein Hobby der Mexikaner. Jeder in der Clique bekommt einen: »Moco« ist der Nasenpopler jeder Gruppe, »Gordo« der Dicke, »Flaco« der Dünne, »Cejos« hat die dicksten Augenbrauen, »Chimuelo« die schlechtesten Zähne und »Chango« ein Affengesicht. Zwar gibt es nicht in jeder Clique ein Affengesicht, doch die Liste ist praktisch endlos.

Rekord

Dicke Frauen. Die Mexikanerinnen liegen mit den US-Amerikanerinnen fast gleichauf, doch für die Señoras spricht, dass Frauen weltweit nirgendwo so viel dicker sind als ihre Männer.

Das können die Mexikaner besser

Statt sie Steuern zahlen zu lassen, lässt der Staat arme Künstler Bilder malen. Seit über 50 Jahren macht Mexiko seinen Malern so das Leben einfacher und baut sich ganz nebenbei eine gewaltige Kunstsammlung auf, fast 5000 Werke bislang. Damit aber nicht jeder arme Schlucker zum Pinsel greift, wählt eine Jury aus Kunstkennern aus, wer für die Steuer malen darf (ca. 700) und welche Bilder dem Staat gefallen. Mit der Progression ist es bei den Gemälden wie beim Geld – je ärmer, desto weniger: Wer fünf Bilder pro Jahr verkauft, muss ein Bild an den Fiskus geben, und wer 20 verkauft, sechs.

Danke für …

»Agathidium bushi«, »A. cheneyi« und »A. rumsfeldi« leben hier, drei Arten von Schwammkugelkäfern. Benannt wurden sie 2005 von Forschern der US-Universität Cornell, nicht aus Verachtung, wie sie betonten, sondern aus Bewunderung für die Politiker. Einen vierten Käfer tauften sie »Agathidium vaderi« nach dem Schurken Darth Vader aus *Krieg der Sterne.*

Nur hier

Das letzte der sieben sogenannten »modernen Naturwunder« ist 1943 auf dem Feld des Bauern Dionisio Pulido entstanden. Er war gerade beim Verbrennen von alten Sträuchern, da hörte er ein Ploppen. Aus dem Boden kamen Asche und Stein, und das hörte nicht mehr auf, bis ein 424 Meter hoher Berg auf Dionisios Feld stand und sogar die anliegenden Dörfer »geschluckt« waren. Verletzt wurde niemand, der Vulkan Parícutin kühlte schnell ab und heute wird er in einem Atemzug genannt mit dem Grand Canyon, dem Great Barrier Reef und den Nordlichtern.

Es war einmal

Benito Juárez (1806–1872), großer Präsident und Reformer, maß nur 1,37 Meter. Keiner war kleiner unter den bisherigen Führern dieser Welt.

Mexiko fühlen

Was den deutschen Fußballfans ihr »Oh, wie ist das schön!«, ist den mexikanischen ihr »Chiquitibum a la bim bom ba, chiquitibum a la bim bom ba, a la bio, a la bao, a la bim bom ba, Mexico, Mexico, rah rah rah!!!«

Warum die Außerirdischen gleich wieder wegfliegen würden

Jeder trinkt 160 Liter Coca-Cola pro Kopf pro Jahr. Weit mehr als andere Völker und etwa viermal so viel wie wir Deutschen.

Übrigens

Im südmexikanischen Dorf Ayapa leben die letzten beiden Menschen, die die alte indianische Sprache Nuumte Oote sprechen, welche die spanische Eroberung, Revolutionen und Hungersnöte überlebt hat. Manuel Segovia und Isidro Velazquez leben auch nur gut 500 Meter voneinander entfernt. Unglücklicherweise mögen sich die beiden nicht und reden nicht miteinander.

Mikronesien

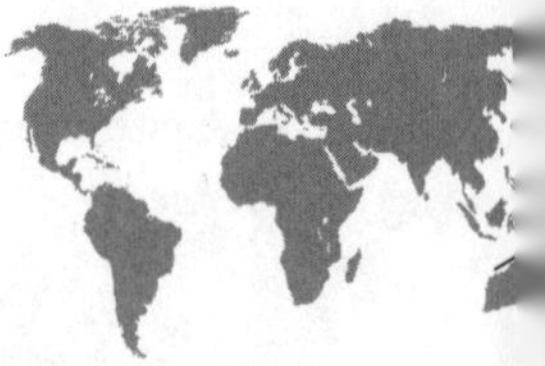

»Ich hatte erwartet, besser abzuschneiden, aber die Gewichte waren zu schwer!«

Manuel Minginfel, Gewichtheber und große Hoffnung unter den sechs mikronesischen Teilnehmern bei den Olympischen Spielen 2012 in London. Minginfel erreichte immerhin Rang 10.

Name

Das Land der »kleinen Inseln«. 607 an der Zahl, verteilt auf vier Bundesstaaten: Yap, Chuuk, Pohnpei und Kosrae.

Rekord

Ein Tor geschossen, 66 kassiert: Die Bilanz der mikronesischen Fußballnationalmannschaft in den sieben Spielen ihrer Länderspielgeschichte.

Das können die Mikronesier besser

… entspannen – mit Sakau. 14 beruhigende Stoffe enthält das Getränk aus den Wurzeln des Pfefferstrauchs. Der Mikronesier braucht also keinen Alkohol. Da Sakau leicht betäubt, ist der Geschmack auch nicht so wichtig: schlammig, kalkig, grasig. In gemütlicher Runde muss die erste und die vierte Schale auf den ranghöchsten Gast getrunken werden, ab dann kann man die Formalitäten weglassen.

Danke für …

Die Mikronesier haben so viel Platz, dass sie ihren 100 Mantarochen ein Schutzgebiet von der Größe Hessens eingerichtet haben. Und wer hier einen der Lieblinge verletzt, wandert ein halbes Jahr ins Gefängnis. Die Mantas sind bis zu fünf Meter breit, neun Meter lang (!), stachel- und harmlos und zutraulich. Sie bleiben immer hier, bei ihren »Putzerstationen«, an denen sie sich von netten kleinen Fischen die Parasiten entfernen lassen.

Nur hier

Die wertvollste Münze ist vier Meter groß: Auf Yap tauschte man früher Ware gegen Steingeld. Der Kalkstein musste von den 400 Kilometer entfernten Rock Islands rangeschafft werden, und je mühsamer und abenteuerlicher der Transport, desto höher der Wert. Münzen gab es von Teller- bis Mühlradgröße. Wegen ihres Gewichts blieben die »Geldstücke« nach dem Handel an Ort und Stelle, den Namen des neuen Besitzers merkte man sich einfach. Noch heute müssen die Steinscheiben aufrecht auf dem Rand stehen, und es ist strengstens verboten, sich draufzusetzen. Wer es vergisst, zahlt Strafe.

Es war einmal

Während des Zweiten Weltkriegs versenkten US-Bomber hier rund 70 Schiffe der japanischen Pazifik-Flotte. In 20 Meter Tiefe in der Lagune von Chuuk liegen seitdem Zigtausende Tonnen Rohöl, bis sich der Rost durch die Tanks gefressen hat. Man erwartet eine Umweltkatastrophe wie beim Bruch der Exxon Valdez in Alaska.

Mikronesien fühlen

Sagen Sie mal Hallo in den vier Staaten des Landes. Chuuk: »Ran Annim«, Kosrae: »Len Mwo«, Pohnpei: »Kaselehlia«, Yap: »Mogethin«.

Warum die Außerirdischen gleich wieder wegfliegen würden

Auf Chuuk ist Alkohol verboten und Miniröcke sind tabu.

Übrigens

Reist man vom mikronesischen Örtchen Tofol auf Kosrae ins mikronesische Örtchen Colonia auf Yap, ist man länger unterwegs als von Flensburg nach Casablanca.

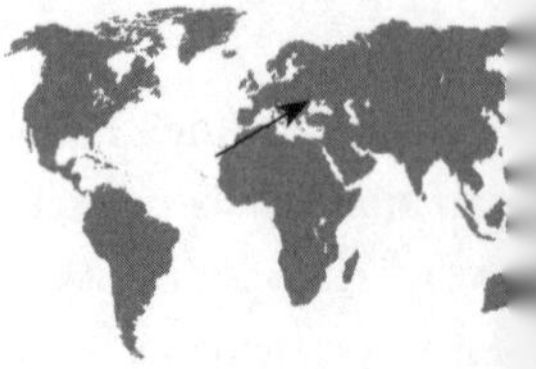

Moldawien

»Je besser der Wein in einem Haus, umso ehrbarer der Besitzer.«

Moldawisches Sprichwort.

Name

Benannt nach der legendären Hündin Molda. Diese gehörte König Dragos und wurde bei der Auerochsjagd am Fluss getötet, den er dann zur Erinnerung Moldova nannte. Die moldawischen Hunde von heute brauchen Ähnliches nicht zu fürchten: Ihr Land ist geschrumpft und der Fluss fließt dran vorbei.

Rekord

Moldawier trinken weltweit den meisten Alkohol. 18,2 Liter reinen Stoff pro Kopf. Vor allem die Männer: 32 Liter.

Das können die Moldawier besser

Formationstanz. Serien-Weltmeister.

Danke für …

Den Wein »Negru de Purkari« bestellt die britische Königin regelmäßig. Man schmeckt einen leichten Hauch von reifen Pflaumen und Feigen. Mit 120 Euro pro Kiste für sie ein Schnäppchen, für die meisten Moldawier ist das mehr, als sie monatlich verdienen.

Nur hier

… gibt's einen 200 Kilometer langen Weinkeller, der bis zu 85 Meter in die Tiefe führt. Der staatliche Komplex »Milestii Mici« birgt die weltweit größte Weinsammlung mit zwei Millionen Flaschen, die bei konstanten zwölf bis 14 Grad Celsius und 85 bis 95 Prozent Luftfeuchtigkeit gehalten werden. Eine unterirdische Weinstadt. Mit Ampelanlagen.

Es war einmal

Satz aus dem Hitler-Stalin-Pakt von 1939: »Hinsichtlich des Südostens Europas wird von sowjetischer Seite das Interesse an Bessarabien [heute Moldawien] betont. Von deutscher Seite wird das völlige politische Desinteresse an diesen Gebieten erklärt.« Am 28. Juni 1940 verleibte sich die Sowjetunion die Region ein und gab sie nach dem Zweiten Weltkrieg auch nicht wieder ab. Die »Moldauische Sozialistische Sowjetrepublik« wurde zum »Garten der Sowjetunion«. Seit 1991 ist der Garten selbstständig.

Moldawien fühlen

50 Prozent des Bruttoinlandsprodukts stammen aus Überweisungen von im Ausland arbeitenden Moldawiern. Zurück bleiben alte Menschen, Kranke und Kinder.

Warum die Außerirdischen gleich wieder wegfliegen würden

Wegen Transnistrien, Spitzname »Freiluftmuseum des Kommunismus«: Im Osten Moldawiens haben sich Gestrige ein eigenes dünnes Pseudo-Land gebaut, das die Erinnerung an die UdSSR pflegt, komplett mit Hammer, Sichel und Oberstem Sowjet. Transnistrien nimmt sich von der Moderne nur, was ihm passt: Freie Wahlen oder politische Opposition sind nicht dabei, dafür Menschen- und Waffenhandel, Korruption und Geldwäsche. Keiner erkennt das Gebilde an, außer anderen Pseudo-Staaten wie Abchasien und Südossetien.

Übrigens

Die Form Moldawiens ähnelt einem Bund Trauben.

Monaco

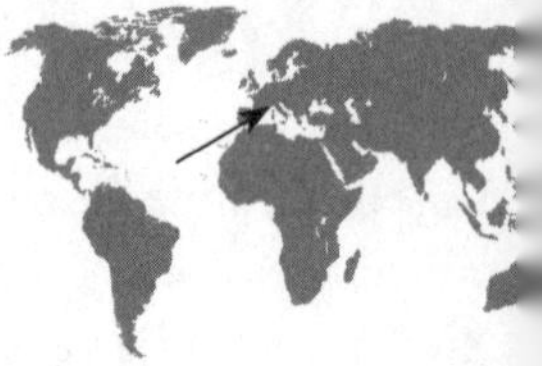

**»Sie war immer da und bereit,
etwas für mich zu tun, wenn ich es nicht konnte.
Wir waren ein Team, und das gibt es nicht mehr.«**

Fürst Rainier III., Fürst von Monaco (1949–2005), über seine Frau Gracia Patricia. Die ehemalige US-Filmikone Grace Kelly heiratete ihn 1956. Danach drehte sie nie wieder einen Film. Ihr letzter, aus demselben Jahr, hieß Die oberen Zehntausend. *Nomen est omen.*

Name

Die Römer trieben hier regen Handel. Den Hafen, strategisch günstig gelegen, nannten sie »Herculis Monoeci Portus«. Die Überleitung zu Monaco liegt nahe.

Rekord

Auf den zwei Quadratkilometern Monacos leben rund 36 000 Einwohner, das ist die höchste Bevölkerungsdichte eines Staates in der Welt. Ungefähr die Hälfte der Monegassen sind Millionäre, für deren Sicherheit um die 500 öffentliche Kameras sorgen. Wen wundert es da, dass Monaco das Land mit der geringsten Kriminalitätsrate ist? »Monaco ist der einzige Fleck der Welt, auf dem ich nachts mit meinen Juwelen spazieren gehen kann«, sagte die britische Sängerin Shirley Bassey.

Das können die Monegassen besser

Monegassen leben am längsten. Ein kleiner Monegasse könnte bei der Geburt damit rechnen, dass er 90 Jahre alt wird (ach, wenn das mit den Statistiken nur so einfach wäre). Kein Wunder, denn 170 Monegassen teilen sich einen Arzt und 50 ein Krankenhausbett.

Danke für …

»Irresistible … Irreversible … I can't fight the temptation. …«
1986 sang sich Prinzessin Stéphanie von Monaco auf die vorderen Plätze der Hitlisten in Frankreich, Deutschland und der Schweiz. 1991 nahm sie sogar einen Song mit Michael Jackson auf.

Nur hier

Nationalfeiertag ist der 19. November, der Namenstag des verstorbenen Fürsten Rainier, oder genauer: »Fürst Louis Henri Maxence Bertrand Rainier Grimaldi, Prince de Monaco, Duc de Valentinois, Marquis des Baux, Comte de Carladès, Baron du Buis, Seigneur de Saint-Remy, Sire de Matignon, Comte de Torigni, Baron de Saint-Lô, de la Luthumière et de Hambye, Duc d'Estouteville, de Mazarin et de Mayenne, Prince de Château-Porcien, Comte de Ferrette, de Belfort, de Thann et de Rosemont, Baron d'Altkirch, Seigneur d'Isenheim, Marquis de Chilly, Comte de Longjumeau, Baron de Massy, Marquis de Guiscard«.

Es war einmal

Mit dem Bau des Spielkasinos brachte Charles III. in den 1860er-Jahren Aufschwung und Glamour ins Land. Zum Dank wurde der Stadtteil Monte Carlo nach ihm benannt.

Monaco fühlen

Die Monegassen selbst dürfen nicht ins Kasino.

Warum die Außerirdischen gleich wieder wegfliegen würden

Sieben Millionen Euro für ein Apartment im 20. Stock.

Übrigens

Das heutige Fürstenpaar hat eine sportliche Vergangenheit: Albert II. nahm als Bobfahrer von 1988 bis 2002 fünfmal an den Olympischen Winterspielen teil. Sein bestes Ergebnis: Platz 25. Seine Frau Charlène war etwas erfolgreicher: Als Schwimmerin holte Charlène bei den Panafrikanischen Spielen in Johannesburg 1999 dreimal Gold. Bei den Olympischen Spielen in Sydney belegte sie zusammen mit ihren Staffelkolleginnen den fünften Platz.

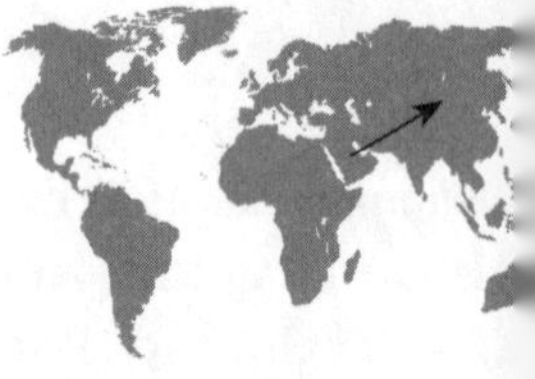

Mongolei

**»Sowjetische Autorität, Einmischung,
Rat und finanzielle Hilfe […] machten die Mongolen zu Kindern.
Es ist schwer, sich abhängigere und hilflosere Leute vorzustellen.«**

*Paul Theroux, amerikanischer Reiseschriftsteller, 1987.
Vier Jahre später endete mit der Sowjetunion alle Hilfe aus Moskau.*

Name

Utaanbaatar (»Held des Smogs«) ist der Spitzname für die Hauptstadt Ulan Bator (»Roter Held«).

Rekord

Die größte Stadt der Welt im am dünnsten besiedelten Land: Die Mongolei hat weniger Einwohner als Berlin, ist aber mehr als viermal größer als Deutschland. Und von diesem riesigen Reich nimmt die Stadt Hulun Buir wiederum ein Sechstel ein. Quizfrage: Wie oft passt Hulun Buir in Deutschland?

Das können die Mongolen besser

Sumo-Ringen: Nicht mehr die Japaner, sondern die Mongolen beherrschen den alten japanischen Kampfsport. In diesem Jahrtausend wurden nur Mongolen in den höchsten Sumo-Rang des »Yokozuna« gehoben: Asashōryū Akinori (geboren als: Dolgorsüren Dagwadordsch) und Hakuhō Shō (Mönchbatyn Dawaadschargal) aus Ulan Bator.

Danke für …

… die ersten Dinosaurier-Eier. Sie wurden im mongolischen Teil der Wüste Gobi in den 1920er-Jahren gefunden.

Nur hier

Die meisten Mongolen haben nur einen Namen. Einer der häufigsten ist »Nergüi«, was so viel heißt wie »namenlos«.

Es war einmal

Keiner weiß, wo Dschingis Khan begraben liegt. »Was für eine schöne

Aussicht! Begrabt mich hier, wenn ich tot bin!«, hatte der große Herrscher bei einem Spaziergang nahe seines Geburtsortes im Chentii-Gebirge gesagt. Doch er sorgte vor, dass der Ort bis heute geheim ist. Die Eskorte, die seinen Sarg begleitete, tötete jeden am Wegesrand. Auch die Totengräber wurden ermordet und danach diejenigen, die diese töteten. Zudem wurden Pferde über das Grab gejagt, Bäume gepflanzt und ein Fluss darübergeleitet. Das Gebiet, wo man das Grab vermutet, heißt noch heute »Großes Tabu«. Der Zutritt wurde erst vor ca. 25 Jahren erlaubt. Gefunden wurde der Khan noch nicht.

Mongolei fühlen

Erst mal essen, dann Guten Tag sagen und sich vorstellen. Unter den Nomaden wird einem Gast Tee, Käse und Süßes gereicht, bevor man ihn fragt, woher er kommt oder wohin er geht. Auch der Besucher spricht erst, nachdem er das Angebotene zumindest probiert hat. Noch heute kann man durchs ganze Land reisen, ohne einen Tögrög (die hiesige Währung) zu bezahlen.

Warum die Außerirdischen gleich wieder wegfliegen würden

Ulan Bator ist die kälteste und dreckigste Hauptstadt der Welt. Für die Kälte kann keiner was, für den Dreck nur bedingt. Eine Mitschuld daran trägt wiederum die Kälte (Durchschnitt –2 Grad Celsius), die im Winter den Feinstaub aus Wüstensand, Kohleöfen, Industrie und Autos wie in einer Glocke über der Zwei-Millionen-Stadt hält. Von den Bergen ringsum sieht man im Winter nichts.

Übrigens

Noch immer leiden die Mongolen am postsowjetischen Kater. Schon vor dem Kommunismus gab man ihnen Wodka, denn besoffen klingt jede Idee besser. Danach nahm die Sucht noch zu. Dem neuen Staat war es recht: Etwa ein Fünftel seiner Einnahmen kommen aus der Alkoholsteuer. Im Schnitt gibt es pro 270 Einwohner einen Spritshop. Fast jeder vierte Mann ist abhängig.

Montenegro

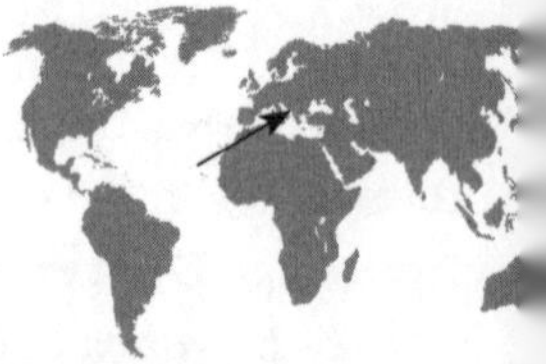

»Das ist besser als St. Tropez!«

Expremier Milo Đjukanović 2010 in der neu angelegten Marina »Porto Montenegro« von Tivat. Seit der Unabhängigkeit 2006 vermarktet sich Montenegro als »Monaco des Ostens«. Was nicht schlecht gelingt: Russen, Kanadier, Iren, Ungarn, Israelis kaufen Land aus Staatsbesitz und bauen Hotels und Marinas. Die Adria-Küste ist schon weitestgehend verkauft. Gerade schmeißen sie sich auf das Hinterland. Die Sprecherin der Anti-Korruptions-Organisation »Mans«: »Dieses Land steht zum Verkauf!«

Name

»Moltimonti« müsste das Land heißen, denn man wird keinen schwarzen Berg finden. Der montenegrinisch-serbokroatische Name »Crna Gora« besteht zwar aus den Worten »Schwarz« und »Berg«, meint aber eher »voller Berge« – das war zu hoch für die venezianischen Kaufleute, die es einst tauften.

Rekord

Dieses Land hat die jüngsten Anführer. Igor Lukšić war 34 und damit der jüngste Regierungschef weltweit, als er 2010 Premier wurde. Sein Vorgänger Milo Đukanović war beim Amtsantritt 1991 gar schlappe 29.

Das können die Montenegriner besser

Beerdigungen. Das wichtigste Ereignis im Leben folgt nach dem Tod: Eine Hochzeit darf man verpassen, ein Begräbnis nicht.

Danke für …

… das Vertrauen in den Euro. Bis auf ein paar Kleinstaaten (die ja gar nicht anders können: Monaco, Vatikan etc.) ist Montenegro das einzige Land außerhalb der Eurozone, das den Euro als Währung hat. Der Song zum »Eurovision Song Contest« 2012:
»Euro Neuro, Euro Neuro – Monetary break dance,
Euro Neuro, Euro Neuro – Give me chance to refinance.«
Vor 2002 zahlte man mit der D-Mark.

Nur hier

… kann man für Geld Staatsbürger werden. Wer 500 000 Euro investiert, wird Montenegriner. Das ist besonders interessant für Nichteuropäer, denn dann dürfen sie ohne Visum in die EU. So ist z. B. Thaksin Shinawatra, ehemaliger thailändischer Premier, der in seinem Heimatland per Haftbefehl gesucht wird, Montenegriner. Auch viele russische Geschäftsleute nehmen das Angebot an.

Es war einmal

»Als ich in Montenegro erwähnte, dass mein Bruder glatt rasiert ist, wurde ich gebeten, nicht noch einmal so etwas Schändliches über ihn zu sagen.« So die britische Reiseschriftstellerin Edith Durham 1909.

Montenegro fühlen

Schon dem großen britischen Dichter, Exzentriker und Schwimmer (siehe Türkei) Lord Byron fiel 1810 auf: »Als unser Planet entstand, muss sich die schönste Begegnung zwischen Meer und Land an der montenegrinischen Küste zugetragen haben. Und als die Perlen der Natur verteilt wurden, wurden sie mit vollen Händen in dieses Gebiet gestreut.«

Warum die Außerirdischen gleich wieder wegfliegen würden

Brad Pitt hat hier 1988 einen Film gedreht, dessen krude Story die Karriere hätte gefährden können: In *The Dark Side of the Sun* spielte er einen jungen Amerikaner, der einen Ganzkörperanzug trägt, weil er unter einer mysteriösen Hautkrankheit leidet, und der sich in Montenegro heilen lassen möchte und sich dabei verliebt. »Armselige Darstellungen« einer »sinnlosen Handlung«, urteilte die Kritik. Doch das Drehmaterial ging im Jugoslawienkrieg verloren und wurde erst wiedergefunden, als Pitt bereits ein Star war.

Übrigens

»Wir lieben euch, harte Berge, und eure gefürchteten Gebirgsketten«, singen die Montenegriner in ihrer Nationalhymne. Wer's mag …

Mosambik

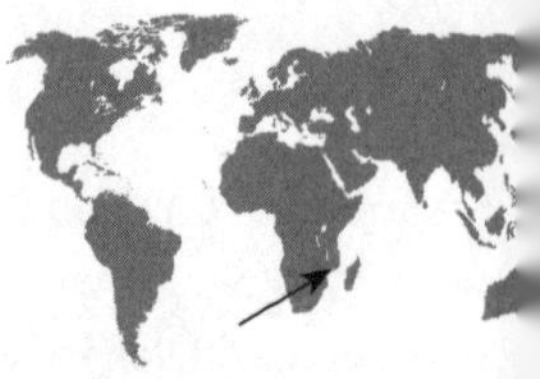

»There's lots of pretty girls in Mozambique.«

Bob Dylan

Name

Als der »Entdecker« Vasco da Gama 1498 die kleine vorgelagerte Insel vor dem Festland fand, war sie längst entdeckt, von den Arabern, seit 500 Jahren. Die Portugiesen vertrieben dann die Araber samt ihres Scheichs Mossa Al Bique, von dem nur der Name blieb.

Rekord

Eusébio, in Maputo geboren, spielte über zehn Jahre lang für Portugal Fußball. In 365 Einsätzen für Benfica Lissabon erzielte er 383 Tore. Seine Schüsse erreichten eine Geschwindigkeit von 120 km/h. Es gab in den 1960er-Jahren kaum eine nationale und internationale Auszeichnung, die dem »Schwarzen Panther« nicht zuteil wurde. Der damalige portugiesische Staatspräsident Salazar betrachtete ihn sogar als Staatseigentum und untersagte ihm einen Wechsel ins Ausland.

Das können die Mosambikaner besser

Geschäftstüchtige Frauen gründeten in der Stadt Nampula vor fast 20 Jahren eine Sparkasse, die Mikrokredite ausschließlich an Frauen vergibt. Den Grundstock verdienten sie mit dem Verkauf von selbst gebackenem Kuchen. Die Rückzahlungsrate liegt bei 100 Prozent. Die Initiative ist weiblich in Nampula. Kein Wunder für eine Stadt, in der die zweitürmige Kathedrale »Gina Lollobrigida« heißt.

Danke für …

Erst vor sieben Jahren entdeckte die Wissenschaft den 1700 Meter hohen Monte Mabu, und zwar durch Google Earth. Ein Stück fast unberührte Natur auf 7000 Hektar. In dem dicht bewaldeten Gebiet fanden, bisher ungestört, zum großen Teil unbekannte Schlangen, Insekten und bedrohte Vogelarten ihren Lebensraum.

Nur hier

Sie selbst nennen sich M-Ossies: In Mosambik leben die sogenannten Madgermanos (vermutlich von »Made in Germany« abgeleitet), Männer, die einst als Vertragsarbeiter in die DDR geschickt worden waren. Ihren Lohn hatte man damals zum großen Teil direkt nach Mosambik überwiesen, wo es hieß, sie würden das Geld später ausgezahlt bekommen. Bis heute kämpfen sie darum, dass dies geschieht.

Es war einmal

Kurz nach der Unabhängigkeit in den 1970er-Jahren betrieb das Nationale Filminstitut INC 40 Kinos in den großen Städten und baute eine eigenständige Filmindustrie auf. Unterstützt von Cineasten wie Jean-Luc Godard erregte der mosambikanische Film Aufsehen. Doch nach dem Bürgerkrieg und dem Tod des Initiators Samora Machel, dem ersten Präsidenten des Landes, ging es erst einmal bergab mit der Kultur. Seit 2006 gibt es mit Dockanema, einem regelmäßig stattfindenden Filmfestival für Dokumentarfilme, wieder Hoffnung.

Mosambik fühlen

Körperkontakt und inniges Beten soll heilen. Das meinen amerikanische Wissenschaftler in Mosambik herausgefunden zu haben. Sie untersuchten Gruppengebete und stellten fest, dass Gebrechen wie schlechtes Sehen und schlechtes Hören zurückgegangen waren.

Warum die Außerirdischen gleich wieder wegfliegen würden

Mosambik ist die einzige Nation mit einer Kalaschnikow bzw. einer Waffe auf der Flagge.

Übrigens

»Als Junge träumte ich davon, zum Ende der Welt zu reisen. Und für mich war Afrika dieser Ort. Es war gerade so weit weg, wie meine Fantasie reichte«, sagt der schwedische Erfolgsautor Henning Mankell, der in seiner zweiten Heimat Maputo seit vielen Jahren das von Manuela Soiero 1984 gegründete Teatro Avenida unterstützt. In diesem Straßentheater spielen Profis und Laien Klassiker wie Ibsens *Nora* ebenso wie zeitgenössische Stücke zur Gesellschaft Mosambiks und bringen ihre Inszenierungen auf Tourneen in die entlegensten Winkel des Landes.

Myanmar

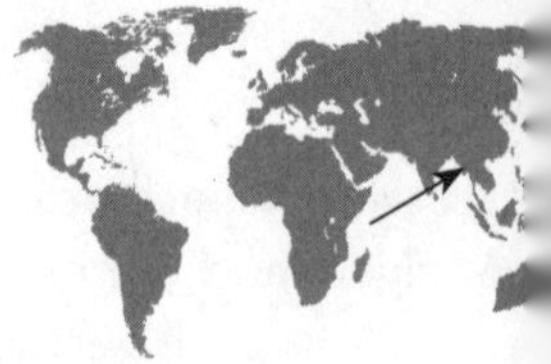

»Ich finde, dass sie ziemlich reizend aussehen, die Burmesen. Sie haben solche herrlichen Körper! Denk nur mal daran, was du in England so sehen würdest, wenn die Leute halb nackt herumlaufen würden wie hier!«

John Flory, Hauptfigur in George Orwells Roman Tage in Burma.

Name

Ob Burma oder Myanmar war lange Zeit egal. Da jedoch die britischen Kolonialherren Burma gesagt hatten, nannte man sich ab 1989 lieber Myanmar. Die Militärjunta, seit 1962 an der Macht, wollte zeigen, dass die Kolonialzeit endlich überwunden war.

Rekord

Nur 0,2 Prozent haben Internet.

Das können die Myanmaren besser

Gut geplant und geheim gehalten: 2002, am 11. des 11. Monats um 11 Uhr transportierten 1100 Militärlastwagen 11 Bataillone und 11 Ministerien von der alten Hauptstadt Rangun ins Niemandsland. Hals über Kopf hatten die Generäle eine neue Hauptstadt auf eine Brache im Landesinneren gebaut: Naypyidaw, der »Sitz der Könige«. Es heißt, dass ein Astrologe den Generälen dazu geraten hatte. Allen Beamten wurde erst am Abend vor dem Umzug Bescheid gegeben.

Danke für …

»Live for nothing, die for something!«, ruft Sylvester Stallone 2008 in *Rambo IV* und kämpft dabei gegen die burmesische Militärjunta. Die Wirklichkeit folgt der Fiktion, denn heute brüllen die echten »Myanmarese Freedom Fighters« das Gleiche durch den Dschungel, beim echten Kampf gegen die Junta. Die Freiheitskämpfer kennen *Rambo* auswendig. Stallone: »Einer der stolzesten Momente meiner Filmkarriere.«

Nur hier

Ramree Island, 19. Februar 1945. Bei Kämpfen zwischen Briten und

Japanern kamen ca. 1000 japanische Soldaten ums Leben. Jedoch nicht im Gefecht. Die Japaner waren von den Briten in den Sümpfen der Insel eingekesselt worden. Dort wurden sie von Krokodilen gefressen.

Es war einmal

König Theinhko (918–959) wurde von einem Bauern erschlagen, weil er ihm eine Gurke weggegessen hatte. Theinhko war gerade auf der Flucht vor Rebellen. König wurde dann der Bauer. Spitzname: Gurkenkönig.

Myanmar fühlen

Hier gibt es den schwul-lesbischen Sender Colours Rainbow TV, obwohl man für Homosexualität noch immer »lebenslänglich« kriegen kann – ein Erbe des puritanischen britischen Kolonialismus. Myanmar hängt seit November 2010 zwischen Gestern und Morgen. Seit die Dissidentin Aung San Suu Kyi aus ihrem 15-jährigen Hausarrest entlassen und auch im Parlament offizielle Oppositionsführerin wurde, sieht es für das schwule Radio gut aus: »Sie bringt die Menschenrechte auf den Tisch, und durch sie werden unsere Stimmen lauter als je zuvor.«

Warum die Außerirdischen gleich wieder wegfliegen würden

Premierminister Ne Win schaffte 1987 plötzlich die 75er-, 35er- und 25er-Geldscheine ab und führte 90er- und 45er- ein. Grund: Er glaubte, mithilfe von durch neun teilbaren Banknotenwerten 90 Jahre alt zu werden. Das Schlimme: Das Volk durfte seine alten Banknoten nicht gegen neue tauschen, und 75 Prozent allen Geldes war über Nacht wertlos. Die folgenden Aufstände wurden niedergeschlagen. Ne Win starb 2002 im Alter von 92 Jahren.

Übrigens

»[Bei unserer Burmarecherche im Internet] fanden wir die erstaunliche Information, dass es etwa höflich ist, Freude auszudrücken, indem man Schnee isst, und dass man unerwünschte Gäste wegschickt, indem man ihnen ins Bein beißt. Und dass es normal ist, seinen Mund am Sofa abzuwischen. Das ist auch tatsächlich wahr, und unsere Mitarbeiter schrieben das alles auf, mit großer Freude an Burma. Nur um am Ende festzustellen, dass ›Burma‹ nur der Hund war, der dem Autor der Website gehörte.« Stephen Fry, britischer TV-Showmaster und Comedian.

Namibia

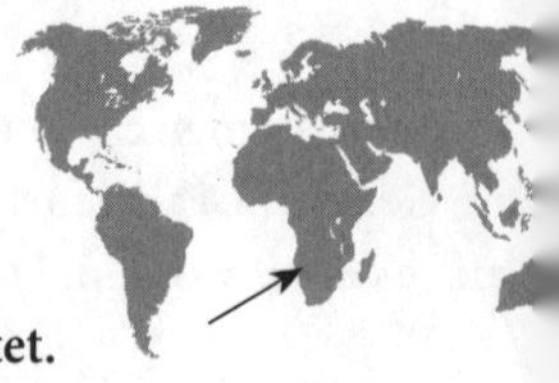

»Wir haben sogar mit Buschmännern gearbeitet. Grandiose Gesichter. Aber mitten im Dreh waren sie plötzlich verschwunden. Die Leute aus Namibia trösteten mich, ich sollte froh sein, dass sie drei Wochen mitgespielt hätten: Normalerweise blieben sie nur eine Woche an einem Ort.« *Roland Emmerich, deutscher Regisseur, über seine Dreharbeiten am Film* 10 000 B.C. *in Namibia.*

Name

Namibia ist berühmt für seine kreativen Barnamen, z. B. »The Bruce Lee Bar«, »MacGyver Bar«, die »Cool Bar«, »Cool & Cool Bar«, »Super Cool Bar«, die »The Dog is Hot Bar« und »Peace of Mind Bar«. Und gegen die »Taliban Bar« und das »Gangsters Paradise« gibt's die »FBI Bar«. Die Namen sind das Schillernde an Tausenden oft illegaler Kneipen, die der Staat nicht in den Griff kriegt.

Rekord

Nicht die Sahara, nein, die Namib hat die höchsten Dünen Afrikas. »Düne 7« ist fast 400 Meter hoch.

Das können die Namibier besser

Wendelinus Hamutenya wurde 2012 zum ersten »Mister Gay Namibia« gekrönt. 2000 wollte Innenminister Jerry Ekandjo noch Homosexuelle »aus dem Gesicht Namibias eliminieren« und ihre Hunde töten. Auch Wendelinus' Vater ließ seinen Sohn beim Coming-out zuerst ins Krankenhaus bringen. Heute sind beide versöhnt und Mr. Gay wurde nach seinem Sieg vom ganzen Dorf gefeiert.

Danke für …

»Wasser, Wasser, überall … für 400 Jahre!«, jubelte die namibische Presse 2012. Fünf Milliarden Kubikmeter (100-mal Bodensee) hat man knapp unter der Wüste entdeckt. In den letzten 10 000 Jahren sind die Völker der San und der Nama, die Deutschen und die Buren durstig drüber hinweggelaufen. Das Wasser ist sauber und preiswert zu fördern. Grob gesagt: Problem gelöst in einem der trockensten Länder der Welt.

Nur hier

»Dies ist ohne Frage die wunderbarste Pflanze, die je in dieses Land gebracht wurde, und eine der hässlichsten«, staunte der Botaniker Joseph D. Hooker 1860 in seinem englischen Gewächshaus. Die Pflanze hatte ihm Kollege Welwitsch geschickt, also nannte er sie nach ihm. Die Welwitschie besteht aus zwei Blättern, die sich zwei Meter weit über den Boden legen. Sie ist die einzige Pflanze mit nur einem Blattpaar, nachwachsend, jahrhundertelang.

Es war einmal

2012 wurden hier die ältesten Fossilien der Welt entdeckt: Schwämme, so groß wie Staubkörner und dennoch Vorfahren der Menschen. 760 Millionen Jahre alt sollen sie sein.

Namibia fühlen

Seit Kurzem darf »Biltong« auch in die EU eingeführt werden. Das knabbern die Namibier seit jeher wie Chips zum Bier: getrocknetes Rind, Strauß, Springbock oder Kudu. »Biltong« hieß so viel wie »Po-Streifen« bei den Buren im südlichen Afrika, die Fleisch mit Essig, Salz, Zucker, Pfeffer und sonstigen Gewürzen einrieben, um es zwei Jahre konservieren zu können, selbst in der Wüste.

Warum die Außerirdischen gleich wieder wegfliegen würden

Wenn einer der 20 000 Namibia-Deutschen seine »Alte anbellt«, ist das nicht böse gemeint, denn das heißt nur, dass er seine »Frau anruft«. Seit 130 Jahren spricht man hier Deutsch, doch es hat sich ein bisschen verändert seit Kaisers Zeiten in »Südwest«. Oder wissen Sie, was es heißt, wenn Sie sich »mit dem Storch einen Kack fangen, weil das Auto auf dem Weg zum Winkel am Robot kalbt«? (Lösung: Das Auto gibt auf dem Weg zum kleinen Laden an der Ampel den Geist auf und Sie ärgern sich zusammen mit der festen Freundin.)

Übrigens

Das Deutsche hat etwa 40 Laute. Die Sprache »!Xóõ« hat 159 Laute und hält damit den Weltrekord, allein 83 sind Klicklaute und Marter für europäische Zungen. »!Xóõ« sprechen aber nur noch etwa 200 Namibier. Es ist wohl doch nicht praktisch genug!

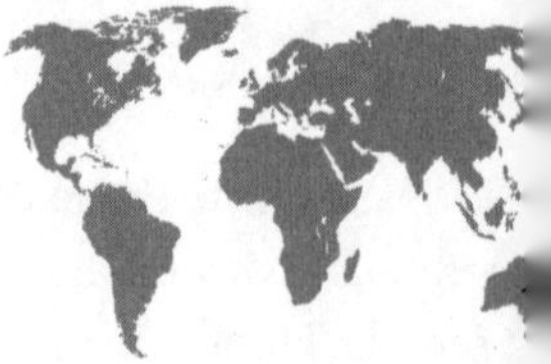

Nauru

»Lasst uns zu unseren Worten stehen, körperlich aktiv werden, Diabetes schlagen, um länger und gesünder zu leben!«

Werbeschild auf Nauru.

Name

»Ich gehe an den Strand« soll der Landesname heißen, es wird aber vermutet, dass sich die deutschen Kolonialherren das Wort nur ausgedacht haben. Die Insulaner können sich nicht mehr erinnern.

Rekord

Die kleinste Republik der Welt (ein Eiland von nur 21 Quadratkilometern) hatte in den 1970er- bis 1990er-Jahren das zweithöchste Pro-Kopf-Einkommen der Welt. Der auf dem Eiland über Jahrtausende zu bestem Phosphatdünger gewordene Vogelkot brachte so viel Wohlstand, dass sich jeder mehrere dicke Autos kaufte, fortan Gastarbeiter für sich schuften ließ und weder Steuern noch Ausbildung oder den Arzt zahlte. Seit zur Jahrtausendwende aller Vogelmist verkauft ist, schlittert Nauru Richtung Staatsbankrott. Zuletzt wurde die Arbeitslosenrate auf 90 Prozent geschätzt – auch Rekord!

Das können die Nauruer besser

Nicht mehr selbst gefangener Fisch, sondern fettes Essen aus Übersee nährt die Nauruer. Einst sportlich-schlanke Fischer mit keinem Gramm Fett am Leib, sind sie heute die Dicken der Welt: 95 Prozent sind übergewichtig, 30 Prozent haben Diabetes – auch ein Rekord. Und sie sterben früh: Nauru hat den weltweit geringsten Anteil an über 65-Jährigen.

Danke für ...

... ein paar gute Gewichtheber. Marcus Stephen gewann in den 90er-Jahren Goldmedaillen bei den Commonwealth Games und war Olympionike (hob 172,5 kg bei 62 kg Körpergewicht). Für ihn allein gründete man ein NOK. Er wurde dessen Vorsitzender und schließlich sogar

Staatspräsident. Natürlich machte er seinen Sport zum staatlich geförderten Nationalsport. 2011 trat er ab. Es gab Korruptionsvorwürfe.

Nur hier

… gibt es keine Hauptstadt.

Es war einmal

… die deutsche Besetzung der Insel, ohne die sich die zwölf Nauruer Clans vermutlich selbst vernichtet hätten. Denn die lagen 1888 mal wieder miteinander im Krieg. Diesmal aber zum ersten Mal bewaffnet mit Gewehren, außerdem betrunken durch importierten Alkohol. Die Deutschen sammelten über 700 Waffen, Tausende Patronen und die Stammesführer ein und befahlen den Frieden. Die Inselbevölkerung war bereits um ein Drittel dezimiert. Deutschland blieb Schutzmacht auf Nauru bis 1914.

Nauru fühlen

Supermärkte ohne Obst und Gemüse.

Warum die Außerirdischen gleich wieder wegfliegen würden

Ihre Kultur haben die Einheimischen vergessen. Die Lieder im inseleigenen Archiv verstehen nicht mal mehr die Alten. An die Göttin Eijebong und die Spinne Areop-Enap, die die Welt schuf, glaubt niemand mehr.

Übrigens

Am Angam Day (»Jubeltag«), dem inoffiziellen Nationalfeiertag, feiern die Nauruer, dass es genug von ihnen gibt. Nach krankheitsbedingtem Bevölkerungsschwund Anfang des 20. Jahrhunderts setzten sich die verbliebenen ca. 1000 Nauruer das Ziel, wieder auf 1500 anzuwachsen. Das gelang 1932 zum ersten Mal und nach dem Zweiten Weltkrieg 1949 zum zweiten Mal. Heute feiern über 10 000 Nauruer, dass es sie gibt.

Nepal

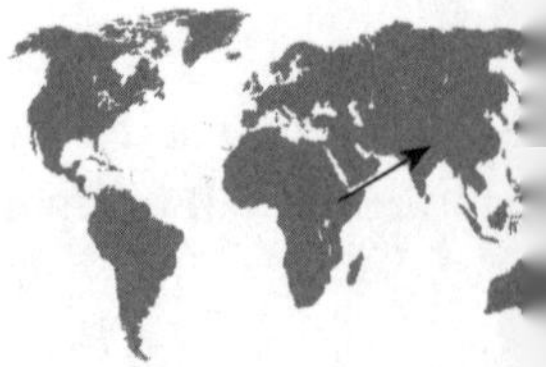

»Die Mutter und das Mutterland sind größer als das Himmelreich.«

Der nepalesische Wahlspruch.

Name

Die Regierung hat untersagt, dass Schulen ausländische Namen tragen. Diese hatten sich »White House«, »Einstein Academy«, »Pentagon College« oder »NASA« genannt.

Rekord

Mit 15 Siegen ist Nepal Rekordmeister der Elefantenpolo-Weltmeisterschaft, ausgetragen seit 1982. Bis zu zwölf Länder treten dazu an. Eine Mannschaft besteht aus vier indischen Elefanten, die jeweils einen Führer und einen Spieler tragen. Gespielt wird mit einem drei bis vier Meter langen Schläger und dem üblichen Polo-Ball. Die zweitmeisten Siege holten die Schotten (fünf Siege).

Das können die Nepalesen besser

Der Zeit voraus sein: In Nepal wurde 2012 schon das Jahr 2069 geschrieben. Den »Bikram-Sambat-Kalender« benutzen Königshaus, Zeitungen und öffentlicher Dienst. Er ist ausgerichtet und benannt nach einem König, der 57 v. Chr. einen anderen König besiegte. Die Jahre beginnen im Frühling.

Danke für …

Warum ist die Flagge Nepals als einzige in der Welt nicht rechteckig? Gegenfrage: Warum sind alle Flaggen außer der nepalesischen rechteckig?

Nur hier

»Wenn ein Mann sagt, er habe keine Angst vorm Sterben, dann ist er entweder ein Lügner oder ein Gurkha«, sagte einst Feldmarschall Sam Manekshaw über die Soldaten aus Nepal. Schon 1816 zeigten sich die Briten beim Sieg gegen Nepal so tief beeindruckt von dessen Gurkha-Kriegern, ihrem Mut und den Krummdolchen, dass sie sich fortan deren Dienste sicherten. Als argentinische Soldaten 1982 im Falklandkrieg hörten, Gurkhas zögen auf Seiten der Briten in die Schlacht, kapitulierten sie reihenweise. Heute dienen Gurkhas in der indischen und der britischen Armee, und der nepalesische Staat »vermietet« sogar Gurkha-Polizisten. Die Angehörigen im armen Nepal profitieren von Sold und Pensionen.

Es war einmal

»Stirn des Himmels« nannten ihn die Nepalesen seit jeher. Doch dann kam 1814 der Waliser Sir George Everest und vermaß den Berg. Zuerst hieß er »Peak b«, dann »Peak XV«. Eigentlich wollten die Briten den Originalnamen beibehalten, doch welchen nehmen: den nepalesischen oder den tibetischen? Everests Nachfolger benannte ihn schließlich provisorisch nach seinem Vorgänger. So blieb es. Everest selbst war übrigens dagegen.

Nepal fühlen

»Ich begrüße das Göttliche in dir« ist die allgemeine Begrüßung: Die Hindus glauben eben an die Menschen.

Warum die Außerirdischen gleich wieder wegfliegen würden

Der Annapurna ist der tödlichste Berg der Welt. Obwohl nur Nummer 10 unter den Achttausendern, haben es erst 154 Bergsteiger geschafft, ihn zu besteigen, 60 sind tödlich verunglückt.

Übrigens

Auf dem Mount Everest kann man kein Ei hart kochen. Bei dem niedrigen Luftdruck kocht das Wasser schon bei 71 Grad. Das reicht für das Eigelb, aber das Eiweiß bleibt, wie es ist.

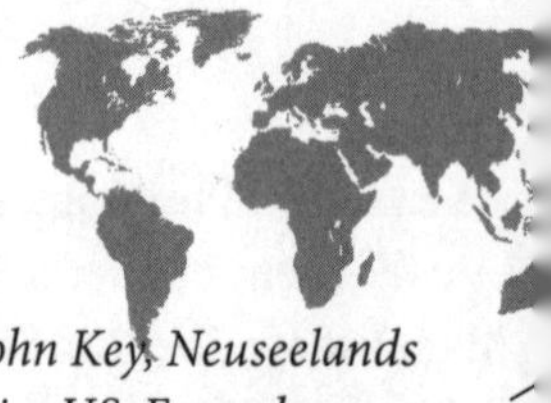

Neuseeland

»Es ist wie England, nur ohne die Attitüde!« *John Key, Neuseelands Premierminister, in David Lettermans* Late Show *im US-Fernsehen.*

Name

An einem Regentag saß die zehnjährige Martina Navrátilová in Prag, langweilte sich und lernte den weltweit längsten Namen eines Berges in Neuseeland auswendig: »Taumatawhakatangihangakoauauotamateaturipukakapikimaungahoronukupokaiwhenuakitanatahu« (»Der Ort, an dem Tamatea, der Mann mit den großen Knien, die Berge hinabrutschte, emporkletterte und verschluckte, bekannt als der Landfresser, der seine Flöte für seine Geliebte spielte«). Das sagt die Tennislegende noch heute auf, wenn sie dort Show-Turniere spielt.

Rekord

Weltweit rauchen nirgendwo so viele Menschen Cannabis. Jeder vierte Neuseeländer hat Erfahrung. In Japan ist es jeder Zweitausendste. Anstatt die Pflanze zu rauchen, sollten die »Kiwis« sie im Dampfbad inhalieren: Neuseeland hat eine der höchsten Asthmaraten unter Kindern weltweit, und Cannabis gilt als bronchienerweiternd.

Das können die Neuseeländer besser

In einem Rugbyspiel gegen die Franzosen wurden Buck Shelford vier Zähne ausgeschlagen, das Gehirn erschüttert und das Skrotum so aufgeschlitzt, dass ein Hoden heraushing. Shelford ließ sich am Spielfeldrand in aller Ruhe nähen und spielte weiter. Bis heute hat er keine Erinnerung mehr an das Spiel. 121 928 von vier Millionen Neuseeländern sind Rugby-Spieler. Die Frauen, die »Black Ferns«, und die Männer, die »All Blacks«, sind Weltspitze.

Danke für …

Hart im Rugby, ansonsten soft. Neuseeland tummelt sich Jahr für Jahr an der Spitze der friedlichsten Länder. Laut dem »Global Peace Index« ist es hier am unwahrscheinlichsten, in eine gewalttätige Demo zu geraten, ermordet zu werden oder in seinen Menschenrechten verletzt zu werden. Die politischen und wirtschaftlichen Verhältnisse sind stabiler als anderswo, die Politiker werden respektiert, die Militärausgaben sind niedrig und die Nachbarschaften gut.

Nur hier

... sind die Jedis die zweitstärkste Religion nach den Christen. Zumindest als sich 2001 im Rahmen einer Volkszählung 54 000 Neuseeländer (1,5 Prozent der Bevölkerung) als Anhänger des Jediismus und damit der guten Kämpfer aus den »Star Wars»-Filmen identifizierten – bei jeweils 1,3 Prozent Buddhisten und Hindus. Für viele war das zwar nur ein Spaß oder die Unlust am Zensus, doch die »gute Seite der Macht« kann sich auf manchen Neuseeländer verlassen.

Es war einmal

Einst gab es auf den neuseeländischen Cook-Inseln einen Papagei namens »Veni vidi vici«, benannt nach dem berühmten Satz Julius Cäsars nach der Schlacht bei Zela: »Ich kam, ich sah, ich siegte.« Doch dann kamen um das Jahr 1000 die ersten Siedler, sahen den Vogel und besiegten ihn. Der »Veni vidi vici« starb aus.

Neuseeland fühlen

Neuseeland ist Mittelerde. Ein Land, so vielfältig, dass es bei der Verfilmung von J. R. R. Tolkiens *Der Herr der Ringe* ausreichte, um eine ganze Fantasywelt abzubilden: die Berge von Mordor, die Ebenen von Rohan und das Auenland der Hobbits. Das findet man auf einer Farm bei Matamata. Für das Dorf Beutelsend musste man allerdings nachhelfen: Die Armee grub Höhlen, pflanzte Hecken, schraubte eine importierte zersägte Rieseneiche wieder zusammen, mit Laub aus Taiwan. Alles steht noch, zum Angucken: Aber das kostet saftige 220 € für vier Erwachsene.

Warum die Außerirdischen gleich wieder wegfliegen würden

»Die schreckliche Tragödie der Südsee. Drei Millionen Menschen lebendig in der Falle«, schrieb der neuseeländische Satiriker Tom Scott 1979 über seine unfassbar abgelegene Heimat.

Übrigens

Auf zehn Schafe kommt ein Mensch.

Nicaragua

»In den Blicken der Jungen und der Alten, der Mütter und liebenden Frauen, in den Augen der Polizisten und der Angestellten, des Abenteurers und des Mörders, des Revolutionärs und des Diktators und in denen des Heiligen: In allen wohnt […] der gleiche unendliche Durst nach Glück und Freude und Liebe und geliebt werden.«

Ernesto Cardenal, Priester, Dichter und ehemaliger Kulturminister Nicaraguas. 1985 wurde er von Papst Johannes Paul II. wegen seiner politischen Tätigkeit von seinem Priesteramt suspendiert.

Name

Die Moskitoküste im Osten könnte ihren Namen glatt von den hier weitverbreiteten Insekten haben. Tatsächlich aber stammt er von den Miskitoindianern. Und warum das Land Nicaragua heißt? Da gibt es tausend Theorien.

Rekord

Managua ist eine der wärmsten Hauptstädte der Welt. Noch nie soll es hier kühler als 20 Grad Celsius gewesen sein.

Das können die Nicaraguaner besser

Eigentlich sollte er hier gebaut werden, der Kanal, den man 1914 zwei Grenzen weiter südlich buddelte und Panamakanal nannte. Aufgeschoben ist bekanntlich nicht aufgehoben. Seit Juli 2012 ist nun der Nicaraguakanal beschlossene Sache. Mit 280 Kilometer Länge soll »El Gran Canal« den panamaischen Kollegen um rund 200 Kilometer übertreffen und Schiffen mit einem Volumen von bis zu 250 000 Tonnen den Weg frei machen (Panamakanal bisher 65 000 Tonnen).

Danke für …

Die besten Zigarren jenseits von Kuba kommen aus Nicaragua. Der Tabak wird hauptsächlich in Estelí angebaut und weiterverarbeitet. 30 000 Familien rollen 60 Millionen Zigarren im Jahr. Die Handfertigung, die kräftige Würze und der Geschmack nach Kaffee, dunkler Schokolade und Pfeffer hat seinen Preis: Für die Joya de Nicaragua bezahlt man elf Euro, für die Dunhill Signed Range Churchill 16,30 Euro und für die Padron Family Reserve Nr. 46 Maduro sind 37 Euro fällig.

Nur hier

... wurden die beiden größten Städte des Landes um einige Kilometer verlegt. In den Jahren 1931 und 1972 zerstörten verheerende Erdbeben Managua zu 90 Prozent. Man rückte sechs Kilometer weiter, weg vom Zentrum der Beben. Ähnliches geschah zuvor auch mit der zweitgrößten Stadt Léon. 1610 verschüttete sie ein Vulkanausbruch des Momotombo. Weiter südlich wurde sie wieder aufgebaut.

Es war einmal

»Sicherlich ist er ein Schweinehund – aber er ist unser Schweinehund!«, sagte der damalige US-Präsident Franklin D. Roosevelt über Anastásio Somoza, der in den 1930er-Jahren eine jahrzehntelange Diktatur seines Clans begründete, immer unterstützt von den USA. Sein Sohn wurde 1979 von den linken Sandinisten gestürzt.

Nicaragua fühlen

Über eine Million Nicaraguaner leben und arbeiten in Costa Rica oder den USA. Pro Jahr überweisen sie bis zu eine Milliarde US-Dollar an die Daheimgebliebenen. Von denen müssen rund 40 Prozent sonst mit einem US-Dollar am Tag auskommen.

Warum die Außerirdischen gleich wieder wegfliegen würden

Der Bullenhai liebt Süßwasser und lebt im Nicaragua-See. Er wird 3,50 Meter lang und ist ähnlich aggressiv wie sein weißer Verwandter, frisst alles, was an seinem breiten Maul vorbeischwimmt.

Übrigens

1984 verklagte das Land die USA vor dem Internationalen Gerichtshof in Den Haag. Durch Unterstützung der Contra-Rebellen und Aktionen wie die Verminung von Häfen sei das Völkerrecht verletzt. Der Gerichtshof gab der Klage statt und wies die USA an, ihre Aktivitäten einzustellen und Reparationen zu zahlen. Die blieb dem Verfahren fern und erkannte das Urteil nicht an. Der sogenannte Nicaragua-Fall ist ein bedeutender Präzedenzfall des Völkerrechts.

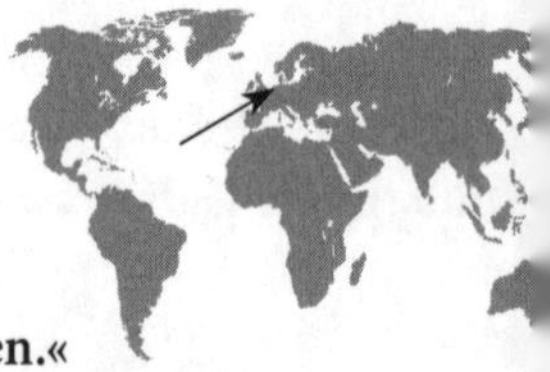

Niederlande

»Ich stehe mit beiden Beinen fest in den Wolken.«

Herman van Veen (geb. 1945), niederländischer Multikünstler.

Name

Ein Land, das zum Teil unter dem Meeresspiegel liegt, muss wohl so heißen. Ein bisschen weniger leicht zu erraten ist die Wortherkunft von Holland. Das kommt von der Bezeichnung Holzland, weil da einst wohl mal mehr als drei Bäume gestanden haben. Holland heißen aber nur zwei Provinzen der Niederlande: Süd- und Nordholland.

Rekord

Die älteste Hymne der Welt und dazu sicher die einzige, die zwei anderen Ländern huldigt:

Wilhelm von Nassau – bin ich, von deutschem Blut,
dem Vaterland getreu – bleib ich bis in den Tod.
Ein Prinz von Oranien – bin ich, frei, unerschrocken,
den König von Spanien – hab ich allzeit geehrt.

Das können die Niederländer besser

Computer hacken. In der Summe der PC-Angriffe liegen vor den Holländern zwar noch die Big 3 USA, China und Russland, doch wenn auf 16,6 Millionen Einwohner elf Prozent der Angriffe weltweit kommen … Respekt!

Danke für …

… die eigentliche und geheime Weltregierung. Sie wurde 1954 erstmals von Prinz Bernhard, dem deutschen Gemahl von Königin Juliana, in dessen »Hotel de Bilderberg« in Oosterbeek versammelt. Vorwiegend westliche Politiker, Wirtschaftsbosse und Denker diskutieren seitdem die Probleme der Welt, und weil absolute Vertraulichkeit garantiert wird, wittert mancher eine Weltverschwörung. Ölkrise 1973, deutsche Wiedervereinigung, Irakkrieg, alles von den Bilderbergern gemacht, meinen jene. Genauso wie die Attentate auf Olof Palme und Alfred Herrhausen. Und die Beatles und MTV wurden auch von den Bilderbergern geschaffen, um die Jugend der Welt zu verderben. Das hat Fidel Castro aufgedeckt. Warum wir sonst davon kaum etwas hören oder wissen? Weil die Bilderberger alles so toll im Griff haben.

Nur hier

Wie schmecke ich? In der Sendung *Proefkonijnen* (Versuchskaninchen) des öffentlich-rechtlichen Senders BNN ließen sich die beiden Moderatoren kleine Stücke ihres Körpers herausoperieren und aßen sie (oder sich) gegenseitig auf. International reichten die Schlagzeilen von »Skandal« über »abstoßend« bis »krank«. In Holland ist so etwas eher normal, es sei nur eigenartig gewesen, »in die Augen eines Freundes zu gucken, wenn du einen Teil seines Bauches isst«, so einer der beiden jungen TV-Kannibalen.

Es war einmal

Das Spekulieren bis zum Blasenplatzen fing nicht mit Dollar oder Euro an, sondern mit Tulpen: Ende des 16. Jahrhunderts kamen die ersten Knollen aus der heutigen Türkei nach Holland. Wer was auf sich hielt, kaufte welche. Eine Tulpenzwiebel kostete bald so viel wie ein Haus. 1637 platzte die Blase: Eine Auktion, bei der plötzlich keiner mehr die konstant steigenden Preise bezahlen wollte, ließ Panik entstehen und die Preise sausten hinab.

Die Niederlande fühlen

Setzen Sie sich auf ein Damenrad. So ähnlich sieht das typische Hollandrad aus. Die vermutlich höchste Fahrraddichte der Welt (99 Räder auf 100 Einwohner) geht einher mit den wenigsten Verkehrstoten pro Kopf in der EU.

Warum die Außerirdischen gleich wieder wegfliegen würden

Die Niederlande sind die Heimat der durchschnittlich größten Menschen der Welt. Die Männer werden im Durchschnitt 1,85 Meter, die Frauen 1,73 Meter groß. Tja, auf flachem Land lässt es sich gut wachsen.

Übrigens

»Johan war der bessere Spieler, aber ich bin Weltmeister.« Sagte Franz Beckenbauer über Johan Cruyff.

Niger

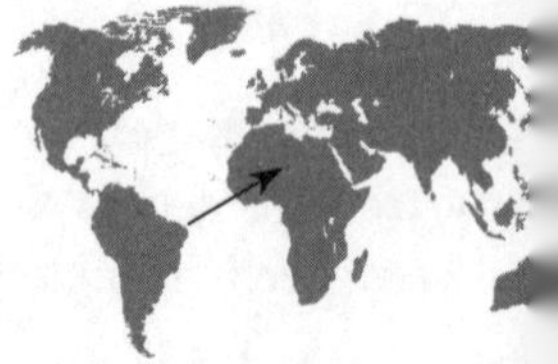

»Ich denke mehr an die Kinder, die in einem kleinen Dorf im Niger in die Schule gehen und zwei Stunden Unterricht am Tag erhalten, sich zu dritt einen Stuhl teilen und sehr froh sind, eine Ausbildung zu bekommen. Ich habe sie immer im Auge, weil ich glaube, dass sie sogar mehr Hilfe brauchen als die Menschen in Athen.«

Christine Lagarde, IWF-Chefin, zur Lage im Niger und der Griechenlands im Jahr 2012.

Name

Benannt ist das Land nach dem Fluss, der 500 Kilometer weit durch das Land fließt. »Fluss der Flüsse« (»Egerew n-Igerewen«) nennen die Tuareg den Niger.

Rekord

Pro Jahr kommen 835 500 Kinder zur Welt, das sind 7,52 Geburten pro Frau. Weltrekord!

Das können die Nigrer besser

Manche Tuareg können die Herkunft des Sandes anhand seiner Farbe, seiner Beschaffenheit und seines Geruchs bestimmen.

Danke für …

Hamadou Djibo Issaka setzte sich im April 2012 zum ersten Mal in ein richtiges Ruderboot, drei Monate später trat er bei Olympia in London an. »Du schaffst es!«, riefen die Zuschauer und der Streckensprecher. Und er schaffte es in vier Rennen, allerdings jeweils etwa 100 Sekunden nach seinen Konkurrenten im Hoffnungslauf. Issaka will das Rudern jetzt in die Hauptstadt Niamey bringen. Aber noch gibt es da nur die Fischerboote, in denen er trainierte.

Nur hier

Eine Schirmakazie überlebte in der Ténéré-Wüste als einziger Baum im Umkreis von 400 Kilometern. Seine Wurzeln schafften es, das Grundwasser aus fast 40 Meter Tiefe zu ziehen. Für Autofahrer war der Baum der einzige Orientierungspunkt in der »Wüste der Wüsten« der südlichen Sahara, bis ihn ein betrunkener Lkw-Fahrer fällte.

Es war einmal

Krokodile, so groß wie Reisebusse, hat man bisher weltweit nur in der Ténéré-Wüste gefunden. Fast zehn Tonnen waren sie schwer. Als die Riesenkrokodile hier lebten, war die Ténéré allerdings noch so grün wie Brasilien. Das war vor 100 Millionen Jahren.

Niger fühlen

… kann man auch in Brasilien. Denn der Wüstensand der Sahara weht über den Atlantik und bringt dem Regenwald Südamerikas wertvolle Mineralien.

Warum die Außerirdischen gleich wieder wegfliegen würden

2004 (!) wurde die Sklaverei verboten.

Übrigens

Niger gehört zur Sahelzone: Sahel bedeutet eigentlich »das Ufer« und war die Bezeichnung für die Region am Rande der Wüste, in der es noch Grün gab. Im Kampf gegen das Vordringen der Sahara beginnen Bauern im Niger, den Baumbestand zu schützen, werden neue Bäume gepflanzt. 200 Millionen sollen es schon sein.

Nigeria

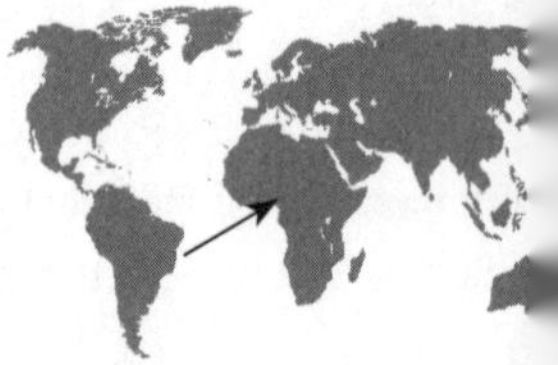

»Ein Patriot ist einer, der sein Land liebt, nicht einer, der sagt, er liebe sein Land.«

Chinua Achebe, Schriftsteller. Sein Roman Things Fall Apart *ist das meistgelesene und, so die Literaturkritik, bedeutendste Buch Afrikas. Es spielt in einem Dorf der nigerianischen Igbo und beschreibt das Eingreifen der Kolonialherrschaft in die alte funktionierende Gemeinschaft.*

Name

»Penishut« (»Okpuamu«) heißen die Kondome hier.

Rekord

Nigeria ist der weltweit größte Maniok-Produzent. Die rohe Wurzel ist giftig, 400 Gramm sind tödlich. Gemahlen kann man daraus aber leckere Klöße machen.

Das können die Nigerianer besser

Sie gelten als die Kaufleute Schwarzafrikas. Vor Kurzem hat der Nigerianer Aliko Dangote die US-Talkmasterin Oprah Winfrey als »reichster Schwarzer« überholt (ja, so was wird gemessen). Dangote hat es mit Zement und dem Spekulieren auf Afrikas Wachstum auf zehn Milliarden Dollar gebracht. Ein Selfmade-Milliardär als Hoffnungszeichen für Land und Kontinent: »Die Nigerianer können größer werden als ich … ich glaube, wir haben nicht mal angefangen in Nigeria, so groß sind die Möglichkeiten. *Ich* weiß nicht mal, wo ich anfangen soll.«

Danke für …

Eine DV-Kamera und 10 000 Dollar reichen, um einen kommerziell erfolgreichen Film zu produzieren, Stars mit Gagen inklusive. Um die 1000 Filme im Jahr produziert »Nollywood«, wie Nigerias Filmindustrie genannt wird – mehr als Hollywood und nur knapp weniger als das indische Bollywood. Vertrieben werden die Filme, in denen es nicht um Spezialeffekte, sondern um Storys mit Dramatik und Spannung geht, vor allem auf DVD. Außerhalb Afrikas finden sie zwar kaum Beachtung, hier aber prägen sie die Kultur.

Nur hier

1962 fiel ein Stück Mars auf Nigeria, genauer: ein zum Meteorit gewordenes und 18 Kilogramm schweres Stück des Planeten, das man »Zagami« nannte. 2005 ging der Brocken auf eBay für 350 000 € weg.

Es war einmal

»Alle Geschichte ist aktuelles Geschehen«, meinte Fela Kuti (1938–1997), Saxofonist und Mitbegründer des Afrobeat. Er beklagte die Zerstörung der afrikanischen Kultur durch den Kolonialismus und kämpfte später gegen das Militärregime. Kuti war Panafrikaner, also Anhänger der Idee eines geeinten Afrika, Polarisierer und Identifikationsfigur. Er praktizierte Geisterkulte, heiratete 27 Frauen und tat Kondome als unnatürlich ab. Er starb an Aids, der Krankheit, die er als »Erfindung des weißen Mannes« bezeichnete.

Nigeria fühlen

Haben Sie schon mal eine dieser E-Mails bekommen, in der Ihnen meist ein reicher Afrikaner viel Geld anbietet, wenn Sie ihm vorher ein bisschen schicken? Einst kamen diese Internet-Betrügereien namens »Nigeria 419 Scams« (Vorschussbetrug, benannt nach Paragraf 419 des nigerianischen Strafgesetzbuchs) tatsächlich aus Nigeria. Heute stammen Angebote mit dieser Masche aus aller Welt, tun aber immer noch nigerianisch. Wie eine Microsoft-Studie feststellte, fallen auf diesen Trick nur die Leichtgläubigsten rein.

Warum die Außerirdischen gleich wieder wegfliegen würden

Das Tankerunglück der »Exxon Valdez« vor Alaska versetzte die Welt 1989 in helle Aufregung. Doch die Menge Öl, die damals die Küste Alaskas verschmutzte, leckt im Nigerdelta Nigerias heute jährlich aus verrotteten Pipelines und kaputten Bohrköpfen. Im Juli 2012 verhängte der Staat eine Strafe von vier Milliarden Euro gegen Shell wegen eines Lecks im Bonga-Ölfeld vor der Küste.

Übrigens

»Sie sehen aus, als seien Sie bereit, ins Bett zu gehen!« Prinz Philip beim Staatsdinner zu einem nigerianischen Diplomaten in traditioneller Zeremonien-Robe.

Nordkorea

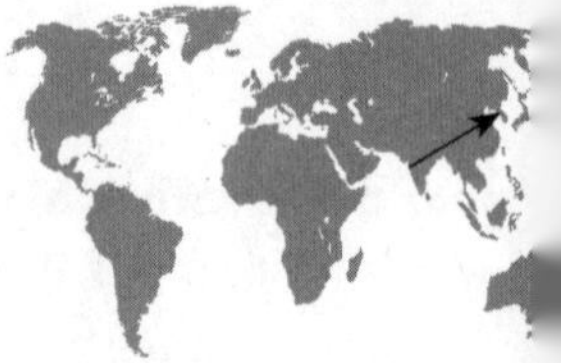

»Drei Soldaten der Koreanischen Volksarmee töten 30 amerikanische Soldaten. Wie viele amerikanische Soldaten tötet jeder Einzelne, wenn alle die gleiche Anzahl an feindlichen Kämpfern töten?«

Aufgabe aus einem nordkoreanischen Schulbuch.

Name

Die Koreaner behaupten, Japan sei daran schuld, dass Korea heute mit K statt mit C geschrieben wird. Die ehemalige Kolonialmacht habe vor ca. 100 Jahren den Namen geändert, um im lateinischen Alphabet früher dran zu sein, etwa bei Olympischen Spielen. Während Südkorea cool bleibt, bezeichnen die Brüder im Norden den angeblichen japanischen Buchstabentrick als »nie zu duldendes, staatlich gefördertes Verbrechen«.

Rekord

Der größte Golfer der Welt lebte hier. Der »Geliebte Führer« Kim Jong-il, Vater des heutigen »Großen Nachfolgers« Kim Jong-un, soll auf einer Elfer-Golfrunde einst elf Mal vom Abschlag direkt ins Loch getroffen haben. Dabei steht die Chance, zwei solcher »Hole-in-ones« bei einer Runde zu schlagen, bei 1:67 000 000. Aber das alles ist kein Zufall: Schon im Zweiten Weltkrieg war Kim ja tapferer Guerillakämpfer – obwohl er damals erst drei Jahre jung war.

Das können die Nordkoreaner besser

»Es gibt hier nur zwei Sorten von Menschen«, heißt es hier, »jene, die Geschäfte machen, und jene, die sterben.« Bis zu drei Viertel der Wirtschaft spielen sich auf den Schwarzmärkten des Landes ab. So wurden schon 2006 350 000 DVD-Player aus China nach Nordkorea exportiert – keiner davon legal. Wer genug verdient hat, kann sich inzwischen übrigens von seinem schlecht bezahlten Staatsjob freikaufen.

Danke für …

… die Kimilsungia (eine Orchidee) und die Kimjongilia (eine Knollenbegonie). Die offizielle Nationalpflanze ist aber die Mokran-Magnolie, die der »Ewige Präsident« Kim Il-sung (Opa des heutigen »Obersten Führers«) einst als Junge entdeckt haben soll. Nicht schlecht für einen Schüler in der tiefsten mandschurischen Wildnis ohne botanische Kenntnisse und Nachschlagewerk.

Nur hier

… gibt es mehr Ginseng als Devisen, und so bot Pjöngjang den Tschechen 2010 an, damit Auslandsschulden zu bezahlen (koreanischer Name: »Insam« = »Die Pflanze, die 3 Menschen heilt«). Die Tschechen brauchten aber keine 20 Tonnen Stärkung und lehnten ab.

Es war einmal

Unser Jahr 1912 ist das Jahr 1 im nordkoreanischen Kalender, denn 1912 wurde Staatsgründer Kim Il-sung geboren, der vom Gesetz her immer noch Staatschef ist, obwohl er bereits im Jahr 1982 verstorben ist.

Nordkorea fühlen

Das Petzen ist im Volk bislang gut organisiert. Die »Kritik- und Selbstkritiktreffen« etwa brechen das gegenseitige Vertrauen. Hier kritisiert zuerst jeder Einzelne sich selbst und dann andere aus seinem Umfeld. Die wöchentlichen Veranstaltungen in Fabriken und Schulen werden von den Menschen gefürchtet, der Staat schätzt aber ihren Wert für die »politische Stabilität«.

Warum die Außerirdischen gleich wieder wegfliegen würden

Die meisten Männer sind Kettenraucher, Frauen sind Zigaretten praktisch verboten (außer den Alten).

Übrigens

Die Nationalhymne wird kaum gespielt und wenige kennen den Text. Die meistgespielten Songs sind das »Lied vom General Kim Il-sung«, unmittelbar gefolgt vom »Lied vom General Kim Jong-il« und seit Neuestem »Wir werden General Kim Jong-un mit unserem Leben verteidigen«.

Norwegen

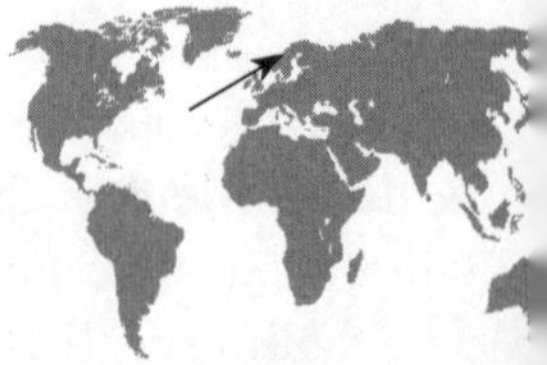

»Abenteuer ist schlechte Planung.«

Der Norweger Roald Amundsen war 1911 der erste Mensch am Südpol. Erst sechs Jahre zuvor hatte Norwegen die Union mit Schweden gelöst und seine Unabhängigkeit erklärt. Der wohl erste Mensch, der antarktisches Festland überhaupt betrat, war auch ein Norweger: Carsten Borchgrevink, 1895.

Name

Wenn man Ihnen ein norwegisches Baby zum Halten gibt, sagen Sie »Emma« oder »Emil« zu ihm. Damit haben Sie die besten Chancen.

Rekord

Jede Minute der Reise der MS Nordnorge von Süd- nach Nordnorwegen wurde 2011 live im Fernsehen gezeigt. 134 Stunden lang, das entspricht 90 Spielfilmen am Stück. Die »Hurtigruten Minute für Minute« ist die längste je gesendete Liveübertragung der Welt. Die Welt war begeistert und die UNESCO machte die Sendung gleich zum Weltdokumentenerbe neben Roald Amundsens Brief vom Südpol an den König und Edvard Griegs Originalmanuskripten.

Das können die Norweger besser

Im Schnee schlagen sie alle: Bei den Olympischen Winterspielen haben die Norweger bisher 263 Medaillen geholt und damit weit mehr als die Amerikaner (193) und die Österreicher (162) und mehr als alle ihre skandinavischen Nachbarn zusammen.

Danke für …

Im Eis Norwegens stecken die Samen der Welt. Schon bald. Auf Spitzbergen wurde 2006 ein 120 Meter tiefer Schacht in einen vereisten Berg gegraben. Der führt zu drei Hallen, in denen die Norweger viereinhalb Millionen Samenproben aus aller Welt lagern werden, quasi die Vielfalt der Natur in Sicherheitskopien. 2008 nahm das »Svalbard Global Seed Vault« (»Svalbard Weltweiter Saatgut-Tresor«) seine Arbeit auf.

Nur hier

Das einzige Land (außer den katholischen Iren), in dem Monty Python's *Das Leben des Brian* nicht gezeigt werden durfte. In Schweden bewarb man den Film mit: »So lustig, dass er in Norwegen verboten wurde!«

Es war einmal

Erik Andreas Rotheim suchte nach einer praktischeren Art, seine Skier zu wachsen. Da erfand er die Sprühdose: Mit Gas als Treibmittel setzte sie das Wachs rascher frei. 1926 meldete er sie zum Patent an.

Norwegen fühlen

Norwegen hilft und spendet mit Abstand am meisten: 747 Euro pro Nase im Jahr 2010. Zum Vergleich: Deutschland 124 Euro und Polen 7,99 Euro.

Warum die Außerirdischen gleich wieder wegfliegen würden

Ein Schrei! »Ich fühlte den großen Schrei in der Natur ... Ich malte dieses Bild – malte die Wolken wie wirkliches Blut – die Farben schrien«, notierte Edward Munch in seinem Tagebuch. Es war 1910 und er malte eines der berühmtesten Gemälde der Welt, das vielen als erstes expressionistisches Bild der Welt gilt. Das Gesicht mit den weit aufgerissenen Augen und dem weit aufgerissenen Mund inspirierte auch die Maske des Horrorstreifens *Scream*. Im Mai 2012 war Edward Munchs *Der Schrei* mit 91 Millionen Euro das teuerste Gemälde, das je bei einer Auktion versteigert wurde.

Übrigens

Obwohl Norwegen nur ein 27stel der Landesfläche der USA einnimmt, hat es eine größere Küstenlänge (25 148 zu 19 924 Kilometer).

Oman

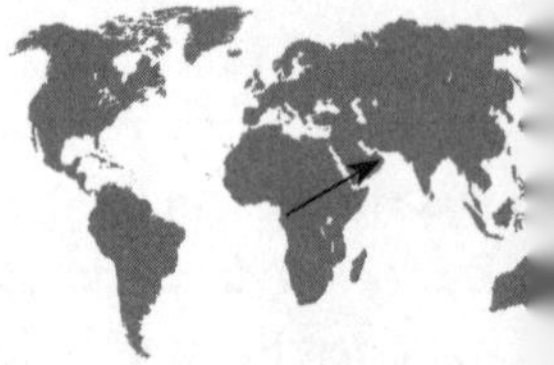

**»Wenn ich Segler sein will,
muss ich es mit ganzem Herzen sein!«**

Die zehnjährige Sulaff al Salmi, eines von über 7000 Kindern, die seit 2008 im Oman Segeln gelernt haben, die Hälfte davon Mädchen. Mithilfe von Staat und Sultan wird die alte Seefahrertradition des Omans wiederbelebt. Omanische Segler haben sich in den letzten Jahren in die Weltelite des Sports hochgesegelt.

Name

Die Boote des Sultan Qabus Ibn Said heißen Al Noores (34 Meter lang), Zinat al Bihaar (61 Meter), Loaloat Al Behar (104 Meter), Fulk al Salamah (136 Meter) und Al Said (155 Meter und drittlängste Privatjacht der Welt).

Rekord

Sultan Qabus Ibn Said ist der dienstälteste arabische Herrscher. 1970 putschte er sich gegen seinen Vater an die Macht, der den Oman rückständig gehalten hatte: Bücher zu besitzen war unter ihm verboten, es gab nur drei Schulen und nur zehn Kilometer Straßen in einem Land von der Größe Italiens. Heute sind es 1000 Schulen und 32 000 Straßenkilometer. Sultan Qabus ist kinderlos und unverheiratet. Das ist einzigartig in der arabischen Welt.

Das können die Omaner besser

Der männliche Omaner ist in Arabien bekannt für seine modische Extravaganz. Andere Araber tragen das weiße Gewand, er lieber das braune oder gar bunte. Andere tragen das Kopftuch, er dagegen einen bestickten Hut. Und vor seinem Ausschnitt baumelt eine Quaste, gerne parfümiert.

Danke für …

… Weihrauch, der von hier schon immer über die »Weihrauchstraße« in die Welt kam. Von dem kostbaren Harz spendet jeder Baum nur wenige Kilo und muss sich dann ein paar Jahre erholen. Es riecht nicht nur gut oder macht sich gut als Geschenk (»und sie fielen nieder und opferten ihm Gaben«), sondern hilft auch gegen Asthma: lutschen oder zweimal täglich mit Wasser trinken.

Nur hier

Der Oman ist das einzige Land, in dem die Ibaditen die Mehrheit in der Bevölkerung bilden. Während Sunniten und Schiiten glauben, dass man in der Hölle nach einer gewissen Bußezeit ins Paradies darf, glauben die Ibaditen an das ewige Fegefeuer. Sie gelten bei den Moslems als Sonderlinge.

Es war einmal

Seit 1500 Jahren nutzen die Omaner ein gewaltiges Netz aus Wasserwegen: die »Afladsch«. In über 4000 Kanälen wird Wasser von den Quellen in die Dörfer und auf die Felder geleitet. Überall wacht ein Wakil, ein Wasserwächter, über die gerechte Wasserzuteilung und teilt das Wasser durch Schließen und Öffnen der Rinnen zu.

Oman fühlen

Getrockneter Hai. Soll jeden Mann aufrichten.

Warum die Außerirdischen gleich wieder wegfliegen würden

Sultan Qabus Ibn Said ist Staub auf den Fahrzeugen seines Landes zuwider. Wer sein Auto in dem von Wasser nicht gerade reichlich gesegneten Land nicht regelmäßig wäscht, riskiert ein Bußgeld und bei Wiederholung sogar die Beschlagnahme des Wagens. Das Autowaschen nehmen dem Omaner über 130 Waschanlagen allein in der Hauptstadt Maskat ab.

Übrigens

Der Bullenkampf im Oman verläuft, anders als der spanische Stierkampf, ohne Blutvergießen.

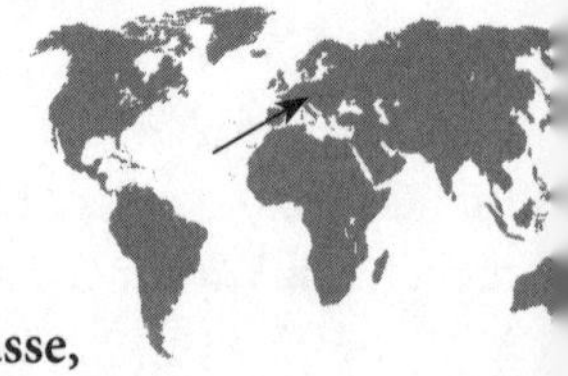

Österreich

»Was ich am meisten an den Österreichern hasse, ist, dass ich die Österreicher nicht hassen kann.«

Billy Wilder (1906–2002), österreichisch-amerikanischer Regisseur, floh vor den Nationalsozialisten in die USA

Name

Die nördlichen Nachbarn, Deutsche, Holländer, Skandinavier, nennen das Land in ihrer je eigenen Version, »Österreich« – nach der alten »Marcha Orientalis«, dem Ostgebiet des Herzogtums Bayern. Die meisten anderen, Engländer im Westen oder Italiener im Süden, nennen es nach der späteren (falschen) Lateinisierung »Austria«, also Südreich. Die Araber wiederum sagen »an-Nimsā«, Land der Deutschen.

Rekord

Ausgeklügelte und umfangreiche Messungen haben Damüls als den »schneereichsten Ort der Welt« ausgemacht. Im Durchschnitt türmen sich hier die Eiskristalle pro Winter 9,30 Meter hoch.

Das können die Österreicher besser

Schlemmen. Niemand weltweit isst so viele Kalorien wie sie: 3820 pro Tag. Sachertorte, Kaiserschmarren, Backhendl.

Danke für ...

Er gab der Lust am Leid einen Namen. Von dem zu Lebzeiten hippen Lemberger Schriftsteller Leopold von Sacher-Masoch blieb als Andenken nur der Masochismus. So schön schilderte er den seelischen Schmerz in der Liebe eines Mannes, dass Psychiater das Masoch vom Sacher trennten (das war ja schon die Torte) und damit diejenige sexuelle Lust benannten, die die WHO heute »Krankheit« nennt.

Nur hier

... darf das Lied »La Paloma« auf Schiffen nicht gespielt werden. Das Lieblingslied von Maximilian I., österreichischer Kaiser von Mexiko, wurde nach seiner Entmachtung und Hinrichtung 1867 bei der Ausschiffung des Leichnams gespielt. Die österreichische Marine (ja, man hatte eine) beschloss, dass dies das letzte Mal war.

Es war einmal

»Ich war bei einer Naziveranstaltung nahe Innsbruck«, erinnerte sich der britische Regisseur und Schauspieler Orson Welles 1970, »damals als die Nazis noch eine komische kleine Minderheitenpartei von Verrückten waren, die niemand wirklich ernst nahm … Der Mann, der neben mir saß, war Hitler. Und er hat mich so wenig beeindruckt, dass ich mich nicht an eine Sekunde erinnern kann. Er hatte praktisch keine Persönlichkeit. Er war unsichtbar.« Dennoch: Nur Deutsche und Mexikaner googeln den Namen »Hitler« häufiger als die Österreicher.

Österreich fühlen

Herr Professor, Frau Doktor: Ein Studierter ist oft ein Herr Magister. Die Titelsucht stammt aus der Zeit der Monarchie. Es war billiger, Titel zu verleihen, als das Gehalt zu erhöhen. Da Adelstitel abgeschafft wurden, hängen die Österreicher umso leidenschaftlicher an den akademischen. Selbst wenn »nur« der Gatte promoviert hat, wird seine Frau mit »Frau Doktor« angeredet. Jedoch ist der Akademikeranteil in Österreich weit geringer als in anderen hoch entwickelten Ländern. Die Alpenrepublik liegt noch hinter Deutschland, das auch keine gute Figur macht.

Warum die Außerirdischen gleich wieder wegfliegen würden

Österreich ist das fremdenfeindlichste Land Europas. Das ergab die Europäische Wertestudie. Die gibt es seit Anfang der 80er-Jahre, aber erst nach dem Regierungseintritt der nationalistischen FPÖ im Jahr 2000 schaffte es das Land an die Spitze des europäischen »Antipathie-Index«. Die Nächstplatzierten, Italien und Finnland, sind weit abgeschlagen.

Übrigens

Der Gruber kommt vor dem Huber und dem Bauer. 86 Prozent aller Familiennamen im Telefonbuch enden auf »-er«.

Osttimor

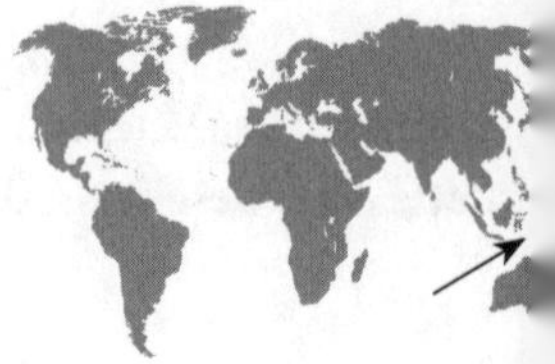

»Was für sanfte Leute.«

Farin Urlaub, Sänger der Rockband Die Ärzte, *dessen Lebensziel es ist, alle Länder der Welt zu bereisen.*

Name

Das malaiische Wort »Timor« heißt »Osten«. »Osttimor« heißt also »Ostosten«.

Rekord

Nirgendwo auf der Erde hat die katholische Kirche in den letzten Jahrzehnten so viele Schäfchen dazugewonnen. Noch bis 1974 war in der damals portugiesischen Kolonie nur höchstens jeder Dritte Katholik. Die anderen waren Anhänger von Naturreligionen. Aber im anschließenden Kampf gegen die muslimischen Indonesier stiftete der christliche Glaube Identität für die Freiheitskämpfer. Heute sind 96 Prozent der Menschen Katholiken im islamischen Inselmeer Südostasien.

Das können die Osttimorer besser

Als Nation ist Osttimor zwar etwas spät unabhängig geworden (erst 2002). Doch fischen konnte man hier früh. In Osttimor gefundene Fossilien lassen vermuten, dass Menschen bereits vor 42 000 Jahren in den Hochseegewässern zwischen Australien und Südostasien Meerestiere jagten.

Danke für …

Die Osttimorer José Ramos-Horta und der Bischof Carlos Filipe Ximenes Belo erhielten für ihre Friedensbemühungen im Osttimorkonflikt 1996 den Friedensnobelpreis. Nach dem Abzug der Portugiesen hatte Indonesien 1975 Osttimor besetzt und im Jahr darauf annektiert. 1999 sprachen sich die Osttimorer in einem Referendum für die Unabhängigkeit aus.

Nur hier

Das gute Krokodil – der Schöpfungsmythos Osttimors: Ein Krokodil wollte aus einer Lagune ins Meer gelangen, aber es war zu schwach. Das sah ein Junge, der Mitleid mit dem Tier hatte und es zum Meer trug. Aus Dankbarkeit versprach das Krokodil, den Jungen zu beschützen, und trug ihn viele Jahre auf seinem Rücken durch die Welt. Als das Krokodil starb, wurde sein Körper zu der Insel Timor. Viele Timorer sehen Krokodile als ihren »Großvater« an. Oft bitten sie ihn beim Überqueren eines Flusses, sie nicht zu fressen. Sie seien immerhin die Enkel.

Es war einmal

Der hier betriebene rituelle Krieg namens Funu: Immer wieder zogen Dörfer gegeneinander und kämpften um Land. Wer von den Männern mitkämpfen wollte, musste ein Huhn opfern. Streckte es das rechte Bein hoch, musste der Mann in den Krieg ziehen. Streckte es das linke, musste er zu Hause bleiben. Als prunkvoll geschmückte Krieger (Meos) zogen sie los. Aus der Entfernung beschimpften sich die Parteien, vollführten Kriegstänze. Dann schossen sie mit Pfeil und Bogen, später mit Schusswaffen aufeinander. Sobald der erste Mann getötet wurde, endete der Kampf. Den eigentlichen Kampf aber bildeten Hinterhalte, bei denen Dörfer erobert wurden. Nicht nur Vieh, Frauen, Kinder wurden erbeutet, auch Köpfe der gegnerischen Männer. Die präparierte man und bewahrte sie auf.

Osttimor fühlen

Sandelholz schnuppern. Das gibt es auch als Seife, Haarkur oder Schachspiel. Schon die Chinesen holten es von hier. Heute sind die Wälder fast abgerodet.

Warum die Außerirdischen gleich wieder wegfliegen würden

Hahnenkämpfe haben Tradition in Osttimor – ein blutiges Spiel, bei dem die Mitstreiter ihren Hähnen sieben Zentimeter lange Rasierklingen an die Beine binden und sie dann aufeinander loslassen.

Übrigens

Osttimor war das letzte Land, das Peter Scholl-Latour noch nicht betreten hatte. 2008 konnte er das letzte Häkchen machen.

Pakistan

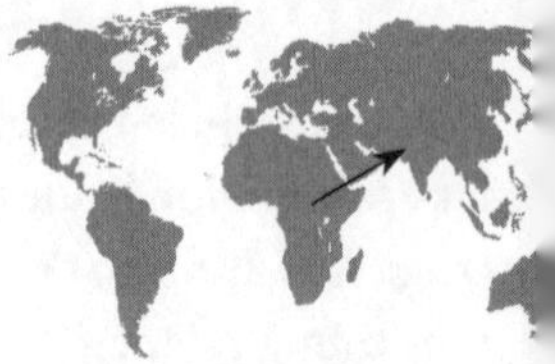

»Sind Sie Inder oder Pakistani?
Ich kann euch Kerle nie unterscheiden.«

Prinz Philip bei einem Empfang in der britischen Botschaft in Washington.

Name

Es war der Unabhängigkeitskämpfer Choudhary Rahmat Ali, der 1933 in England die Abkürzung Punjab, Afghania, Kaschmir, Sindh und Belutschistan (die moslemischen Provinzen Nordindiens) für einen eigenständigen muslimischen Staat ersann. Als dieser dann 1947 gegründet wurde, kritisierte Ali die Umsetzung. Da verweigerte man ihm die Staatsbürgerschaft.

Rekord

Auf Pakistans Straßen fuhren 2010 2,74 Millionen Erdgasautos, die meisten weltweit. Passend dazu gibt es 3285 Tankstellen.

Das können die Pakistaner besser

Hätten es die Briten ihnen doch nur nie gezeigt: Keiner spielt so gut Hockey wie die Pakistaner. Dreimal Gold bei Olympia, viermal bei den Weltmeisterschaften: Das ist Weltrekord. Auch Squash können die Pakistaner besser. Im Herren-Einzel gewann der Rekordspieler Jansher Khan achtmal den Weltmeistertitel.

Danke für …

… den Zahnbürstenbaum. Seinen Zweig, den »Miswak«, kaut man am Ende weich und faserig und nutzt ihn dann als Zahnbürste und Zahnpasta in einem. Der Zahnbürstenbaum ist bis nach Arabien verbreitet. Die meisten Miswak-Zweige werden aus Pakistan exportiert.

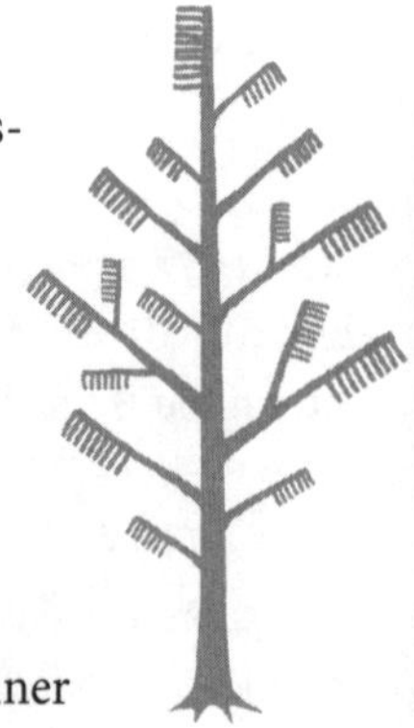

Nur hier

… regierte die erste und einzige Regierungschefin einer islamischen Republik (seit 1956 und damit die erste weltweit). Benazir Bhutto war mit einer dreijährigen Unterbrechung von 1988 bis 1996 im Amt. Zwei Wochen vor der Wahl 2007, zu der sie als Oppositionsführerin antrat, wurde sie bei einem Attentat ermordet.

Es war einmal

Der britische Vermessungsingenieur Thomas George Montgomerie zählte im Jahr 1856 die Berge des Karakorum-Gebirges, die vor ihm lagen. Den ersten, den Masherbrum, nannte er K1 (K für Karakorum), den zweiten K2. So kam der zweithöchste Berg der Welt zu seinem Namen.

Pakistan fühlen

In Urdu, der Amtssprache des Landes, wird eine Frau so angesprochen: Maa (von den Kindern), Biwi (vom Mann), Khala (von den Töchtern der Schwester), Nani (von den Kindern der Töchter), Dadi (von den Kindern der Söhne), Saali (vom Mann der Schwester), Nand (von der Frau des Bruders), Saas (von der Schwiegertochter), Bhatiji (von den Geschwistern des Vaters), Bhanji (von den Geschwistern der Mutter), Jaithani (vom jüngeren Bruder des Mannes), Bahu (von den Schwiegereltern), Saalehaar (vom Mann der Schwester des Ehemannes). Und das ist nur eine kleine Auswahl!

Warum die Außerirdischen gleich wieder wegfliegen würden

Hitlers *Mein Kampf* gibt es in jedem Buchladen und auf jedem Bücherbasar zu kaufen.

Übrigens

Der Tennisspieler Aisam-ul-Haq Qureshi tut sein Bestes, um den Kalten Krieg mit Indien zu beenden: Er spielt mit dem Feind. Gemeinsam mit Rohan Bopanna erreichte er 2010 das Doppelfinale der US Open. Die beiden Cracks nennen sich »Indo-Pak Express«, und auf ihren Shirts steht »Stop War, Start Tennis«. »Eine Frage an alle«, sagte der indische Sportminister: »Wenn Bopanna und Qureshi zusammen spielen können, warum können es nicht Indien und Pakistan?«

Palau

»Den Steinweg hinunter kommt die schlanke Aod, schmuck im gelbschwarzen Grasrock, den Arm hochgestreckt, trägt sie auf dem Kopf einen Korb Tarokknollen für mich; ihre Brüste strecken in die Luft. Ich behalte sie gleich da zum Malen.«

1914 verbrachte der deutsche Maler Max Pechstein vier Monate auf den Palau-Inseln zwischen den Philippinen und Papua-Neuguinea.

Name

Der Name stammt von den »indirekten Antworten« (auf Palauisch: aidebelau), welche die Palauer der gefräßigen Riesin Chuab gaben. Diese sollte so nicht merken, dass die Menschen planten, sie zu töten. Sie bereiteten ihr mit allem, was sie zusammentragen konnten, ein üppiges Mahl. Als sie einschlief, setzten die Menschen sie in Brand, sie explodierte und aus ihrem Körper entstanden die Palau-Inseln.

Rekord

Palau hat die kleinste Hauptstadt der Welt. Bei der letzten Zählung lebten 391 Palauer in Melekeok, inklusive des Präsidenten. Die Metropole wartet auf mit einem imposanten Parlamentsgebäude: Exponiert auf einem Hügel, sieht es nicht nur so aus wie das in Washington, sondern es heißt auch Capitol. Kein Zufall, man ist sich nah: Palau hat sich auch das politische System der USA abgeguckt.

Das können die Palauer besser

Die Palauer nehmen den Spitzenplatz beim Pro-Kopf-Konsum von Cannabis ein: Italien und Neuseeland mit halbem Hanf abgeschlagen auf Platz 2 und 3.

Danke für …

Die Regierung gab 2009 grünes Licht für die Aufnahme von 17 Uiguren aus dem Gefangenenlager Guantanamo. Palau bekam für seine Großzügigkeit von den USA 200 Millionen Dollar Hilfsgelder überwiesen.

Nur hier

Als erster Staat der Welt hat Palau das kommerzielle Jagen von Haien verboten. Das Schutzgebiet erstreckt sich über 600 000 Quadratkilometer und ist damit weit größer als die Nordsee. Weltweit werden jährlich 100 000 000 Haie getötet, das entspricht ungefähr einem Gewicht von 650 000 Tonnen. Verwertet werden aber nur rund 50 Prozent, die Flossen als Spezialität, die Zähne und die Haut.

Es war einmal

Gauguin hatte Tahiti, die Deutschen Palau … Emil Nolde war auch hier. Eingeladen vom Reichskolonialamt 1913, um die »rassischen Eigentümlichkeiten der Bevölkerung« zu malen.

Palau fühlen

Die »Bais«, einräumige Holzhäuser mit kunstvollen Schnitzereien, waren die Tagungshäuser der Clanführer. Nur eines blieb nach der Besatzungszeit der Japaner von 1914 bis 1944 übrig. Hier eine Entscheidung zu treffen konnte Tage dauern. Daher waren für die Übernachtung praktische Nackenstützen in den Boden eingelassen, und Löcher im Boden dienten der Entsorgung. Für anderes standen Damen bereit, die die Herren diskret in die Natur begleiteten.

Warum die Außerirdischen gleich wieder wegfliegen würden

Was bei uns der Kanarienvogel, waren auf Palau die Makaken: Die deutschen Kolonialisten brachten die Affen einst hierher, als Frühwarnsystem in den Minen. Bevor Gase die Arbeiter dort niederstreckten, sollten die Affen dran glauben. Inzwischen toben ganze Horden von ihnen durch die Wälder und räubern den Bauern die Bäume leer. Die Einwohner sind eindeutig in der Minderheit und bangen um ihre Existenz.

Übrigens

Bei Vollmond baut man auf Palau Boote, fällt Bäume, geht Fischen, feiert Feste. Deshalb ist die gelbe Scheibe auf der blauen Flagge Palaus nicht eine Sonne, sondern der Vollmond.

Panama

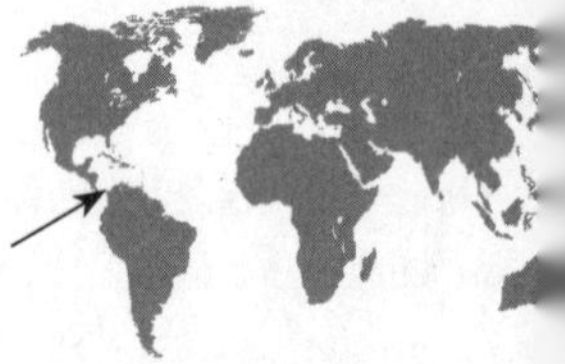

»Pro mundi beneficio.«

»Zum Wohle der Welt« ist das Staatsmotto. Passt zum Panamakanal, der dem Rest der Welt hilft, schneller von A nach B zu kommen, seine 82 Kilometer verkürzen die einstige Strecke um Amerika herum um 15 000 Kilometer. Das Motto könnte aber auch »Pro Panama beneficio« heißen, denn für die Passage bezahlt man durchschnittlich 48 000 US-Dollar! Sei's drum: Der Kanal gehört erst seit dem Jahr 2000 den Panamaern, davor gehörte er den USA.

Name

Panama hieße eine »Fülle von Fisch, Bäumen und Schmetterlingen«, lehrt man hier die Schulkinder im Heimatkundeunterricht – ein Gemisch aus allen Theorien.

Rekord

Am höchsten war die Rechnung für den Kreuzer *Norwegian Pearl*, der 2011 375 600 US-Dollar bezahlen musste. Am billigsten kam Richard Halliburton weg, der erste Durchschwimmer des Kanals. An ihm verdiente Panama 36 US-Cent. Selten gibt es solche Preisunterschiede, aber das ist der Deal: Was man für die Passage durch den Kanal zu zahlen hat, wird nach Art und Gewicht berechnet.

Das können die Panamaer besser

In Panama-Stadt stehen knapp zwei Dutzend Wolkenkratzer mit über 200 Meter Höhe. Das hat der New Yorker Milliardär Donald Trump nicht übersehen. 2011 wurde sein »Trump Ocean Club« eröffnet: das mit 284 Metern höchste Gebäude Lateinamerikas.

Danke für …

… die berühmteste Perle der Welt: »La Peregrina« (»Die Wanderin«) wurde im 16. Jahrhundert im Golf von Panama gefunden. Für elf Millionen Dollar wurde sie 2011 aus dem Nachlass von Elizabeth Taylor verkauft. Die Filmdiva hatte die birnenförmige Perle einst zum Valentinstag von Richard Burton bekommen. Zuvor besaßen sie Queen Victoria und Napoleon, und als Allerersten schenkte Spaniens König Philipp II. sie seiner Braut Queen Mary von England. Dem afrikanischen Sklaven, der sie einst fand, schenkte man die Freiheit.

Nur hier

... lebt ein kleiner, leuchtend gelber Frosch, der abfärbt, wenn man ihn berührt. Warum, weiß noch niemand, der Fund ist noch frisch. Vielleicht schützt er sich so vor ungewünschter Begattung.

Es war einmal

Der spanische Konquistador Vasco Núñez de Balboa hörte durch einen Häuptling von einem großen Gewässer im Westen und jeder Menge Gold. Nach dreiwöchiger Entdeckungstour hatte er zwei Drittel seiner 190 Männer verloren, doch hinter einem Berg, hieß es, solle nun endlich der See liegen. Er befahl allen, zurückzubleiben, stieg auf die Anhöhe und blickte hinab. So war er 1513 der erste Europäer, der den Pazifik erblickte. Die Währung Panamas ist nach Balboa benannt.

Panama fühlen

Panama-Salsa – gemeinsam mit Willie Colón trug er ihn in alle Welt. Musiker und Schauspieler Rubén Blades ist seit den 1970er-Jahren einer der bekanntesten Panamaer überhaupt. Als eine der Hauptattraktionen des Landes war er von 2004 bis 2009 auch Tourismusminister.

Warum die Außerirdischen gleich wieder wegfliegen würden

Oh, wie schön ist Panama! Es ist 2013 das Ziel der größten Nudisten-Kreuzfahrt aller Zeiten – 2974 Menschen auf dem »Big Nude Boat«. Höhepunkt: Body-Painting der nackten Leiber in einem Indianerdorf.

Übrigens

Schon gewusst? Fährt man vom Atlantik durch den Panamakanal in den Pazifik, dann fährt man von West nach Ost.

Papua-Neuguinea

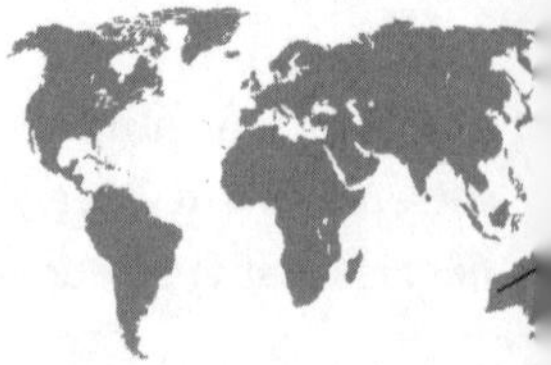

»Sie haben es also geschafft, nicht gegessen zu werden.«

Prinz Philip, 2002 auf Besuch in Papua-Neuguinea, zu einem reisenden britischen Studenten.

Name

Papua heißt »krauses Haar« auf Malaiisch.

Rekord

In der Hauptstadt Port Moresby leben viele Einwanderer, die das Raue schätzen: Seit Jahren wird sie kontinuierlich in die Top Ten der »Schlimmsten Wohnorte« gewählt (Economist). Die kriminellen Banden werden verharmlosend »Rascals« (»Lausejungs«) genannt, sie überfallen Banken, berauben Autofahrer und vergewaltigen Passantinnen. Beklagt wird auch das Transport- und Gesundheitswesen, Korruption, Dreck und der fehlende Gemeinsinn. Dennoch ist die Stadt voller Ausländer, vor allem Australier, denen es daheim zu langweilig ist.

Das können die Papua-Neuguineer besser

Was macht man, wenn man sich so arg streitet, dass man keinen Ausweg weiß? Auf der Insel Kiriwina gibt es den Akt des »Biritululo«. Grob gesagt bedeutet es, sich gegenseitig seine Yamswurzeln zu zeigen und deren Länge zu vergleichen.

Danke für …

820 der weltweit ungefähr 7000 Sprachen finden wir hier. Grund: Im Dschungel »PNGs« blieben die vielen kleinen Völker immer schön unter sich, zu tief sind die Täler, zu undurchdringlich das Gelände. So klein wie die Völker, so selten sind auch die Sprachen: Abaga, Abom oder Arawum etwa sprechen jeweils höchstens ein paar Dutzend Menschen. Und das waren nur drei der Sprachen mit A.

Nur hier

Sehr kurz ist das Volk der Kimyal im Osten Papuas: 1,40 Meter werden

die Frauen, 1,45 Meter die Männer (Pygmäen in Afrika: 1,50 Meter). Eine Theorie besagt, dass Kleinwüchsige einst aus den Dörfern gejagt wurden und diese sich in den Bergen zusammentaten.
Vielleicht kein Zufall, dass man exakt in derselben Gegend 2012 auch den kleinsten Frosch der Welt gefunden hat. Mit ausgewachsenen sieben Millimetern (so groß wie eine halbe 1-Cent-Münze) ist der »Paedophryne amauensis« das kleinste Wirbeltier der Welt und weit kürzer als sein Name.

Es war einmal

»Unserdeutsch«: Die Kinder in Herbsthöhe, der »Hauptstadt« der Kolonie Deutsch-Neuguinea, entwickelten diese Sprache. In der Schule lernten sie Hochdeutsch und vermischten das mit Pidgin. Zu seiner Blüte sogar in Australien gesprochen, stirbt Unserdeutsch gerade aus. Nur noch etwa 100 Alte stehen noch pünktlich vorm Haus, wenn man ihnen sagt: »Drei Uhr i komm aufpicken du.«

Papua-Neuguinea fühlen

Papua ist die waldreichste Insel der Welt und nach Grönland die zweitgrößte auf dem Globus. Großgrundbesitzer gibt es nicht. Keiner ist reicher, als er sein muss, und keiner muss hungern. 98 Prozent des Landes und Waldes gehören allen – von jeher und immer noch.

Warum die Außerirdischen gleich wieder wegfliegen würden

In Papua-Neuguinea heißt es aufgrund der vielen Schlaglöcher: »Wer geradeaus fährt, ist betrunken.« Könnte stimmen. Von 19 600 Kilometern Straße sind 600 asphaltiert.

Übrigens

»Das Fleisch der Weißen roch zu stark und war salzig«, erinnern sich ältere Papua. Die passende Antwort für Prinz Philip (siehe oben).

Paraguay

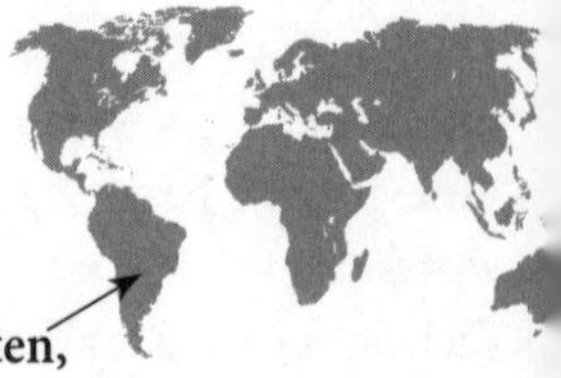

»Ich befinde mich in einem Land von Vollidioten, in dem ich alles allein machen muss.«

José Gaspar Rodríguez de Francia war von 1814 bis 1840 Diktator von Paraguay. Er hinterließ so gut wie keine Verwaltungsstrukturen. Er schottete das Land ab, machte es weitgehend autark. Es gab kaum Armut, aber auch sonst kaum etwas. Der Weg für nachfolgende Machthaber, die alles allein machten, war bereitet. Die Paraguayer nehmen es nicht mehr übel. Sein Konterfei ziert den 10 000er-Schein der Paraguayischen Guaraní.

»Es ist ein Vergnügen, in einem Land zu sein, das nicht vom Volk regiert wird.«

Prinz Philip, 1962 zu Besuch in Paraguay,
zum damaligen Diktator General Stroessner.

Name

Paraguay, »Wasser, das zum Wasser geht«, nennen die Guaraní-Indianer den Fluss, der das Land von Nord nach Süd durchschneidet. Die Währung des Landes wiederum ist nach den Guaraní benannt.

Rekord

Aus Paraguay kommt einer der torgefährlichsten Torhüter der Welt. Der langjährige Nationaltorwart José Luis Chilavert wurde 1995, 1997 und 1998 zum Welttorhüter gewählt. Chilavert schoss während seiner Karriere 60 Tore, auch in seinem letzten Spiel im Jahr 2004 traf er. Heute spielt er immer wieder mit dem Gedanken, Präsident Paraguays zu werden.

Das können die Paraguayer besser

80 Prozent der Einwohner, über fünf Millionen Menschen, sprechen die Sprache der Guaraní, und 93 Prozent haben indianisches Blut. Guaraní ist eine lautmalerische Sprache, die oft die Geräusche der Natur und der Tierwelt imitiert. Sie ist in vielen Gegenden Paraguays die Hauptsprache. Wir selbst benutzen daraus Wörter wie Jaguar, Ananas und Maracuja.

Danke für ...

... Stevia, das Süßkraut, mit dem die Guaraní schon vor 500 Jahren ihren Tee süßten. Die Inhaltsstoffe bewirken genau das, was unsere Wohlstandswelt heute braucht: Sie senken Blutdruck sowie -zucker und stärken das Herz, eine neue Einnahmequelle für paraguayische Bauern.

Nur hier

Ein Land, ein Kraftwerk! Bis die Chinesen den Dreischluchten-Staudamm aus dem Boden stampften, war der Itaipú-Staudamm das größte Wasserkraftwerk der Welt. Paraguay holt nahezu seine gesamte Elektrizität aus dem Itaipú-Damm, in dem 210-mal so viel Beton steckt wie im Maracanã-Stadion, 380-mal so viel Eisen und Stahl wie im Eiffelturm und für den 8,5-mal so viel Erde umgebuddelt wurde wie beim Bau des britisch-französischen Kanaltunnels.

Es war einmal

Generationen bevor die Spanier kamen, suchten die Guaraní nach dem »Land ohne Übel«, vergleichbar mit dem »Gelobten Land«. Sie waren in Südamerika hin und her gezogen. Im heutigen Paraguay glaubten sie, es gefunden zu haben.

Paraguay fühlen

»Paraguay ist eine Insel, die auf allen Seiten von Land umgeben ist«, sagte Augusto Roa Bastos (1917–2005), ein berühmter paraguayischer Romanautor. In ganz Amerika kann sich nur noch Bolivien die Küstenwache sparen.

Warum die Außerirdischen gleich wieder wegfliegen würden

Der traditionelle Tanz ist der »Baile de la botella«: Frauen tanzen mit Weinflaschen auf dem Kopf – bis zu zehn übereinander. Bei drei sieht es noch elegant aus.

Übrigens

Kaum ein Grillwürstchen in Deutschland wird knackig ohne Hitze aus Paraguay. Seit Jahren importiert Deutschland einen Großteil seiner Holzkohle von hier. Hinter Paraguay, das mit großem Abstand und mit fast 30 Prozent Marktanteil den ersten Platz innehat, folgt Argentinien.

Peru

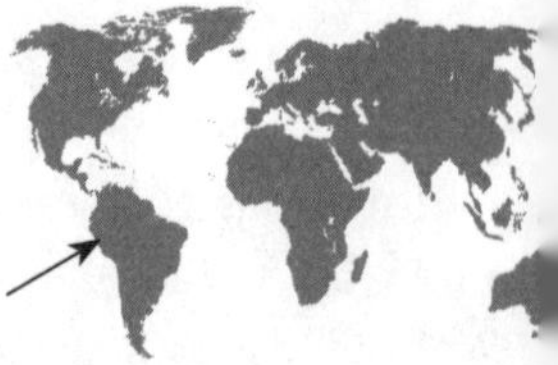

»Nur ein Idiot könnte total glücklich sein.«

Mario Vargas Llosa, peruanischer Literaturnobelpreisträger, 2010.

Name

Die schönste Version: Spanische Seefahrer griffen einen Indianer am Strand auf. Auf die Fragen der Fremden antwortete er nur mit seinem Namen »Berú«. So nannten die Ausländer alles von Ecuador bis Chile nach dem armen Kerl. Die Indianer hassten den Landesnamen.

Rekord

Die höchstgelegene Stadt der Welt liegt 5100 Meter hoch. In La Rinconada in den Anden suchen 40 000 Menschen nach Gold, ohne fließendes Wasser und Kanalisation. Viele sind krank vom Quecksilber unter Tage. Doch immer mehr kommen für das große Glück. 30 Tage lang arbeiten sie ohne Lohn und dürfen am 31. für sich rausholen, was sie finden.

Das können die Peruaner besser

Claudio Pizarro ist der beste ausländische Torschütze der Fußballbundesliga: 160 Treffer.

Danke für …

… die »Varga-Girls«. Der Zeichner Alberto Vargas (1896–1982) aus Peru machte in den USA Karriere. Den amerikanischen Schönheiten setzte er mit seinen erotischen Pin-up-Girls ein Denkmal. In den Spinden der G. I.s hoben sie im Zweiten Weltkrieg mehr als nur die Moral.

Nur hier

Cuy a la plancha, Zutaten für vier Personen: 2 bis 3 Meerschweinchen, 2 fein gehackte rote Zwiebeln, 4 fein gehackte Knoblauchzehen, 2 Teelöffel Kreuzkümmel. Meerschweinchen häuten und ausnehmen, alle anderen Zutaten vermengen und sie damit einreiben. Bis zum nächsten Tag marinieren. Überschüssige Marinade abstreifen und die Meerschweinchen grillen, bis sie schön knusprig sind (der ideale Garpunkt ist erreicht, kurz bevor die Haut einreißt). Zwischendurch mit Öl beträufeln. Als Beilage Kartoffeln und Salat.

Es war einmal

Hier liegen Wale mitten in der Wüste. In den Bergen. Darunter auch der 20 Meter lange »Livyatan melvillei« (nach wem wohl benannt?), ein Pottwal, der vor zwölf Millionen Jahren mit Vorliebe Zwergwale verspeiste. Sie haben sich nicht verschwommen, vielmehr haben Vulkanausbrüche ihren Lebensraum vor Millionen Jahren trockengelegt.

Peru fühlen

Weihnachten wird in einigen Andendörfern besonders gefühlvoll gefeiert. Auf dem Fest »Takanakuy« treffen sich Peruaner, die sich das ganze Jahr über etwas zu sagen hatten, aber nicht dazu gekommen sind. Vorher und nachher wird getanzt und gegessen. Zwischendurch fliegen Fäuste und Füße. Frauen, Männer und Kinder schlagen sich so lange blutig, bis die angestauten Aggressionen abgebaut sind und ein unbelastetes Jahr begonnen werden kann.

Warum die Außerirdischen gleich wieder wegfliegen würden

Die Isconahua, Matsigenka, Mashco-Piro, Mastanaahua, Nanti und Yora gehören zu den schätzungsweise 15 indigenen Völkern in Peru, die Kontakt zur Außenwelt strikt ablehnen.

Übrigens

Die erste Flugzeugentführung aller Zeiten fand hier statt: 1931 kaperten fünf peruanische Rebellen auf dem Flughafen von Arequipa eine Pan-Am-Maschine, um Propaganda-Flugblätter abzuwerfen. Der amerikanische Pilot weigerte sich jedoch zehn Tage lang, zu starten, bis die Hijacker ihn und das Flugzeug wieder freiließen – ihre Revolution sei jetzt ohnehin erfolgreich beendet.

Philippinen

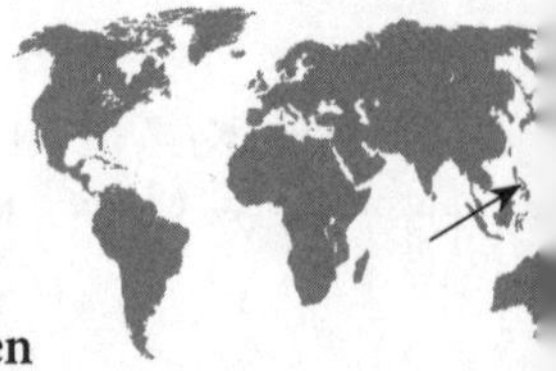

»Meine Lebensphilosophie ist, dass die einzigen Dinge, die wir behalten, die sind, die wir fortgeben.«

Imelda Marcos (geb. 1929). Nie wird man erfahren, wie viele Schuhe Präsidentengattin Imelda Marcos wirklich gesammelt hat mit den Milliarden, die sie ihrem Volk stahl. 1 060 Paare fand man noch in dem Palast, den sie nach dem Sturz ihres Mannes fluchtartig verließ, dazu 888 Handtaschen, 508 edle Kleider und 15 Nerzmäntel. Der »eiserne Schmetterling« hat die Philippinen über 20 Jahre lang arm und sich zu einer der zehn reichsten Frauen der Welt gemacht. Dennoch geben die Philippiner ihr und ihren Söhnen, zurück in der Heimat, bei Wahlen Stimmen, und noch immer trägt der Flughafen von Mati City ihren Namen.

Name

»Felipinas« nannten die Spanier die Inselwelt, nach ihrem Thronfolger Philipp. Dass sie danach noch etwa 350 Jahre blieben, merkt man auch den heute häufigsten Nachnamen des Landes an: de la Cruz, Santos, Reyes, Gonzales, Bautista, García und Pascual.

Rekord

Ferdinand Magellan hat gar nicht als Erster die Erde umsegelt. Genauer gesagt hat er sie nie umsegelt. Und zwar weil er die Philippinen entdeckte, was zu seinem Unheil wurde. Als Häuptling Lapu-Lapu sich hier der Missionierung nicht beugen mochte, wollte Magellan ihn bestrafen, wurde stattdessen aber von ihm getötet. Von Magellans fünf Schiffen und 237 Mann schafften es am Ende nur 18 seiner Leute auf einem Schiff nach Hause.

Das können die Philippiner besser

Wegen des dichten Verkehrs in Manila dürfen montags nur Autos mit Nummernschildern raus, die auf die Zahlen 1 oder 2 enden, dienstags 3 und 4, mittwochs 5 und 6, donnerstags 7 und 8 und freitags 9 und 0.

Danke für …

Indien war einmal! Seit Kurzem sind die Philippinen das Callcenter-Zentrum der Welt. Nirgendwo arbeiten so viele Menschen an Telefonen, um vor allem der englischsprachigen westlichen Welt Fragen zu beantworten. Denn Englisch spricht hier fast jeder, potenzielle Arbeitskräfte gibt es in Massen und die Technik ist erstklassig.

Nur hier

Jeder Weiße wird hier »Joe« genannt. Daran sind die Amerikaner schuld.

Es war einmal

»It's gonna be a thrilla, and a chilla, and a killa, and a nilla, when I get the gorilla in Manila«, machte Muhammad Ali 1975 Werbung für seinen großen Kampf auf den Philippinen. Ein Jahr nach dem berühmten »Rumble in the Jungle« gegen George Foreman in Kinshasa, Kongo, trat Ali beim »Thrilla in Manila« gegen seinen zweiten großen Rivalen Joe Frazier an. In der Hitze Südostasiens gewann Ali den brutalsten Kampf seiner Laufbahn: »Es war wie der Tod. Wir kamen als junge Champions nach Manila und gingen als alte Männer.«

Philippinen fühlen

»Layogenics« ist das philippinische Wort für Menschen, die aus der Entfernung gut aussehen, aber aus der Nähe nicht. »Maganda« ist das auch von Nahem Schöne. »Philippiner lieben Schönheit«, sagte schon Ex-First-Lady Imelda Marcos, selbst »Miss Manila« 1950, »und ich muss schön aussehen, damit die armen Philippiner einen Stern zum Anschauen haben in ihren Slums.«

Warum die Außerirdischen gleich wieder wegfliegen würden

Bis zu 1700 Euro oder ein Jahr Gefängnis kostet das falsche Singen der Nationalhymne.

Übrigens

An der Flagge kann man sehen, ob sich das Land im Krieg befindet. Im Frieden ist die blaue Hälfte oben, im Krieg die rote.

Polen

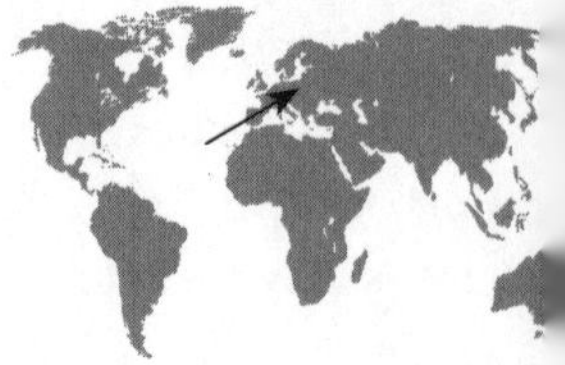

**»Man sagt, Polen sei das Mexiko Europas.
Ich weiß nicht, was das heißt, aber es gefällt mir.«**

Chris Pontius, US-Entertainer in der TV-Serie Jackass.

Name

»Nowak« ist mit Abstand der häufigste Familienname – den bekamen Leute, die neu in einen Ort kamen. »Nowak« wurde häufiger vergeben als »Neumann« in Deutschland oder »Newman« in England. Entweder zogen die Polen öfter um oder sie waren bei den Namen weniger kreativ.

Rekord

Die größte Sandwüste Mitteleuropas ist die Błędow-Wüste mitten in Schlesien. Doch während sich die großen Wüsten dieser Welt ausbreiten, schrumpft die Błędow. In den 1940er-Jahren trainierte hier noch das Deutsche Afrikakorps, es gab Fata Morganas, Sandstürme und Oasen, doch jetzt ist das Wüstenareal von 150 auf 32 Quadratkilometer geschrumpft und es dringt etwas vor, was alles zu zerstören droht: Pflanzen!

Das können die Polen besser

Äpfel züchten. Nur Amerikaner und Chinesen (beide außer Konkurrenz) haben mehr Äpfel.

Danke für …

»Nagra« bedeutet »wird aufnehmen«. Bei dem gleichnamigen, ab 1951 produzierten Tonbandgerät konnte man sich so sehr darauf verlassen, dass sein Erfinder, Stefan Kudelski aus Warschau, damit in Hollywood vier Sound-Oscars gewann. Und noch im digitalen Zeitalter stellen wir uns beim Wort »Tonbandgerät« einen Apparat vor, der aussieht wie eine »Nagra«.

Nur hier

… werden Kinderschänder bei der Entlassung aus dem Gefängnis durch sogenannte chemische Kastration entmannt. Das gibt es europaweit sonst nirgendwo und wird von Medizinern, Rechtsexperten und Politikern kritisiert. Die Polen sind aber zu 84 Prozent für das Gesetz.

Es war einmal

Von allen Bierparteien – die gibt es heute noch in Deutschland, der Ukraine, Russland und Weißrussland (im Untergrund) – war die »Polnische Partei der Bierfreunde« die erfolgreichste, aber auch kurzlebigste. Sie gewann 1991 16 Sitze im polnischen Parlament »Sejm«. Ziel war es, die Polen vom Wodka zum »schmackhaften, kühlen, aromatischen Bier« zu bringen. Im ernsten Parlamentsalltag zerstritt sich die Partei in die Fraktionen »Kleines Bier« und »Großes Bier«.

Polen fühlen

... überall in der Welt. Polen hat die größte Diaspora. »Polonia« nennen sie ihr imaginäres Auswandererland mit bis zu 20 Millionen Menschen. Die Hälfte lebt in den USA, und in Chicago sprechen heute noch geschätzte 185 000 Menschen die Sprache ihrer Eltern, was die US-Metropole in die Top 20 der polnischen Städte bringen würde.

Warum die Außerirdischen gleich wieder wegfliegen würden

Am Ostermontag wecken die Frauen die Männer, indem sie Wassereimer über ihren Köpfen leeren und mit Weidenzweigen auf ihre Beine schlagen.

Übrigens

Polonium ist das erste Element, das man radioaktiv nannte, es steckte in der Hiroshima- und Nagasaki-Bombe und wird heute noch russischen Dissidenten als Gift in den Tee getan. Unter anderem für seine Entdeckung erhielt Marie Curie ihren Nobelpreis für Chemie. Auch wenn sie einen Franzosen geheiratet und den Großteil ihres Lebens in Paris gelebt hat, gab sie einer ihrer wichtigsten und tödlichsten Entdeckungen den Namen ihrer Heimat.

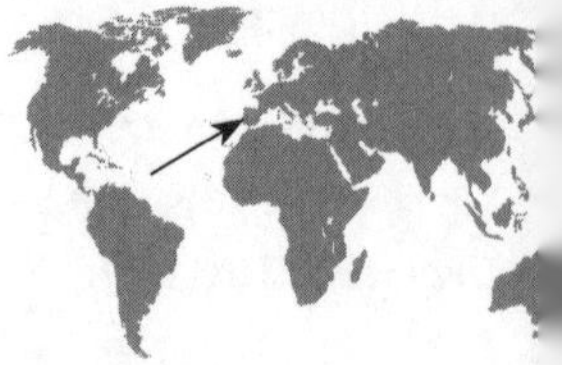

Portugal

»Fans verspotten mich, weil ich gut aussehe, reich bin und ein großartiger Spieler.«

Cristiano Ronaldo, Weltfußballer des Jahres 2008 und Armani-Model.

Name

Was in Deutschland der Michel, ist hier Zé Povinho.

Rekord

Über 1000 Spielmaschinen auf zwei Etagen: Roulette, French Roulette, Cussec, Baccara, Caribbean Stud Poker, Blackjack – im Seebad Estoril gehen die Reichen und Schönen ins größte Spielkasino Europas.

Das können die Portugiesen besser

Auf den Azoren braucht man zum Kochen keinen Herd: In der 100 Grad Celsius heißen Vulkanerde gart der Eintopf auch so. Fünf Stunden braucht ein »Cozida« aus Fleisch, Fisch, Gemüse.

Danke für …

… den Portugiesischen Wasserhund: Den schwimmenden Mehrzweckhelfer der Fischer gab es schon vor 2000 Jahren – vorne mit langem, dichtem Fell bis zu den Flanken, um Herz und Lunge vor Kälte zu schützen, hinten rasiert, damit er sich besser bewegen kann. Er kann alles: Netze auslegen, Fische hineintreiben, tauchen bis in vier Meter Tiefe, alles apportieren, was über Bord geht, Botengänge zwischen den Schiffen erledigen. Die Obamas haben einen namens »Bo«.

Nur hier

Er hat einen Alkoholgehalt von bis zu 22 Vol.-%. Doch er muss mindestens sechs Jahre im Dunkeln reifen, manchmal gibt man ihm auch 40 Jahre Zeit. Dabei darf er wenig atmen. So entsteht Portwein, der Wein, dem die portugiesische Hafenstadt Porto ihren Namen gab.

Es war einmal

… die »Schlacht von Nürnberg«: zwölf Gelbe plus vier Gelb-Rote Karten in einem Spiel. FIFA-Rekord! Mit 1:0 schlugen die Portugiesen im WM-Achtelfinale 2006 die Holländer. Bei den Gelben Karten gewannen die Portugiesen 7:5, bei den Gelb-Roten erreichten die Holländer immerhin ein Remis.

Portugal fühlen

»Ich bin kein Pessimist, sondern bloß ein gut informierter Optimist.« Der portugiesische Schriftsteller José Samarago (1922–2010) wurde 1998 mit dem Literaturnobelpreis ausgezeichnet. Seine Landsleute brachte er immer wieder gegen sich auf. Noch ein Samarago gefällig? »Ich stelle nicht Gott infrage, sondern die Menschheit, die ihn erfunden hat.«

Warum die Außerirdischen gleich wieder wegfliegen würden

Kondome heißen hier »camisa de venus« – Venushemd.

Übrigens

Ein »Pesamenteiro« ist jemand, der sich bei Trauerfeiern einschleicht und den Bauch vollschlägt.

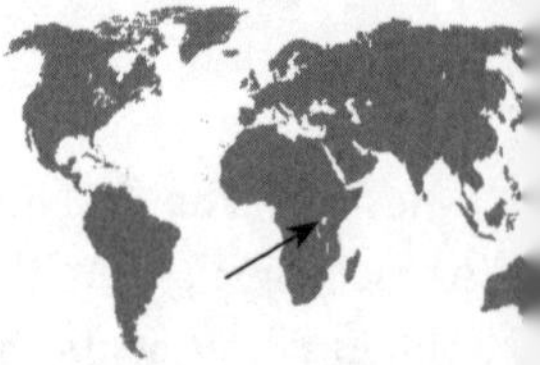

Ruanda

**»Hier ist alles in Bewegung.
Hier soll die Zukunft meiner Kinder sein.«**

Blondine Eya Nchama, Ruanderin, die in der Schweiz studiert hat und in der Hauptstadt Kigali eine Schule aufbaut.

»Ich weiß, dass es einen Gott gibt, […] weil ich in Ruanda dem Teufel die Hand geschüttelt habe. Ich habe ihn gesehen, gerochen und berührt.«

Roméo Alain Dallaire, kanadischer General, war 1994 während des Völkermords der Hutu an den Tutsi Kommandeur der Blauhelmtruppen der Vereinten Nationen. Damals starben 800 000 Menschen innerhalb von 100 Tagen.

Name

Ruanda wird »Land der tausend Hügel« genannt.

Rekord

45 der 80 Parlamentarier sind Frauen. 56,3 Prozent. Weltrekord!

Das können die Ruander besser

Über 90 Prozent der Bevölkerung sind krankenversichert. In den USA sind es knapp 84 Prozent.

Danke für …

WLAN empfängt man nahezu überall.

Nur hier

Tief unter dem Kiwusee lauert der Tod – oder Energie für ganz Ruanda. Riesige Erdgasmengen 300 Meter unter dem See könnten plötzlich austreten und sich über das Land legen, das potenzielle Ende für zwei Millionen Menschen. Also zapft man das bedrohliche Gemisch jetzt einfach ab und leitet es ins Kraftwerk, um Strom daraus zu machen. Vielleicht können bald die Fischer in ihren Hütten die Kerzen auspusten und das Licht anknipsen.

Es war einmal

Umacaca heißt das Gras, auf das sich einst die Dorfältesten setzten, um zu beraten. »Gacaca«, »Treffen auf dem Gras«, nannten sie das. Hier schlichteten sie kleine Ehe- und Familienstreitigkeiten, Meinungsverschiedenheiten, mal einen Disput unter Dörfern, alles informell. Seit dem Genozid 1994 haben sie mit anderen Dimensionen umzugehen: 110 Jahre hätte es gedauert, um alle Kriegsverbrecher vor den ordentlichen Gerichten Ruandas zu richten. Darum schickte man sie in die Dörfer auf das Gras.

Ruanda fühlen

Die Hutu trinken eher das leichte Primus-Bier, die Tutsi das würzige Mützig. Wer sich raushalten möchte, bestellt ein Skol.

Warum die Außerirdischen gleich wieder wegfliegen würden

Hier darf man einen Einwohner des Landes nicht mehr Hutu oder Tutsi nennen. Wer es dennoch tut, kann im Gefängnis landen.

Übrigens

Imigongo heißt die Kunst, Bilder aus Kuhdung zu gestalten.

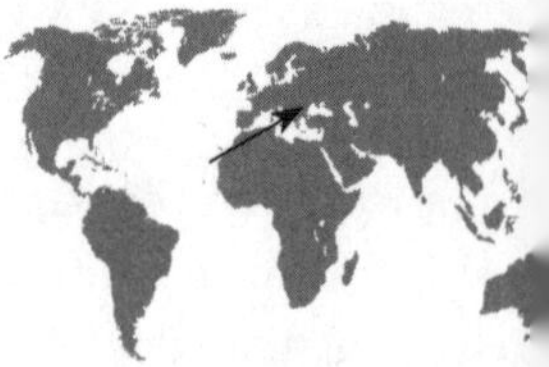

Rumänien

»... eine wilde Nation.«

Der britische EU-Kommissar Chris Patten vor der Aufahme Rumäniens in die EU.

Name

Sie selbst nannten sich »Römer«, daher Rumänien. Für die Germanen war es die »Wallachei«, denn alles Nichtgermanische war »Walha« (»die Fremde«). Daher auch Wales, Cornwall, Wallonien und eben die Wallachei.

Rekord

2011 ist jeder zweite Prüfling durch die Abitur-Prüfung gefallen. Vorher waren in vielen Schulen Kameras installiert worden, um das Schummeln zu unterbinden.

Das können die Rumänen besser

Bei den Olympischen Spielen 1976 in Montréal erhielt die damals erst 14-jährige Nadja Comăneci als erste Turnerin der Geschichte die Höchstnote 10,0 für ihre Übung am Stufenbarren. Zwei weitere Goldmedaillen holte sie am Schwebebalken und im Mehrkampf.

Danke für ...

Von hier kommt der Tarzanschrei. »Meinen Dschungelschrei lernte ich von meinen Vorfahren. Die gingen an den Wochenenden immer ins Gebirge, in the mountains – jodeling.« Johnny Weissmüller wurde im heutigen Rumänien geboren und wuchs dann in Chicago, USA, in einem Viertel der Banater Schwaben auf. Dort nahm er an Jodelwettbewerben teil, wurde Schwimmlegende, Olympiasieger und schließlich Tarzan, als welcher er den Jodler wieder auspackte.

Nur hier

Der Parlamentspalast in Bukarest ist das größte Gebäude Europas, errichtet 1989 von 20 000 Arbeitern rund um die Uhr. Dafür ließ der kommunistische Diktator Ceaușescu ein Fünftel des historischen Bukarest abreißen.

Es war einmal

»Es gibt nur deswegen noch Vampire, weil niemand glaubt, dass es welche gibt«, heißt es in dem Film *Bram Stokers Dracula*. Der leibhaftige Vlad III. Drăculea (1431–1476) war das Vorbild für den literarischen Vampir. Der wallachische Prinz soll Hunderttausende Menschen ermordet haben. Auch soll er ein großer Freund des Pfählens gewesen sein. Vermutlich haben die Geschichtsbücher Vlads Grausamkeit von Auflage zu Auflage immer mehr übertrieben. Bram Stoker reichte das als Inspiration für die Story vom blutrünstigen Grafen.

Rumänien fühlen

Ein Fakt gegen das Klischee? Rumänien ist das Schlusslicht beim Abrufen von EU-Subventionen. 19,2 Milliarden Euro standen den Rumänen für 2007 bis 2013 zu. Doch nur 1,2 Milliarden, also 6,3 Prozent, hatten sie bis Anfang 2012 abgeholt.

Warum die Außerirdischen gleich wieder wegfliegen würden

Vor 20 Jahren war es noch verboten, eine Hexe zu sein. Seit 2011 aber ist es ein offizieller Beruf in Rumänien. Doch nicht weil der Staat den 4000 Hexen und sonstigen Zauberern eine Freude machen will, sondern weil er ihnen nun Steuern und Sozialabgaben abknöpfen kann. Auch für Wahrsager und Astrologen gilt das. Sie allesamt verdienen besser als der Durchschnitt. Sie werden von vielen Unternehmen gebucht.

Übrigens

»Bulă« hieß die Hauptfigur in Witzen während der Ceaușescu-Diktatur. Bulă (»Penis«) war dümmlich, feige und impotent – so wie sich die Rumänen selbst sahen. In einem Witz versuchte Bulă den Diktator in einem Menschenauflauf zu ermorden. Er feuert und feuert, zur Freude der Masse, die ihn begeistert so umherstößt, dass er immer danebenschießt. Nach der späteren tatsächlichen Ermordung Ceaușescus wurde Bulă durch neue Figuren ersetzt. Doch vergessen wurde er nicht: Bei der TV-Wahl »Die 100 größten Rumänen aller Zeiten« belegte er Platz 54. Ceaușescu wurde elfter.

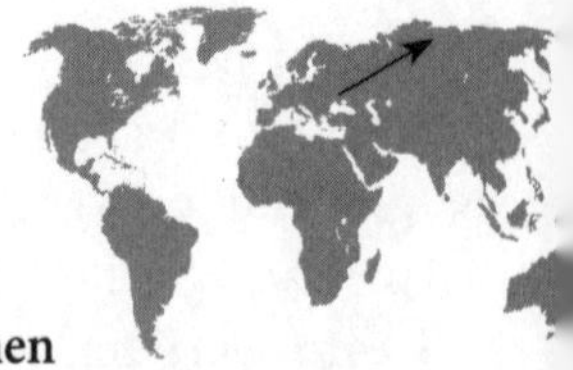

Russland

»Ich habe einen Kurs in Schnelllesen genommen und konnte schließlich *Krieg und Frieden* in zwanzig Minuten lesen. Es geht um Russland.«

Woody Allen

Name

»Smirnow« ist der häufigste Name in Russland, was so viel wie »der Stille« bedeutet. Dazu passt, dass »Sibirien« der tartarischen Bezeichnung für »Schlafendes Land« entstammt.

Rekord

Das Land mit den meisten Abtreibungen: 52 Prozent der Schwangerschaften enden so.

Das können die Russen besser

Die Russen haben gebohrt bis in die Hölle: Von 1970 bis 1992 bohrten ihre Wissenschaftler auf der Kola-Halbinsel an der norwegischen Grenze in das älteste Gestein der Erde. Als Mikrofone 1990 seismische Echos auffingen, deuteten viele das als die Geräusche der Hölle. Zwei Jahre später war man in 12 261 Meter Tiefe und 300 Grad Hitze vorgestoßen, da kam kein Bohrer mehr weiter. Das Kola-Loch ist das tiefste der Welt. Und die Untersuchung der 45 000 Gesteinsproben wird 100 Jahre dauern.

Danke für ...

... die Achterbahnen. Noch heute werden sie von Franzosen, Italienern und Spaniern »Russische Berge« genannt. Sie entstanden nämlich im 17. Jahrhundert rund um St. Petersburg auf bis zu 25 Meter langen Eisrutschen und Bergen, unterstützt durch Holzkonstruktionen. Von Kufen kam man auf Räder, und von Russland ging's Anfang des 19. Jahrhunderts nach Paris und in die Welt. (Komisch: Die ersten modernen »Rollercoaster« nannten die Russen dann »Amerikanische Berge«.)

Nur hier

Wenn ein Russe etwas zu Hause vergessen hat und zurückkehrt, schaut er einmal kurz in den Spiegel, bevor er die Wohnung zum zweiten Mal verlässt. Der Aberglaube ist hier mächtig.

Es war einmal

23 Frauen in Sperrholz-Doppeldeckern machten der deutschen Wehrmacht im Zweiten Weltkrieg das Leben schwer. Ihre mit Stoff bespannten Maschinen des 588. Nachtbomberregiments konnten, vom Radar unbemerkt, fast auf der Stelle fliegen. Kurz vor dem Ziel stellten die »Nachthexen« dann den Motor ab und warfen gleitend ihre gefährliche Fracht auf die deutschen Jungs – insgesamt 23 000 Mal.

Russland fühlen

Oimjakon in Sibirien ist der kälteste Ort der Erde: Bei minus 50 Grad liegen die Temperaturen von November bis März. Nur Hochprozentiges hält sich hier in flüssiger Form, und Milch wird in Scheiben verkauft. Wasserleitungen würden hier gefrieren, also hackt man Wasser vom Eisblock und taut es auf. Selbst im Sommer, bei 30 Grad über Null, kann der Permafrostboden noch als Kühlschrank benutzt werden. Oimjakon heißt übrigens »heiße Quelle«.

Warum die Außerirdischen gleich wieder wegfliegen würden

»Wenn Sie ein radikaler Islamist werden und sich beschneiden lassen wollen, dann kommen Sie nach Moskau. Wir haben Spezialisten auf diesem Gebiet. Ich werde denen empfehlen, die Operation so durchzuführen, dass da nichts mehr nachwächst.« So der russische Präsident Wladimir Wladimirowitsch Putin.

Übrigens

»Das russische ›toska‹: Das können Sie mit ›Schwermut‹, ›Sehnsucht‹, ›niedergedrückter Stimmung‹ oder auch mit ›in die Weite starren‹ übersetzen.« Sagt Peter Urban, Tschechow-Übersetzer.

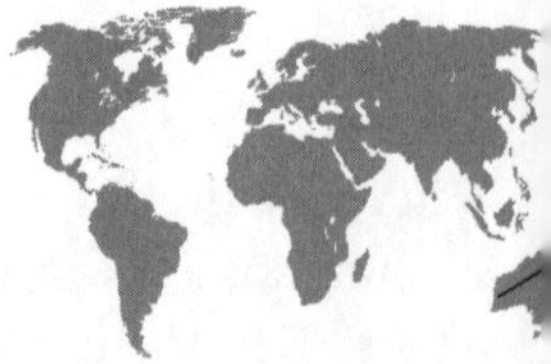

Salomonen

»Ich wurde nicht besonders schwer getroffen – ein Schrapnellstück ging durch meinen Helm und schnitt hinten ein hübsches kleines Loch in meinen Kopf.«

James Jones, amerikanischer Soldat, nach der Schlacht von Guadalcanal (eine Salomonen-Insel) im Zweiten Weltkrieg. Seine Erlebnisse bei der Entscheidungsschlacht des Pazifischen Krieges schrieb Jones später im Roman Der schmale Grat *nieder.*

Name

Warum nicht der Hoffnung einen Namen geben? Als der spanische Entdecker Álvaro de Mendaña de Neyra 1568 das erste Stück Land der Inselgruppe erreichte, gab er ihr den Namen Salomon-Inseln. Er hatte angeschwemmtes Gold entdeckt und hoffte, sagenhaften Reichtum wie den des biblischen Königs Salomo zu finden. Doch der Entdecker bekam Malaria und fand statt Gold den Tod.

Rekord

Das höchste Atoll weltweit: Rennell. Hier leben außer dem Rennell-Flughund noch zahlreiche andere Tiere mit »Rennell-« am Anfang. Im Süden Rennells hat sich im Laufe der Jahre der größte See der pazifischen Inselwelt gebildet, der Lake Tegano. In dem 15 500 Hektar großen und 44 Meter tiefen Nass leben zwei real existierende Verwandte von Nessi: die Laticauda crockeri und die giftige Laticauda colubrina. Rennell liegt 100 Meter über dem Meeresspiegel.

Das können die Salomoner besser

Bereits 2001 wurden erste Internet-Cafés gegründet, um die weit auseinanderliegenden Inseln zu verbinden. Die Idee war einfach. Man nutzte den Kurzwellenfunk für die Datenübertragung.

Danke für …

… den Vulkan auf Savo. Die Großfußhühner nutzen seine warme Erde, um ihre Eier ausbrüten zu lassen, um die 30 innerhalb eines halben Jahres. Doch so weit kommt es meist nicht, da die Eier bei den Menschen als Potenzmittel heiß begehrt sind und auf dem Markt in der Hauptstadt Honiara einen Stückpreis von rund vier Dollar erzielen.

Nur hier

Auf den Inseln sind fünf bis zehn Prozent der Menschen naturblond, ein krasser Gegensatz zur dunklen Haut. Der blonde Schopf ist nicht etwa importiert, vielmehr ist das Chromosom 9 die Ursache, wie Forscher ermittelten.

Es war einmal

Auf eine der tausend Inseln rettete sich 1943 der junge Kommandant John F. Kennedy, nachdem sein Schnellboot von den Japanern zerstört worden war. Er schwamm mit seiner Crew über fünf Kilometer, zog dabei einen verletzten Kameraden nach Kasolo Island (heute auch Kennedy Island genannt), 75 mal 25 Meter groß. Da gab's aber kein Essen und Trinken, also schwamm er noch alleine vier Kilometer zur nächsten Insel und holte Kokosnüsse.

Die Salomonen fühlen

Überall Streit: Die Bevölkerungsgruppen gehen immer wieder aufeinander los. Auch in den Familien geht es hoch her, zwei Drittel der Frauen leiden unter häuslicher Gewalt. Auch Regierungen sind instabil. Seit 2009 versuchen die anderen Pazifikstaaten unter der Führung Australiens, gemeinsam die Strukturen wieder aufzubauen und Frieden zu schaffen: mithilfe von »RAMSI« (Regional Assistance Mission to Solomon Islands).

Warum die Außerirdischen gleich wieder wegfliegen würden

120 Sprachen bei knapp 500 000 Einwohnern.

Übrigens

Einst bezahlte man auf den Salomonen mit Delfinzähnen.

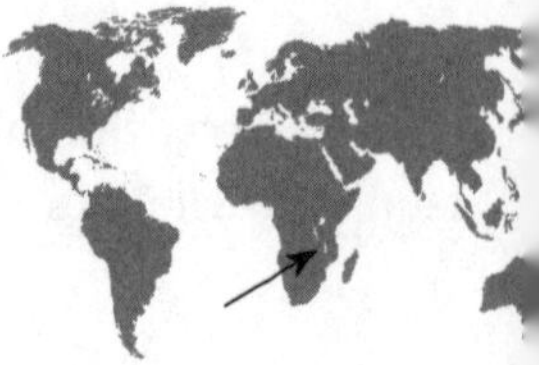

Sambia

»Bwino!«

»Mir geht es gut!« auf Bemba, der hiesigen Bantusprache.

Name

Der Fluss Sambesi, das »Herz von allem«, gab dem Land den Namen.

Rekord

2003 hat Sambia als Erstes afrikanische Polymerbanknoten (Kunststoffscheine) ausgegeben. Man sollte sich daran gewöhnen, wenn man dort ist, denn wer nicht in der Landeswährung Kwacha zahlt, dem drohen bis zu zehn Jahre Haft. Das Wort Kwacha bedeutet auf Bemba »Morgendämmerung«.

Das können die Sambier besser

»Teamgeist schlägt Diven«, titelte die *tageszeitung* 2012. Sambia hatte im Finale der Fußball-Afrikameisterschaft das hoch favorisierte Team der Elfenbeinküste geschlagen.

Danke für …

Die sambische Ökonomin Dambisa Moyo (geb. 1969) denkt, was die Entwicklung Afrikas betrifft, gegen den Strich und ist eine der Wortführerinnen eines neuen Ansatzes, mit dem eine neue Generation afrikanischer Intellektueller Aufsehen erregt: Die Entwicklungshilfe müsse eingestellt werden, sie behindere den Fortschritt, zementiere sogar die Macht korrupter Eliten. Afrika müsse seine Entwicklungshilfe selbst finanzieren. Moyos kontrovers diskutiertes Buch *Dead Aid* wurde millionenfach verkauft. Das *TIME Magazine* wählte sie 2009 zu den 100 einflussreichsten Menschen der Welt.

Nur hier

Die abenteuerlichsten 18 Löcher der Welt werden auf dem Konkola-Golfplatz in Chililabombwe gespielt. Der Clubmanager warnt vor grünen Mambas und Giftnattern. Die Scorecard erlaubt, einen Ball, der in den Fußabdruck eines Nilpferds gespielt wurde, wegen des leichteren

Abschlags außerhalb zu platzieren. Eine Reihe von Löchern liegen an auf dem Gelände verteilten Teichen. Ein Schild warnt: Achten Sie auf Krokodile an den Löchern 4, 5, 6, 8, 9, 13, 14, 15, 17 und 18.

Es war einmal

Die sambische Fußballnationalmannschaft war auf dem Weg zu einem WM-Qualifikationsspiel in den Senegal. Beim Gabon-Air-Flugzeugabsturz 1993 starben 18 Spieler, der Trainer und einige Verbandsfunktionäre vor der Küste von Gabun.

Sambia fühlen

Kupfer. Im Herzen Sambias liegt der Kupfergürtel (Copperbelt). In ihn hinein ragt der Zipfel der südlichen Kongoprovinz Katanga. Kupfer wird in Sambia seit 2000 Jahren gewonnen. Im Kupfergürtel liegt auch Kabwe, die zweitgrößte Stadt Sambias. Das durch Bergbau frei gewordene Blei und Cadmium hat sie zur schmutzigsten Stadt Afrikas gemacht.

Warum die Außerirdischen gleich wieder wegfliegen würden

Jedes Jahr im Oktober verdunkeln Millionen von Flughunden den Himmel über Sambia und schlagen sich die Bäuche mit ihren Lieblingsfrüchten voll.

Übrigens

Die Idee zu dem Hit »Männer sind Schweine« kam Ärzte-Gitarrist Farin Urlaub im Regen von Sambia.

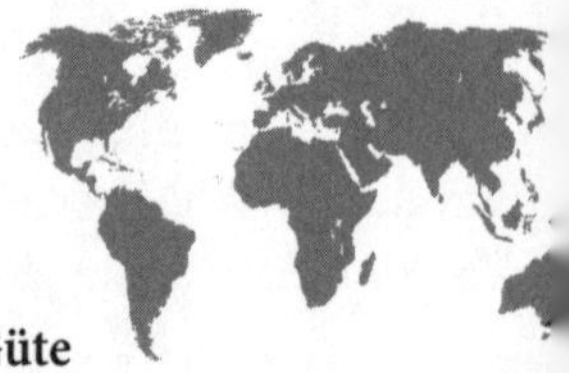

Samoa

»Alle Radikalmittel sind von Übel. Zeit und Güte und Gerechtigkeit sind die besten Regierungsmittel in Samoa.«

Wilhelm Solf, Gouverneur von Deutsch-Samoa von 1900 bis 1911. 1909 gelang es ihm, einen Aufstand der Samoaner ohne Waffengewalt zu beenden.

Name

Bis 1997 hieß der Staat noch Westsamoa, da der heutige Staat Samoa (zwei Hauptinseln und acht kleinere) nur den Westteil der Samoainseln ausmacht. Der östliche Teil gehört zu den USA.

Rekord

Die größte Wrestling-Familie der Welt kommt von hier. Die Sippe Anoa'i-Fatu/Johnson hat über 50 weltweit aktive Profis hervorgebracht: Auch den Champion der amerikanischen Wrestling-Showliga Dwayne Johnson (»The Rock«), der mittlerweile in Hollywood wie im Film *The Scorpion King* den harten Krieger gibt.

Das können die Samoaner besser

Der Begriff Tätowierung kommt aus dem polynesischen »tatau« für »Zeichen«. Die Tätowierungen der Männer auf Samoa heißen Pe'a. Nadeln sind verpönt, der Tätowierer nutzt Knochen, Stoßzähne und Holz. Zwei (!) Assistenten helfen, das Blut abzuwischen. Wochen dauert es, manchmal Jahre, bis ein Tattoo fertig ist. »Soga'imiti« nennt man Männer mit Pe'a, »Telenoa« (»nackt«) die ohne. Wer wegen der Schmerzen abbricht, heißt »Pe'a mutu« und wird verachtet.

Danke für …

… »Herma Keil and the Keil Isles«: Olaf, Herman, Rudolf, Klaus und ihr Vetter Freddie Keil gründeten die Rock-'n'-Roll-Band 1956 in Neuseeland. Sie entstammten einer samoanischen Familie mit deutschem Blut. Die »Keil Isles« wurden durch ihre Coverversionen von Hits der 1960er-Jahre populär. Ihre Platten verkauften sich in Neuseeland oft besser als das Original. Olaf Keil ging später in die USA und baute beim Gitarrenhersteller Fender spezielle Gitarren für Stars wie Johnny Cash und Jimi Hendrix.

Nur hier

Schon zwei Mal hat Samoa die Datumsgrenze überschritten. Beim ersten Mal 1892 sprangen sie einen Tag zurück, in der Hoffnung, den Handel mit den USA durch das gleiche Datum in Schwung zu bringen. Mit wohl zu wenig Erfolg, denn 2011 sprangen sie wieder einen Tag nach vorne. Damit hoffte man auf besseren Handel mit den nun zeitgleichen Australiern und Neuseeländern.

Es war einmal

»O, unser geliebter Tusitala (Geschichtenerzähler)«, schluchzte der samoanische Häuptling Tu'imaleali'ifano (»Erde und Steine müssen weinen«). Der berühmte schottische Schriftsteller Robert Louis Stevenson, Autor von *Dr. Jekyll und Mr. Hyde* und *Die Schatzinsel*, war verstorben. Die Häuptlinge trugen den Toten durch den Dschungel hinauf auf den Mount Vaea und bestatteten ihn wie einen König. In dem einstigen Haus Stevensons empfängt heute das samoanische Staatsoberhaupt ausländische Gäste.

Samoa fühlen

»Faa Samoa« heißt der samoanische Lebensstil, im Gegensatz zu »Faa Pagali«, dem aller anderen. Die Werte werden immer wieder gemeinsam festgelegt, ohne festen Standpunkt des Einzelnen. Wichtig sind Respekt, Harmonie und die Gemeinschaft der Samoaner, wo immer sie auch sein mögen auf der Welt.

Warum die Außerirdischen gleich wieder wegfliegen würden

Samoa hat eine besonders hohe Selbstmordrate unter Jugendlichen. Manch einer kommt mit dem »Faa Samoa« nicht klar.

Übrigens

Eine Weltmacht mit 190 000 Einwohnern. Samoa ist mit Abstand der kleinste Staat in den Top Ten der Rugby-Weltrangliste. »Siva Tau« heißt ihr Kriegstanz vor dem Spiel:

»Mach Platz und geh zur Seite – Weil dieses Manu (Mannschaft) einzigartig ist – Manu Samoa – Manu Samoa – Manu Samoa herrscht von Samoa aus.«

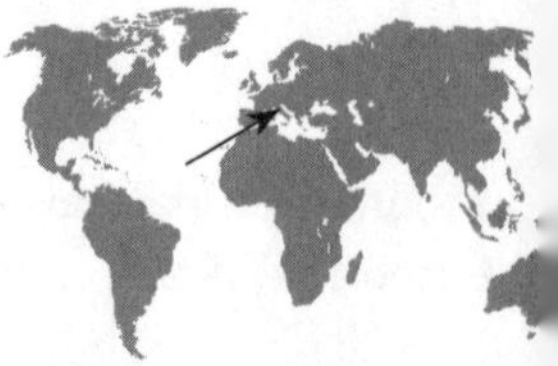

San Marino

»Obgleich Ihr Land klein ist:
Ihr Staat ist einer der ehrbarsten der Geschichte.«

Abraham Lincoln, US-Präsident, nahm 1861 die von San Marino angebotene Ehrenbürgerschaft an. Der kleine Staat hatte auf diese Weise Schutz gesucht vor dem gerade vereinigten Italien. Das klappte: Die USA erkannten San Marino als souveränen Staat an.

Name

Der Steinmetz Marinus floh vor einer geisteskranken Frau auf den Monte Titano. Dort gründete er gemeinsam mit einer Gruppe verfolgter Christen eine kleine Gemeinde, die sich stetig weiterentwickelte. Die Legende sagt, dass Marinus der ältesten Republik der Welt seinen Namen gab.

Rekord

San Marino ist die älteste Republik der Welt (301 n. Chr.). Aber nicht etwa, dass andere sich ein Beispiel genommen hätten: Danach war über tausend Jahre Pause (bis die Niederlande 1581 folgten).

Das können die San-Marinesen besser

Sauberkeit. Als am Ende des Mittelalters im übrigen Europa noch jeder seinen Abfall auf die Straße kippte, war das in San Marino bereits per Gesetz verboten.

Danke für …

… die Chance für Ralph Siegel, den deutschen Komponistenveteran des Eurovision Song Contest. 2012 legte er sich für San Marino ins Zeug. Aber erst als der Titel von Facebook (uh, oh, oh) in The Social Network Song (oh oh, uh, oh oh) geändert wurde, akzeptierte ihn die Aufnahmejury. Valentina Monetta erreichte nicht das Finale. Sie wurde 14. im Halbfinale.

Nur hier

Es regieren immer gleichzeitig zwei Staatsoberhäupter, zwei Capitani

Reggenti. Und immer nur für ein halbes Jahr. Am 1. April und 1. Oktober wird neu gewählt. Vielleicht damit jeder der 30 000 Einwohner mal drankommt. So ist es seit 1243.

Es war einmal

Napoleon machte auf seinem Italienfeldzug 1797 vor San Marino halt, denn er bewunderte den unabhängigen Kleinstaat mitten in Italien; so sehr, dass er ihm eine Wagenladung Getreide schenkte und die restlichen zehn Kilometer, die dem Land zur Anbindung ans Mittelmeer fehlten. Doch die San-Marinesen waren schlau genug, es sich nicht mit Italien zu verscherzen, und nahmen das Landgeschenk nicht an. Das Getreide akzeptierten sie gerne.

San Marino fühlen

Selten ist mehr als eine Person in Haft. Und schon 1865 schaffte San Marino als erster europäischer Staat die Todesstrafe ab.

Warum die Außerirdischen gleich wieder wegfliegen würden

Der »Große Preis von San Marino« findet nicht in San Marino statt. Er wurde 2006 abgeschafft und raste vorher durch Imola, Italien – 100 Kilometer entfernt. Es war ein italienischer Trick, um neben Monza noch ein Rennen zu bekommen.

Übrigens

San Marino hat zwar eine der schwächsten Fußballnationalmannschaften der Welt, aber am 17. November 1993 war die Welt kurz eine andere. Nur acht Sekunden nach dem Anpfiff schoss der San-Marineser Davide Gualtieri das schnellste Tor in der Geschichte der WM-Qualifikation. »Oh, da ist ein Fehler von Stuart Pearce«, hieß es im BBC-Kommentar, »… und San Marino hat getroffen … Ich glaube es nicht.« England gewann zwar noch 7:1, qualifizierte sich aber nicht für die Weltmeisterschaft.

São Tomé und Príncipe

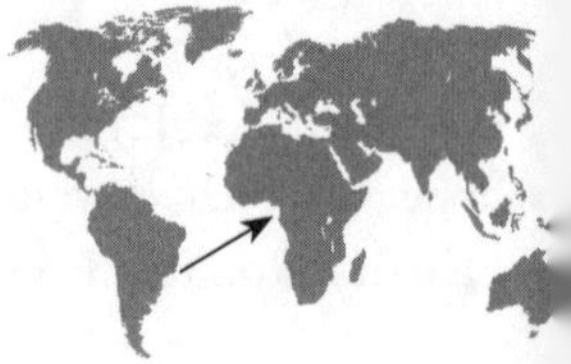

»Ein Ozeanreisender bekommt eher den Eindruck, dass der Ozean aus Wellen gemacht ist als aus Wasser.«

Arthur Stanley Eddington (siehe Danke für …*).*
Die zwei Atlantikinseln São Tomé und Príncipe bilden das zweitkleinste Land Afrikas – nach den Seychellen im Indischen Ozean: 150 000 Menschen leben auf der Fläche der Insel Rügen.

Name

Benannt nach dem ungläubigen Thomas.

Rekord

100 000 São Toméer besitzen 200 Pkw. 100 000 Deutsche besitzen 62 200 Pkw. Warum sterben dann jährlich 33 São Toméer, aber nur 4,5 Deutsche bei Verkehrsunfällen?

Das können die São Toméer besser

In den 90er-Jahren wurde verkündet, dass vor »STP« riesige Ölvorkommen liegen könnten. Seitdem wartet der Inselstaat auf den Ölrausch und verteilt bereits die Gelder, die kommen könnten. Seit 15 Jahren. Bei ersten Probebohrungen wurde nichts Wertvolles gefunden.

Danke für …

… den Beweis für Einsteins Relativitätstheorie. Der Engländer Arthur Stanley Eddington reiste 1919 nach Príncipe, die kleinere der beiden Inseln, um dort eine totale Sonnenfinsternis zu erwischen. Er wollte zeigen, dass allein durch die gewaltige Größe der Sonne Lichtstrahlen abgelenkt wurden, wie Einstein behauptet hatte. Eddington machte zahlreiche Aufnahmen, und als er seine Ergebnisse veröffentlichte, war Einstein endgültig einer der berühmtesten Wissenschaftler aller Zeiten. Die *New York Times* titelte in riesigen Lettern »EINSTEINS THEORIE TRIUMPHIERT«. Einstein sagte Danke.

Nur hier

... könnte man den Newton-Würger noch finden. Doch das ist schwer, denn es gibt ihn nur noch schlappe 50 Mal, den kleinen schwarz-gelben Piepmatz, und er zeigt sich nur alle paar Jahre. Dabei ist er so leicht zu erkennen: an seinem klaren »tiuh tiuh« und dem metallischen »tsink tsink«.

Es war einmal

2000 portugiesische Kinder machten den Anfang. 1493 nahm der portugiesische König jüdischen Familien die Kinder weg und verschiffte sie – Zwei- bis Zehnjährige – nach São Tomé. Die meisten starben, und nur etwa 600 wurden zu den Vorvätern des heutigen Volkes, zusammen mit westafrikanischen Sklaven, angolanischen Schiffbrüchigen, kapverdischen Vertragsarbeitern und Chinesen aus Macau.

São Tomé fühlen

Die ältesten Kakaopflanzen Afrikas wachsen hier. Sie kamen einst von einer portugiesischen Kolonie, Brasilien, in die andere, São Tomé und Príncipe. Anfang des 20. Jahrhunderts waren die beiden kleinen Inseln der Hauptkakaolieferant der Welt. Heute ist der Kakao von hier eher was für Feinschmecker als für die Masse. Der italienische Honorarkonsul etwa lebt hier in einer Hütte ohne Strom und macht dort eine der besten Schokoladen der Welt.

Warum die Außerirdischen gleich wieder wegfliegen würden

200 Euro pro Monat plus Wohnkostenzulage verdient der Staatspräsident. Politiker müssen sich hier was dazuverdienen.

Übrigens

Dazu passt: Gutes Geld hat »STP« damit verdient, dass es Taiwan anerkennt und nicht die Volksrepublik China. Taiwan hat 30 Millionen Dollar für diesen freundlichen diplomatischen Akt überwiesen. »STP« zeigt das klassische Profil des Taiwan-Freunds: klein und arm. So wie Belize, Palau, Kiribati, die Salomonen, St. Kitts und Nevis, St. Lucia, die Marshallinseln, Tuvalu und 15 andere internationale Schwergewichte.

Saudi-Arabien

»Also hier ist, was ich an Saudi-Arabien nicht leiden kann. Los geht's! Du kannst nicht raus, außer Du wirst von einem Mann begleitet. Und wenn, dann kommst Du zurück mit der Arschkerbe voller Sand. Kein Alkohol, kein Rum-Cola und kein Dom Perignon. Zumindest kriegt hier ein Mädchen was zu Rauchen!«

Francine, aus der US-Cartoon-Serie American Dad! *2005*

Name

Nach seinem Herrscher benannt: Abd al-Aziz ibn Saud brachte 1932 die arabische Halbinsel in seinen Besitz und benannte alles nach sich und seiner Familie Saud. Danach regierten fünf seiner 37 Söhne (gezeugt mit 22 Frauen), zurzeit hält sein sechster alle höchsten Ämter. Wenn's keine Söhne mehr gibt, ist der Rest der Familie dran. Insgesamt hat sie um die 10 000 Prinzen.

Rekord

2500 Liter Wasser sind nötig, um einen Liter Milch herzustellen.

Das können die Saudis besser

Ein Poet und eine Avantgarde-Truppe haben die ersten beiden Wettbewerbe von »Arabs Got Talent« gewonnen, die arabische Version der Casting-Show »DSDS«. Aus dem konservativen Buraydah wird eine islamisch-korrektere Version gesendet: »Buraydah's Got Talent«. Ohne Singen und Tanzen und ohne Frauen. Religiöse Lieder und Turnübungen sind erlaubt.

Danke für …

… den »amerikanischen Warren Buffet«: al-Walid ibn Talal Al Saud macht, wie US-Milliardär Buffet, sein Vermögen mit Beteiligungen und er spendet viel davon. Walid, Nummer 26 aller Reichen, verteilt jährlich 160 Millionen Euro an uns alle: an Erdbebenopfer in Asien, Cambridge und Harvard, arme palästinensische Familien, den Louvre. Buffet sagte: »Ich bin der Walid Amerikas.«

Nur hier

»Micky Maus« muss sterben, weil sie »Satans Soldat« ist, so Scheich Muhammad Al-Munajid, Geistlicher und Diplomat im saudischen Fernsehen 2008: »Was glauben Sie, wie Kinder heute denken, nach Tom & Jerry? Für die ist Micky Maus ein toller Charakter, auch wenn sie, nach islamischem Recht, in jedem Fall getötet werden sollte (…) Nach islamischem Recht ist die Maus eine widerwärtige Kreatur.«

Es war einmal

1912 hatte Saudi-Arabien ungefähr 1,5 Millionen Einwohner. 2012 leben hier etwa 1,5 Millionen Inder.

Saudi-Arabien fühlen

In großen saudi-arabischen Städten ist es verboten, mit dem Hund Gassi zu gehen – dabei gibt es hier kaum Hunde, da sie als unsauber gelten. Das Verbot soll vermeiden, dass sich fremde Herrchen und Frauchen zu nahe kommen. Überwacht wird das Ganze natürlich von der allgegenwärtigen »Mutaween«, der Religionspolizei. Bei Zuwiderhandlung wird der Hund beschlagnahmt. Außer Hunden das Pinkeln zu verbieten, nehmen die »Mutaween« alle Zauberer fest und verhindern den Verkauf von roten Gegenständen am Valentinstag.

Warum die Außerirdischen gleich wieder wegfliegen würden

Nach einer Regierungsumfrage unter saudischen Frauen wollen neun von zehn nicht mit Männern arbeiten oder Auto fahren.

Übrigens

Hier gibt es keinen Fluss und keinen See.

Schweden

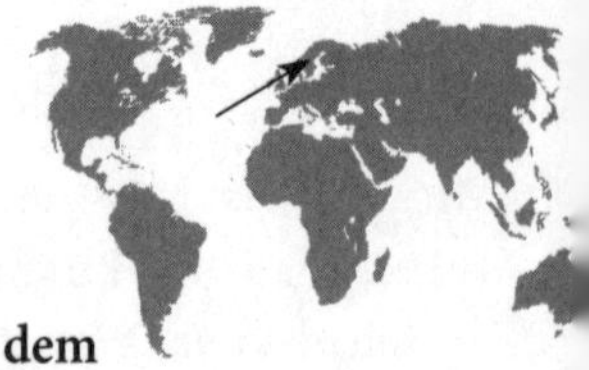

»Zweierlei hatten wir, das unsere Kindheit zu dem gemacht hat, was sie gewesen ist – Geborgenheit und Freiheit.«
Astrid Lindgren.

Name

Skatt, snullebasse, mus, sötnos, min lilla prinsessa, min hjälte, älskling. So was wie Schwedenhäppchen für sie und ihn.

Rekord

Gelb statt grün gedruckt. Dieser Fehler von 1855 machte die »Tre-Skilling-Banco« zur teuersten Briefmarke der Welt, vor der Blauen Mauritius. Es gibt nur noch ein Exemplar, und das ersteigerte der vorletzte Besitzer für 1,8 Millionen Euro.

Das können die Schweden besser

Die »Kirche der Kopierer« – »Det Missionerande Kopimistsamfundet« – ist in Schweden eine anerkannte Religionsgemeinschaft mit 3000 Mitgliedern. Der Glaube basiert auf Filesharing. Zentrale Heiligtümer: Kommunikation, das Streben nach Erkenntnis, die Zirkulation von Wissen, der Akt des Kopierens. Die Insignien sind Strg+C und Strg+V, die Tastenkombinationen für Kopieren und Einfügen. Der Gründer der Kirche ist Mitglied der schwedischen Piratenpartei.

Danke für …

… oben ohne in Schwimmbädern. Das hat der Bademeister den Frauen der Gruppe »Bara Bröst« zu verdanken. Die Feministinnen kämpfen für die Entsexualisierung ihrer Brüste und setzen sich für den gleichberechtigten Blick auf den nackten Oberkörper von Frauen und Männern ein.

Nur hier

Sein Alter las man an seinen Wurzeln ab: »Old Tjikko«, der älteste lebende Baum der Welt, ist 9950 Jahre alt. Kurz nach der Eiszeit gehörte die Fichte demnach zum ersten Leben, das sich auf dem Berg Fulu in

Zentralschweden aus der Schale pellte. Sie hat der Methuselah-Kiefer in Kalifornien die Schau gestohlen, die mit 4842 Jahren deutlich weniger auf der Krone hat.

Es war einmal

Pierre Brassau, der aufstrebende französische Maler, stellte 1964 in einer schwedischen Galerie aus. Kritiker schrieben, er führe den Pinsel »mit der Zartheit eines Balletttänzers«. Nur ein Journalist schrieb: »Das kann nur ein Affe gemalt haben!« Er hatte recht.

Schweden fühlen

Wie sieht ein schwedisches Landhaus aus? Rot, richtig?
Richtiger: Falu rödfärg. Die National(gebäude)farbe kommt aus den Kupferminen von Falun, die im 17. Jahrhundert zwei Drittel des weltweiten Kupfers stellten und auch ein rotes Pigment aus Eisenoxid abwarfen. Gemischt mit Wasser, wurde es bald überall als Fassadenfarbe genutzt, um teure niederländische Backsteinhäuser nachzuahmen. Landhäuser, Dorfkirchen, Jagdhütten und sogar Michels legendärer Schuppen in Lönneberga wurden in »Falu rödfärg« gestrichen.

Warum die Außerirdischen gleich wieder wegfliegen würden

Knäckebrot.

Übrigens

»Schwedische Gardinen« wurden die Gitterfenster in Gefängnissen genannt, weil Stahl und Eisenerz einst vor allem aus Schweden nach Deutschland kamen.

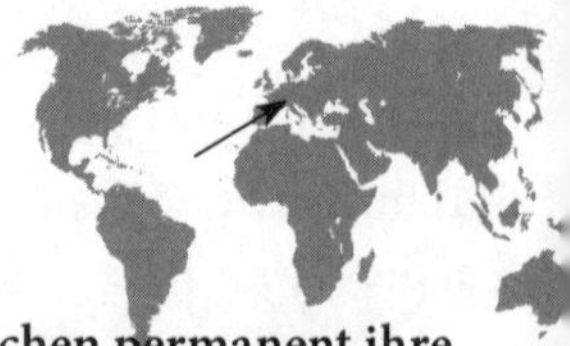

Schweiz

»Sie haben kein Selbstbewusstsein und verfälschen permanent ihre Geschichte. Entgegen den Mythen war die Schweiz vor ein paar Hundert Jahren das Afghanistan Europas: Es waren ärmste Leute, es waren härteste Bedingungen, es war eine Bildungsmisere, es gab Religionskriege mit Tausenden Toten. Die Schweiz war nie demokratiefähig, bis Napoleon kam und sagte: ›Ich zwinge euch jetzt dazu.‹ Seither meinen die Schweizer, sie hätten die Demokratie erfunden. Die Schweiz war auch nie freiheitswillig, bis Herr Schiller den Wilhelm Tell erfand. Seither glauben die Schweizer, sie seien freiheitswillig. Und es ist hoch umstritten, ob der Rütlischwur jemals stattgefunden hat. Die Schweiz hat also keine Geschichte. Deshalb igeln sich die Schweizer ein, sind neutral und wollen nicht mitmachen.«

Dieter Moor, Schweizer TV-Moderator, im FOCUS, lebt in Brandenburg.

Name

Im Krieg vor 500 Jahren wurden die Eidgenossen von den Schwaben so lange »Schweizer« genannt, bis sie es schließlich selbst taten. Wenn auch widerspenstig: Gerade in den Städten wollte man nicht mit den sogenannten »Kuh-Schweizern« aus dem Kanton Schwyz (benannt nach seinem Gründer Suit) in einen Topf geworfen werden. Im Gegenzug nennen die Schweizer heute die Deutschen »Schwaben«.

Rekord

Die meisten PCs: 864 584 pro eine Million Schweizer.

Das können die Schweizer besser

Schnell leben. Das hat der Psychologe Robert Levine nach einem weltweiten Vergleich von Gehgeschwindigkeiten, Wartezeiten, Nachrichtenzyklus usw. herausgefunden. Das hohe Tempo bedingen unter anderem die Uhren und ihr Stellenwert. Andere Völker, die sich traditionell eher an den Rhythmen der Natur orientieren – Trockenzeiten, Mondphasen etc. –, leben und arbeiten langsamer, haben kein Problem mit dem Warten und dem Verspäten. In der deutschen Schweiz dagegen gilt es sogar als höflich, fünf Minuten zu früh zu kommen.

Danke für …

Das Wort »Schweiz« haben 191 Gegenden weltweit übernommen, meist um ein paar Hügel größer klingen zu lassen. Die Sächsische Schweiz kennen Sie sicher. Doch haben Sie je von der Indischen Schweiz gehört oder der Grönländischen? Die Chilenische Schweiz wurde 1960 durch einen Tsunami verwüstet. Das kann dem Original nicht passieren.

Nur hier

Denkste! Das Schweizer Armeemesser wurde 1891 zuerst im deutschen Solingen hergestellt.

Es war einmal

Ein verregneter Sommer in der Schweiz brachte der Welt den Gruselroman. Eine Gruppe britischer Schriftsteller blieb im »Jahr ohne Sommer« 1816 (verursacht durch den Ausbruch des Tambora in Indonesien) einen Urlaub lang in der Villa Diadoti am Genfer See. Vom Regen ließen sie sich zu einem Wettbewerb der Gruselgeschichten inspirieren: Dabei entstand der erste Vampirroman *Der Vampyr* von John Polidori, und die junge Mary Shelley schrieb *Frankenstein*.

Die Schweiz fühlen

»Ich lebe in der Schweiz, was nicht gerade Entertainment ist, außer dass die Natur sehr schön ist. Ich lebe auch in Madrid … im lautesten Teil der Stadt … Das Fehlen von Lärm in der Schweiz macht mich verrückt.« Sagte Geraldine Chaplin.

Warum die Außerirdischen gleich wieder wegfliegen würden

Der, dessen Brot vom Spieß ins Fondue fällt, muss einen ausgeben oder singen. Was allerdings nicht ganz so schlimm ist wie bei Asterix, wo der Pechvogel zuerst mit dem Stock geschlagen, dann gepeitscht und beim dritten Mal in den Genfer See geworfen wird.

Übrigens

Der moderne Bernhardiner ist ein miserabler Lawinenhund, zu groß und schwer. Barry, der vor 200 Jahren 40 Menschen gerettet haben soll, sah noch richtig drahtig aus. Ein Fass hat er übrigens nie um seinen Hals getragen. Das hat sich nur ein englischer Maler so ausgedacht.

Senegal

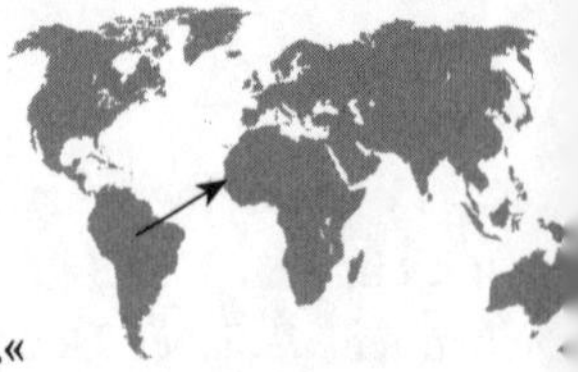

»Wir hatten genug von Federn und Tom Toms.«

Ousmane Sembene (1923–2007), senegalesischer »Vater des afrikanischen Films«, wurde Filmemacher, weil ihn an den europäischen Afrikafilmen störte, »dass sie auf uns wie Insekten gucken«.

Name

Fatou und Mamadou könnten am ehesten das Mädchen und der Junge heißen, die sich im Land am Senegal-Fluss verlieben.

Rekord

Weiter nach Westen geht es auf dem afrikanischen Festland nicht als bis zu der Halbinsel, auf der die Hauptstadt Dakar liegt.

Das können die Senegalesen besser

Der amerikanische Hip-Hop ist in den 80er-Jahren nirgendwo so auf rapbereiten Boden gefallen wie in Senegal. Denn seit Jahrhunderten singen hier die »Griots« (die traditionellen Troubadoure in Teilen Westafrikas) erzählerisch von allem, was abgeht im Viertel, in der Gesellschaft, mit Humor und einer Portion Straßenschläue. Im Senegal noch ein bisschen mehr als im Rest Westafrikas. Heute ist der Sene-Rap die größte afrikanische Filiale des Hip-Hop mit 4000 jungen Sängern allein in Dakar. Yo!

Danke für …

Expräsident Abdou Diouf – ein großer Mann: Erstens ist er 1,98 Meter groß und zweitens kam er 1981 friedlich an die Macht und hat sie dann 2000 wieder friedlich abgetreten. Einer der raren demokratischen Regierungswechsel in Afrika.

Nur hier

Bollywood ist hier größer als Hollywood. Als die Inderin Pallavi Kulkarni in Dakar landete, eine B-Schauspielerin, die in Indien kaum einer kennt, strömten Zehntausende Senegalesen zum Flughafen, das Fernsehen übertrug live und das verblüffte Mädchen wurde mit größeren Ehren und Autos durch die Stadt gefahren als europäische Staatschefs. Die Senegalesinnen tanzen, kochen und schauen fern auf Indisch – so wie hier steht keiner in Afrika auf Indien.

Es war einmal

... die »Rallye Paris-Dakar«, 1978 erstmals von Autos, Motorrädern und Lastwagen gefahren. Sie heißt heute »Rallye Dakar« und fährt seit 2009 am Senegal und seiner Hauptstadt nicht mal mehr vorbei. Die »Dakar« kurvt jetzt in Südamerika.

Senegal fühlen

Der Senegal hat auch seine Bayern. In der Region Casamance, südlich des Flusses Gambia, leben die Diola, stolz, kriegerisch – und katholisch. Sie wollen Autonomie von den islamischen Wolof, der Mehrheit im Senegal. Seit 1990 macht der Casamance-Konflikt dem ansonsten stabilen Senegal zu schaffen. Apropos: »La Casamance« heißt ein Restaurant in München. Zufall?

Warum die Außerirdischen gleich wieder wegfliegen würden

Die Senegalesen kriegen vor der eigenen Küste kaum noch Fische ab. Erst vergab man Lizenzen, und gigantische Schiffe unter den Flaggen Chinas, Marokkos, Russlands etc. fischten die Küsten leer. Nun kassierte die Regierung die Lizenzen wieder. Doch die Fremden wollen weiterfischen. Der Konflikt schwelt. Und über 50 000 senegalesische Fischer bangen um ihr Auskommen.

Übrigens

Endlich. Wir sind nicht mehr die Einzigen, die andere Tiere mit Werkzeugen töten. Im Senegal erstechen große Affen kleine Affen im Schlaf. Zum Töten von Halbaffen bauen sich die dortigen Schimpansen Speere. Vor allem die Weibchen.

Serbien

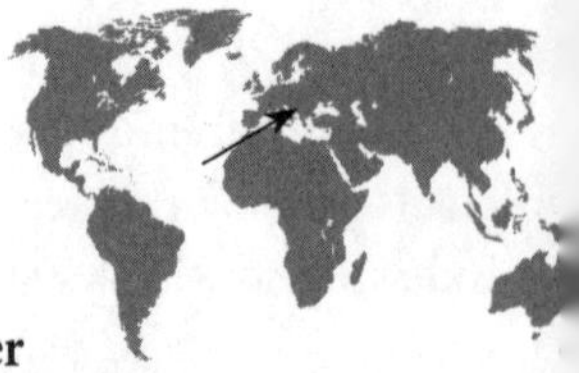

»Ich bin durch den Krieg aber auch ein besserer Tennisspieler geworden, weil ich mir geschworen habe, der Welt zu zeigen, dass es auch gute Serben gibt.«

Novak Djoković, serbischer Tennisspieler, 5-facher Grand-Slam-Sieger und lange Nummer 1 der Weltrangliste. Djoković reist mit serbischem Diplomatenpass. In der Kosovofrage ist der aus der Region stammende Djoković unnachgiebig. Der gehöre zu Serbien. Dass nur sieben Prozent der Einwohner dort Serben sind, ficht ihn nicht an.

Name

Etwa zwei Drittel der Serben sind »-ić«, also nach Vater oder Mutter benannt. Am meisten Söhne haben der Johannes (Jovanović), der Peter (Petrović), der Marko (Marković) und der Georg (Djordjević).

Rekord

Bei der ersten Teilnahme gewann Serbien gleich den Eurovision Song Contest: die Sängerin Marija Šerifović 2007 mit der Ballade »Molitva« (»Das Gebet«).

Das können die Serben besser

Turbo-Folkmusik – kam vom Land und wurde von den Kommunisten zur Völker vereinenden jugoslawischen Musik erkoren. Später tat sie das Gegenteil. Während des Kriegs wurde sie zum Sound der nationalen Serben. Ceca, eins der größten Musiksternchen, heiratete Arkan, einen der größten Kriegsverbrecher des Balkans. Was dem Ruf des Turbo-Folk nicht gerade guttat. Rückläufiges Genre!

Danke für …

… den Sliwowitz. 70 Prozent der Pflaumen (= sliwa) werden für ihn gebraucht.

Nur hier

Serbische Fichte: gut für Parks. Besonders widerstandsfähig gegen Abgase.

Es war einmal

1905 prophezeite der große Erfinder Nikola Tesla: »In wenigen Jahren wird es ein einfaches und billiges Gerät geben, das ohne Weiteres herumzutragen ist und einen in die Lage versetzt, an Land oder auf See die wesentlichen Neuigkeiten zu empfangen: eine Rede, eine Vorlesung, ein Lied oder ein Stück auf einem Musikinstrument zu hören, übertragen aus irgendeiner anderen Ecke des Globus.«

Serbien fühlen

In Los Angeles bitten Exilserben andere Exilserben auf einer Website (www.laserbs.com) um Erklärungen, was Serbisch ist, und den Satz »Du weißt, du bist ein Serbe, wenn …« fortzuführen. Fünf von 480 Antworten:

»… du in deinem Nachnamen 17 Konsonanten und zwei Vokale hast«,
»… du eine 4 in Geschichte hast, aber alle serbischen Könige in ihrer Reihenfolge aufzählen kannst«,
»… du jemanden küsst, du das immer gleich dreimal tust«,
»… jeder sicher ist, du seist ein Italiener oder Grieche«,
»… du plötzlich und ohne jede vorherige Neigung beginnst, Tennis zu spielen«.

Warum die Außerirdischen gleich wieder wegfliegen würden

Fußballnationalspieler, die bei der Hymne nicht mitsingen, fliegen aus der Mannschaft. Passierte Adem Ljajić kurz vor der EM 2012.

Übrigens

1989 spielten zwei Serben in Belgrad mit 269 Zügen die längste Schachpartie der Geschichte. 20 Stunden und 15 Minuten kämpften Ivan Nikolić und Goran Arsović. Als das Spiel für keinen mehr zu gewinnen war, spielten sie noch 102 Züge weiter. Daraufhin führte der Weltverband die 50-Züge-Regel ein, die Spiele beendet, sobald ein Spieler 50 Züge ohne Figurengewinn gemacht hat. Ach ja: Das kürzeste Schachspiel (Remis und Aufgaben ausgenommen) auf Meisterebene fand 1984 in der serbischen Kleinstadt Bela Crkva statt. »Djordjević gegen Kovacević« war nach drei Zügen beendet: 1. d4 Nf6 2. Bg5 c6 3. e3 Qa5+ und Weiß (Djordjević) gab auf.

Seychellen

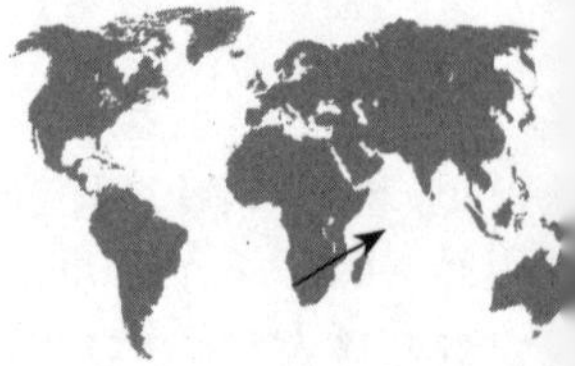

»Der Abschluss krönt das Werk.«

Das Motto der Seychellen.

Name

Die Seychellen hätten den Titel des großen Vasco da Gama tragen können, der sie als erster europäischer Besucher Amarantes taufte (Admiralsinseln). Das setzte sich aber nicht durch, und das Paradies bekam den Namen eines Buchhalters, den des französischen Finanzministers Jean Moreau de Séchelles, den man mit diesem Geschenk 1756 in den Ruhestand schickte.

Rekord

2006 war es dann doch so weit: Adwaita, ein seycheller Riesenschildkröterich, war über 250 Jahre alt, als er in einem Zoo in Kalkutta, Indien, starb. 1750 geboren, wurde er jung von der Heimat im Indischen Ozean aufs Festland verschleppt. Da wurde er zum Haustier des Generals Robert Clive, der den Briten damals Indien sicherte. Adwaita überlebte sein Herrchen um 232 Jahre.

Das können die Seycheller besser

Luxus und Sozialismus: Die »Volkspartei« herrscht hier seit 1979, doch sie hat sich gegen das touristische Proletariat und für die Superreichen entschieden. Das britische Prinzenpaar William und Kate etwa verbrachte hier die Flitterwochen und zahlte 5000 Euro pro Nacht.

Danke für …

Der indische Subkontinent ließ die Inseln bei seiner Drift gegen Asien wie Krümel im Meer hinter sich liegen.

Nur hier

Die »Coco de Mer« oder »Seychellennuss« wird bis zu 22 Kilo schwer und 50 Zentimeter groß. Die größte Baumfrucht der Welt sieht aus wie ein weibliches Becken und kann nur mit staatlicher Genehmigung erworben werden, für 150 bis 450 Euro. Wild gibt es sie nur auf den

Inseln Praslin und Curieuse, an nur 8000 Palmen. Der »Pandabär« der Pflanzen, sagen Botaniker.

Es war einmal

1978 landeten 44 Männer auf den Seychellen. Diese »Touristen« nannten sich »Alter Orden der Bierschaumbläser«. In Wahrheit war es eine bunt zusammengewürfelte Truppe aus südafrikanischen und deutschen Söldnern, angeheuert für einen Putsch von Exilseychellern. Bei der Zollkontrolle fand ein Beamter ein Maschinengewehr im Gepäck und der Putschversuch scheiterte noch auf dem Flughafen in einem wilden Feuergefecht. Die meisten Söldner entkamen mithilfe eines Passagierjets, den sie kaperten.

Seychellen fühlen

Der legendäre britische General Charles Gordon berichtete, dass die Seychellen jener Garten Eden sein müsse, von dem die Bibel berichtet.

Warum die Außerirdischen gleich wieder wegfliegen würden

Da dachten die Seycheller, sie hätten auch so einen tollen europäischen Fußballtrainer für ihre Nationalelf verpflichtet. Doch drei Monate nach der Vertragsunterzeichnung 2010 stellte sich heraus: Es war gar nicht Andy Morrison, der schottische Exprofi, den sie eingestellt hatten, es war Andy Morrison, der englische Tourist, der auf den Inseln Urlaub gemacht hatte. Die Funktionäre blieben cool und behielten ihn für sechs Monate, dann musste der falsche Andy wieder abreisen.

Übrigens

»Orevwar!« (»Au revoir« auf Kreolisch).

Sierra Leone

»Vor elf Jahren besuchte ich Sierra Leone zum ersten Mal. Es war das erste Mal, dass ich in einem Kriegsgebiet war. Ich besuchte ein Flüchtlingslager und war schockiert. Die Welt war eine andere für mich. Mein Verständnis von der Welt änderte sich. Ich wachte nie wieder auf und wollte selbstzerstörerisch, selbstbezogen und selbstmitleidig in irgendeiner Weise sein. Ich begriff, es ist wichtig, jeden Tag aufzuwachen und sich dankbar für seine Familie und Möglichkeiten zu fühlen.«

Angelina Jolie, US-Schauspielerin, 2012. Von 1991 bis 2002 herrschte in Sierra Leone Bürgerkrieg. Seitdem versucht das Land einen Neuaufbau. 2010 teilte die UN mit, das Land sei nun ganz unter Regierungskontrolle, die ehemaligen Rebellenkämpfer seien entwaffnet.

Name

Der portugiesische Entdecker Pedro de Sintra segelte 1462 an der Küste vorbei und hörte ein Gewitter wie Löwengebrüll über einer Bergkette in der Gestalt von Löwen. Die »Löwenbergkette« wurde im Spanischen dann zu Sierra Leone.

Rekord

Die Hauptstadt Freetown hat den größten Naturhafen Afrikas.

Das können die Sierra Leoner besser

Afrikanische Musik mit Reggae kombinieren. Die »Sierra Leone's Refugees All Stars« unter Führung von Reuben Koroma (nicht mit dem Präsidenten Ernest Koroma zu verwechseln) lernten sich in einem Flüchtlingslager in Guinea kennen. Zurück in der Heimatstadt Freetown, stieß Koromas alte Band dazu. Sie sind in dem Film *Blood Diamond* mit dem Song »Ankala« zu sehen.

Danke für …

Aus den Wurzeln des Affenbrotbaums macht man einen Sud gegen Fettleibigkeit.

Nur hier

In Sierra Leone wurde die erste Universität Westafrikas nach europäischem Vorbild errichtet: Das »Fourah Bay College« in Freetown verschafft der Stadt seit 1827 den Ruf eines »Athen Afrikas«. Die Elite des Landes muss also nicht nach London oder Harvard: So studierte der 2007 gewählte Präsident Ernest Koroma ebenso hier wie seine Außenministerin Zainab Hawa Bangura, die vielfach für ihren Einsatz für Demokratie und Menschenrechte ausgezeichnet wurde.

Es war einmal

1787 wollte der englische Sklavereigegner Granville Sharp hier einen Staat für freigelassene Sklaven gründen. Die Stadt »Granville Town« existierte nur zwei Jahre, bis sie von einem wütenden Häuptling niedergebrannt wurde. Erst der zweite Versuch 1792 gelang mit 1200 sogenannten »Nova Scotians«, Exsklaven, die ihre erste neue Heimat in Kanada einfach zu kalt fanden. Sie gründeten 1792 Freetown und Sierra Leone.

Sierra Leone fühlen

»Atunda Ayenda« heißt auf Deutsch »Verloren, Gefunden«. So heißt eine populäre Soap-Opera, die in Sierra Leone im Radio und im Internet läuft und sich thematisch mit dem Jetzt und dem Bürgerkrieg beschäftigt.

Warum die Außerirdischen gleich wieder wegfliegen würden

Der US-Schauspieler Leonardo DiCaprio sagte, die Dreharbeiten zu dem in Sierra Leone spielenden Film *Blood Diamond*, in dem es um die Diamanten für den Krieg von Söldnertruppen geht, hätten ihm die Augen für Afrika geöffnet. Die Kritik schwankte zwischen Lob für die Darstellung der Problematik und drastischer Ablehnung: Der Film reihe Klischees über Menschen in Afrika aneinander, die sich gegenseitig ermorden und sich selbst nicht zu helfen wissen.

Übrigens

Sierra Leone besitzt die größten Rutil-Vorkommen der Welt. Das Mineral wird bei der Produktion von Solarzellen gebraucht. Die Förderung wird seit der Befriedung des Landes verstärkt in Angriff genommen.

Simbabwe

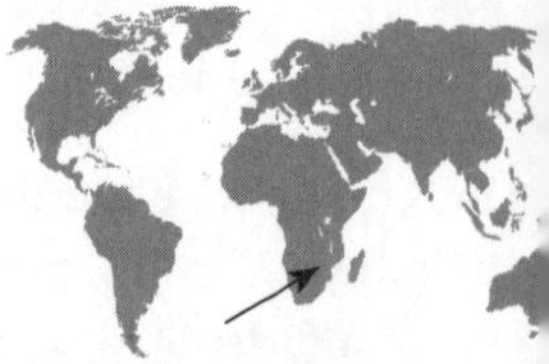

»Der Computercheck offenbarte 2344 Leute, die zwischen 1901 und 1909 geboren und zwischen 101 und 120 Jahre alt waren […] außerdem neun Leute, die zwischen 1890 und 1900 geboren, also zwischen 111 und 120 Jahre alt waren. Dazu gab es 93 Kinder, weniger als ein Jahr alt.«

Zudem waren 27 Prozent der Wähler auf den Listen zur letzten Präsidentenwahl Tote, so die Organisation »Zimbabwe Election Support Network«.

Name

»Große Steinhäuser« (»Simbabwe« in der Sprache der Shona) wurden im 11. Jahrhundert zu »Groß-Simbabwe« errichtet – das größte historische Bauwerk südlich der Sahara. Die Europäer hielten seine Ruinen mit zwölf Meter hohen Mauern zuerst für das Werk fremder Mächte und konnten sich nicht vorstellen, dass Afrikaner so was hinkriegen.

Rekord

Seit 2009 ein Land ohne eigene Währung. Davor wurde die jährliche Inflation auf 6 500 000 000 000 000 000 000 000 000 000 000 000 000 000 000 000 000 000 000 000 000 000 000 000 000 000 000 000 000 000 000 000 000 000 000 Prozent geschätzt. Einfacher: Jeden Tag verdoppelten sich die Preise in Simbabwe, der Apfel, den man am Montag für einen Dollar bekam, kostete am Sonntag schon 64 Dollar und einen Monat später über eine Milliarde Dollar. Heute werden fremde Währungen benutzt.

Das können die Simbabwer besser

Damit die Elefanten ihre Felder nicht mehr kaputttrampeln, pflanzen viele Simbabwer jetzt Chili statt Baumwolle. Das mögen die Tiere nicht. Die Farmer nennen es Elephant Chili.

Danke für …

Die einzige Hundeart aus dem südlichen Afrika ist der »Rhodesian Ridgeback«. Der globale Hundedachverband FCI nennt ihn »würdevoll, intelligent, Fremden gegenüber zurückhaltend, aber ohne Anzeichen von Aggressivität oder Scheu«.

Nur hier

… werden zwei wichtige Wasserprojekte nicht fertig, weil Meerjungfrauen im Weg sind. Am Gokwe und Mutare Stausee wollen die Arbeiter Nixen gesehen haben und flüchteten. »Wir haben sogar Weiße als Arbeiter angeheuert«, berichtete Wasserminister Nkomo dem Parlament, »weil wir dachten, dass unsere Jungs einfach nicht arbeiten wollten, aber auch die kamen zurück.« In so einem Fall, so der Minister, bliebe nur, »traditionelles Bier zu brauen« und damit die Nixen zu besänftigen. Oder die Arbeiter.

Es war einmal

1982 wurden Witze über den damaligen Präsidenten Canaan Banana unter Strafe gestellt. Das Verbot wurde obsolet, als Premierminister Robert Mugabe den zeremoniellen Präsidentenposten 1987 für sich kassierte. Später jedoch kamen die Witze wieder, als Banana wegen der Vergewaltigung von männlichen Angestellten, Köchen, Gärtnern, Polizisten und eines ganzen Fußballteams angeklagt wurde.

Simbabwe fühlen

Sosehr Präsident Robert Mugabe sein Land in den letzten Jahrzehnten knechtete, eins schaffte er nicht: die Farbe Rot zu verbieten. Die Symbolfarbe der Opposition sollte in Simbabwes TV nicht zu sehen sein. Das ließ sich aber nicht lange durchhalten, schon der beliebten Fußballübertragungen aus Europa wegen – Manchester United und Arsenal London konnte man die roten Trikots nicht verbieten.

Warum die Außerirdischen gleich wieder wegfliegen würden

Nirgendwo sonst auf der Welt soll das Leben so wenig lebenswert sein. Harare als Stadt und Simbabwe als Land stehen ganz am Ende des »Quality of Life Index« der »Economist Intelligence Unit«.

Übrigens

170 Parlamentsabgeordnete haben sich gemeinsam die Vorhaut abschneiden lassen, um Aids einzudämmen. Eine schmerzhafte Art, ein Zeichen zu setzen, doch nicht dumm: Tatsächlich, so Mediziner, halbiert ein entferntes »Praeputium« das Risiko, sich anzustecken. Die meisten Simbabwer haben noch eins.

Singapur

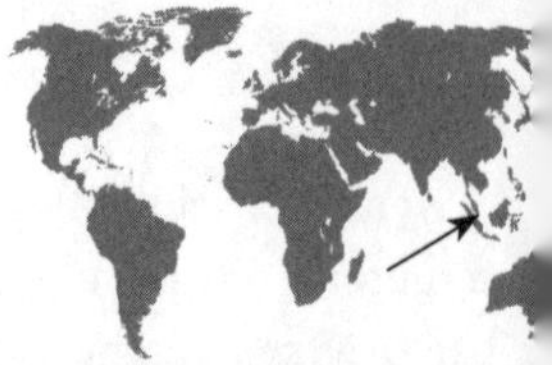

»Eskew me, can I buy a ninety sen ku poon from you, preeease?« (»Entschuldige bitte, kann ich einen Neunzig-Cent-Coupon von dir kaufen, bitte?«)

Den kreolischen Sprach-Mix »Singlish« aus den Landessprachen Tamil, Malaiisch, Chinesisch und Englisch sprechen alle, vom Taxifahrer bis zum Geschäftsmann. Jahr für Jahr fährt der Staat Kampagnen dagegen, doch die Straßensprache ist so hartnäckig lebendig im Schmelztiegel Singapur wie das Cockney in London.

Name

»Harimaupur« müsste Singapur eigentlich heißen. Prinz Sang Nila Utama baute die Stadt an der Stelle, an der er 1324 beim Jagen einen Löwen (auf Malaiisch: Singha) gesehen haben wollte. Löwen gab es aber keine in der Inselwelt Indonesiens, es wird eher ein Tiger (auf Malaiisch: Harimau) gewesen sein, denkt man heute.

Rekord

Singapur ist das Land mit der höchsten Konzentration an Dollar-Millionären. Hier hatten zum Ende des letzten Jahrzehnts erstaunliche 8,5 Prozent der Haushalte eine Million US-Dollar zur Verfügung.

Das können die Singapurer besser

Geschäfte machen: Die Weltbank sagt, wer handeln oder eine Firma gründen will, wer eine Baugenehmigung beantragt, Verträge schließen oder einen Kredit aufnehmen möchte, der hat es in Singapur weltweit am einfachsten. Selamat datang! Herzlich willkommen!

Danke für …

Oralsex ist endlich erlaubt, genauso wie Kaugummikauen, doch nicht das normale, sondern nur das zur Rauchentwöhnung. Wer gewöhnliche Kaugummis in großem Maße schmuggelt, muss zahlen und in den Knast. Für Lügen und Graffiti gibt es Prügel mit dem Rohrstock. Für Nichtspülen in der Toilette zahlt man 500 Euro. Wie sagen die Briten hier: »Singapur is a fine city« = Singapur ist eine Stadt der Geldstrafen.

Nur hier

Nirgendwo müssen so wenige Neugeborene sterben wie in Singapur (zwei von 1000 vor dem ersten Geburtstag), dafür werden auch nirgendwo sonst so wenige Kinder geboren (0,78 pro Frau). Zwei Statistiken wie füreinander gemacht.

Es war einmal

Ein Kind oder vier? »Stop at Two« hieß die staatliche Empfehlung zur Familienplanung bis 1986. Man riet vor allem ungebildeten Frauen zur Sterilisation. Ab dem dritten Kind stiegen Arztkosten und Steuern, der Mutterschutz wurde gestrichen. Dann hieß es ab 1986: »Have Three or Four«. Familien mit drei oder mehr Kindern kamen nun in den Genuss staatlicher Förderung. Sie bekamen bessere Wohnungen. Sterilisation und Abtreibung wurde erschwert.

Singapur fühlen

Die Durian-Frucht darf man nicht mit in die U-Bahn nehmen: »No smoking and no durians!« Zu sehr stinkt die Leib- und Magenfrucht der Singapurer, sie essen davon fast so viele wie alle Chinesen zusammen.

Warum die Außerirdischen gleich wieder wegfliegen würden

»Koro« ist ein panasiatisches Phänomen. In Singapur wurde sie 1967 am besten dokumentiert, die große Angst vor dem Penisverlust. Vor allem unter den Singapur-Chinesen verbreitete sich damals das Gerücht, dass der Kontakt zu frisch geimpften Schweinen zum Rückzug des männlichen Gliedes in den Körper führe. Männer hielten ihre Geschlechtsteile fest, meldeten sich in den Krankenhäusern der Stadt und der Verkauf von Schweinefleisch sank auf annähernd null.

Übrigens

Die Idee hatte ein Bulgare, weiterentwickelt hat sie George Ferris in den USA und die Chinesen bauten jahrelang immer größere: Seit 2008 steht jedoch in Singapur das höchste Riesenrad der Welt, der »Singapore Flyer« mit 165 Metern. Berlin, Dubai und Peking wollten das ändern, doch die Projekte gingen vorher pleite. Ein Rekord für die Ewigkeit?

Slowakei

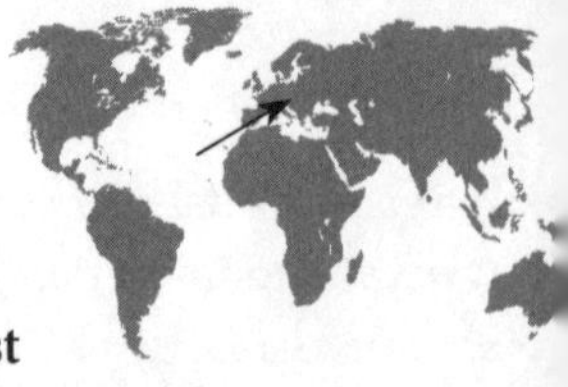

»Freie Länder sind wundervoll, denn du kannst für eine Weile den Raum eines anderen einnehmen und so tun, als seist du ein Teil davon.«

Andrej Varchola, später Andy Warhol, Papst der Pop-Art (1928–1987). Seine Eltern Ondrej und Julia Varchola wanderten aus einem slowakischen Karpatendorf Miková in die USA aus. In Miková gibt es heute natürlich ein Warhol-Museum.

Name

Der Landesname beruft sich auf die Völker der Slawen. Erstaunlicherweise hat »Slawe« Ähnlichkeit mit dem Lateinischen »sclavus«. Die alten Römer hielten viele Sklaven aus Europas Osten.

Rekord

Die Slowakei ist der größte Autoproduzent der Welt, gemessen an Autos pro Einwohner (etwa 110 auf 1000 Einwohner), knapp vor den Tschechen. Die Deutschen produzieren 76 Autos pro Kopf.

Das können die Slowaken besser

Die Slowaken können einen Robin Hood bieten, der tatsächlich gelebt hat: Juraj Jánošík (1688–1713) ist ein Nationalheld. Der Sohn eines Leibeigenen, groß, blond, tapfer, nahm den Reichen und gab den Armen. Die Geschichten über ihn sind mittlerweile sicher bunter, als sie tatsächlich waren. Das reichte für zahlreiche Filme und eine Fernsehserie.

Danke für …

… Štefan Banič. Er konstruierte den vermutlich ersten benutzten Fallschirm der Welt. Der Schirm war am Körper befestigt und entfaltete sich, indem man die Arme spreizte. Banič demonstrierte seine Erfindung 1913 bei einem Sprung aus einem Hochhaus, dann aus einem Flugzeug. Das US-Militär nutzte ihn im Ersten Weltkrieg. Banič rettete damit mehreren Piloten das Leben.

Nur hier

... kann man sich für »Krav Maga« bedanken. Die unbarmherzigste Selbstverteidigungstechnik wurde im Bratislava der 1930er-Jahre erfunden. Als sich antisemitische Ausschreitungen häuften, stellte Imrich Lichtenfeld eine jüdische Schutztruppe zusammen und entwickelte, was man grob »dreckigen Straßenkampf« nennen kann: schnell zuschlagen, Schwachstellen wie Augen, Kiefer, Kehle, Rippen, Knie treffen und den Gegner mit wilden, überraschenden Attacken so schnell wie möglich ausschalten. Krav Maga (Hebräisch für »Kontaktkampf«) lernen heute auch Soldaten in den USA, Israel und in der Bundeswehr. Kampfanzug? Normale Klamotten und Halbschuhe reichen.

Es war einmal

Dracula – doch ein Slowake? F. W. Murnaus Stummfilmklassiker *Nosferatu* von 1922 siedelte das Zuhause des Grafen Krolock in der düsteren Arwaburg in der Slowakei an.

Slowakei fühlen

Eine Kofola und zwei Strohhalme, bitte! Die alte tschechoslowakische Kofola-Brause, 1950 ein Abfallprodukt des staatlichen Pharmabetriebs, ist wieder zurück. Einst war sie das einzig Greifbare, weil man Coke und Pepsi nicht bekam. Nach kaum prickelnden Wendejahren ist Kofola heute in der Slowakei ein Phänomen, beliebter als Pepsi (dreifacher Marktanteil) und auf der Überholspur neben Coca-Cola.

Warum die Außerirdischen gleich wieder wegfliegen würden

»Im Falle einer zufälligen Begegnung mit Braunbären vermeiden Sie direkten Augenkontakt und hektische Bewegungen. Bleiben Sie ruhig und entfernen Sie sich langsam!« ist an Wanderwegen zu lesen.

Übrigens

Niesen bedeutet: Man hat die Wahrheit gesagt.

Slowenien

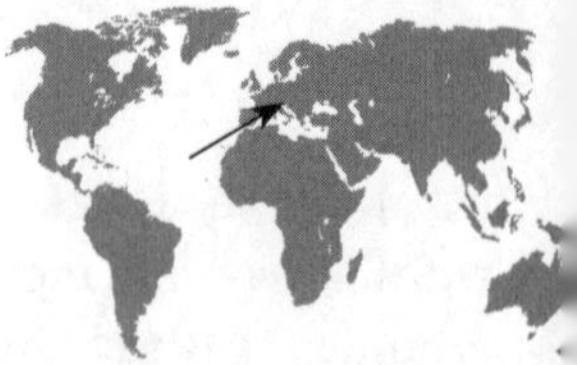

»Mit leerem Kopf nickt es sich leichter.«

Žarko Petan (geb. 1923), Schriftsteller.
Als das Land noch zu Jugoslawien gehörte, war Petan wegen »feindlicher Propaganda« inhaftiert. Nach der Unabhängigkeit wurde er Direktor des slowenischen Fernsehens.

Name

Der kleine Käfer hat Pech gehabt, dass er nicht ein paar Jahre früher oder später in seiner slowenischen Höhle entdeckt wurde. Doch 1937 wurde er »Anophthalmus hitleri« getauft. Da die Zoologie Namen nie ändert, heißt er heute noch so. Aber er gilt als stark bedroht, denn Neonazis nennen ihn »Hitlerkäfer« und bieten um die 1000 Euro für ihn.

Rekord

Als erstes Land der Welt führte Slowenien 2007 ein Gesetz gegen Lichtverschmutzung ein. Unnütze Werbelicht-Spams wurden entfernt, Straßenlichter ausgetauscht, öffentlichen Gebäuden und der Industrie verpasste man Außenbeleuchtungslimits. Seitdem können Städter nachts wieder Sterne sehen.

Das können die Slowenen besser

Peter Florjančič (geb. 1919) ist der geborene Erfinder: ob Kunststoff-Reißverschluss, Diarahmen, Parfümzerstäuber, Ski-Bindungen oder gebogene Skistöcke, alles von ihm. 400 Patente hat der Mann angemeldet, die Großen der Welt kennengelernt und Millionen gemacht: »Gold liegt auf der Straße und du musst es nur mit deinen Ideen aufheben. Ideen sind Schaufeln!« Florjančič ging 1998 zum Sterben zurück in seine Heimat nach Bled. 2012 tüftelte er immer noch.

Danke für …

… Justins Glockenblume (Justinova Zvončica). Die Zarte wächst im größten unterirdischen Canyon der Welt, den Höhlen von Škocjan.

Nur hier

Wohin sickert das Wasser aus dem Sickersee? Diese Frage stellte sich schon Immanuel Kant und konnte sie nicht beantworten. Der Zirknitzer See (Cerkniško jezero) ist weltweit der größte periodische See. Bis zum Sommer ist er prall gefüllt, 40 Quadratkilometer groß und bis zu zehn Meter tief. Dann aber müssen sich die Fische mit vereinzelten größeren Pfützen begnügen.

Es war einmal

Im 16. Jahrhundert wuchs in Slowenien eine kleine Weinrebe heran. Heute ist die »Stara Trta« (»alte Weinrebe«) wohl die älteste der Welt. An einer Hauswand in Maribor trägt sie im Jahr ungefähr 55 Kilogramm Trauben. Die werden »Blauer Kölner« genannt und füllen 100 unverkäufliche Flaschen. Probieren durften schon Bill Clinton, Arnold Schwarzenegger und der japanische Kaiser Akihito.

Slowenien fühlen

»Trompetenecho«, »Auf dem Leiterwagen«, »He! Slavko, spiel uns eins!«: Das sind nur einige Hits des ehemaligen slowenischen Skispringers Slavko Avsenik und seinen Original Oberkrainern. Sein Sound aus Polka, Walzer und Märschen ging ab 1954 um die Welt und wird von zahlreichen Nachfolgebands gespielt. Slavko hat über 35 Millionen Tonträger verkauft. Das »Trompetenecho« kann man übrigens auch als Klingelton runterladen.

Warum die Außerirdischen gleich wieder wegfliegen würden

Wenn man in dieses Loch fällt, hat man 15 Sekunden Zeit, sich auf den Aufschlag vorzubereiten: In der Vrtoglavica Höhle gibt es einen Schacht, der 603 Meter vertikal nach unten führt – der längste auf der Erde und in sie hinein.

Übrigens

Die arme slowenische Hummel. Hat nicht mal einen Vokal: čmrlj.

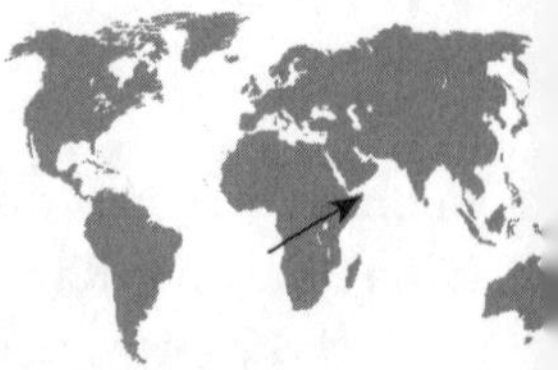

Somalia

»Wir sind eine Nation von Poeten.«

Mohamed Ibrahim Warsame ›Hadrawi‹, Somalias Nationalpoet.

»Nation der Dichter und Barden« nennen nicht nur die Somalier ihr Land. Der britische Entdecker Richard Francis Burton bemerkte im 19. Jahrhundert: »Das Land wimmelt von Dichtern … das feine Ohr dieser Leute lässt sie die größte Freude an Harmonien und poetischem Ausdruck haben.«

Name

»Geh und melk!« Übersetzt: »soo« und »maal«. Es heißt, den in Clans zersplitterten Somaliern fiel als Gemeinsamkeit das Melken ein, als sie sich benennen mussten.

Rekord

Somalia hat wohl die meisten Kamele auf dem Planeten: geschätzte sechs bis sieben Millionen Tiere. Hier wurden sie auch vor 4000 bis 5000 Jahren vom Wild- zum Tragetier.

Das können die Somalier besser

Zwei Fliegen mit einer Klappe schlagen: Ein von der islamistischen al-Schabaab-Miliz kontrollierter Radiosender veranstaltete 2011 einen Koran-Rezitations-Wettbewerb für Kinder ab zehn Jahren: Für den Sieger gab es eine Kalaschnikow AK-47 und 700 US$. Der Zweite bekam eine AK-47 und 500 US$ und der Dritte konnte immerhin zwei Handgranaten und 400 US$ mit nach Hause nehmen. Bei der Preisverleihung verwies der al-Schabaab-Sprecher auf die Motivation des Wettbewerbs: »Die Jugend muss sich mit der einen Hand bilden und die andere Hand dazu nutzen, mit dem Gewehr den Islam zu verteidigen.«

Danke für …

Das Supermodel Iman (geb. 1955, verheiratet mit David Bowie, spielte u. a. in *Jenseits von Afrika* mit) stammt aus Somalia. Sie besteht darauf, dass sie eigentlich gar nicht das wunderschöne außergewöhnliche Model ist, sondern bloß typisch somalisch aussieht.

Nur hier

… hat man die UN-Kinderrechtskonvention von 1990 nicht ratifiziert. Außer Somalia haben das nur die USA nicht getan.

Es war einmal

Eebe hieß der Gott, Ayaanle der Überbringer von Glück und Segen, Huur war der Bote des Todes und Nidar half denen, die ausgenutzt wurden. Das war in der vorislamischen Zeit.

Somalia fühlen

Die passende Nationalhymne: »Somaliyaay toosoo«, zu Deutsch: Somalia, erwache! In Somalia lebt mit den Somalis, grob gesagt, nur eine Ethnie, mit einer Kultur und einer Religion: der sunnitische Islam. Es könnte so schön sein – doch die Clans sind zerstritten und der ehemalige Staat ist seit 1991 zerfallen und im Bürgerkrieg. Im Norden haben sich schon Puntland und Somaliland abgespalten, die aber international nicht anerkannt werden. Die islamistische al-Shabaab-Miliz nutzt das Machtvakuum im Süden des Landes.

Warum die Außerirdischen gleich wieder wegfliegen würden

Die Piraterie ist ein florierender Wirtschaftsfaktor. Von den Lösegeldern profitieren zu 50 Prozent die Piraten, Hilfskräfte und Clan-Chefs. Die restlichen 50 Prozent gehen an internationale Investoren.

Übrigens

Vielleicht hat Somalia bald einen Literaturnobelpreisträger: Nuruddin Farah (geb. 1945) gilt als einer der bedeutendsten Schriftsteller der Gegenwart und wird immer wieder für den Preis gehandelt.

Spanien

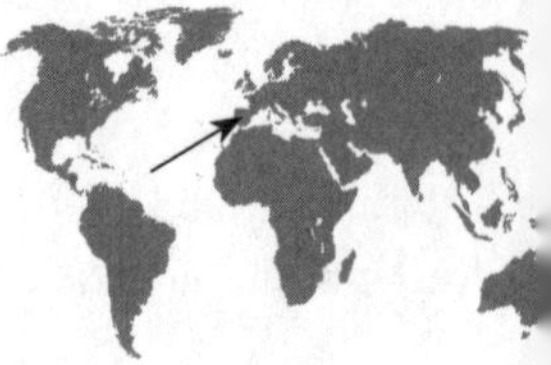

»Für den Club zu sein hieß, gegen das Regime zu sein. Deshalb wird Barça immer mehr sein als nur ein Verein.«

Sergi Pàmies i Bertran (geb. 1960), spanischer Autor.
Mit der Franco-Diktatur geriet das nach Autonomie strebende Katalonien und damit auch sein größter Fußballverein FC Barcelona unter Druck. Franco-Truppen ermordeten Josep Sunyol, den damaligen Präsidenten des Clubs, und bombardierten das Vereinsgelände. Real Madrid wurde als Franco-Aushängeschild bevorzugt. Vor einem Spiel der beiden Mannschaften im Jahr 1943 wurden die Barceloner in der Kabine von Polizisten davor gewarnt, das Spiel zu gewinnen. Sie verloren 11:1.

Name

Die Phönizier verwechselten die in Spanien herumhoppelnden Kaninchen mit den ihnen aus dem heutigen Libanon bekannten Klippschliefern, nannten es »Land der Klippschliefer« (I-Shephanim) und die Römer verballhornten das später zu Hispania.

Rekord

Die Spanier sind Weltmeister im Staatsbankrott. Insgesamt 13 Mal gingen sie pleite, allerdings das letzte Mal vor 130 Jahren. Seitdem war bis 2009 alles okay.

Das können die Spanier besser

Tiki-Taka. Der spanische Sportjournalist Andrés Montes erfand diesen Namen, als er während der Fußball-WM 2006 die Spieltechnik der spanischen Nationalmannschaft kommentierte. Diese besteht darin, auf dem Weg zum Tor den Ball in kurzen Abspielsequenzen in den eigenen Reihen zu halten. Tiki-Taka ist der spanische Begriff für die in den 1970ern bei Kindern beliebten Klick-Klack-Kugeln.

Danke für …

… Pata Negra. 100 bis 200 Euro pro Kilo kostet der weltbeste Schinken des schwarzen iberischen Schweins, bei dessen Anblick schon die Römer schnalzten. Nachdem sie vier Monate gesäugt wurden, fressen sich die Luxusschweine ihr Aroma mit 450 Kilogramm Eicheln an, auf einer Weidefläche von rund 70 000 Hektar unter den Stein- und Korkeichen der Extremadura.

Nur hier

Stanley Kubrik, Sergio Leone, Steven Spielberg und Michael Herbig sind nur einige der Regisseure, die die Tabernas-Wüste in Almería als geeigneten Drehort auswählten. Sie diente als Kulisse für rund 500 Filme. »Klein-Hollywood« erstreckt sich über 280 Quadratkilometer; und warm ist es hier: bis zu 50 Grad. Was Filmcrews zum Schwitzen brachte, wird heute sinnvoll genutzt: Spiegel mit einem Durchmesser von acht Metern fangen die hier üblichen 3000 Sonnenstunden im Jahr ein und verwandeln sie in Energie. Sie stehen im größten Testzentrum für Solartechnik in Europa.

Es war einmal

»Haben Sie das gemacht?« »Nein, Sie«, antwortete Pablo Picasso auf die Frage, die ihm ein deutscher Wehrmachtsoffizier bei der Betrachtung seines Gemäldes *Guernica* stellte. Zu sehen ist das vor 75 Jahren von deutschen Bombern zu 80 Prozent zerstörte kleine, unbedeutende Guernica im Baskenland.

Spanien fühlen

Halb nackt bewerfen sie sich mit Tomaten. In Buñol, wo in »Friedenszeiten« rund 10 000 Menschen leben, kommen einmal im Jahr 30 000 dazu und machen mit bei »La Tomatina«: Eine Stunde lang fliegen die saftigen Geschosse, die vorher von Lkw auf die Straßen gekippt wurden. Im Rekordjahr 2004 kamen 125 Tonnen zum Einsatz. Man sagt, die Idee für diese Gaudi sei aus einem Nachbarschaftsstreit entstanden. Die Spanier sind Meister der bizarren Feste: Hier gibt es Wasser-, Wein-, Mehl-, Blumen- und Ameisenschlachten.

Warum die Außerirdischen gleich wieder wegfliegen würden

Ein blauer Plastikeimer und 20 Strohhalme.

Übrigens

»Das kommt mir chinesisch vor«, sagt der Spanier, dem etwas spanisch vorkommt.

Sri Lanka

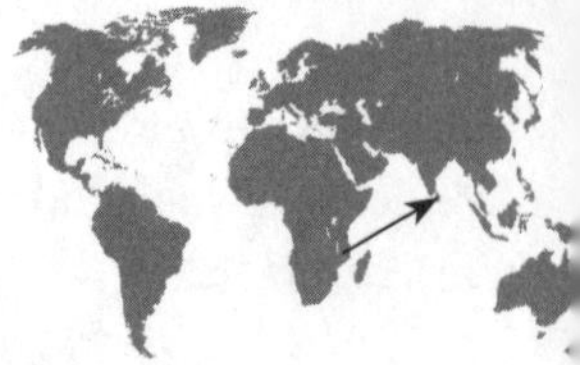

»Im Moment des Zusammenkommens beginnt die Trennung.«

Sprichwort aus Sri Lanka. Singhalesen und Tamilen leben seit jeher auf Sri Lanka. 1983 eskalierten die Konflikte zu einem Bürgerkrieg, der erst 2009 mit der Niederlage der Tamilen-Rebellen endete.

Name

Im Osten Sri Lankas (»Heiliges Land« in Sanskrit) liegt der Ort »Saddam Hussein«, wo man den Sturz des irakischen Diktators 2003 durch die USA »inakzeptabel« fand, denn hier war er ein Held: Nach der Zerstörung des Dorfes durch einen Zyklon hatten die Bewohner 1978 die irakische Botschaft um Hilfe gebeten und Saddam bezahlte Hunderte Häuser, eine Moschee und eine Schule.

Rekord

Sirimavo Bandaranaike war weltweit die erste gewählte Regierungschefin. Zwischen 1960 und 2000 regierte sie insgesamt 18 Jahre lang, zuletzt unter ihrer eigenen Tochter als Staatspräsidentin.

Das können die Sri Lanker besser

Es reicht im Geschäft, Daumen und Zeigefinger zu einem Kreis zu formen (wie bei unserem »Okay«), und man bekommt ein Kondom. Das Logo und die Zeichensprache hat sich die Firma Preethi (»schön«) einst ausgedacht. Perfektes Branding und sehr diskret: Hilft schüchternen Sri Lankern.

Danke für …

… nicht die Zahnfee, sondern den Zahntempel: »Sri Dalada Maligawa« ist ein buddhistischer Tempel in Kandy im Inneren Sri Lankas. Laut Überlieferung wird hier der linke Eckzahn des historischen Buddhas aufbewahrt. Der Zahn soll Erleuchtung bringen. Zahlreiche indische Herrscher hatten ihn in ihrem Besitz. Im 13. Jahrhundert sandte sogar der Mongole Kublai Khan eine Expedition, um des Zahnes habhaft zu werden. Doch er blieb fest in Kandy verwurzelt.

Nur hier

Ein Fußabdruck! Nur 4500 Stufen hinaufsteigen und man kann ihn bewundern. Eine Einbuchtung im Fels des Sri Pada (Sanskrit für »Heiliger Fuß«) macht ihn zum heiligen Berg der Sri Lanker. Ob Buddhist, Muslim, Christ oder Hindu, es ist nur eine Frage des Standpunkts: Für die Buddhisten hat hier Buddha einen Abdruck hinterlassen, für die Hindus war es Shiva. Die Muslime sagen, Adam (für sie der erste Prophet) habe hier 1000 Jahre auf einem Bein stehend verbracht. Die Christen tippen auf den Apostel Thomas.

Es war einmal

König Pandukabhaya ließ in Anuradhapura im 4. Jahrhundert v. Chr. die wohl ersten Krankenhäuser der Welt errichten. Die Stadt im nördlichen Sri Lanka gehörte um 100 n. Chr. mit etwa 130 000 Einwohnern zu den zehn größten der Welt.

Sri Lanka fühlen

Tun Sie Zimt ins Essen! Zwar haben die Ägypter schon welchen aus China geholt, doch der feine Zimt, wie wir ihn heute kennen, wurde erst 1498 von Vasco da Gama aus Sri Lanka mitgebracht.

Warum die Außerirdischen gleich wieder wegfliegen würden

Feinden wünscht man hier traditionell, dass »Blitze ohne Regen« auf sie herabkommen sollen. Die ersten Blitzableiter der Welt ließen die Monarchen von Anuradhapura im 4. Jahrhundert v. Chr. auf die höchste Stelle von Gebäuden setzen: Metallspitzen aus Kupfer, Silber, Bernstein, Turmalin oder Magnete, die man »Stahlküsser« (»Chumbakam«) nannte.

Übrigens

Der »Schlanklori der Horton-Ebene« ist wieder da. Zum ersten Mal zeigte sich der kleine Affe mit der feuchten Nase 1937. Danach machte er sich rar und galt als ausgestorben. 2010 entdeckten Wissenschaftler ein einziges Exemplar, ein Männchen, und hoffen auf Gefährten. Weibchen sind bestimmt im Gefolge, denn der heimische Aberglaube besagt, dass weder Mensch noch Tier den großen Augen widerstehen kann.

St. Kitts und Nevis

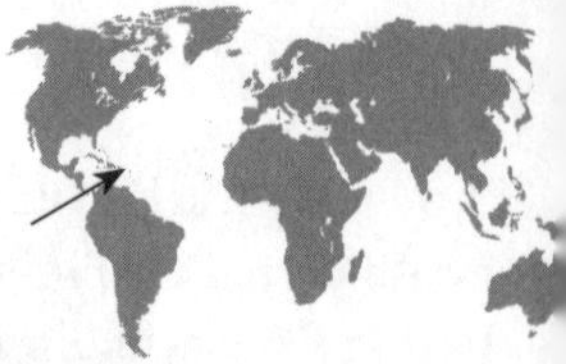

»Sollte Amerika je aufhören, sich seiner Größe zu erinnern, wird Amerika nicht mehr länger groß sein.«

Calvin Coolidge, US-Präsident von 1923 bis 1929, über Alexander Hamilton, Gründervater der USA und der Mann auf dem 10-Dollar-Schein. Hamilton ist 1757 auf Nevis geboren und aufgewachsen.

Name

St. Kitts hieß zunächst »St. Christopher's Island«. Christoph Kolumbus hatte es so genannt (nicht nach sich, sondern nach dem Heiligen). Im 17. Jahrhundert war Kitt der Spitzname für Christopher, also entschieden sich englische Seeleute für die kürzere Version. Die ständig weiß umwölkte Spitze des Nevis Peak auf der zweiten Insel erinnerte spanische Seefahrer wiederum an Schnee und sie erfanden den Namen »Nuestra Señora de las Nieves«, wovon Nevis übrig blieb.

Rekord

Das Inselpärchen ist der kleinste Staat Amerikas. Zudem ist es der erste Ort, an dem nichtspanische Europäer zu siedeln versuchten. Französische Hugenotten aus Dieppe gründeten 1538 einen gleichnamigen Ort an der Küste. Nach einigen Monaten kamen Spanier und deportierten sie.

Das können die St. Kittser und Neviser besser

J'ouvert (»Jour ouvert« oder »der junge Tag«), der karibische Straßenkarneval, kriegt hier eine besondere Note. Während man sich auf Trinidad Dreck ins Gesicht schmiert und auf Haiti flötet, wackeln auf St. Kitts und Nevis die Frauen mit dem Po. Die Männer gleich dahinter.

Danke für …

… die Singer-Songwritering Joan Armatrading, die in der Hauptstadt Basseterre geboren wurde.

Nur hier

Baron Edmund Rothschild war in den 1980ern hier und hat einen

Drink nur für die Insulaner erfunden: »Cane Spirit Rothschild«, besser bekannt als »CSR«, der Nationaldrink: Der klare Schnaps aus dem Zuckerrohr der Inseln soll keinen Kater machen, tut es aber eben doch. Am besten schmeckt er abgelagert, doch dazu hat keiner die Geduld.

Es war einmal

Alexander Hamilton (siehe oben) führte als erster Finanzminister der USA 1790 die Küstenwache ein und unterband so den Schmuggel unter anderem aus seiner alten Heimat St. Kitts. Auch der große britische Admiral Horatio Nelson machte sich hier einst bei den Schmugglern Feinde, weil er vor der Küste ihre Schiffe beschlagnahmte. Man machte ihm auf den Inseln den Prozess und er sollte festgenommen werden, nur sonntags nicht. Das reichte ihm, um eine Frau von Nevis zu freien und zu heiraten.

St. Kitts und Nevis fühlen

Wo einst das Zuckerrohr gemahlen wurde, sonnen sich heute Touristen. Doch die Schlote der Mühlen zeugen noch von der großen Zeit der Inseln: »So reich wie ein West-Inder« war ein bekannter Spruch im England des 18. Jahrhunderts, womit vor allem die Menschen von St. Kitts und Nevis gemeint waren. Quasi allein versorgten sie einst Britannien mit Zucker. Heute arbeiten noch zehn Prozent auf den Feldern, Tendenz abnehmend.

Warum die Außerirdischen gleich wieder wegfliegen würden

Die überwucherte Steinruine von Eden Brown Estate gilt als Ort, an dem es spukt, seitdem dort 1822 die junge Mrs. Huggins noch in der Hochzeitsnacht ihren Bräutigam durch ein Duell verlor. Er erschoss ihren Bruder (den Trauzeugen) und verließ sie. Den Rest ihres Lebens hat sie zurückgezogen in dem Haus verbracht. Noch heute soll sie durch die Gemäuer gehen.

Übrigens

Auf Nevis, einer Insel mit vulkanischer Aktivität, hat man große geothermische Quellen gefunden. Sollte es möglich sein, sie zu nutzen, wäre Nevis womöglich in nicht allzu ferner Zukunft im ökologischen Sinne einer der grünsten Orte der Welt.

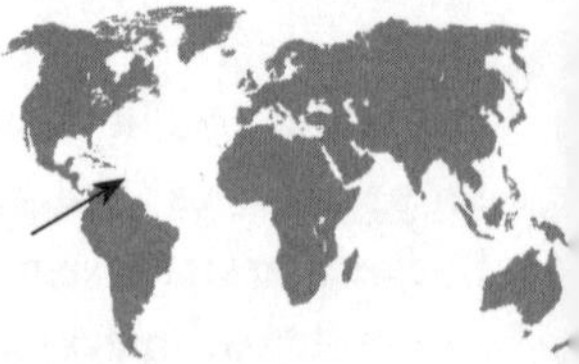

St. Lucia

»Ich komme von einem Ort, der Erhabenheit und große Gesten mag. Dort verkrampft man sich nicht in Schnörkeln.«

Derek Walcott, Literaturnobelpreisträger aus St. Lucia.

Name

Die Ureinwohner, die Amerindier, nannten die Insel »dort, wo der Leguan lebt«. Doch dann erlitten hier am 13. Dezember 1502 einige Franzosen Schiffbruch. Es war der Tag der Heiligen Lucia von Syrakus.

Rekord

St. Lucia hat weltweit die meisten Nobelpreisträger pro Kopf. Zwei von 175 000 Einwohnern: William Arthur Lewis erhielt 1979 den Nobelpreis für Wirtschaftswissenschaften und Derek Walcott 1992 (siehe oben) den für Literatur.

Das können die Lucianer besser

Hier gibt es den einzigen Drive-in-Vulkan der Welt. In »Sulphur Springs« können Touristen ganz nah an den stinkenden Schlot heranfahren. Sein strenger Schwefelgeruch kündigt ihn schon kilometerweit an, bevor man ihn erreicht.

Danke für …

Bis 1992 hat es gedauert, dass jemand der Kreolsprache St. Lucias ein eigenes Wörterbuch schenkte. Ein ganzes Leben lang hatte der lucianische Lehrer Jones E. Mondesir die Wörter seiner französischbasierten Muttersprache »Patwa« gesammelt und veröffentlichte das Buch schließlich »an der Tür des Todes« (»an dé dwet lanmò«, wie man auf Patwa sagt). Interessanterweise sprechen die Bewohner der Seychellen (auf der anderen Seite des Planeten) nahezu genauso wie die Menschen auf St. Lucia. Die Kollegen von Monsieur Mondesir rätseln, warum.

Nur hier

Blau – gelb – rot. Aus dem Nationalpapagei St. Lucias könnte man jede Farbe mischen. Sein wissenschaftlicher Name: »Amazona versicolor«.

Es war einmal

Nachdem die Franzosen St. Lucia 1650 erstmals besiedelt hatten, stritten sie sich mit den Briten fortan so ausgiebig um das Eiland, dass es im Laufe der Jahrhunderte 14 Mal zwischen beiden wechselte. Der Wiener Kongress sprach es 1814 endgültig den Briten zu, die es 1979 in die Unabhängigkeit entließen.

St. Lucia fühlen

»Im Nebel des Meeres liegt eine gehörnte Insel mit tiefgrünen Häfen«, heißt es in Derek Walcotts epischem Gedicht *Omeros* von 1990.

Warum die Außerirdischen gleich wieder wegfliegen würden

Im Wahrzeichen des Landes, den 800 Meter hohen Zwillingskegeln, die Pitons genannt werden, leben Geister. Hin und wieder sollen sie vorbeihuschen. Sie sollen freundlich sein. Aber weiß man's?

Übrigens

Kondome heißen hier »Catapult«. Den Sexualkunde-Sendungen im Fernsehen wurde von offizieller Stelle das Wort »Kondom« verboten, da sagten sie einfach »Catapult«. Der Name wurde zum Slang-Wort und dann zu einer eigenen Kondommarke. »Hast du ein Catapult dabei?«, fragt man heute.

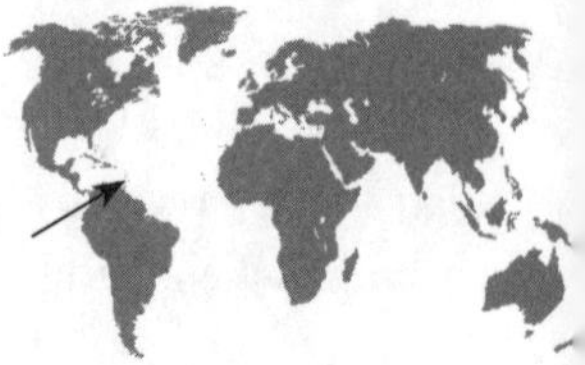

St. Vincent und die Grenadinen

»Dies ist nicht exakt, wie man erwartet, behandelt zu werden, wenn man sehr gutes Geld bezahlt hat, um diese hochexklusive Karibikinsel zu besuchen.«

Anonymer Millionär auf der kleinen Grenadinen-Insel Mustique. Im Januar 2012 besuchten der britische Kronprinz William und seine Frau Kate das Eiland. Die anderen Luxusgäste mussten mit den Sicherheitsvorkehrungen leben. Mustique ist Mekka der Reichen, wo sie diskret unter sich bleiben können. Doch auch Sie können mit Raquel Welch, Mick Jagger oder David Bowie Urlaub machen. Bis zu 120 000 Euro kostet eine Villa – pro Woche.

Name

Bevor Kolumbus am Tag des Heiligen Vinzenz die Hauptinsel entdeckte, nannten die einheimischen Kariben sie »Hairoun« (»Heimat der Gesegneten«) – noch heute der Name des Biers hier. Die kleinen Inselchen drum herum sind nach dem südlichen Nachbarstaat benannt: »Kleine Grenadas«.

Rekord

Die bislang teuerste Internetadresse der Welt hat nun hier ihr Zuhause. Das Unternehmen Clover Holdings, das auf den Inseln seinen Sitz hat, erwarb Ende 2010 die Adresse »sex.com« für 9,6 Millionen Euro.

Das können die Vincenter besser

… Basketball spielen. Immerhin drei von 120 000 Einwohnern haben es bis in die US-amerikanischen Profiligen gebracht. Bei den Männern Adonal Foyle und bei den Frauen Sophia Young und Sancho Lyttle. Zum Vergleich: Von den deutschen Männern haben es in der Geschichte des Sports auch nur eine Handvoll dorthin geschafft.

Danke für …

Nach der Meuterei auf der Bounty im Pazifik fuhr William Bligh noch mal los und brachte 1793 Affenbrotbäume von dort nach St. Vincent. Im

Botanischen Garten der Hauptstadt Kingstown sind die Nachkömmlinge dieser Pflanzen zu bewundern.

Nur hier

Das kleine, schicke Mustique (siehe oben) ist auch eine der sichersten Inseln der Karibik. Während woanders die Mordraten hochschnellen, liegt der letzte Mord auf diesem Eiland zehn Jahre zurück. Damals wurde eine französische Erbin in ihrer Villa erstochen. Der Mord ist noch immer unaufgeklärt.

Es war einmal

Die Schwarzen Kariben: Im 17. Jahrhundert havarierte ein holländisches Sklavenschiff vor St. Vincent. Die afrikanischen Sklaven mischten sich mit den einheimischen Kariben. Die so entstandenen Schwarzen Kariben behaupteten ihre Unabhängigkeit lange gegen die Briten und Franzosen.

St. Vincent und die Grenadinen fühlen

Um Weihnachten heißt es früh aufstehen: An den neun Tagen vor dem Heiligabend wird auf St. Vincent bei den sogenannten »Nine Mornings« ab 5.30 Uhr in einer Art Straßenkarneval gemeinsam gesungen, im Meer gebadet und getanzt. Die Legende sagt, dass das Fest katholischen Ursprungs ist: Gläubige gingen nach der Morgenandacht fröhlich nach Hause und im Laufe der Zeit begleiteten sie Musiker, Gaukler, Straßenverkäufer – und irgendwann fand das Fest seinen regelmäßigen Platz.

Warum die Außerirdischen gleich wieder wegfliegen würden

Bryan Adams hat Tommy Hilfiger bei Beyoncés Party in den Pool geschubst.

Übrigens

2009 versuchte der neue linke Premierminister, »Genosse« Ralph Everard Gonsalves, sein Land endgültig von Großbritannien zu lösen, die »Reste des Kolonialismus abzuschütteln« und Queen Elisabeth durch ein inseleigenes Staatsoberhaupt zu ersetzen. Sein Volk entschied sich mit klarer Mehrheit dagegen.

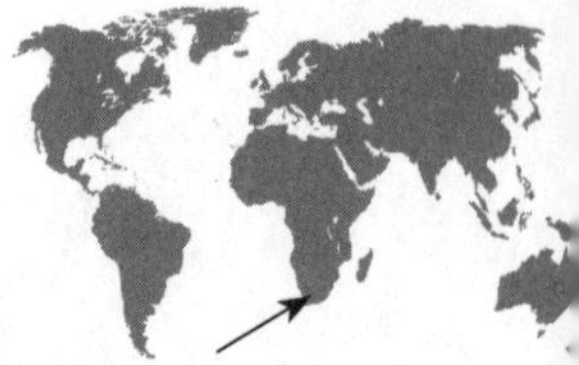

Südafrika

**»Die vierte Frau fliegt umsonst!
Sie kriegen nicht nur einen guten Preis für Ihre ersten drei Frauen, sondern Ihre vierte Frau kostet gar nichts, aufs Haus!«**

Aktion der südafrikanischen Billigfluglinie Kulula.com zur Hochzeit des in Vielehe lebenden Staatspräsidenten Jacob Zuma im April 2012. Die Ehe mit seiner neuen Frau Bongi Ngema ist schon Zumas sechste, doch von einer Gattin ließ er sich bereits scheiden, eine andere nahm sich das Leben.

Name

Der Name ist gut gewählt: Einzig an der südafrikanischen Ostküste lebt der »Electrolux«. Der größte Zitterrochen der Welt saugt seine Nahrung – kleine Krebse und Würmer – vom Meeresboden auf, nachdem er sie mit seinem elektrischen Electrolux-Organ betäubt hat.

Rekord

Größte Chance, mit einer Schusswaffe ermordet zu werden: In einem Dorf mit 1300 Einwohnern trifft es jährlich einen. In Deutschland muss man in einem Ort mit 200 000 Einwohnern leben, um statistisch davon ausgehen zu können, dass jährlich einer erschossen wird.

Das können die Südafrikaner besser

Die Apartheid war schnell vergeben: »Nachdem wir der Bestie der Vergangenheit ins Auge geschaut haben … wollen wir die Tür schließen«, verkündete nach Ende der weißen Herrschaft das Gericht der »Wahrheits- und Versöhnungskommission«. Sie bestrafte nur 16 Täter des verhassten Regimes, vor allem die Kleinen. Die Großen ließ man laufen, um sie überhaupt zum Sprechen zu bringen. Was nicht immer gelang: Exstaatspräsident P. W. Botha nannte die Arbeit der Kommission »Hexenjagd« und lehnte sogar ein von der ANC-Regierung angebotenes Staatsbegräbnis ab († 2006).

Danke für …

… Ubuntu. Die große afrikanische Philosophie, übersetzt etwa: »Ich bin, weil du bist!« Das größte südafrikanische Volk, die Xhosa, sagen, dass es dem gut geht, dessen Mitmenschen es gut geht. Nelson Mandela erinnert sich: »Wenn früher ein Reisender durch ein Dorf kam, musste er nicht um Verpflegung oder Wasser bitten: Sobald er anhielt, gaben ihm die Bewohner zu essen, unterhielten sie ihn.«

Nur hier

Was sagt es über ein Volk aus, welche Metapher sie für heftigen Regen benutzen? Bei den Engländern regnet es »Katzen und Hunde«, auf den Färöer-Inseln »Grindwale« und in Griechenland »Stuhlbeine«. In Südafrika fallen den weißen Afrikanern »alte Frauen mit Keulen« auf den Kopf.

Es war einmal

Der 15-jährige Erasmus Jacobs spielte 1867 mit einem Stein, der so glitzerte, dass seine Mutter ihn dem Nachbarn zeigte. Der bot ihr Geld, doch Frau Jacobs lehnte ab: »Sie können den Stein behalten, wenn Sie mögen.« Der vier Gramm schwere Eureka Diamond war der erste Diamant, den man in Südafrika entdeckte. Heute werden jährlich Tausende Kilogramm aus dem südafrikanischen Boden geholt.

Südafrika fühlen

Der internationale Wettbewerb »Mister Gay World« fand 2012 in Südafrika statt, dem afrikanischen Land mit den meisten Rechten für Schwule und Lesben. Der Vertreter Simbabwes dagegen musste seine Teilnahme absagen, da seine Familie zu Hause eingeschüchtert wurde, der Kandidat aus Äthiopien wurde von seinen Eltern enterbt.

Warum die Außerirdischen gleich wieder wegfliegen würden

Jede dritte werdende Mutter hat Aids.

Übrigens

»Der ANC ist eine typische Terrororganisation … jeder, der denkt, dass die Südafrika regieren werden, lebt im Wolkenkuckucksland«, so die britische Premierministerin Margaret Thatcher 1987, drei Jahre vor der Entlassung Nelson Mandelas. In den USA galten Mandela und seine ANC-Mitstreiter sogar noch bis 2008 offiziell als Terroristen. Nur konsequent: Die USA waren es ja auch, die der südafrikanischen Regierung 1962 den Tipp gegeben hatten, wo Mandela zu finden war.

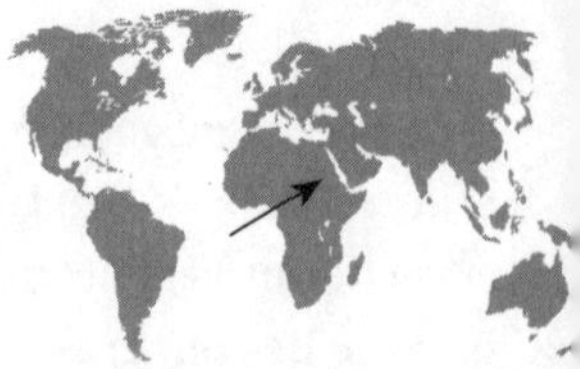

Sudan

»Sie werden ihre Entscheidung morgen bekannt geben, und wir sagen ihnen, dass sie sie in Wasser tauchen und austrinken können.«

Omar Hassan al-Bashir, Präsident des Sudan. Im März 2009 klagte der Internationale Strafgerichtshof in Den Haag den sudanesischen Präsidenten wegen Völkermords, Verbrechen gegen die Menschlichkeit und Kriegsverbrechen an.

Name

Omdurman heißt »der Sohn, der seine Mutter betrauert«, Khartoum heißt »Elefantenrüssel«. Aus den beiden am Zusammenfluss von Weißem und Blauem Nil gelegenen Städten Omdurman und Khartum ist inzwischen eine Mega-City mit über acht Millionen Bewohnern gewachsen.

Rekord

Die älteste Fußballliga Afrikas kickt im Sudan. Sie wurde 1920 als Khartoum State League gegründet. Die zwei dominierenden Vereine sind Al-Hilal Khartum und Al-Merrikh Khartum.

Das können die Sudanesen besser

Sudanesen, die gegen die Regierung protestieren, nennen ihre Aktionen »Tag des Zorns«, »Sandsturm-Freitag«, »Dritte Revolution«. Der »Freitag des Ellenbogenleckens« war die Reaktion auf eine Erklärung des Vizepräsidenten, wonach die Wahrscheinlichkeit, durch Demonstrationen das Regime stürzen zu können, so groß sei wie die Möglichkeit, den eigenen Ellenbogen zu lecken.

Danke für …

Der *Khartoum Monitor*, gegründet 2000, ist die einzige unabhängige Zeitung des Landes in englischer Sprache und widersteht seitdem Drohungen und Zensur.

Nur hier

… gibt es ein Stück Land, das keiner haben will. An der Grenze zu Ägypten liegen zwei Landstriche: der eine, Bir Tawil, ist so klein wie das Saarland und nur Wüste, der andere, das Hala'ib-Dreieck, ist so groß wie Hessen und liegt am Meer. Sowohl Sudanesen als auch Ägypter wollen das schöne große Land und berufen sich auf unterschiedliche internationale Verträge. Bir Tawil, sagen beide, gehört dem anderen.

Es war einmal

Bevor sich der Südsudan am 9. Juli 2011 abspaltete, war der Sudan der nach Landfläche größte Staat Afrikas. Jetzt steht er auf Platz 3.

Sudan fühlen

»In einem Land, dessen Schönheit nur für einen Augenblick aufblitzt, während sein Antlitz trostlos und sein Charakter von einer dem Menschen feindlicher Strenge ist, müsste nicht erst noch der Krieg hinzukommen, um uns melancholisch zu stimmen.« Winston Churchill in seinem Buch *The River War* von 1899 (dt.: *Kreuzzug im Reich des Mahdi*) über die Ereignisse des Mahdi-Aufstands (1881–1885) im Sudan.

Warum die Außerirdischen gleich wieder wegfliegen würden

Aus der Nationalhymne des Sudan:
»Wir sind die Soldaten Gottes und der Heimat.
Wir werden niemals daran scheitern, uns zu opfern,
wenn wir aufgerufen werden,
Ob dem Tod trotzen, Elend oder Schmerz.«

Übrigens

Die Sudanesen waren die ersten Bierbrauer: 8000 v. Chr.

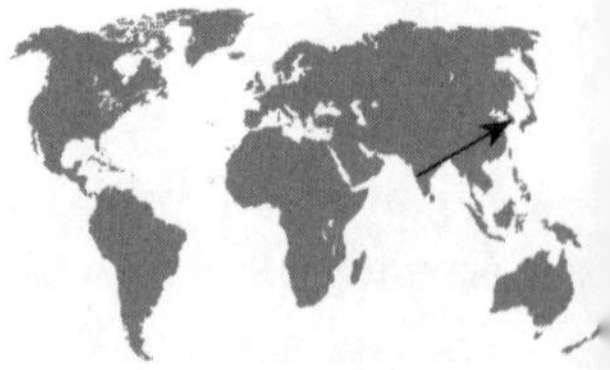

Südkorea

»Say Kimchi!«

Lächeln! Kimchi, scharf eingelegtes Gemüse, ist nicht nur das Nationalgericht, sondern auch das Wort, das einen koreanische Fotografen sagen lassen, wenn man lächeln soll.

Name

»Seoul« heißt einfach »Hauptstadt«.

Rekord

Der größte Schlauberger (IQ 210): Kim Ung-yong sprach als Dreijähriger vier Sprachen (Deutsch, Englisch, Japanisch, Koreanisch), als Vierjähriger studierte er und wurde als Siebenjähriger von der NASA in die USA geholt. Dort »arbeitete er als Computer«, hasste es und kehrte als 16-Jähriger nach Korea zurück. Hier wurde sein Doktortitel nicht anerkannt, weil er die Schule nie abgeschlossen hatte, und er musste noch mal von vorne beginnen. Er ging als Bauingenieur an eine Provinz-Uni, wurde als gescheitert bezeichnet und ist seitdem glücklich.

Das können die Koreaner besser

Kein Volk eines Flächenlandes ist so gut in Mathe, sagt PISA. Nur Shanghai, Hongkong und Singapur sind besser.

Danke für …

Am Valentinstag, dem 14. Februar, schenken nur die Frauen den Männern Schokolade. Die Männer warten bis zum 14. März und kaufen dann den Frauen, die sie beschenkt haben, teurere Schokolade. Diejenigen, die gar nichts bekommen haben, gehen am 14. April ins Restaurant und essen schwarze Nudeln!

Nur hier

… ist das Internet richtig schnell. Wem es was sagt: 17,5 Millionen Bits pro Sekunde werden hier durchschnittlich übertragen – zur Freude der zahllosen Videospieler. Die Deutschen sind nicht mal unter den Top Ten.

Es war einmal

Früher waren die Menschen in Südkorea viel kleiner als die in Nordkorea. Aber seitdem im Süden der Wohlstand gestiegen und im Norden gesunken ist, dreht es sich. Alte Nordkoreaner sind noch immer größer, bei den 40-Jährigen hält es sich die Waage, aber junge Männer und Frauen im Süden sind heute etwa sieben Zentimeter und Erstklässler gar um zwölf Zentimeter größer!

Südkorea fühlen

Als wäre es Memmingen oder Merseburg: Ehemalige koreanische Gastarbeiter in Deutschland – Krankenschwestern und Bergleute – haben sich nach ihrer Rückkehr in die Heimat ein »Deutsches Dorf«, das »Dogil Maeul«, gebaut, mit roten Ziegeln, makellosen Vorgärten und gekalkten Mauern. Dazu gibt es Metzger, Bäcker und strenges Tempo 30. Ihren Lebensabend finanzieren sie mit zigtausend Touristen, die sie durch die Einfamilienhäuser führen – begeistert von Doppelglasfenstern und Einbauschrank.

Warum die Außerirdischen gleich wieder wegfliegen würden

So mancher Südkoreaner glaubt, dass man sterben kann, wenn man in einem Raum mit laufendem Ventilator einschläft.

Übrigens

Er tat der ganzen Welt leid: Bei der Fußball-WM 2002 in Südkorea schoss Ahn Jung-hwan seine Mannschaft mit zwei Toren bis ins Halbfinale, das Achtelfinale gegen Italien entschied er mit dem »Golden Goal«. Pech: Sein Verein damals war der italienische AC Perugia, dessen Präsident ihn sofort rauswarf: »Ich habe nicht die Absicht, jemandem Gehalt zu bezahlen, der den italienischen Fußball ruiniert hat.«

Südsudan

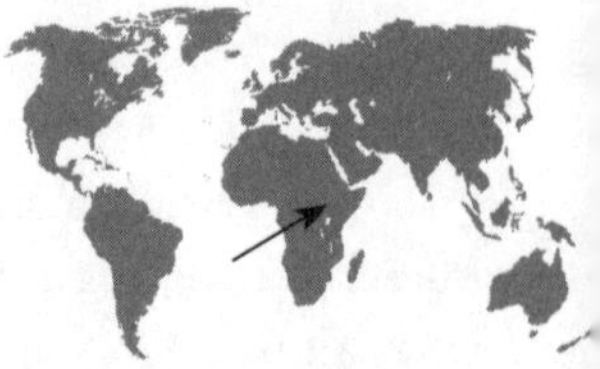

»Ich verhungerte über die Jahre buchstäblich. Jetzt sagten sie mir, ich sei zu fett.«

Das Supermodel Alek Wek (geb. 1977) wuchs im Südsudan auf und wurde in London für die Laufstege und Titelseiten der Welt entdeckt. Sie entsprach dort dem Bild der wilden Schönheit aus Afrika, und man lichtete sie mit Speeren und Leopardenfellmustern ab. Für die Familie im Südsudan war Alek jetzt zu dünn. Und das, obwohl die Menschen hier selten mehr als eine Mahlzeit am Tag essen.

Name

Die künftige Hauptstadt Ramciel heißt der »Ort, wo sich die Nashörner treffen«. Man gibt sich Zeit bis etwa 2016, um alles dort auszubauen.

Rekord

Der jüngste Staat der Welt: unabhängig seit dem 9. Juli 2011.

Das können die Südsudanesen besser

Basketball. Die Männer des Volks der Dinka werden unfassbar groß: Manute Bol (1962–2010) war mit 2,31 Metern der größte Spieler in der Geschichte der US-amerikanischen Profiliga NBA. Er spendete den Großteil seines Vermögens den Armen im Sudan. So wie auch heute Luol Deng (geb. 1985) von den Chicago Bulls, der erklärte Lieblingsspieler von US-Präsident Obama – auf und abseits des Platzes: »In einer Welt voller Konflikte«, so Obama, »ist unsere wichtigste Verpflichtung, nach den unschuldigen Opfern zu sehen – wenige verstehen das besser als Luol Deng.«

Danke für …

Der Marathonläufer Guor Marial war 2012 der erste staatenlose Sportler, der je bei Olympischen Spielen mitmachen durfte. In London marschierte er nicht unter seiner Landes-, sondern unter der Olympiaflagge ein. 1994 war er aus einem Kinder-Arbeitslager im Sudan geflohen und lebt seit 2001 mit Aufenthaltserlaubnis in den USA. Für den Sudan wollte er nicht starten, und der Südsudan hatte noch kein Olympisches

Komitee. Doch auch ohne seine Fahne sagte er stolz: »Südsudan hat endlich einen Platz in der Weltgemeinschaft. Das Land ist da. Südsudan lebt.«

Nur hier

… hat der Staatschef die Silhouette eines Cowboys. Markenzeichen des Präsidenten Salva Kiir Mayardit ist ein Stetson-Cowboyhut, den er vom damaligen US-Präsidenten George W. Bush geschenkt bekam.

Es war einmal

… der unvollendete Jonglei-Kanal. 1974 begann Lucy, der damals größte mobile Bagger der Welt (eine Deutsche), einen mächtigen Kanal zu bauen – 360 Kilometer lang, 38 Meter breit, vier bis acht Meter tief. Doch nach zehn Jahren und 240 Kilometern musste Lucy 1984 aufhören, denn der Bürgerkrieg stand ihr im Weg. Seitdem steht die Maschine da und bewegt sich nicht. Und wartet, dass es weitergeht.

Südsudan fühlen

Christen sind hier in der Mehrheit (über 76 Prozent), anders als im Sudan, dort sind es die Moslems. Diese stellen im Südsudan nur zwei Prozent der Bevölkerung.

Warum die Außerirdischen gleich wieder wegfliegen würden

Der Anteil blinder Menschen ist mit über einem Prozent der Bevölkerung einer der höchsten der Welt. Schuld sind die Augenentzündung »Trachom« und die »Flussblindheit«, deren flächendeckende Behandlung im Krieg nur unzureichend möglich war.

Übrigens

Werden sich die beiden Sudans eines Tages wieder vereinen? Ein sudanesisches Sprichwort sagt: »Zwei Könige fahren nicht in einem Kahn.«

Suriname

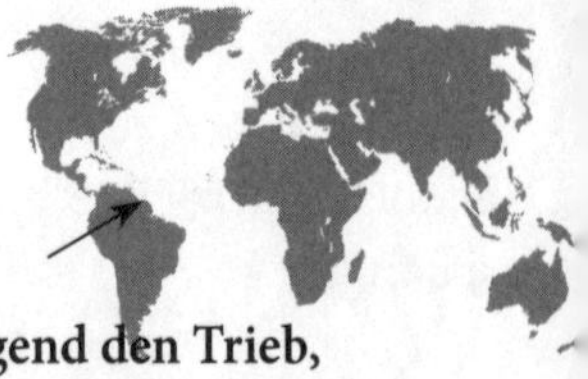

»Da mein sel. Vater schon in meiner zarten Jugend den Trieb, den Heiden das Evangelium zu verkündigen, in mir rege gemacht, und die Anforderungen dazu, (…) in meinem Gemüth und Herzen sich oft erneuerten: so erbot ich mich zu diesem Dienste, und erhielt im Jahr 1768 den Antrag, als Missionair nach Suriname zu gehen.«

Christlieb Quandt im Vorwort seines Buches Nachricht von Suriname und seinen Einwohnern, *erschienen 1807 in Görlitz, in dem er von seiner Zeit als Missionar bei den Arawak berichtet.*

Name

Das Land und der beherrschende Fluss Suriname haben ihren Namen wohl vom ersten Volk, das hier lebte, den Surinen.

Rekord

Suriname ist das kleinste Land Südamerikas.

Das können die Surinamer besser

Viele der besten holländischen Fußballspieler der letzten Jahrzehnte kommen aus Suriname: Clarence Seedorf, Edgar Davids und Aron Winter wurden hier geboren, genauso wie die Eltern von Ruud Gullit, Patrick Kluivert, Ryan Babel, Eljero Elia oder Frank Rijkaard.

Danke für …

Das Volk der Trio legt Wert auf Wahrheit. Es unterscheidet in seiner Sprache ganz genau, ob jemand etwas selbst gesehen hat oder ob er es nur erzählt bekam. Durch Endungen machen die Trio konsequent kenntlich, was Sache ist. Eine wëri-re ist eine Frau (wëri), die keine Kinder bekommen kann, ebenso wie ein Mann (kïrï) zum kïrï-re wird, wenn er nicht zum Jäger taugt.

Nur hier

Sie würgt gerne mal das Essen aus, wird drei Meter lang, hat einen kirschroten Schwanz und eine Zeichnung auf der Haut, die der Kenner Witwenspitzen nennt: die Surinam-Rotschwanzboa.

Es war einmal

Der US-Schwimmstar Matt Biondi war bei den Olympischen Spielen 1988 der große Favorit über 100 Meter Schmetterling. Doch im Gefühl des sicheren Sieges glitt er die letzten Meter und ließ den letzten Schwimmzug aus. So gewann Anthony Nesty, der für Suriname startete. Im 200-Meter-Rennen holte er außerdem Bronze. Mit einer weiteren Bronzemedaille bei den Olympischen Spielen in Barcelona vier Jahre später ist er der einzige Medaillengewinner seines Landes bis heute.

Suriname fühlen

Kein anderes souveränes Land hat so viel Wald, 90 Prozent Surinames sind davon bedeckt. Vorläufig wird ihm keine Kettensäge an die Stämme gehen, denn der vor 50 Jahren für den Brokopondo-Stausee geflutete Wald lenkt erst einmal ab: Unter Wasser befindet sich hier ein Potenzial an Edelhölzern von geschätzten zehn Millionen Kubikmetern. Arbeiter, die sich in den mit Piranhas verseuchten See trauen, sägen die Stämme unter Wasser ab und transportieren sie umständlich in das nahe gelegene Sägewerk. Eine Verschnaufpause für den Wald über Wasser.

Warum die Außerirdischen gleich wieder wegfliegen würden

Fast 50 Prozent der Haushalte in Suriname bekommen Geld von ihren Angehörigen in den Niederlanden geschickt. Dort leben rund 100 000 Surinamer. In der Heimat leben 560 000.

Übrigens

Das wichtigste Transportmittel im Dschungel ist noch immer der Einbaum.

Swasiland

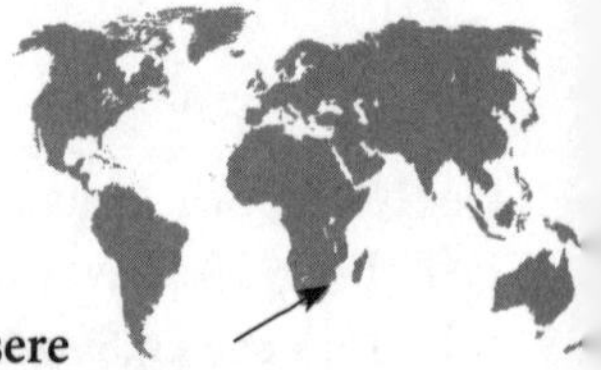

»In so schwierigen Zeiten wie diesen sollte unsere Arbeiterschaft eine neue Arbeitsethik an den Tag legen.«

Mswati III., seit 1986 König von Swasiland. Sein Vermögen wird auf 200 Millionen Dollar geschätzt, und er gehört damit zu den Top 15 der reichsten Monarchen der Welt. Rund 65 Prozent der Bevölkerung leben unterhalb der Armutsgrenze.

Name

Nein, kein Stotterer: »Hhohho« ist einer von vier Distrikten im Land der Swasi.

Rekord

Swasiland ist die letzte absolute Monarchie Afrikas. Das heißt, nur der König hat was zu sagen, wie etwa der saudische Kollege und der Papst. Man leistet sich zwar ein Parlament, doch wer drinsitzt, bestimmt der Herrscher.

Das können die Swasi besser

Afrikas erster Öko-Kühlschrank wird hier gebaut und verkauft, solarbetrieben, ohne giftige Kühlmittel und bleihaltige Batterien. Die Firma Palfridge im Ort Matsapha hat ihn 2012 entwickelt. Sie baut auch Kühlboxen, die mit Sonnenenergie arbeiten.

Danke für …

König Mswati III. hat in einem der ärmsten Länder der Welt ein großzügiges Hausbauprogramm initiiert: Er ließ zehn Paläste für seine Frauen bauen. 2012 hatte er 13 Gattinnen. Drei liefen weg. Sie leben in Südafrika im Exil.

Nur hier

Am 5. Juni 2002 ließ König Mswati III. seinem Parlament eine Gesetzesvorlage zukommen, die jegliche politische Betätigung bei Androhung einer bis zu 20-jährigen Haftstrafe verbietet.

Es war einmal

Als König Sobhuza II. (Mswatis Vater) 1982 starb, war er 83 Jahre lang König gewesen. Das ist eine der längsten historisch gesicherten Amtszeiten aller Herrscher. Wie man das schafft? Unter anderem, indem man mit vier Monaten bereits das Zepter in der Hand hält.

Swasiland fühlen

Beim traditionellen Schilftanz (»Umhlanga«) sucht Mswati III. sich seine Frauen aus. Bei dem Fest bringen 50 000 ledige junge Frauen dem König ihr geschnittenes Schilf und tanzen barbusig vor ihm. Doch selbst die illegale Opposition sieht den Brauch positiv. Hier träfen sich die Mädchen des Landes, die oft in weit abgelegenen Gegenden leben, und könnten sich austauschen.

Warum die Außerirdischen gleich wieder wegfliegen würden

Die hiesige Sprache »Siswati« hat kein Wort für »Waise«, denn es gab ja in der Großfamilie immer genug Erwachsene, die sich kümmerten. Heute sind in dem kleinen Königreich von 1,4 Millionen Menschen etwa 120 000 Kinder auf sich allein gestellt. Nirgendwo ist die Lebenserwartung so niedrig wie hier – 34 Jahre –, denn Swasiland hat die höchste Aids-Rate weltweit.

Übrigens

Vor Kurzem gingen Mswatis Frauen auf Shopping-Tour. Zwei Wochen brauchten sie, um sechs Millionen US-Dollar auszugeben, in Dubai, Frankreich, Italien, Taiwan und den USA. Reise- und Hotelkosten nicht inbegriffen.

Syrien

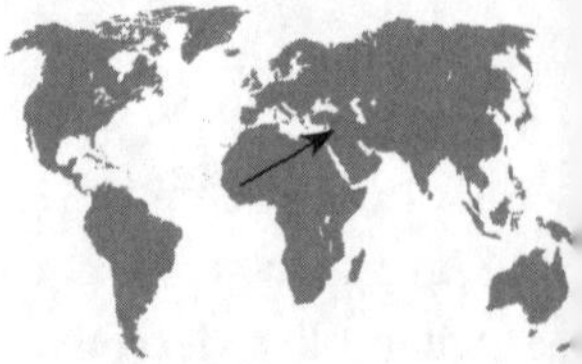

»Ich bin wandelnder Herzschmerz
Ich hab es ganz schön versaut
Der Mensch, der ich jetzt bin
Ist nicht der, der ich sein will«

aus dem Song »God Gave Me You« des US-Country-Stars Blake Shelton. Syriens Präsident Bashar al-Assad schickte das Lied seiner Frau Asma 2012 per E-Mail – einen Tag nachdem seine Armee in Homs im Krieg gegen Rebellen Hunderte Zivilisten erschossen hatte.

»Wenn wir zusammen stark sind, werden wir das durchstehen … Ich liebe dich …«

Asma al-Assad an ihren Mann in einer E-Mail.

Name

Die Menschen der Hauptstadt Damaskus heißen Damaszener. Doch nicht nur die: Von hier kommen auch das Damaszener Messer aus Damaszener Stahl und die Damaszener Rose – besonders scharf und besonders duftend.

Rekord

Noch mal Damaskus: Unter den heutigen Hauptstädten der Welt ist sie nämlich die älteste. Sie ist auch einer der ältesten dauerhaft besiedelten Orte auf dem Globus. Schon in der Steinzeit siedelten hier Menschen. Die älteste schriftliche Erwähnung stammt aus der Zeit um 1500 v. Chr.

Das können die Syrer besser

Für zwei Dinge ist der Sänger Sabah Fakhri bekannt: erstens dafür, dass er seit 50 Jahren die alte arabische Musik auf den Bühnen der Welt vor dem Aussterben verteidigt – mit seiner typischen kräftigen Stimme –, und zweitens dafür, dass er 1999 in Venezuela zehn Stunden am Stück sang. Bis heute Weltrekord. Seinen größten Hit »Mal Al-Sham« sang er wieder und immer wieder. Wie man in Venezuela danach wohl zu arabischer Musik stand?

Danke für …

… Millionen von Nachkommen nicht ganz freiwillig ausgewanderter Syrer: Sieben bis acht Millionen Syrische Goldhamster leben in Haushalten der westlichen Industrienationen.

Nur hier

Massenabfertigung mit Niveau: Im Restaurant »Bawabet Dimashq« in Damaskus können 6014 Gäste gleichzeitig speisen. So viele Plätze gibt es hier an Tischen. Das ist Weltrekord!

Es war einmal

Als die panarabische Idee in den 1950ern und 1960ern besonders modern war, verband sich Syrien mit Ägypten zu einem Staat (von 1958–1961). Ein Relikt dieser Zeit sind zwei grüne Sterne auf der syrischen Flagge, sie symbolisieren die beiden Staaten. Die Sache endete, weil die Ägypter den gemeinsamen Staat immer mehr dominierten, Kairo zur Hauptstadt machten, die Regierung stellten und in Syrien mit Verstaatlichungen begannen. In Syrien putschte die Armee und »reichte die Scheidung ein«.

Syrien fühlen

»Jeder Mensch hat zwei Heimaten: Syrien und seine eigene.« Syrisches Sprichwort. Gilt auch für Frankreich (siehe dort).

Warum die Außerirdischen gleich wieder wegfliegen würden

Da haben die Syrer schon ein Skigebiet in ihrem heißen Wüstenland und dann dürfen sie nicht mal hin: Das »Mount Hermon Ski Resort« steht auf den Südhängen der schönen Golanhöhen. Und die sind seit dem Sechstagekrieg 1967 von Israel besetzt.

Übrigens

Auf dem Weg nach Damaskus hatte der fanatische Christenverfolger Paulus sein berühmtes »Damaskus-Erlebnis«: Jesus erschien ihm. Danach war der einstige Jude bekehrter Christ. Heute sind immerhin 15 Prozent der Syrer Christen.

Tadschikistan

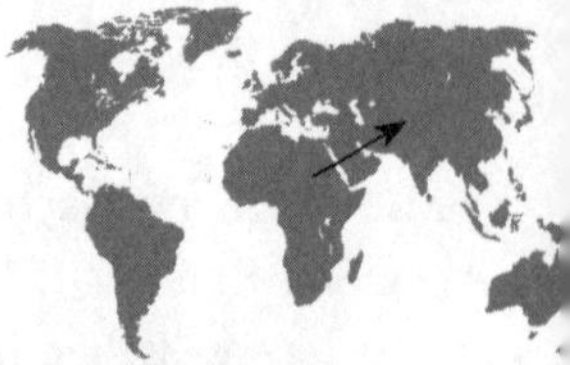

»Es gibt keine Theater, keine Kinos.
Der einzige Ort, wo ein Licht brennt, ist die Moschee. Sie ist in Tadschikistan eine Art Club, eine Anlaufstelle. Hier bekommt man immer ein Stück Brot und ein Glas Tee, hier findet man jemanden, der zuhört und mit einem spricht.«

Dodojon Atovulloev, Regimekritiker, über den zunehmenden Zulauf tadschikischer Jugendlicher zum Islam. Wie viele ehemalige Sowjetrepubliken befindet sich Tadschikistan seit seiner Gründung 1991 in einer demokratischen und ökonomischen Ewigkrise mit dem üblichen Willkürherrscher an der Spitze. Die tadschikische Ausgabe: Emomali Rahmon.

Name

Der Tadschik ist ein gekrönter Perser. Im Persischen bedeutet »tadsch« Krone und »ik« Kopf.

Rekord

Die höchste Talsperre der Welt ist nicht von Menschenhand gebaut: Der Usoi-Damm, benannt nach dem Dorf, das er verschlang, entstand 1911 durch einen Bergsturz infolge eines schweren Erdbebens. Zurück blieben der Saressee und der Shadausee. Der Damm ist 4,5 Kilometer lang und bis zu 550 Meter hoch. Geologen fürchten, ein weiteres Beben könnte den Usoi-Damm zerstören und eine Naturkatastrophe auslösen.

Das können die Tadschiken besser

Aber auch der höchste von Menschen gebaute Staudamm steht in Tadschikistan und ist 300 Meter hoch. Das Wasserkraftwerk des Nurek-Staudamms versorgt fast ganz Tadschikistan mit Strom. Getoppt werden soll er demnächst noch von der 335 Meter hohen Rogun-Talsperre und einem Wasserkraftwerk mit Strom für ganz Zentralasien.

Danke für …

Zahlreiche Brautkleidgeschäfte schießen in der Hauptstadt Duschanbe aus dem Boden. Weiße Brautkleider mit Dekolletés werden hier gefertigt, während der Islam im Land an Einfluss gewinnt.

Nur hier

2011 wurde ein Spieler der tadschikischen Fußball-Liga vom Schiedsrichter ausgeschlossen, weil er einen langen Bart trug. Das Regime ist gegen Haare im Gesicht.

Es war einmal

Die Hauptstadt Duschanbe hieß ab 1929 Stalinabad. Na, nach wem benannt? 1961 wurde sie dann zurückbenannt in Duschanbe (»Montag« auf Persisch), das Dorf, an dem montags der Markt besonders gut war.

Tadschikistan fühlen

Zusammengewachsene Augenbrauen gelten in Tadschikistan als attraktiv. Bei Männern verraten sie Kraft und bei den Frauen gehört die »Synophrys« zur Schönheit. Mithilfe eines Extrakts aus der Pflanze Usma ziehen sie den Strich zur Not zwischen den Brauen.

Warum die Außerirdischen gleich wieder wegfliegen würden

»Präsident Rahmon bevorzugt es, 90 Prozent eines 10-Dollar-Kuchens zu besitzen als 30 Prozent eines 100-Dollar-Kuchens.« Ein anonymer ausländischer Botschafter in Duschanbe, 2010. Die Korruption im Land ginge vom Boss bis zum kleinsten Polizisten. Vielleicht nur böse Nachrede.

Übrigens

Tadschikistan hat seit 2011 mit 165 Metern weltweit den höchsten Fahnenmast. Damit hat man andere mastfixierte Länder abgehängt: Aserbaidschan (163 Meter), Nordkorea (160 Meter), Turkmenistan (133 Meter).

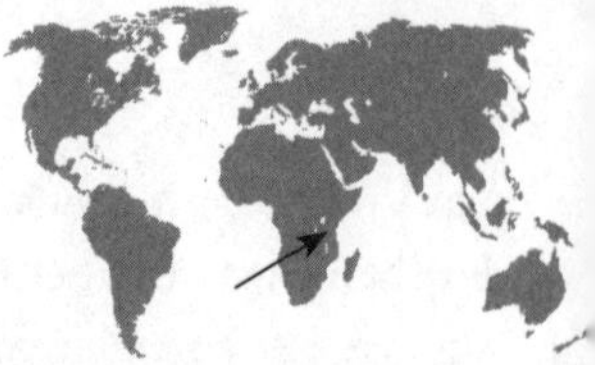

Tansania

**»Ich zeigte dir den Mond,
und du sahst nichts als meinen Finger.«**

Sprichwort der Sukuma, einem Volk in Tansania.

Name

Man nehme
- das »Tan« von Tanganjika
- das »San« der Insel Sansibar
- das »ia« von Azania, der Bezeichnung der Römer für die Regionen südlich der Sahara.

Daraus bastelte sich der neue Staat 1964 seinen Namen.

Rekord

Der kürzeste Krieg der Weltgeschichte fand 1896 zwischen Großbritannien und Sansibar statt. Die Briten wollten den neuen Sultan nicht, bombardierten ab 9.02 Uhr dessen Palast und töteten oder verletzten 500 seiner Soldaten. Um 9.40 Uhr ließ dieser die Flagge einholen und der Krieg war beendet.

Das können die Tansanier besser

Die tansanische Rap-Version »Bongo Flava« ist der Renner im Kassettenverkauf, noch immer ein wichtiger Vertriebsweg von Musik in Afrika. »Bongo Flava« schlägt an Popularität noch den »Sene-Rap« im Senegal. Der Begriff Bongo bedeutet »Verstand« oder »Gehirn« und ist der Slang-Name für Daressalam, die größte Stadt des Landes. Flava ist die Bezeichnung für den Sound. Gerappt wird in der Sprache Swahili.

Danke für …

… einen der wundervollsten Verlierer der Sportgeschichte: John Stephen Akhwari lief beim Olympia-Marathon 1968 wegen Krämpfen, kaputtem Knie und verletzter Schulter eine Stunde nach dem Sieger und über seiner eigenen Bestzeit in das Stadion von Mexico City ein – unter stehenden Ovationen der verbliebenen Zuschauer. Jemand in der Pressebox schrieb von »einer Leistung, die Sport eine wahre Bedeutung gibt … und ihn heraushebt aus der Kategorie von erwachsenen Männern, die Spiele spielen«. Akhwari selbst: »Mein Land hat mich nicht 10 000 Meilen geschickt, um hier zu starten, sie haben mich geschickt, um das Rennen zu beenden.«

Nur hier

Das Massenlachen der tansanischen Kinder: Drei Schülerinnen begannen 1962 zu kichern, mehrere Dutzend weitere steckten sich an. Die Schule wurde monatelang geschlossen, doch die Lachepidemie breitete sich in drei Jahren über 1000 Betroffene aus, bis sie nach und nach abklang. Über den Grund wird gerätselt. 2008 kam es dann zu einer Massenohnmacht bei Schulabschlussprüfungen. Hier rätselt man weniger.

Es war einmal

Artikel 246 des Versailler Vertrages [1919]: »Innerhalb von sechs Monaten nach Inkrafttreten dieses Vertrags wird Deutschland den Schädel des Sultan Mkwawa, welcher aus dem Protektorat Deutsch-Ostafrika nach Deutschland gebracht wurde, der königlich britischen Regierung aushändigen.« Das Volk der Hehe wollte den Kopf des Häuptlings Mkwawa zurück und die Briten kümmerten sich drum. Den hatten nämlich die Deutschen (Kolonialherren 1885–1918) geklaut: Mkwawa, der »Schwarze Napoleon«, hatte sie jahrelang geärgert, mehrere Male geschlagen und sich dann sogar selbst getötet, bevor sie ihn erwischten. Die Briten befahlen den Deutschen in Versailles die Schädelrückgabe. Die gehorchten 1954 mit 35 Jahren Verzögerung.

Tansania fühlen

Veilchen gefällig? Aus den Usambara-Bergen kommt ein berühmtes Blümchen.

Warum die Außerirdischen gleich wieder wegfliegen würden

Berlin-Marzahn in Afrika: In den 1970ern baute die DDR Plattenbauten auf Sansibar.

Übrigens

Farrokh Bulsara wurde hier geboren, der Sänger von »Queen«, der als Freddy Mercury in die Pop-Geschichte einging.

Thailand

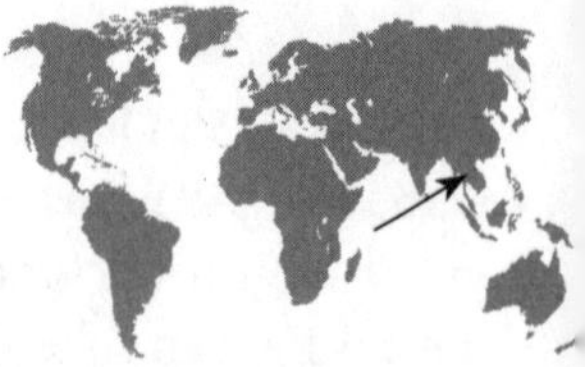

»Für einen Thai besteht das Leben
im Grunde aus einer einzigen langen Entspannungsphase.«

Kukrit Pramoj, ehemaliger thailändischer Premierminister.

Name

Vor 100 Jahren wurden Nachnamen im Land eingeführt, und jede Familie musste sich einen ausdenken. Das tun sie heute noch, denn den Namen dürfen sie ändern, sooft sie wollen. Voraussetzungen: Einen Namen darf es nie zweimal geben und man darf nicht mehr als zehn Thai-Buchstaben benutzen. 45 665 Namen gab es bei der letzten Zählung. So wichtig ist das nicht, denn man nennt sich hier ohnehin fast ausnahmslos beim Spitznamen. Sehr beliebt: Maus (»Nu«), Schwein (»Mu«) oder Garnele (»Gung«). Die Premierministerin heißt für alle Krabbe (»Pu«).

Rekord

»Entschuldigung, wo bitte geht's zur Stadt der Engel, große Stadt und Residenz des heiligen Juwels Indra, uneinnehmbare Stadt des Gottes, große Hauptstadt der Welt, geschmückt mit neun wertvollen Edelsteinen, reich an gewaltigen königlichen Palästen, die dem himmlischen Heim des wiedergeborenen Gottes gleichen, Stadt, die von Indra geschenkt und von Vishnukarm gebaut wurde«, müsste man eigentlich fragen, wenn man sich nach Bangkok erkundigt. Denn das ist der offizielle Name der Hauptstadt, den auch jeder Thailänder kennt. Der längste Ortsname der Welt.

Das können die Thailänder besser

Sie wollen etwas ablehnen? Ein Lächeln ohne eine zustimmende Antwort ist ein Nein.

Danke für …

König Bhumibol Adulyadej wurde im Frühjahr 1946 gekrönt. Keines der heutigen Staatsoberhäupter ist so lange im Amt wie er. Um das zu schlagen, müsste ihn auch die britische Queen um sechs Jahre überleben. Und selbst dann: Bhumibol ist reicher als sie und er hat mehr Namen: »Phrabat Somdej Phra Paramindra Maha Bhumibol Adulyadej Mahitaladhibet Ramadhibodi Chakrinarubodindara Sayamindaradhiraj Boromanatbophit« vs. »Elizabeth Alexandra Mary«.

Nur hier

In Thailand wurden sowohl der Film *Anna and the King of Siam* (mit Rex Harrison, 1946) als auch *The King and I* (mit Yul Brunner, 1956) sowie *Anna and the King* (mit Jodie Foster, 1999) als respektlose Porträts des Thai-Königs Mongkut verboten. Grund: Als man dem König 1932 seine absolute Herrschaft wegnahm, bot man ihm dafür einen strengen Schutz vor Majestätsbeleidigung: Es drohen drei bis 15 Jahre Gefängnis.

Es war einmal

Im Oktober 2004 erreichte Daniel Küblböck mit »You drive me crazy« Platz 1 der thailändischen Single-Charts.

Thailand fühlen

Feiern und zusammen sein wollen die Thai – nicht philosophieren und grübeln. Zwar sagt der Buddhismus, das Leben sei Leiden, die Thai aber versuchen daraus das Beste zu machen: »sabay« (angenehm) und »suay« (schön) sind Worte, die einem oft begegnen, ebenso wie »sanuk« (Spaß haben).

Warum die Außerirdischen gleich wieder wegfliegen würden

Thailand hat die höchste Kastrationsrate der Welt. Die Frauen bestrafen mit Abschnippeln der »Tatwaffe« Männer für Fremdgehen oder Misshandlung. Deshalb gibt es gerade in Thailand Mediziner, die Könner in der Rekonstruktion des guten Stücks sind.

Übrigens

Panda Pornos haben die Thailänder ihren beiden aus China ausgeliehenen Tieren Lin Hui und Chuang Chuang jahrelang vorgespielt. Die Sextapes blieben aber erfolglos, erst die künstliche Befruchtung Lin Huis brachte 2008 den Nachwuchs.

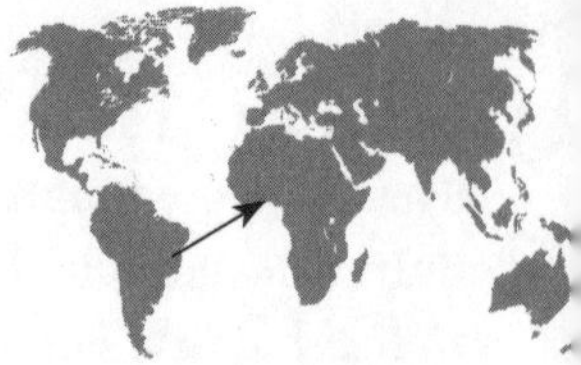

Togo

**»Nur ein Lügner ist in Eile.
Nimm einen Stuhl und setz dich!«**

Sprichwort aus Togo.

Name

Die Ewe nannten ihr Land Wasser (= to) und Ufer (= go).

Rekord

58 Jahre alt und spielen – na und? Als Teilnehmer eines Davis-Cup-Turniers kam der Togoer Yaka-Garonfin Koptigan für einen Tennisspieler allerdings schon in Methusalemnähe und war 2001 der älteste, der jemals um die Trophäe kämpfte. Allerdings kam Togo damals nicht mal in die Nähe des Pokals.

Das können die Togoer besser

Ringkampf ist der Nationalsport Togos. Das Ringkampffest Evala, das das Volk der Kabiyé im Norden des Landes traditionell veranstaltet, nutzte Präsident Gnassingbé Eyadéma, seit dem Militärputsch von 1963 bis zu seinem Tod 2005 starker Mann des Landes und selbst ein Kabiyé, um Soldaten zu rekrutieren. Die Kabiyé stellten bei 16 Prozent Bevölkerungsanteil teilweise 80 Prozent der Streitkräfte.

Danke für …

… einen Krimi der Wissenschaft: 1890 fanden Forscher mitten in Togo zwei Mäuse einer bisher unbekannten Art, denen man den Namen Furchenzahn-Waldmaus gab. Seitdem fand man aber keine weiteren mehr. Ist die Furchenzahn-Maus ausgestorben? Oder leben noch Nachkommen in entlegenen Gebieten von Togo oder Ghana? Bitte meldet euch!

Nur hier

Googeln Sie doch mal nach der togoischen Nationalflagge. Sie ist die einzige, die nach dem Goldenen Schnitt aufgebaut ist: Der kleinere Teil verhält sich zum größeren wie der größere Teil zum Ganzen.

Es war einmal

Sylvanus Olympio, erster Staatschef des freien Landes, wurde nur drei Jahre nach seinem Amtsantritt 1963 bei einem Militärputsch ermordet. Der damalige deutsche Bundespräsident Heinrich Lübke nannte ihn seinen Freund. Den neuen Chef des Militärs und späteren Nachfolger Olympios, Oberstleutnant Gnassingbé Eyadéma (siehe oben), brachte Lübke mit dem Mord in Verbindung und ernannte ihn zur Persona non grata. Vor seinem Staatsbesuch in Togo 1966 kündigte er an, Eyadéma auf keinen Fall begrüßen zu wollen, und versetzte damit das Protokoll in helle Aufregung. Mit Erleichterung nahm man zur Kenntnis, dass Lübkes rechte Hand bandagiert war, als er das Flugzeug in Lomé verließ. Sein Arzt hatte ihm unterwegs aus der Patsche geholfen.

Togo fühlen

»Nana Benz« heißen die Stoffhändlerinnen auf dem Grand Marché in Lomé. Traditionell bunt bedruckte Stoffe aus Holland oder China sind nicht nur in der Hauptstadt beliebt, sondern werden auch ins Innere Afrikas geliefert. Auf den Verkauf der Stoffe haben die »Nana Benz« ein Monopol und sind entsprechend gut betucht. Schon als sie in den 1960ern starteten, liefen die Geschäfte so gut, dass sie sich einen Mercedes leisten konnten. Angeblich soll der damalige Präsident sie angefordert haben, wenn Staatsgäste chauffiert werden mussten.

Warum die Außerirdischen gleich wieder wegfliegen würden

»Von meinen Buben spielt kein Einziger in Togo, höchstens der dritte Ersatztorwart. Wenn einer den Ball besser geradeaus kicken kann als der andere, dann geht er nach Europa.« Otto Pfister, 2006 Trainer der Fußballnationalmannschaft von Togo.

Übrigens

Emmanuel Adebayor, der bereits als Stürmer beim FC Arsenal, Manchester City, Real Madrid und Tottenham Hotspur spielte, wurde 2008 als erster Togoer zu Afrikas Fußballer des Jahres gewählt.

Tonga

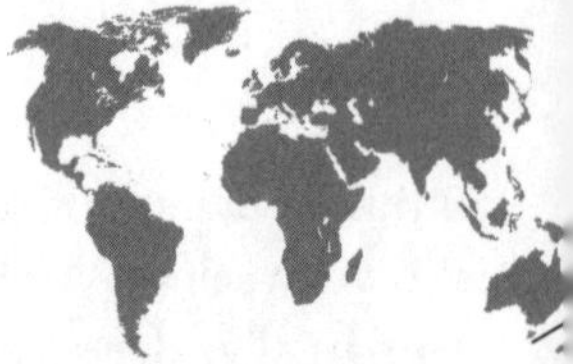

»Wo immer es Leute gibt, gibt es Korruption. Wenn Sie die Korruption abschaffen wollen, müssen Sie die Leute abschaffen.«

Taufa'ahau Tupou IV., von 1965 bis 2006 König von Tonga.

Name

»Tongahahake« heißt »Der Wind, der aus Südost weht«.

Rekord

Hier leben mehr Mormonen als in jedem anderen Land. Die »Church of Jesus Christ of Letter Day Saints« aus Salt Lake City, USA, zählt fast die Hälfte (54 672 = 45 Prozent) der Tongaer zu ihren Schäfchen. Die Regierung Tongas haben dagegen nur 17 Prozent gezählt, aber auch damit wäre das Land noch Spitzenreiter. Einstellig in Amerika und Europa, kaum existent in Asien, ist der Anteil der Mormonen im ganzen Südpazifik beträchtlich.

Das können die Tongaer besser

Bei den Olympischen Winterspielen 2014 wird Bruno Banani für Tonga Schlitten fahren. Der Mann, der früher Fuahea Semi hieß, wusste, dass er zwar keine Chance auf Gold hat, aber eine Chance auf Geld. Also änderte er seinen Namen in den einer deutschen Unterwäschefirma. Das IOC verdient nicht mit, ärgert sich darüber und nennt es »pervers«.

Danke für …

… die weiße Frangipani. Die zauberhafte Blüte wird in den Begrüßungskranz geflochten. Hinter dem Ohr getragen, hat sie Signalfunktion: Rechts heißt: »Ich bin verheiratet«, links: »Ich suche einen Partner«, beide Ohren: »Ich bin verheiratet und suche einen Partner für nebenbei.«

Nur hier

Das Wort »tabu« hat der große Captain Cook hier 1777 gefunden, als er einige Häuptlinge auf sein Schiff einlud: »Als das Abendessen serviert wurde, setzte sich niemand von ihnen zu uns, um etwas zu essen. Als ich meine Überraschung darüber zeigte, sagten sie, es sei ›taboo‹ für sie, ein Wort, das viele verschiedene Bedeutungen hat, aber im Allgemeinen ausdrückt, dass etwas verboten ist.« Noch heute heißt auf Tonga »tapu« »verboten«, heute wie damals allerdings eher im Sinne von »heilig«.

Es war einmal

Ein amerikanischer Millionär versuchte einst, auf den Minerva-Riffen 500 Meter vor Tonga den »Staat Minerva« zu gründen. Sein künftiges Reich wurde aufwendig aufgeschüttet, um eine Stadt für 30 000 Einwohner zu errichten. 1972 war es dann so weit, die Landesflagge wurde gehisst und das Eiland zur Republik erklärt. Mit einer 35-Minerva-Dollar-Münze stand auch schon die Währung fest. Ohne Steuern und Sozialabgaben sollte das Land ein Eldorado für Briefkastenfirmen werden. Die Streitkräfte von Tonga machten dem Spuk ein Ende.

Tonga fühlen

König Taufa'ahau Tupou IV. (siehe oben Zitat), Vater des heutigen Tupou VI., ist bis heute der große König Tongas. Nicht nur wegen seiner Persönlichkeit und seiner 40 Jahre währenden Regentschaft (bis 2006), sondern auch wegen seiner 1,96 Meter. Mit 209 Kilogramm war er der schwerste Monarch der Welt. Die Deutschen fertigten ihm für seine häufigen Staatsbesuche (der Mann sprach Deutsch) regelmäßig Spezialstühle an, die er alle als Geschenke betrachtete und mit nach Tonga nahm. In den 90ern veranstaltete der König einen Wettbewerb und versprach demjenigen 500 Dollar, der am meisten abspeckte. Er selbst verlor ein Drittel seines Gewichts. Durch Fahrradfahren hielt er sich fit – auf der Landebahn des Flughafens.

Warum die Außerirdischen gleich wieder wegfliegen würden

Dick ist gesund, schlank ist krank.

Übrigens

Der Ma'ulu'ulu ist ein Sitztanz, der mit 20 bis 900 Leuten getanzt wird.

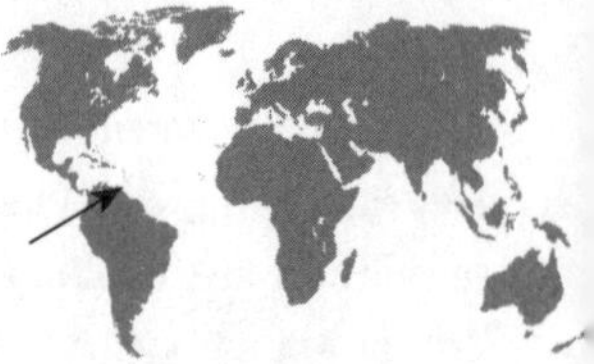

Trinidad und Tobago

»Von welcher Kultur sprechen Sie? Trinidads ursprüngliche Bevölkerung wurde im Lauf von zwei Jahrhunderten von den spanischen Eroberern umgebracht. Dann war die Insel eine Zeit lang verlassen. Im späten 18. Jahrhundert wurde sie Sklavenkolonie, und Mitte des 19. Jahrhunderts begann man, für die Zuckerrohrernte Kontraktarbeiter aus Indien ins Land zu schaffen. Kulturell ist Trinidad eine Wüste.«

V. S. Naipaul, der einzige Nobelpreisträger aus Trinidad und Tobago (Literatur, 2001).

Name

»Trinbagonians« nennen sich die 1 250 000 »Trinidadians« auch, aus gutem Willen gegenüber nur 50 000 »Tobagians«.

Rekord

Das bisher kleinste Land, das an einer Fußball-WM teilnahm. Berühmtester Spieler: Der »lächelnde Attentäter« Dwight Yorke (grinste immer auf dem Platz und schoss mehr Tore als die meisten Mittelfeldspieler).

Das können die Trinbagonians besser

7000 Kilometer hatte das Tier hinter sich, als es an dem südfranzösischen Strand ankam: eine Riesenschildkröte mit der Kennmarke »Trinidad und Tobago«, 320 Kilogramm schwer. Über den Atlantik, um Nordafrika, ins Mittelmeer war sie geschwommen. Camper schoben sie zurück ins Wasser. Zurück nach T&T.

Danke für …

Weil die Sklaven auf den Feldern nicht reden durften, sangen sie den Calypso. Die »Steel Drum« erfanden sie, als ihnen die Trommeln und die Bambusstöcke weggenommen wurden. Da griffen sie zu Bratpfannen, Mülleimerdeckeln und Ölfässern.

Nur hier

Die 20-jährige Shemika Charles hält den aktuellen Weltrekord im Limbo, dem trinbagonischsten aller Tänze: Gerade mal 21,5 Zentimeter war die Stange hoch, unter der sie durchtanzte.

Es war einmal

Daniel Defoe soll die einsame Insel des Robinson Crusoe nach dem kleinen Tobago gestaltet haben. Wie die Insel im Roman, liegt es nahe der Mündung des venezolanischen Flusses Orinoco, hierher führte auch Crusoes Reiseweg kurz vor dem Schiffbruch, und auch Landschaft und Fauna der fiktiven und der echten Insel ähneln sich. Zum Robinson, dem Helden selbst, hat ihn ein Schicksal ganz woanders inspiriert (siehe Chile).

Trinidad und Tobago fühlen

Liming ist die trinbagonischste Art, Zeit zu verbringen: Nichtstun auf höchstem Niveau. An Straßenecken, in Parks oder Billardhallen limen Limer, meist junge Männer. Und sie haben Regeln: Nie verabreden! Zufällig muss man sich treffen. Zwar dürfen sie etwas anderes tun – essen, trinken, Witze machen –, doch darf das die Ziellosigkeit des Liming nicht zerstören. Müßiggang ist hier darstellende Kunst und nationale Identität. Allein der Versuch, es zu beschreiben, zeigt eine zu hohe Distanz zum Geist des Liming.

Warum die Außerirdischen gleich wieder wegfliegen würden

Beim Liming (siehe oben) gehört es zum Alltag, Frauen auf der Straße mit sexuellen Anzüglichkeiten zu belästigen. Der Klassiker: »You good fuh wood!«

Übrigens

»Hier findet jeder Glaube und jede Rasse ihren Platz« ist die Zeile, die man in der Nationalhymne doppelt singt.

Tschad

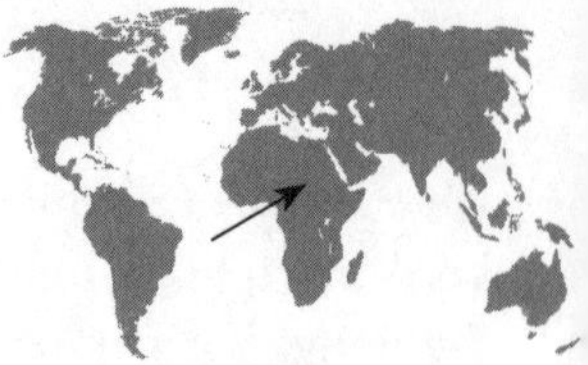

»Wer ein Mädchen schult, schult ein Land.«

Sprichwort im Tschad.

Name

Tschad heißt »See«. Heißt dann der Tschadsee Tschadtschad?

Rekord

Der Tschad ist das Flächenland mit den wenigsten befestigten Straßen, zumindest unter den Flächenstaaten. Er ist 3,6-mal so groß wie Deutschland, hat aber nur 267 Kilometer Asphalt zu bieten. Das ist noch nicht mal die Strecke Berlin–Hamburg. Selbst San Marino hat mehr.

Das können die Tschader besser

»Als ich mit acht Jahren das erste Mal im Kino war, hat eine Frau den Kinogästen aus dem Bildschirm zugelächelt. Da dachte ich, so was will ich auch machen.« Gesagt, getan. Regisseur Mahamat-Saleh Haroun drehte bisher 16 Filme, die die Geschichte und die Seele seines Heimatlandes gefühlvoll in Szene setzen. Seine letzte Arbeit *Un homme qui crie* – Ein Mann, der schreit – gewann den Jurypreis der Filmfestspiele in Cannes.

Danke für …

… den Tschadsee. Vor 40 Jahren erstreckte sich die Wasserfläche in der Regenzeit über 25 000 Quadratkilometer und versorgte drei weitere Anliegerstaaten. Dürren, versiegende Zuflüsse und vermutlich die Bewässerung von Feldern haben den See inzwischen um rund 90 Prozent schrumpfen lassen. Die Menschen rücken immer näher ans Nass, dem einzigen Süßwassergebiet in der Sahelzone. Auf den ausgetrockneten Flächen sind bisher 25 neue Siedlungen entstanden, mit Feldern, die bewässert werden. Experten prognostizieren, dass der See bis 2030 komplett ausgetrocknet sein wird.

Nur hier

… wandern die Dünen so schnell: 200 Meter im Jahr.

Es war einmal

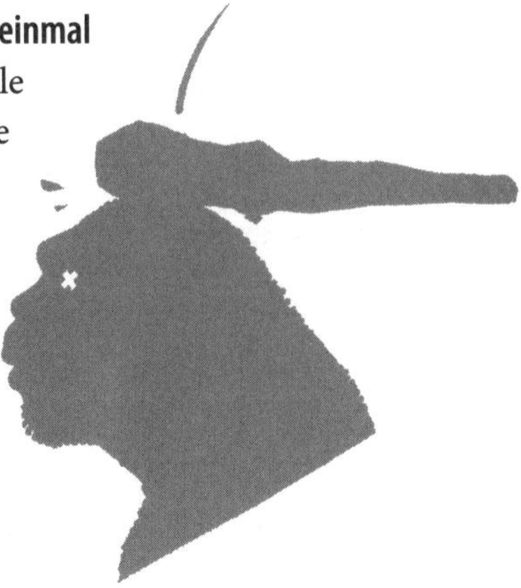

Die Suche geht weiter: Noch älter als alle anderen alten Menschenknochen, die man in Afrika gefunden hat, waren die, die man 2005 im Tschad fand: Die von einem Hominiden, der vor sechs bis sieben Millionen Jahren von irgendjemandem den Schädel eingeschlagen bekam. Prof. Michel Brunet von der französischen Universität Poitiers ist begeistert, andere sagen: Der Kerl ist nur ein Affe!

Tschad fühlen

Abgelegenheit: Die Region Erdi-Ma im äußersten Nordosten gilt als eine der unerforschtesten der Welt, unbekannter als die Rückseite des Mondes, heißt es. Es gibt angeblich keine Karte von dem Niemandsland.

Warum die Außerirdischen gleich wieder wegfliegen würden

Der Tschad ist das größte Land ohne Eisenbahn.

Übrigens

Die tschadische und die rumänische Flagge sind nahezu identisch. Ein kleiner Unterschied ist nur im Farbton des Blaus zu entdecken.

Tschechien

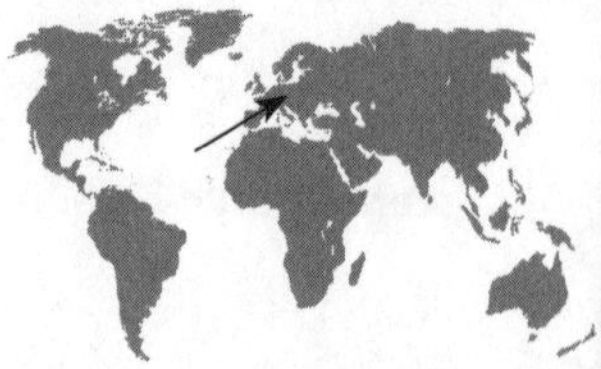

»Ahoj!«

Obwohl Tschechien weit weg von allen Küsten liegt, ist der Seemannsgruß hier besonders beliebt. Karel Gott grüßt so ins Publikum, und in den alten tschechischen Kinderfilmen hörte man es auch. Kommt von den jungen Kanuten der Zwanzigerjahre, damals eine populäre Jugend-Bewegung, so wie die Wandervögel. War ihr Erkennungsgruß.

Name

Die drei Brüder Lech, Czech und Rus gingen gemeinsam jagen und verloren sich dabei aus den Augen. Lech zog es nach Norden, wo er Polen gründete, Rus ging nach Osten in das Land, das er zu Russland machte, und Czech wanderte westwärts und gründete – na was wohl? So will es die Legende aus dem 13. Jahrhundert.

Rekord

Ein Volk, das seine Männer in die Fabriken schickt: 49 Prozent.

Das können die Tschechen besser

Eine »Tycovka« ist eine Frau, die vorne im Bus steht und den Fahrer belabert. Haben wir dafür ein Wort? Gibt es so was überhaupt bei uns?

Danke für …

… die Idee des Roboters. In Karel Čapeks Science-Fiction-Theaterstück *R.U.R.* von 1921 waren sie billige Arbeitermaschinen ohne Rechte, bis sie schließlich gegen die Ausbeutung durch die Menschen rebellierten, sie töteten und die Welt übernahmen. Zuerst wollte Čapek sie Labori nennen, sein Bruder Josef schlug Roboti vor und Karel hörte auf ihn.

Nur hier

… ist Dolly Buster der am meisten gegoogelte Mensch und Suchbegriff an sich. Vielleicht aufgrund ihres politischen Engagements: Die ehemalige Pornodarstellerin kommt aus Prag (geboren als Nora Dvořáková), wo sie sich 2004 zur Wahl für das Europaparlament stellte. Ihre »Unabhängige erotische Initiative« – Politik: Freie Liebe – schaffte es aber nicht nach Brüssel.

Es war einmal

Das größte Stadion der Welt, das Strahov-Stadion, könnte alle Besucher der Allianz Arena, des Wembley-Stadions und mehrerer Madison Square Gardens gleichzeitig in sich aufnehmen und wäre immer noch nicht voll. 1926 wurde es für Massenturnveranstaltungen gebaut, doch die gibt es nicht mehr. Heute trainieren hier noch ein paar Jugendkicker auf acht Fußballplätzen, ab und zu gibt jemand ein Konzert und es zerbröckeln die Mauern und Geschichten.

Tschechien fühlen

Die Tschechen sind seit zwei Jahrzehnten das Maß der Dinge, wenn's ums Biertrinken geht. 132 Liter pro Kopf jährlich. Die Deutschen liegen auf Platz zwei mit 107 Litern.

Warum die Außerirdischen gleich wieder wegfliegen würden

Der Friedhof von Sedlitz galt im Spätmittelalter als so heilig, dass jeder darauf begraben sein wollte – Deutsche, Holländer, Polen usw. Während Pest und Kriegen kamen so um die 40 000 Leichen zusammen. Und was machte man mit denen? Man machte eine Kirche draus. Mit den Knochen von 10 000 Skeletten hat man die Allerheiligenkirche von Sedletz kunstvoll dekoriert, Möbel und Lüster gebaut und sogar das Wappen der Fürsten von Schwarzenberg geformt – die Familie, die im 19. Jahrhundert die Idee dazu hatte.

Übrigens

»Schweig, *Halunke*! Sonst lasse ich dich mit meiner *Pistole Polka* tanzen.« Drei Wörter, die aus dem Tschechischen kommen.

Tunesien

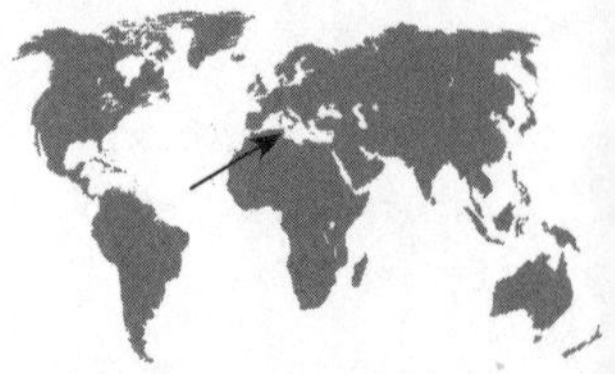

»Die Araber sagen unter sich: Die Tunesier sind die Frauen, die Algerier sind die Männer und die Marokkaner sind die Krieger. Dass ausgerechnet die Tunesier die Sache in Gang brachten, war schon erstaunlich.«

Peter Scholl-Latour, dt. Journalist, zum Arabischen Frühling.

Name

»Africa« hieß das Land früher, so getauft von den Römern. Diese machten es 146 v. Chr. zur Provinz »Africa« und nannten später den ganzen Kontinent so.

Rekord

»33 Extra Dry« (»Herb-malziger Antrunk, leichte Honignote im Hintergrund«) schlägt »Celtia« (»muffige Note«) um Längen, heißt es unter Bierkennern. Tunesien hat den höchsten Bierverbrauch der islamischen Staaten in Nordafrika und dem Nahen Osten. Seit dem Arabischen Frühling ist der Konsum um ein weiteres Drittel gestiegen (trotz abnehmender Touristenzahl): »Die Brauerei SFBT ist nicht mehr in der Lage, die Nachfrage an Bier in Tunesien zu befriedigen«, so deren Präsident Hamadi Bousbiî 2012.

Das können die Tunesier besser

Tunesische Fischer legen Amphoren auf dem Meeresgrund aus. Tintenfische, die gerne in verborgenen Winkeln auf ihre Beute lauern, halten sie für das ideale Versteck und schlängeln sich dort hinein. Die Fischer brauchen die Amphoren dann nur noch hochzuholen.

Danke für …

… »Tatooine«, mit den größten Wüsten der Galaxis, wo gigantische Sandstürme so stark toben, dass sie ungeschützten Humanoiden das Fleisch von den Knochen reißen. »Tatooine«, den Wüstenplaneten seiner Star-Wars-Filme, fand Regisseur George Lucas in Südtunesien. Hier gibt es auch eine Stadt fast gleichen Namens: Tataouine, mit

60 000 Einwohnern. Auch *Indiana Jones* und *Der englische Patient* wurden in der Gegend gedreht.

Nur hier

Nur in zwei von über 80 Ländern stehen auf dem Monopoly-Spielbrett keine echten, sondern fiktive Straßennamen: in Tunesien und in Deutschland. An den Bahnhöfen aber erkennt man, welche vier Städte die größten sind: Tunis, Sousse, Sfax and Gabes.

Es war einmal

Im Jahr 1985 unterzeichneten der Bürgermeister des Tunis-Vororts Karthago und der Bürgermeister von Rom einen Friedensvertrag. Zu einem 2134 Jahre alten Krieg, den die Römer einst gewannen, die Karthager aber nie verloren glaubten. Nimmt man den Symbolismus ernst, beendeten sie damit den längsten Krieg der Geschichte.

Tunesien fühlen

»Wenn das Volk eines Tages das Leben einfordert,
Dann muss das Schicksal sich beugen.
Die Nacht muss weichen
Und die Fesseln werden gebrochen.«

Die letzten Zeilen der tunesischen Nationalhymne, verfasst von Abu al-Qasim asch-Schabbi. Im Alter von nur 25 Jahren starb der Nationaldichter 1934. Seine Worte hallten noch 2011 im Arabischen Frühling durch Tunis und Kairo.

Warum die Außerirdischen gleich wieder wegfliegen würden

Männer tragen ihre Kinder nicht in Anwesenheit ihrer eigenen Väter.

Übrigens

»Lasst euch vom Frühling nicht zum Narren halten, von seinem klaren Himmel oder dem Licht der Dämmerung, weil am Horizont erscheint der Horror der Dunkelheit.«

Abu al-Qasim asch-Schabbi (siehe oben) im Jahr seines Todes.

Türkei

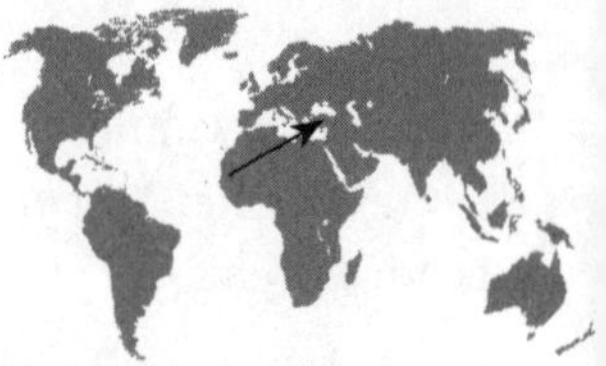

»Viele im Westen – auch ich – haben immer dieses Klischee im Kopf: Istanbul ist nicht die Türkei, das Hinterland ist viel zurückgebliebener und weniger entwickelt, es ist weniger demokratisch und weniger modern. Aber dann habe ich sechs Jahre [...] in einem Dorf verbracht und ich kann diese ganzen Klischees überhaupt nicht bestätigen.«

Fatih Akin, deutsch-türkischer Filmregisseur.

Name

Die häufigsten türkischen Nachnamen: Unschlagbar (Yilmaz), Stein (Kaya), Eisen (Demir), Wanderfalke (Sahin), Stahl (Celik), Blitz (Yildirim), geboren als Soldat (Erdogan).

Rekord

Der Türke Sultan Kösen ist der größte lebende Mensch der Welt. Er misst 2,51 Meter.

Das können die Türken besser

Türken sehen fünf Stunden pro Tag fern. Damit sind sie gemeinsam mit den Italienern Spitzenreiter in Europa.

Danke für ...

Die Türkei ist das Heimatland des Schwimmsports, könnte man sagen. Hier schwamm der britische Romantiker und Exzentriker (und vielleicht der erste »Popstar«) Lord Byron freiwillig am 3. Mai 1810 über die Dardanellen-Meerenge (ca. 3 km). Darauf wäre vorher nie einer gekommen. Heute tun es jährlich Hunderte im »Sahap Tarzi Swimming Contest«, Türken und Ausländer – unter Reiseschriftstellern scheint es Pflicht (wie für Richard Halliburton und Bruce Chatwin).

Nur hier

Istanbul ist die einzige Stadt, die auf zwei Kontinenten liegt: Europa und Asien.

Es war einmal

Ab 1852 wurde im damaligen Osmanischen Reich Homosexualität nicht mehr unter Strafe gestellt. In Deutschland verschwand der dementsprechende Paragraf 175 1988 aus dem Strafgesetzbuch.

Türkei fühlen

Das Kirschland. Produziert 18 Prozent aller Kirschen weltweit. Soll einer noch mal behaupten, mit den Türken sei nicht gut Kirschen essen.

Warum die Außerirdischen gleich wieder wegfliegen würden

Bei vielen Vornamen ist das Geschlecht des Trägers oder der Trägerin nicht zu erkennen. So kann Fikret, Deryag, Sezer, Deniz, Caglar, Evren, Burcin, Özgür, Ufuk, Hikmet, Ugur, Askin, Kamuran, Hidayet, Adalet, Ferhan, Ilhan eine Frau oder ein Mann sein.

Übrigens

Mohannad war der Held der von 2007 bis 2009 gesendeten türkischen TV-Serie *Gümüs* (Silber) und wurde der Traummann der türkischen und auch der arabischen Frauenwelt. Die Serie mit dem moslemischen Mann, der sich liebevoll um seine Frau kümmert, brachte viele Frauen erst auf die Idee vom idealen Ehemann und die Erkenntnis, eine Wahl haben zu können. Die Türkei verzeichnete 2008 im Durchschnitt die kürzesten Ehen Europas. Mohannad soll auch schuld daran gewesen sein, dass etwa in Ägypten die Scheidungsrate 2008 drastisch gestiegen ist.

Turkmenistan

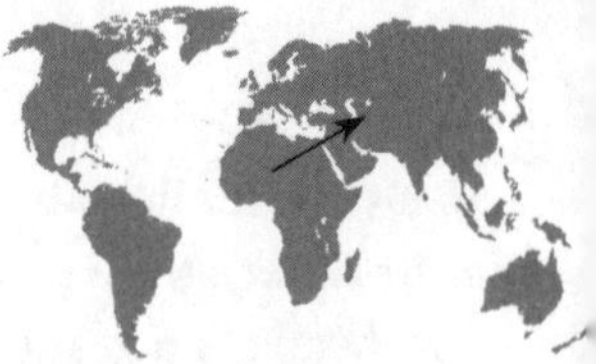

»Ich persönlich bin dagegen, meine Bilder und Statuen auf den Straßen zu sehen … Aber es ist der Wille der Menschen.«

Saparmurat Nijasow, Präsident auf Lebenszeit (bis 2006). Als vergoldete Statue blickt er noch heute aus 95 Meter Höhe über die Hauptstadt Ashgabat und das Land. Sie dreht sich innerhalb von 24 Stunden einmal um die eigene Achse, um immer der Sonne zugewandt zu sein.

Name

Land (-stan) der Turkmenen. Wobei die Bezeichnung Turkmene je nach Interpretation »wie ein Türke« oder »türkischer als andere Türken« bedeutet.

Rekord

Turkmenistan hat das größte Riesenrad »in geschlossener Bauart« (47,6 Meter Durchmesser). Es steht in Ashgabat, der turkmenischen Hauptstadt.

Das können die Turkmenen besser

Präsident Nijasow (siehe oben) war ein großer Umbenenner von Dingen. Angefangen bei sich selbst: »Türkmenbaşy« (Führer der Turkmenen) ließ er sich nennen, gerne auch »Türkmenbaşy, der Große«. Zum Januar musste sein Volk auch »Türkmenbaşy« sagen und zum April »Gurbansoltan-eje«, nach seiner Mutter.

Danke für …

… die Achal-Tekkiner – eine der ältesten Pferderassen der Welt: zäh, nerven- und laufstark, trittsicher, können problemlos lange Durststrecken durch Wüsten meistern. Das Wappentier des Landes.

Nur hier

… gibt es kein Aids, weil es der Präsident 2004 verboten hat. Außerdem entschied »Türkmenbaşy«, Goldzähne in den Mündern seines Volkes nicht mehr zu dulden, weil er selber sehr gute Zähne hatte. Weitere

Verbote: Hunde, Bärte, Playback bei Konzerten, geschminkte Fernsehmoderatorinnen. Ballett und Oper wurden geschlossen, weil es den Turkmenen nicht im Blut liege. Das Rauchen untersagte er, nachdem ihm nach einer Herz-OP selber zum Aufhören geraten wurde.

Turkmenistan fühlen

»Wie konnten die Turkmenen nicht zu den besten Teppichknüpfern der Welt werden, wo doch ihr erster Schritt im Leben im Kinderteppich ›Salatchak‹ gemacht wird und die Verstorbenen auf ihre letzte Reise in einem Bestattungsteppich gehen, dem ›Ayatlik‹. Nur wenn du eine turkmenische Frau an ihrem Webstuhl gesehen hast, wie sie mit flinken Händen vogelgleich darüberfliegt, kannst du verstehen, was für eine großartige Arbeiterin sie ist – die ungekrönte Königin der turkmenischen Volkskünstler.« Valentina Moshkova, russische Teppichkundlerin, 1970.

Es war einmal

Wo bitte geht's zur Hölle? So nennen die Menschen von Derweze das Loch in ihrem Boden, das seit 1971 brennt. Geologen hatten damals hier gebohrt, als plötzlich der Boden einbrach, 70 Meter im Durchmesser, und Gas freigab. Um sich nicht daran zu vergiften, hielten die Wissenschaftler ein Feuerzeug daran. Sie dachten, der Brand würde innerhalb von ein paar Tagen ausgehen, nach über 40 Jahren warten sie immer noch.

Warum die Außerirdischen gleich wieder wegfliegen würden

Die Karakum-Wüste, wo das Loch von Derweze kokelt (siehe oben), bedeckt mehr als 80 Prozent der Landesfläche (größer als Deutschland). Eine heiße, öde Mondlandschaft. Trost: Es liegt viel Öl darunter.

Übrigens

»Türkmenbaşy« überlebt im Weltraum. 2005 ließ der Präsident ein Exemplar seiner Erinnerungen *Ruhnama* von Baikonur aus ins All schießen. Die Staatszeitung jubelte: »Das Buch, das die Herzen von Millionen auf der Erde eroberte, erobert jetzt das All!«

Tuvalu

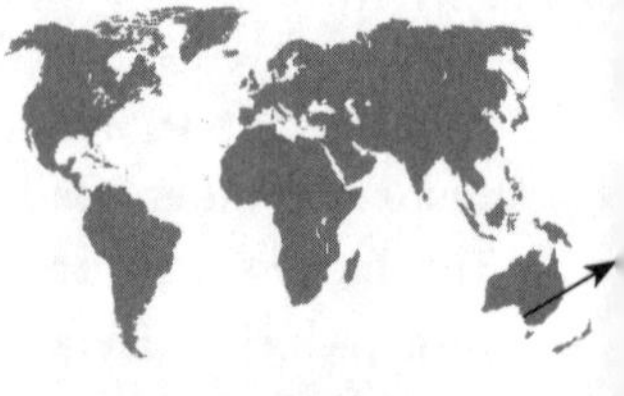

»Wir sensationalisieren das Thema.«

Das meinte Afafoa Irata, Staatssekretär im Tuvaluer Außenministerium. Der Inselstaat Tuvalu weist seit Jahren besonders aggressiv auf die Möglichkeit steigender Meeresspiegel durch Klimawandel hin – etwa indem er das Ganze dramatisch »Genozid durch Umweltzerstörung« nennt. Auf die Frage, was man sich von diesem Stil verspreche, antwortete Staatssekretär Irata: »Geld und Pässe.«

Name

Tuvalu bedeutet »die acht Zusammenhängenden«. Damit sind Atolle gemeint. Als später das neunte Atoll Niulakita dazukam, wollte man den Namen nicht mehr ändern.

Rekord

Die Meeresfläche Tuvalus ist 50 000-mal größer als seine Landfläche. Die vielen kleinen Inseln bilden zusammen den viertkleinsten Staat der Welt.

Das können die Tuvaluer besser

Kleben Sie eine Briefmarke auf eine Kokosnuss – und Sie haben die beiden wichtigsten Einnahmequellen Tuvalus vereint. Im Postamt wird kräftig Umsatz mit den kleinen bunten Bildchen gemacht, den Rest besorgt Kopra, das getrocknete Fruchtfleisch der Kokosnuss.

Danke für …

… die Toplevel-Domain ».tv«. Vor allem viele Fernsehsender weltweit geben Tuvalu Geld für die Nutzung des ».tv« am Ende ihrer Internet-Adresse. Die Vermarktung überließ Tuvalu einem amerikanischen Unternehmen, das dem Staat eine Million US-Dollar pro Quartal überweist, was 20 Prozent des Bruttoinlandsprodukts ausmacht. Mit den Einnahmen bezahlte Tuvalu unter anderem die Aufnahmegebühr bei der UNO (wurde 2000 der 189. Staat).

Nur hier

Tuvalu muss sich komplett auf den Regen verlassen, um an Süßwasser zu kommen. Es gibt weder Flüsse noch nutzbares Grundwasser wie in anderen Pazifikstaaten. Das wird von dem hohen Pegel bei Fluten versalzen. 2011 musste die Regierung wegen Wassermangels den Notstand ausrufen.

Es war einmal

In den Höhlen der Insel Nanumanga fanden Forscher 1986 Spuren von Ruß an Wänden und Decke sowie verbrannte Korallenteile auf dem Boden. Schlussfolgerung: Menschen müssen hier vor langer Zeit gelebt haben. Das Faszinierende: Die Höhlen liegen knapp vor der Küste, 40 Meter unter Wasser.

Tuvalu fühlen

Strand vorn und Strand hinten. In polynesischen Ländern wie Tuvalu steht der Begriff »Land« für endlos lange Streifen Sand, die aber nur ein paar Meter breit sind: Vom Nord- zum Südstrand können Sie hier eine Kokosnuss werfen. Quatsch, Sie stehen ja gleichzeitig auf beiden.

Warum die Außerirdischen gleich wieder wegfliegen würden

Auf »Tuvaluisch« gibt es nur die Bibel, einmal monatlich den Wachturm der Zeugen Jehovas und das Telefonbuch mit 603 Telefonnummern. Jehova ist unter 20629 zu erreichen.

Übrigens

Satellitenbilder zeigen, dass Tuvalus Landmasse sich in den vergangenen 50 Jahren eher vergrößert als verkleinert hat. US-Wissenschaftler sahen das Wasser in den letzten 20 Jahren leicht steigen: 0,07 Millimeter (!) pro Jahr.

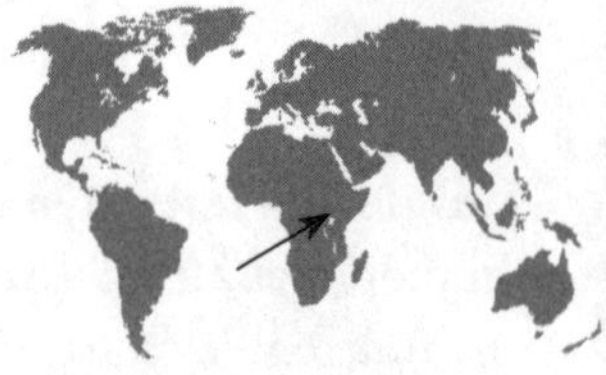

Uganda

**»Jede Gesellschaft, die aufblühte,
tat das durch Handel und nicht durch Hilfe.«**

Andrew Rugasira, 43, ugandischer Unternehmer.
Als die Welt 2008 unter der Finanzkrise litt, verzeichnete Uganda ein Wachstum von sieben Prozent. Der Dienstleistungssektor und nicht mehr die Landwirtschaft dominiert seit Kurzem das Land – ungewöhnlich für Afrika.

Name

Es gibt noch immer ein Königreich mitten in der Republik Uganda. Es ist das Königreich von Buganda. Die Einwohner sind die Baganda. Ihre Sprache ist Luganda. Das Königreich Buganda existierte bereits im 15. Jahrhundert, ist Namensgeber des Landes und heute eine unabhängige Provinz: Auf Swahili lässt man den ersten Buchstaben einfach weg.

Rekord

Das Durchschnittsalter Ugandas ist mit 15 Jahren, das niedrigste weltweit. Zum Vergleich: Der deutsche Durchschnittsmensch ist 43,7. Man weiß auch schon, wie die ugandische Jugend das Volk wachsen lassen wird: Während es heute noch weit mehr als doppelt so viele Deutsche wie Ugander gibt, werden die beiden Völker 2050 exakt gleich groß sein: 68 Millionen hier und dort.

Das können die Ugander besser

Vor 20 Jahren waren 15 Prozent der Ugander mit Aids infiziert. Heute sind es 6,5. Die ABC-Strategie von Präsident Yoweri Museweni (Marke »milder Autokrat«) war eine der frühesten, langfristigen und bekanntesten Kampagnen auf dem Kontinent: Sei **A**bstinent. Wenn du nicht abstinent bist: **B**leib treu. Wenn du nicht treu bleibst: Benutze ein **C**ondom.

Danke für …

Als erster Athlet Ugandas holte John Akii-Bua eine Goldmedaille für sein Land. Bei den Olympischen Spielen 1972 in München lief er die

400 Meter Hürden in 47,82 Sekunden – Weltrekord. Nur sein Diktator Idi Amin (Regierungszeit 1971–1979) zollte ihm keinen Beifall, sondern markierte sein eigenes Gebiet: Menschen, die in Verbindung mit Akii-Bua gebracht werden konnten, wurden verfolgt oder getötet. Amin verstieß sogar seine dritte Frau, eine Cousine Akii-Buas. Der Athlet selbst konnte fliehen und verbrachte die Zeit bis zum Ende der Amin-Diktatur in Deutschland.

Nur hier

Waschbärbauch und Doppelkinn sind nicht die richtigen Voraussetzungen, um Terroristen zu jagen. Der Chef der Ordnungskräfte, Kale Kaihura, will seine Leute schlank, drahtig, fit. Und zwar in sechs Monaten, ansonsten ist Schluss mit der Karriere. Hintergrund: Ugandische Soldaten unterstützen die Regierung in Somalia im Kampf gegen die al-Shabaab-Miliz, und eventuellen Vergeltungsschlägen will man kernig begegnen.

Es war einmal

… die Geschichte von einem wilden Jungen: Als der Vater die Mutter ermordete, floh der dreijährige John Ssebunya in den Wald. Nach wenigen Tagen nahmen ihn grüne Meerkatzen unter ihre Fittiche – für gewöhnlich keine friedlichen Tiere, doch fast ein Jahr lang lebte er in ihrem Rudel. Als man ihn 1991 entdeckte und in die Zivilisation brachte, wehrte er sich vehement.

Uganda fühlen

Hier trägt man die »Rolex« nicht am Handgelenk. Das heiß begehrte Fast-Food-Produkt besteht aus einem Omelett im Fladenbrot.

Warum die Außerirdischen gleich wieder wegfliegen würden

Wer homosexuelle Männer oder Frauen unterstützt, muss mit einer Gefängnisstrafe von bis zu sieben Jahren rechnen.

Übrigens

Schon Winston Churchill nannte Uganda »die Perle Afrikas«.

Ukraine

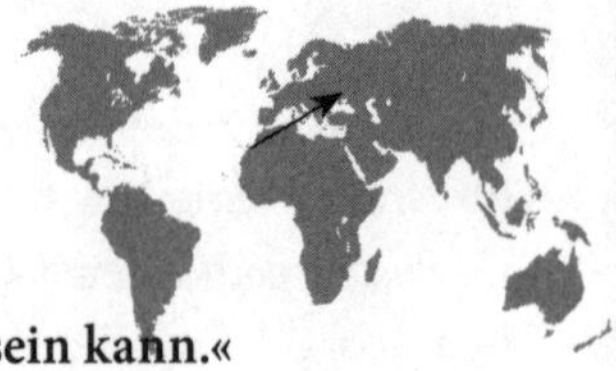

»Ich sage immer, dass jeder Kampf der letzte sein kann.«
Vitali Klitschko, ukrainischer Box-Weltmeister und Spitzenkandidat für die Parlamentswahl 2012 der »Ukrainischen demokratischen Allianz für Reformen«.

»Augen zu und durch!«
Wladimir Klitschko, ukrainischer Box-Weltmeister und Bruder von Vitali.

Name

Ukrajina bedeutet »Land« oder »Erde« oder »Grenzland«. Sie wurde das erste Mal 1187 erwähnt.

Rekord

18 Medaillen! Larissa Latynina ist damit die bislang erfolgreichste Olympionikin der Welt. Die Kunstturnerin gewann bei den Spielen 1956, 1960 und 1964 neun Gold-, fünf Silber- und vier Bronzemedaillen.

Das können die Ukrainer besser

Den grünen ukrainischen Borschtsch eine Suppe zu nennen, zeigt Unkenntnis. Für die Ukrainer ist der Eintopf eine vollwertige Mahlzeit. Anders als der rote Borschtsch der Russen, der auf Roter Bete basiert, ist hier Sauerampfer die Grundlage. Und natürlich gibt es zig Varianten.

Danke für …

1932 ging von hier aus die Postleitzahl um die Welt.

Nur hier

Auf der Kazantip-Landzunge begann es: Ein Atomkraftwerk wurde nicht zu Ende gebaut, weil die Katastrophe von Tschernobyl 1986 alle Pläne zunichte machte. 1992 feierten Teilnehmer eines Surfwettbewerbs vor der bizarren Endzeitkulisse des halb fertigen Baus ein Fest. Das war der Beginn des heute größten Musikfestivals der Ukraine mit einem außergewöhnlichen Konzept, dem der virtuellen Republik »KaZantip«, die heute jährlich einen Monat lang auf der Krim existiert. Für die 100 000 Kurzzeit-Bewohner ist totales Glück Pflicht. Die Nationaltracht sind Sonnenbrille, Shorts und T-Shirt, das Nationalsymbol ist ein alter gelber Koffer. Ein einmaliges Visum kostet 60, ein Multivisum 160 Euro.

Es war einmal

»Verstehst du, George, dass die Ukraine nicht mal ein eigener Staat ist?!«, sagte Putin einst zu Bush. Seit 2010 ist das wieder ein bisschen wahrer geworden. Seit der ukrainische Präsident Viktor Janukowitsch sein Land wieder vom Westen abgekehrt hat, nennt Russlands Wladimir Putin seinen westlichen Nachbarn wieder öfter »das kleine Russland« und behandelt es auch so: Kollege Viktor lässt er bei Staatsbesuchen warten – 2012 auf der Krim: vier Stunden.

Ukraine fühlen

An den Gesichtern der Frauen erkennt man, wie es um die Konjunktur steht: Als die Finanzkrise 2008 die Ukraine besonders hart traf, sparten sie nicht an der Kosmetik, sondern legten noch mehr auf. Schminken gegen die Krise: Die Branche verkaufte 15 Prozent mehr.

Warum die Außerirdischen gleich wieder wegfliegen würden

»Daite meni, bud' laska prezervatyvy« – »Geben Sie mir bitte Kondome«, ein wichtiger Satz in einem Land mit der höchsten HIV-Rate in Europa, Tendenz steigend.

Übrigens

»Vielleicht bin ich einfach nur verrückt,
die Welt dreht sich um mich rum, um mich rum, um mich rum,
hi-di-ri-di-duy, shi-di-ri-di-da-na
shi-di-ri-di-duy, shi-di-ri-di-da-na …«
2004 gewann Ruslana für die Ukraine mit dem Song Wild Dances den Eurovision Song Contest.

Ungarn

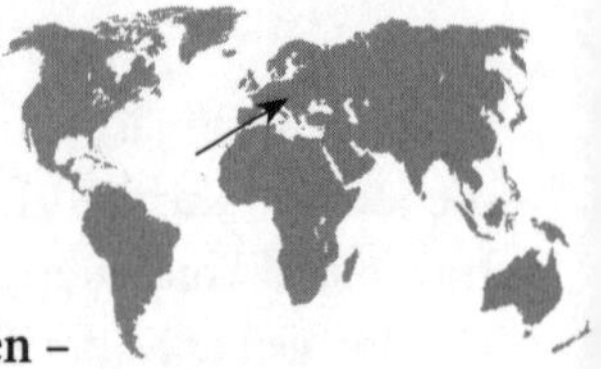

»Auch wenn sie als Zweite eine Drehtür betreten – sie kommen doch als Erste heraus.«

Ferenc Molnár (1878–1952), ungarischer Schriftsteller, über sein Volk.

»Es reicht nicht, Ungar zu sein. Sie müssen auch Talent haben.«

Alexander Korda, ungarischer Film-Produzent.

Name

Der deutsche Landesname Ungarn kommt vom türkischen Wort On-ogur, was so viel wie (Völker der) »zehn Speere« heißt.

Rekord

Setzt man den Medaillenerfolg in Bezug zur Bevölkerungszahl, war Ungarn bei den Olympischen Spielen 2012 in London die erfolgreichste europäische Nation.

Das können die Ungarn besser

»Richtiges Gulasch muss brennen wie die Hölle. Zweimal: Wann geht hinein in Körper und wann geht wieder hinaus.« So heißt es in dem 50er-Jahre-Film *Ich denke oft an Piroschka*. Gulasch kochte schon im Mittelalter an den Feuerstellen ungarischer Rinderhirten. Nur noch nicht mit Paprika. Das kam erst nach Kolumbus nach Europa. Die Ungarn erfanden dann nach dem Zweiten Weltkrieg den Gulasch-Kommunismus, die etwas abgemilderte Form des »real existierenden Sozialismus«, mit den ein oder anderen privatwirtschaftlichen Freiheiten.

Danke für …

… den Kugelschreiber. Der Ungar László József Bíró erfand ihn in jahrelanger Arbeit. 1938 erhielt er das Patent. Später fiel ihm – naheliegend – nach dem gleichen Prinzip der Deo-Roller ein. »Biro« nennen noch heute alle Briten den Kuli.

Nur hier

Das Ungarische ist verwandt mit dem Finnischen und Estnischen, denn bis vor 3000 Jahren war man ein Volk. Noch immer gibt es Wörter, die sich ähneln, vor allem wenn es um Rentiere und Fische geht. Das am weitesten verbreitete Wort aus dem Ungarischen ist unser aller »Hallo«. Der ungarische Erfinder Tivadar Puskás soll 1877 beim Bau der ersten Telefonzentrale in Boston, USA, laut »Hallom!« (ungarisch für: Ich höre!) in den Hörer gerufen haben.

Es war einmal

Eine stolze Tochter Ungarns war die »Blutgräfin« Elizabeth Báthory de Ecsed, die als schlimmste Serienmörderin in die Geschichte eingegangen ist, zu Recht oder Unrecht. Anfang des 17. Jahrhunderts soll sie bis zu 650 junge Mädchen in ihren Burgen gequält, getötet und ihr Blut getrunken haben. Warum es vielleicht gar nicht stimmt: Die Zeugenaussagen gegen die Gräfin kamen unter Folter zustande. Was der Legende nicht schadet: Die ungarische Gräfin ist heute Kultfigur der globalen Black-Metal-Szene.

Ungarn fühlen

Eine deutsche Versicherungsfirma belohnte seine verdientesten Mitarbeiter 2007 mit Sexreisen in die Bäder Budapests. Die ungarischen Prostituierten trugen farbige Armbändchen, eine Farbe für die Top-Manager, eine für normale Vertreter. Nach jedem Geschlechtsakt bekamen die Damen einen sichtbaren Stempel. Der Trip kostete 300 000 Euro – die Versicherung mit Herrn Kaiser gibt's heute nicht mehr.

Warum die Außerirdischen gleich wieder wegfliegen würden

Vielleicht das traurigste Lied aller Zeiten: »Trauriger Sonntag«, auch Lied der Selbstmörder genannt. Der Ungar Rezső Seress bekam dafür 1933 solche Absagen von den Plattenfirmen: »... nicht weil das Lied traurig ist, sondern wegen dieser überwältigenden Verzweiflung. Ich glaube nicht, dass es jemandem guttun wird, dieses Lied zu hören.« Seress war zuvor von seiner Verlobten verlassen worden.

Übrigens

Im Jahre 1974 gelang Ernő Rubik (geb. 1944) mit der Konstruktion seines nach ihm benannten Zauberwürfels ein Welterfolg. Millionenfach ging der bunte Würfel, dessen Seiten man so anordnen musste, dass jede schließlich nur eine Farbe zeigte, über den Ladentisch.

Uruguay

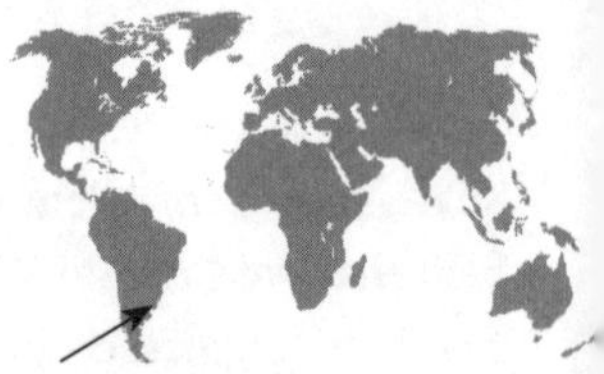

»Die Kälte. Wie kalt ist die Kälte?
Es ist so hart zu beschreiben, wie frierend kalt die Kälte ist.«

Alfredo Delgado, Überlebender des berühmten »Flug 571«. 45 Mitglieder einer uruguayischen Rugbymannschaft waren am 13. Oktober 1972 in den Anden in 4000 Meter Höhe abgestürzt. Nach acht Tagen und Nächten bei –40 Grad Kälte hörten sie im Radio, dass die Suche nach ihnen eingestellt worden war, nach neun Tagen begannen die Lebenden ihre toten Freunde zu essen und nach 72 Tagen wurden die letzten 16 gerettet.

Name

Das Volk der Guaraní nannte seinen Fluss »Wasser der bunten Vögel«. Auf Guaraní: Uruguay.

Rekord

Weltweit haben keine anderen Länder so oft gegeneinander Fußball gespielt wie Uruguay gegen den Nachbarn Argentinien – insgesamt 193 Mal. 87 Mal hat Uruguay verloren, 59 Mal gewonnen. Übrigens fand die 1. Fußball-WM 1930 in Uruguay statt. Im Endspiel besiegte Uruguay – wen wohl? – Argentinien mit 4:2.

Das können die Uruguayer besser

Vor 150 Jahren kamen eine Handvoll Eidgenossen aus 26 Schweizer Kantonen in ihrer neuen Heimat an. Heute leben 12 000 in der offiziell anerkannten Gemeinde Nueva Helvecia mit eigener Stadtpräsidentin. Die Enkel der Schweizer Einwanderer produzieren 75 Prozent des uruguayischen Käses, haben eine Molkereischule und bilden Fachleute für ganz Südamerika aus. Außerdem entstand unter Schweizer Regie die erste Brauerei des Landes. Name der Gemeindegrundschule: »Guillermo Tell«.

Danke für …

Man muss mindestens zu zweit sein, elf Karten halten können und wissen, was ein Talon ist. Canasta wurde von Segundo Santos und Alberto Serrato in Montevideo erfunden.

Nur hier

… wird so viel Mate-Tee getrunken. Zu jeder Tageszeit. Ob bei der Arbeit, privat oder auf der Straße »to go«: Die Thermoskanne mit Tragegriff samt Metalltrinkrohr sind ständige Begleiter im Alltag. Die Uruguayer konsumieren rund acht Kilogramm Mate im Jahr. Weltrekord!

Es war einmal

»Liebig's Fleischextrakt« ist heute oft Zutat für feine Saucen. Begonnen hat es jedoch als Medizin und Abfallprodukt in Uruguay. Sein Erfinder, der deutsche Chemiker Justus von Liebig, ließ es ab 1863 in einer Fabrik in Fray-Bentos fertigen. Bis dahin hatte man die riesigen Rinderherden nur wegen ihrer Häute geschlachtet, nun kamen über 200 000 von ihnen pro Jahr in den Topf. Bis zu 5000 Mitarbeiter produzierten Paste im großen Stil und lieferten sie bis 1979 weltweit.

Uruguay fühlen

Wenn Sie samstags in Montevideo im Strandcafé sitzen und eine Straßenband an Ihr Geld will, dann spielt sie garantiert den »Candombe«. Denn der Samstag ist Candombe-Tag in der Hauptstadt. Diesen »Ahnherrn des Tango« brachten vor 200 Jahren afrikanische Sklaven ins Land. Der Rhythmus der drei Trommeln »tambor piano«, »tambor chica« und »tambor repique« transportierte die Gefühle ihrer geschundenen Seelen, vermittelte Gemeinschaftsgefühl und Identität.

Warum die Außerirdischen gleich wieder wegfliegen würden

Die Saison in Punta del Este. Die Einwohnerzahl von 20 000 verzehnfacht sich dann in dem exklusiven Badeort.

Übrigens

Der Fußballclub CA Peñarol aus Montevideo war der weltweit erste Sportverein mit Trikotwerbung – Mitte der 1950er-Jahre.

USA

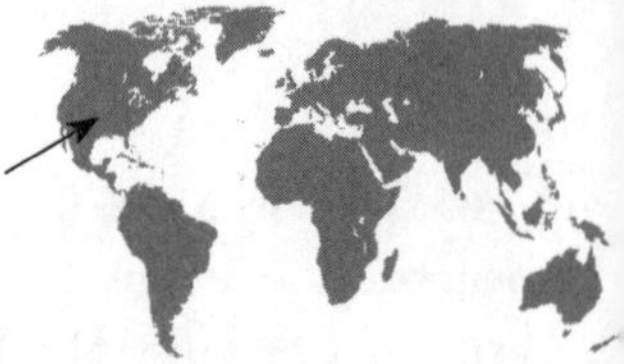

»Es ist schwer, bescheiden zu sein, wenn man so großartig ist wie ich.«

Muhammad Ali

Name

Amerika? Nur weil Matthias Ringmann sich geirrt hatte. Der junge deutsche Dichter hatte 1507 gehört, dass Amerigo Vespucci gerade zwei neue Erdteile entdeckt habe und schrieb auf die neueste Weltkarte seines Freundes Martin Waldseemüller das Wort »Amerika« mit den Worten: »Wir wissen nicht, warum der Name dieses genialen Mannes … nicht diesen Ländern gegeben werden sollte, während Europa und Asien ja nach Frauen benannt sind.«

Rekord

»Land of the Free«: Die Amerikaner stecken mehr ihrer Mitbürger ins Gefängnis als jedes andere Volk. Ganz Wyoming, Montana und North Dakota sitzen ein: über 2,2 Millionen Bürger. 7,41 Knastis pro 1000 Einwohner. In Russland und Weißrussland, den nächstplatzierten Ländern, sind es nur 5,32 bzw. 5,06. Jeder vierte Strafgefangene weltweit sitzt in einem US-amerikanischen Gefängnis, kostet 55 Milliarden Dollar jährlich.

Das können die Amerikaner besser

Krieg *und* Frieden. Das amerikanische Verteidigungsministerium ist mit 3,2 Millionen Angestellten der größte Arbeitgeber der Welt, auch 43 Prozent der weltweiten Rüstungsausgaben zahlen die USA. Aber 23 Friedensnobelpreisträger hat auch sonst niemand. Fällt halt auf, wenn man auch mal die Knarre stecken lässt.

Danke für …

… Truthahn-mit-Soße-Limonade.

Nur hier

45 Prozent der US-Amerikaner glauben, dass die Erde schon von UFOs

besucht wurde. 12 Prozent haben nach eigener Aussage sogar schon eines gesehen. Und 71 Prozent vermuten, dass die Regierung in Sachen UFOs mehr weiß und ihnen verschweigt.

Es war einmal

Der US-Dollar war die erste Währung im Dezimalsystem und beeinflusste damit das Geldwesen weltweit. Es ist ein bösartiges Gerücht, dass heute nur die Amerikaner alles noch in Fuß, Gallonen, Pfund und Fahrenheit messen. Auch Liberia und Myanmar tun das noch.

USA fühlen

162,9 Millionen US-Amerikaner haben 2011 die TV-Übertragung des Superbowls, des American Football Finales, geguckt. An den letzten Präsidentschaftswahlen beteiligten sich 133 Millionen.

Warum die Außerirdischen gleich wieder wegfliegen würden

Schwule Männer dürfen kein Blut spenden. Heterosexuelle, die mit einem HIV-positiven Partner geschlafen haben, müssen ein Jahr warten, bis sie wieder zugelassen werden, doch welcher Mann die Frage »Hatten Sie Sex mit einem anderen Mann (auch nur ein Mal)« mit »Ja« beantwortet, wird nicht akzeptiert. Nie mehr!

Übrigens

Die Hälfte der US-Präsidenten in den letzten 100 Jahren waren Linkshänder. Normalbevölkerung: 10 Prozent.

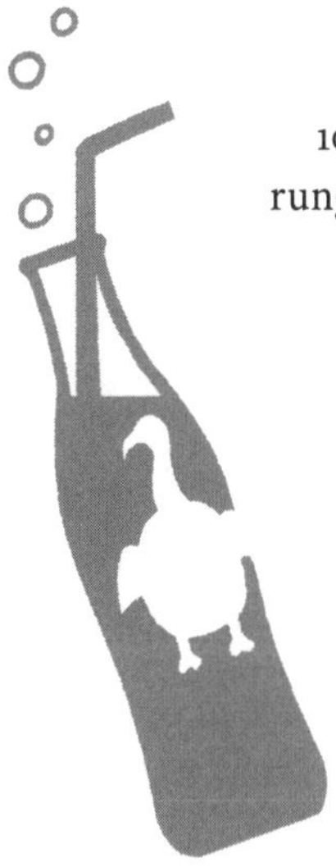

Usbekistan

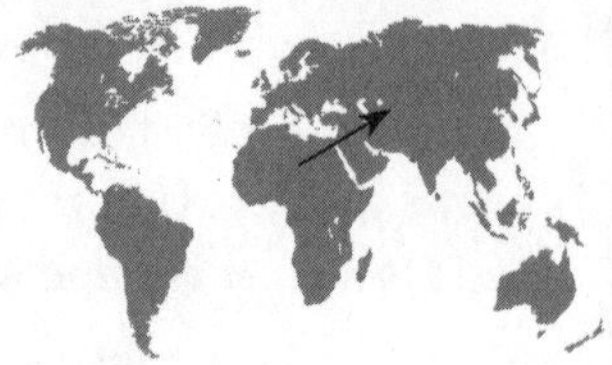

»Vergiss mich nicht.«

Deutsche Übersetzung des Songs »Unutma Meni« von GooGoosha.

Name

Künstlername: »GooGoosha«. Die Sängerin ist mit Enrique Iglesias aufgetreten und hat Sting nach Taschkent geholt. Sie verfasst Gedichte, hat ihr eigenes Modelabel, ist Professorin für Politik, war Botschafterin in Spanien und bei der UN in New York, sie kontrolliert die größte Telefongesellschaft, Nachtclubs und den Tourismus. Und das alles schon, bevor sie 40 wurde. GooGoosha heißt eigentlich Gulnara Karimova und gilt als die »meistgehasste Person des Landes« (so der amerikanische Botschafter), denn sie ist die Tochter von Präsident Islom Karimov, der seine Bürger hinrichten lässt.

Rekord

Nummer 3 der weltweiten Baumwollexporteure: Das ist aber nur zu schaffen, indem man dem Aral-See immer mehr das Wasser abgräbt, Bauern monatlich nicht mehr als drei Euro bezahlt und die Kinder aus den Schulen auf die Felder zerrt. Die Arbeit dort ist Pflicht, wer sich befreien lassen will, muss ein Attest über eine Baumwollallergie vorlegen. Das kostet aber 30 Dollar.

Das können die Usbeken besser

Wenn der Mullah ruft, halten die Usbeken die Wodkagläser unter den Tisch. Weil Allah nicht durch Tische schaut.

Danke für …

… den gegarten Fettschwanz des Fettschwanzschafs. Der ist bis zu 30 Kilo schwer und eben voller Fett. Er dient dem Schaf, wie die Höcker dem Kamel, als Speicher und wird von den Usbeken fetter und fetter gezüchtet. Und als Nachtisch Melonen: 800 Sorten stehen zur Auswahl!

Nur hier

Eine Million Euro für ein Fußballtraining. Der FC Bunyodkor kann es sich leisten, die Stars des FC Barcelona Messi und Iniesta für einen Tag zum Showtraining nach Taschkent zu holen. Für 25 Millionen wollten sie Eto'o für zwei Monate von Inter Mailand ausleihen (Eto'o: »Mein Kopf begann sich zu drehen.«), auch Rivaldo, Zico und Scolari standen auf ihrer Gehaltsliste. Das alles für ein bisschen positive PR. Den Club kontrolliert eine Frau: siehe linke Seite *Name*.

Es war einmal

Der Astronom, Mathematiker und Fürst Ulug Beg ließ 1428 eine Sternwarte in Samarkand errichten und forschte dort mit herausragenden Wissenschaftlern: »Die Religionen zerstreuen sich wie Nebel, die Zarenreiche zerstören sich von selbst, aber die Arbeiten des Gelehrten bleiben für alle Zeiten«, sagte der kluge Mann. Die Usbeken bestimmten das Erdenjahr bis auf wenige Sekunden genau. Auf Anregung der Geistlichen wurde Ulug Beg von seinem Sohn abgesetzt und getötet.

Usbekistan fühlen

Ein ganz neues Social Network: »YouFace.uz« sieht aus wie »Facebook«. Das Besondere: Es wirbt mit Staatschef Karimov auf der Homepage (»Unsere Kinder müssen stärker, klüger und glücklicher sein als wir.«), dem Mann, der die Profile aller Nutzer einsehen kann.

Warum die Außerirdischen gleich wieder wegfliegen würden

Die ehemalige »Insel der Wiedergeburt« im ausgetrockneten Aral-See taugt zur Hölle auf Erden: Die Sowjets machten sie einst zur Versuchsinsel für Biowaffen und züchteten hier alles, was Menschen vernichtet: Milzbrand, Pocken, Pest etc. Heute wird die Insel gesperrt und entgiftet, aus gutem Grund: Weil der See kein See mehr ist, die Insel keine Insel und weil die Restviren – etwa auf Ratten – die »Insel der Wiedergeburt« jederzeit verlassen können, Richtung Festland.

Übrigens

»Wir schätzen unsere Beziehung mit Usbekistan. Sie waren uns sehr hilfreich in Bezug auf das Nördliche Nachschubnetz [für Afghanistan].« Hillary Clinton, US-Außenministerin, 2012.

Vanuatu

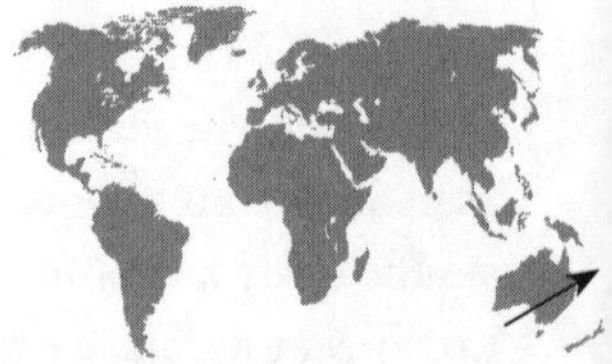

»tuwa, nirō, nitēl«

Man muss in der Sprache »Olrat« nur bis drei zählen können, um die Leute zu erfassen, die sie heute noch beherrschen. Viele Sprachen des Inselstaats sind bedroht, doch noch gibt es in Vanuatu die weltweit höchste Sprachdichte: 106 für 225 000 Einwohner, etwa 2000 Menschen pro Sprache. Das liegt daran, dass die 83 Inseln bis zu 1300 Kilometer auseinanderliegen.

Name

»Für mich und dich« heißt Vanuatu in den vielen Sprachen des Inselstaats. Man möchte meinen, danach sei auch die Währung »Vatu« benannt. Das aber bedeutet »Stein«.

Rekord

Nummer 1 auf der »Welt-Risiko-Liste« der Vereinten Nationen, denn kein Land ist so den Naturgewalten ausgesetzt: Erdbeben, Stürme, Fluten, Dürren und der steigende Meeresspiegel. Und kaum eines hat so wenige Mittel, um sich dagegen zu wehren.

Das können die Vanuatuer besser

Das Bungee-Springen. Die Vanuatuer waren nicht nur die ersten, sondern auch die härtesten. Die Legende sagt, eine Frau hätte ihren lüsternen Ehemann einst so überlistet: Er folgte ihrem Sprung in den Abgrund und starb, sie aber hatte Lianen um die Knöchel gebunden. Noch heute stürzen sie sich beim »Nanggol« von bis zu 30 Meter hohen Holztürmen in die Tiefe. Mit Lianen und nicht mit Seilen aus Gummi. Ein BBC-Team filmte den Brauch erstmals in den 50er-Jahren und trug ihn so in die Welt.

Danke für …

Die Frau darf mit den Männern trinken und den berauschenden Kava genießen. Sie darf aber nicht aus dem gleichen Dorf stammen wie der Barbesitzer.

Nur hier

Aus der Kava-Wurzel kann man mehr ziehen als nur Entspannung, geistige Klarheit, Geduld und ein prima Scheißegal-Gefühl. Man kann damit endlich auch Geld machen, glauben geschäftstüchtige Vanuatuer. Und so gibt es jetzt Kava-Kola, mit dem Vorteil, dass taube Lippen, Brechreiz und der stechende Geschmack des traditionellen Gebräus wegfallen. Seit Jahrtausenden wird die Pflanze im ganzen pazifischen Raum genutzt, aber hier denkt zum ersten Mal einer an Marketing: Vertrieben wird Kava-Kola als Anti-Energy-Drink.

Es war einmal

John Frum. Der Gott der Menschen auf der Insel Tanna im Süden Vanuatus. Sie sagen, er kam 1940 mit den Schiffen der Amerikaner hierher. Seitdem beten sie ihn an. Denn John Frum verkündete: »Pflegt eure Bräuche und feiert, arbeitet nicht für den weißen Mann und dann werde ich wiederkehren mit Geschenken.« John Frum kehrte nicht zurück. Man nimmt an, er war ein amerikanischer GI (»John from …«).

Vanuatu fühlen

Auf dem »Happy Planet Index« eines britischen Think Tanks landete Vanuatu 2006 auf Platz 1. Was bedeutet, dass das Land den Planeten Erde glücklich macht: Denn das Wasser kommt von oben und aus klaren Flüssen und Wasserfällen, die vulkanische Erde ist so fruchtbar, dass alles von selbst wächst. Schlaraffenland. Und macht das die Vanuatuer auch glücklich? Ja, auf dem sogenannten »Satisfaction of Life Index« (ist auch von Briten entwickelt worden) stehen sie trotz finanzieller Armut immerhin auf Platz 24.

Warum die Außerirdischen gleich wieder wegfliegen würden

Die Yamswurzel, Nationalgericht und -pflanze, entstand aus den Finger- und Fußnägeln eines alten Mannes, der allein in seiner Hütte lebte und sie nie verließ: »Er warf die Nägel aus der Tür raus. Eine Pflanze wuchs aus dem Boden. Er probierte die Pflanze und die Pflanze war gut.« Hoffentlich wirklich nur Legende.

Übrigens

Ausländer dürfen auf Vanuatu kein Land besitzen. Sie können sich welches für 75 Jahre von den Häuptlingen mieten, das ist alles.

Vatikanstadt

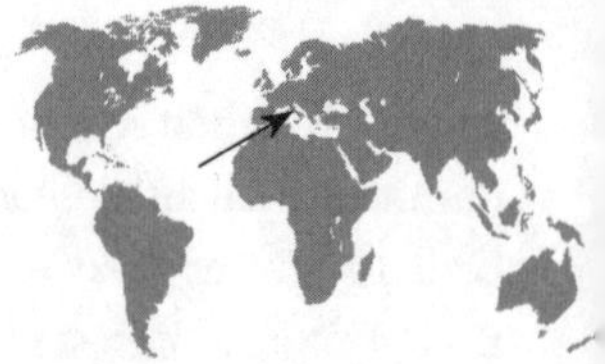

»Mich interessiert nicht, was ich bisher gemacht habe, sondern nur, was ich noch erreichen werde.«

… sagte Giovanni Trapattoni, seit 2010 Trainer der vatikanischen Nationalelf, ein Job, den er neben seiner Aufgabe als irischer Nationalcoach angenommen hat. Seine Spieler – vor allem Schweizergardisten – spielen gegen Pilger und andere Kleinststaaten wie Monaco oder San Marino (denen man im ersten Spiel 1994 ein 0:0 abgerungen hat). Auch eine Liga hat das Land. Mit vier Feldspielern pro Team.

Name

Ein Hügel in Rom, auf dem Nero in einem Zirkus Christen verbrannte.

Rekord

Du sollst nicht stehlen! Der kleinste Staat der Welt hat die höchste Kriminalitätsrate: 1,5 Delikte pro Einwohner und Jahr. Doch die Ganoven sind nicht Geistliche, sondern Kleinkriminelle aus Rom, die Uhren und Schmuck im Duty-free-Shop sowie Handtaschen von Touristinnen klauen. 90 Prozent der Vorfälle bleiben ungestraft, da die Täter rechtzeitig zurück nach Italien fliehen.

Das können die Vatikanstädter besser

Latein. Der Geldautomat dort bittet: »Inserito scidulam quaeso ut faciundam cognoscas rationem.« (Sinngemäß: »Bitte geben Sie Ihre Karte ein, um den Vorgang zu beginnen.«)

Danke für …

Die Vatikanzeitung hat kürzlich die Beatlesplatte »Revolver« zur Nummer 1 der Alben gekürt, die man auf eine einsame Insel mitnehmen müsse. Dabei hatte John Lennon einst gesagt, die Beatles seien populärer als Jesus. Gelebte christliche Vergebung.

Nur hier

Das Staatsoberhaupt ist selbst so etwas wie ein Land, der einzige Mensch, der Völkerrechtssubjekt ist. Denn der Heilige Stuhl ist der

Papst selbst (in seiner Funktion), und der hat Beobachterstatus in der UN, sein Land indes nicht. Er hat das letzte Wort in der Legislative und beim Sprechen von Urteilen. Auch finanziell lohnt sich das Ganze: Denn wem, denken Sie, gehört die Vatikanbank?

Es war einmal

Gar nicht lange her, da haben die Päpste ihre Stadt nie verlassen. Nachdem die Italiener im Zuge der Einigung Italiens 1870 Rom erobert hatten, wehrten sich fünf Päpste nacheinander als selbst ernannte »Gefangene des Vatikans« gegen die vollständige Auflösung des Kirchenstaates. Als 1929 der kleine Vatikan souverän wurde, verließ sein Oberhaupt die Stadt endlich wieder. Der moderne Papst ist ein reisender Papst. Mit seinen 117 besuchten Ländern etwa wurde der »Eilige Vater« Johannes Paul II. zu einem der am weitesten gereisten Staatsoberhäupter aller Zeiten.

Vatikanstadt fühlen

Metallic-Folie Gold, 50 g, 3,99 €, Kreuz bronziert, 42 x 27 cm, 33,52 €, Weihrauch und Myrrhe, 100 g, ca. 8,90 €. Doch mit dem Weihrauch nicht übertreiben, er enthält die gleichen krebserregenden Stoffe wie Zigaretten. In Kirchen wurde schon Feinstaub wie auf Hauptstraßen und in Raucherkneipen gemessen.

Warum die Außerirdischen gleich wieder wegfliegen würden

»Yoga ist satanisch!«, behauptet der langjährige Chefexorzist des Vatikans, Gabriele Amorth (ca. 70 000 Teufelsaustreibungen bislang), es führe zum Schlechten, genauso wie Harry Potter lesen. Amorth spricht täglich mit dem Teufel, er auf Latein, der Teufel auf Italienisch. Sein Lieblingsfilm ist *Der Exorzist.*

Übrigens

Alle hier sind Migranten. Keiner wird als Vatikanstädter geboren, und niemand ist es für ewig. Nur solange er in Funktion ist. Dann wird er wieder … was auch immer.

Venezuela

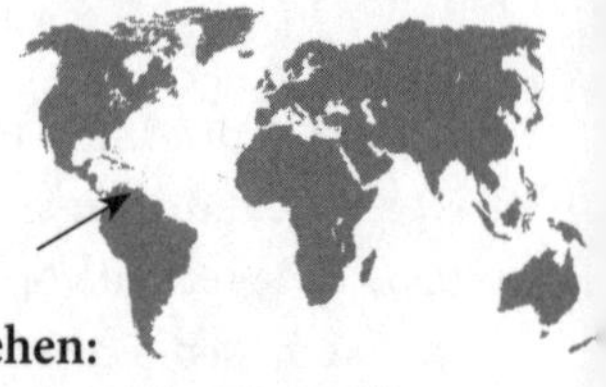

»In zehn Jahren oder zwanzig werden Sie es sehen: Öl wird uns den Ruin bringen [...] Öl ist das Exkrement Gottes!«

Juan Pablo Pérez Alfonzo, venezolanischer Vater der OPEC (Organisation Erdöl exportierender Länder) im Jahr 1973. Nicht Saudi-Arabien, sondern Venezuela hat nach eigenen Angaben die meisten Ölreserven der Erde: Von 296,5 Milliarden Barrel weiß man, doch geschätzt sind es Billionen. Das reicht, wenn man so weiter fördert wie bisher, für die nächsten 234 Jahre.

Name

»Veneziola« (Klein-Venedig) nannte Amerigo Vespucci das Land in seiner toskanischen Muttersprache – wegen der Pfahlbauten der Eingeborenen und weil Vespucci einfach alles irgendwie benennen musste. Die Spanier bogen sich das dann zu Venezuela.

Rekord

Die mit Abstand schönsten Frauen der Welt: Sechs »Miss Universe« und sechs »Miss World« kamen von hier. Die Wahlen sind zu einer Manie geworden und mehr Nationalsport als der Fußball. Schönheit ist, nach dem Erdöl, auch das zweitgrößte Natur- und Exportprodukt. Und sie wächst hier nicht einfach, man produziert sie professionell: Aus Tausenden Bewerberinnen werden 20 ausgewählt und ein Jahr an einer Akademie trainiert, formatiert und operiert. Durch kommen die Schönsten und Härtesten – mit besten Chancen nicht nur in Film und Fernsehen, sondern auch in Politik und Wirtschaft.

Das können die Venezolaner besser

Musik bewahrt hier Jugendliche vor Drogen und Gefängnis. Der Staat steckt seit fast 30 Jahren landesweit bis zu 370 000 Kinder, vor allem soziale Härtefälle, in Musikschulen und lässt sie in Orchestern spielen. Denn Musik »ist imstande, eine Gemeinschaft zu vereinen«, so der Erfinder José Antonio Abreu. Dabei lernen die Kinder oft mit Instrumenten aus Pappe, wenn die Mittel nicht reichen. Heute kommen Dirigenten wie Claudio Abbado, Sir Simon Rattle und Zubin Mehta, um mit ihnen zu musizieren.

Danke für ...

Die Venezolaner haben als Erste die Todesstrafe abgeschafft: 1863.

Nur hier

Zwei Cent kostet der Liter Benzin umgerechnet, Diesel sogar nur einen Cent, den Tank kriegt man also für nur einen Euro voll. Auch wenn das Land die größten Ölreserven weltweit hat, braucht es für den niedrigen Preis Subventionen, die es sich eigentlich nicht leisten kann. Doch die Venezolaner sehen billigen Sprit als Grundrecht, und beim letzten Versuch, das zu ändern, gab es 1989 Krawalle und Tote.

Es war einmal

1527 wurde Maracaibo als »Neu-Nürnberg« gegründet, und Coro hieß zwischendurch »Neu-Augsburg«. Da die Augsburger Familie Welser dem spanischen König Karl V. für seine Ausbeutungspolitik viel Geld geliehen hatte, ließ er sie daran teilhaben. Die Welser handelten mit Sklaven, Gold, Perlen, Holz und Drogen. Aber sie wurden nicht glücklich und beendeten bald ihr Abenteuer in Südamerika.

Venezuela fühlen

Venezolaner geben ein Fünftel ihres Geldes für Kosmetikprodukte aus.

Warum die Außerirdischen gleich wieder wegfliegen würden

Falsche Freunde und Vorbilder: »Wir sehen hier einen modernen Sozialstaat, so wie den, den wir gerade aufbauen«, lobte Präsident Hugo Chávez 2006 beim Besuch im totalitären Weißrussland. Und es fruchtet: »Kein Land in der westlichen Welt ist so korrupt wie Venezuela«, schrieb Transparency International 2011.

Übrigens

Wer braucht die Freiheit, wenn es Swimmingpools für die Kinder, Discos für die Pärchen und Hahnenkämpfe für die Spieler gibt? Im Gefängnis »San Antonio« auf Margarita Island darf man alles außer abhauen. Offen werden hier Waffen getragen und Drogen geraucht. »Der beste Knast der Welt«, sagen die Insassen, weil sie selbst die Regeln aufstellen und das Gefängnis führen. Dass das Personal nur vor den Toren steht, ist Norm geworden im venezolanischen Strafvollzug.

Vereinigte Arabische Emirate

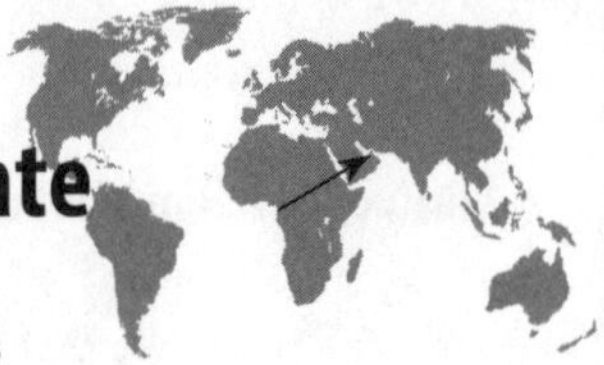

»Es gibt eine große Wissenslücke zwischen uns und der entwickelten Welt im Westen und in Asien. Unsere einzige Wahl ist, diese Lücke so schnell wie möglich zu schließen, denn unser Zeitalter wird bestimmt vom Wissen.«

Muhammad bin Raschid Al Maktum, Premierminister der Vereinigten Arabischen Emirate, im Jahr 2007. Könnte er recht haben? Schwedisch, Norwegisch, Katalanisch, Ukrainisch, Vietnamesisch: Alles Sprachen, in denen es weit mehr Wikipedia-Artikel gibt als in Arabisch.

Name

Die Vereinigten Arabischen Emirate sind ein Zusammenschluss von sieben Emiraten (Fürstentümern): Abu Dhabi, Adschman, Dubai, Fudschaira, Ra's al-Chaima, Schardscha und Umm al-Qaiwain.

Rekord

Den Emiraten gehört der größte Staatsfonds der Welt. Das Vermögen der Abu Dhabi Investment Authority (ADIA) wurde 2012 auf 627 Milliarden US-Dollar geschätzt.

Das können die Abu Dhabier, Adschmaner, Dubaier, Fudschairaner, Ra's al-Chaimaner, Schardschaer und Umm al-Qaiwainer besser

Die Emirate haben mit 6,4 Kilogramm den höchsten Teekonsum pro Kopf in der Welt. Die Briten verlieren um mehr als nur ein paar Teebeutel (1,89 Kilogramm).

Danke für …

… den Roboter-Jockey, den sie gemeinsam mit Katar entwickelten. K-Mel heißt er, ist 70 Zentimeter hoch und 15 Kilogramm schwer. So müssen bei Kamelrennen nicht mehr vierjährige abgemagerte Jungs die Tiere reiten. Für Kinderjockeys gab es einen schwunghaften Kindersklavenhandel. Die Vereinigten Arabischen Emirate waren der erste Staat, der 2002 Jockeys unter 15 Jahren verbot. Der Emir von Abu Dhabi soll 4000 Rennkamele besitzen.

Nur hier

… kann man auf der arabischen Halbinsel vernünftig Ski fahren. In der größten Skihalle der Welt: 22 500 Quadratmeter in der Mall of the Emirates. Mit Chalets, Cafés, Bäumen. Nur etwas über 0 Grad Celsius. Draußen sind es über 40. Die Emirate hinterlassen übrigens den fettesten ökologischen Fußabdruck weltweit, brauchen also am meisten Fläche, um ihren Lebensstandard zu bestreiten.

Es war einmal

Sieben Emirate? Sind wir doch ehrlich, eigentlich waren es immer nur zwei: Die Bin Zayeds aus Abu Dhabi (86 Prozent der Landfläche) stellen seit jeher den Präsidenten des Landes, die Maktoums aus Dubai den Premierminister – seit der Unabhängigkeit von den Briten 1971.

Vereinigte Arabische Emirate fühlen

Nur ein paar Beispiele: 2020 wird das »Dubai World Central« eröffnen, ein Logistikkomplex mit dem dann größten Flughafen der Welt. Der »Dubai Al Maktoum International Airport« sieht mit 100 000 Parkmöglichkeiten auch den größten Parkplatz der Welt vor. Disneyland? Ein Nichts gegen »Dubailand«, das zum größten Freizeitpark der Welt werden soll, natürlich auch mit dem größten Riesenrad der Welt. Wenn Dubailand fertig ist, gibt es dort auch Disneyland als eine von vielen Möglichkeiten, Kinder allen Alters glücklich zu machen. Doch die Finanzkrise von 2008 hat sich auch in Abu Dhabi bemerkbar gemacht. Viele Projekte pausieren seit 2009.

Warum die Außerirdischen gleich wieder wegfliegen würden

Wer den »Goldenen Phoenix« beim Konditor Bloomsbury's Cupcake in Abu Dhabi bestellt, zahlt 800 Euro für ein Minitörtchen mit Blattgold.

Übrigens

Im prächtigsten Hotel der Welt, dem »Emirates Palace« in Abu Dhabi, gibt es den mysteriösen achten Stock mit den sechs Suiten, die nie vermietet werden. Hier steht jedem Emir der anderen Emirate eine Riesensuite zur Verfügung, immer bezugsbereit. Alle sehen gleich aus, um die Gleichheit der Emirate zu betonen. Nur ein Accessoire muss jeder Scheich akzeptieren: In jeder Suite hängt das Porträt des Scheichs von Abu Dhabi.

Vietnam

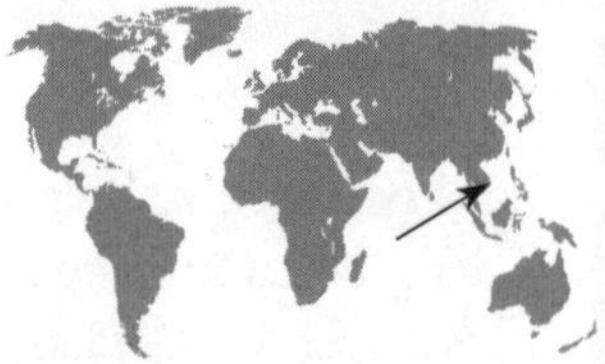

**»Wenn die Nacht am tiefsten ist,
ist der Tag am nächsten.«**

Ho Chi Minh (1890–1969), vietnamesischer Revolutionär, Kopf der Vietcong, die gegen die USA im Vietnamkrieg kämpften, und Held der 68er-Bewegung weltweit. Das TIME Magazine wählte ihn 1998 zu einem der einflussreichsten Menschen des 20. Jahrhunderts. Sein Ausspruch wurde zu einem Songtitel der deutschen Band Ton Steine Scherben.

Name

39 Prozent aller Vietnamesen heißen »Nguyen« (auch Ho Chi Minh hieß eigentlich so). Im Telefonbuch des australischen Melbourne taucht nur noch der Name »Smith« häufiger auf.

Rekord

Dass ausgerechnet die Vietnamesen die größte Höhle der Welt ihr Eigen nennen, ist Ironie. Noch während des Vietnamkriegs legten sie kilometerlange unterirdische Gänge an, die meist so eng waren, dass ein Europäer sich kaum durchzwängen konnte. 2009 entdeckten britische Forscher die Höhle Hang Son Doong mitten im Dschungel von Zentralvietnam, symbolträchtig nahe der einstigen Grenze zwischen Nord- und Südvietnam, mehr als 250 Meter hoch und 150 Meter breit.

Das können die Vietnamesen besser

Die Vietnamesen sind die besten Federfußballer der Welt – ein Sport wie Federball, nur mit dem Fuß statt Schläger gespielt. Seit den ersten Weltmeisterschaften 2000 räumen sie die Medaillen ab. Kein Wunder: In Vietnam ist das Ganze Nationalsport, heißt »đá cầu« und wird vor allem in Hanoi gespielt, wo auch der Weltverband sitzt.

Danke für …

… Schlangenschnaps, eine vietnamesische Spezialität in ganz Asien. Dazu werden Schlangen in Reiswein eingelegt, gewürzt mit kleinen Vögeln oder Insekten. Oder man mischt den Wein mit dem Gift, Blut oder etwa der Galle der Schlange. Das Getränk hilft gegen nahezu alles, auch gegen Probleme des Mannes mit seiner persönlichen Schlange.

Nur hier

Da kann Vietnam als Reiseland noch so beliebt sein, doch nirgends leben, hochgerechnet auf die Einwohnerzahl, so wenige Einwanderer wie hier: Nur 0,024 Prozent sind zugewandert.

Es war einmal

80 Prozent der Vietnamesen haben zu Zeiten des Vietnamkriegs, der 1975 endete, noch nicht gelebt.

Vietnam fühlen

Mit dem Tet-Fest begrüßen die Vietnamesen das neue Jahr nach dem Mondkalender. Tet ist für Vietnamesen wie Weihnachten, Neujahr und Geburtstag auf einmal, denn mit dem neuen Jahr, so sagt man dort gerne, wird jeder ja ein Jahr älter. Putzen ist an diesem Tag streng verboten. Man kehrt sonst das Glück hinaus. Mit der Tet-Offensive begannen 1968 die Vietkong, die Amerikaner aus dem Land zu kehren.

Warum die Außerirdischen gleich wieder wegfliegen würden

Der Hund ist das Spanferkel der Vietnamesen. Mit abgetrennten Unterläufen, gefletschten Zähnen und abgeschnittenen Ohren wird er im Ganzen gegrillt. Schäferhundgröße wäre zu unhandlich, also nimmt man eher das Jack-Russell-Format. Die Spezialität ist auf dem »Hanoi Beer Festival« an fast jeder Bude erhältlich.

Übrigens

»Chao« heißt sowohl »Tschüss« als auch »Hallo«.

Weißrussland

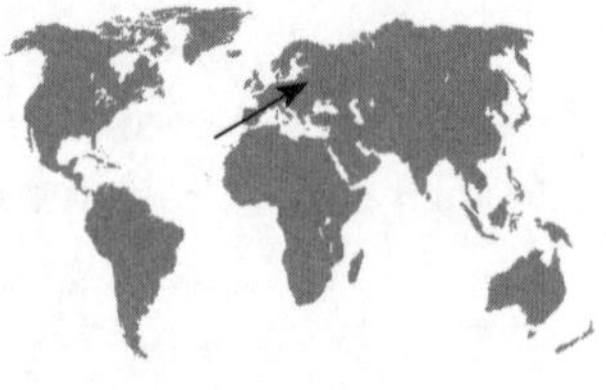

»Lieber Diktator sein als schwul.«

Alexander Lukaschenko, Präsident von Weißrussland.

Name

Die »weißen Ruderer«. »Weiß« steht für »frei«, »christlich« oder eben einfach »weiß«.

Rekord

Witali Scherbo ist der einzige Turner, der in allen Disziplinen dieser Sportart Olympiasieger oder Weltmeister wurde: Mehrkampf, Mannschaft, Boden, Reck, Barren, Seitpferd, Ringe, Sprung. Sechsmal Gold in Barcelona 1992.

Das können die Weißrussen besser

Traktoren und Muldenkipper, schwere Bagger und Transporter.

Danke für …

… den nationalen Schönheitswettbewerb für unverheiratete Frauen: »Miss Belarus«. Veranstaltet wird das Spektakel vom Ministerium für Kultur und Erziehung, ist also Chefsache. Die Regierung lässt sich das staatlich verordnete Mädelsgucken was kosten – 1. Preis: 50 Millionen Weißrussische Rubel (4700 €).

PS: Als Symbol des Landes gilt der Storch.

Nur hier

Teddybären untergraben die Staatsmacht! Zwei Schwedinnen warfen 2012 im Auftrag eines PR-Unternehmens 800 Plüschtiere aus einem Sportflugzeug über weißrussischem Gebiet ab. Die Fallschirm-Teddys trugen Zettel um den Hals, auf denen Meinungsfreiheit gefordert wurde. Ein Student, der ein Foto der Aktion im Internet veröffentlichte, wurde wegen Beihilfe verhaftet. Ihm drohen sieben Jahre Haft wegen »Organisieren illegaler Einwanderung«.

Es war einmal

Lazar Meir und Moische Chazkelewitsch Schagalow kamen ganz groß raus! Kurz nacheinander geboren (1885 und 1887), verließen beide die Heimat Richtung Westen, um mit Bildern berühmt zu werden: Der eine malte sie in Paris, der andere drehte sie in Hollywood mit der Kamera. Moische wurde der moderne Maler Marc Chagall, und Lazar wurde Louis B. Mayer, der Filmmogul und bestverdienende Mann Amerikas.

Weißrussland fühlen

Kartoffeln in allen Variationen, zum Beispiel als »Kalduny« (Kartoffeltaschen mit Fleischfüllung), »Draniki« (Kartoffelpfannkuchen) und »Draschenij« (ein Kartoffelgericht mit Pilzen).

Warum die Außerirdischen gleich wieder wegfliegen würden

»So viel Demokratie, dass einem das Kotzen kam.« Für das U-Bahn-Attentat in Minsk hatte Präsident Lukaschenko 2011 schnell zwei Hauptschuldige gefunden: zu viel Meinungsfreiheit und zu viel Opposition! Verurteilen musste man aber auch noch jemanden, also fasste man schnell ein paar Täter und richtete sie gleich im März 2012 hin. Weißrussland ist der letzte europäische Staat, in dem die Todesstrafe in Kraft ist. Laut Amnesty International wurden in den letzten 20 Jahren 400 Menschen hingerichtet.

Übrigens

Das größte Säugetier Weißrusslands und gleichzeitig das Nationaltier ist der Wisent. Anfang des letzten Jahrhunderts nach fröhlichem Jagen in der Wildnis ausgestorben, wurde die Art in Zoos erhalten und schließlich wieder ausgewildert. So erfolgreich, dass man es 2008 zum »Wildtier des Jahres« ernannte und für rund 1000 Euro am Tag abschießt – inklusive Vollpension, Bier und Wodka.

Zentralafrikanische Republik

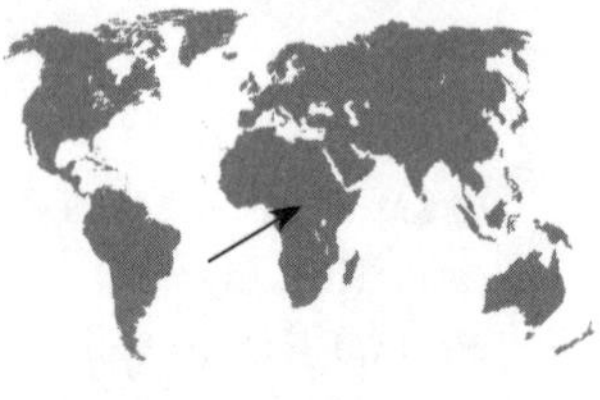

»Es war eine Diktatur, aber es gab auch Ordnung und Stabilität. Jetzt gibt es keine gesellschaftliche Verantwortung mehr.«

Provinzgouverneur Michel Yambete 2009
über die zunehmenden Stimmen, die sich nach der Herrschaft
Jean-Bédel Bokassas zurücksehnten (siehe Es war einmal*).*

Name

»Bê-Afrîka« – das Herz Afrikas – nennen die Bewohner die Zentralafrikanische Republik in ihrer Muttersprache Sango.

Rekord

Nirgendwo auf der Welt gibt es so wenig künstliches Licht im Nachthimmel. Und an CO_2 produziert hier jeder nur 0,1 Tonnen pro Jahr. Zum Vergleich: In Deutschland sind es 100-mal mehr. Nur 429 Kilometer des Landes sind asphaltiert und es gibt keine einzige Schiene.

Das können die Zentralafrikaner besser

Im Juli 2012 gelang der zentralafrikanischen Fußballnationalmannschaft das bis dahin Unvorstellbare: »Les Fauves« (»Die Wilden«) besiegten Ägypten, das bis dato beste Team des Kontinents, und warfen es aus der Qualifikation für die Afrikameisterschaft, die diese normalerweise gewinnen. »Die Wilden« standen danach besser als je zuvor in der Weltrangliste: Rang 71, noch vor den Finnen oder den Bulgaren. Zwei Jahre zuvor waren sie noch Allerletzter gewesen.

Danke für …

… die Idee der Einheit der Völker im Herzen Afrikas: Barthélemy Boganda, Priester und erster Premierminister des autonomen Landes, wollte 1957 die ehemaligen zentralafrikanischen Kolonien Frankreichs, Portugals und Belgiens zu den Vereinigten Staaten von Lateinafrika vereinen: vom Tschad bis runter nach Angola. Doch bevor das gelang, kam er 1959 bei einem mysteriösen Flugzeugabsturz ums Leben.

Nur hier

Das Bootsrennen auf dem Ubangi findet einmal im Jahr statt, zum Unabhängigkeitstag. Dann schmeißen die Menschen der Hauptstadt Bangui die Lasten aus den Booten. 80 Teams à 60 Mann steigen in die endlos langen Lastenpirogen, aus einem Stamm gehauene Kanus, und rudern stehend den Sieger aus. Der Ubangi-Fluss allein zieht sich über 1000 Kilometer durch das Land und ist mit seinen unzähligen Armen Lebensader und Haupttransportsystem des Landes.

Es war einmal

... ein afrikanischer Kaiser: Armeeoffizier Jean-Bédel Bokassa putschte sich 1966 an die Macht und krönte sich 1970 zum Kaiser. Sein Regime zählte zu den grausamsten, die Afrika je erlebte. Bokassa ließ Menschen mit Flugzeugen über dem Wald abwerfen, Gefangene von Löwen zerfleischen. Bei Folterungen soll er selbst mit Hand angelegt haben. Bis zur »Operation Barracuda«: In der Nacht des 20. September 1979 landeten französische Soldaten. Das war das Ende des Kaiserreichs.

Zentralafrikanische Republik fühlen

Mit der Regenzeit im Juli beginnt die Raupenjagd. Bis September gehen sogar den Fußball-Ligen die Spieler aus, weil sie die Tiere sammeln gehen. Gelb und daumendick, schmecken die Raupen frisch und getrocknet lecker und liefern prima Proteine und Vitamine. Der größte Markt Banguis, »Kilometer 5«, ist dann voll damit.

Warum die Außerirdischen gleich wieder wegfliegen würden

... weil die Chinesen schon da sind. Hier gehen sie weg wie warme Raupen, die Freundschaftspins »China-Zentralafrikanische Republik«, Größe ca. 22 mm, Hartemaille, vergoldet, mit Schmetterlingsverschluss, in Einzelverpackung. Die chinesisch-afrikanische Symbiose: Rohstoffe gegen Krankenhäuser, Hotels und Ingenieure = Entwicklung.

Übrigens

Die heutige Flagge des Landes hatte 1957 Staatspräsident Boganda entworfen: für seine Idee von den Vereinigten Staaten Zentralafrikas (siehe *Danke für*). Daher hat sie so viele Farben. Sie sollen die Völker eines vereinten Afrika sowie Frankreich repräsentieren.

Zypern

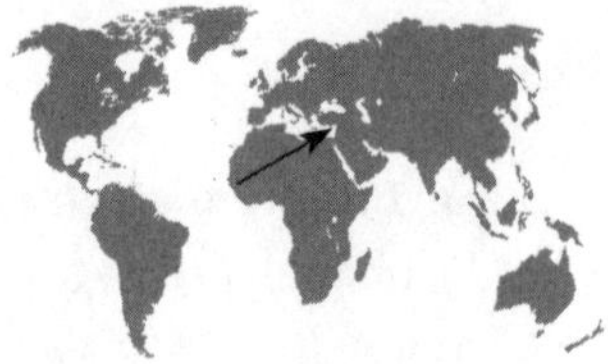

**»Ich konnte mir nicht vorstellen,
dass jemand in den Plattenladen geht und
nach dem ›Steven Demetri Georgiou Album‹ fragt.«**

Cat Stevens. Seinem zyprischen »Vaterland« widmete er den Song »Kypros«.

Name

Zypern hatte Kupfer. Also nannten die alten Römer das Edelmetall nach der Insel: zyprisches Erz, »aes cyprium«, dann »cuprum«. Die Jahresproduktion lag in der Antike bei geschätzten 240 Tonnen. Heute ist das Kupfer fast alle.

Rekord

Mit zwei der größten Flaggen der Welt setzte die türkische Armee ihre Duftnote in Nordzypern. Die hat man so groß wie vier Fußballfelder auf den Berg Pentadaktylos gemalt. Weithin sichtbar bis in den Süden, zeigen die Türken damit, wer Herr ist im Norden. Seit sie 1974 kamen, ist die Flagge dort die türkische, nur farbenverkehrt. Nachts leuchten sie, auch bei Stromausfall.

Das können die Zyprer besser

… quietschen. Zumindest mit Halloumi zwischen den Zähnen. Warum der zyprische Nationalkäse beim Reinbeißen das typische Geräusch erzeugt, wurde bislang nicht ergründet.

Danke für …

… grenzüberschreitende Verständigung. In einigen Dörfern sprechen die Bewohner Pontisch. Die aussterbende Sprache vereint griechische und türkische Zyprer.

Nur hier

In Varosia am Stadtrand von Famagusta florierte in den 1960er-Jahren das Geschäft mit den Touristen. Hierhin flossen über 50 Prozent der Touristengelder in Zypern. Die Invasion der türkischen Armee stoppte

1974 den Boom und machte den beliebten Badeort zur Geisterstadt. Die Menschen mussten angeblich so schnell fliehen, dass noch heute in Küchen das Essen auf dem Tisch steht und die Wäsche auf den Leinen hängt. Einzig am Strand regt sich noch Leben. Bedrohte Meeresschildkröten finden hier eine ihrer letzten Brutstätten in Europa und können in aller Ruhe für Nachwuchs sorgen.

Es war einmal

Im 12. Jahrhundert war Richard Löwenherz der mächtigste Mann Europas. Bei seinem dritten Kreuzzug sicherte er sich Zypern und heiratete in Limassol seine spanische Verlobte Berengaria von Navarra.

Zypern fühlen

Viele Zyprer sind Esel. Schon im Mittelalter lebten sie wild auf der Insel, später wurden sie domestiziert und zum Nationaltier. Als die griechischen Bauern aus dem Norden flohen, ließen sie ihre Esel zurück. Seit fast 40 Jahren leben nun über tausend in Freiheit auf der Karpas-Halbinsel, tun, was sie wollen, zertrampeln Felder, plündern Gärten, stehen aber unter Schutz. Wer sie erschießt, muss mit sieben Jahren Gefängnis rechnen. Ein Esel wird über 40 Jahre alt.

Warum die Außerirdischen gleich wieder wegfliegen würden

Don't drink and drive: Am Steuer darf man nicht mal aus der Wasserflasche trinken.

Übrigens

Insgesamt leben 50 000 Russen auf Zypern. Zwei Drittel wohnen in Limassol oder »Limassograd«, wie es genannt wird. Die Russen kurbeln die kränkelnde Wirtschaft an, kaufen teure Autos und schicken ihre Kinder auf Privatschulen. Auch auf diplomatischem Parkett ist es harmonisch. Der Russisch sprechende Präsident Zyperns Demetris Christofias hält finanziell lohnenswerte Kontakte nach Moskau. Er bezeichnet sich als »Das rote Schaf Europas«.

Über die Autoren

Helge Hesse

… ist freier Autor und Publizist zu kulturellen und historischen Themen. Er hat zahlreiche Bücher veröffentlicht, unter anderem bei Eichborn den Bestseller *Hier stehe ich, ich kann nicht anders. In 80 Sätzen durch die Weltgeschichte*, der in 14 Sprachen übersetzt wurde. Er lebt in Düsseldorf.

Josi Kemmann

… war jahrelang im Verlagsmanagement tätig und betreute viele Bücher zu historischen Themen und den Ländern der Welt. Heute ist sie selbstständige Verlagsberaterin. Sie lebt in Düsseldorf.

Henning Hesse

… ist freier Autor und Redakteur für Print-, Hörfunk- und TV-Medien. Für seine Dokumentationen und Magazinsendungen hat er auf allen Kontinenten gedreht. Zahlreiche Auszeichnungen sowie eine Nominierung für den Grimme-Preis. Der studierte Historiker lebt in Berlin.

Dieser Titel ist auch als E-Book erschienen

FSC
www.fsc.org
MIX
Papier aus verantwortungsvollen Quellen
FSC® C014496

Eichborn Verlag in der Bastei Lübbe GmbH & Co. KG

Originalausgabe

Lektorat: Silke Martin, Kriftel
Illustrationen: Jan Buckard
Umschlaggestaltung: Rolf Hörner, Bergisch Gladbach
unter Verwendung einer Illustration von Jan Buckard
Satz: Helmut Schaffer, Hofheim
Gesetzt aus der Minion Pro
Druck und Einband: GGP Media GmbH, Pößneck

Printed in Germany
ISBN 978-3-8479-0502-8

5 4 3 2 1

Sie finden uns im Internet unter www.eichborn.de
Bitte beachten Sie auch www.luebbe.de